斧聲燭影
吳蔚
作品集
06
吳蔚
好讀出版

臺版《斧聲燭影》序

與好讀的合作是一種緣分。

傳聞當年好讀總編茵茵小姐在北京大街上閒逛，無意中看到一本叫《魚玄機》的書，於是買下來帶回寶島臺灣，不久後即決定引進版權。

《魚玄機》正好是我的第一本小說，很感謝茵茵以一雙慧眼在書山書海中挑出了它。我很珍惜這種五百年修行才能得來的偶遇，全然是因為書的內容本身才開始了合作，沒有任何其他因素摻雜其中，這是真正的惺惺相惜。雖然我跟茵茵迄今未能謀面，但在內心深處，我視她為知己。就像各位讀者，雖然我不認識你們，但有些人真誠的留言和反饋常常打動我的心扉，我一樣視你們為知己。

這個探案系列（臺灣叫「真小說」）是我第一次嘗試創作歷史小說，寫作的目的是要借一群歷史人物的故事來完整再現一個歷史時代的風雲面貌，因而小說中充斥著大量的歷史元素。之所以引入探案懸疑的手法，也只是為了讓歷史閱讀起來不那麼枯燥。

我讀到過網路上一些關於我小說的評價，有讀者批評我的小說不符合推理的基本原則。這裡要吐一下舌頭，我根本不瞭解推理的基本原則是什麼。我很願意從前輩們的文學作品中汲取營養，但小說更多的是釋放思想和情感，古人認為「可喜可悲」是比「可驚可怪」更重要的審美準則，小說中多些濃郁的個人色彩，不那麼原則，也是合情合理之事。

所以，在閱讀吳蔚的小說之前，請您一定先看仔細——每一本都是帶有鮮明個人色彩的好讀（一語雙關）書籍，但有可能不符合資深偵探迷心目中的某些推理原則^_^。

從第一本《魚玄機》，到第六本《斧聲燭影》，與好讀的合作已經有一段時間。很感謝他們專著敬業的態度，從他們身上，我也學習領悟了許多。期待借著好讀之力，能夠與更多的臺灣讀者相識相知。

吳蔚

二〇一二年二月廿二日於北京

目錄

引子

西元九六〇年，後周[1]顯德七年正月朔日[2]，是中國的傳統節日元旦。爆竹一聲除舊，桃符萬戶更新，家家戶戶爭相用鴉青紙剪成各種大幡小幡，糊在門楣之上。從一大清早開始，士民們飲乾屠蘇酒，吃完年餺飥[3]，便迫不及待地換上新衣出門，走親訪友，往來拜節，祝福道賀。

京師開封的主要街道上早搭起了無數彩棚，擺滿食物、果子、衣著、靴鞋、首飾、玩好等各色年貨，間列著舞場歌館、雜耍賭攤，熱鬧異常。車馬交馳，人海如潮，四處充溢著濃郁的節日氣氛。

今歲元旦湊巧是周恭帝[4]登基以來的第一個新年，後周君臣為此也在大慶殿中舉辦大型朝會慶賀。大慶殿位於宣德門內，是皇宮正殿，殿宇巍峨廣闊，可同時容納數萬人，只有大禮和正朔朝會才會啟用。

年僅七歲的小皇帝柴宗訓端坐在殿首，身側坐著他的母親符太后。殿庭四周儀仗隊環伺，威嚴肅穆。大殿四角站著四名武士，稱為「鎮殿將軍」，高大魁偉，遠過常人。

儀式正式開始前，負責掌管皇帝璽印的符璽郎，先將神璽、受命璽兩方白玉寶璽呈送到御座兩側。

自秦代以後，皇帝的印章專用名稱為「璽」，又專以玉質，所以稱「玉璽」。一共有六方，分別為皇帝之璽、皇帝行璽、皇帝信璽、天子之璽、天子行璽、天子信璽。另有一方傳國玉璽，為和氏璧琢成，是秦以後歷代帝王相傳之印璽。到唐代時，除了以上七璽，天子玉璽增加到九方，成為定制，又增添了神璽和受命璽，均以白玉雕成。天子外出，則將璽分別裝在木匣裡，用五輛車裝載，隨行於天子儀仗。五代時期，由於連年征戰，政權更迭，並非所有朝代都刻過國璽，也無法像唐代那樣實現天子九璽的定制。後周就只有神璽、受命璽二璽。這兩方金盤龍鈕的玉璽，為後周太祖郭威登基後請高手匠人雕刻，神璽稱「皇帝神寶」，專門鎮國，藏而不用；受命璽稱「皇帝承天受命之寶」，專用來封禪祭天。兩方玉璽代表著後周的至高皇權，只有大朝會時才會取出來，用來顯示皇帝受命於天和受命於神的無上權威。

玉璽一舉，大朝會遂正式開始。京師九品以上文武官員均朝服冠冕，穿戴整齊，魚貫入殿，向小皇帝及符太后拜賀新年。朝賀的佇列中還有手捧土特產的各州進奏官[5]，以及高麗、大理、回紇、于闐等外蕃使臣。

禮儀結束後，小皇帝在符太后的提示下稚聲稚氣地宣布賜宴。酒如池，肉如山，還有教坊樂人從旁助興，絲竹叮咚，輕歌曼舞，好一幕君臣同樂，好一派喜氣洋洋！

酒宴正酣之時，邊境忽有急報傳來，說是遼國與北漢正聯兵南下，侵犯後周邊境。

遼國[6]是以契丹族為主體的國家，五代以來日益強盛，成為中國的北方強敵，後唐、後晉兩個沙陀族人建立的朝代滅亡均跟其有直接關係。北漢則是後周的死敵，其開國皇帝劉崇是後漢高祖劉知遠的親弟，而後漢正是為後周太祖所滅，由此奪取了中原政權；但北漢卻地瘠民貧、國力微弱，為了復後漢滅國之仇，乾脆屈膝奉遼帝為叔皇帝，輸賦稅貢遼，以此換得遼國的武力支持，兩方不斷聯兵攻擾後周。

小皇帝和符太后未經歷多少大風大浪，聽到敵人大軍壓境，銳不可當，頓時嚇得六神無主、不知所措。輔政的宰相范質和王溥等人也慌作一團，竟然忘記應該先去辨明消息的真偽。一場盛大的宴會不歡而散。

文臣們匆匆商議之後，決定派朝中最勇猛的將領率領精銳軍隊前去抵抗敵人，殿前都點檢兼太尉趙匡胤便成了眾望所歸——他不僅名高位重，手握重兵，且與皇室沾親帶故，其弟趙光義[7]的妻子即是符太后親妹。

第二天，在後周君臣殷殷期待的目光中，趙匡胤率領大軍離開開封，前往邊境。開封百姓忽然奔相走告「點檢做天子」，似是讖語。尤其離奇的是，這句讖語已經不是第一次流傳。半年前，後周世宗柴榮率大軍北討契丹，打算從遼國人手中奪回本屬於中原之地的幽州[8]；一日他在軍中檢視文書時，意外發現了一塊不到三尺長的木牌，上面寫著「點檢做天子」五個大字。當時的殿前都點檢是後周太祖郭威的女婿張永德，地位名望很高，柴榮撿到木牌後對其深加猜忌，不久因病班師回到開封後，立即解除了妹夫張永德的兵權，升任資歷較淺的趙匡胤為殿前都點檢。而今張永德早已被排擠出權力中樞，有名無實，這一回「點檢做天子」的流言顯然是暗示現任殿前都點檢趙匡胤該當皇帝。

自唐末以來，每逢政權變更，京師都會有大型劫掠行為發生，稱為「靖市」，遍地狼藉，官民均難以逃過。不少富室人家擔心再遭動亂，甚至開始收拾細軟，準備外出逃避兵禍。一時間，滿城風雨，人心惶惶。

而領軍出征的點檢趙匡胤也大為反常，本來兵貴神速，他出京師後非但不著急趕赴前線，反而走走停停，來到開封城北二十里的陳橋驛[9]，便不再前進，下令軍隊就地駐紮。當晚，趙匡胤全無臨陣對敵前的緊張和憂慮，彷彿對一切早就胸有成竹，泰然自若地喝了不少酒，且一反常態地早早回到臨時充做軍帳的東嶽廟睡下。

就在這天晚上，號稱精通數術的殿前散指揮使苗訓夜觀天象後，突然在軍中宣布：「天象有異，該當點檢做天子。」軍中將士開始竊竊私語，騷動不安。在苗訓大肆散布天象論後，趙匡胤之弟趙光義和歸德軍[10]掌書記趙普聚集了禁軍將領高懷德、慕容延釗、王彥昇、潘美等，研討「天命」一事，一直討論到深夜。然後便開始有人四處在軍營散布消息：「現在周帝幼小，不能主政，我們在外面出死力，為國家抵禦外敵，誰又能知道？不如先立點檢為天子，然後再北征也不遲。」聲勢越來越大，口徑越來越一致，軍士們都哄然答應，由此發生了中國歷史上著名的「陳橋兵變」。

而此時真正的主角趙匡胤卻佯裝對外面的一切毫不知情，在東嶽廟中呼呼大睡。黎明時分，群情激奮的軍士披甲執銳，團團圍住了東嶽廟。趙匡胤出來一看，只見將士們拿著兵器，一起大聲喊道：「諸將無主，願冊太尉為皇帝。」趙匡胤還來不及回答，就有人將象徵皇權的黃袍披在他身上。眾人立即下拜，一起高呼萬歲。這就是「黃袍加身」這一典故的來歷。

趙匡胤好像還有些不情願，有意沉下臉，嚴肅地說：「你們這些人自己貪圖富貴，便想立我為天子。如果能夠聽從我的命令，我才能答應當你們的皇帝。不然，我不能當皇帝。」諸將均信誓旦旦地表示道：「願意聽從命令。」趙匡胤於是當眾申明軍紀——不得驚犯周恭帝、符太后及公卿大臣；不得侵掠朝市、府庫。他如此刻意約束將士，自然是用心良苦，有意收攬民心，等待將士一一答應，這才率軍殺回開封城。

陳橋驛恰巧位於城北陳橋、封丘二門之間，陳橋守將見到軍隊叛變，不肯開門，趙軍遂改從封丘門入城。開封守備空虛，負責京師和皇宮守衛的殿前都指揮使石守信、都虞候王審琦均為趙匡胤的親信，二人在宮中做內應，趙匡胤輕而易舉地控制了京師。又下令斬封丘門守將，提拔拒軍入城的陳橋守將，以表彰他忠於職責。

後周重臣范質、王溥被俘虜後押到趙匡胤面前。趙匡胤一見到二人，立即流涕道：「我受世宗厚恩，被六軍所迫，一旦至此，慚負天地，將怎麼辦？」范質等未及回答，趙匡胤部將羅彥瓌已經拔劍在手，上前一步，厲聲道：「我們無主，今日一定要立天子！」范質等人面面相覷，不知所為。還是王溥反應快，先向趙匡胤下拜，高呼「萬歲」，范質不得已也只好下拜，趙匡胤名分遂定。他隨即趕到崇元殿行禪代禮，即皇帝位。因漢唐開基均以始封建國——漢高祖劉邦在秦末戰爭時期曾被封為漢王，稱帝後將新王朝定名為「漢」；唐高祖李淵在隋朝時襲封「唐國公」，故將定其朝國號為「唐」；趙匡胤自然也承襲傳統，取其擔任節度使的歸德軍治所宋州之意，以「宋」為國號，建立了趙宋王朝。趙匡胤即為宋太祖。

新的趙宋天子順順當當從周恭帝手中取得了象徵最高皇權的神璽和受命璽。為了表示他並沒有欺負故主的孤兒寡母，又著意雕刻了一方新玉璽，稱「大宋受命之寶」，表示他建宋稱帝是受命於天。不過因為中國從來沒有在璽文刻上朝代名號的先例，這一空前絕後的創新之舉倒多了幾分欲蓋彌彰的嫌疑。

此時，距離對趙匡胤有知遇提拔之恩的後周世宗柴榮病死才僅僅過了半年。

柴榮共有七個兒子，前三子早死，周恭帝柴宗訓為第四子，趙匡胤登基後廢其帝號，改封為鄭王，與符太后一道軟禁在開封城東南的天清寺[11]中。第五子柴熙讓於陳橋兵變當日失蹤。又有兩名宮女攜著柴榮最年幼的兩個兒子柴熙謹、柴熙誨及金銀珠寶，意欲趁亂逃出皇宮，不幸被兵士發現捕獲。

趙匡胤饒有深意地指著柴熙謹、柴熙誨問諸將道：「他們兩個該如何處置？」親信將領王彥昇揣度出新皇帝的弦外之音，立即拔刀上前，打算將這兩個年僅四五歲的孩子當場砍死……

1 西元九〇七至九五九年這五十三年之中，中原地區總共換了五個朝代——後梁、後唐、後晉、後漢、後周，史稱「五代」。後周為五代之一。九五一年，郭威先稱監國，後稱帝，建國號為「周」，史稱後周。共傳三帝，太祖郭威、世宗柴榮（郭威內姪及養子）、恭帝柴宗訓（柴榮子），歷十年。

2 正月朔日：農曆正月初一，古時元旦即為今之春節。元旦，意為一年的第一個早晨，是一年的開始。

3 屠蘇：古代一種酒名，常在農曆正月初一飲用。餺飥：古代的一種麵食。

4 「恭」為柴宗訓死後諡號，史稱其為恭帝。因本書先後出現多位皇帝，為方便讀者，均根據習慣稱謂採用諡號或廟號來區別。

5 諸州在京師設常駐聯絡機構——進奏院，為各州官員入京辦事提供寓所，類似今駐「國首都辦事處。進奏院置有進奏官，掌管各種文牒、章奏、詔令等的投遞、承轉。

6 九一六年，契丹可汗耶律阿保機（遼太祖）正式稱帝，國號契丹。九四七年，耶律德光（遼太宗）滅後晉後進入開封，建國號大遼。九八四年，耶律隆緒（遼聖宗）又改稱大契丹，一〇六六年耶律洪基（遼道宗）復國號為大遼。

7 趙光義本名趙匡義，其兄趙匡胤即位後避諱改名為趙光義，即後來的宋太宗，他本人登基後又改名趙炅。本小說中一律採用「趙光義」這個名字。

8 幽州：古稱「燕」，今北京及長城一帶。天福元年（九三六年），石敬瑭（後晉開國皇帝）為求軍事援助，割讓了燕雲十六州給遼國，遼人改幽州為南京，成為遼國陪都，駐有重兵。

9 陳橋驛：今河南封丘東南陳橋鎮。

10 歸德軍：治所宋州（今河南商丘），趙匡胤當時還兼任歸德軍節度使。

11 天清寺為五代後周太祖郭威所建，明末毀於水患。遺跡「繁塔」在今河南開封禹王臺公園西側，是開封現存最古老的建築。

【卷一】博浪飛鷹

這飛鷹學名叫海東青，出自遼東女真部落，擅長抓捕各種水禽、小獸。本身已是天下罕有，爪白者最為稀奇。天底下僅有兩隻，除了這一隻，另一隻在當今遼國皇帝手中。

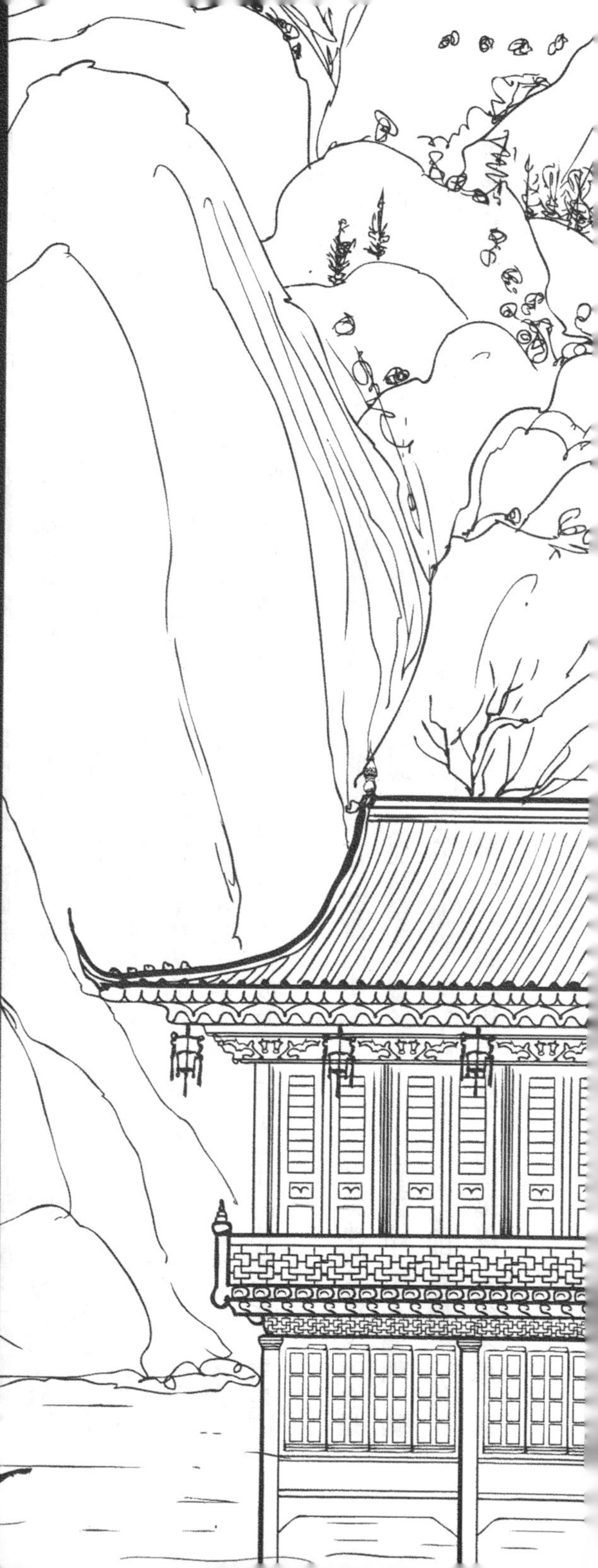

一旁一名腳夫見這一長一少一本正經、非要弄明白究竟的樣子，不禁哈哈大笑道：「你二人說得都不對，去避來，並不是指去的路人要避開迎面過來的人，而是要避開背後的來者。有人自背後奔走趕過來，腳步匆忙，必是有要緊的事，所以要及時避開。這不過是習慣性的避讓，哪裡有啥子來歷喲[9]！」口音中自帶著濃重的蜀音。

道服男子倨傲地望了一眼腳夫，露出鄙夷的神色來，內心顯然很瞧不起這貧賤苦力，對他的話也不屑一顧。寇准倒覺得腳夫的話有幾分道理，只是反覆品度，還是覺得經不起字面的推敲——「去」對「來」，一定是指互相照面的行人，果真如腳夫所言，該稱「來避來、去避去」才對。

正巧一名三十歲左右的青衣文士背著行囊路過，聞言走過來笑道：「『去避來』當然是有來歷的。白居易有詩云：『日出江花紅勝火，春來江水綠如藍。』岸花汀草，碧蕪千里，美不勝收。張若虛則有詩云：『江水流春去欲盡，江潭落月復西斜。』芳華難駐，美意不留，悵恨無窮。世人總是屈指盼春來，彈指驚春去，如此類推，去的難道不該為來的讓道麼？」

他雖偷換了概念，卻是才思敏捷，解釋得著實巧妙，尤其眼下正值寒食，恰是暮春的盡頭，這一番奇談妙論可謂十分應景。道服男子欣賞他才情風雅別致，有心結識，上前作了一揖，道：「在下大名府潘閬，字夢空，號逍遙子。這位是小友寇准，字平仲，關中人氏。敢問兄臺高姓大名？」青衣文士道：「鄙姓王，名嗣宗，字希阮，河東汾州[10]人氏。」

潘閬道：「原來是王兄。」寒暄幾句，又問道，「不知王兄這次來汴京所為何事？是探親，還是訪友？」王嗣宗笑道：「王某預備參加明年乙亥科的科舉考試，此番進京，特地為遊學而來，務求明年金殿題名。」

科舉始於隋朝，是一種以考試成績而非以門第來選拔官員的制度，在唐朝時漸趨完善，基本特徵是分科考試，擇優錄取。終唐一朝，科舉取士約一萬人，唐代宰相八成以上都是進士出身，由此可見科舉的影響和成效。宋代科考本來只有鄉試和會試，然則去年因知貢舉[11]李昉取士不公，引發落榜舉子徐士廉等人敲擊登聞鼓[12]告御狀，當今皇帝趙匡胤極為重視，親自出題並主持複試，此後殿試成為制度。因而現在的科考改分為鄉試、會試、殿試三級進行——鄉試即各地州郡舉辦的考試，旨在從本地戶籍考生中選拔出類拔萃者，到中央朝廷參加禮部主辦的會試；會試合格者再進皇宮謝恩，參加皇帝親自主持的最後一輪殿試。最後的登科進士名單和名次也由皇帝欽定，因而所有及第的人都是堂而皇之的「天子門生」。凡於殿試中進士者均立即授官，不需要再經吏部選試，所以王嗣宗才言明「金殿題名」，而不是前人常說的「金榜題名」。

按照慣例，鄉試在秋季舉行，會試和殿試則分別在次年的正月和二月舉行。州郡均有「解額」限制，即朝廷分配的錄取人數有明確規定。為防止外地人在本地應試發解，占用本地解額，各地對考生的戶籍資格要求極嚴，只有具戶籍且長居本地的考生才有資格參加鄉試。這王嗣宗其貌不揚，囊橐蕭然，又是孤身一人，未帶僮僕，連代步的驢馬也沒有一匹，料來家境貧寒，並非出身世家豪族。他不在家鄉汾州安心準備鄉試，卻提前到京師遊學，無非是要投詩獻文給名公巨卿，先求揚名於京師，混個臉熟，好在將來的會試中占到先機[13]。這一招即世人所稱的「行卷」，在唐宋士子之間頗為流行，大才子白居易昔日也曾用過。當今聲譽卓著的知制誥王祐也是靠這一招起家的，他年輕時在洛陽遊學，投書給宰相桑維翰[14]，桑維翰驚歎其文采華麗，擊案讚賞，王祐由此名聞京師，順利步入仕途。招兒固然是好招兒，但京師藏龍臥虎，高士如雲，非文章才華傑出者不能走行卷之路，不然只會貽笑大方。這王嗣宗一張口便是「金殿題名」，可見對自己的才學極有信心且對進士頭銜勢在必得。

潘閬雖也自負詩文才學，卻久有隱逸山林之心，不喜科舉，對士子「行卷」「通榜」[15]之舉更是輕視，聞言只淡淡一笑，並不作答。寇准卻恭恭敬敬地拱手道：「原來王丈[16]是進京遊學。想來王丈詩文華美錦繡，寇准不才，還請多多指教。」

王嗣宗見他年紀雖幼，卻是言談不俗，舉止有大家氣派，頗為驚奇，忙回禮道：「不敢當。」又問道，「寇小哥當真是關中人氏麼？聽你口音，倒似河北一帶人氏。」寇准道：「王丈好耳力！寇准祖籍是華州下邽[17]，不過因先父在外宦遊，我自生下來便居住在大名府，還沒有回過故鄉，將來參加鄉試，按律也得在大名府報名。」

王嗣宗見他不過十來歲年紀，卻已有追求功名之心，志向當真不容小覷，好在對方年紀還小，斷然趕不及與自己爭鋒，當即興高采烈地道：「大名府好，人傑地靈，人才濟濟！當今知制誥王祐王相公籍貫家鄉不正是在大名府麼？」寇准道：「是，王祐王相公是大名莘縣[18]人氏。」

知制誥，是唐宋時掌起草詔令的加銜。唐初時中書省有中書舍人一人，專掌草擬詔敕，稱為知制誥。唐玄宗開元以後，時常以尚書省諸司郎中等官領其職，稱為兼知制誥；唐中葉以後，知制誥之職轉入翰林學士院，翰林學士入院一年若加知制誥則掌內命起草機要文書，否則僅備顧問不作文書。宋朝沿襲唐制，但又略有不同，凡翰林學士入院皆加知制誥，起草內制文書；若以他官加知制誥銜，則僅起草外制文書而已。王祐在後晉時以文章俊秀聞名，不過一直只是擔任地方縣令，宋朝立國後才擔任監察御史，不久後任知制誥，加集賢殿修撰，備受太祖皇帝趙匡胤寵信。名將符彥卿於後周時封魏王，任大名尹、天雄軍節度使，入宋後依舊率領重兵鎮守大名府，以防契丹。他雖是趙匡胤弟趙光義的岳父，卻也是後周恭帝柴宗訓的祖父，加上他本人武藝出眾、用兵如神，在軍中威望很高，趙匡胤逐漸起了猜忌之心，特意派王祐到大名偵伺動靜，令其務必取得不利符彥卿的證據，好除去這個心腹大患。而王祐到大名仔細調查一番後，以自己全家百口性命擔保符彥卿沒有異心，方才免去一場大禍事。但王祐本人卻因為忤逆皇帝心意而失寵，被調到南方偏僻之地任知州，直到後來向朝廷奉上自己所編撰的二十卷《重定神農百草》[19]，才被武將出身、卻酷好書籍文學的趙匡胤，於龍顏大悅之下召回京師重任知制誥一職。

王嗣宗道：「王相公可是本朝第一等大才子，學問既高，人品也好，自從翰林學士陶谷死於南唐弄臣韓熙載所設的美人計後[20]，朝中再無第二人能與他齊駕比肩。」言語中對王祐的品學深為尊敬、欽佩。

王祐時任知制誥，才名滿天下，很可能會被任命為下一任知貢舉，主持明年的會試。潘閬揣度王嗣宗此番進京，多半預備要向王祐行卷，忍不住插口道：「王祐的文章和為人都是不錯的，可惜老來糊塗，編了一本錯誤百出的《重定神農百草》。」

王嗣宗愕然道：「錯誤百出？」潘閬道：「王祐以文章起家，對本草和醫術從無涉獵，卻非要不懂裝懂充行家，編撰什麼神農百草。我敢說，書中的大多藥材他見都沒見過。」

王嗣宗聞言很是不悅，可他畢竟是讀書人，在家鄉也是文名遠揚，若是當眾與一個比自己年輕許多的後生小子爭論，多少有失體面，眼見話不投機，便拱手道：「王某還要趕著進京去拜會王相公。二位小哥，我先行一步了。」

寇准卻道：「此去京師已然不遠，不如我們與王丈一道上路，也好有個照應。王丈可別介意，潘大哥心直口快但並無惡意，他雖然年輕卻是大名府有名的神醫，適才品評《重定神農百草》疏漏，也是本性所致。」

王嗣宗這才知道潘閬原來也是有些本事之人，雖並未因此對其人心生好感，但見寇准的舉止進退有度，料來是名門之後，而他本人在京師毫無根基，廣交朋友總是一件有利前途的好事，便道：「原來如此。承蒙二位小哥不嫌棄，咱們這就結伴同行如何？」

寇准點點頭，又道：「潘大哥，你這就喚飛鷹下來，我去牽馬。」王嗣宗聞言大奇，舉頭仰望，問道：「原來天上的那隻飛鷹是潘兄所養。」

潘閬很是得意，道：「它可不是普通的飛鷹，它的學名叫海東青，出自遼東女真部落，擅長抓捕各種水禽、小獸。」一邊說邊將手指抿在唇邊，打了聲長長的呼哨。那飛鷹聞聲立即迴旋掉頭，翩然朝博浪亭方向俯衝下來。王嗣宗還是第一次親眼見到馴鷹，忍不住驚歎一聲。

潘閬又道：「這海東青本身已是天下罕有，爪白者最為稀奇。天底下僅有兩隻，除了我這隻俊鶻，另一隻在當今遼國契丹皇帝手中……」王嗣宗忽指著空中道：「呀，它飛走了！它怎麼飛走了？」

潘閬抬頭一看，果見自己心愛的海東青驀然旋風羊角而上，直入雲際。正不明所以間，它卻又鑽下雲層，疾若閃電，直朝西北方向俯衝而去。遙見那方向正有塵頭升起，潘閬「哎喲」一聲，心道：「該不會是有行商往京師販賣豬羊，俊鶻隨我一路南下，未曾捕獵過癮，它見到道上有活禽路過，忍不住要小試身手？」慌忙奔到馳道上，穿梭人群，疾步往西北方趕去，意欲探明究竟。

卻聽見海東青一聲急促的嘶鳴，又重新振翅騰入空中，兩枝箭矢如流星般擦著它的尾羽破空呼嘯而上。

潘閬頓時明白前方有人在用弓箭射海東青，心下大急，又抿嘴呼哨一聲，高聲叫道：「俊鶻，快回來！」那海東青受到飛箭的威脅，竟還是不肯飛回主人身邊，只在上空箭力不及之處盤旋不止，下面似乎有什麼令它難以割捨之物。

潘閬心道：「俊鶻這是怎麼了？它可從來沒有這樣過。」眼見馳道上人多難以行快，他索性斜插到沙地中，一口氣跑上路邊一個高高的沙丘——卻見前方正有一大隊行商停在道中，除了拉車的騾馬，並無豬羊等活禽。商隊前頭有數名騎士勒馬佇立，正對著空中指指點點商議著什麼。其中一名雪衣騎士手挽強弓，應該就是適才朝海東青發箭之人。潘閬見他這會兒又在扣箭上弦，情急之下，一邊揮手一邊大叫道：「喂，不能射！不能射！」

話音未落，卻見馳道北邊沼澤地的蘆葦叢鑽出了二十餘名麻衣男子來，雖是素服掃墓者的打扮，卻用布包著臉，手執明晃晃的鋼刀，如幽靈般悄然無聲地朝行商隊伍摸去。此時此刻，無論是商隊，還是馳道上其他的路人，所有人的注意力都集中在頭頂的海東青上，根本沒有人留意到危險正在逼近。

潘閬及時停止了喊叫，只是饒有興趣地打量眼前的場面——這兩方人馬都不簡單，到底是什麼來頭的商人能有這麼大的陣勢，僅運貨的太平車就有二十餘輛；而又是什麼樣的強盜膽大包天，敢在天子腳下的開封府持刀劫貨。

正緊要之時，忽有一騎自隊伍後飛馳而來，棗紅馬上的一名灰衣男子頭戴席帽，一邊揮舞長劍，一邊高聲大嚷著什麼。眾人聞聲回首，見到那男子手持兵刃，均驀然色變；正彎弓搭箭欲朝海東青射擊的雪衣騎士反應極快，略一側身，即發出一箭，登時將那灰衣男子射下馬來。

這一番驚擾到底還是將眾人的視線從天上拉回了平地，商隊中終於有人發現來自北側的威脅，連連出聲示警。這時候，那些麻衣強盜距離隊伍已不過幾米之遙。

商隊乍逢突襲伏擊，雖事出意外，卻是絲毫不亂，顯是訓練有素，早已見慣這種場面。有人揚聲叫道：「有強盜，抄傢伙！」擔任護衛的廝兒[21]及車夫們各自變戲法般地掏出兵刃，躍下車馬，上前迎戰。鄰近不相干的路人慌忙四散逃開，生怕刀劍無眼，平白遭了無妄之災。

寇准和王嗣宗緊隨潘閬趕到沙丘時，只見馳道上金刃交接聲如暴風驟雨，激烈的廝殺正在緊鑼密鼓地上演。寇准乍見之下，登時愣住，半晌才驚訝地問道：「呀，這……這是怎麼回事？」

潘閬慢條斯理地答道：「似乎是一夥子強盜想要打劫一夥子商隊。」寇准道：「啊，京畿之地，天子腳下，竟然會有這等罔顧法紀的亡命之徒！」

正說話間，卻見出行的掃墓者風聞前面有強盜劫道，立即爭相掉頭，爭先恐後地往開封城的方向奔去。馳道上一片混亂，祭祀物品丟落得滿地都是，紙馬、楮錢隨風飄散。昔日唐代大詩人白居易有「風吹曠野紙錢飛」之句，景象也不過如此。

其實並非開封人沒見過刀光劍影的場面，也並非這些路人格外膽小如鼠，居然連一點好奇看熱鬧的心思都沒有，而是生怕受到強盜的牽累。自唐代滅亡，中原群雄爭霸，政權更迭有如走馬觀花般頻繁，戰亂導致農作生產無法正常進行，死徙逃亡者極眾，大量百姓失去土地，淪落為無所倚靠的遊民，引發了嚴重、複雜的社會病象。宋朝立國十餘年，不設法恢復前朝寓兵於農的辦法，而是採用招募饑民當兵的辦法來緩和矛盾。由於沒有足夠的農作人員，諸州縣大量土地閒置荒蕪，民生凋敝，盜匪橫生。朝廷卻治標不治本，採取嚴刑峻法來殺一儆百，盜賊被捕獲後無論輕重均要以極刑處死，即使意外獲得恩赦，也要刺配[22]黥面後、流放牢城[23]服苦役，可謂生不如死。博浪沙距離京師不過三十里，強盜在這裡明刀明槍地搶劫，官兵瞬息即到，一定會立即展開大搜捕。路人萬一牽涉其中，被官府戴上個「通盜」的罪名，那可是有口難辯。加上朝廷素來鼓勵告發，告發者可以得到被告發盜賊的全部家產作為獎賞，如果有仇家借機誣告，一樣是跳進黃河也洗不清，這樣的事可不只發生過一次。所以在開封府有個慣例，凡是一聽到與盜賊有關的人和事，最好是立即躲得越遠越好。

寇准不明情由，雖然年少，性情卻剛直尖銳，見路人們紛紛走避如風，不由得很是憤慨，道：「路見不平，理該拔刀相助。況且朝廷有律令明文規定，見到強盜及殺人不救助者要受杖刑處罰。想不到這些人一見到有事，比兔子溜得還快。潘大哥，我們快些下去幫忙！」

潘閬忙扯住他，道：「這事哪裡輪得到你我出頭？」寇准道：「你我可不能見危不救。」潘閬道：「不是見危不救。你可看清楚了，這些商人不是普通的商人，這些強盜也不是普通的強盜。」

寇准仔細一看，登時恍然大悟道：「這兩邊的人全是軍人。」他生父寇湘為後晉開運二年的科考狀元，進士及第後一直在軍隊中擔任記室[24]。他幼年時經常跟隨父親出入軍營，對軍中事物極為熟悉，此刻一見交手雙方的身手，便立即認了出來。

王嗣宗一旁聽見，著實難以相信，道：「汴京駐有數十萬禁軍，雖少不得有包藏禍心的不法之徒，但怎麼也不可能如此膽大包天，在天子腳下公然犯法。」寇准皺眉道：「話雖如此，可瞧這些人的身手，確實是軍人無疑。尤其這些麻衣強盜，雖然手執兵刃，步法、招式卻分明是官家所創的長拳。」

他口中所稱的「官家」，即是指當今太祖皇帝趙匡胤。「官家」取自「三皇官天下，五帝家天下」之義，是時人流行對皇帝的稱呼。趙匡胤未發跡之前已經習得一身好武藝，遊走江湖，行俠仗義，曾留下千里送京娘[25]的風流佳話；從軍成為武官後，又將自己生平所學結合戰場實戰格殺技巧，編制成三十二式長拳拳法，用來訓練麾下士卒。宋朝立國後，長拳因是開國皇帝所創，亦成為禁軍軍事訓練的固定套路。

王嗣宗卻連連搖頭道：「會長拳的未必就是禁軍。在本朝立國前，長拳就已經流入民間。聽說十幾年前少林寺住持福居禪師為振興少林拳法，曾邀全國十八家武林高手入寺切磋技藝，長拳便是十八家之一，而且上場獻技的並非軍人，只是普通民間人士。後來，福居禪師綜合諸家之長，彙編成《少林拳譜》，主要仍是以長拳套路為主。河東尚武成風，我家鄉就有不少壯年男子習練長拳強身健體，我自己也曾經……」

一語未畢，已然被眼前的景象驚得呆了——商隊中段的一輛馬車驀然躍出一名黑衣少年來，不過十六七歲年紀，手持一桿銀槍，上下翻飛，光影如雪，滿地梨花，當者無不倒地。為首的強盜見對方突然驚現如此年輕、武藝又如此厲害的人物，猜想那輛豪華精美的馬車裡面定然坐著目標人物，忙打個呼哨，指揮手下集中朝馬車圍去。商隊中亦有極精明的人物，當即意識到這些素服強盜並非真的強盜，他們的目標不是財物，而是馬車中的人，忙高呼道：「護住馬車！護住馬車！」

強盜越發肯定目標人物即在車中，拚死向馬車突擊攻去。然則商隊的人數本就比強盜多出兩倍有餘，又多有武藝精強之輩，那使銀槍的黑衣少年更是以一當十，來回馳擊，勇悍無比；強盜傷者甚眾，已明顯處在下風，要接近馬車難上加難。為首強盜見一時難以得手，抬眼又瞥見東南方向塵土飛揚，也不知道是人群奔逃回京所致，還是已然有大批官兵趕來，略一躊躇，即高聲呼叫道：「風緊，扯呼！」

恰在此時，一名強盜手中的鋼刀被挑飛，湊巧從白馬背後劃過。那馬受驚，嘶鳴一聲，拉著目標馬車朝斜裡奔去，數步後即奔入沙地，車輪一軟，立時陷入沙礫中。白馬吃力，順勢停下，馬車卻因而滾落出一人來——是一名二十五六歲的青年男子，胸前、大腿均纏繞著厚厚的繃帶，隱有血跡滲出，右臂綑紮著夾板，以布條掛在脖子間。他掙扎著翻過身，努力昂起頭來，「呸呸」幾口吐掉口中的沙土，叫道：「快救我！快救我！」聲音有氣無力，甚是微弱，顯是身受重傷。

眾強盜奉令如山，已然開始撤退，再無人理會該輛馬車及車內跌落的重傷男子。倒是那強盜首領奔出幾步後又回過頭來，凝視著那男子不放，似不忍就此棄其離去，但最終還是舉手一揮，決然率眾突圍退走。

一名車夫生怕強盜又回轉頭來，趕緊奔過來將馬車趕回馳道，又將那受傷男子小心翼翼地抱回車中。

一名強盜正與銀槍少年對敵，聽到首領招呼撤退，匆忙捨棄敵人，轉身意欲退入道旁的蘆葦叢中。那銀槍少年追上幾步，將槍尖搭在他的肩膀上，大喝一聲，待強盜驚然回頭，黑衣少年即挺槍直刺，刺穿其咽喉，又順勢挑起他的身子五尺多高，再摔到地上。銀槍抽出時，那人喉嚨處鮮血如泉水般噴射而出，他口中「嚯嚯」有聲，痛苦地抽搐了兩下，這才氣絕身亡，眼睛猶自睜得老大，流露出活生生的恐懼。其餘強盜見狀，無不心驚膽寒，怯意頓生，呆得一呆，爭相往南面的沼澤地逃去。

銀槍少年意氣風發，乘勝追擊，疾步趕上一名強盜，又將銀槍搭上他的肩頭，正待如法炮製殺敵，有人大聲叫道：「延朗，留下活口，好問清幕後主使。」

銀槍少年應了一聲，輕抬手腕，欲改刺那強盜的肩頭，忽覺風聲颯然，正有人從左面偷襲，忙側身回肘挺槍抵擋。但對方來得好快，瞬間已感到刀風拂面，生生作疼，正以為無法倖免之時，一支羽箭破空呼嘯而來，洞穿了偷襲之人的右肩。延朗轉頭望去，原來是雪衣弓手及時射出一箭救了他的性命，忙朝那弓手點頭表示謝意，那弓手卻只是冷漠地扭轉臉去，並不理睬。延朗旋即揮槍打掉那中箭強盜首領手中的鋼刀，將他挑翻在地，往他胸口、小腹各踹了兩腳，令他再無反抗逃走之力，便要再去追擊適才本已被他銀槍搭住的強盜，忽又聽得商隊中有人高聲呼叫道：「戒備！戒備！」

延朗延朗扭轉頭去，但見馳道上一大群腳夫正朝商隊直奔過來——約摸三四十人，個個戴著席帽，褐衣短袍，腳穿多耳麻鞋，肩頭挑著擔子，服飾裝扮跟民間最常見的腳夫並無分別。奇怪的是，這些人不斷地蹦蹦跳跳，口中吆喝不止，彷若唱戲跳大神般，情狀甚是詭異。

待走得近些，方才看清那些腳夫都是赤手空拳，手中並無兵刃。擔子的籮筐中不過裝些紙馬等祭祀用品，隨著各人步伐有節奏地晃來蕩去，看起來裡面沒有裝什麼重物。行商們剛剛擊敗強敵，也死傷損折了不少人手，一時不知道腳夫是什麼來路，到底是友是敵，只凝神暗中戒備，並不主動出擊。那群腳夫也似無敵意，僅僅是著了魔般大呼小叫，接近商隊時便自動避讓，遠遠從馳道一邊擦身而過。

那雪衣弓手見腳夫一邊奔走一邊自顧自地手舞足蹈，似是裝扮成驅儺逐疫之神的方相，忍不住叫道：「喂，你們裝神弄鬼的做什麼？」一聲音嬌嫩清脆，赫然是名女扮男裝的年輕女郎。她見無人相應，冷笑一聲，當即引弓搭箭，對準一名跳得最歡快的腳夫，忽聽得父親驚叫道：「雪梅，快些讓開！太平車動了！」

名叫雪梅的女郎正勒馬站在兩輛太平車中間，聞聲轉頭，這才發現拉著太平車的兩排騾馬居然不待驅趕便朝前趕去。這太平車是一種大輜車，有箱無蓋，箱如勾欄而平，板壁前出兩木，長二三尺許，駕車人在中間，兩手扶捉鞭鞍駕之。一輛太平車可載重四五千斤，裝滿貨物後需要二十餘頭騾馬才能拉動，是以車子一動非同小可。雪梅不及思慮更多，匆匆收弓，策馬讓一旁。車夫們聽見主人呼喝，慌忙捨棄追擊麻衣強盜，各自跳回太平車上，卻怎麼也攏不住牲口。那套在二十餘輛太平車前的騾馬，不知為何忽然一改適才刀光劍影中的淡定，全都死命地伸頭往前走，口鼻呼哧著噴出白氣，極為興奮。

正不明所以然時，頭頂上盤旋不止的海東青驀地俯衝下來，自一輛太平車箱上掠過，雙爪一探，輕巧地抓起一個布袋，旋即騰空飛去。車夫驚叫道：「飛鷹！飛鷹抓走了袋子！」

雪梅重新扣箭上弦，張弓如滿月，臂指長空，正追擊瞄準海東青之時，眼前忽然不知道從何處冒出來一陣白色煙塵，氣味刺激嗆鼻。她自幼隨父親走南闖北，見多識廣，一聞便知道是江湖上下三濫盜賊常用的生石灰，遇水即沸，一旦入眼，輕則視力大減，重則變成瞎子，便顧不上再去射鷹，急忙回臂護住雙眼。

剎那間，腳夫們停止蹦跳，有的從擔子中掏出紙包朝商隊扔去，有的打火點燃紙馬連同擔子拋上太平車。馳道上火焰四起，煙霧繚繞，粉末彌天，如一場大霜雪蒞然降臨，咫尺之內難辨人影。眾人不得不用手遮住口、鼻等要害之處，有人猝不及防吸入了幾口石灰粉，更是被嗆得劇烈地咳嗽起來。

為首行商已然省悟，原來這群裝神弄鬼的腳夫跟適才的麻衣強盜一樣不懷好意，急忙命道：「救火！護住馬車！」話音未落，便聽見金刃交接及連聲慘叫。白影中，有腳夫躍上馬車，推下車夫的屍首，挽起韁繩，大聲呵斥，竟劫持了馬車掉頭往西。

銀槍少年延朗聽到車軸「軋軋」滾動之聲，舉袖掩面，正待趕過去追擊，左腳驀然一緊，低頭望去，卻被那中箭的強盜首領抱住了腳。他一掙未能掙脫，便提槍欲朝對方背心刺下。平地裡忽然伸出一柄鋼刀，蕩開了他的銀槍。原來是適才險些喪命在他銀槍下的麻衣強盜趁亂又折返回來，適時救了同伴一命。延朗無意戀戰，虛晃一槍，逼退那強盜，旋即抬起左腳，踢開中箭的強盜，轉身去追趕被劫走的馬車。

只聽見前面馳道上馬蹄得得，塵土彌天，濛濛中似有無數兵馬趕來。有人遠遠便大聲報出了名號：「李員外[26]不必驚慌，開封府程羽程判官率本府人馬到了！」

那強盜聽到商隊大援已到，急忙彎腰扶起同伴，欲從原路逃走。中箭的強盜首領卻伸手扯下早已被冷汗打濕的面巾，氣喘吁吁地道：「我受了傷，走不動路，你快走，不用管我。」

那強盜便依言放開他，稍一遲疑，即將鋼刀刀尖對準他胸口，欲殺死他滅口，不令其活著落入對方之手。強盜首領一言不發，閉上了眼睛。那執刀強盜見他身受重傷，搖搖欲墜，想到他本可以逃脫，全是為了從黑衣少年銀槍下營救自己才會中箭，再也不忍心下手，咬咬牙道：「你自行了斷吧。」便將鋼刀塞到首領手上，轉身疾步退入蘆葦叢中。

強盜首領單刀拄地，努力站定，舉目朝馳道望去——但見那些太平車的火拼未燒起來，零星火苗也旋即被人撲滅，腳夫們四散奔逃，煙塵漸散；那武藝了得的銀槍少年正率數騎人馬往西追擊馬車，人強馬精，瞬息便不見了蹤影；東面大隊官兵已經趕到，既有開封府的黑衣吏卒，也有身穿紅色戎裝的禁軍士兵，正分成幾隊，散開包抄搜索。他知道今日非但大事難成且再也無法逃脫，雖心有不甘，卻也難以挽回，仰天怒吼一聲，揮刀一舞，刀光劃出一道漂亮的弧線，朝自己的脖頸割去。

恍惚中，似乎正有人呼喊他的名字——「高瓊！高瓊！」微弱得彷彿母親臨終前的呢喃，又彷彿當日那少女仇恨的囈語。她知道麼，他其實是一直想死在她刀下的。刀鋒瞬間觸及肌膚，他清晰嗅到了死亡的滋味，這是他生平第二次離死亡如此之近，卻與前一次的感受全然不同。不甘心哪，他真是不甘心就此自刎而死，他寧可死在她的刀下。

就在他略微猶豫的一剎那，不知從哪裡飛來一支羽箭，正射在刀身上，「鐺」的一聲，火光迸射間，鋼刀脫手飛出。他也被這一箭之力帶得仰天跌倒，悶哼一聲，只覺得渾身骨頭如散架一般，傷口處更是疼痛如裂，再無絲毫力氣，動彈不了分毫。

卻見一男一女飛騎奔近，男人約摸四十來歲，氣度從容，手中握著一柄長劍。女子甚是年輕，一身雪衣，面色陰冷如冰，正是那名叫雪梅的弓手，她舉箭對準高瓊的胸口，生怕他暴起反擊。

中年男人翻身下馬，插劍入鞘，仔細打量高瓊一番，這才問道：「你可認得我？」高瓊喘了幾口氣，道：「當然認得，你是汴京首富李稍。」

李稍點點頭，道：「那麼你叫什麼名字？」高瓊甚是倨傲，冷冷道：「我沒有名字。」

雪梅道：「阿爹何必跟這種人多廢話，將他綁起來直接交給官府拷問豈不更省事？」

李稍道：「嗯。」口中答應，卻並不真的採納女兒建議，又俯身勸道：「年輕人，你可知道，開封府中有許多常人難以想像的酷刑，專門用來對付頑固的盜賊。你一旦被官兵帶進那裡，就會受盡荼毒，生不如死，最後還是要吐實招供。你現在若是肯說實話，交代出是誰主使你的，我可以考慮為你說情，放你一馬，你也不必多受皮肉之苦。」

高瓊道：「能有什麼主使？不過是我們兄弟最近手頭緊，沒有了酒錢，所以才打起了你這位開封首富的主意。」李稍道：「你不願意說實話，也由得你。」轉身見開封府判官程羽已趕將過來，便道：「程判官，你來得正好，此人就是適才持刀打劫的盜賊，似乎是首領人物。」神情口吻不卑不亢，渾然沒有尋常商人見到官員時的謙卑。

程羽字沖遠，深州陸澤[27]人氏，四十餘歲年紀，渾身儒雅之氣，一望便知此人是靠文章才華步入仕途的文官，只是其圓領大袖的緋色官服在這滿目素色的寒食節日煞是扎眼。

宋朝制度，三品以上官員服紫，五品以上服緋，七品以上服綠，九品以上服青。開封府判官是從六品的官員，程羽本不夠官品穿緋，只因頂頭上司開封尹趙光義相當信任他，所以特別奏請太祖皇帝賜其緋色官服，稱為「借緋」，這可是件極為榮耀的事。

程羽為人淳厚溫和，雖官居開封府要職，卻對李稍極為恭敬，拱手上前道：「本官奉命在陳橋驛班荊館相候，聽到有路人呼叫出了盜賊，這才匆匆趕來。還是來得遲了，倒教李員外和貴客受驚。」揮手命吏卒上前縛了高瓊，先拖到一邊看管。又問道：「貴客人在哪裡？」

李稍道：「適才貴客的馬車被賊人趁亂劫走，他氣急之下親自帶人去追趕了。」

程羽聞言色變，忙招手叫過一同趕來的殿前司[28]指揮使皇甫繼明，請他速速率人往西趕去接應貴客。皇甫繼明為人沉穆，也不多問，上馬舉手一揮，即領一隊騎兵絕塵而去。

程羽這才走近李稍身前，刻意壓低聲音問道：「盜賊的目標不是財物，而是貴客本人，對麼？」李稍道：「正是。」當即簡略說了事情經過，又道：「所幸這一路南來，貴客想多看看風景，並沒有乘坐馬車，馬車中裝的是貴客的禮物。不過今日之事實在蹊蹺，貴客一事本是機密，如何先後會有兩批盜賊趕來截殺？」雖是反問，卻多少帶著些不滿，隱有懷疑之意。

程羽聽出幾分弦外之音來，他蒞事恪謹，不敢輕易回答，只躊躇道：「這個……怕是要仔細查過才能知道。」李稍道：「好在僥倖抓住了活口，程判官可以帶回開封府好好拷問一番，興許能問出幕後主使來。」程羽道：「是。」

李雪梅忽插口道：「程大官人[29]，那邊的三個人也是同謀，你快些派人去將他們捉住。」

程羽順著她手指的方向望去，只見東面的一座高丘上佇立著三名男子，正在俯瞰馳道。其中一名道袍男子衣袂飄飄，肩頭上還立著一隻奇特的飛鷹，頗似畫中人物。

李雪梅遙指的正是潘閬、寇准和王嗣宗，他三人始終沒有跟隨驚散的人群離開博浪沙，也沒有貿然趕來相助，只嚴密關注著商隊的歷遇——盜賊在開封府地界持刀攔截商隊固然罕見，卻遠不如後來腳夫們撒石灰、燒擔子、趁亂劫走馬車離奇。而那群腳夫之前曾跟潘閬、寇准同時在博浪亭歇腳，其中一名操著蜀音的人還向二人解釋「去避來」的含義。

寇准道：「我就覺得這些腳夫有點不對勁，他們的擔子明明很輕，卻在博浪亭歇了很久，原來是居心叵測，在暗中等待伏擊商隊，只是料不到有人搶在他們前面先下了手。」

王嗣宗道：「你怎麼知道先前的持刀盜賊跟腳夫是兩夥人？」寇准道：「他們一前一後動手，目標都不是財物，而是那輛精美的馬車。若是同時行事，勝算豈不更高？」

王嗣宗道：「可馬車中的銀槍少年明明已經跳出車外，為何兩夥賊人還要死命爭搶那輛馬車？」寇准道：「聽說開封城中多劇盜，時有人被當街劫走後索取贖金的事情發生。這商隊如此聲勢，主人也定然非同小可，定是富貴無比的顯赫人物，也許馬車中坐著他的親眷，劫持了她，豈不比奪取太平車上的財物要省力得多？」

馬車中的受傷男子跌落車外時，道上酣戰正烈，人影閃動，塵土彌張，他們三人所站沙丘又距離甚遠，因而並未看得分明，寇准只以為車上還有什麼女眷。又見潘閬一直默然，問道：「潘大哥，你怎麼看？」

潘閬道：「嗯，我們先下去跟主人打聲招呼，再問個清楚。俊鶻吃了人家一袋子天鵝肉，我們好歹得給個交代。」原來海東青兩次冒險俯衝太平車，不過是為車箱中的一袋天鵝肉乾。

剛從高丘下來，便有數名軍士飛騎趕將過來圍住三人。領頭的散指揮都知杜延進報了官職姓名，命道：「將他們幾個拿下了！」王嗣宗愕然問道：「都知官人為何要拿我們？」杜延進道：「你們跟適才搶劫商隊的盜賊是一夥，還想抵賴麼？」

王嗣宗大呼冤枉，辯道：「我們三個一直站在這裡，動也未動一步，如何能跟賊人一夥？」杜延進冷笑道：「若不是你們放出飛鷹，吸引了眾人注意，賊人如何能輕易接近商隊？」張手便欲去捉潘閬肩頭的飛鷹，那俊鶻一張翅膀，箭一般竄入空中。

潘閬怒道：「若是驚嚇了海東青，怕是你傾家蕩產也賠不起。」杜延進道：「原來這就是傳說中的海東青。人證、物證俱在，你們還敢強辯說跟賊人不是一夥麼？」

寇准道：「誰是人證？物證又是什麼？」杜延進道：「人證是李員外的大姐[30]，物證就是這隻海東青。」

潘閬道：「海東青如何成了物證？」杜延進道：「我倒問你，你這海東青是從哪裡來的？」潘閬道：「是我向女真人買的。」杜延進斥道：「胡說！女真與中原並不相通，你肯定是契丹人的探子。」

原來海東青只出產在遼東的白山黑水間，素來是女真部落進貢遼國的珍貴貢品。女真在唐朝貞觀年間曾與中原相通，派使者到長安拜見唐太宗李世民。不久後渤海國興起，隔斷了女真與唐朝的交通。五代時，契丹的耶律阿保機滅掉了渤海國，後改名黃龍府，女真遷移到渤海故地，成為契丹的附庸。宋朝立國後，遼國在遼東通向中原的路上設置了三道柵欄，每柵駐守三千軍士，以此阻止女真與中原往來。

杜延進頗有見識，雖認定潘閬幾人是契丹細作，但也知道那隻海東青的非凡價值——官家酷愛狩獵，若能將它弄來獻給皇帝，升官發財只在轉眼之間。只是那海東青飛得實在太高，不過是天際一個極小的圓點，尋常弓弩望塵莫及，大概只有裝備在東京城牆上號稱能射千步的床子弩[31]才能射到它。當即緩和顏色，道：「給敵國當細作，按律要處以極刑。若是你能將飛鷹喚下來交給我，我可以報稱你們是遼國使者，自古以來兩國相爭，不斬來使，你和同伴也不會就此枉送了性命。」

寇准很是不滿，肅色道：「都知官人要拿我們幾個，有憑有據，我們並不敢相抗。但官人身為禁軍統領，為謀得海東青而刻意編造謊言，不但徇私枉法，且是知法犯法，犯下重罪。」杜延進冷笑道：「想不到你小小年紀，倒是一本正經。我倒想看看回頭你進了開封府，還有沒有這般能說會道。來人，將這三個契丹細作綁了，帶回去好好拷問。」

寇准忙道：「這件事跟王兄無干，他不過是個路人，我們才剛剛在博浪亭結識。」

杜延進哪裡肯聽，下令用繩索縛了寇准、潘閬、王嗣宗三人，牽了寇准、潘閬的馬，一路拉扯著他們往商隊所在而來。

一名被綑縛的灰衣男子正被帶到程羽面前，大聲抗議道：「明明是我出聲呼叫，提醒你們旁邊有賊人襲擊商隊，你們先是不分青紅皂白射了我一箭，現今又誣陷我是賊人一夥。天底下哪有這個道理？」

那男子肩頭尚插著一支羽箭，正是麻衣強盜偷襲時，在商隊後面馳馬高聲呼喊的人。李雪梅那箭並未射中要害，倒是他就此從馬上摔下來，額頭正好撞在一塊圓石上，當即暈了過去，適才吏卒一一檢視，發現他輕傷未死，又並非商隊中人，便立即將他綁了起來。

程羽不明究竟，轉頭問道：「李員外，事情當真如他所言麼？」李稍沉吟道：「這個……」李雪梅已然道：「真相未必如此。這個人當時手持利劍，策馬向商隊狂衝而來，我見他來意不善，這才射他下馬。」那男子大怒道：「這可真是好心沒好報了。」

程羽道：「那好，本官問你，你叫什麼名字？」那男子道：「張咏。」程羽道：「你來開封府做什麼？」張咏不及回答，李稍已搶過來問道：「你就是張咏張復之？」程羽更是驚奇，問道：「李員外認得他？」李稍道：「不認得。不過李某久仰張咏張郎大名，他可是名冠兩河的大俠士[32]，想不到這般年輕。」

程羽一聽李稍用了「久仰」二字，忙命人解開張咏的綁繩。李稍歉然道：「張郎，怪我等魯莽，沒問清楚就射了你一箭，得罪了。」

張咏為人本就豁達，見對方肯認錯道歉，便不再計較，笑道：「這實在怪不得你們，當時情勢危急，敵我難辨。好在令嬡那一箭並未射中要害。」

李稍上前檢視他的傷口，箭傷確實不重，只是那箭深入肩頭，並未穿透，要想取出箭頭，須得用刀割開中箭處的皮肉，少不得要多遭一番罪了。忙向女兒連使眼色，示意她向張咏賠禮道歉，至少說幾句軟話。李雪梅只佯作不見，咬著嘴唇，別過臉去。李稍無奈，只得道：「我這就派人送張郎進城，延請名醫為你取出羽箭，治療傷勢。」

杜延進正帶領軍士押著潘閬三人過來。寇准聞言道：「何必多此一舉，這裡就有一位現成的大夫。」

李稍見他不過是個少年，不大相信地問道：「你是大夫？」寇准道：「不是我，是我的同伴潘閬潘大哥，他是大名府有名的神醫。」

程羽道：「你們三個人都是來自大名府麼？為何正好在盜賊將要出現的時候，放出飛鷹搶掠李員外的財物？」寇准道：「不是這樣……」杜延進忙插口道：「那不是普通的飛鷹，是遼東的海東青，這幾個人一定是契丹的探子。」

李稍以極為奇怪的目光望了程羽一眼，程羽會意地點點頭，道：「這三個人就交給本官處置。杜都知，煩請你先將那些屍首和捕獲的賊人送回開封府。」

程羽只是開封府地方官員，根本無權指揮中央禁軍行事，但他的頂頭上司卻是開封尹趙光義——本朝皇帝最信任的親弟弟，去年剛被封為晉王，成為本朝唯一的親王，毫無疑問也是未來的皇帝——杜延進並不想就此離開，尤其不想聽程羽這類手無縛雞之力的文官命令，不過仍然畏懼他是趙光義手下第一能人，頗不情願地道：「那好，下官先行一步，這裡就有勞程判官了。」

等杜延進走遠，程羽才問道：「少年，你叫什麼名字？」寇准道：「寇准。」

程羽道：「你可是寇湘寇記室的長子？」寇准道：「正是。官人認得我先父麼？」

程羽道：「當然認得，我也曾在大名軍中為符相公擔任文書。想不到寇記室的兒子竟這般大了！難怪我第一眼見到你就覺得你有些面熟。」忙命解開三人綁繩。又問道：「你是為符相公的生辰而來，那隻海東青就是生日賀禮，對麼？」寇准道：「正是。」

他們所談論的符相公正是有「符王」之稱的符彥卿，一位際遇傳奇的人物——其長女是後周世宗柴榮第一任皇后，次女則是柴榮第二任皇后，亦是後周最後一任太后符太后，第六女是大宋晉王王妃，封越國夫人。他本人既是前朝廢帝周恭帝柴宗訓的祖父，又是本朝晉王趙光義的岳父，身分奇特而複雜。寇准的父親寇湘以頭名狀元身分及第後應辟為他的記室，隨其走南闖北，鎮守四方，直至亡故。符彥卿勇略有謀，善於用兵，曾多次大破契丹軍，令遼人畏懼。然而正因為其人軍威太盛，趙匡胤建宋代周之後開始猜忌這位名將。符彥卿明白究竟後乾脆交出兵權，只掛太師的虛名，常居洛陽、開封兩地，終日只帶著家僮遊僧寺名園，優游自適，這才得以免禍。他生平不近酒色，不好錢財，所得賞賜均分給了手下將士，所喜者唯有名鷹名犬。熟知他性情的下屬犯下大錯後往往求得好鷹好犬獻上，符彥卿即使暴怒，亦能原諒。

程羽道：「這麼說，你們三個撞見盜賊當道打劫李員外的商隊只是碰巧？」寇准明知實話實說興許會惹來麻煩，可他不願意撒謊，還是照實道：「不瞞官人，麻衣強盜出現時我們已經站在沙丘上，只不過見到強盜不似強盜，商隊不似商隊，一時弄不清究竟……」

忽聽得有人慘叫一聲，眾人驚然回頭，卻見潘閬不知什麼時候溜到張咏身邊，手法奇快地拔出了他肩頭的箭。那羽箭箭頭是鐵鑄的倒三角形，被生生用力帶出，痛楚更勝中箭之時，創口頓時血流如注。

張咏強忍疼痛，怒道：「你這算是什麼大夫？」潘閬也不理睬，朝寇准使了個眼色，逕自走到一邊。

李稍忙道：「我們商隊裡有上好的金創藥。」命人取過藥來，親手為張咏敷上。那藥膏辛辣之氣極重，一抹上傷口，汩汩鮮血頓時止住，且冰冰涼涼，疼痛之感大為減輕。

程羽還有許多事要立即處理，不欲故人之子捲入今日複雜的局面，便道：「寇准，我先派人送你進城，你和你的同伴可以暫時安頓在我家裡。」寇准遲疑道：「這個……」潘閬已然搶著道：「既然有人認為我們幾個跟今日之事有些干係，程判官又勾當主管此案，我們住進程府，怕是不大方便。」他既然點破，程羽不便多說，一時沉吟不語。

李稍忙道：「不如這樣，李某在城東還有一處空宅，跟程判官的宅邸一般同在汴陽坊，相距也不遠。幾位郎君若是不嫌簡陋，不如暫且屈尊移駕，李某自會派人料理伺候。」

王嗣宗道：「李員外說的是汴陽坊麼？我正要去那裡投奔親屬。」潘閬忙道：「如此實在再好不過，只是有勞李員外了。」

李稍道：「舉手之勞，何足掛齒！」又轉向張咏道：「張郎若不嫌棄，也請一道前去汴陽坊安置。等李某將這裡的事料理妥當，再行設宴致歉。」張咏本有所猶豫，忽見寇准正滿懷期待地望著自己，心念一動，當即滿口答應道：「好。」

李稍招手叫過一名二十歲左右的年輕廝兒，低聲吩咐幾句。那廝兒小名阿圖，甚是伶俐，躬身領命。程羽也過來叮囑幾句，阿圖一一應了，命人牽過馬來，請張咏、寇准等人騎了，領著幾人馳回城去。

不久前還摩肩接踵的馳道上，如今空無一人，處處狼藉，各人心中自有一番滋味。

路過博浪亭時，卻見亭中不知道何時多了一男一女，正互相依偎靠在一起。春風如醉，香氣似熏，陌上相會，情意綿綿。

北宋風氣相對開放，對女子的約束不似後來南宋、明、清那麼嚴重，當時婚後婦女入酒肆、看關撲賭博，甚至與丈夫攜手遊街均屬常見現象。眾人馳近時，那對男女完全陶醉在自己的世界中，始終未回過頭來。

潘閬惡念忽起，抿嘴吹了一聲口哨，一直在天上盤桓的海東青聽到召喚，驀然直衝下來，掠過亭蓋，輕巧地落在主人肩頭。那對男女聽到動靜，女子匆忙起身避到一側，假意觀看風景。男子則轉過頭來，目光炯炯凝視著眾人。

阿圖卻認得那年輕男子，忙招呼道：「原來是王衙內。」

既然稱「衙內」，那麼這人一定是權貴子弟了。這位王衙內與戀人在此相會並不離奇，奇的是那女子一聽見聲響即起身遠遠避開，彷若陌生人般，分明不想讓人知道她跟這位王衙內相識。潘閬更有心捉弄一番，正要設法迫使那女子轉過身來，好看清她的面孔，張咏忽冷冷道：「還是快些進城吧。人只道鷹惡，殊不知主人更惡呢。」潘閬道：「老兄不知道這海東青的新主人是符相公麼？莫非你是在暗示符相公是惡人麼？」張咏心下厭惡他的人品，懶得與他做口舌之爭，一打馬搶先而去。

阿圖忙道：「咱們還是快些進城吧，今日鬧出了盜賊，怕是要全城大搜索，提前關閉城門也說不準。」潘閬這才勉強作罷，攜了飛鷹跟在眾人背後。

一過博浪沙，便是成片成片的蔥鬱樹林，新綠溶溶，處處落英花紅，透露出點點生命氣息。這些林木樹種雖然普通，卻是近年來受當今皇帝趙匡胤欽命植就，蘊含著深沉而無奈的軍事意義。

自從後晉石敬瑭割讓燕雲十六州[34]給契丹後，中國失去了東北部與北部地方最重要的險關要塞與天然屏障，整個中原地帶門戶大開，以騎兵見長的契丹軍可以從容沿著幽薊以南的坦蕩平原衝入河朔，直達大宋京師開封，八百公里間，一馬平川，沒有任何一個關隘和險要之地可以阻擋騎兵大兵團的衝擊。為了扭轉失去燕雲後無險可守的被動局面，趙匡胤不得不將天下精兵聚集京師，既能以兵代險，又能抑制地方節度使勢力。至於下令在汴京四周廣植樹木，則是希望密集的森林能應對契丹鐵騎由燕雲十六州疾馳而至的威脅。這顯然只是大宋皇帝一廂情願的天真想法，若敵國騎兵能渡過黃河，逼近京師，幾片樹林又有何用？

然而遍地綠蔭終究能給人帶來愉悅的享受。尤其時逢一年一度的寒食節，芳樹之下，園囿之間，不少士民正羅列杯盤，互相勸酬。

往東南行十里即到陳橋驛，即昔日太祖皇帝趙匡胤黃袍加身的地方，因此被視為大宋發祥地。而今驛站猶在，不過已經改稱班荊館，專門用來招待番國使臣。

驛館前站著許多禁軍兵士，不少人正焦急地往馳道張望。一見到有人騎馬過來，便有禁軍上前攔下。張咏問道：「出了什麼事？」阿圖忙道：「不礙事。小人是李員外的心腹小廝，程判官有話要小的帶給這裡的主事相公。」

卻見一名二十來歲的年輕公子聞聲出來，雖是一身便服，背後卻跟著數名穿紫披緋的官員，氣派極大。那公子連聲問道：「怎麼樣了？到底怎麼樣了？」

阿圖忙上前跪下，低聲稟告了幾句。公子長舒一口氣，又指著張咏等問道：「這幾個是什麼人？」阿圖道：「回相公話，他們是我家主人的客人。」

公子道：「喂，那穿道袍的漢子，快些把你的飛鷹獻上來給我瞧瞧。」潘閬傲然道：「抱歉，穿道袍的漢子不能把飛鷹獻上來給你瞧瞧。」「漢子」是辱罵男子的穢言，他惱怒對方出口傷人，因而有意回答得陰陽怪氣，年輕公子登時勃然色變。

一旁有名侍從搶過來喝道：「好個大膽的賊漢子，你可知道我家相公是誰？」潘閬道：「實在抱歉，在下不知。不過這飛鷹是天下最名貴的海東青，是我同伴要獻給晉王岳父的生日禮物，你家相公也想強取麼？」

那侍從一呆，回頭朝主人望去，等他示下。年輕公子眯起了雙眼，露出極盛的敵意來，死死盯著潘閬。潘閬微一聳肩，那海東青即騰空飛去。年輕公子受到公然挑釁，心中更怒，一張白臉漲得通紅，右手不由自主地去拔腰間長劍。忽有一名四五十歲的紫袍官員搶上前來，附到他耳邊，低語了幾句。年輕公子這才悻悻鬆開已經握住劍柄的手，從牙縫中擠出一個字：「滾！」

阿圖如蒙大赦，忙從地上爬起，催促潘閬幾人上馬，繼續朝城中趕去。

默默馳出幾里，張咏忍不住問道：「阿圖，那年輕相公是誰？他背後那位穿著紫衣公服、上前說話的官員又是誰？」阿圖臉色慘白，不斷舉袖抹汗，嘶聲道：「年輕相公是本朝皇子。紫衣官員是邢國公宋偓相公，也是當今官家的岳父。你們幾位郎君闖下大禍了！」

原來那受到前呼後擁的年輕公子即是太祖皇帝趙匡胤的長子趙德昭。趙匡胤本育有四子，其中長子趙德秀和第三子趙德林均早夭，第四子德芳生母地位卑賤，唯有第二子德昭為第一任皇后賀氏所生，是本朝地位最尊的皇子，也是目下的嫡長子。

張咏聞言大吃了一驚，道：「原來是皇長子，難怪能有這樣的排場。」

王嗣宗不滿地道：「潘老弟適才實在太過輕率了！你明明見到對方的架勢，就算你不願意將飛鷹給趙相公，也不該反唇相譏。」潘閬不以為然地道：「皇子又怎樣？明明是他辱罵我在先，我還要抱著他的大腿，哭著喊著獻海東青給他麼？」

張咏雖不大喜歡潘閬為人古怪，卻對他這份威武不屈、不媚權貴的傲骨很是讚賞，忙道：「這事確實不能怪潘閬，對方出言不遜在先，況且他也不知道趙相公的身分。」

寇准歉然道：「潘大哥，這事其實還是怪我，我不該要了你心愛的海東青作為生辰賀禮。」潘閬搖搖頭道：「是我自己提出要送俊鶻給符相公作為生日禮物。王兄、張兄，寇准是知道我性格的，一向散漫放浪慣了，若是當真就此惹下大禍，我潘閬自己一力承擔，你們不必煩心。」

張咏道：「既然潘老弟已經說明飛鷹是送給符相公的禮物，未必會惹來什麼禍事。阿圖，我倒想問問你，本朝習俗以寒食、冬至、元旦為最重要的三大節日，按照慣例，大小官員都要放假七天以團聚家人，慶賀節日。今日明明是寒食節，是七日長假的第一天，為何班荊館破例聚集了這麼多文武官員？他們這是在等候你家李員外麼？」

阿圖賠笑道：「張郎就會說笑，我家主人不過是個商人，如何能勞動皇子出城親迎？」

張咏道：「難道是被召回京師的前原州[35]防禦使王劍兒？我今日曾經遇到過他，不過他隨行的貨物太多，裝了十來輛太平車呢，按腳程算來，他今日怕是到不了開封。」

他所說的王劍兒即本朝開國功臣王彥昇，其人因劍術高超得了「王劍兒」的別號，後周時任殿前司散員都指揮使，是趙匡胤最為倚重的心腹。陳橋兵變後，趙匡胤派王彥昇為前鋒，帶兵先入京師。王彥昇回京後，果斷地殺死了後周侍衛親軍副都指揮使、在京巡檢韓通及其全家，消除了唯一可能反擊的軍事力量。宋朝立國後，王彥昇升任京城巡檢，負責開封的治安，正是韓通之前擔任過的官職。然而得意忘形的王彥昇某晚趁酒醉闖入宰相王溥的家中，強行索要賄賂。王溥是後周遺臣，見王彥昇公然帶兵闖入，驚懼異常，便置辦了一桌酒席，好不容易敷衍過去。次日一早，王溥進宮，將王彥昇的言行密奏太祖皇帝。趙匡胤暴怒，王彥昇從此失寵，被外放為地方官，專門負責西北邊防。

阿圖連連搖頭道：「不是王相公。」張咏道：「那還有誰？算里程，今日天黑前能到開封的只有你家主人了。」阿圖道：「決計不是我家主人。」

潘閬忍不住插口道：「他們等的是北漢使者！」張咏十分意外，道：「什麼？」王嗣宗連連道：「決計不可能。北漢一意投靠契丹，是本朝死敵。當今皇帝雄才大略，志在統一天下，北漢占據我河東十二州之地，非討平它不可。」

潘閬只微笑望著阿圖不語。阿圖結結巴巴地道：「你……潘郎如何會知道？」潘閬悠然道：「宋偓宋相公都出現了，實在不難猜到。」

宋偓是當今身分最貴盛的大臣，跟唐代名相宋璟同族；其祖父宋瑤在唐代任天德軍節度使兼中書令，位極人臣；其父宋廷浩娶後唐莊宗女義寧公主為妻，他本人則娶後漢高祖劉知遠之女永寧公主為妻，長女宋氏則為當今皇后。而北漢開國皇帝劉崇是後漢高祖劉知遠的親弟弟，因而論起輩分來宋偓是當今北漢皇帝劉繼元的姑父，宋皇后則是劉繼元的表妹。

張咏、王嗣宗、寇准均是聰明過人，起初雖覺得潘閬所言匪夷所思，但仔細一想確實有理——負責大宋北部邊防的最高將領是關南兵馬都部署陳思讓，而陳思讓跟趙匡胤是兒女親家，他的女兒嫁給了皇子趙德昭。再算上宋偓身分的因素，能勞動皇子和王公同時出城在驛館等候迎接的，確實只有北漢使者。自從乾德三年宋師平後蜀、開寶三年平南漢後，天下已逐漸露出一統之勢，大宋軍威盛極一時。傳說官家的下一個目標將是占據河東之地的北漢，這是因為目前殘存在中原與宋並立的北漢、南唐、吳越幾個國家中，不但以北漢國力最弱，而且南唐、吳越兩國國主早已向大宋納貢稱臣，唯有北漢仗著遼國支持，與大宋對抗，不斷派軍隊入宋境搶掠，大宋早有用兵河東之意。不久前，在外擔任節度使之職的曹彬、王全斌等名將奉旨回京，動武之勢如箭在弦上。在這個緊要關頭，北漢派使者來到開封，應該是跟大戰在即的風聲有關。但既然皇子和王公都趕出城迎接，規格之高，前所未有，應該是北漢當權者事先已露了口風，是極好的兆頭——割城請和是必須的，說不定還會就此歸降，那麼大宋和北漢之間免去一場大兵禍，兩國的百姓都有福了。

如此看來，那些麻衣盜賊肯定不是真正的強盜，他們的目標不是李大員外的財物，而是混雜在商隊中的北漢使者。難怪他們個個武功高強，也難怪那個散指揮都知杜延進一聽到飛鷹是海東青，立即就將寇准三人當成了契丹探子，想來他也懷疑那些盜賊是遼國人派來的刺客。北漢想低調行事，瞞過遼國叔皇帝，偷偷與大宋媾和，不料消息洩露，遼國派出大批刺客明目張膽地趕來中原狙殺，行刺地點竟然選在張良刺殺秦始皇的千古名地博浪沙，可謂深具諷刺意味。

不過還是有一個極大的疑問，腳夫們又是什麼人呢？那些人雖然用席帽遮住了面孔，但他們的膚色、體形、甚至包括坐靠、行走的姿態都能顯示出他們是真正的腳夫。就算是遼國的腳夫，也不可能有那麼大一群人溜過邊卡而不被邊防察覺。況且，正如寇准之前與王嗣宗議論所言，這些腳夫若真跟遼國有關聯，被人收買來對付北漢使者，如何不與契丹刺客同時動手？又為何一定要劫走那輛馬車？

寇准幾人被押來商隊時，諸人均以程羽和李稍為中心，並沒有看上去像是北漢使者的人。早先那些去追趕馬車的人馬應該就是使者及其手下，包括那武藝極高的銀槍少年。可是推算起來，被腳夫們劫走的馬車內中肯定沒有什麼要緊人物，不然李稍和程羽早就嚇得親自出動了。那麼馬車中的乘客到底是什麼人，令北漢使者無比緊張，甚至親自冒險去追趕，而一路負責掩護使者行蹤的開封第一首富李稍卻並不如何關心？

張咏還想從阿圖口中套些話出來，不料那廝兒甚是精明，自潘閬提到北漢使者後，便連連搖頭稱什麼也不知情。張咏追問不到，更加急躁，氣氛陡然緊張了起來。還是寇准道：「既然跟北漢和談的事情還沒有公開，屬於朝廷機密大事，我們還是不要多問的好。」

張咏見他嚴肅正經，先是一愣，隨即哈哈大笑道：「好，就聽寇准的。」又道，「你知道麼？我家鄉濮州鄄城有一位姓王的教書先生，原是太原人氏，凡事正兒八經、一絲不苟，人們都稱他為老西兒。你年紀雖小，老成持重卻不在老夫子王老西之下，堪稱寇老西。」寇准喜他性情豪邁隨性，也不以為意，只微微一笑。

潘閬道：「寇老西，這個別號好，既襯寇准為人沉穩，他的祖籍也恰好在陝西，可謂應人應景。」王嗣宗笑道：「咱們幾個人以寇准年紀最小，偏偏他堪稱一個『老』字。」

阿圖見眾人終於有了別的話題，不會再行逼問，忙道：「幾位郎君都是第一次來汴京麼？那麼晚上可要好好出去逛上一逛。今天是寒食，城裡熱鬧得很，有好多新鮮玩意兒可是平時看不到的。」

張咏問道：「京師什麼地方最熱鬧？」阿圖驕傲地道：「那還用說，當然是我們樊樓！」

---

1 北宋京師為開封（今河南開封），又稱「東京」、汴京、汴州、汴梁（戰國時期魏國建都於此，稱大梁）等。周邊另有三大陪都：南京應天府（今河南商丘）、西京河南府（今河南洛陽）、北京大名府（今河北大名），與東京開封府合稱「四京」。開封設開封府，府尹為最高長官，下轄十六縣，其中開封、浚儀（宋真宗時改名為祥符）位於京城中，稱「赤縣」，分管京師東南和西北。另外陳留（今河南陳留）、封丘（今河南封丘）、陽武（今河南原陽）等十四縣位於京師四周，稱「畿縣」。又，黃河曾多次改道，本小說一律以歷史記載為準。

2 寒食：冬至後第一百零五日，宋人稱百五節，是紀念春秋名臣介子推的節日，節日期間家家斷火，只吃事先準備好的冷食。寒食節過後兩天為清明節（即若一日是寒食節，四日才是清明節）。

3 女使：被雇用的婢女，並非賣身的奴婢，合約到期後可自由離開。按照法律，「雇人為婢，限止十年。其限內轉雇者，年限、價錢，各應通計」。

4 紙馬：也稱甲馬，即以刻版在五色紙上印製神佛畫像，供祭祀時焚化。因這些神像上「皆有馬以為乘騎之用，故曰紙馬」。楮錢：紙錢的代稱。後周世宗柴榮出殯時，翰林學士陶谷命人在楮錢上雕印文字，黃錢曰「泉臺上寶」，白錢曰「冥遊亞寶」，此即為後世紙錢分黃白兩色的開端。

5 席帽：宋代的一種圍帽，四周以垂絲網之有如蓋網，故戴席帽叫做「張蓋」，通常為山野村夫所戴。

6 堠：標記道路的土堆，上插木牌、石刻之類，分為里堠（一般五里、十里立一堠）、界堠（標記地界）等。

7 宋代隱士、文士極流行穿道士的道服，一些官宦退朝或致仕後均愛穿道服羽衣，表示心懷高遠、志慕清虛。

8 寇准本名寇準。準，據《前漢・律曆志》：「繩直生準。準者，所以揆平取正也。」寇準後來成為北宋名相，宋代公文避其諱，在文書中省「十」作「准」。本小說中一律以避諱後的「寇准」稱呼。

9 「賤避貴，少避長，輕避重，去避來」於宋太宗時成為官方律令，但就連宋太宗趙光義本人對「去避來」一條也感到費解，曾特意向博學的大臣孔令恭詢問其來歷，孔令恭不能解釋。直到南宋末年，著名文學家周密還記載道：「律云『去避來』之文，最為難曉。」其真正涵義迄今無人能解。

10 汾州：今山西汾陽。

11 知貢舉：主持科舉考試的官員，往往是考試之前皇帝臨時指派翰林學士、知制誥、中書舍人及六部尚書等官出任。另選派六部侍郎、給事中、臺諫官一至三人同為知貢舉。另設點檢試卷官、參詳官各若干人。

12 古代帝王為了表示聽取臣下的冤情或諫議，懸鼓於朝堂之外，允許臣民擊鼓直接向皇帝反映問題，稱「登聞鼓」。

13 此時科舉考試尚未出現「糊名」「謄錄」等制度，考官可以從答卷上瞭解考生的身分、籍貫。直到景德四年（西元一〇〇七年），宋真宗頒布〈親試進士條例〉，才將「糊名」「謄錄」定為制度。糊名是用紙條覆蓋姓名、籍貫、家世等關鍵資訊，使考官無法知道考生身分；謄錄是派專人將答卷重抄一次，使考官無法認出考生的筆跡；這兩項措施主要是為了防止考官評定試卷時徇私作弊。

14 桑維翰：五代時，後晉的宰相，曾任石敬瑭掌書記，力勸石敬瑭拜契丹國主耶律德光為父，割燕雲十六州給契丹稱臣，被後世史學家稱為「禍及萬世，萬世之罪人」，有「覆載不容之罪」。

15 通榜：考試前，主考官預列知名之士，中第者往往出於其中，謂之「通榜」。

16 丈：宋代文人雅士之間的通用稱謂，有尊敬和親昵之意，多用於稱呼年長和位尊者。通常與姓氏或家中排行連用，如王安石稱司馬光為司馬十二丈，蘇軾被人稱為東坡二丈。

17 華州下邽：今陝西渭南。陝西以位於陝原（今河南陝縣）之西得名，今陝西之地在唐朝時大都屬京畿道和關內道，宋初設為陝西路。

18 莘縣：今山東莘縣。

19 古代稱藥學為「本草」。唐代於顯慶四年（六五九年）頒布《唐本草》，為中國古代由官方頒布的第一部藥典，收藥物八百五十種。王祐編撰的《重定神農百草》乃於《唐本草》的基礎上增加了藥材一百三十種，由宋太祖趙匡胤親自作序刊行，為宋官方頒行的第一部藥典。

20 此事件的衍生故事請詳見同系列小說《韓熙載夜宴》。

21 廝兒：青年僮僕，也是「小子」「青年」的口語稱呼。

22 刺配是將罪犯面部、臂部或身體其他部位刺刻標記後，發配至邊遠地區或一定場所服勞役或職役的刑罰，最早創立於五代後晉天福年間（九三六～九四二年），宋代進一步完備。刺配中的刺字所刺部位依情節輕重有耳後、背、額、面之分，所刺標記有字（一般為罪名）和記號（一般為環形），所刺深度有四分、五分、七分等種。

23 牢城是宋代獨創的監獄，是流配罪犯被集中囚禁並強迫服勞役的場所。如《水滸傳》中林沖因得罪高俅被流配滄州（今河北滄州）牢城，武松為兄武大郎復仇流配孟州（今河南孟州）牢城，盧俊義因私通梁山事發被流配沙門島（今山東）牢城。

24 記室：官名，掌管章表書記文檄。

25 趙匡胤年輕時路過清幽觀，無意中救了被囚禁在暗室的趙京娘。趙京娘年方十七歲，隨父外出燒香還願遭劫，父親被殺，她因生得美貌被強盜留下，專供其發洩凌辱，幸遇趙匡胤拔刀相救。趙匡胤為免京娘再次遇險，與之結為兄妹，千里護送她回家。

26 員外：本意是尚書省各部的員外郎，為長官的副手，宋代以此來尊稱民間的富人。

27 深州陸澤：今河北深州南。深州土產蜜桃有「一境之獨勝」之稱，自古就是皇室貢品。唐代貞元年間，博陵（今河北安平一帶）人崔護到長安應試時路過深州，正值桃花盛開，他在城南遇到一名女子，心儀不已。第二年又來到此處，桃花依舊，物是人非。崔護感傷之餘，寫下了《題都城南莊》一詩：「去年今日此門中，人面桃花相映紅，人面不知何處去，桃花依舊笑春風。」成為不朽之作。

28 北宋軍制，樞密院為總理全國軍務的最高機構，簡稱「樞府」。樞密院只有發兵之權，並不真正統帥軍隊。朝廷中央主力軍隊為禁軍，分別由殿前司和侍衛司馬軍、侍衛司步軍統領，合稱「三衙」，互不統屬。

29 官人：民間百姓對現任官員的尊稱。

30 大姐：指長女。宋代一般尊稱年輕女性為「娘子」，「小姐」則是用來稱呼妓女等地位低微的女性。

31 床子弩：利用多弓合力發射箭矢的弩炮。宋代的一步合一點五三六公尺，千步即有一千五百卅六公尺。澶淵之盟時，遼名將蕭撻凜（曾入侵中原擒宋名將楊業、攻高麗迫高麗王稱臣）即死在床子弩之下。

32 宋代稱河北（泛指黃河以北的地區）、河東（黃河流經山西、陝西兩省自北而南一段之東部，大略為今山西省）為「兩河」。張咏之「咏」字本為「詠」，詩言志，歌永言，詠者，永言也。其人以政績顯赫留名青史，然他本人武功高強，劍術精湛，早年長期漫遊江湖，仗義行俠，留下許多軼事趣聞，史籍中多有記載。

33 按照皇室慣例，皇子成年後都要封王，然而宋太祖趙匡胤在世時其親生兒子趙德昭、趙德芳均未封王，唯有其弟趙光義於開寶六年（西元九七三年）被封晉王。開封尹正三品，掌開封府之事，是京師開封的最高行政長官。五代舊制，儲君即位前一般都先擔任開封尹之職。

34 燕雲十六州，又稱幽薊十六州，大致是今北京、天津和河北北部、山西北部的一大片土地，東西約六百公里，南北約二百公里，總面積差不多為十二萬平方公里；所處地勢居高臨下，易守難攻，自古以來一直是中原的屏障，具有重要的軍事地位。

35 原州：今甘肅鎮原。

【卷二】樊樓燈火

寇准等人一路北走來到目的地樊樓，其規模和氣派著實令人吃驚，入夜已深，竟依然人滿為患。難怪那李稍能成為開封第一首富，所結交淨是權貴人物，擁有這樣一個日進斗金的賺錢酒樓，怕是他做不到的事也不多。

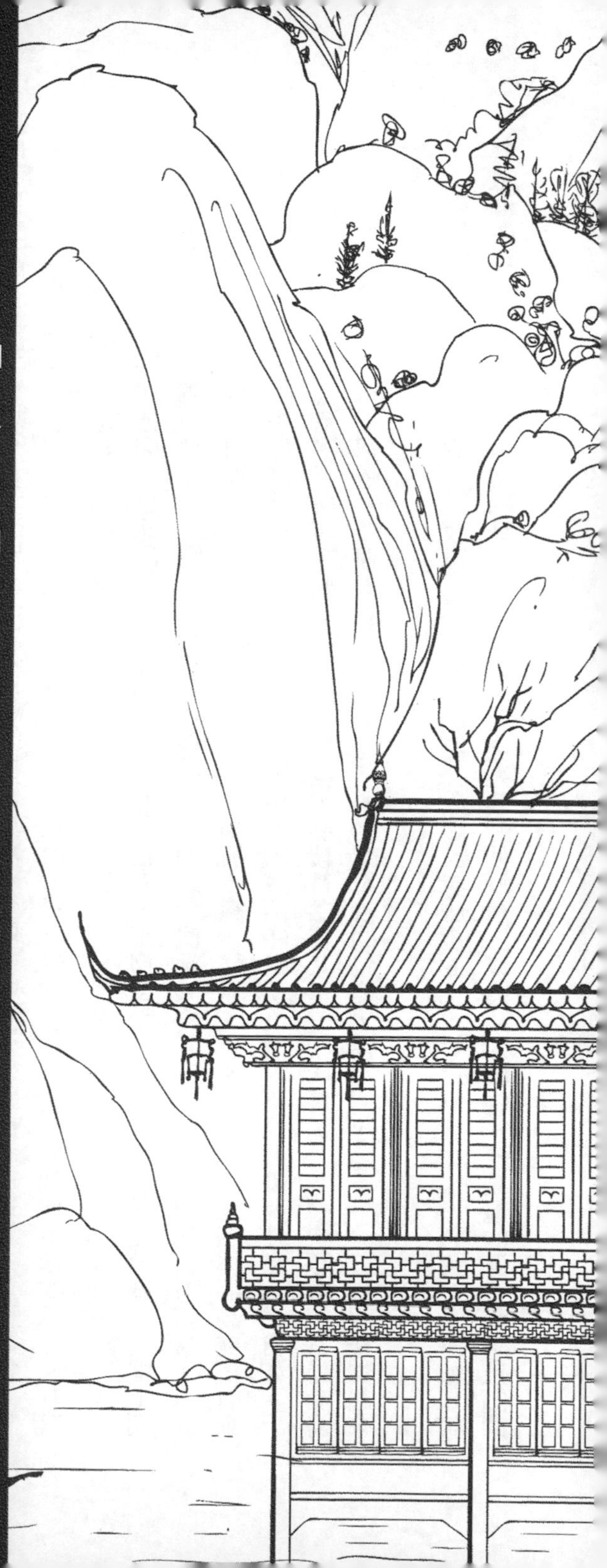

「梁園[1]歌舞足風流，美酒如刀解斷愁。憶得承平多樂事，夜深燈火上樊樓。」宋人這首詩說的是北宋都城汴京節物風流，人情和美，富麗甲天下，有「八荒爭湊，萬國咸通」的盛況。而樊樓則是開封城中最豪華、最氣派的酒樓，為京師七十二家酒樓之首。其釀造的「和旨」「眉壽」美酒名揚天下，四方酒客趨之若鶩。每年樊樓向都曲院購買的酒麴多達五萬斤[2]，按時價一斤一百五十文來折算，僅酒麴一項，官府便可收到七千五百貫[3]現錢；而宋初正七品的開封縣令月俸不滿十貫錢，可比六十名縣令一年俸祿的總和還多。略一比照，便可見樊樓的美酒消耗量何等驚人。

樊樓位於皇宮東華門外的景明坊，坐南朝北，西臨東華門大街，北朝大貨行街。這裡最初是大商賈販鬻酒肉和白礬[4]的交易點，後來有精明商人看中其優越的地理位置，在此蓋起了酒樓，稱為白礬樓，又稱礬樓，日久天長則訛傳為樊樓。外地來汴京的人不太明瞭其得名的來由，想當然地以為「樊」是酒樓老闆的尊姓。其實樊樓有兩位大老闆，一位姓李名稍，即大名鼎鼎的開封第一首富，一位姓孫名賜，均與樊姓無干。

樊樓是一組庭院式樓閣，正北門紮有門面彩樓，用七彩花卉、飾物裝點，花頭畫竿，醉仙錦旆。門框上則掛著些柳條及麵粉製成的飛燕，以應寒食習俗。穿過門樓，則是一處極大的院落，按照方位建有五座樓宇，灰瓦青磚，雕梁畫棟，分別稱東、西、南、北、中樓，各高兩層，巍然聳立。東、西、南、北四樓的高處搭有飛橋，與中心的中樓明暗相通，是以五座樓雖各自獨立，樓上酒客卻能借助橋欄在不同閣樓間往來游弋自如。閣樓裡面的陳設既富麗又典雅，底層的主廊是散座，酒樓行話稱其為「門床馬道」，層次不高，凡是有身價有來歷的客人都往樓上招呼。二樓天井的兩廊均是一個一個單獨的包廂，稱為「小閣子」，五座閣樓加起來總共有三四百個小閣子。

東京時興以妓伴坐侑酒，又有數百名酒妓濃妝豔抹，聚於主廊簷面上，等待酒客呼喚。每每夜幕降臨，樊樓燈燭熒煌，上下相照，笙簧聒耳，鼓樂喧天，望之宛若神仙洞窟，成為開封城中一道亮麗的風景線。京師的蠟燭價格比油燈貴出許多倍，別說普通百姓，就是一般官僚家裡也點不起蠟燭，以致皇帝常有賜臣僚巨燭之舉。樊樓卻是財大氣粗，消費驚人，每晚僅蠟燭一項便是一大筆開銷，為其供應蠟燭的商鋪也因此發了大財。

此刻正值燈火凝眸之時，五座樓頂的每一道瓦楞間各燃放了一盞蓮燈，將樊樓點綴得分外明媚。樊樓主人李稍白日在博浪沙遭遇的凶險搏殺竟沒有投下絲毫漣漪，酒客如蟻，專門負責換湯斟酒的婦女往來穿梭，忙得沒有絲毫空閒。大酒樓習慣用女子做酒保，個個腰繫青花手巾，綰著高髻，稱為「焌糟」，雖不及酒妓們妖嬈美豔，卻別有一番風情。

一名二十來歲的絳衣女子正站在中樓散座堂前說書。她名叫龐麗華，是專事說書的路歧人[5]，身材嬌小玲瓏，模樣還算端正，只是比起廊下那些十五六歲的妙齡酒妓來，年齡明顯要大出許多，在這燈紅酒綠的銷金窟中，多少顯出了幾分強顏歡笑的老態。

只見龐麗華將手中鞀鼓[6]「咚咚」搖了幾下，曼聲道：「那秦蒻蘭號稱江南第一美人，有著絕世容貌，更能彈一手好琵琶，她主動投懷送抱，陶尚書如何能不受誘惑？當即墜入韓熙載事先安排好的美人計中……」

她所講的正是本朝已故禮部尚書陶谷數年前出使南唐、為南唐大臣韓熙載設計戲弄的故事——大宋禮部尚書陶谷奉命出使南唐，見到國主李煜時態度甚是倨傲無禮，南唐君臣都很氣憤，卻因不敢得罪大宋而無可奈何，只有大臣韓熙載說他有辦法整治陶谷，於是派侍妾秦蒻蘭裝扮成驛吏之女到驛館接近陶谷。秦蒻蘭容貌絕世，又有意編造悲苦身世，陶谷又愛又憐，遂入圈套。他憐憫秦蒻蘭的「際遇」，甚至有意娶其為妻，還填了一首〈風光好〉的豔詞以表心意。幾日後，南唐再設宴招待陶谷，陶谷不肯飲酒，頗有正人君子派頭。韓熙載於是喚秦蒻蘭出來勸酒，陶谷這才知道中了美人計，羞愧得無地自容。

這段真人真事改編的故事名為《贈詞記》，是汴京酒客最愛聽的一段說書。雖說陶谷的作為有損大宋國體，然而自古以來都是「窈窕淑女，君子好逑」，那秦蒻蘭有「江南第一美女」之稱，才色雙絕，如何不讓人心動？只可惜紅顏命薄，這位人見人愛的尤物最終捲入了一起離奇命案，落了個投河自殺的下場。

每每講到秦蒻蘭最後的結局時，龐麗華都會怔怔落下淚來，她不但完全投入了說書的情節，而且從女主人公的際遇中憂慮想及自己未來的命運。而聽書的酒客們見到這一幕時，往往會情不自禁地拍桌大叫道：「有巴！有巴！[7]」然後照例掏出幾文錢來交給一旁伺候的焌糟，打賞給龐麗華。

那焌糟名叫唐曉英，忙用木盤一一接了賞錢，走過來交給龐麗華道：「有二十好幾文呢。可惜得有一半交給樊樓當做進酒樓說書的樓價錢。」

龐麗華淒然一笑，將銅錢一枚枚撿起來，收入一個小小的錢袋中。唐曉英見她面色甚是疲倦，忙道：「麗華姊姊，不如你先回去。今日寒食，你等的那人怕是出城掃墓，不會來了。」

龐麗華也覺得今日酒客實在太多，燈光人影紛紛濟濟，晃得她頭暈眼花，便道：「也好，若是他來了，你告訴他我先回家了。」一招手叫過正坐在臺階下仰望樓上燈火的女兒，道：「小娥，咱們先回家吧。」

那小娥約摸五六歲年紀，甚是乖巧，跳過來問道：「那位叔叔不是還沒來麼？」龐麗華道：「小娥乖，叔叔有事，來不了了，咱們回家吧。」

唐曉英忙道：「正好今日看大門的小廝是個熟人，我跟姊姊一道出去，跟他說說，看他能不能不收你今晚的樓價錢。」龐麗華遲疑道：「好是好，只是不合規矩，萬一被人知道告發，你可就惹下麻煩了。」唐曉英笑道：「我不說，你不說，他不說，誰會知道？」

正說著，一名焌糟奔過來叫道：「麗娘別急著走，我剛在西樓斟酒，一間大閣子的官人提到想聽人說書，我特意推薦了你，他叫你上去陪酒呢。你也知道尋常百姓上不了西樓，運氣好的話，隨手打賞的錢可就夠你好幾個月的說書錢了。」

因為從西樓俯瞰下去即是皇宮大內，出於安全的考慮，樊樓從不對外開放西樓，也不准普通士民登樓，能上西樓閣子飲酒的不是達官，即是顯貴。龐麗華在樊樓說書已久，自是清楚這一點，只是今晚湊巧帶了女兒進來，不免有些躊躇，道：「丁丁，多謝你的好意，可我不是酒妓啊。」

唐曉英也道：「是啊，你不知道麼？麗華姊姊是沾不得酒的，碰一點就會全身起疹子。」丁丁笑道：「放心，我已經說過你不能飲酒了，那官人只想聽你說書。」

龐麗華還是不放心，問道：「對方是什麼人？」丁丁道：「主人是位極年輕的郎君，頂多也就十五六歲年紀，麗娘還怕他對你怎樣麼？你若還是不放心，我跟曉英換班，讓她上西樓服侍，如何？」唐曉英喜道：「這樣子最好。」又問道，「能帶小娥一道去麼？」丁丁道：「沒問題，我跟把守的羅鍋兒說一聲。不過小娥不能進閣子，你可以留她在我哥哥那裡。」

龐麗華為女兒劉娥治病欠下了巨債，急需一筆錢還債，心中確實對丁丁所稱的巨額賞錢有所期待，又聽說能帶女兒同去，便應承了下來，牽著女兒的小手，與唐曉英一道跟隨丁丁往西樓而來。

西樓樓前疏種著不少樹木，杏花灼灼，槐葉青青，煙霞空濛，麗景如屏。

樓上也有許多閣子燈火通亮，不時有觥籌交錯聲傳下來。一樓散座中分坐著不少人，不過只是靜靜坐著，不敢輕易走動，應該是樓上達官貴人的隨從。相對於其他四處閣樓市井般的喧囂鼎沸，這裡可以說得上是十分安靜冷清了。

丁丁向門前把守的小廝羅鍋兒說明了情形。羅鍋兒壓低聲音道：「原來是八號閣子的那位小官人，他姓李，並非中原人氏。你們可得小心伺候了。」

唐曉英奇道：「姓李，又不是中原人氏，莫非是南唐的使者？」羅鍋兒道：「這我可不知道。我只知道他第一次來樊樓飲酒的時候，陪同的是鴻臚寺判寺事。」

鴻臚寺是主管民族、外交事務的機構，既然是最高長官判寺事陪同前來，那麼這人在本國的身分一定相當尊貴了。

唐曉英道：「不對呀，先前南唐國主的弟弟鄭王李從善出使汴京請和時，已經被官家下令扣押，軟禁在汴陽坊中。難道那國主李煜傻乎乎地又派了一個弟弟來？」

旁人可沒有她這般聯想和見識，丁丁也不耐煩聽下去，見龐麗華正往臉上撲粉，忙催道：「麗娘別再撲粉了，快些上去吧，別讓李官人久等。曉英，你可千萬別再犯火爆娘子的脾氣，又做出冒犯客人的事。記住了，你現在的身分是焌糟，不是酒妓，可別老窩在閣子裡不出來。」

東京慣例，酒妓陪酒是自願行為，只管伴坐陪酒，不涉及買歡和肉體交易。然而當那些酒客喝得滿臉通紅、分不清方向時，手腳往往就不由自主地往身邊美貌的酒妓身上摸去求歡。雖然酒妓可以明裡拒絕，可又有絕對不能開罪客人的規矩，為了保住飯碗，往往只能忍氣吞聲。當然酒客雲雨後也有錢物賞給酒妓，兩下並不吃虧，這已經是樊樓公開的祕密。唐曉英原本是一名酒妓，只因忍受不了酒客時不時的動手動腳，才改行當了收入低微許多也辛苦許多的焌糟。偏偏她為人正直仗義，在看到一些酒妓極不情願地被酒客撲倒時，總是忍不住上前相助，由此落了「火爆娘子」的名頭，差點因此被趕出樊樓。

唐曉英笑道：「放心，眼下小娥治病需要錢，我不會再那麼冒失了。」當即上樓來，將劉娥帶到樓梯口的儲酒間裡，交給酒廝丁大，自己領著龐麗華來到樓上八號閣子。

那閣子裡只有三人，西首正中案前席坐著一名黑臉少年，旁側坐著名四十餘歲的中年文士。另有一名小廝正賠著笑臉站在一旁奉承，卻是個熟臉，小名呆子，人其實一點也不呆。跟龐麗華一樣，呆子並不是樊樓的人，只每日晚上拿些果子香藥混進來叫賣，也幫酒客跑腿，做些買物命妓、取送錢物的雜事，因模樣俊秀，口齒伶俐，善於迎合，很得客人歡喜。

那黑臉少年見有人進來，問道：「這位絳衣娘子就是麗娘麼？」龐麗華忙上前道：「麗娘見過二位官人。

不知道二位官人如何稱呼？」那少年甚是爽直，指著一旁一只腳凳道：「我姓李，這位是張先生。麗娘只管坐下，將最拿手的故事一一說出來。」

一旁呆子笑道：「麗娘今日可算是遇到貴人了。小的剛剛給李官人隨意講了講汴京的來歷，就得了兩吊賞錢呢。」那中年文士張先生先站起身來，取出一串金珠，遞到龐麗華手中，笑道：「我家主人最愛聽故事，煩勞娘子今晚多說一些給他聽。」

龐麗華見那金珠顆顆有蠶豆般大小，總共是十來顆，給女兒治病綽綽有餘，不由得喜出望外，連聲道：「多謝官人。」

一旁的唐曉英瞧在眼中，既為龐麗華高興，又不禁暗暗稱奇，心道：「久聞江南富庶，民風糜軟，這二人雖出手大方，容貌卻完全不似江南人。尤其那黑衣黑臉的少年鼻梁高挺，眼窩深陷，頭髮帶著褐色，莫非……是党項人？」

又聽見張先生笑道：「若說得好，我家主人還有重賞。不過最好是說些跟本朝有關的故事。」龐麗華道：「是。」坐到一旁，選了一段本朝名將王全斌、曹彬率六萬大軍平定後蜀的故事，鼓起精神，晃了兩下鞀鼓，說唱了起來。

唐曉英本待留在閣子中，忽見那張先生揮了揮手，只得退了出來。剛出來廊中，便見隔壁六號閣子繡簾一掀，香氣漾開，旋即伸出一張白皙如玉的美人臉來，粉紅櫻唇一張，嬌滴滴地叫道：「喂，快些給這裡再送兩瓶酒來。」

唐曉英認得她，她名叫蔡奴，是小姐中的行首，妓女中的楚翹，也算是樊樓常客，當然從來不是她獨自前來，總是那些權貴們帶著她來。幾年前，曾經有位沈姓富豪為了討好追求她，來到樊樓後當場以蔡奴的名義付下在座所有酒客數千人的酒錢，成為震動京師的豔聞盛事。轟動之程度，只有十年前後蜀國主孟昶與他那位傾國傾城的妃子花蕊夫人被押進京師獻俘時才能相比。從此，蔡奴成為汴京第一名妓，每日趕往雞兒巷求見者絡繹不絕，但蔡小姐卻有自己的眼光和底線，能入其門者少之又少。

唐曉英應了一聲，匆忙奔到樓梯口的儲酒間，見劉娥正乖乖地坐在一旁，一動不動，便向管帳的酒廝丁大領了兩瓶酒，出來時正撞見樓主李員外的心腹小廝阿圖領著三名男子上來。

阿圖陡然見到唐曉英，頗為驚訝，問道：「英娘如何來了西樓？」唐曉英道：「嗯，這個……」阿圖不及詢問更多，只道：「這幾位是員外的貴客，可要好生招待了。」唐曉英道：「是。」

阿圖回頭向三名男子賠笑道：「三位郎君請隨英娘到閣子入座，酒菜立即奉上。小的還要去看看我家員外回來沒有，先行告退。」

那三名男子正是張咏、寇准和潘閬。他們進城後，被阿圖逕自領來汴陽坊的空宅中安置，王嗣宗則去投奔在汴陽坊當坊正的族叔王倉。沐浴更衣、歇息一番後，阿圖先是領著三人步行來到汴河正中的州橋，等著看河燈夜景。

州橋是一座石橋，橋柱均是青石築成，上面雕鐫海馬水獸飛雲形狀，栩栩如生。橋拱低平，禁止舟船通過。橋西兩岸還各立有巨桿鐵槍數條，正有禁軍軍士將連接鐵槍的鐵索橫絞上水面，這是為了防止失火舟船順流而下，損毀州橋橋墩及州橋正對的大內御街。

所謂御街，顧名思義，就是專供皇帝出巡用的街道。這條街道寬二百餘步，長七八里——北起皇宮正南的宣德門，筆直向南，經景靈宮、大晟府、太常寺、都進奏院、都亭驛、開封府等重要官署後，到達州橋。再經過鱗次櫛比的店鋪後，到達內城朱雀門。出了內城繼續往南，經過延真觀、太學、五嶽觀、看街亭，到達外城正門南薰門，御街主幹道才算結束。因為正對大內的緣故，南薰門不准尋常百姓殯葬車輿出入，但卻規定民間運抵京師的豬羊必須由此門進京。因京師人口龐大，每日從早到晚都有人趕著豬群出入南薰門，多則萬隻，少也有數千隻，只有十數人驅逐，從無有亂行者，可謂汴京一大奇景之一。御街正道兩側挖有御溝，御溝中盡植蓮花，兩旁一邊栽種柳樹，一邊種滿桃李杏梨，楊柳依依似絛，雜花相間怒放，望去宛如錦繡。御溝外側則是御廊，允許市民商販在這裡做買賣。

張咏等來到州橋時，才明白阿圖為何一定急著先帶他們來遊御街了。原來御街正道平時只對一定品銜的權貴開放，新科進士唱名賜宴後也可以享受一次「御街馳驟」的待遇，尋常普通百姓要想到正道上走一走、跑一跑，就只有等寒食、新年以及皇帝生辰這樣重大的節日了。

但見御街有成千上萬人爭相來回往來，只為了能在御道上多走幾步。雖然這種情形在張咏等人看來有些可笑，甚至有點瘋狂，但那些士民個個滿面紅光，寫滿了興奮與快樂的真實。御街兩邊歌舞百戲，鱗鱗相切，樂聲嘈雜十餘里。州橋東北側的大相國寺前有大象表演，更是遊人嬉集，觀者溢道。

天色漸暗時，遊人依然絲毫沒有要散去的跡象。無數盞燈驟然點著，京師重新亮堂了起來，燈山上彩，金碧相射，彷若天漢降臨人間，鋪天蓋地，錦繡交輝，難怪州橋又被稱為天漢橋。那一刻的震撼和感動，只有身臨其境的人才能體會。

開封御道無與倫比的美景確實令寇准等人印象深刻，以至一路北來樊樓時，不斷走走停停，流連領略夜市的風情，短短幾里路，竟走了兩個多時辰。到達目的地樊樓時，其規模和氣派也著實令幾人吃了一驚，入夜已深，竟還是人滿為患，大多數人竟似預備在這裡暢飲通宵。難怪那李稍能成為開封第一首富，所結交的淨是權貴人物，擁有這樣一個日進斗金的賺錢酒樓，怕是他做不到的事也不多。

阿圖將張咏等帶上西樓便即離去。這一層樓天井走廊兩邊總共五十來個閣子：東面單號，房間稍小，窗戶正對中樓；西面雙號，窗外即是巍峨的宮闕，號碼越小的閣子，不但越遠離中心樓梯，且越靠近大內腹心之地，因而素來是貴客的首選。今日是寒食，大約是因為官員們忙著祭祖掃墓、不及應酬的緣故，西樓上的貴客並不多，還有不少臨靠西面的雙號閣子都空置著，二、四、六、八、十號閣子已經有人，唐曉英便領著三人進來十二號閣子。

一進來不等坐下，寇准便深深吸了口氣，道：「好酒！」先伸手取了一瓶酒，拔開泥封便往嘴裡倒。

唐代沽酒慣用升斗，宋代卻是使用酒瓶，一瓶最少也有一升。唐曉英見他年紀最小，卻如此貪杯，忍不住問道：「小郎君是不是從家中偷跑出來的？」

寇准愕然道：「娘子何出此言？還有，為何偏要在郎君前加個小字？」唐曉英道：「你小小年紀，當然是小郎君了。你這般迫不及待，連同伴都不顧，雖然可以說得上是不拘小節，可一定是被父母大人管束得嚴，許久不敢飲酒了。」

寇准心道：「你不過是個烌糟，賣酒才是正事，對酒客指手畫腳，實在是太多事。」不再理睬，只仰頭貪婪地飲酒，彷若饑渴了很久。

唐曉英見他瞬間如喝水般飲乾一瓶一升裝的眉壽，又伸手去取另一瓶，慌忙勸道：「小郎君還是少喝一點好，這一瓶酒足足六十八文錢呢。錢還是小事，萬一喝醉了，你瞞著大人偷偷出來喝酒的事可就瞞不住了。」

潘閬笑道：「這位小娘子說得真有趣。不過如果真來拼酒的話，我敢說就算你們樊樓所有的人都醉倒了，這位小郎君也不會醉。」

唐曉英「噗哧」一笑，道：「郎君好大的口氣！這裡可是樊樓！我們這裡的酒妓個個是海量，我這就去喊幾個來跟這位小郎君拼酒，看誰先倒下。」

她當然不是開玩笑，說到就要做到。她做過酒妓的營生，知道酒妓不屬於酒樓正式雇工，收入僅僅來自酒樓所給酒錢的抽成或酒客的打賞，若是沒有酒客叫其陪酒，那便沒有任何收入，只能白站一晚。適才她見到樓前還站有不少酒妓女郎，穿著薄薄的羅衫，寂寞地站在料峭春寒中，她就勢提出拼酒，也是想幫助那些姊妹。

潘閬居然也不是開玩笑，一拍桌子道：「好，我願與娘子打賭，我以十貫錢賭寇准贏。」唐曉英道：「郎君身上可帶有十貫現錢？」

潘閬哈哈笑道：「誰身上會帶一萬個銅錢？不過我有這個……」說著從懷中掏出一顆珍珠來，有如拇指蓋般大小，圓整光滑，在燈光下泛著柔和粉嫩的光澤。唐曉英呆了一呆，問道：「這是產自遼東大海的北珠麼？」潘閬道：「正是。想不到你一個焌糟，倒很有些見識。」

唐曉英不悅地道：「郎君可不要門縫裡瞧人，焌糟就不該有見識麼？樊樓來來往往的人成千上萬，我們焌糟什麼樣的人、什麼樣的東西沒見過？」潘閬笑道：「我說話不中聽，卻是大實話，見多未必就是識廣。不過你這位焌糟倒是很不一樣。怎麼樣，賭還是不賭？」

唐曉英心道：「這少年郎君連飲兩瓶酒都面不改色，他同伴又敢如此托大，看來酒量不淺。不過這顆珠子價值千貫，我若能贏過來交給麗華姊姊，她不但能還清大相國寺長生庫[8]的巨債，還有多餘的路費帶著小娥回去蜀中老家了。」當即點頭道：「好，我跟你賭，我來跟這位小郎君喝。」

潘閬道：「你？你不是焌糟麼？」唐曉英道：「我以前也當過酒妓，而且我比她們更需要那顆珠子。」

張咏一直默不作聲，只站在窗口朝大內凝視，聞言轉過身來笑道：「娘子倒是老實人。」唐曉英傲然道：「那是當然。不過話先說清楚了，我可沒有什麼值錢的東西當做賭注。」

潘閬道：「就賭你的人如何？你贏了，珠子自然歸你。你輸了，珠子一樣歸你，不過你得給寇准當一年女使。」寇准驚訝地抬起頭來，不及推讓，唐曉英已搖頭道：「這可不行。」

潘閬道：「當一年女使，難道不值一顆珍珠麼？」唐曉英道：「當然是值得的，當十年女使都值得的。只是我有很要緊的事要辦，不能離開樊樓。」

張咏、潘閬都覺得這焌糟不但性情爽快，而且古怪有趣，一時起了好奇之心，齊聲問道：「什麼要緊的事？」唐曉英道：「這是我的私事，不能告訴你們。」

忽聽得廊間有女子尖聲叫道：「酒呢？快些來上酒！」唐曉英這才想起蔡奴所在六號閣子要的兩瓶酒還沒送去，忙道：「幾位郎君稍候，我去去就來。」

匆匆出來，到儲酒間重新領了兩瓶酒，又讓丁大記了兩瓶酒在十二號閣子帳上，這才送酒來六號閣子。經過八號閣子時，刻意停了一下，駐足細聽，裡面龐麗華正說到後蜀國主孟昶出降、花蕊夫人寫下「十四萬人齊解甲，寧無一個是男兒」的詩句，似乎一切順利，這才放下心來。

進來六號閣子時，一名五六十歲的老者正坐在上首。蔡奴香肩半露，倚靠在他胸前，媚態橫生。

唐曉英剛揭起簾子，老者便森然問道：「為何這麼久才送來？」唐曉英道：「抱歉得緊，適才有點事情耽擱了。」將酒瓶放下擺好，斟好兩杯酒，又問道：「相公還需要添些酒菜麼？」

她見那眼界極高的蔡奴對這老者極盡諂媚奉承之能事，料來他身分非同一般，是以用上了專門稱呼高級官員的「相公」，而不是常用的「官人」。

老者道：「酒菜就不需要了。你去叫隔壁那家說書的不要說了，敲敲打打，嘰嘰咕咕，說個不停，叫老夫如何飲得下酒？」唐曉英遲疑道：「這個怕是……」忽見那老者雙眼精光暴射，露出瘮人的凌厲來，嚇了一跳，忙道，「是。相公請稍候，我這就去請他們挪到別的閣子去。」

這樊樓雖建造裝飾得富麗堂皇，卻是木質結構，雖然牆壁上也糊了一層泥漿，但緊鄰閣子間的隔音確實不怎麼好。但來樊樓的都是飲酒作樂的人，興之所至，情之所至，又有誰會在意隔壁的人在做什麼？

唐曉英不得已，只得進來八號閣子中。呆子居然還死賴在這裡，忙前忙後地斟酒夾菜，大約是見到此閣酒客出手闊綽大方，還想多混些賞錢。

龐麗華正說到後蜀國主孟昶病死、花蕊夫人被當今官家納入宮中為寵妃一段。黑臉少年忽插口問道：「那孟昶真的是病死的麼？他為何早不病、晚不病，到開封沒幾日就撒手歸西了？」龐麗華道：「也許是水土不服的緣故。」

中年文士張先生笑道：「也許不是。我曾聽人說是滅掉後蜀的宋軍主帥王全斌派人暗殺了孟昶。」

王全斌、花蕊夫人這些當事人均還在世，甚至孟昶的兩個兒子投降後也在朝中擔任高官。龐麗華不敢接口，只垂首道：「麗娘可不知道真實情形如何。」

中年文士道：「嗯，我聽說事情的經過是這樣，王全斌擅自屠殺已經投降的三萬蜀兵，殘暴行為令人髮指，蜀人對這屠夫切齒痛恨。而孟昶到京師後受到當今聖上的優待，封秦國公，任開府儀同三司，檢校太師兼中書令，王全斌怕孟昶日後報復，所以先下手為強……」

他搖頭晃腦，語調抑揚頓挫，聲音也越來越高亢。唐曉英生怕他驚擾隔壁那兇狠老者，可又不知道該如何開口勸阻。正乾著急之時，忽有人一把扯掉門簾闖了進來，卻是隔壁六號閣子的老者，二話不說，先揚手打了唐曉英一巴掌。

唐曉英道：「你……」只覺得左臉火辣辣作疼，似乎半邊臉都腫了起來。龐麗華驚叫一聲，扔掉鞀鼓，趕過來查看，卻被老者一把推到牆上，「砰」的一聲，正撞在額頭上，登時血流如注。

唐曉英扶住龐麗華，見她已撞暈了過去，忙道：「呆子，快去叫人來。」呆子見到龐麗華血流滿面，好好一個女子，轉瞬變成了大相國寺十八層地獄壁畫中的女鬼模樣，早嚇得傻了，茫然退到牆角，動也不敢動。

那黑臉少年霍地站起來，喝道：「你做什麼？」那老者冷笑道：「做什麼？告訴你，老夫就是你所稱的屠夫王全斌！」

黑臉少年道：「原來你就是王全斌！怎麼，你壞事做盡，還想堵住天下悠悠眾人之口麼？」

王全斌是本朝開國功臣，深受皇帝趙匡胤寵信，所以才在十年前被任命為討伐後蜀的主帥。然而他攻下成都後縱兵擄掠，殘殺無辜，一度激起蜀中軍民的劇烈反抗。他也因為屠殺太重為朝廷所斥，被貶到偏遠之任，直到最近才被召回京師。明明為國家社稷立下蓋世奇功，卻因為多殺了幾個人而遭貶斥，且落下千夫所指的屠夫罵名，這正是他生平最恨之事。如今他重新被召回京師，正要東山再起，卻被人當著京師第一名妓的面揭開了傷疤，如何叫他不怒？他本就不是好脾性的人，以往殺人掠地只在點頭之間，見那黑臉少年聽到他名頭後非但不畏懼，而且厲聲指責，不由得殺氣大盛，二話不說，轉身就奔回六號閣子，拔出佩劍來。

蔡奴驚問道：「相公要做什麼？」

王全斌也不理睬，奔到走廊，正遇到一名燉糟領著三名男子朝北裡走來，預備進去三號閣子。那三人均是十六七歲年紀的少年郎君，衣服鮮亮華麗，腰間環佩叮噹，一望便知是權貴子弟。見到王全斌執著寶劍衝出來，那燉糟立時嚇得呆在那裡，渾然忘記了閃避。一名紅臉公子搶上前來將她推到一邊，喝問道：「你是誰？要做什麼？」

王全斌也不理睬，擦過這幾人，正欲闖進八號閣子，裡面的中年文士張先生已趕出來查看究竟，見王全斌殺氣騰騰地亮出了兵刃，立即大叫道：「殺人啦！」居然不躲避，直朝王全斌衝過來。

王全斌久在外地，相當多的新任京官[9]都不認識，不過他也知道能上西樓飲酒的人都很有些來頭。他回去取出兵刃確實是暴怒下的忿恨之舉，但長劍拔出來後已然冷靜許多，不過是想要繼續嚇唬一下，逼得對方服軟道歉。忽見那中年文士毫不懼死，逕自朝向自己衝來，一副死纏爛打的潑婦架勢，一時呆住，不知道是該一劍刺下還是該避開。

電光火石間，中年文士已到面前。王全斌微一躊躇，即收劍閃身避開。中年文士卻只是虛招，順勢抱住王全斌腰間往前一衝，二人一齊撲倒在那紅臉公子身上。走廊本不寬敞，那公子「哎喲」一聲，仰天便倒，又撞上了背後的兩名同伴，幾人滾做一團。卻聽見樓梯間砰砰作響，王全斌的隨從已經和人動手打了起來，西樓一片大亂。

王全斌心道：「雖不知道那黑臉少年是什麼人，反正梁子已經結下，乾脆一不做二不休殺了他再說。反正官家正要任命我為統帥，大戰在即，他也不會在意我殺了幾個紈袴子弟。」

他既下定決心，便將劍一揮，正戳在那中年文士小腿上。那文士吃痛之下，本能地鬆開了手。王全斌用力將他推開，起身將劍尖對準他胸口，正待刺下，斜地裡伸過來一柄長劍，寒光湛湛，宛如一泓秋水，好一把寶劍！不但挑開了他的兵刃，還在他的劍鋒上割出了一個大大的豁口。王全斌那寶劍也是一柄利器，見狀又驚又怒，回頭一看，一名青年男子正站在背後。

那及時出劍救了中年文士的男子正是張咏。他見走廊人多，幾個閣子裡的酒客均擁出來看熱鬧，生怕動起手來傷及無辜，忙將那柄鋒銳之極的寶劍收到肘後，喝問道：「你怎能下手殺一個手無寸鐵的人？」

中年文士慌忙爬起來，道：「他殺過的無辜之人成千上萬，他就是屠夫王全斌！」

王全斌大怒，挺劍再刺，卻又被張咏擋開。王全斌怒道：「快些滾開，不然老夫連你也殺了！」張咏道：「這裡人多，你要殺我，出樓再說！」王全斌罵道：「蠢貨！」正要上前動手，只聽見背後有人喝道：「王全斌，你好大膽，還不快些住手！」

王全斌回頭見說話之人是適才被他撞倒的紅臉公子，輕蔑一笑，也不理睬，他今日顏面盡失，必須得殺掉那中年文士和黑臉少年方能解心頭之恨，長劍一挽，劃出一線亮光……

忽從一號閣子中傳出一陣琵琶聲，音色清亮舒緩，旋律婉轉動人。高迴低轉間，一條泉水泠泠流淌，湧動著奔騰的快樂。悠揚纏綿時，一朵小花幽幽綻放，溫暖著渴望慰藉的心靈。一幅幅美景緩緩展開，伴隨著逝去的情懷、美好的回憶。

紛雜的樓廊漸漸平靜了下來，人們不再打鬥爭吵，只靜靜聆聽這妙韻仙樂。曲終之後，人人各有所感，默默回到自己的閣子中。就連王全斌也老老實實收了長劍，轉身回了自己的閣子。

張咏歎道：「想不到世間竟有此等聖樂妙手，若是這人在那屠夫屠城殺人時來上這麼一曲，興許就不會有那麼多人枉死了。」

潘閬道：「今時不同往日。王全斌是老了，換做當日，一支曲子可阻止不了他殺人。此人秉性殘忍，難以改變。」忽見唐曉英自八號閣子出來，臉龐高腫，滿手鮮血，不由得吃了一驚，上前問道：「娘子受傷了麼？是誰打了你？」唐曉英朝六號閣子望了一眼，恨恨道：「還能有誰？當然是那屠夫了。」

張咏忙道：「這裡有現成的大夫，快些讓潘閬給你看看。」唐曉英搖搖頭道：「我沒事，這不是我的血，是說書的麗華姊姊的，也是拜那屠夫所賜。」

潘閬道：「麗娘人呢？」唐曉英道：「八號閣子的李官人給她包了傷口，她還在裡面說書呢。」心中惦記龐麗華的女兒小娥，唐曉英不及多說，匆匆往十二號閣子裡瞟了一眼，道：「幾位郎君的酒菜竟還沒有送上來？我這就下樓去催催。不過有一點，只有涼菜，沒有熱菜。」張咏道：「寒食節，該吃冷食，這也是應節氣。有勞。」

三人重新進閣子坐下，寇准一直一言不發，但顯然對王全斌大鬧樊樓之舉也很是氣憤。

驀地簾子一掀，一名美貌妓女進來，嬌笑道：「三位官人適才可有受驚？」張咏道：「你是跟王全斌一夥的麼？我適才見到你站在六號閣子門邊。」妓女笑道：「奴家姓蔡名奴，是雞兒巷的上廳行首，跟王相公可不是一夥。」

她自負容貌無雙，又名滿京華，天下男子見了她無不趨迎奉承，不料張咏三人均沒有聽過她的名字，只問道：「娘子有何貴幹？」蔡奴道：「王相公為適才的魯莽行為感到抱歉，特派奴家來為幾位官人賠酒壓驚。」

張咏擺手道：「不必了，你去吧。」蔡奴也不勉強，道：「那好，奴家去隔壁斟酒賠罪了。幾位要找我，隨時都可以。」嫣然一笑，一扭腰肢，如風擺楊柳，翩然走了出去。

潘閬道：「等一下！我想問問娘子王全斌適才為何突然狂性大發，出手傷人？」蔡奴已走到門外，淺淺笑道：「這可不方便大聲說，適才的禍事就是隔牆有耳惹出來的。郎君若真想知道，何不走出來？」

潘閬微一遲疑，竟然當真追了出去。那蔡奴倚靠上來，附到他耳邊低語一番，這才往旁邊十號閣子去了。

張咏道：「她說了些什麼？」潘閬道：「原來是八號閣子的人請了說書女來說平蜀一段，那說書女講了不少王全斌濫殺無辜的事，哪知道王全斌本人就在隔壁六號閣子中飲酒，聽了個清清楚楚。」寇准道：「原來如此。王全斌為人凶狠殘暴，那說書女日後怕是要多加小心了。」張咏霍然站起來，道：「我出去一下。」

寇准、潘閬與張咏相交不過一天，卻已深知他性格嫉惡如仇，他所謂的「出去一下」，肯定是要去找王全斌，警告他不得再向說書女龐麗華尋仇。潘閬勸道：「這人壞事做得太多，老天爺自己會收他的。」

張咏冷笑道：「多少人壞事做盡，卻還在世上活得好好的呢。」也不聽勸阻，攜了長劍，逕直來到六號閣子。正撞見到三名年輕公子從裡面出來，其中一人居然是在博浪亭與女子私會的王衙內。

那王衙內早在張咏與王全斌動手時就已經認出了他，見他忽然又攜帶兵器出現，問道：「你來這裡做什麼？」張咏反問道：「王衙內又來這裡做什麼？」

一名白臉同伴問道：「王旦，你認得這位壯士？」王旦道：「回相公話，不認得，不過今日湊巧在路上見過一面。」那白臉公子點點頭，道：「咱們還是回去喝酒吧，別壞了興致。」

湊巧蔡奴從十號閣子出來，見狀立即湊了過來，笑道：「蔡奴給幾位官人請安。」白臉公子奇道：「你就是汴京第一名妓蔡奴？」蔡奴道：「正是。奴家正想去為幾位官人斟酒壓驚呢。」

那白臉公子本不喜她妖豔浪蕩，一上來就主動投懷送抱，但見她眼波盈盈，來回蕩漾，彷若要滴出水般，心中一動，實在難以抗拒，便點頭道：「甚好。」當即擁了蔡奴，與王旦和紅臉同伴一起回了三號閣子。

張咏便打簾進來六號閣子，卻見王全斌面色鐵青，頭也不抬一下，只一杯一杯地飲酒。張咏道：「王相公，張某特意過來，是請你不要再為難那位說書的娘子。」王全斌道：「嗯。」張咏大感意外，道：「相公答應了？」王全斌道：「嗯。」

張咏不知道他為何突然變得如此馴服，神情又如此沮喪，一時猜不透其中關竅，便拱手道謝，退了出來。卻見適才見過的紅臉公子又來到六號閣子，問道：「他人在裡面麼？」

張咏點點頭，道：「正在飲酒。」回來閣子向寇准、潘閬說明經過，道，「這可太奇怪了，眨眼之間，王全斌就完全變了一個人。」

潘閬猜道：「大約這裡有什麼了不得的人物，鎮住了王全斌。」寇准道：「什麼人能鎮住王全斌？莫非是那一號閣子裡彈琵琶的神祕人？」潘閬道：「我也只是瞎猜。」

議過一回，也無定論。過了一會兒，只聽見門外唐曉英叫了一聲「麗華姊姊」，張咏以為有事，正要出去查看，唐曉英卻已端著酒菜進來。

潘閬便道：「你們先吃，我去解個手行個方便。」張咏應了，問道：「娘子可知道一號閣子裡是什麼人？」唐曉英道：「我本不在西樓當值，今晚是臨時跟丁丁交換，我來的時候一號閣子門前的燈已經點亮，表示那裡面已經有人了。不過一直沒有人出來。按照規定，不得客人召喚，煲糟是不能隨意進閣子的。」

張咏道：「雙號閣子可以俯瞰大內，上西樓的人不是一般都選這邊麼？」唐曉英道：「確實如此，人人都想看看皇宮到底什麼樣兒，西樓正好可以看到全部輪廓，極少有貴客選單號閣子的。」又笑道，「郎君能想像麼？有些官人想方設法上來西樓，靜靜待上一夜，只為聽皇宮的打更聲。」

張咏道：「這是因為天下所有地方的一夜只有五更，唯獨大宋皇宮的一夜分成六更。六更一過，朝會就正式開始。這些特意來聽更漏聲的人肯定是來京城趕考的舉子，他們都盼著早日金殿題名。」

唐曉英不以為然地道：「聽更漏聲就能帶來金殿題名的運氣麼？這倒是稀奇得緊。」張咏笑道：「我倒是跟娘子一樣的看法。」

唐曉英見一旁寇准默不作聲，只飲酒如水，十分驚奇，道：「寇郎當真是天生的好酒量。」寇准道：「不過娘子也猜得不錯，家母對我管教極嚴，向來不准我飲酒。這次來到京師，要好好過過酒癮了。」

張咏問道：「娘子當真很需要那顆珠子麼？我看娘子並不像是貪財的人。」唐曉英歎了口氣，道：「當真需要。不過我得承認，真拼起酒來，我是贏不了寇郎的。」

她已經忙了一晚上，滴水未沾，便乘機討要了幾杯酒喝。酒一下肚，暖意頓生，疲倦也減輕不少，忍不住道：「果真是好酒，難怪賣得這麼貴。」

張咏笑道：「娘子以前不是酒妓麼？應該沒少喝樊樓的酒。」唐曉英歎道：「我就當過十天酒妓。樊樓的酒確實好喝，可為什麼賣得這麼貴？」

寇准笑道：「娘子不知道麼？酒價向來是官方制定，樊樓的和旨、眉壽，跟大名府的香桂、法酒都是一個價錢呢。」唐曉英嘟囔道：「貴就是貴，我們這些天天端酒送酒的煐糟可喝不起。」

寇准道：「那麼我們今晚請娘子好好喝上幾杯。可惜今日寒食，不能舉火，不能燙酒，不然風味更佳。」唐曉英道：「雖是冷食冷酒，只要是樊樓的，味道總是不錯的。」

正說笑間，潘閬急急奔進來道：「我知道是誰能鎮住王全斌了！適才在茅廁中，我聽到有人悄聲議論說那三號閣子的三位年輕公子中，白臉公子就是當今皇二子趙德芳！」幾人這才恍然大悟，齊聲道：「難怪！」

寇准道：「王全斌久在外地為官，十年不回京師，不認得皇子原也不奇怪。可他適才當著皇子的面舞刀弄槍、喊打喊殺，若是被御史參上一本，聖上追究起來，那可是死罪。他大約是知道後果極其嚴重，所以才如此沮喪。」唐曉英道：「真是活該！誰叫他沒來由地打人！」

潘閬笑道：「不過我也不知道是什麼人在議論，這未必就是真的。適才我還偷偷摸去三號閣子前偷聽了片刻，不過他們掩了門，只聽得到裡面蔡奴娘子嗤嗤地笑個不停。」

唐曉英笑道：「既有人說看見了皇二子，那麼肯定是真的了。不光皇子，就是皇帝本人和晉王都常常便服化裝來樊樓飲酒呢。」

寇准道：「當真？」唐曉英道：「你們不知道麼？晉王的侍妾孫敏原本是樊樓的酒妓，晉王就是來這裡飲酒見過她本人後才娶回府中的。孫賜孫員外原先只是個茶博士，在城外虹橋邊擺茶攤，孫敏嫁給晉王之後，李員外立即將一半的樊樓送給了他。孫員外其實也算是沾了女兒的光。」

潘閬道：「這位李員外左右逢源，還真是會來事，如此，便輕易巴結上了晉王。看起來，你們樊樓的風流韻事一定不少了。」唐曉英道：「嗯。」歎息一回，又道，「其實嫁進豪門有什麼好？晉王有那麼多女人，孫敏也不過是……」

忽聽得門外有人大聲叫道：「來人！快來人！」

旁人還沒有反應過來，張咏已抓起長劍，飛快地竄了出去。只見八號閣子的黑臉少年正站在六號閣子前面，右手揭著門簾，眼睛死死瞪著閣子裡面，臉上露出不可思議的震驚表情。

張咏忙搶將過去，一把扯下門簾來。卻見六號閣子木窗的窗格大開著，王全斌魁梧的身子懸吊在窗頂的橫梁下，頭髮散亂，雙眼圓睜，嘴張得老大，模樣十分恐怖。

正愕然間，三號閣子的紅臉公子開門出來怒喝道：「李繼遷，你又在這裡大呼小叫做什麼？要打架罵街，滾回你的夏州去！」李繼遷立即大聲回應道：「折御卿，我的事要你管！你最好滾回你的府州老家去[10]！」紅臉的折御卿道：「我本來就在朝中為官，倒是你，官家聖誕早就過了，你為何還不滾回去？」

原來黑臉少年即是党項使者李繼遷，時任管內都知蕃落使，是党項貴族中的後起之秀。他兩個月前受党項首領李光睿的派遣，來京師向太祖皇帝恭賀長春節[11]，一直滯留汴京，尚未歸去。紅臉公子名叫折御卿，也是党項族人，在朝中任右屯衛上將軍。其家族占據府州一帶已近百年，因勇悍尚武，又能控扼西北，素來為中國倚重籠絡。李氏與折氏當時均歸附宋朝，雖同是党項族，卻是世仇，水火不容。

張咏可沒有興趣關心他二人自祖上積累下來的恩怨，道：「你們別吵了，這裡出人命了，王全斌死了！」折御卿一呆，道：「什麼？」過來一看，驚訝異常，立即要搶進去查看屍首。張咏伸劍擋住他道：「既是死了人，這裡就是命案第一現場，只有官府的人才能先進去。」

折御卿道：「你明明不是官府的人，想不到倒是個行家裡手，難怪剛才敢跟王相公動手。」張咏道：「過獎。」折御卿道：「不過，這裡是樊樓，要想找官府的人還不容易麼？」揚聲叫道，「喂，西樓裡面可有開封府的官員？」

潘閬已趕出閣來，聞聲笑道：「哪會那麼巧，正好有開封府的官員在此？」折御卿也不理睬他，提高聲音，道：「再不出來，我可要挨門挨戶地搜了。」

卻見十號閣子的門慢慢滑開，一名四十來歲的男子慢吞吞走出，道：「開封府推官在此。」折御卿冷笑道：「瞧見沒有，果然傳說不假，開封府的人無處不在。這位就是開封府推官姚恕，正好掌管獄訟。」

姚恕打起官腔道：「原來是右屯衛折將軍，出了什麼事？」他的官職遠遠低於折御卿，不過卻是地方實權官員，背後靠山又是晉王趙光義，自然不大將只有尊名卻無兵權的折御卿放在眼中。

折御卿道：「姚推官不知道王全斌適才借酒仗劍鬧事麼？」姚恕道：「嗯，本官適才聽見外面有些動靜，不過因為朋友酒興正濃，也沒有多理會。」

其實他的十號閣子就在李繼遷隔壁，自王全斌闖入八號閣子打了燒糟和說書女開始，他就將情形聽得一清二楚。只不過他知道能進西樓的人都有來頭，捲入爭鬥危險得緊，稍有不慎就會得罪權貴，所以才假裝沒有聽見。就連王全斌仗劍在樓廊動手時，他也依然關門安坐飲酒，而不是像旁人那樣擁出來看熱鬧。

姚恕又問道：「折將軍是要告王全斌相公麼？他人呢？」折御卿道：「他上吊自殺了。」姚恕輕笑一聲，道：「王相公自殺，怎麼可能？」折御卿道：「他屍首就在這裡。」姚恕這才吃了一驚，搶過來略略一掃，立即回頭叫道：「押衙官人[12]，你快些出來，查驗傷勢可是你的長處。」

折御卿道：「查驗傷勢？姚推官什麼意思？」姚恕道：「天下人都知道，官家此次召王全斌相公回京師是預備重用，折將軍認為他會在這種時候上吊自殺麼？」折御卿遲疑道：「這個……本來不會，可是……」姚恕道：「可是什麼？」折御卿搖了搖頭，不肯再說下去。

十號閣子又出來二人，一俗一道——身穿黑色便服的中年男子便是姚恕所稱的押衙，名叫程德玄，也是開封府的官吏，最早做過仵作，所以姚恕才稱查驗傷勢是他的長處。灰衣道士名叫馬韶，雖然年輕，卻是程德玄的至交好友。

程德玄進來六號閣子，只在王全斌屍首前來回走了幾下，便皺眉出來，問道：「是折將軍第一個發現屍首的麼？」折御卿道：「不是，我是聽到李繼遷在廊間喊叫『來人』才出來……」忽見同伴王旦正朝自己招手，忙道：「這可不關我們的事。」匆匆奔進三號閣子，掩上房門，再也沒有出來。

姚恕追問道：「程押衙，王相公當真是自己上吊自殺的麼？」他有意加重了「當真」二字，一副渾然不相信王全斌會上吊自殺的口氣。

程德玄瞇起眼睛，慢條斯理地道：「當然不是。掛住他脖子的繩子下還有一道明顯的勒痕，他是被人縊死後再掛上窗梁的。」李繼遷道：「縊死？」程德玄道：「不錯。而且人還沒有死透，腿間還有熱氣。姚推官，你快去叫人封鎖西樓，不讓人進出，說不定能當場捉住凶手。」

姚恕無奈地搖搖頭，歎道：「寒食節出來喝個酒都喝不安生。」他雖很不情願接手這件案子，可命案就在眼皮底下，按例歸開封府管，不得不如程德玄所言，趕下樓去作安排。

程德玄又一指張咏命道：「你，如果沒事做的話，先進去把屍首解下來。」

潘閬一直站在門邊冷眼旁觀，聞言很是不滿地道：「張咏又不是押衙官人的下屬，為何要指使他去做？」程德玄道：「因為你們大夥個個有殺人嫌疑，數他嫌疑最小。」

潘閬不解地道：「張咏武藝高強，是河北有名的劍客，隨身又帶有兵器，怎麼反倒被認為嫌疑最小？對不起，張兄，我不是指認你是凶手，我只是就這位押衙官人的話論事。」

程德玄道：「正因為張咏是個劍客，劍客視劍為生命，只會用劍殺人，絕不會用這種縊殺後掩飾為上吊自殺的手段。」張咏喜道：「我喜歡這種推論。」

寇准道：「可是適才十號閣子的門一直關著，押衙根本沒有出來過，怎麼會知道張大哥是個有名的劍客？」程德玄嘿嘿一笑，並不回答，露出一份高深的神祕來。

那六號閣子的窗下放著一只矮腳凳，漆面光滑如鏡。張咏道：「果然是他殺。」這是顯而易見的事——那木窗窗臺高及胸前，王全斌若要自殺，應該會先踩上腳凳，再爬上窗臺，然後繫好繩索套入脖頸中。可那腳凳上沒有任何踩過的痕跡。可見是有人殺了王全斌偽裝成自殺後怕留下線索，伸袖拂去了腳凳上的鞋印。

張咏也不碰腳凳，一提氣跳上窗臺，揮劍割斷絲繩，接住王全斌，再躍將下來，將屍首平放在地上。旁人看他身法乾淨俐落，忍不住喝彩；其實這一番動作牽動了他的箭傷，只覺得傷口又疼痛起來，忍得一忍，輕輕拉開絲繩，果見王全斌頸間有兩道深淺不一的勒痕，喉上一道呈紫紅色，喉下一道呈黑瘀色。

程德玄道：「怎樣，我沒說錯吧？」張咏道：「確實是他殺。這道黑瘀勒痕是先造成的，也是王全斌的真正死因，他被凶手用繩子勒死後又被掛上橫梁，偽裝成自殺的樣子，這才造成了第二道紫紅色的勒痕。」

潘閬問道：「這位就是八號閣子的官人麼？你適才不是跟王全斌鬧得很不愉快麼，為何反而是你最先發現了屍首？」李繼遷不快地道：「你這話什麼意思？莫非懷疑是我殺了王全斌麼？」

潘閬道：「官人自己說呢？適才你請說書女麗娘說書，講到王全斌屠殺蜀中無辜軍民一段，激起他仗劍鬧事，樓廊裡好不熱鬧，你的手下也差點被王全斌殺死，你卻根本沒有走出八號閣子來查看，不是很奇怪麼？」樓廊狹窄，適才打鬥時又是一片混亂，眾人根本沒有留意到太多不相干的事情，聽潘閬一說，這才知道事情因八號閣子而起，而主人居然沒有出來過，不由得一齊將懷疑的目光投向李繼遷。

李繼遷只是冷笑，似是不屑辯解。一旁唐曉英忙道：「你們錯怪李官人了！適才王相公取劍前已經先闖進八號閣子打了我和麗娘，麗娘滿頭是血，人也昏迷不醒，是李官人在幫助救治敷藥，所以他才沒空出去看你們打架，我和賣果子的呆子都可以作證。」龐麗華躲在人群後面，也低聲道：「我也可以作證的。」

潘閬道：「這也只能解釋適才李官人聞聲不出閣子的情形。李官人既已經與王全斌結下了梁子，為何又主動來到六號閣子，湊巧第一個發現了王全斌上吊自殺？」言下之意，無非暗示李繼遷是勒死了王全斌，又將他掛上橫梁佯作上吊自殺狀。

中年文士名叫張浦，是李繼遷的心腹謀士，聞言怒道：「閣下是誰？口口聲聲誣陷我家主人是何道理？」潘閬道：「我叫潘閬，平民百姓一個，今日是第一次來汴京。我沒有誣陷你家主人，只想幫助開封府快些找到凶手，凶手不露面，咱們今日在西樓飲酒的人誰也別想離開了。」

龐麗華泣道：「你們可別冤枉李官人，李官人是為了我才去找王相公。」潘閬愕然道：「為了你？」龐麗華道：「是。況且李官人才離開閣子一小會兒就已出聲叫人，別說殺人，就連喝一杯酒的空隙都沒有。」

程德玄追問道：「李官人當真是為了麗娘才來找王全斌相公的麼？」李繼遷點點頭。

張浦道：「好，麗娘既然已經開了口，我就替我家主人實話實說——王全斌打架鬧事後，右屯衛折御卿將軍忽然來到我們門前叫麗娘出去。過了好大一會兒，麗娘才慌慌張張地回來，說折將軍將她帶進了隔壁六號閣子中，王全斌相公居然起身向她賠禮道歉。她當時完全糊塗了，不明所以，但事後越想越是害怕，懷疑王相公要對她下手。我家主人見她惶恐難安，便想去找王相公問個清楚明白，也想跟他講和，請他不要因為今晚之事日後再找麗娘的麻煩。」

程德玄道：「結果李官人剛到六號閣子門前就發現王相公已經上吊了。」李繼遷道：「是的。我跟姚推官、程押衙都是一樣的反應，也覺得王全斌這樣的性格，驀然在樊樓上吊實屬異常，所以連門都未進，便開始叫人。後面發生的事，這位張壯士已然盡知了。」

正好姚恕重新進來，道：「我已經召集了附近維持治安的巡鋪兵卒來封鎖西樓，有好消息也有壞消息。好消息是今晚進來西樓的酒客到現在為止沒有一個離開，包括在一樓等候的那些隨從。我已經叫人去將凡是今晚進出過這裡的焌糟和小廝都拘禁起來問話。如果王相公真是被人縊死後再裝出上吊自殺的姿態，那麼凶手現在應該還在樓裡。壞消息是今日寒食，現下又是半夜，一時難以尋到仵作來驗屍記錄，怕是要等明日了。」他是推官，官銜遠在押衙之上，卻對那程德玄甚是恭敬。

程德玄沉吟道：「今日是長假第一日，怕是明日也難尋到足夠人手。」寇准自告奮勇道：「我願意協助推官來做文書記錄。」程德玄道：「你是……」寇准道：「我叫寇准。」

程德玄奇道：「你就是寇准？」寇准更是驚訝，道：「程押衙如何知道我的名字？」程德玄道：「我經常跟隨晉王出入符府，曾聽符相公提起過你和你的父親。你是今日才到京師麼？符相公見到你，一定特別高興。」

卻聽見蔡奴急道：「讓讓，煩請讓讓……」好不容易擠進閣子來，第一眼看到的卻是個猙獰的屍首，當即尖叫一聲，別轉臉去，順勢癱倒在姚恕身上，哭道：「怎麼會這樣？王相公他……他……姚推官，你快些送我回家好不好？奴家實在不能……也不敢再待這裡了。」

秀軟的頭髮撩過脖頸，又聞見她身上香氣馥郁甜膩，姚恕登時意亂情迷，只因是眾目睽睽，不得已輕輕推開她，道：「這個……王全斌相公死得不明不白，西樓所有的人都有嫌疑，不問個清楚明白，娘子可不能輕易離開。」

蔡奴道：「奴家離開閣子的時候王相公還好好的，怎麼突然就……就……」有心再看不久前還與她一道尋歡的老男人一眼，卻始終鼓不起勇氣來。

程德玄道：「娘子一晚上都跟王相公在一起，偏偏你一離開閣子他就被人殺死，娘子的嫌疑可著實不小呢。」蔡奴聽他頗有幸災樂禍之意，哭道：「是王相公讓奴家去向各位賠禮敬酒。況且王相公身形魁偉，武藝高強，奴家如何能殺得了他？」

張咏道：「這話確實不錯。王全斌身經百戰，以勇猛狠辣聞名，就算而今年老，可武藝力氣猶在，仍是一員不容小覷的虎將。別說婦女，就是尋常年輕男子也殺不了他。」

張浦道：「尋常男子殺不了王相公，那麼壯士的嫌疑豈不是最大？而且適才壯士為了救我，跟王全斌相公動過手，結下了梁子，有殺人的動機。」一言既出，旁人都奇怪地望著他，不知他如何反倒要懷疑起自己也承認的救命恩人來。

張咏道：「我確實帶劍進過六號閣子，王全斌雖然看起來很是苦悶，可當時他人還好好的。而且就算是我要殺他，他會不反抗麼？我們兩個動起手來，隔壁左右會聽不見麼？」

李繼遷道：「嗯，確實是這個道理。我就在隔壁八號閣子中，還有張浦和麗娘，我們都沒有聽到這邊有什麼動靜。」張浦道：「正是如此。不過我和我家主人之前完全沉迷在麗娘精彩的故事和鼓聲中，有什麼輕微的動靜也是聽不見的。」

程德玄道：「那麼誰在隔壁四號閣子？」潘閬接口道：「四號閣子的門還關著呢。」又道，「不僅四號閣子，還有二號閣子、一號閣子、三號閣子，門都關得嚴嚴實實，連個出來看熱鬧的人都沒有。」

聽到出了命案，各閣子裡的人已相繼趕出來。而一、二、三、四號閣子卻絲毫不見動靜，確實很有些不尋常。眾人便先來到嫌疑最大的四號閣子門前。張咏叫道：「殺人凶手在裡面的話，快些出來自首，好讓我們大夥早些散了回家睡覺。」

門一下拉開，露出一張年輕英俊卻帶著怒氣的臉來，不滿地質問道：「說誰是殺人凶手呢？」

姚恕道：「原來是千牛衛孟將軍。還有誰在裡面？」朝四號閣子中望了一眼，慢悠悠地道，「本官為各位正式介紹，這位是千牛衛上將軍孟玄玨孟將軍，他背後這位是檢校太尉孟玄喆孟太尉，是孟將軍的兄長，也是當代有名書法大家。這位是……不好意思，這位倒是面生得緊。」那人便自報了姓名：「在下布衣向敏中。」

眾人目光一齊集中在孟太尉和孟將軍身上。這二人年紀輕輕，均不到三十歲，卻官居高位，肯定是世襲的爵位。又或者跟折御卿一樣，有著什麼特別的背景，是朝廷需要籠絡的人物。

正困惑間，又聽見姚恕道：「忘了說一句，孟太尉和孟將軍正是故秦國公之子。」

秦國公就是十年前已經暴斃的後蜀國主孟昶。眾人一聽，這才恍然明白姚恕為什麼是那副奇奇怪怪的口氣——推算起來，這西樓裡面的人，沒有什麼人比孟氏兄弟殺死王全斌的嫌疑更大了，他們雙方的閣子又正好挨著，這應該不只是巧合。

孟玄喆見大家目光灼灼，片刻不離自己兄弟，忙上前問道：「姚推官有事麼？適才有人喊什麼殺人凶手，到底是怎麼回事？」姚恕咳嗽了一聲，道：「原來孟太尉還不知道，隔壁……」

程德玄忽然搶著問道：「孟太尉、孟將軍，你們可知道隔壁六號閣子裡是什麼人？」孟玄玨冷笑道：「當然知道，不是王全斌麼？」他與王全斌同朝為官，卻只稱呼其名字，顯然敵意極盛。

程德玄道：「孟將軍是早就知道，還是湊巧知道王全斌相公在隔壁？」孟玄珏道：「自打坐進閣子裡，他就不停地對一個女子叫嚷說他王全斌如何能耐、如何有功，誰能聽不見？」

程德玄問道：「那麼三位中途有沒有離開閣子？」孟玄珏堅決地道：「沒有。就連樓廊外面動傢伙的時候，我們也沒有開門出來看熱鬧。」

潘閬道：「事情就發生在眼皮底下，你們卻佯作不聞。這不是不合情理麼？」孟玄喆忙道：「家弟本來想出去，是我攔住了他。他素來愛管閒事，我怕他又捲入什麼事情。」潘閬道：「哦，原來如此。很好。」

那向敏中為人敏銳，已察覺出氣氛異樣，上前問道：「姚推官領人到此詰問，是隔壁王全斌王相公遇害了麼？」不待旁人回答，孟玄喆先是大吃一驚，道：「什麼？王全斌相公遇害了？」孟玄珏更是大驚失色道：「你們懷疑是我們兄弟殺了王全斌？」

他三人反應各自不一，未免令旁人疑忌更深。

程德玄忙道：「姚推官，煩請你領著孟太尉回咱們的閣子問話。」又道，「孟將軍，勞煩你跟下官到隔壁。張咏，你在這裡看著向敏中，問清楚他今晚的行蹤，不准他離開，也不准他向外傳遞消息。」

如此安排，自然是因為四號閣子的三人嫌疑太大，要立即分開問訊，以免他們串通口供。

那孟玄喆為人平和，倒也不再多說什麼。孟玄珏卻是個血氣方剛的人物，聞言勃然色變，喝道：「程德玄，你不過是開封府一個不入品的小芝麻官，憑什麼命令我們兄弟？你是拿我們當犯人麼？」程德玄道：「嗯，這個麼……」

潘閬忽插口道：「王子犯法，尚且與庶民同罪。你們不過是亡國之民、不祥之人，聖上為顯君恩浩蕩，才提拔你們在本朝做官，你們就真當自己是太尉、將軍了麼？」孟玄珏大怒道：「你是什麼人？敢在這裡胡說八道？」

姚恕忙道：「將軍海涵，何必計較。孟太尉，人命關天，煩請你跟下官到十號閣子去。」程德玄道：「孟將軍，也請你跟隨不入品的下官到隔壁交代清楚你今晚都做了些什麼吧。寇准，請你跟我一道過去，將孟將軍的話原原本本記下來。」寇准道：「是，樂意效勞。」

孟玄玨一張臉漲得通紅，還待發作，忽見兄長朝自己搖了搖頭，只得強行按捺怒氣。確實如潘閬所言，他兄弟官位雖尊，卻只是亡國之君之子，就連開封城也不能隨意進出，更別說與程德玄這等晉王眼前的紅人爭鋒，無可奈何，只得跟著程德玄走了出去。

張咏當真仗劍守在四號閣子門前，虎視眈眈地望著向敏中，先報了自己姓名，道：「實話告訴兄臺，我不是官府的人，不但不為王全斌之死難過，相反還有幾分慶幸。只是他在這裡被殺，不找出凶手，今晚在西樓的人都有嫌疑，大夥誰也走不了。所以煩請兄臺自己主動些，一五一十地交代清楚。」

向敏中點點頭，道：「事關重大，敏中當然要說個清楚明白。」當即說了自己與孟氏兄弟之間的交往及當晚情形。原來他只是開封普通的平民子弟，父親向瑀曾出仕後漢的符離[13]縣令，後辭官在家，親自教督愛子。一日，他去大相國寺東的榮六郎家書鋪買書，結識了孟玄喆，因在文學書法上有共同的愛好，從此成為好友。

張咏忙道：「我聽過榮六郎家書鋪的名字，聽說他家亦工亦商，既印書也賣書，品質一流。」向敏中道：「嗯，這家書鋪我最愛去，他家原先只是賣紙馬的，生意極好，全仗榮六郎一手鑿紙錢[14]的絕技——一百張一疊的紙，一鑿下去，上面九十九張都是鑿好的紙錢，最底下的那張卻毫無痕跡。後來他利用打紙馬的閒暇刻印佛經及各種常銷好賣的書籍。雖是半路出家，書確實印得好，紙張也好，字樣也好，比國子監[15]印的書要漂亮許多。」

張咏道：「這我也聽過。聽那些常與契丹貿易來往的商人說，榮六郎家書鋪的書是最受遼國達官貴人歡迎的[16]。對了，我聽說有個大富豪為了追求一位名妓，買下了國子監所有的書。」

向敏中道：「張兄提到的大富豪名叫沈偕，狎遊京師時戀上了雞兒巷的小姐蔡奴，為了討好她，不但買下國子監的所有書籍，而且還付下某一晚樊樓所有酒客的酒錢，從此蔡奴就成了汴京第一名妓。」

張咏道：「啊，原來主角就是蔡奴。向兄，你等在這裡，可別亂走，我去去就來。」向敏中大奇，問道：「張兄不是奉命審問我麼？我還沒有洗清嫌疑。」張咏道：「你不會是凶手。」匆匆出來找蔡奴，卻見她正在十二號閣子中發呆，潘閬也是悶不作聲地坐在一旁。

張咏道：「原來娘子在這裡！倒教我好找！」蔡奴忙起身道：「奴家既不能離開，又沒有地方可去。程押衙便叫奴家將今晚的行蹤告訴潘郎，請他記錄下來。可潘郎說不願意聽官府差遣……」

張咏道：「這麼說，程押衙是認為潘閬沒有嫌疑了？」潘閬不悅地道：「張兄這話是什麼意思？」張咏笑道：「開個玩笑麼！。王全斌鬧事後，你可是我們三個之中唯一一個出去一趟的人。」

潘閬道：「我可是去了廁所，有管酒的酒廝可以作證。哎呀，一說酒廝，我倒想起來了——我到樓梯間的時候，問那酒廝廁所在哪裡，轉身的時候看見了孟玄珏站在樓廊中，現下想起來，他站的位置正是六號閣子。他居然還敢強辯稱從沒出過閣子！哎，不光我一個人看見了，酒廝和那小女孩小娥也看見了的。」

張咏道：「這可是關鍵線索，你趕緊去告訴姚推官，請他立即盤問酒廝，若你二人口供對上，那可就是鐵板釘釘的證據了，不容孟玄珏再抵賴。」潘閬道：「為何要去找姚推官？張兄難道看不出來，姚推官全聽程押衙的麼？」

張咏道：「想來那程押衙是晉王的心腹，然而姚推官才是開封府掌管刑獄的官員，不可亂了法度。」潘閬冷冷一笑，道：「法度？法度有用麼？」一邊嘟囔埋怨著，一邊走了出去。

張咏忙問道：「聽說以前有位闊少為了追求娘子，買下國子監的全部書籍，可有此事？」

這正是蔡奴生平最得意之事，她登時一改愁容，笑顏如花，道：「確有此事。」張咏道：「那麼那些書籍去了哪裡？娘子若是不讀書，抑或嫌那些書已經陳舊，可以轉送給在下。」

蔡奴這才會意對方是為書而來，並非為自己容色傾倒，頗為失望，道：「沈郎確實買下了國子監所有書籍送我，我很開心，可開心的只是他肯為我一擲千金；其實我根本不喜歡讀書，所以我又叫他將那些書運走了。」張咏聽說，不免扼腕歎息，深以為憾。

蔡奴問道：「張郎很喜歡讀書麼？」張咏道：「嗯。我自小家貧，買不起書，只有到有書的人家懇求借閱，借到手之後抄下來再讀。人家都以為我是江湖劍客，其實我是為了讀書才四處遊歷，寶劍不過是用來防身罷了。『玄門非有閉，苦學當自開』[17]，我自小的理想，就是建一座大大的藏書樓。」

蔡奴歎道：「尋常男子無非是想著升官發財、金殿題名之類，唯有張郎的志向與眾不同，教人好生欽佩。」張咏笑道：「倒教娘子見笑了。」

蔡奴道：「奴家聽說天下最大最好的私人藏書樓是望海樓[18]，號稱『萬卷藏書樓』。可惜不在中原，而是在契丹國土。其主人耶律倍原是大契丹國的皇太子，封東丹王，也只有他這等財勢雄厚的人物才能在大望海山的絕頂高峰修建藏書樓。」

張咏道：「不錯，娘子不愧是汴京第一名妓，見多識廣。」蔡奴笑道：「婦道人家，能有什麼見識？不過是閒時聽客人們說的罷了。」

張咏道：「可惜耶律倍後來爭權失敗，弟弟耶律德光當了契丹皇帝，他受到迫害，不得已逃來中原，臨行前在望海樓刻詩道：『小山壓大山，大山全無力。羞見故鄉人，從此投外國。』不帶金銀，不帶珠寶，連愛子也沒有帶，只將所有的書籍裝運到船上，渡海逃來了中原。」

蔡奴抿嘴笑道：「如此說來，耶律倍倒是張郎的知己。其實他南來中原時，並非只帶了書籍，還帶了他最喜歡的一位漢人妃子——高美人。」

張咏道：「當真？」蔡奴道：「當然是真的，當今遼國晉王耶律道隱就是高美人在中原所生。後唐末帝李從珂派人來殺耶律倍時，一名僧人悄悄抱走了還在襁褓中的耶律道隱。契丹滅掉後唐後，派人多方尋訪，才將耶律道隱帶回契丹。」

張咏道：「這麼說來，當今遼國皇帝[19]便是耶律倍的孫子，論起來與中原也算頗有淵源。不過，耶律倍是被中原皇帝所殺，中原又一心要奪回燕雲十六州，兵戎相見怕是在所難免。」蔡奴道：「所以當今官家才預備先蕩平北漢。」

張咏想起，潘閬認為開封首富李稍的車隊護送的，正是前來大宋議和的北漢使者，心道：「官家大張旗鼓地召回王全斌、曹彬、王彥昇等名將，作出將舉兵攻打北漢的姿態，也許正是要攻心為上，逼迫北漢歸降。」忙問道：「娘子如何知道官家要出兵北漢？」蔡奴道：「是奴家多嘴，不過是跟張郎聊得開心，順嘴就說了出來。張郎別奇怪，奴家也是聽王全斌相公說的，可惜他……也算是出師未捷身先死了。」

張咏聽聞她將杜甫追懷三國名相諸葛亮所作的詩句用在王全斌身上，忍不住笑了起來。

他二人在閣子裡聊得正歡，忽見向敏中進來訕訕叫道：「張兄！」張咏道：「呀，向兄怎麼到這裡來了？你是不能擅自離開四號閣子的。」

向敏中道：「我等了許久不見張兄回來，我得去趟茅廁。」張咏道：「向兄先進來坐下。我問你，你們三個當真都沒有出過四號閣子一步麼？你要老實答我。」

向敏中躊躇道：「既是張兄發問，我可以拒絕回答麼？」張咏道：「向兄既不能背棄朋友之義，又不願謊言相欺，張某足感盛情。我也不想強人所難，你先去茅廁吧。」

向敏中應道：「多謝。」又道，「若是張兄願意的話，改日我可以帶你去逛榮六郎家書鋪，我跟鋪主很熟。另外，開封還有一些小書鋪，也有些不錯的書。」張咏大喜道：「如此好極了。」

向敏中剛走，潘閬便領著姚恕過來，道：「姚推官已經親自盤問過酒廝丁大和那個小女孩劉娥，我三人的口供對上了。」

諸人便一起來到六號閣子中，程德玄正與寇准一道盤問孟玄珏。那孟玄珏卻甚是倔強，被問得發惱，再也不肯開口。姚恕告知，潘閬和丁大二人均見到孟玄珏曾站在死者王全斌門前，鬼鬼祟祟地往裡窺測。孟玄珏大約料不到有人看到他出過閣子，抬頭狠狠瞪了潘閬一眼，便別轉頭去，仍然不肯招承。

程德玄道：「如今人證俱在，孟將軍何不坦白交代實話？」孟玄珏只是不斷冷笑。

張咏忍不住道：「孟將軍，我見你也是條好漢，你殺死王全斌為蜀民復仇，很令張某欽佩。有意偽裝成上吊自殺，試圖瞞天過海，是怕連累親人，這也能理解。而今鐵證如山，你還不肯說出實話，累得這麼多人白白跟你耗在這裡，這可不是大丈夫所為。」孟玄珏依然不予理睬。

潘閬道：「而今真相大白，何須多費唇舌？姚推官乾脆直接帶孟將軍回開封府拷訊便完了。」

姚恕斥道：「胡說八道！孟將軍身居高位，豈能輕易加刑？」又勸道，「孟將軍，你實在不肯開口，下官也難以勉強。你兄長和朋友為了維護你，跟你一樣不肯講出實話，如此可是犯了偽證和包庇之罪。難道將軍要眼睜睜看著親人朋友為了你觸犯刑律麼？若是你肯說實話，下官保證不再追究孟太尉和你的朋友向敏中。」他畢竟久掌獄訟，極善於利用他人心理循循誘供。

孟玄珏終於開了口，道：「那好，我說。只是我說實話，你們會信麼？」姚恕啞然失笑道：「只要是實話，誰會不信？」

孟玄珏道：「之前我聽到隔壁有人厲聲呵斥，卻不是王全斌的聲音，一時好奇，想去看個究竟，家兄卻不准我出去，怕我惹事。我便等了一會兒，假意要去茅廁，來到六號閣子前，正好那閣子沒有掩門，我便揭起門簾的一角，朝裡面望去，結果看見……看見……」

他遲疑不肯說完，氣氛陡然緊張起來。張咏性急，先問道：「難道孟將軍看見那厲聲呵斥的人殺死了王全斌？」孟玄珏搖了搖頭，道：「不是。我看見王全斌正站在窗臺上，將橫梁上的繩結套在脖子上……」

張咏道：「啊，將軍是說，你親眼看見王全斌上吊自殺？」孟玄珏道：「正是，這是我親眼所見。」

潘閬道：「這怎麼可能？適才程押衙已經驗過屍首，王全斌頸中有兩道勒痕，分明是被繩子勒死後再掛上橫梁的。你在說謊！」孟玄珏怒道：「你們非逼著我說，我說出來你們又不信。我就是親眼看見王全斌將繩索套入頸中，再一腳蹬開，吊在半空中。不錯，我當時確實可以進去救他，但我偏偏不想救。你們可以告我見死不救，可要逼我承認我沒做過的事，那可辦不到。」

眾人聞言無不面面相覷。古代見危不救是犯罪行為，尤其王全斌是朝廷命官，孟玄珏肯承認親眼看見其吊死而不相救，即使能免除刑罰，亦會被御史上奏彈劾，貶官流放的命運在所難免。如此，他的話應該是實話，只是聽起來是實話，卻因與物證相悖，實在難以令人相信。

隔了好半晌，程德玄才問道：「那麼，孟將軍適才為何矢口否認出過四號閣子？」孟玄珏冷笑道：「隔壁的王全斌死了，你們有物證證明是他殺，我兄弟豈不成了首要嫌疑人？我可不想平白惹上麻煩。這件事，我兄長和向敏中毫不知情，我親眼看到王全斌吊死之後，又不動聲色地回到四號閣子，他們根本就不知道隔壁發生了什麼事。」

程德玄道：「下官倒是相信孟將軍的話。不過，王全斌相公是他殺無疑，孟將軍又親口承認是最後一個見到他活著的人，殺人嫌疑實在難以洗清。」說著向姚恕使了個眼色。姚恕便道：「孟將軍，得罪了。來人，將孟將軍鎖拿回開封府，交給右軍巡院[20]訊問。」

兩名隨從搶上前來，一左一右去抓孟玄珏的手臂。孟玄珏怒道：「不勞動手，我自己會走。」

向敏中忽然擠過人群，進來道：「等一等！姚推官，程押衙，請容我插一句嘴。」姚恕道：「有話去開封府說。來人，將他一起帶走。」向敏中急道：「姚推官，真凶還在這裡！」姚恕吃了一驚，問道：「你說什麼？」

向敏中道：「官人們都認為是孟將軍下手殺了王全斌相公，目的是為了那些冤死在他刀下的蜀中將士百姓復仇，再將他偽裝成上吊自殺的模樣。可你們想過沒有，王相公認得孟將軍，就算十年過去，已經不記得容貌，可是有陌生人進來，他會不警惕提防麼？王相公的身材比孟將軍高大許多，兩個人當真動起手來，隔壁會聽不到動靜麼？我和孟太尉就在隔壁四號閣子，並沒有聽到打鬥。就算你們認為我的話不可信，也該問問另一邊八號閣子的官人。」

張咏道：「關於這一點，適才八號閣子的李繼遷官人已經作證，他和手下，還有麗娘均未聽到任何不尋常的動靜。」

向敏中道：「如此就對了。再看這六號閣子裡面，案桌上的酒肴雖然狼藉一片，卻是擺放如初，並沒有凌亂的痕跡。王相公若是先被勒死，他必定大力掙扎、本能求生，怎麼可能桌凳、酒具都完好無損呢？」

這話極為有力。就連一心想早些結案的程德玄也捋著鬍鬚道：「有道理，有道理。」

姚恕道：「那麼，你如何解釋王相公頸項中一深一淺兩道勒痕？」向敏中道：「家父曾出仕後漢符離縣令，我曾聽他提過一個移屍訛詐的案子——符離有個好賭的男子去向表兄借錢還債，錢沒有借到，還被表兄辱罵一番，回家後不忿上吊自殺了。家人便趁天黑將他的屍首掛到表兄家的屋簷下，想以此來訛詐表兄錢財。哪知道官府驗屍時，驗出頸項中有一深一淺兩道縊痕，認定是表弟家人移屍詐財。」

姚恕道：「你是說，王相公是在別處上吊自殺，又被人移來西樓這裡？哈，越來越離譜了。」

寇准卻聽出了名堂，忙解釋道：「不，向郎的意思是說，王相公是自己先上吊自殺，再被人抱著身子往上移了一下，刻意造成兩道勒痕，好造成他殺的假象，以嫁禍旁人。」

眾人這才恍然大悟，雖感匪夷所思，然而仔細推測，這種說法確實是能將孟玄珏的口供，和所有物證串連起來的唯一合理解釋。

向敏中朝寇准點點頭，表示感謝，又走到王全斌屍首前，指著脖頸道：「縊殺和上吊自殺的勒痕其實有些區別。如果王相公是先被勒死的，凶手必然要走到他背後，用繩索之類的物事勒住他脖子，用力往後拉，令他窒息而死，如此一來所造成的勒痕是平的。而上吊自殺由於死者身體重量的緣故，所留下的痕跡必然是斜向上的，且會在左右耳後交會。王相公頸項中這兩道勒痕，雖然有深淺之分，卻均是向上斜交的。」

程德玄沉吟道：「如此說來，王相公當真是自殺？可又是誰居心叵測，有意造成他殺的假象來陷害孟將軍？」口中說著，眼睛已經向潘閬望去。在目前的供詞中，只有他和酒廝丁大親眼見到，孟玄珏站在王全斌所在的六號閣子前，理所當然嫌疑最大了。

潘閬道：「呀，程押衙倒懷疑起我來了。我根本不認得孟將軍，為何要陷害他？」

向敏中道：「應該不是這位郎君。我和孟太尉、孟將軍三人一直沒出來過，旁人也不知道我們就在四號閣子。我猜那人想嫁禍的不是孟將軍而是旁人，嫁禍者和被嫁禍者應該都是之前於樓廊大鬧時出現過的人。」

寇准道：「且不說嫁禍者的動機如何，被嫁禍者一定是之前跟王全斌相公結下過梁子、最容易受到懷疑的人，譬如張咏張大哥，八號閣子的李繼遷李官人……」

李繼遷的屬下張浦正在當場，聞聲立即應道：「那我知道了，一定是折御卿折將軍！」姚恕道：「對啊，還真奇怪呢，折將軍在樓廊大喊開封府的官員，結果自己倒縮回了三號閣子，再也沒有出來過。」

張浦道：「想必各位也知道，折將軍與我家主人是世仇，只是想不到他會用這樣卑劣的法子來陷害我家主人。」張咏道：「我可以作證，我兩次撞見過那個紅臉的折將軍出現，一次是他和兩名同伴從六號閣子出來，後一次是他又要進來。」

寇准翻了一下筆錄，道：「適才張浦張先生提到，右屯衛折將軍到八號閣子叫走了說書女龐麗華，帶她到王相公的六號閣子中，讓王相公向麗娘賠禮道歉。麗娘回來後驚恐不安，所以李繼遷李官人便來到六號閣子，找王相公為麗娘求情，結果卻發現王相公已經吊死了。」

如此一對口供，折御卿的嫌疑確實相當大，王全斌莫名其妙自殺也應該跟他有關，湊巧他所在的三號閣子就在王全斌六號閣子的斜對面，來去方便，不引人注目。

程德玄便道：「姚推官，何不派人去三號閣子，請折將軍出來說個清楚明白？」姚恕道：「是，還是本官親自前去比較好。」當即來到三號閣子前，輕輕敲了敲門，叫道：「折將軍在麼？麻煩三號閣子的諸位客人都出來吧。」

門迅疾拉開，露出折御卿的紅臉來，倒像他早就等在那裡，隨即飛快地將姚恕拉了進去。眾人大惑不解，只靜靜等候著。

過了一會兒，姚恕退了出來，道：「折將軍不肯承認是他所為。另外……」接著附到程德玄耳邊，低聲說了幾句。程德玄道：「既然如此，也無可奈何。就這麼算了吧。」

姚恕便大聲說道：「各位，王相公確屬上吊自殺，後來由於有人不小心移動了屍首，才造成他殺的假象，讓各位擔驚受怕了。本官這裡已經錄下各位的口供，這就散了吧。」當即指揮從人將王全斌的屍首用布單包了，抬出去交給他的家人。

眾人料不到一場驚天大案竟如此草草收場，張咏等人猜到多半是因為皇二子趙德芳在三號閣子的緣故，各自無語散去。

只有寇准道：「等一等！此案雖說已經水落石出，可一號閣子和二號閣子裡的人還沒有露過面，也沒有留下筆錄，萬一將來有變故，又如何去找那兩個閣子中的人訊問？」

姚恕道：「這個無妨。西樓有人看守，能進來的人不是熟臉也須憑官印。且案子已破，跟一、二號閣子毫無干係，無須再多事。」寇准無奈，只得道：「是。」

大大鬧過這麼一回，張咏、寇准、潘閬三人再無酒興，勉強吃了些冷酒菜，填飽肚子，悻悻下樓來，正遇到阿圖。

張咏不免十分奇怪，問道：「西樓出了命案，這麼大的事，你們樊樓怎麼倒像沒事一樣？」阿圖道：「命案自有開封府處理，我們樊樓從來不敢干預，這是規矩。」

潘閬道：「誰叫孫員外是開封府尹的岳父呢？全開封也只有你們樊樓能有如此底氣了。」阿圖賠笑道：「潘郎就會說笑。」

潘閬問道：「我可不是說笑，我對你家主人李員外佩服得緊。他人回來了麼？」阿圖道：「回來了，正在中樓歇息。」

張咏道：「博浪沙的事情到底如何了？商隊可有傷亡？那兩批盜賊可有擒獲？」阿圖道：「多謝張郎關心。我方死了三個人，有七八個人掛了彩。第一批麻衣強盜也死了三個人，只生擒了一人，已經被程判官帶回開封府拷問。那些神神鬼鬼的腳夫大多已經逃走，捕到的幾個也都搶先服了藏在衣襟中的毒藥自盡了，因此沒有抓到活口。」

寇准道：「這是什麼緣故？腳夫既無兵刃，又無坐騎，為何反倒大多都逃脫了？」阿圖道：「那裡可是博浪沙，一旦逃入沙地中，處處荊棘，馬力反而不及人力。那些腳夫個個跑得比兔子還快。好在有路人幫手，將被劫走的馬車奪了回來，萬幸。」

寇准歎道：「如此看來，那些人確實是真正的腳夫了。」一邊說著，一邊去摸錢袋，預備到櫃檯結算酒錢，不料伸手入懷，竟掏了個空，母親親手為他縫製的那只錢袋不知道何時已然不見了！

忽聽得背後有人「呀」的大叫一聲，不由得嚇了一跳。回過頭去，卻是那一直跟在程德玄背後不發一言的道士馬韶，正死死瞪著坐在散座中玩耍的劉娥，驚呼出聲。

程德玄道：「尊師[21]是在看那小女孩麼？出了什麼事？」馬韶道：「那女孩子骨骼清奇，面相貴不可言。」聲音顫抖不止。他吞了口唾沫，又勉強壓低聲音道，「她日後必當母儀天下。」

寇准注意到劉娥後，也大吃了一驚，不過並非因為他聽到了馬韶的話，而是劉娥手中把玩的正是他本人的錢袋，不過那錢袋已然空癟，再無他物。

1 梁園：開封的別稱。漢文帝劉恆曾封皇子劉武為梁孝王，王都最初設在開封。劉武在這裡興建了一座規模宏大的梁園，園林亭臺相連，為一時遊覽之勝地。劉武常同枚乘、司馬相如等著名文士一道到園中吹彈歌舞，吟詩作賦。唐代大詩人李白遊開封時，曾寫下著名的〈梁園吟〉。

2 宋代實行榷酒制度，即對酒實行高價專賣。宋初小麥每斗約六十文，可出六斤四兩酒麴，酒麴每斤售價約一百五十文，高出小麥售價十餘倍。民間有能力釀酒的大酒戶、大酒樓經官府批准後，向都曲院購買官方酒麴，沒有能力釀酒的小酒店則從大酒店批量購買後再售賣。榷酒是宋朝廷增加財政收入的重要方法，私自釀販者要被處嚴刑。宋太祖趙匡胤於建隆二年（西元九六一年）頒布酒麴律，規定「民犯私曲十五斤，以私酒入城至三斗者始處極典（死刑）」，後雖數量上有所放寬，但依舊量刑嚴酷。直到天禧三年（一〇一九年），宋真宗才將犯酒禁死刑改為刺配之刑。

3 銅錢為宋代的流通貨幣，一千文銅錢稱一貫，又稱一緡。銀也逐漸開始流通，一兩白銀約相當於一貫錢（宋代銀價時有上漲，有時一兩銀相當於一貫二百文或一貫四百文不等）。絹帛（唐代以銅錢和絹帛為貨幣，四貫錢約合五匹絹）因體積大不利流通，已失去了貨幣功能，不過常常在對外貿易中參與折價（因少數民族得到銅錢後也不會使用，而是熔掉製作器具，由此會直接造成中原錢荒，缺少現錢的流通）。

4 白礬即明礬，具有收斂作用，外用能解毒殺蟲、燥濕止癢，內用止血、止瀉、化痰。但內服會太過刺激，故除了用於鉛絞痛，一般均外用。

5 路歧人：沒有固定演出場所的民間藝人。

6 鞀鼓：一種兩旁綴靈活小耳的小鼓，有柄，執柄搖動時，兩耳雙面擊鼓作響，俗稱「撥浪鼓」。

7 有巴：東京市民表示讚賞的慣用俚語。

8 長生庫：宋代從事典當業的地方，也吸存富人的多餘閒錢放貸獲利。

9 京官：在京師任職的文武官員通稱。

10 夏州：今陝西靖邊，時為党項貴族拓跋氏（唐代時助平黃巢之亂，賜姓李）所據。府州：今陝西府谷，時為党項大族折氏所據。李繼遷後來成為宋朝大敵，其孫李元昊稱帝後追尊其為西夏太祖。

11 長春節：趙匡胤的生日是二月十六日。

12 押衙：宋元時，對吏目（低級文官官職名）的尊稱。

13 符離：今安徽宿州符離集。

14 鑿紙錢，就是用一把圓孔銅錢狀的鐵鑿子在一刀紙上猛力捶打，使紙張成為圓錢形狀。

15 國子監：古代中央官學，始於隋朝，是中國古代教育體系的最高學府。國子監刻書肇始於五代，繼起於宋代，是官方刻書的主體。由於宋代是中國雕版印刷史上的黃金時代，國子監刻書對中國刻書事業貢獻很大，影響極為深遠，在古代印刷史上占有重要地位；其所刻書，世稱「監本」，現仍有少量存世，珍藏在國家圖書館等機構。

16 中原文化發達，因而宋代與遼國貿易時書籍是占重要比重的輸出物。當時的遼國貴族大多精通漢文，喜讀漢字書籍。

17 張咏所作〈勸學〉詩中的兩句。張咏是中國歷史上著名的勤奮好讀之人，官居高位後也是如此，「力學求之，於今不倦」。他一生中所有的錢財都用來買了書籍，時人稱他「不事產業聚典籍」。

18 這是中國東北地區最早的私人藏書樓，現遺址猶存。

19 指當時在位的遼景宗耶律賢，其皇后即為著名的蕭燕燕。耶律倍雖為弟弟耶律德光所迫去家離國，但耶律德光死後，耶律倍之子耶律阮繼承皇位為遼世宗，以後的遼代諸帝除了遼穆宗耶律璟，其餘都是他的子孫。

20 右軍巡院：開封府的下屬機構。按北宋法律程序，刑事案件審理分三級：先由右軍巡院審理；審理不當，再由左軍巡院審理；審理不當，最後由開封府府司或中央御史臺重審。由於開封府尹趙光義身分特殊，宋初時開封府已有中央職能，號「南衙」，與「北府」（中書省與樞密院對掌文、武二柄，號「二府」）對稱。

21 宋代尚方外之交，尊高僧為「大士」，道士為「尊師」。

【卷三】老鼠彈箏

一個模樣像箏的銅質刑具抬了上來，刑吏搶過來抓住張咏的雙手，將其手腕鎖入銅箏銬環，手指一根根套入弦中。「這刑罰叫『老鼠彈箏』，專用來拷掠犯人雙手，所謂十指連心，你是執劍之人，該知道其中厲害。」

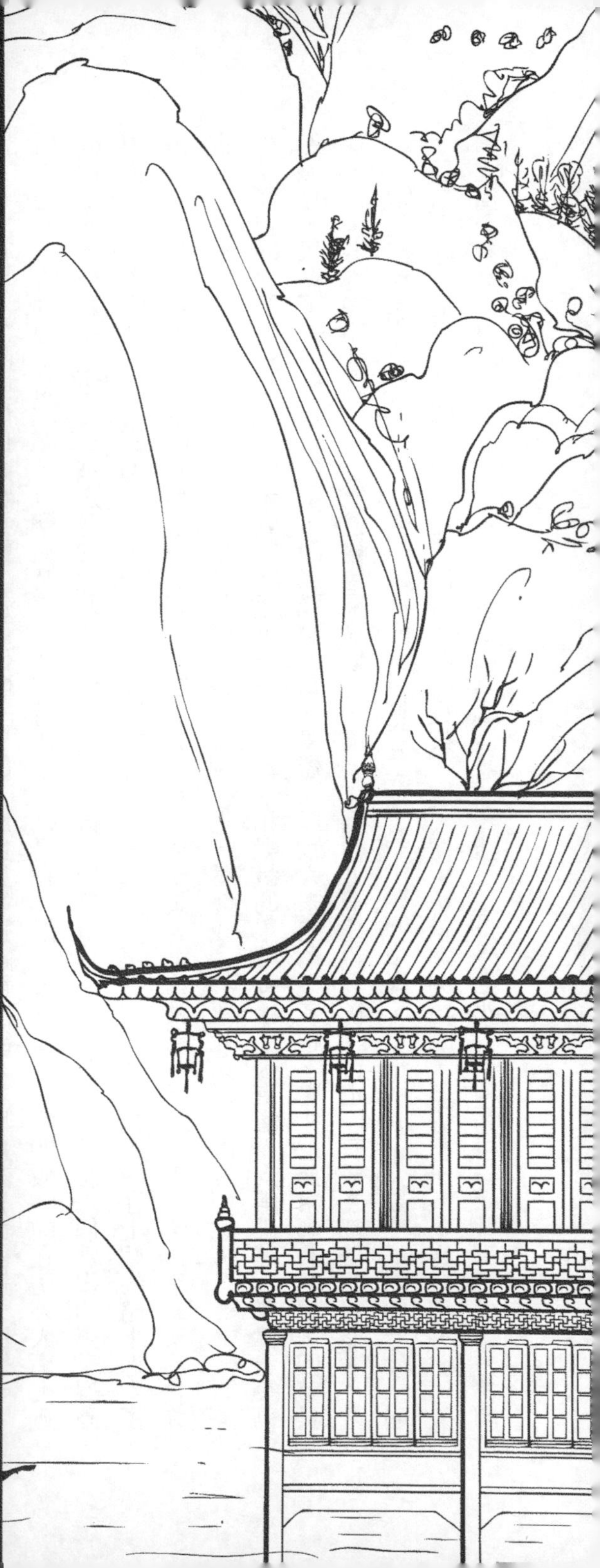

汴京之前，還有長安。

隋朝立國後，隋文帝楊堅依舊選擇長安為京師，但卻放棄了漢長安故城，在龍首塬重新修建了皇城和宮城。新建成的長安設計周詳，制度嚴謹，布局井然，規模宏偉，是當時世界上規劃最完整、城建最齊備、建築最壯觀的城市。全城以朱雀大街為中軸線，採用東西對稱布局，南北向大街十一條，東西向大街十四條。城區實行坊、市分離的制度，劃分一百零九個坊和東、西兩市，坊為居住區，市為交易區，如棋盤般整齊排列，坊里全部排列入棋局，正如唐代詩人白居易在詩句中所描述的那樣：「百千家似圍棋局，十二街如種菜畦。」

然而這座舉世無雙的城市卻是中國里坊制封閉式城市的典型，唐代長安亦是執行里坊管理最嚴格的朝代——所有坊、市的四周以圍牆封閉，每面僅開一扇門，居民只能透過坊門出入；坊角設有武侯鋪，由衛士守衛；坊門早晚都要定時開閉，以擊鼓為準；並實行夜禁。凡是在「閉門鼓」後、「開門鼓」前在坊外大街上無故行走的，稱為「犯夜」，被巡邏的金吾衛士發現後，要按律拘禁鞭撻。唐初的時候，有一個姓崔的男子醉酒犯夜，被巡夜的金吾衛士綑起來打了一頓，扔在街頭醒酒。第二天一早，長安縣令劉行敏在上朝的路上遇到了崔生，才給他鬆了綁，還因此寫了一首詩：「崔生犯夜行，武侯正嚴更。襆頭拳下落，高髻掌中擎。杖跡胸前出，繩文腕後生。」正因為如此，繁華熱鬧的長安一到晚上，就變成了一座死氣沉沉的寂靜之城。

歷史的風雲變幻莫測，唐末動亂連年，長安成為紛爭和殺戮的主要戰場，被支解得支離破碎，雄偉建築蕩然無存，只剩下一堆堆殘垣斷壁。西風殘照，繁華夢斷，以致大宋開國皇帝趙匡胤在選擇京師的時候，回望長安，也不得不深深歎息——這座曾經包羅萬象的城市，在歷經了千萬殺戮後，再也沒有成為都城的可能。

宋代選擇開封為京都後，起初也沿襲唐代長安大城套小城的格局，實行坊制和夜禁：全城共分八廂一百二十坊；士民只能透過四面坊門出入坊里，夜鼓一響，便由坊正關閉坊門，不得再出入；夜禁後，坊區外的大街上有禁軍擔任的巡鋪兵卒來回巡視，犯夜禁者要逮捕送交官府治罪；直到次日晨鼓響起，夜禁方才解除，坊門重新開啟。

堡壘式的里坊制度方便官府管理，對維持京師治安發揮了很大的作用，但局面很快便發生變化。後周時，周世宗柴榮曾大規模地擴建開封，為了拓寬街道，拆掉了部分臨街的坊牆，允許居民臨街修蓋涼棚、建起樓閣，坊制已經開始露出解體的苗頭。而趙匡胤登基為帝後，一改之前歷代王朝重農抑商的政策，大力宣揚「多積金、市田宅以遺子孫，歌兒舞女以享天年」，以此博民富，締造一個富足天下的王朝。皇帝對商業的重視引發了經商熱潮，廟堂之外，朝野之間，自公卿到百姓，人人想方設法賺錢生財。就連晉王趙光義也組織有自己的商隊，專門販賣貨物，以所獲巨利修建了一座恢宏的道觀。經濟的極大繁榮勢必促發坊制的破壞，臨街的人家悄悄拆掉坊牆，改建為商鋪出租，甚至不惜侵占街道。如此一來，居民們臨街開店、面街而居，沒有了坊牆限制，完全可以不透過坊門出入坊區，坊制被徹底破壞，坊、市分離的格局被打破，市場沿街而行，貿易場所擴大到全城的各個角落，京師的夜禁制度亦不能嚴格執行。從這個意義上來說，宋代開封是中國歷史上第一座敞開型的城市，市民們擁有相對自由的空間以及真正豐富的夜生活。

開封的寒食夜晚當真是個不夜天，張咏、寇准、潘閬幾人乘馬出來樊樓時，提燈遊街的男女依舊絡繹不絕，只得攏馬慢行，後半夜才回到汴陽坊。坊巷巡鋪當值的兵士正百無聊賴，見三人面生，特意攔住盤問，聽說是開封首富李稍的客人才放行。

三人實在太過疲累，本來還想談一下當晚的樊樓奇遇，但也是有心無力，各自回房倒頭就睡。

次日上午，寇准與潘閬攜了海東青一道去拜見符彥卿。張咏睡到中午才起，自有李稍派來的女使前來服侍洗漱。他胡亂吃了些點心墊底，便攜劍出來，預備步行去尋昨晚結識的向敏中，然後一道去逛書鋪。

出門不遠，正遇到王嗣宗陪著一名四五十歲的男子，在一處大宅前與一名三十歲出頭的文士交談。張咏遠遠叫道：「王兄！」

王嗣宗便迎過來問道：「張兄就是借住在前面那處宅邸麼？」張咏道：「不錯。那兩位是……」王嗣宗道：「哦，那老者是我族叔王倉，那文士是南唐鄭王李從善，也就是南唐國主李煜的親弟弟。」

張咏吃了一驚，道：「李從善怎麼會在這裡？」王嗣宗道：「他出使大宋被官家扣押，一直軟禁在汴陽坊中。」張咏道：「啊，我明白了，你族叔是汴陽坊的坊正，負責監視看管這南唐的落難大王。」王嗣宗道：「差不多是這個意思。」

忽聽得王倉叫道：「嗣宗！」語氣甚是焦急。王嗣宗應了一聲，匆匆道：「我正好有點事想請張兄幫忙，回頭再來尋你。」張咏道：「好，王兄先去忙，等我晚上回來再聊。」

剛走到汴陽坊東面的表柱木[1]，便見開封府推官姚恕騎馬領著數名黑衣吏卒趕來，遠遠揮手叫道：「張壯士，等一等！」

張咏頓住腳步，等姚恕近前，問道：「姚推官有事麼？」姚恕笑道：「今日怕是要得罪了，本官也是奉命行事。」回頭命道，「將張咏拿下了！」

張咏大為愕然，立即橫劍擋在身前。姚恕見他意欲反抗，一揮手，幾名捕盜弓手圍上前來，扣箭上弩，對準張咏。張咏見狀不敢再動，只冷笑道：「好大的陣勢！」

姚恕道：「你想要拒捕麼？那可是罪加一等。」張咏道：「推官親自帶人來拿我，莫非又懷疑是我昨晚在樊樓殺了王全斌？」姚恕道：「拿你確實跟你昨晚身在樊樓有關。你可知道，昨日死的朝廷命官並不只王全斌一人？」

張咏道：「那還有誰？」姚恕道：「還有王彥昇王相公，他被人殺死在離博浪沙不足十里的小牛市集裡。你現下該知道為何拿你了吧？」張咏道：「僅僅因為我昨日在那小牛市集跟王彥昇相公比過劍麼？那可是他自己找上我的。」

姚恕道：「你還要強辯麼？昨日有兩位朝廷大將先後遇害，雖然地點不同，你卻是唯一一個在兩個地方都出現過的人。」

張咏沉吟道：「果真如此的話，你們懷疑我也在情理之中。好，我跟你們走。」不再抗拒，任憑黑衣吏卒上前奪下寶劍，拿鎖鍊鎖了雙手和脖子。

張咏被一路押解來到大相國寺前街的一處大官署，卻不是姚恕任職的開封府，而是浚儀縣廨。

汴京城雖分為開封和浚儀兩縣，但這只是地域上的劃分，城區的管轄權均直轄於開封府。開封、浚儀雖然號稱是級別最高的赤縣，實際上已經喪失了絕大部分的行政權力，因而北宋的赤縣是絕對清冷的官署，地位不及唐代京師長安、萬年兩縣十分之一。

浚儀縣歷史悠久，始置於秦代，即戰國時魏國都城大梁。秦將王賁攻打魏國時採用了決河灌城的辦法，大梁城由此成為廢墟，魏國滅亡。秦始皇統一中國後，因大梁城毀壞太甚，一時難以恢復，遂在原址設置了浚儀縣，為後代所沿襲。

歷史上有不少名人擔任過浚儀縣令，如陸雲[2]等。三國大才子曹植也曾被封為浚儀王，在這裡寫下了〈慰情賦〉及〈社頌〉。唐代貞觀名臣馬周未發跡時，曾遊汴地，在浚儀縣擔任書吏，因小事被縣令崔賢育辱罵，遂棄官前去長安，後成為一代名相。

縣廨建築亦是唐代遺物，古樸中自有一股滄桑。唯有門樓是新修，頗不相稱。門樓前立著一座戒石銘，上刻四行大字：「爾俸爾祿，民膏民脂。下民易虐，上天難欺。」

張咏一見便叫道：「呀，這是秦國公孟昶昔日為後蜀國主的頒令，如何被刻在了這裡？」姚恕斥道：「胡說八道，戒石銘是朝廷用來告誡地方官員要愛民如子，怎麼會摘選亡國之君的令文？」

張咏見他粗鄙無知，也不多與他爭論，只問道：「推官如何帶我來浚儀縣治而不是開封府？」姚恕道：

「開封府事務繁劇，晉王有令，凡是跟昨日博浪沙盜賊和二位王相公遇害有關的罪犯，均押解來浚儀縣審訊囚禁。」張咏笑道：「你們是不願意張揚吧，擔心開封府辦事的人太多，來來往往洩露了風聲。」

姚恕冷笑道：「不是因為來開封府辦事的人多，而是開封府府獄中的囚犯太多，多到你難以想像，都騰不出一間單獨的囚室來關押你這樣的重犯。」

宋初中央審判機關為大理寺，負責辦理天下所奏的疑案。下分左部斷刑和右部治獄，左斷刑負責審斷全國各地州縣報請複審的刑事案件及地方官犯罪案件；右治獄負責京師百官犯罪案件。職責重大，案件極多。太祖皇帝認為其是慎刑機構，特意不設監獄，所有犯人均寄押在開封府府獄中[3]。而開封府本身就負責下轄十六縣的各類民事糾紛、刑事訴訟，事務繁劇，府獄同時兼有中央監獄和地方監獄兩重職能，是以常常人滿為患。

姚恕又道：「你能猜到朝廷不願意公然張揚兩位王相公遇害之事，也該想到事態是多麼嚴重了。」便命人押著張咏來到大堂中，強迫他跪下。

先叫出一名證人來。那人進來跪在張咏旁邊，側頭問道：「張郎可還記得小的？」張咏道：「昨天才見過，如何就記不得了？你是王彥昇王相公的隨從。」

那隨從便哭罵道：「好個狠心的張郎！我家主人好意找你比劍，你傷了他也就罷了，如何還要下毒害他？」張咏道：「好意找我比劍？明明是你家主人想得到我的寶劍，死纏著要跟我比試。我贏了他一招立即就走了，水酒都沒有喝一碗，哪裡有機會下毒害他？」

那隨從道：「明明是你，就是你傷了我家主人。你離開市集後不久，我家主人也緊隨上路，走不多遠就從馬背上掉下來死了。」張咏更是愕然，仔細回想，也難解其因。

姚恕道：「張咏，本官問你，你可有用劍傷了王彥昇王相公？」張咏道：「我承認，我的確傷了王相公。不過我們事先早有過約定，刀劍無眼，萬一傷到對方可不能記仇。王彥昇相公雖然劍術高明，畢竟年紀已大，身手和反應都遲緩了許多。我只是用劍劃傷了他的後背和臂膀，不過是一點輕傷，根本不足以致命。」

姚恕道：「這麼說，你承認是用你的寶劍傷到了王相公的後背和臂膀？」張咏道：「是。」姚恕道：「很好，書吏，將他的供詞如實記錄下來。」

張咏道：「莫非王彥昇相公有什麼隱疾？我那兩劍引得他疾病突發？」姚恕道：「不是隱疾，而是你的寶劍上塗有毒藥，你出手劃傷王相公時，毒隨血液侵入體內，等你離開後，他才毒發身亡。」

張咏哈哈一笑道：「如此，你們可冤枉不到我。張某雖然不才，卻自負劍術無敵於江湖，從來不會用毒，更不會往自己心愛的寶劍上抹毒。」

姚恕一拍驚堂木，喝道：「傳仵作！」便有一名白髮蒼蒼的老仵作應聲上堂。

張咏見他容形全毀，左右面頰上各刺著兩個黑色大字，念起來是「奉敕不殺」，不由一愣，心道：「本朝恢復肉刑，流徙犯人均要在臉上刺字，稱為『打金印』，意在示辱，令人望而識其為罪犯。可只見過犯人額頭上刺著州名牢城，就算是特赦免死的強盜，也不過在面頰刺上『免斬』和雙旗字樣，這『奉敕不殺』倒是頭一次看見。」他生平孜孜好學，遇難即問，忙問道：「老公臉上這四個字從何而來？哦，我並非有意無禮，只是頭一回見到這樣的刺字，不免有些好奇。」

老仵作甚是從容，答道：「這位郎君看起來也是讀書人，難道沒有聽過契丹皇帝攻入開封後，羞辱中原漢人的事麼？」

原來昔日遼太宗耶律德光攻滅後晉後，在所有俘獲的後晉人臉上刺上了「奉敕不殺」四個大字，表示格外開恩赦免了中原漢人的性命。張咏這才恍然大悟，道：「原來是契丹人的手筆。」

老仵作點點頭，上前跪下，稟告姓名、身分及驗屍結果：他姓宋名科，已經當了四十多年仵作，是開封府資格最老的仵作行人。王彥昇的屍首被連夜運回開封後，他被召來驗屍。王彥昇全身發黑，係中烏頭[4]劇毒而死。而他在小牛市集碰過的酒菜茶水已經人用銀針檢驗，並無毒藥，所以毒並非從口入。驗得全身有新傷兩處，一處在後背，一處在右臂，傷處血色發黑，毒應該是從劍傷而入。

張咏聽完，連連搖頭道：「我沒有用毒，你們可以查驗我的寶劍，劍上絕對沒有塗毒。」宋科道：「適才小的已經驗過推官派人送來的寶劍，劍身乾淨得很，沒有毒藥痕跡。」

張咏道：「那是自然。」宋科道：「非但沒有毒藥，連一丁點血跡也沒有。只有酒氣，聞起來似乎是樊樓的和旨。」

姚恕道：「這就對了！凶手殺了人，自然要將凶器擦洗乾淨，銷毀證據，劍上的毒藥和血跡早一併擦去了。」張咏辯道：「跟王彥昇相公比試後，我確實擦拭過寶劍的血跡，那只是愛劍人本能的反應，可不是為了銷毀證據。」

姚恕哪裡肯聽，冷笑道：「你當真是深謀遠慮，生怕留下蛛絲馬跡，甚至去樊樓飲酒時還不忘用酒再擦一遍劍身。」驀然想到什麼，驚道，「呀，昨夜沒有驗毒，王全斌相公該不會也是被你劍上的烏頭毒害死，再偽裝成自殺的樣子？」

張咏道：「王全斌是自己上吊而死，孟玄玨將軍親眼所見，推官可別想推到我身上。王彥昇相公中毒也與我無干。」

姚恕重重一拍驚堂木，道：「張咏，你殺王彥昇相公已經是鐵證如山，人證物證俱在，還不快些招認？免得皮肉受苦。」張咏道：「我沒有往劍上抹毒，沒有殺人，如何招認？況且我與王彥昇相公素不相識，為何要殺他？」

姚恕道：「這正是本官要問你的，你的殺人動機到底是什麼？」張咏道：「沒有任何動機。當時我騎馬路過小牛市集，王彥昇相公在小牛酒樓上看到我的劍，起心據為己有，派隨從將我強行攔下，非要以我的寶劍為賭注與我比劍。我本不欲理睬他，但聽說他就是大名鼎鼎的王劍兒後，忍不住起了比試之心，想看看我的劍法是不是在他之上。後來僥倖勝了一招，我見王彥昇相公面色不善，擔心他糾纏不休，以勢壓人，就立即上馬走了。我跟他不過是萍水相逢，他不派人攔我，我根本都不會跟他照面認識，如何能有殺他的動機？」

姚恕道：「你不肯說實話，那麼本官替你說。你是敵國的奸細，朝廷正當用兵之際，所以契丹派你來刺殺我大宋朝廷大將。你知道王彥昇相公愛收藏寶劍，故意帶一柄好劍引他注意，再與他比武，用劍上的烏頭令他中毒，再搶在毒發前離開，以為這樣旁人就不會懷疑到你。」

張咏聞言不禁啞然失笑，道：「什麼敵國奸細？我可是地地道道、土生土長的漢人，怎麼會為契丹做奸細？」姚恕道：「漢人怎麼了？韓延徽[5]跑到契丹當了宰相，他兒子韓匡嗣如今是南京留守[6]，專門負責對大宋的邊防，他們難道不是漢人麼？你不提南唐，不提北漢，只強調自己是漢人，分明是心虛，你正是契丹派來的奸細！」張咏再無言可辯，只好道：「我沒有下毒，我沒有殺人。」

姚恕便叫道：「劉刑吏可在？」堂下應聲站住一名中年男子，道：「劉昌在此。」

姚恕道：「這人犯就交給你拷問。」劉昌道：「遵命。請官人自去隔壁飲茶歇息，刑訊的事交給小的來做便是。」姚恕當真起身，退入後堂。

劉昌在張咏四周繞行走幾圈，仔細打量他一番，才彎腰問道：「張郎今年貴庚？」張咏只覺得，這個有著一雙小圓眼睛的男子有說不出的詭異可惡，答道：「二十八歲。怎麼了？」劉昌道：「不怎麼，你沒聽說過隨年打麼？來人，取陰陽杖來，杖犯人二十八杖殺威。」

便有刑吏上前拖翻張咏，褫下衣衫，一直褪到腰部以下，令他面朝下伏在地上。兩邊分站一人，一人手持荊杖，另一人拿一條酷似男子陽具的刑具，分別朝他光背上擊下。張咏起初只咬牙強忍劇痛，但數杖過後，疼痛大為減輕，還產生了一種難以言說的奇妙感覺。

一旁劉昌瞧在眼中，道：「張郎所受刑罰名為陰陽杖，陰杖用婦女穢物浸泡而成，陽杖則是模仿男子陽具，這陰陽二杖在張郎背上交歡，所以又稱合歡杖。」張咏只聽得毛骨悚然，噁心得幾欲嘔吐，連聲叫道：「停手！停手！」

劉昌揮手止住刑吏，命人扶他跪好，問道：「張郎願意招供了麼？」張咏道：「不招。我知道你的來歷了，你是後漢權知開封府[7]劉銖之子。你父親用法深刻，殘酷好殺，創制了許多奇怪刑具，堪比唐代酷吏來俊臣。這些陰陽杖、合歡杖之類的鬼名堂一定是他的傑作，果真是有其父必有其子。」

劉昌也不動怒，溫言笑道：「看不出張郎原來是個博學之人，這倒是讓人想不到。你可是第一個道出我來歷的犯人，那麼一定要特別對待了。來人，取那件最厲害的刑具來。」

立即有人在張咏面前擺了一只矮腳凳，兩名刑吏抬了一個模樣像箏的銅質刑具放在凳上，搶過來抓住張咏雙手。張咏驚道：「你們這是要做什麼？你用的這些刑具聞所未聞，都是法外之刑。」

他不肯輕易就範，正待掙扎站起，刑吏們一擁而上，死死按住他肩頭，不令他反抗。有人捋起他衣袖，將他手腕鎖入銅箏的銬環中，再將手指一根一根套入弦中。

劉昌笑道：「這刑罰叫『老鼠彈箏』，創自唐代酷吏來俊臣之手，專門用來拷掠犯人雙手，厲害無比，張郎難道沒有聽過麼？所謂十指連心，你是執劍的人，該知道其中厲害。怎樣，你招還是不招？」張咏道：「我沒有做過下毒殺人的事，你們要我如何招認？」

劉昌便點點頭，刑吏用力鉸緊銅箏兩端的機關。張咏大叫一聲，只覺得雙手劇痛，全身如遭雷擊，顫動不止，呼吸急促，心跳驟然加快，當即汗下如雨，只撐了片刻便暈了過去。

劉昌令人鬆開刑具，將他雙手從鋼弦中取出來，拿涼水潑醒他，笑道：「這滋味不好受吧？」

張咏只覺得死而復生，百骨盡脫，雙手更如僵死般，動彈不了分毫，道：「不好受。」劉昌道：「那麼你招還是不招？」張咏搖搖頭，緩緩道：「爾俸爾祿，民膏民脂。下民易虐，上天難欺。」他所吟的正是刻在浚儀門樓戒石上的銘文。

姚恕正好重新進來，聞言止住劉昌繼續用刑，走到張咏面前，道：「本官憐你是讀書人，又是個有名的劍客，再多給你一晚時間考慮清楚，明日一早再提你過堂，若還是不肯招認實情，那麼我可要將你再交給劉刑吏，多嘗幾遍這『老鼠彈箏』的滋味了。」張咏道：「我沒有殺人，推官非逼我承認，不是要屈打成招麼？」姚恕道：「依本官的經驗來看，似你這般強悍的凶手，應該是不會輕易屈服的，尋常刑罰對你也沒什麼用處。不過劉刑吏最擅長刑訊，天下無人能出其右，再厲害的強盜，到了他手中，捱不過三天就得老實招供。你何必多受苦楚？」張咏道：「就是因為有了劉刑吏這樣的『能人』，天下才多了許多冤獄。」

姚恕道：「劉刑吏，你再好言勸勸他。」劉昌道：「是。」上前對張咏道：「這『老鼠彈箏』非同一般，號稱茶酷中最酷者，沒有人能忍受它超過五次。適才張郎不過才嘗到三成力道，明日再動刑，就要用足十成力道。張郎可要想清楚了，你能忍受一次，但能日日忍受這非人的刑罰麼？」

張咏道：「就算你們刑訊拷問我至死，我也不能承認我沒有做過的事。」劉昌笑道：「那咱們就明日再見了。」竟似以拷問犯人為樂趣。

姚恕見張咏強硬，也不再多說，命人拖下縣獄囚禁。

獄卒搜去張咏身上所有物品，剝光衣衫，換了囚衣，拿杻銬鎖了他手腳，拖來獄中，再用頸鉗束住脖子，鎖在石壁的鐵環上。

張咏瞬間由人間墜入地獄，像狗一樣被拘禁在大獄中，只覺得一切都來得太快，快得令人莫名其妙。忽見牢房中不獨他一人，另有一名年紀相仿的男子，也如他一般被頸鉗鎖在另一端的鐵環上，正半倚在牆上，好奇地盯著他看。

張咏問道：「你是誰？為何被關來這裡？」那男子道：「你又是誰？為何被關來這裡？」張咏道：「我叫張咏，他們說我殺了王彥昇和王全斌。」

那男子道：「哦？你當真殺了他們兩個？」張咏道：「當然沒有。你還沒有回答我，你叫什麼名字？」那男子道：「我沒有名字。」

張咏道：「無名氏？那你為何被關來這裡？」那男子道：「我昨日在博浪沙搶劫財物時被捕……」忽然認出張咏來，「啊，我見過你，你就是昨日揮劍出聲向商隊示警的灰衣男子。」張咏道：「不錯，正是我。奇怪了，他們為何要將我跟你這樣的強盜關在一起？」

那男子正是在博浪沙受傷後被捕的其中一名麻衣強盜，名叫高瓊，他見張咏語氣大有鄙夷之意，不由得心頭來氣，怒道：「都怪你壞了我們的大事。」

驀然爬起身來，抓住張咏雙腳鐐銬間的鐵鍊，大力往自己那方拖去，只拖出幾步，石壁上的鐵環鐵鍊驀然收緊，張咏頓時被頸鉗勒得喘不過氣來。他雙手被木杻束住，又剛受過酷刑，竟是無力反抗，只徒然掙扎著，空有一身武藝。

幸好高瓊身上有傷，也受過「老鼠彈箏」酷刑不久，雙手麻木僵硬，不能伸展自如，只不過仗著蠻勁發力，怒氣一洩，力道便盡。張咏窺準時機，乘機並腳，急蹬他胸口，正巧踢在他肋骨之處。高瓊慘叫一聲，當即鬆手倒地。

張咏順勢騎過去，將雙手的木杻按壓在他胸口，喝問道：「你到底是什麼人？是誰派你來刺殺北漢使者的？」高瓊奇怪地看了他一眼，似是很驚訝他竟會知道北漢使者一事，隨即閉上眼睛，不肯多說一字。

張咏道：「你……」忽見高瓊左肩頭露出幾點青色，忙撥開他囚衣，卻見那裡刺著一個奇怪的圖案，不禁道：「咦，這不是漁陽高氏[8]的標誌麼？你姓高，是也不是？」

高瓊見張咏認出了自己家族的刺青，大為心急。張咏卻放開了他，道：「原來你是契丹人派來的刺客！」

高瓊冷笑一聲，正要爬起來再打，張咏卻已經及時退到另一邊的牆角。高瓊被頸鉗和鐵鍊束縛住，移動範圍有限，只要張咏一直待在那裡，他便無法接近。

兩人虎視眈眈，互相瞪著對方不放。正僵持間，忽見獄卒領著寇准、潘閬和向敏中來到牢房的柵欄前。

張咏大奇，問道：「你們怎麼進來了？」寇准道：「我和潘大哥回汴陽坊時正好遇到向兄來找張大哥，聽坊正說開封府趕來捕了人，我們都猜想或許跟昨晚之事有關，打聽之下，才知道是你被帶走了。」

向敏中取出一吊錢遞給獄卒，道：「麻煩獄卒大哥行個方便，開門讓我進去說上幾句話。」

因寇准三人是開封府押衙程德玄和浚儀縣令崔何親自帶引進來，獄卒不敢接錢，只道：「郎君不必客氣。」取鑰匙開了牢門，放幾人進來。

潘閬先上前往張咏身上檢視一番，道：「沒事，沒受傷，沒受刑。」張咏沒好氣地道：「你怎麼知道我沒受刑？你聽過什麼叫『老鼠彈箏』麼？」

潘閬道：「沒聽過。『老鼠彈箏』，那是什麼？」張咏道：「就是一種讓你生不如死的酷刑，而且不會在人身上留下傷痕創口，厲害極了！你瞧我的手，就彈了那麼一小下，到現在連指頭都動不了了。」

向敏中道：「適才聽獄卒說，張兄是因為殺了王彥昇相公，才被捕進來。張兄，我多問一句，你當真殺了人麼？」張咏道：「當然沒有。大丈夫敢做敢當，我要真殺了王彥昇，不用他們對我動刑，早就自己承認了，還『老鼠彈箏』呢，奶奶的。」向敏中道：「好，我信得過你。」

張咏奇道：「我和向兄不過昨晚才在樊樓見過一次，你當真相信我麼？」向敏中道：「當然。不僅我，他們兩個也一樣相信張兄。」寇准道：「我們若是信不過張大哥，就不會不避嫌疑來大獄了。張大哥快些將事情經過說出來，我們看看有什麼能幫上忙。」

張咏歎道：「多謝三位高義，不過才一日之交，就能如此信任張某。只是而今人證、物證俱在，處處對我不利，怕是難了。」當即說了事情經過。

潘閬忖道：「王彥昇這個人跟王全斌一樣，也不是什麼好人，殺死了後周忠臣韓通，向宰相王溥索賄，被貶去邊關當大將後，更加凶狠殘暴，經常下令圍捕無辜的党項人，生撕下他們的耳朵當下酒菜，天下想要他死的仇家不計其數。會不會是有人在比劍前偷偷往張兄劍上塗抹了烏頭，有意借你的劍來殺他？」

張咏道：「這不可能。我那柄寶劍是師傅所贈，向來劍不離身，我自信，天下沒有人能在我眼皮底下往劍上搗鬼。」

向敏中道：「張兄與王彥昇比劍傷了他，劍上當沾有血跡。適才仵作檢視寶劍一乾二淨，那麼血跡當是已被張兄擦去，那些血跡擦在了什麼地方？」

寇准登時恍然大悟，道：「向大哥真是聰明！只要找到血跡，證實上面沒有毒藥，也就能證明王彥昇身上的烏頭毒不是張大哥寶劍所帶。」

張咏道：「等我想想，我當時順手抓起一旁看熱鬧的酒保手中一塊抹布，來回擦乾淨血跡，又將那抹布塞回他手裡。」寇准道：「不如我現在趕去張大哥說的小牛市集，也許還能從酒樓中找到那塊抹布。」

一旁高瓊冷笑道：「既是酒保手中的抹布，一定早被洗乾淨了。難道他還要留著血跡過夜、第二天擦到酒桌上麼？況且就算找到又能怎樣？能證明有沒有烏頭毒固然容易得緊，你們又如何證明那上面的血跡就是王彥昇本人的？」

寇准問道：「他是誰？」張咏道：「昨日在博浪沙被捕的麻衣強盜，其實是契丹人派來的刺客。」

潘閬道：「張兄如何能知道他的身分？」張咏道：「他肩頭有漁陽高氏家族的標誌。」

潘閬道：「哦？這麼說他也是漢人了，也算是名門望族，可居然為契丹人效力。」正待走近高瓊看個清楚明白，張咏忙道：「別靠近他，這人厲害得緊，適才險些殺了我。」潘閬聽了便止步不前，道：「那好，先別理他！」

向敏中道：「這個姓高的刺客說得很有道理，就算尋到那塊抹布，也難以證明上面的血跡就是王彥昇本人的，還是不能洗清張兄嫌疑。」

張咏道：「向兄的話倒是提醒了我，我在跟王彥昇比劍之前，還跟另外一對夫妻交過手，而且就在同一個市集裡。」

原來他進小牛市集時，見到一對夫妻縱奴行凶，追打道邊的一個小孩子，忍不住上前制止，由此動起手來，還傷了其中的婦人。後來才知道那孩子是個小賊，盜取了丈夫家傳的寶物，原是一場誤會，幸好那對夫妻還算明理，沒有多計較。張咏跟王彥昇比武時，還見到那對夫妻在一旁看熱鬧。

向敏中道：「這是比抹布血跡更好的人證了。張兄可問得那夫妻的名字？」張咏道：「丈夫複姓歐陽，名贊，跟向兄一樣，操開封口音。妻子名叫妙觀，口音有些奇怪，似是北方人氏。他們帶的從人車馬不少，應該不難尋到。」

向敏中道：「張兄在小牛市集遇到的這對夫妻，一定也準備經博浪沙南來開封，如此，不是過陳橋門便是封丘門，我這就去託人打聽。」當即與寇准、潘閬告辭張咏出來，見那承符彥卿之命照顧寇准的開封府押衙程德玄還等在獄前，浚儀縣令崔何也陪在一旁，忙道：「就算我們能順利找到歐陽贊夫婦作證，也只能證明張咏跟他們交手時寶劍上沒有染毒，萬一官府強指是他在比劍前才往劍上抹了烏頭毒，還是難以辯駁。除非找出真凶，才能徹底為他脫罪。」

寇准道：「可是案發現場不在開封，所有人證、物證均指向張大哥，我們對整個案情一無所知，如何能找到凶手？向大哥可有什麼好主意？」

向敏中道：「我想去看看王彥昇的屍首。不過我是平民一個，這件事甚難，還得你寇老西請程押衙說個情。」寇准聽他也學潘閬般叫自己寇老西，忍不住笑起來，隨即肅色道：「只要能幫到張大哥，有何不可？」

潘閬忙道：「這樣，你們兩個去驗王彥昇的屍首，我負責去找歐陽贊夫婦。」向敏中道：「京師這麼大，潘兄又不是本地人，找人怕是極難。不如等我驗過屍首，再一道去尋訪。」潘閬笑道：「外地人確實不如本地人方便，不過我自有主張，找人的事就包在我身上。你們放心，我這麼大個活人，還怕丟了不成？」寇准便道：「那好，咱們分頭行事，晚上回汴陽坊碰頭。」潘閬也不與程德玄、崔何見禮招呼，昂首自去了。

程德玄問道：「看過張咏了麼？」寇准道：「看過了，多謝程押衙、崔明府[9]。」又乘機說了張咏無辜，想去看看王彥昇的屍首。

程德玄道：「寇郎昨日才與張咏相識，當真相信他的話，要出全力幫他？」寇准道：「我與張大哥意氣相投，一見如舊，我信得過他的為人。」

程德玄尚沉吟不語。向敏中道：「如果張咏真是凶手，而今他已經被捕，再也難有作為，伏誅不過是早晚之事。可若當真如他所言，他根本沒有下毒謀害王彥昇相公，那麼真凶現今還逍遙法外，萬一還會繼續對朝廷重臣下手，我大宋豈不危矣？」

程德玄悚然而驚，問道：「你也認為這事是敵國刺客所為？」向敏中道：「時機太過湊巧，不由得人不這麼想。」

昨晚王全斌死在樊樓，孟昶的次子孟玄玨成為最大嫌疑人，是向敏中力挽狂瀾，指出了其中的破綻，其人沉穩老練，心細如髮，令所有人刮目相看。程德玄當即點頭道：「你說得有理。」轉向崔何道，「下官奉符相公之命照看寇郎，他既然提出想看看屍首，還請崔明府行個方便。」

崔何忙道：「這是於國家朝廷有利的事，理所當然。正好王相公的屍首還沒有發還家屬。」當即欲親自帶領去看屍首。

向敏中向寇准使了個眼色，寇准忙道：「不敢勞煩押衙、明府。」程德玄道：「那好，你們自己去驗吧。我這就回開封府了，寇郎有事到那裡來找我。」寇准道：「是。」

崔何笑道：「下官正好有公事去開封府，這就跟押衙一道回去。」

其時正逢寒食七日長假，大小官署均停止辦公，開封府也不例外，哪裡有什麼公事可辦？他不過是尋找機會多與晉王身邊的紅人親近罷了。當即叫過一名當值的差役，命其帶寇准去斂屍房。

向敏中道：「再煩請明府各叫一名書吏、仵作從旁監視，記錄下我們驗屍的過程，以示公正。」崔何道：「向公子考慮得極周到。」揮手命差役照辦，自己笑臉陪了程德玄出去。

開封的官署除了御史臺均是坐北朝南。斂屍房在縣衙東北側的角落中，是個偏僻所在。寇准幾人到來時，斂屍房門大開著，門前站著兩名帶刀的黑衣男子。

書吏忙上前問道：「你們怎麼進來這裡？這裡可是縣廨重地。」一名男子道：「我家主人是王彥昇相公的故人，聽到消息，特意趕來相見最後一面。」

書吏見那男子手撫刀柄，極為彪悍，心道：「王彥昇相公被殺仍是祕密，尚未傳開，這主人這麼快就得到消息，還能悄無聲息地進來縣廨斂屍房，一定不是普通人。」不敢再多問，只道，「小的奉崔縣令之命，帶仵作和這兩位郎君來驗屍首。」

那男子道：「既是公事，這就請進吧。」語氣甚是傲慢，倒似得到了他的准許，才可進斂屍房一般。

向敏中卻生怕有人乘機破壞證據，急忙搶進房來——卻見房內密密排放著數張長桌，每張桌上停著一具屍首，均用白布蓋住。最裡面的地上堆擺著幾具腳夫打扮的屍首。一名四五十歲的長袍布衣男子正站在靠近門邊的屍首旁，面色凝重哀戚。

仵作宋科指著那男子近旁的屍首道：「這就是王彥昇相公的屍首了。」

那布衣男子問道：「不是已經查過屍首、驗明彥升是被毒劍所殺麼？」

向敏中見那男子眼大眉立，舉手投足間自有一股威嚴，心道：「崔縣令肯讓我們來驗屍，不過是要拍程押衙的馬屁。程押衙肯出面說情，不過是看符彥卿相公的面子。這全都只是場面上的事，並不是真心要為張咏洗脫冤情。這人如此氣魄，一定不是普通人，若是能得到他的支持，查案或許會容易得多。」忙道：「王彥昇相公未必是毒劍所殺，此案怕是另有隱情。」

那男子道：「哦？你叫什麼名字？」向敏中便報了自己和寇准姓名。那男子道：「我聽過你們兩個的名字，昨晚王全斌在樊樓自殺，你們兩個都在那裡，是也不是？」向敏中道：「是。」

王全斌和王彥昇之死均是朝廷機密，被刻意掩蓋，嚴禁傳開，向敏中見對方瞬間便得知了昨晚樊樓之事，甚至連在場人的姓名都一清二楚，越發肯定對方不是常人，只覺得心中怦怦直跳，試探問道：「敢問相公如何稱呼？」那男子道：「我姓趙。」

向敏中「啊」了一聲，膝蓋一彎，便要下跪。那男子及時扶住他，揮手道：「你們都退出去，向敏中和寇准留下。」

書吏、仵作均是見過世面之人，心中也大略猜到那男子身分顯赫，慌忙應道：「是。」便與那男子的隨從一道退出，掩好房門。

向敏中忙拉著寇准跪下，道：「小民向敏中、寇准見過陛下。」寇准也道：「我等不識龍顏，多有冒犯，還請陛下恕罪。」

原來那祕密來探視王彥昇屍首的男子正是當今大宋皇帝趙匡胤。他生平最愛微服私訪，經常化裝成普通百姓來往於民間，也不時到親信大臣家飲酒吃肉，熟知他性情的大臣下朝回家後都不敢脫下朝服，生怕皇帝突然光臨。開國宰相趙普去年失勢被逐，便是因為趙匡胤突然微行其府，發現廡廊下存有千只大瓶，好奇問是何物，趙普稱是吳越王錢俶贈送的海味。趙匡胤道：「海味必佳。」即命開啟一瓶，哪裡有什麼海味，全部是瓜子般大小的金粒。趙普慌忙頓首道：「臣還沒有看過，實不知情。」趙匡胤不悅離去，趙普遂失恩寵。不久有人攻擊趙普派親信販賣秦隴大木、經營邸店謀利，又為兒子娶樞密使李崇矩之女，聯姻大臣，其心不軌，趙普遂被貶出京師。民間笑稱趙普是「半部論語治天下，千瓶海味失相位」。

趙匡胤扶起二人，笑道：「果然都是聰明過人的孩子。朕還是頭一次這麼快就被人識破身分呢。」

寇准見皇帝如此隨和可親，便大著膽子道：「或許早有人認出了陛下，不過知道陛下喜歡微服私訪，與民同樂，有意不說破而已。」趙匡胤哈哈大笑，道：「你更實誠，好，朕很喜歡。」當即詳細問了王彥昇一案的經過情形。

向敏中便將所知道的案情一五一十稟告，又道：「敏中敢以性命擔保，張咏決計不是凶手。」趙匡胤道：「你跟張咏昨晚才相識，卻能肝膽相照，難得！這才是大丈夫所為！」

轉過頭去，默默凝視著王彥昇的屍首，一時間回憶起無數往事來。他年輕時投軍效力，最初在後漢軍中擔任低級武官，曾與九名談得來的好友結義為兄弟，即所謂的「義社十兄弟」，這義社十兄弟後來成為他發動兵變、代周建宋的核心力量。他稱帝後，由於地位的巨大變化，心理也相應發生了變化，開始猜忌武將，他的九兄弟也被相繼解除了兵權。如今這些兄弟大多外放京師為官，有幾人竟已身故，再也見不到了。那些把酒言歡，那些誓同生死，都已經隨風逝去，往昔的崢嶸歲月如關山般遙遠而黯淡。

隔了好半晌，趙匡胤才道：「這件案子發生在開封府境內，按例由晉王掌管的開封府負責，朕不會出面干涉。不過朕命你們兩個暗中調查，不必受任何人的干預。」頓了頓，又自懷中掏出一只精巧的玉斧來，道：「這是信物。」

那玉斧斧身長不過三寸，寬不過一寸，是一整塊深綠色的玉料琢成，雙面裝飾有獸面紋，色澤晶瑩，玲瓏剔透，觸手生溫，古意盎然。斧柄大約五六寸長，以黃金鑄就。

向敏中慌忙接過來，問道：「這就是陛下那柄隨身的手柱斧麼？聽說陛下曾經用它打掉過一名御史的牙齒。」趙匡胤笑道：「你覺得這麼個小巧的玉斧能打掉人的牙齒麼？」向敏中道：「這很難說，要看用斧人怎麼用了。」

趙匡胤道：「你性子嚴謹，這點很好。這件案子就交給你們，不過事情只能暗中進行，不到萬不得已，不可以取出信物。今日在浚儀縣遇到朕之事，也切記不可向外人提起。」向敏中道：「遵旨。」

寇准道：「陛下，還有一件事，而今張咏被押在縣獄中，因不肯招供沒有做過的罪狀而受到嚴刑拷打。陛下既然相信他無辜，何不放他出來？我們查案也好多個幫手。」趙匡胤道：「就算張咏無辜，也該關著他，這樣真凶自以為已經找到替死鬼，更容易露出馬腳。」

寇准道：「那麼也請陛下關照一聲，下旨命開封府不要再繼續用嚴刑逼供。」趙匡胤道：「而今人證、物證均指向張咏，他不肯招認，刑訊拷問是律法所允。朕若是出面干預，不准對張咏用刑，他這等要犯逍遙於獄中，旁人難道不會起疑心麼？朕雖然特准你們暗中調查，但一日找不到新的證據，張咏還是殺人嫌犯，按律要接受拷打，直到他肯認罪畫押為止。替張咏求情的話不准再提。」寇准無奈，只得道：「遵旨。」

趙匡胤道：「那好，你們自己辦事吧，朕也要回去了。」歎了口氣，決然走了出去，再也沒有回過頭來。

向敏中等趙匡胤出去，忙收好玉斧，叫進書吏、仵作，揭開王彥昇身上白布，開始驗屍。卻見屍首張嘴睜眼，面目猙獰，嘴唇呈現出紫黑色，眼角、嘴角各有一線已經發乾的血絲。

向敏中又檢視過身體和四肢，問道：「為何王相公只有嘴唇和四肢指甲發黑，臉面、身體卻是顏色如初，沒有絲毫中毒症狀？」

仵作宋科道：「郎君原來也是個行家。」向敏中道：「不敢。不過家父以前做過幾任縣令，常常跟我講一些案子的事情。我也只是知道一點皮毛，正要向老公請教。」

宋科見他謙虛有禮，很是歡喜，便道：「大凡中毒的死者，面色都會呈現青黑色，但如果正好是吃得極飽後中毒，就只有嘴唇、指甲發青，臉面和身體與平常無二，看不出異樣來。」向敏中道：「張咏遇到王彥昇時，他正在酒樓剔牙，一副酒足飯飽的樣子。」

宋科道：「正是。王相公是遇到張咏後才中的毒，身上又只有劍傷，所以張咏才被認定為殺人凶手。」又將屍首側翻過來，好讓向敏中看清背上的傷口，道：「郎君請看，這處劍傷創口發黑，正是入毒之處。」

向敏中見屍首一切情形均與仵作的檢驗結果對上，確實無可疑之處，道：「承教了。」

寇准道：「沒有發現任何疑點麼？」向敏中歎了口氣，道：「沒有，反倒讓張咏的嫌疑更重了。」正要轉身出去，忽然想起什麼，問道，「旁邊那些屍首是什麼人？」宋科答道：「都是昨日在博浪沙被殺的人，三個是強盜，三個是商隊的護衛。」

向敏中問道：「認出這些強盜是什麼人了麼？」宋科道：「沒有。」

寇准道：「我昨日正在博浪沙，親眼見到他們雙方動手。」一想到這些人昨日還是活生生的人，今日就變成屍首，只能毫無生氣地躺在這裡，等待案子了結後再行下葬，不由很是感慨。

出來斂屍房，向敏中亦無良策，不得已只好跟寇准一道再來獄中探視，將實話告訴張咏，只不提意外遇到皇帝一事。

寇准狐疑道：「莫非當真有人在比劍前，趁張大哥不備往寶劍上塗抹了毒藥？」張咏道：「可自我跟歐陽贊夫婦動手，到經過酒樓被王彥昇派人攔下比劍，中間沒有停留一步，旁人哪裡有機會？若真有人往寶劍上做了手腳，當在我進小牛市集之前。如此說來，那婦人妙觀為我劍鋒所傷，豈不是也已經中毒死去？」一想到很可能誤害無辜，不由心急起來。

向敏中忙道：「張兄不必憂慮。如果那妙觀已中毒而死，開封府早該驚動了。既無動靜，當是無事。如今之計，只能先找到歐陽贊夫婦再說。只是開封府著急結案，張兄少不得要多受拷掠了。」

張咏笑道：「不必為我擔心。不就是『老鼠彈箏』麼？我還撐得住。」向敏中道：「那好，張兄自己多保重。我們先設法去尋歐陽贊夫婦，明日再來探你。」

張咏起身走出幾步，送向敏中、寇准二人離去，忽見同牢的高瓊正扶著牆壁起身，不由得大起警惕之心，喝道：「你又想要殺我麼？你身上有傷，不是我對手，可別自討苦吃。」

高瓊也不理睬，自行摸到便桶邊解手。張咏見他並無惡意，也就罷了。

到了晚上，忽然有數名吏卒持監牌入獄，將張咏一人押來大堂。坐堂的卻不是白日拷打過他的開封府推官姚恕，而是在博浪沙見過一面的判官程羽。

程羽和顏悅色地道：「張公子，你牽涉的王彥昇命案歸姚推官管，本官命人提你出來是要問博浪沙的案子。」張咏道：「昨日我不是已經向程判官交代清楚了麼？我當時正好在商隊後面，看見有強盜偷襲商隊，想衝過去救人，反而被李家娘子一箭射下馬來。」

程羽道：「不是這件事。本官聽說你認出了同牢的那名強盜姓高，是也不是？」張咏道：「原來是為這個。」心中揣度大約是寇准告訴了程羽，便道：「我不知道那人姓不姓高，只是他肩頭有漁陽高氏家族的文身，我遊歷燕趙故地時曾見過一個女子肩頭有同樣的標記，她告訴我那是高氏的獨特標記。」

程羽道：「如此應當是真的了。那強盜自被捕以來一直不肯開口說話，也不肯吐露姓名，你可願意幫本官作證人，指認他其實姓高？」張咏道：「這個不難。」

程羽便發一張監牌去提高瓊到堂中跪下，命人撕開囚衣，露出肩頭的文身來，問道：「你可是姓高？」高瓊只是默默不語。

程羽道：「張咏，你可認得他肩頭的文身？」張咏道：「認得，是漁陽高氏家族的標記。」程羽道：「漁陽本是我中原故地，眼下為何人所占？」張咏道：「契丹人。」

程羽道：「姓高的，你還有何話可說？」高瓊也不理睬，只扭轉頭，輕蔑地看了張咏一眼，道：「原來你是個只會告密的小人。」張咏怒道：「我不過是湊巧認出了你的文身。況且對付你這種敵國的刺客，有什麼告密不告密的！」

程羽見高瓊強硬，便下令動重刑拷問。刑吏又照舊搬出那具「老鼠彈箏」來，高瓊之前已被上過此刑，識得厲害，大力掙扎，意欲避開，卻被數名刑吏按住跪在地上，動彈不得，強行將雙手上入刑具中。

程羽問道：「你叫什麼名字？是不是契丹刺客？」高瓊不答。程羽便自那斗大的籤筒中拔出一根一尺長的竹籤扔下，叫道：「用刑。」

刑吏大力扳動機關，高瓊發出一聲淒厲的尖叫，身子大力搖晃，二三人才能按住他，隨即頭一歪，暈了過去。刑吏鬆開機關，拿涼水潑醒他，喝道：「快些回答判官問話！」見他不答，又搬動機關，高瓊慘叫一聲，劇烈地抖動了幾下，又暈了過去。

一旁張咏見適才還好端端的一個人瞬間便汗濕沾衣、氣息奄奄，完全變了副模樣，不免於心不忍起來，他自己也受過這種酷刑，知道滋味殘酷難言。可對方是契丹刺客，頑固無比，不動大刑，如何能問出同黨下落？

正躊躇間，高瓊又被涼水澆醒。刑吏大聲喝問，見他不答，又去扳動機關。高瓊再也無法忍受，忙道：「住手！我說……我說……」

程羽道：「你叫什麼名字？」高瓊道：「高瓊，小的叫高瓊。求官人鬆開小人雙手。」

程羽見他已經求饒服軟，便命人將他雙手從「老鼠彈箏」中取出來，讓他坐在地上，又問道：「是遼國派你來的麼？」高瓊道：「是。」

程羽道：「你那些逃走的同夥藏在哪兒？」高瓊道：「小人是第一次來中原，分不清地理方位。求官人不要逼問得太緊，小人剛受過大刑，喘不過氣來。求官人賞碗水喝。」

程羽便命人去取來一碗水。高瓊雙手剛上過「老鼠彈箏」，別說伸手接水，就連指頭也不能動一下。刑吏只得蹲下來餵他喝了，正起身之時，卻被高瓊張口咬住了衣袖，大吃一驚，將手臂一揚，喝道：「做什麼？」

高瓊卻借他這一揚之力努力站了起來，轉身朝一旁的柱子撞去。只是公堂上吏卒遍布，他才奔出幾步便被人從旁撲倒，重重摔在地上，登時暈了過去。

那及時制止高瓊撞柱自殺的人正是張咏。程羽命左右扶起二人，又欲命刑吏用水潑醒高瓊繼續拷打。張咏道：「判官且慢！這人雖是咱們大宋的敵人，可也是條好漢，他寧可自殺也不願意說出同伴下落，判官再用酷刑折磨他，他就會胡亂編一些話出來。何不先關住他，找出他的弱點，再問他同黨下落不遲。」

程羽沉吟片刻，道：「也好。本官還是將你二人關在一起，你看看能有什麼法子從他口中問出些話來，那可是大大的將功贖罪。」

張咏不悅地道：「這是什麼話！我可沒有承認我有罪。我不過是想為朝廷盡些棉薄之力罷了，也不需要你們來論功。判官去告訴那姓姚的推官，讓他明日照舊讓那劉刑吏用這『老鼠彈箏』來向我逼供好了。」

程羽奇怪地盯著他看了半晌，才道：「好，很好。」揮手命人帶張咏、高瓊下去監禁。

高瓊一被拖回到獄中便清醒了過來，見張咏正坐在一旁，目光炯炯地盯著自己，忍不住怒氣又生，道：「你這個小人，暗中向官府告發我不說，還不讓我撞柱自殺。你……」意欲起身對張咏不利，卻發覺雙手麻木，毫無知覺，動也動不了。

張咏歎了口氣，道：「雖說你是我們大宋的敵人，可我也真覺得我挺對不住你。你適才在大堂受的那個刑罰，我白天也曾受過，那滋味……說實話，我當時也恨不得立即去死，好過受這種折磨。」

高瓊恨恨道：「那你還攔住我做什麼？」張咏道：「唉，誰叫你要往我這邊的柱子撲來？我是習武之人，撲出去救人只是本能的反應。這樣吧，我將功補過，你坐過來些，躺在地上，我可以用我腳鐐上的鐵鍊勒死你，如何？」

高瓊「呸」了一聲，道：「你給我滾遠點。」張咏笑道：「瞧，你又不想死了，是也不是？你心中肯定還有什麼放不下的人。」

正說著，忽見獄卒來開了牢門，叫道：「張郎，有貴客來探你。」張咏笑道：「獄卒大哥叫得這麼親切，又能深更半夜進來大獄，這貴客一定是個了不得的人物。」

話音剛落，便即呆住。那貴客正是昨日在博浪沙射了他一箭、那又美豔又冷傲的李雪梅。她背後還跟著兩名小廝，各自提著一個大大的食盒。

張咏結結巴巴地問道：「娘子……是來探我的麼？」李雪梅道：「嗯。我奉家父之命，為張郎送些酒肉來，當是為昨日之事道歉。」命小廝將食盒中的酒肉取出來，一一擺在地上。

張咏一聞那酒居然是樊樓的名酒和旨，登時精神大振，抓起一只酒瓶，卻因雙手被手銬鎖住，難以揭開泥封，又見小廝已退出牢房，只好道：「勞煩娘子幫個忙。」

李雪梅微微一愣，見別無他人，只好從靴筒取出一柄小金刀，將酒封一一撬開。

張咏見她神色冰冷，料她只不過是父命難違，她本人並不情願到這裡；然而他當此境遇，李稍能不避嫌疑遣愛女來獄中送酒，依舊是一份大大的人情，忙道：「多謝娘子，也請轉致令尊，張某十分感激。」李雪梅道：「嗯。那麼我們算是扯平了。」張咏道：「當然，我本來就沒有記恨娘子。」

李雪梅咬咬嘴唇，低聲問道：「張郎當真不記得我了麼？」張咏吃了一驚，問道：「娘子說什麼？難道在昨日之前，娘子曾經見過張某？」

李雪梅道：「張郎不記得十年前曾在白馬津從盜賊手中救過一老一少麼？」張咏道：「十年前？好像是有這麼一回事。那時我才十八歲，剛離開家鄉外出遊歷，到白馬津遇到一夥賊人。」

李雪梅道：「我就是張郎救下的那個小女孩。」張咏笑道：「女大十八變。娘子，我可是對你一點印象也沒有了。」李雪梅道：「可是我還記得張郎的樣子……實在抱歉，我昨日早該認出你來的，若不是你戴著席帽……」

張咏道：「娘子既然認出了我，為何昨日不說出來？」李雪梅驀然惱怒起來，道：「你都不記得我，我幹麼要說出來？」

張咏心道：「就算我能記住，可十年前你只是一個八九歲的小女孩，而今你出落得如此明豔美貌，跟當年判若兩人，我如何能對上？」心中多少有些明白李雪梅是感激當年救命之恩，對自己念念不忘，僅十年漫漫歲月，便足以承情，不願意再多惹她生氣，可又不知道該如何補償安慰，只好默不作聲。

高瓊忽道：「喂，給我一瓶酒。」張咏道：「這我可做不了主，你得問李家娘子願不願意給你。」

李雪梅道：「酒既然送了出去，就是屬於張郎的，何必多問我？」張咏道：「那好，我就借花獻佛，煩請娘子給這位高瓊公子送一瓶酒過去。」

李雪梅道：「我又不是熋糟，為何要為他送酒？更何況他還是昨日打劫我們商隊的強盜。」張咏道：「原來娘子還記得他。」起身取了一瓶酒、一碟肉給高瓊遞了過去。

李雪梅見高瓊只眼睜睜望著酒瓶，一副垂涎欲滴的樣子，卻遲遲不伸手，不禁奇怪，問道：「你怎麼又不喝了？怎麼，嫌我們樊樓的酒不好喝麼？」高瓊只冷冷看了她一眼，也不答話。

李雪梅念念不忘，牽掛張咏多年，正惱恨他居然稱對自己毫無印象，不由得將一腔怒氣轉到高瓊身上，喝道：「你敢不回答我的話？」張咏忙道：「娘子別生氣，他雙手剛受過刑，暫時動不了。」

李雪梅道：「很好。」抓起一瓶酒，走到高瓊面前蹲下來，問道：「你想喝酒麼？」高瓊只默默地看著她，一言不發。

李雪梅驀然揚手，重重扇了他三記耳光，道：「你和你的同夥殺了我們商隊三個人，這三下是提醒你不要忘了。」恨恨將酒瓶摔在他身上，拂袖而去。

張咏正在一旁大快朵頤，見狀忙問道：「她傷到你了麼？」高瓊道：「沒有。」勉強想去搆那酒瓶，卻是動也不能動，只能任其歪在手銬邊，酒一點點流到衣襟上。

張咏便道：「這樣，我挪過去，你挪過來，我餵你吃酒。」高瓊本想拒絕，可實在抵不住美酒誘惑，點頭道：「好。」

他二人均被頸鉗束縛，當即各自挪到牢房中間位置，並排靠牆坐著。張咏舉起酒瓶，往高瓊嘴邊遞去。他貪婪地吞下幾口，才道：「到底是樊樓的酒。」

張咏心念一動，問道：「你喝過樊樓的酒？」高瓊道：「當然，這瓶是老酒，一般人是喝不到的，這位李家娘子對你可是好得很呢。」驀地意識到失言，忙住了口。

張咏正要乘機再套話，忽有幾名獄卒開門闖進來，將高瓊拖到一旁跪下。兩人分執住他肩頭，一人自背後取出一件物事，笑道：「你該認得這是什麼吧？」

卻是一根一尺來長的木棍，頂端是個牛皮縫製的鞋底模樣東西，長六寸，寬二寸，裡面似是裝了什麼東西。

高瓊問道：「這是什麼？」那獄卒道：「你這不是明知故問麼？這不就是你們遼國那位人稱『睡王』的皇帝[10]，親自制定的拷問犯人口供的法定刑具——沙袋。」

高瓊道：「你從哪裡得來的這個？」獄卒道：「你們契丹能往中原派刺客，我們大宋就不會往遼國派探子麼？這可是件好東西，比我們中原的荊杖好用多了，牛皮袋子裡裝的是乾沙子，足有三斤重，用這件東西打人，不會在身上留下傷痕，就算犯人被打死，也見不到一絲血跡。瞧，還是你們契丹人會整人。來，咱們也用這沙袋好好伺候高大爺。」

高瓊不及回應，已被人拿一團爛布堵住了嘴。那獄卒握緊沙袋，揮臂一揚，朝他胸腹擊打下來。一旁張咏叫道：「喂，你們這是要做什麼？」他見獄卒絲毫不理睬自己，杖下如雨，擔心高瓊就此斃命，有心制止，起身剛走出兩步，即被鐵鍊扯住。

那行刑獄卒終於回過頭來，冷笑道：「少管閒事，不然也讓你嘗嘗滋味。」張咏道：「他是契丹刺客，是重犯，你們打死了他，上頭如何再從他口中問出同黨下落？」

那獄卒道：「放心，我們不會打死他，不過要讓他多吃點苦頭。」張咏道：「你們這不是濫用私刑麼？快些住手！不然我可要告訴你們上司了。」

那獄卒罵道：「死囚犯，敢威脅爺爺！」回身舉起沙袋就打。張咏探手抓住袋頭，輕輕一帶，那獄卒收勢不住，腳下將酒菜踢翻，額頭撞上牆壁，登時起了一個大包。那獄卒憤而大怒，呼喊同伴道：「誰快來先料理這死囚犯。」

另一名獄卒白日在獄廳當過值，忙勸阻道：「這人打不得，白日探他的人是縣令親自領來的。適才你也見到了，李員外的千金還親自來送酒菜給他呢。」

那獄卒聞言，雖然氣憤，倒也不敢再造次，只好將怒氣都撒在高瓊身上，又拿沙袋重重打了幾下，這才挖出他口中破布，恨恨道：「走。」重新鎖了門出去。

張咏見高瓊橫臥地上，一動不動，又無法走過去查看，只好叫道：「喂，高瓊，你還活著麼？」又叫了好幾遍，才聽見高瓊應道：「嗯。」

張咏道：「你快起來，我有話問你。」高瓊動也不動，只弱聲道：「我不要再跟你說話。你就是拿『老鼠彈箏』威逼折磨我，也休想我再跟你多說一個字。」當真閉口不發一言，即便張咏幾次用美酒誘惑也不肯再動一動。

次日上午，張咏又被提來大堂。依然是開封府推官姚恕坐堂，向敏中、寇准、潘閬也站在堂下，不過卻不見了那令人生畏的刑吏劉昌。旁邊還有一對三十來歲模樣的男女，正是他前日在小牛市集時與其交過手的那對夫妻。

張咏又驚又喜，道：「你們這麼快就找到了證人？」寇准道：「是的，這全是潘大哥的功勞。」

張咏不及問如何這麼快就找到了歐陽贇夫婦，先上前道：「這次有勞賢伉儷了。」歐陽贇道：「舉手之勞，何足掛齒。不過敢問張公子到底惹上了什麼麻煩？我夫婦到現在還是一頭霧水。」

張咏奇道：「歐陽員外還不知道為什麼到這裡麼？」歐陽贇道：「不知道。這位寇小公子只說事關重大，但最好事先不要告訴我們是什麼事，不然我們證詞的可信性會大為降低。」張咏一愣，隨即笑道：「這倒像是一本正經的寇老西會做的事。」

姚恕一拍驚堂木，喝道：「案子尚未審結，證人不得與犯人隨意交談。堂下證人，報上姓名、籍貫來。」

歐陽贇道：「稟告官人，小的名歐陽贇，開封人氏。這是小人的渾家[11]，小名妙觀。不敢有瞞官人，妙觀是契丹人。」

眾人聞言均大為驚異。姚恕忙問道：「你是開封人氏，如何娶了契丹女子為妻？」歐陽贇道：「小人十幾年前便外出經商，一直在外漂泊，一日在河東遇到強盜，被追趕落下山崖，幸得妙觀路過相救。小人感激她救命之恩，與她就此結為夫婦。」

姚恕道：「那麼你妻子是何來歷？」歐陽贇道：「小人的渾家只是契丹普通百姓，生平好下棋，四方遊歷，只為尋找切磋的對手。」

姚恕道：「這麼說妙觀娘子的棋藝相當高超了？」妙觀不待丈夫回答，先點點頭，道：「當然。我十五歲便已無敵於契丹。聽說漢人中有不少圍棋高手，所以才南來中原，有幸得遇我夫君。」

姚恕見她大模大樣，毫不謙虛，很為來氣，冷笑道：「娘子能無敵於契丹，未必能在中原稱雄，開封更是名家好手如雲，本官的上司開封府尹就是圍棋高手，自創『獨飛天鵝』『海底取珠』『對面千里』三式。」

潘閬忽插口道：「當真叫『獨飛天鵝』『海底取珠』『對面千里』三式？」姚恕道：「不錯。莫非你有什麼高見？」

潘閬道：「高見沒有，不過這三式聽起來十分耳熟，不，應該叫眼熟才對。獨飛天鵝，海底取珠，對面千里，寇准，你有沒有聯想到什麼？」寇准道：「海東青。」潘閬哈哈大笑道：「正是。」

旁人也不明白他二人在說什麼。妙觀肅色道：「既然你上司開封府尹是個圍棋高手，麻煩你轉告他，我要找他比試棋藝。」

姚恕失笑道：「娘子不知道開封尹就是晉王麼？那可是當今聖上的親弟弟。哪裡是你想比試就能比試的？」妙觀道：「棋藝不是財物，不需要珍藏，若不能拿出來與人比試，又怎能知道孰高孰低？即便晉王也是一樣。」

歐陽贊見姚恕臉上漸現怒色，忙道：「小人渾家是番邦女子，雖會說漢話，卻根本不識漢字，完全不懂中原禮儀，言語多有冒犯衝撞之處，還望官人見諒。」

姚恕道：「也罷。歐陽贊，你這就將遇見張咏的經過說出來。」歐陽贊道：「是。小人夫婦這次回鄉，在小牛市集被一名小孩偷去了家傳寶物，小人發現後立即命奴僕前去追趕。奴僕追及後打了那孩子，小人當時有氣，也沒有制止，只站在一旁觀看。正好張咏公子路過，以為是小人這邊的不是，就動起手來，還用劍傷了小人的渾家。」

張咏道：「抱歉，我事先既不知情，性子又急……」姚恕喝道：「張咏，本官沒有問你，你不得隨意開口。再打斷本官問案，就要掌嘴二十下。歐陽贇，你繼續說。」

歐陽贇便續道：「後來弄清楚事情究竟，小人的渾家說張咏公子原是好意，又道了歉，小人也就算了。張公子繼續騎馬往前，小人也給渾家包紮了傷口，進來市集。走不多遠就聽見前面道路上擁了許多人，將路堵得水洩不通，擠過去一看，才發現是張咏公子又在跟人打架。他這次的對手是個長袍老公，兩個人刀光劍影，殺來殺去，後來張公子傷了那老公，算是贏了一招，立即就排開人群，上馬走了。」

向敏中道：「從張咏跟歐陽員外動手，到員外再次看到他跟人動手，中間隔了多久時間？」歐陽贇道：「嗯，我們是在市集北口遇見張咏公子，他跟人動手是在市集中心的小牛酒樓前面。雖然我們騎得慢，可那市集就一條大道，不過一里長，我想頂多也就是一刻[12]工夫。」

姚恕冷笑道：「你們幾個費盡心思找來證人，不就是想以妙觀娘子受劍傷後無事，來證明張咏的劍上無毒麼？這一刻工夫雖短，可也足夠他往劍上塗烏頭毒了。」

歐陽贇聞言吃了一驚，道：「張公子的寶劍上有毒？這……這到底是怎麼回事？」不由自主地轉頭去看妻子的傷處，顯是對妙觀極為關心。

張咏道：「歐陽員外大可放心，我劍鋒上沒有毒藥，我是遭人陷害的。」姚恕道：「陷害？我看你是早有預謀。你先是有意與歐陽贇夫婦動手，傷了妙觀娘子，她便成了你寶劍無毒的證人，其實你與歐陽夫婦分手後，便隨即往劍鋒塗上了烏頭毒。這位向公子，你來說，一刻工夫可夠張咏往劍上塗毒？」

向敏中早料到會有如此結果，也無話可辯，只好答道：「時間上確實是夠的。」又轉頭問道，「比劍結束後，歐陽員外可曾留意到有什麼不同尋常的事？」

歐陽贊道：「當時沒有，如果說有，那也是後來的事。那比劍輸了的老公似是個大人物，從人多，輜重也多，他緊隨著張公子上路，太平車占滿了街道，後面的人根本無法通過。我本來還想派奴僕去催他走得快些，但後來聽到路人悄悄議論，說他就是大名鼎鼎的王彥昇王相公，也就沒敢再去惹他。」頓了頓，又問道，「張咏公子曾傷了王彥昇相公，你們說他劍上有毒，那麼，王相公他中毒了麼？」

姚訒道：「他當日就已經毒發身亡。」歐陽贊道：「啊，竟然是這樣。」

寇准道：「歐陽員外認得王彥昇相公麼？」歐陽贊道：「不認得。不過我來往於邊關時曾聽說王相公殺了不少人，甚至生吃人肉，那些党項人一聽到他的名字就嚇得發抖。我不過是個商人，哪敢去惹他？所以只能慢吞吞地跟在王相公後頭，出市集上了驛道才設法超過他，至於他後來發生了什麼事全然不知。」

向敏中道：「那麼歐陽員外所稱，後來感到不同尋常的事到底是什麼？」歐陽贊道：「我們超過王彥昇相公沒多遠，就遇到一輛疾馳的馬車飛奔而來，馬車後面遠遠還跟著一隊騎士，揮舞兵器，大聲叫喊，似乎是在追逐那馬車。」寇准道：「呀，那馬車應該就是在博浪沙被腳夫劫走的那輛。」

歐陽贊道：「我也發覺事情不同尋常，便下令奴僕取出弓箭阻攔。那馬車夫卻不顧威脅，趕著車子直衝我們奔來，彷彿要跟我們同歸於盡，我忙命奴僕讓到一邊。正慌亂間，車上有幾個腳夫打扮的人躍了下來，奪了我們兩匹馬，繼續朝前奔逃。我見這些人都是亡命之徒，也不敢讓奴僕去追。可那馬車沒有了駕馭，繼續飛馳不止，妙觀見它一路直衝，生怕傷人，便拍馬趕上，從馬背上站起，一步跳上車座，及時攏住了車頭的馬。」

眾人聽他講得繪聲繪色，無不感到驚心動魄，卻想不到竟是妙觀拉住了那輛無人駕馭的飛馳馬車。潘閬道：「想不到妙觀娘子女流之輩，竟能在關鍵時刻挺身而出。」

歐陽贊道：「妙觀是契丹人，自小學了些騎射的功夫。但我說的奇怪之事不是這些，而是那幾個搶走我們馬匹的人，經過我們後面王彥昇相公的車隊時，忽然大呼小叫，又停了下來，似是發現了什麼驚喜的事情。」

向敏中道：「歐陽員外是說，那幾個腳夫特意停在王彥昇相公的車隊旁？」歐陽贊道：「是的，我們從前面回頭遠遠看起來是這樣。不過，聽那些追趕馬車的騎士說前頭博浪沙方才出了大事，我們也沒有再多留意，便繼續朝前趕路。」

潘閬道：「那些騎士沒有再去追捕腳夫麼？」歐陽贊道：「沒有。他們只在意馬車，既然追到了手，便跟我們一道，往回趕著車子朝博浪沙去了。走不多遠，又遇見了一隊禁軍逕直而來，聽說領頭的就是殿前司指揮使皇甫將軍，我開始還以為是為王彥昇相公而來，結果不是，他們是趕來接應那些追趕馬車的騎士，態度極為客氣，我才知道那些騎士不是普通人。」

潘閬問道：「歐陽員外可知道馬車中坐的是什麼人？」歐陽贊搖了搖頭，道：「這我可不知道，馬車裡的人沒有出來過，也沒有任何聲響動靜。只有一名手執銀槍的少年往裡面查看過，說是車裡的人沒事。」

潘閬道：「歐陽員外不覺得事情很奇怪麼？」歐陽贊道：「奇怪在哪裡？」

姚恕再也無法容忍，重重一拍桌子，怒道：「你們這是做什麼，居然跑來公堂談奇說怪來了？來人，讓證人在供狀上簽字畫押，再將他們連同這三個擾亂公堂的人通通趕出去。」

向敏中道：「慢著！推官難道不要馬上派人去傳王彥昇相公的心腹隨從，來補充歐陽員外的證詞麼？尤其歐陽員外提到，那兩名腳夫特意停在了王彥昇車隊旁的這一段，應該是個關鍵，可之前並沒有聽王相公的隨從提起過。」

姚恕大怒，道：「是本官審案，還是你審案？這裡哪兒輪得到你來指手畫腳！來人，快些將他們趕出去，押張咏到堂前跪下，把『老鼠彈箏』刑具抬上來，本官要好好拷問他。」

向敏中道：「且慢！」走上前去，背朝眾人，向堂首打了個手勢。姚恕面色登時大變，從座位上站起來，驚問道：「你……你是……」

向敏中便走到案桌旁，附耳低聲說了幾句。姚恕連聲應道：「是！是！」立即命書吏填了一張傳票，從腰間解下印章蓋上，交給吏卒，作為拘傳王彥昇隨從的書憑。又滿面堆笑道，「要不要命人給向公子搬把交椅？」向敏中只淡淡搖了搖頭，逕自走回同伴身邊。

旁人均不知道姚恕的態度為何突然前倨後恭，只有寇准猜到，應是向敏中將皇帝御賜的信物玉斧取出來給姚恕看過。

事情正是再巧不過，那王彥昇的心腹隨從王三恰好趕來縣廨，詢問何時能領回主人屍首安葬，吏卒便立即將他帶來大堂。

王三聽姚恕問到那兩名騎馬的腳夫，遲疑了一下，道，「確有此事。那些腳夫慌裡慌張地奔過來，忽然在車隊旁停了一下。」

向敏中忙問道：「那些腳夫停下的時候，王彥昇相公是否已經毒發身亡？」王三道：「這個小人倒沒有留意，他們只停了一下就打馬跑了。」

向敏中道：「這應該不可能。若是當時王彥昇相公仍然在世，你們見到幾名腳夫迎面馳馬過來，怎麼會留意不到？若是王彥昇相公已經身故，你悲慟之下，當守護在主人身邊，又怎麼會留意到那些腳夫只停了一下就走了？」王三道：「也許有留意到，不過小人忘記了。」

姚恕一拍驚堂木，喝道：「好個刁奴，居然敢在公堂上說謊！來人，將『老鼠彈箏』搬上來，用刑！」刑吏才剛剛將王三雙手套上刑具，他便大叫了起來，道：「小人願招，願說實話。」姚恕道：「快說！若有一字虛言，大刑伺候，絕不輕饒！」

王三哭喪著臉道：「那些腳夫過來的時候，我家主人確實還活著。當時主人依稀看到前面有事發生，覺得這幾名腳夫有些奇怪，特意勒馬頓住，喝問他們的來歷。一名腳夫忽然大叫了一聲：『王彥昇！原來真的王彥昇在這裡！』然後那幾個人一齊歡呼，我家主人就此從馬上摔下來，小人忙下馬查看，發現他已經死了。」

向敏中道：「這些經過你為什麼早不說？」王三道：「我家主人最好面子，若是讓人知道他被幾個腳夫嚇得落下馬來，他一世英名豈不是毀於一旦？小人心想這件事還是不提的好。反正後來仵作驗屍不是說，我家主人是中毒死的麼。」

潘閬道：「那幾個腳夫有沒有碰到過你家主人的身體？」王三道：「沒有，決計沒有。當時小人就在主人身邊，那些腳夫距離我家主人有數步之遙。」

寇准曾見過腳夫們在博浪沙亂撒石灰迷惑李稍商隊，忙問道：「那他們有沒有施放出什麼有毒的粉末或是煙霧之類？」王三搖頭道：「沒有。」

姚忽又要叫人用刑。向敏中忙道：「不必了，王三所言應該是真話。若果真是腳夫向王相公放了什麼有毒的暗器，屍首應該留有傷口。若是粉末、毒煙之類，王三當時就跟隨在主人背後，應該也不能倖免。」姚忽道：「有理，向公子果然聰明過人，見解高明。」

王三道：「多謝向郎為小人開脫。」向敏中道：「我沒有為你開脫，我只是根據你的供詞推論當時真實情形罷了。」王三道：「是，是，郎君說得極是。」

寇准道：「向大哥的話倒是提醒了我！眼下張大哥被定為凶手，是因為王彥昇並非酒食中毒，而身上又只有兩處劍傷，因而被斷定為外傷中毒。若是那些腳夫真的放了有毒暗器，暗器細微，又湊巧打入了原先的劍傷之中，這第三處才是致命傷，卻因為與原傷重合，豈不是很難檢驗出來麼？」向敏中道：「確實是有這種可能性。」

姚忽聞言，忙命人去叫負責驗屍的仵作宋科來。

張咏卻道：「寇准說的這種情況根本不可能發生。暗器越是細微，越需要極強的手勁。那些腳夫中若能有此等高手，又何須用生石灰這等下三濫的手段去對付李稍員外的商隊？退一萬步說，就算真有一名腳夫是暗器高手，當時他與王彥昇相公背道而行，必然是側身相對，暗器直射入胸腹還有可能，又如何能射入他的臂膀和後背處？」

他是習劍之人，當然知道施放暗器的難易程度，不過，他自已出言否定有可能為他洗脫嫌疑的情況，倒教人刮目相看。

向敏中道：「張兄所言極是。不過既然寇准已經提到，還是再多問一遍仵作才好。」

等了老大一會兒，仵作宋科來到堂上，聽了寇准所謂的暗器之說，慢條斯理地答道：「小人曉得案情重大，所以驗屍時很是小心，已經用磁石吸過王相公傷處，並沒有什麼細微的暗器。若是有毒暗器打在身體其他部位，當有明顯的紫黑斑點，小的驗屍時並未發現。」

寇准卻還不死心，道：「萬一老公有所疏漏呢？不如我們這就再去斂屍房重驗一遍，這麼多雙眼睛，總能多發現些什麼。」向敏中卻對這老仵作的老道和經驗很是讚賞，道：「不必了，我信得過宋老公。」

宋科又慢吞吞地道：「不過小人倒是從幾位郎君的話中得到啟發，想到另一種可能性。」

向敏中道：「老公請講。」宋科道：「小人驗的是王相公的屍首，卻沒有驗過衣物。如果……小人是說如果……有人事先在王相公的衣服上染了烏頭毒……」

他沒有繼續說下去，但眾人均已明白他話中之意，眼前頓時一亮——如果王彥昇身上穿著一件被烏頭毒浸泡過的衣服，平時並無大礙，也不會因此而中毒，可當張咏寶劍傷到他臂膀和後背的時候，毒藥便會從創口進入體內，導致他受傷後不久即毒發身亡。如果張咏不是往劍上抹毒的凶手，那麼這確實是唯一合理的解釋。可凶手事先又如何知道王彥昇會受傷？他費盡心思將衣服染上了毒，還得讓王彥昇穿在身上，可比直接將毒藥下在茶水飲食中難多了。

但無論如何，老件作所提及的衣服有毒是一條極重要的線索，眾人便要立即趕去斂屍房重新檢驗王彥昇的衣物。歐陽贇忙稟道：「既然已經證實了小人的供詞，小人留下來也沒有什麼用處，請推官允准小人夫婦先行退下。」

姚恕道：「按照律法，涉及命案的嫌疑人和證人都要下獄收押，你們可不能走。」正要命人將歐陽贇夫婦關起來，向敏中忙道：「歐陽員外跟這件案子毫無干係，他夫婦前日才剛剛回到開封，還有許多事務要辦，不如放他們去吧。不過請留下住址，方便隨時傳訊。」

姚恕道：「向公子說怎樣便怎樣。」當下命歐陽贇在書吏記錄的供狀上按上手印，叮囑不可洩露案情，不然從嚴法辦。歐陽贇一一應了，帶著妻子忙不迭地退了出去。

諸人便一起來到斂屍房中。向敏中道：「王三，王相公現在身上的這身衣服可是他當日所穿。」王三道：「是，我家主人當日穿的就是這些。」

宋科便請差役搬來一盆清水，放在王彥昇屍首旁，將他身上外袍、內衣均浸入木盆中。等了一刻工夫，再用銀針驗毒，銀針光亮如新，絲毫沒有變色跡象。旁人立即都傻了眼。自宋科提出衣服事先染毒後，向敏中等人均覺得這種可能性極高，心中殷殷期待銀針變黑驗出有毒，哪知道竟還是竹籃打水一場空。

宋科又重新驗了一遍，結果依然如此。一時無話，只得重新回來堂中。

姚恕討好地問道：「向公子認為這件案子該如何繼續查下去？」向敏中道：「嗯，請推官在縣廨裡找一間靜室，容我們幾個好好商議一下。」姚恕道：「也包括張咏麼？」向敏中道：「那是當然，不然也不必勞煩推官了。」

姚恕忙親自領著幾人來到西面專供浚儀縣令休息的房間，安排了茶水，這才退出去。

潘閬道：「咱們忙活了大半天，還是不能證明張咏無辜。」向敏中道：「張兄，實在抱歉，我沒能幫上忙。」張咏道：「你們為我做得已經太多了，大恩不敢言謝，請三位受我一拜。」

向敏中忙扶住他，道：「眼下的局面對張兄很不利，我們每往深查一步，就越發證明了只有張兄才有機會殺人。實話說，這樣棘手的案子，我也不知道該如何是好。」

張咏笑道：「向兄不必憂慮，也不必再多追查。既然天意如此，一定要讓我當凶手，那我只好無可奈何地接受了。」又問是如何這麼快就找到了歐陽贊夫婦。

潘閬道：「既然張兄在小牛市集遇見過歐陽贊夫婦，我推算他們的腳程應該跟你差不了太多。那日博浪沙出了大事，道路阻隔，我們走後，歐陽贊夫婦必然與李稍遇到，所以我就趕去樊樓，向李稍打聽，得知他是和歐陽贊一行一起回的開封，由此問到了地址。」

張咏道：「潘老弟向李員外提到，事情起因是我捲入王彥昇中毒身故一案麼？」潘閬道：「當然提了。李員外也不大相信張兄會做出往劍鋒上塗毒的事情，還說要派人到獄中探望，送些酒食來。」張咏這才知道李雪梅來到獄中的原委。

閒話一回，向敏中、寇准幾人始終想不透王彥昇中毒的關鍵，只有歎息一回，開門出來，將張咏交給候在門外的姚恕。

姚恕忙將向敏中拉到一旁，低聲問道：「向公子可是武德司[13]的人？」向敏中道：「不是。」姚恕見他深沉寡言，不敢再多問，只討好地道：「公子有任何需要，隨時吩咐下官即是。公子放心，張咏既是公子的朋友，下官自會命人好生對待，不會再拷打他。」

向敏中道：「如此甚好。」又問道，「為何要將張咏跟那博浪沙被捕的高姓強盜關在一起？」姚恕道：「這是程羽程判官的意思。那強盜口風極嚴，用過幾次重刑均不肯開口說話，程判官認為將他們關在一起後他二人會互相交談，或許能透露些什麼。」

向敏中道：「這麼說，有人在獄中監視張咏和高姓強盜了？」姚恕道：「是的，他二人被關押的那間牢房是浚儀縣獄獨有的，有人在牆後監視，晝夜不停，他們的一言一行均被記錄了下來，上報給程判官知曉。」向敏中歎道：「這一招倒是極高明。」當下辭別出來。

潘閬忽然問道：「會不會張咏真的就是毒死王彥昇的凶手？」寇准道：「不會，張大哥既然說沒有下毒殺人，那麼一定沒有做過。」

潘閬道：「如果我處在張咏的境地，我也說我沒有下毒殺人，你信不信？」寇准歪著頭仔細想了想，才道：「不信。」

潘閬大笑道：「好個寇老西，張咏跟你認識才不過兩天，我跟你卻已經認識了十年。你相信他，卻不相信我？」寇准道：「潘大哥別生氣，你有時候讓人琢磨不透，很是神祕，張大哥卻是坦坦蕩蕩，胸無城府。」

潘閬笑道：「我可不會生氣，你說得極對。」見向敏中一直沉默不語，問道：「向兄可是又想到什麼能幫助張咏脫罪的線索？」

向敏中搖搖頭，道：「以目前的證據看來，只有張咏才有機會下手。他既然沒有殺人，那麼真凶一定是個極了不得的人物。不過家父曾經說過，這世上沒有完美無缺的凶案，再厲害再精明的凶手，也會留下蛛絲馬跡，一定有什麼線索是我們沒有留意到的。」

潘閬道：「可是向兄也說了，現在每往下查一步，都是進一步證明張咏殺人。除了那幾名無跡可循的腳夫，我們手頭再無別的線索。」

向敏中沉吟片刻，道：「我想去趟小牛市集。」潘閬立即道：「我跟向兄一道去。」向敏中道：「也好。」寇准道：「我留下來，怕萬一有什麼事情，也好有個照應。」

正說著，忽見一名黃衣宦官帶著兩名小黃門馳馬過來。那宦官四十來歲模樣，面黑鬚淨，一副忠厚模樣，揚聲問道：「哪位是向敏中向公子？」向敏中料來對方是皇帝派來的使者，忙上前道：「我就是，大官[14]有何吩咐？」

宦官道：「我是內侍行首王繼恩，請向公子一人過來說話。」翻身下馬，引著向敏中走到一邊，自懷中掏出一個小小的紙卷，道：「我奉官家之命，以此手書換回玉斧信物。」

向敏中道：「是。」接過那紙卷展開，只見上面寫著一行小字：「特敕向敏中、寇准查案，諸司不許干涉。」筆跡潦草，底下署有花押[15]——卻是個缺了一塊的方框，方框裡左面是個「扌」，右面是個「又」（），看起來甚是奇怪。

向敏中問道：「請大官恕敏中無禮，多嘴問一句，這當真是官家御筆麼？我曾聽人說，官家的花押是『亡』字內裡加一個『5』字形（），這花押從未聽過。」王繼恩笑道：「向公子心思縝密，又見多識廣，難怪能得到官家賞識，特准你暗中辦案。放心，這確實是官家御筆，這花押也是官家最近才啟用，沒有幾個人見過。」

向敏中道：「原來如此。那麼，敏中謹奉聖旨。」自懷中取出玉斧交給王繼恩。只覺得手中的紙張細薄光潤，滑膩如絲，不似凡品，大為好奇，問道，「這是什麼紙？」王繼恩道：「這是南唐進貢的澄心堂紙[16]，剛從金陵快馬送來，官家順手取來寫了這道御書給向公子。」

向敏中道：「難怪敏中從來沒有見過，原來是南唐貢紙。」心中卻道，「南唐李國主好詩詞歌舞，成天不理國事，只將心思花在這些浮華巧事上，怕是亡國在即了。」又心道，「官家為何突然改了新花押？這新花押煞是奇怪，『扌』是手，『又』也是手[17]，雙手在框中，框卻缺了一角，到底有何寓意？」

卻聽見王繼恩道：「官家很是關注這件案子，還望向公子請多費些心，我自會隨時派人向公子詢問。」向敏中道：「是。」

王繼恩便收好玉斧，上馬離去。向敏中不提皇帝派人以御筆換走玉斧之事，寇准、潘閬二人也不多問，當下各自分頭行事，向敏中、潘閬立即乘馬趕去小牛市集。

寇准與向、潘二人分手，正要上馬，忽有一中年漢子匆匆過來叫道：「寇郎請留步！」寇准問道：「你是誰？怎麼會認得我？」那漢子道：「小人不認得寇郎，是有人託小人來問寇郎一句話，你想不想救張咏？」寇准道：「那還用說，當然想了。」

漢子道：「小人有能救張咏的重要消息，不過寇郎得答應小人今日所說的話決計不能洩露出去，此後也不能追查小人姓名。」寇准心道：「他事先跟我約定，顯然是怕受牽連。既然如此，他所稱的消息應該相當可靠了。」忙道：「好，我答應你。」

漢子道：「有人能證明張咏沒有下毒殺人，不過對方有個條件。」

寇准見他不過是大街上普通閒漢打扮，聞言不免半信半疑，心道：「我們這麼多人費半天勁也不能證明張大哥無辜，你突然從街上跑過來說有證據，誰會相信？」當即問道，「對方是什麼人？」漢子神祕地道：「對方不願意說。不過他手裡確實有證據，只有答應他的條件，他才會交出證據，保證令張咏當堂釋放。」

寇准心道：「什麼樣的證據能令張大哥當堂釋放？莫非這個對方就是真正下毒的凶手？」忙問道：「什麼條件？」漢子道：「再簡單不過，一命換一命。眼下的證據處處對張咏不利，他殺了官家愛將，必受極刑處死。若對方能救他，你須得殺另外一個人來換張咏。」寇准道：「恕我不能接受，別說我，就是張大哥自己也決計不會允准我們用這樣的法子來救他。」

漢子道：「如果那個人該死呢？」寇准道：「如果他該死，自有國法來制裁他，我們不能濫用私刑，隨意殺人。倒是你，明明知道關鍵線索，事關朝廷命官重案，知情不報可是重罪。」漢子笑道：「小人能有什麼罪？不過是居中傳個話討點賞錢罷了。」

寇准道：「喂，你不能走，你叫什麼名字？」漢子笑道：「寇郎忘記事先答應過小人什麼了麼？自古皆有死，民無信不立，寇郎可不能做個無信無義的人。」

寇准無奈，只得眼睜睜地看著那漢子離去。悶了許久，才怏怏回來汴陽坊，正見到唐曉英在自己借住的宅邸前徘徊，忙上前問道：「英娘如何來了這裡？」唐曉英微一遲疑，即道：「我是來找寇郎比酒的。」

寇准道：「什麼？」唐曉英道：「寇郎忘記了麼？當日在樊樓，潘郎願意用寶珠與我打賭，無論輸贏，我都能得到那顆珠子。我自承酒量不及寇郎，願意為你做女使一年。請立即將那顆寶珠給我，我有急用。」

寇准這才明白事情究竟，道：「賭酒一事是潘大哥的戲言，況且珠子也是他的，他剛剛離開了開封，人不在這裡。」唐曉英急得直跺腳，道：「呀，怎麼這麼不湊巧？都怪我沒有遠慮，當晚要是答應潘郎就好了。」

略想一想，又問道，「寇郎有錢麼，可否先借一些給我？」

寇准道：「娘子急著等錢用麼？」唐曉英道：「是的是的，麗華姊姊的女兒小娥生了重病，她借了大相國寺長生庫的債，而今利滾利已是一筆了不得的數目。又已經過了歸還期限，長生庫的長老威脅說若是明日還不上，麗華姊姊就得以身抵債，要賣她去鬼樊樓做娼妓。」

寇准道：「鬼樊樓，也是一座酒樓麼？跟樊樓有什麼關係？」唐曉英道：「鬼樊樓跟樊樓一點關係也沒有，它本來叫無憂洞，是汴河邊上的祕密青館，據稱其規模堪比汴京第一酒樓樊樓，可又見不得光，所以稱鬼樊樓。聽說那裡專門窩藏亡命之徒以及坑矇拐騙來的婦女，是歹徒的天堂、女人的地獄，女人被送去那裡後都要剝光衣衫，終日赤身裸體，戴著奇怪的刑具，供那些犯下重罪逃亡的男人虐待凌辱，生不如死。」

寇准道：「既然鬼樊樓見不得光，這大相國寺長生庫又與它暗中有交易來往，娘子何不報官？」唐曉英道：「大相國寺是皇家院，決計不能惹，那長老大概也只是說說。況且鬼樊樓只是傳說，並沒有人真正見過，也不知道它在哪裡，官府又能奈何？」左右望了一眼，壓低聲音道，「這些也是一個熟識的酒客離開汴京前悄悄告訴我的，一日他妻子去逛瓦市[18]，莫名其妙就失了蹤。隔了幾日，有人來送信給他，他妻子被拐去了鬼樊樓，要領人出來，須得二百貫現錢。那丈夫本是富商，很有些家底，又賣了家裡值錢的家當，東拼西湊了這麼一大筆錢，交給送信人。當晚他聽見有人敲門，出去一看，妻子正站在門口，一絲不掛，身上到處是繩索綁過的青紫瘀痕，神情恍惚，連人也認不出來。丈夫帶她進屋，給她穿上衣服，反覆叫她的名字，她才回過神來，痛哭不止，告知她這幾日不分白天黑夜地被許多男子姦污。丈夫雖然憤怒，卻因受了威脅，不敢聲張，再也不敢待在京師，打點行裝回老家去了。」

寇准很是生氣，道：「這丈夫也太沒有擔當，妻子如此被人凌虐，他還不肯報官。若是人人如此，壞人不是越發得逞得意了麼？」

唐曉英見他迂腐，跟他多說也只是白費唇舌，忙催問道：「寇郎到底有沒有錢借我？」寇准道：「實在抱歉，寇准自幼喪父，家中只有老母，並不寬裕，這次來京師也是好不容易籌集了一筆路費，寒食當晚又在樊樓失了錢袋，損失了全部金銀。」

當時銅錢、銀及銀器等同於貨物，過境出關均要交稅，一兩銀稅錢多達四十文，唯獨金不收稅[19]。自大名府南來京師關卡不少，寇准臨行前特意託人將路費兌成了瓜子金，既是免稅之物，價值又高，攜帶方便，想不到到汴京當日便全部丟失，不免有些沮喪。

唐曉英聞言驚道：「啊，原來寇郎當晚也丟了錢袋！」

寇准當晚出西樓預備付帳時才察覺到錢袋莫名丟失，又發現那說書女龐麗華的女兒劉娥正玩弄他的錢袋，忙過去詢問，劉娥卻說是在樓梯上撿的，撿到時便已經是空的。寇准本待報官，正見龐麗華額頭裹著傷來尋女兒，一時不忍她母女牽連其中。恰好阿圖已經搶先替李稍為他們幾個結了酒錢，潘閬又說要給樊樓一點面子，他才作罷。此刻聽唐曉英的口氣，竟似當晚丟失財物的不只他一人，忙問道：「當晚還有別人丟了財物麼？」

唐曉英道：「嗯，那李繼遷李官人賞了麗華姊姊一串金珠，本來正好可以用來抵債，結果也被人竊去。」

寇准道：「金珠價值不菲，又是救命的錢，你們如何不報官？」唐曉英道：「麗華姊姊不是樊樓的人，她若是報官，不但再也進不了樊樓說書，而且會不斷因為案子被開封府傳訊，耗盡精力，說不定還會被拘禁，哪裡還能照顧病重的女兒？」

寇准道：「嗯，也是，難怪有人說百姓沾惹上官司就是一身腥氣，無論原告，還是被告，甚至證人，都要被折騰得脫層皮。」仔細想了想，又道，「這樣，既然英娘是為了救人，我行囊中還有潘大哥寄存的十兩銀子，抵合十貫錢，英娘先拿去用，就當是我向潘大哥借的。」唐曉英道：「那好，還請寇郎先借給我，我再去找人湊些。」

寇准便進屋寫好借據，取了銀兩，唐曉英往那借據上按下手印，接過銀兩匆忙去了。

剛走上大街，便聽見背後有人叫道：「英娘留步！」回頭一看，卻是李稍的心腹小廝阿圖，曾幾次在樊樓搭話，唐曉英嫌他油腔滑調，未多理睬，此刻見到，不敢再怠慢，忙問道：「圖哥是叫我麼？」

阿圖問道：「英娘還需要多少錢？」唐曉英道：「四十貫。」心中登時燃起一線希望，懇求道：「圖哥可否借些錢給我？」

阿圖笑道：「四十貫可不是小數目，我又不是赤老[20]，哪裡有這麼多閒錢？」又問道，「英娘是為了那說書女借錢麼？」

唐曉英道：「是，麗華姊姊急需要這筆錢。圖哥能不能跟李員外求個情……」阿圖決然打斷了她，道：「英娘來樊樓時間也不短了，又不是不知道規矩，不能提前支俸，不准向櫃檯借錢。」唐曉英沮喪至極，應道：「圖哥說的是，那我走了。」

阿圖道：「別著急走啊，我話還沒有說完呢，若是英娘肯答應我一件事的話，我倒可以破例，以我自己的名義向李員外求情借錢。」

他見唐曉英顏色不但不似往日那般冷淡，而且有明顯的討好奉承自己之意，便涎著臉嘻笑著，大膽向她胸前摸過去……

1 表柱木：官府所立的木質標記，禁止市民超越界限，侵占街道。然而侵街行為總是不斷發生，大多是權貴建成邸舍，出租房屋賺錢。前宰相趙普被免職，侵街建邸就是罪名之一。

2 陸雲：西晉文學家，三國時東吳大將陸遜之孫，陸機之弟。他年少時即有文采，因其文學成就而與其兄陸機並稱為「二陸」。

3 直到宋神宗時改革官制，才恢復設置大理寺獄，主要用來關押犯了徒刑（刑罰的一種，給罪犯戴上刑具，強迫其服一定的時間勞役）以上之罪的在京官吏。宋代名將岳飛就死於大理寺獄。

4 烏頭：古代標準軍用毒藥，用以塗抹兵器，配置火藥。《三國演義》中，關公刮骨療毒療的就是烏頭的毒。

5 韓延徽：五代時人，唐末在占據河北的盧龍節度使劉守光手下任參軍，受命出使契丹，試圖與當時的契丹國主耶律阿保機結盟，結果被留在契丹，成為契丹第一能臣，幫助阿保機稱帝，創立契丹文字、確立各項制度、正君臣、定名分、仿效唐朝長安修建皇都（即後來的遼上京）等，為契丹的發展壯大做出了巨大貢獻。

6 韓匡嗣其實是當時另一著名大臣韓知古的兒子，但由於韓延徽其人更知名，事跡更為傳奇、有代表性，所以此處改將韓匡嗣之父植為韓延徽。另，這裡的南京是指遼國的燕京（今北京），而南京留守為官職名。

7 五代以來，開封尹地位極尊，不常設置。開封尹空缺時，開封府長官一般稱知府，常以待制以上的官員充知府，稱為權知府事。

8 漁陽：始置於秦，故城在今北京密雲縣西南。漁陽高氏為渤海高氏的分支，唐代貞觀名相高士廉即出自渤海高氏。

9 明府：對縣令的尊稱。

10 指遼穆宗耶律璟。其人個性散漫，愛好打獵飲酒，不問國事，每日酣飲通宵達旦，白天則大睡不起，因此契丹國人稱他為「睡王」。

他因醉酒後愛濫殺無辜，於宋開寶二年（西元九六九年）被身邊近侍合力謀殺。遼景宗耶律賢繼位，即為本小說故事發生時在位的遼國皇帝。

11 宋代世俗，丈夫稱妻子為「渾家」，或「老婆」「老伴」。

12 古代以銅漏計時，即靠特製銅壺中的水一滴一滴往下漏來計算時間長短。銅壺裝滿水後，水從底部小孔滴出，一天一夜剛好滴盡。壺中有一支標有一百個刻度的箭，一個刻度代表的時間稱為一刻，等於今十四分鐘廿四秒。

13 武德司：皇宮祕密監察機構，執行宮城出入禁令，掌管宮門銅符、鐵牌，處理宮廷機密案件及后妃犯罪，且負責派遣大批密探偵伺民間動靜，長官通常由宦官充任，類似後世明朝的錦衣衛、東廠。太平興國時改名皇城司。本小說中的人物，王嗣宗後任大理寺丞，通判睦州、河州時，正逢宋太宗趙光義派遣大批武德司耳目到民間訪察，騷擾地方，王嗣宗派人將耳目盡數逮捕，械送京師，並上疏道：「陛下不委任天正賢俊，猥信此輩以為耳目，臣竊不取。」由此忤怒太宗，被捕送監獄，遇大赦才官復原職。

14 大官：對宦官的尊稱。宋代皇宮辦事機構分為內侍省與入內內侍省，是最親近皇帝的宦者機構。

15 人們根據自身喜好，在文書上使用特定符號作為證實本人的憑據。兩宋皇帝均有自己獨特的花押。

16 澄心堂：南唐中樞重地。澄心堂紙：一種貴重的歙州墨紙。歙州，宋徽宗宣和三年（一一二一年）改名為徽州，治歙縣，今安徽歙縣。自唐代開始為生產文房四寶的重要基地，歙硯、徽墨、汪筆均被推為天下之冠。澄心堂紙也被南唐後主李煜視為珍寶，讚其為「紙中之王」，設局令承御監製造，供宮中長期使用。

17 又：本意為「手」，甲骨文字形，像右手形，同左右的「右」。

18 瓦市：又叫瓦子、瓦舍、瓦肆，簡稱瓦，是城中固定的娛樂中心，遊人、看客來往其中，川流不息。

19 直到天聖二年（一〇二四年），宋仁宗在位，才由在京商稅院提出每兩金收稅二百文。

20 赤老：汴京百姓對禁軍的鄙稱，因北宋時士兵都穿紅色的軍裝。宋初禁軍俸祿異常豐厚，上軍將校月俸一百貫，諸班直（最親近皇帝的護送禁兵稱為諸班直）每月三十貫，普通禁軍也有七百文到三十貫不等。當時開封的物價，只要沒有意外開銷，一個月一百文已經能過得十分寬裕。

【卷四】清明上河

刑吏劉昌為了儘快得到口供，不惜親自動手取牛鞭抽打龐麗華。那牛鞭是一具完整的千斤大公牛生殖器，經過特殊藥物浸泡，又軟又韌，據說打在人身上時不僅痛楚難當，而且會產生一種特殊感覺，最適合刑囚女犯。

古語有云：「黃河百害，唯富一套[1]。」實際上，這句話並不十分準確。汴河的前身為通濟渠，自隋代修通後，引黃河之水，成為南北交通的大動脈。到宋朝立國，汴河已經與蔡河、五丈河、金水河連接溝通，分走了黃河三分之一的水量，大宋一多半的財賦、百貨都透過這條人工河流運輸。可以說，汴京富麗天下，成為「天下之樞」的水陸都會，完全是依託在汴河之上。

洞穿全城的河渠不僅給汴京帶來了四通八達的交通，還增添了綿綿不絕的靈動之氣，條達輻輳，河流縱橫，澤陂相連，一望無垠。然而水鄉特色卻並不能彌補它作為京師的重大缺憾——無三川之險，為四戰之地，北方又有契丹這樣難以消滅的強敵，無奈之下，只得舉天下之精兵宿於京師，以兵來當山河之險。屯駐東京一帶的掛籍禁軍多達百萬，堪稱舉世無雙的最大兵營。

由於有交通之利，城南的繁茂商業區均集中在汴河沿線，其中又以州橋到相國寺橋一帶最為繁華——香藥鋪、果子鋪、金銀鋪、彩帛鋪、珠子鋪、溫州漆器鋪等互相交錯，酒樓、飯店、魚市、肉市林立豐溢。

相國寺橋的北面就是大相國寺。這裡原是戰國四公子之一信陵君的故宅，寺廟始建於北齊，本名建國寺，唐初重建之後，唐睿宗為紀念自己以相王繼位，特賜名為相國寺，並親題「大相國寺」的匾額。塔廟高大莊嚴，庭院富麗寬敞，花木鮮整似苑，僧舍密如蛛網，被唐人李邕稱為「人間天上，物外異鄉」，其雄偉壯觀名冠天下。

由於唐代就已經是名揚四海的大剎，寺廟裡大家雲集，古蹟眾多——唐代「畫聖」吳道子畫有〈文殊維摩像〉的壁畫；其同門「塑聖」楊惠之則留下了栩栩如生的淨土院大殿神佛塑像。雖然歲月已深，然而金碧光彩，物象精神，精妙如新。

宋代立國後不久，太祖皇帝趙匡胤來到大相國寺禮佛，問及皇帝是否應該跪拜佛祖時，住持答道：「現在佛不拜過去佛。」趙匡胤會心一笑，即成定制。大相國寺也成為欽定的皇家寺院，負責管理全國寺院、委派各寺住持。凡有帝王巡幸、生辰忌日、水旱災異、祭祀大典，皇帝均要來到大相國寺舉行祈禱儀式。甚至包括君主生辰慶祝、御賜外國使節等，也多假大相國寺舉行。

皇帝時常駕臨大相國寺，常人更是趨之若鶩，未第舉子要來這裡上香禱告，新科進士則來這裡刻石留念，以至大相國寺不得不在東南隅的羅漢院闢了一座桂籍堂，專門供進士們延續唐代雁塔題名的風流雅事。

這一日正是清明節，正逢大相國寺的趕集日。趕集日定於每月初一、十五與逢八，一月五次，逢重大節假日也會開放。每逢此時，大相國寺便充當臨時瓦市，完全對百姓開放，准許買賣雙方在其中交易。百貨物品，珍禽奇獸，無所不有。僅中庭兩廊便聚集有一萬人，是天下最大的商業市場、最有名的神廟集市——輳集人煙，駢闐市井，豐稔時年，太平光景。這正是大相國寺奇特的地方，出世與世俗巧妙地融合，卻相得益彰，絲毫不讓人覺得彆扭。

剛剛下完小雨，一切都淡淡的、濕濕的，空氣尤其清爽。汴河上船隻往來，首尾相接，或縴夫牽拉，或船夫搖櫓。相國寺橋旁的碼頭更是停泊了許多滿載貨物的大船，腳夫們來回卸貨，將這一帶堵得水洩不通。

唐曉英拿著籌來的五十兩紋銀，好不容易穿過熙熙攘攘的人流，匆匆趕來大相國寺東門大街上的長生庫，交給主持長生庫的僧人澄暉。

這澄暉是汴京有名的比丘，卻不是因為修為高深有名，而是他身為方外之人，卻娶了豔妓為妻，還自詡「快活風流，光前絕後」，以「沒頭髮浪子，有房室如來」自況。本來宋法規定僧道娶妻者以通姦罪加一等懲處，然而禪宗世俗化，不僅僧道娶妻甚多，百姓也願意嫁女貪圖錢財。甚至還有風流少年踵門拜謁澄暉，表示願意置酒參會梵嫂，成為京師笑聞。

澄暉一見銀子便雙眼發亮，喝彩道：「英娘好本事，居然籌到了這麼大數目一筆錢。可是在樊樓搭上了什麼有錢的主兒？」唐曉英也不睬他，只道：「長老，快些將麗華姊姊的借據還給我。」澄暉翻出借據，遞過來笑道：「若是英娘缺錢時，只管來這裡借，貧僧不算利錢。」

唐曉英「呸」了一聲，收好借據出來，迎面撞見一群人來遊大相國寺，正是她昨晚在樊樓招待過的那群酒客，為首的名叫歐陽贊，是個回汴京省親的富商。她雖然只是進出換酒，終究見過的客人多了，總覺得這些人有些古怪，明明是歐陽贊坐在上首，各人面色卻最尊敬那坐在下首的韓姓公子，如此刻意掩飾身分，就表明韓公子很有些來頭。

唐曉英心裡想著，眼睛不由自主地朝那韓公子望去。那韓公子立即留意到她，認出她來，微笑著點頭示意，她只好點頭回應。

匆忙回來樊樓，阿圖正在等她，將早已準備好的食盒交給她，道：「這就去吧。」唐曉英道：「是。」提了食盒，先來到樓後巷子的一間小房子裡。龐麗華正守在女兒劉娥床前，愁容滿面，淚眼漣漣。

唐曉英將借據取出來交給她笑道：「好了，借據拿回來啦。」龐麗華又驚又喜，問道：「英娘從哪裡借到了這麼多錢？」唐曉英道：「總之是遇到了好人，姊姊不用擔心啦，這錢不用還的。」

龐麗華道：「當真？他到底是什麼人？我要好好謝謝他。」唐曉英笑道：「人家做善事不留名，不希望你知道。好啦，這裡有十兩銀子，是我向人借的，姊姊先替我收好。我房裡床頭櫃子上還有幾吊錢，你先拿去給小娥弄點吃的，我得去當班了。」俯身往劉娥額頭輕吻了一下，這才出來小屋。逕直來到浚儀縣獄，自報是張咏的遠房表妹，來送飯食。

宋代律令，監獄罪犯伙食均須由親屬供給，無人送飯才由官府代理，且要向犯人收取相應錢財。唐曉英來探看張咏，也無人起疑，當下登記了姓名，進來牢房，第一眼見到高瓊時，便愣在了那裡。

獄卒見她神色有異，忙問道：「娘子可是認得這個人？」唐曉英遲疑問道：「他……他就是在博浪沙劫殺李員外商隊的強盜麼？」獄卒道：「就是他。原來娘子早已經知道了。」

張咏乍然見到唐曉英，也不免吃了一驚，旋即聞見樊樓酒香，以為又是李稍派她來送飯食來，忙道：「多謝娘子。」

唐曉英默默走進牢房，將酒菜往地上擺好。張咏見今日的酒瓶不是往日未開封的陶器，而是一只精緻的銅壺，酒興大增，笑道：「這個更好了。一定是李家娘子知道我戴了手銬，自己開不得泥封。」當即抓起酒壺，直接對準壺嘴飲了起來。

唐曉英忙上前奪下，埋怨道：「張郎怎麼可以這樣飲酒？」將酒斟在漆杯中，奉給張咏。

張咏一飲而盡，又將漆杯遞還給她，道：「勞煩英娘給那位高兄送一杯酒過去。」唐曉英轉頭看了一眼高瓊，只是不動。

張咏道：「英娘是恨他殺了你們李員外的手下麼？他也只是奉命行事，怪不得他。而今這裡人人恨他，獄卒不肯供給他飲食，英娘給他一杯酒，就等於是救他一命。」

唐曉英思索了片刻，便往漆杯中斟了一杯酒，走過去蹲下來遞給高瓊。高瓊低聲道：「多謝英娘。」接過酒杯，正要一飲而盡，卻又被唐曉英一巴掌打掉。那酒杯是產自蜀中的木製漆器，並未摔破，只有酒潑灑在地上，嗞嗞作響。

張咏登時呆住，急忙運氣丹田，卻察覺不到有中毒跡象。高瓊卻是絲毫不露驚詫之色，只歎道：「你最終還是知道了。」

唐曉英跺了跺腳，奔過去抱起銅壺，疾步奔出牢房。剛出縣廨，便見阿圖正站在那裡，料來是在等她，只得硬著頭皮過去。

阿圖道：「事情辦妥了？那姓高的可有喝下毒酒？」唐曉英道：「他本來是要喝的，可真到了最後關頭，我又忍不住……他……他是……」阿圖臉色大變，冷冷道：「我本來敬佩英娘仗義，可你不守信用在先，別怪我心狠。」

唐曉英道：「我甘願受罰，只求圖哥不要傷害麗華母女……」話音未落，阿圖一揮手，一旁馬車中躍出一名男子來，自背後捉住她手臂，將她半抱半拖上車中。車夫揚鞭策馬，迅速飛馳而去。

幾名獄卒緊追出縣廨來。有人道：「這不是圖哥麼？你可有見到一名二十歲出頭的女子逃出來？」阿圖道：「官人是說樊樓的熡糟唐曉英麼？她適才跑出來，飛快地跳上一輛馬車，往那邊走了。」

獄卒們見馬車已經無影無蹤，只得作罷。一老獄卒走過去撿起掉落在地上的銅酒壺，嘟囔道：「好在證物還在，不然咱們哪說得清楚？」

阿圖道：「出了什麼事？」老獄卒道：「她試圖用毒酒害死獄中重犯。」忽然意識到什麼，狐疑問道，「圖哥在這裡做什麼？」阿圖道：「我家員外命小的來問，何時能領回那三名商隊護衛的屍首。呀，小的想起來了，其中一名護衛就是唐曉英的情郎。」

一名年輕獄卒恍然大悟，道：「這就難怪唐曉英拿毒酒給那姓高的小子喝了，原來是要為情郎報仇。」阿圖歎道：「如此說來，曉英倒是個有情有義的女子。」

年輕獄卒道：「可不是麼？不瞞圖哥說，我們還巴不得她得手呢，那契丹刺客得罪了我們典獄，典獄正讓我們想方設法整死他。唉，偏偏正要喝下酒時又被唐曉英打潑了，女人就是心軟。」

老獄卒斥道：「幸好她心軟了，不然開封府的重犯死在浚儀縣獄中，咱們能脫得了干係麼？你趕緊走吧，縣令和縣尉都不在，還不快去開封府稟告，畫出圖形告示緝拿唐曉英。」

那年輕獄卒便飛奔趕去開封府報信，老獄卒及餘人攜著酒壺回來獄中，趕來檢視唐曉英帶進來的其餘酒菜是否有毒。

張咏道：「我都已經吃過一輪了，沒毒。」又問道，「酒壺的手柄上是不是有個機關？往上推倒出的是好酒，往下就該是毒酒。」老獄卒摸索著折騰了一番，驚叫道：「呀，還真是有個機關。」

張咏道：「這大概就是傳說的雙龍轉心壺。高瓊，原來英娘是為了殺你而來。幸好她不想濫殺無辜，事先準備了一個雙層壺，而且沒有先將機關扳在毒酒上，不然你沒死，我可就先陪死了。」高瓊只微閉著雙眼，不予理睬。

獄卒們忙著把玩那神奇雙龍轉心壺，議論唐曉英冒險為情郎一事，有感歎的，有佩服的，也有不屑的。

過了辰時，有吏卒持監牌來提張咏過堂。張咏料到是向敏中等人又找到新線索，到堂前一看，卻只有寇准一人，不禁一愣，問道：「向兄他們人呢？」

寇准道：「他們昨日去了小牛市集尋找線索，到現在還沒有回來。適才姚推官派人來找我，說是仵作宋老公又在屍首上發現了新的疑點。」

姚恕因為忌憚向敏中懷揣皇帝心愛玉斧的緣故，對張咏也客氣了起來，道：「宋科，你將事情經過向張公子一一道來。」仵作宋科道：「是。王相公家屬派人來索回屍首，小人便想在屍首發還家屬前最後再驗一次，結果發現了異樣之處。」

張咏道：「是還有第三處傷口麼？」宋科搖搖頭，道：「但靠嘴巴說說不清楚，請官人和各位郎君移步斂屍房。」

眾人便再往斂屍房而來，房裡屍臭味極重，差役不得不先在房內燃了些蒼術以遮蓋住氣味。只有宋科不似一干人爭相用手捂住口鼻，昂然進來，將王彥昇的屍首翻轉過來，道：「異樣就在這兩處劍傷上。」旁人瞧著那兩處劍傷均是入肉半分，創口處發黑，有明顯的中毒跡象。

張咏道：「這有何異樣，我可看不出來。」宋科道：「凡人中毒，先入四肢，所以中毒死者手、腳的顏色往往要比面色、身體深很多。」寇准道：「不錯，我聽向大哥提過，中毒死者一般是面色、身體發青，嘴唇發紫，手指、腳趾呈現出黯青色。」

宋科道：「郎君說得極是。王相公因為是吃飽後中毒，所以只有嘴唇、四肢呈現出中毒異色。他是後背和手臂中劍受傷，如果當時張咏的寶劍上有毒，那麼烏頭毒應當同時從這兩處創口隨血液進入他的身體。他手臂本身已經染毒，毒藥又隨氣血首先流向四肢，所以他手臂劍傷的創口毒性更重，創口顏色也應該比背上傷口深許多。可是各位官人請對照這兩處翻捲皮肉的顏色，手臂創口的黑毒反而比背傷要淺。」

眾人仔細一看，兩處創口的黑色果然有深淺之別，可還是不明白宋科言下之意。只有寇准恍然大悟，道：「我明白宋老公的意思了！他是說，王彥昇相公雖然有兩處創口，但只有背上創口染了烏頭毒，那裡是唯一的入毒處，手臂創口現出的毒性是自背上傳過來的。」

宋科道：「確實如寇郎所言。只有如此推測，才能合理解釋王相公兩處傷口何以毒性顏色異常。」

張咏道：「我是一招傷了他後背和臂膀，幾乎同時發生，怎麼可能一劍有毒一劍無毒？如此不就能證明我劍上沒毒了麼？」寇准道：「不錯，一定是王彥昇相公受傷後，有人暗中將毒藥抹在他後背的創口上。」

眾人便一齊望著姚恕，等他示下。姚恕不得不放開捂住口鼻的手，咳嗽了一聲，道：「嗯，既是如此，張咏無罪開釋。宋老公驗屍有功，賞錢一貫。」

張咏料不到這官氣十足的推官這次竟如此爽快，大喜過望，連聲道：「多謝，多謝。」

立即有差役取來鑰匙，開了他手足枷鎖。張咏輕輕撫摸被禁錮幾日的手腕，當真有說不清的快樂。出來斂屍房時，迎面遇到了向敏中、潘閬。潘閬遠遠叫道：「大喜！張咏，你洗清嫌疑了！」近前才發現張咏手足枷鎖已去，不禁一愣，問道：「你已經脫罪了麼？」張咏道：「是啊，多虧了宋老公。你說話怎麼顛三倒四的？」

向敏中忙道：「這不怪潘閬，我們本不知道宋老公找到證據助你脫罪，我們在小牛市集也找到了證據證明你不是凶手。」

張咏大喜，問道：「是什麼證據？」向敏中道：「真正的凶手。」回身招了招手，便有一老一少牽著一名雙手反剪的漢子過來。

向敏中道：「這位蔣老公是小牛市集的里長，年輕的是他的兒子小蔣，這被縛的漢子就是殺死王彥昇相公的真凶。姚推官，請你升堂問案吧。」姚恕忙道：「是，是。」

一干人重新來到大堂中，將那漢子推到堂中跪下，細細審問。那漢子倒是爽快，不等用刑，便主動招承了殺人動機和經過。眾人聽聞他來歷，無不暗暗心驚。

原來那漢子姓聶名保，是後周禁軍將領聶平之子。趙匡胤發動陳橋兵變時，聶平正負責守衛封丘門。趙匡胤的前鋒王彥昇回師汴京時，先到陳橋門，為守將郭建所拒。王彥昇遂改到封丘門，許以高官厚祿，誘得聶平打開城門，於是趙軍兵不血刃占領京師。然而當趙匡胤稱帝後，反而下令提拔郭建、處死聶平。聶保當時不過是個十來歲的孩子，逃脫後淪為流浪兒，一直在江湖上漂泊。不過他從未放棄為父復仇之心，可別說刺殺當今皇帝絕無可能，就連外貶邊關的王彥昇也是手握重兵，他根本無法接近。如此多年過去，聶保本以為再也無望報仇時，又意外得知王彥昇新近被召回京師，他便一路尾隨。正好王彥昇跟張咏在小牛市集比劍受傷倒地，他從人群中擠出來，假意扶了王彥昇一下，乘機將早已準備好的烏頭抹在他背上劍傷處。他大仇得報，又有人做了替罪羊，十分愜意，一直滯留在小牛酒樓飲酒。哪知道昨日向敏中和潘閬來到小牛市集，挨個詢問當日見過王彥昇的人，想從目擊者的口中尋到線索。酒樓的酒保回憶起王彥昇摔地後有人上前扶了他一把，那人並不是王彥昇的親隨、護衛。向敏中覺得是條極重要的線索，便請酒保努力記憶那人相貌。聶保正在一旁，不免心虛，乾脆站起來承認自己就是凶手。酒保也記起來當日曾在圍觀比劍的人群中見過他。向敏中於是請來蔣里長作證，將聶保縛了，押來京師。

一場大案遂告水落石出。因被害人是朝廷命官，姚恕便斷然定了死罪，命聶保在供狀上畫押按了手模，取來二十五斤的盤枷釘了手頸，押入獄中囚禁。只將磔刑處死的文書上報，等候批覆。

張咏換上自己的衣裳，領回寶劍等私人物品，歡天喜地出來浚儀縣廨，做東邀請諸人前去樊樓飲酒慶賀。

寇准心中仍有一個大謎團，心道：「眼下既有物證證明張大哥無辜，又捉住了真凶，可謂是完美的收場。可昨日在縣廨前自稱傳遞消息能救張大哥的漢子又是誰？他的言行舉止，絕非只是一個中間報信人那麼簡單。」轉頭見向敏中也是心事重重，忙問道，「向大哥捉住真凶，為何仍是眉頭緊鎖？」

向敏中道：「嗯，我只是覺得我們之前費盡心機，始終無法證明張咏無罪。可當我和潘閬到了小牛市集時，忽然間柳暗花明，凶手自己蹦了出來，解決得實在太過容易，難免覺得有些奇怪。」寇准道：「原來是為這個，這應該算是水到渠成吧。即使向大哥昨日不去小牛市集，仵作宋老公今日也發現了屍首的異樣，推測出凶手是透過王彥昇相公背後的傷口下毒，如果不是他身邊的人，就是當時在小牛市集圍觀的人，疑點一樣會重新回到那裡。」

向敏中道：「這話是不錯，我疑心的不是這個。那聶保銳意復仇已非一日，他恰到好處地把握機會，將烏毒塗上王彥昇相公的傷口後，焉能不一路跟隨，親眼看見仇人死去？王彥昇是朝廷命官，中毒而死必然引來官府追查，作為常人，殺人後要麼立即遠走高飛，避走他鄉，要麼會跟來開封，暗中打聽官府查案的動向。可聶保居然一直滯留在小牛市集，不是很不合常理麼？好像正在等待我們去那裡捉他一般。」

寇准道：「既是如此，向大哥為何不當堂提出這些疑問？」向敏中搖搖頭，道：「這僅僅是我個人主觀上的疑問。聶保既有殺人動機，又從他身上搜到烏頭毒，他供出的下毒手段也完全與屍首物證相符，可謂鐵證如山。或許他本人正是有意留在小牛市集，好讓官府捉住他。」

寇准問道：「這是為何緣故？」向敏中道：「聶保只以復仇為念，心中還有一個大仇人未除，既然永無機會殺死他，那麼見他一面也是好的。」寇准道：「是官家麼？啊，我明白了，聶保是故意讓你捉住，他知道王彥昇是開國功臣，案情上報後必然引起官家注意，也許會親自來過問。」驀然又想起昨日那個聲稱要「一命換一命」的奇怪漢子來。

他二人牽著馬慢吞吞地落在後頭，張咏忍不住回頭催道：「喂，你們兩個快些，不想喝樊樓的酒麼？」

四人遂一齊來到樊樓，隨意到中樓散席坐下。寇准想起唐曉英昨日登門借錢之事，便說了出來。

潘閬道：「這個女子很有趣，我當時只是開玩笑的酒話，想不出她是個熱心人，要珠子也不是為了她自己。既如此，我便將寶珠送給她吧。」正要叫人去找唐曉英來。張咏忙道：「不必了，她人肯定不在這裡。」當即說了今日早晨唐曉英送酒菜來獄中、預備用毒酒毒死那契丹刺客高瓊之事。

眾人聞言無不驚詫。潘閬更是歎道：「唐曉英是為了被契丹刺客殺死的情郎復仇麼？當真可敬可佩。」忙招手叫來正掛著果子兜售的小廝，問道，「你可認得唐曉英？」那小廝正是樊樓的熟臉呆子，道：「當然認得，她是樊樓的煥糟。適才開封府還來了不少官差尋她，英娘犯什麼事了麼？」

既有官差尋她，那麼唐曉英當還沒有被捕，張咏忙問她的住址。呆子道：「英娘和說書的麗娘一道住在樓後小窄巷裡。」

張咏便要立即起身去尋。向敏中忙道：「張兄為何如此關心這個煥糟？」張咏道：「我跟那高瓊一直關在一起，覺得唐曉英之事不是那麼簡單。我猜她本來是要毒殺高瓊，可她不知道刺客竟然是她認識的人，所以第一眼就愣住了，到最後關頭更是不忍心下手。」

潘閬道：「張兄說唐曉英認得那契丹刺客？」張咏點點頭，道：「那高瓊一聞酒氣就能知道是樊樓的老酒，可見他經常來樊樓飲酒，說不定正是因此結識了唐曉英。」

寇准道：「可高瓊是一路跟蹤北漢使者來中原的契丹刺客啊。」潘閬沉聲道：「你還不明白麼？高瓊可不一定是契丹刺客。」

寇准聞言呆住，只愣愣盯著潘閬，忽見他舉手朝廊外指了指，轉頭望去，樊樓的主人李稍正領著一大群人穿過杏子樹林，既有當日在博浪沙見過的使銀槍少年，也有在班荊館有一面之緣的皇長子趙德昭、邢國公宋偓，均是便服打扮，侍從如雲，往西樓而去。

張咏道：「我得去找到唐曉英，問個清楚明白。」向敏中道：「我們一起去。」

四人便一道往小窄巷而來，到巷口向人打聽到唐曉英住處，來到巷中一處低矮的房子前。正要拍門，忽然不知道從哪裡竄出一名巡鋪兵卒，低聲道：「裡面沒有旁人，只有官差。幾位公子還是快些走開，免得惹禍上身。」

張咏知道對方是追捕唐曉英的伏兵，忙問道：「住在這裡的說書女龐麗華和她女兒到哪裡去了？」巡鋪卒道：「不知道。快些走開！」

張咏料想，龐麗華母女多半已被開封府捕去拷問唐曉英的下落，一時無法可想，只得悻悻離開。

重新回來樊樓時，樓前已經貼出了緝捕唐曉英的圖形告示。張咏歎道：「英娘一個弱女子，也不知道能躲去哪裡。」向敏中道：「聽說汴京城中有個神祕的鬼樊樓，專門窩藏罪犯，只要你出得起錢，就算犯了彌天大罪，它也能保你平安無事。」

這是寇准第二次聽到「鬼樊樓」的名字，忙道：「之前唐曉英也曾跟我提過鬼樊樓，說是大相國寺的長老威脅說書女龐麗華，她若不能按時還上長生庫的債的話，就要以身抵債，被賣去鬼樊樓做娼妓。」

張咏道：「英娘正四處籌錢為麗娘還債，肯定是去不起鬼樊樓。不如等我吃飽，再去獄中問問高瓊，或許能套出些消息。」

當下叫了滿桌酒菜，吃得肚皮滾圓，正叫過燒糟結帳時，那燒糟道：「雪梅娘子已經為郎君結過了。」張咏一愣，問道：「是李雪梅麼？我怎麼沒有見到她？」煖糟笑道：「郎君眼中只有美酒，當然看不到雪梅娘子。娘子有話，請張郎明晚再來樊樓一趟。」

張咏奇道：「她找我有事麼？為何不現在出來相見，說個明白？」潘閬一扯他衣袖，低聲道：「你是傻子麼？那位李家千金多半看上你啦。」張咏一愣，道：「什麼？」見煖糟正微笑看著自己，只得應道：「是，雪梅娘子既有吩咐，張某當如約而來。」

出來天色已然發黑，向敏中心中惦記著老父親，便先拱手告辭。張咏請潘閬和寇准先回去，自己一個人往浚儀縣廨而來。正遇見李稍的心腹小廝阿圖指揮人運著三方棺木，問道：「圖哥是去縣廨接回商隊死者的屍首麼？」阿圖道：「正是。小的還沒有恭喜張郎洗清冤情呢，郎君這是要去哪裡？」張咏道：「跟你去同一個地方，我可得先走了。」

匆匆越過阿圖，來到浚儀縣廨，所幸縣獄還沒有落鎖封門。卻聽見裡面有人高聲怒罵道：「快些殺了老子！不然終有一日，老子要叫你們好看！」似是那聶保的聲音。

掌管監獄的典獄宋行正好出來，見到張咏，奇道：「你又來做什麼？還沒有蹲夠大獄麼？」張咏道：「我有要緊事要問高瓊。我知道那些獄卒虐待高瓊是受宋典獄指使，不過我也沒有對旁人說過此事，因為典獄事出有因，恨的也不是高瓊本人，而是契丹。」

宋行道：「噢，你是怎麼知道的？」張咏道：「你姓宋，又一心要整死那契丹刺客，不難猜到仵作宋老公是你父親。」宋行道：「不錯，你也看到家父臉上的刺字了，我恨死這些契丹人了。」

張咏道：「可如果高瓊不是契丹派來的刺客呢？」宋行道：「什麼？他不是契丹派來的，又能是誰派來的？」張咏道：「這正是我現在要進去問清楚的，麻煩典獄行個方便。」

宋行微一沉吟，道：「那好，快些走！」命張咏交出隨身寶劍給門邊獄卒，匆忙領著他進來大獄。

卻見那被定了死罪的聶保跪在獄廳正中央，雙手反縛在木樁上。一名獄卒自後面抓住他頭髮，迫他仰面朝上。兩名文筆匠正手持尖鑿，分別往他臉頰上刺字，血流滿面，劌目怵心。額頭已然鑿好「免斬」兩個大字的創口，肉中揉搓了永不褪色的墨汁，傷口經火燒炙，雖不再流血，卻在燈燭的映照下閃現出詭異的黑色，煞是扎眼。

張咏道：「聶保不是已經定了死罪麼？為何還要用刺字來折辱他？」宋行道：「官家適才派人頒下聖旨，赦免聶保死罪，不過要杖脊二十，黥面後入軍籍，充軍為禁軍兵卒，專門負責守衛城門。」

張咏大奇，心道：「官家如此判處，到底是特別的恩赦，還是更重的懲罰？」越發覺得天威難測。

聶保努力扭動著身子，顯是視臉上刺字為奇恥大辱，卻始終避不開文筆匠不斷戳下來的無情針刺。

進來牢房時，又是另外一幅令人膽戰心驚的畫面——高瓊躺在地上，喘著粗氣，胸口上壓著一個大土囊，正大力掙扎，卻被四名獄卒分別抓住了手腳，絲毫不能反抗。

宋行喝道：「放了他。」

獄卒不知道上司如何又改變了主意，慌忙上前搬開土囊。高瓊猛呼吸了幾口氣，劇烈地咳嗽起來。張咏忙上前扶起他，讓他靠牆坐下，使了個眼色，宋行會意，便領著獄卒退了出去。

過了好大一會兒，高瓊才調勻氣息，低聲道：「多謝。」張咏道：「你不必謝我，是我認出了你肩頭的刺青，指證你為契丹刺客，才害得你多吃了這麼多苦，適才還險些送命，這都是我的錯。」

高瓊不解地道：「此話怎講？」張咏道：「宋典獄恨的是契丹國人，你並不是契丹派來的刺客，全怪我錯認。」高瓊哼了一聲，推開他雙手，道：「你走吧，我跟你再無話可說。」

張咏道：「我知道你不會吐露半點跟你身分有關的口風。不過我今晚來找你，不是為了查驗你的真實身分，而是為了唐曉英。」

高瓊道：「她怎麼了？」張咏道：「你果然認得她。」高瓊道：「不認得。」張咏道：「那麼你如何知道她的名字？今日早晨她來獄中殺你時，我可只叫了她英娘。」

高瓊難以否認，只得低聲問道：「她有沒有被捕？」張咏道：「暫時還沒有。」高瓊懇求道：「求你不要牽連她進來。」張咏道：「她不是要殺你麼？為何你反過來還要維護她？」

高瓊道：「我……」一時難以說清。他跟張咏一起被關幾日，深知對方俠義熱腸，吃軟不吃硬，爬起來跪下道：「張兄，我求你，求你救救唐曉英，她眼下命在旦夕。」

張咏大感意外，道：「起來。你和唐曉英到底是什麼關係？快些起來。」高瓊態度堅決，道：「你不答應，我就不起來。」

張咏上前拉他，居然拉也拉不動，只得應道：「好，我答應你。不過你總得告訴我到底是怎麼回事。」

高瓊這才重新坐好，道：「我只能告訴你，我能說的事。我確實認識唐曉英，獄卒說她來害我是為了在博浪沙被殺的情郎復仇，決計不是這樣，她一直跟說書女龐麗華住在一起，並沒有什麼情郎。一定是有人逼迫她來毒死刺客滅口，只不過那些人料不到她竟會認識我。」

張咏道：「那麼你當時對唐曉英說的『你最終還是知道了』是什麼意思？」高瓊道：「我原以為英娘是為了別的事，自己要來殺我。可後來她跑掉，又聽到獄卒議論她為情郎復仇之類的話，我才逐漸回過神來。」

張咏道：「到底什麼人要殺你滅口？你必須得告訴我，這樣我才能救英娘。」高瓊道：「我不是很清楚，不過我猜應該是我的同伴。」張咏道：「你同伴？」

高瓊點點頭，雖努力裝出若無其事，還是顯出了一絲黯然情緒來。他經受了種種酷刑和非人折磨，到了實在不能忍受的地步，不惜在公堂上撞柱自殺，就是生怕自己失口吐露出同伴的下落。而那些逃脫在外的同伴卻並不放心他，千方百計地要除掉他滅口，這不能不說是一種諷刺，換做誰，心裡也不好受。

張咏不便再多說什麼，道：「眼下英娘被官府通緝，她家裡也有官差埋伏，她自然已經躲了起來。你可知道到哪裡能找到她？」高瓊道：「不，她沒有躲起來。既然是有人要她殺我，無論事成與不成，那些人都會殺她滅口，她一定是被……」

話音未落，忽聽得外面有人高叫道：「失火了！失火了！縣廨東北的廂房失火了！」

張咏道：「東北的廂房，那不就是斂屍房所在之處麼？」轉頭見高瓊正饒有深意地望著自己，驀然意識到些什麼，急忙衝出牢房，叫道：「宋典獄，你快些帶人去救火，有人要燒掉屍體，毀滅證據。」卻是不見宋行的人影。

正值長假，縣廨中只有極少數值班的差役，人數最多之處就數大獄了。獄卒群龍無首，獄中又押有重犯，不敢輕易出去，只慌作一團。張咏喊了兩聲，無人理睬，只得自己衝出來。

卻見開封首富李稍的心腹小廝阿圖正站在縣廨門前，一邊高呼救火，一邊指揮運送棺木的腳夫進去撲火。在唐代，路人望火不救是犯罪行為，要處以嚴刑。宋代卻完全不一樣，救火由專業軍士擔任，責任不在百姓。開封的城市建設也相當完善，坊巷每三百步就有軍巡鋪屋一所，裡面駐鋪兵五人，負責巡警。主要街道街角處砌有高高的望火樓，樓上日夜有人守望。望火樓下的官屋中屯駐著百餘名禁軍，備有大小桶、酒子、麻搭、斧鋸、梯子、火叉、大索、鐵貓兒之類的救火設施。一旦有火起，負責內城巡檢的侍衛司馬軍騎快馬奔相走告失火位置，救火軍士便會聞風而至。

張咏才剛剛來到斂屍房前，救火的禁軍便已經趕到。張咏忙道：「請將軍下令先救裡面的屍首出來。」那都軍頭哪裡理會，粗魯地將他推到一旁，指揮軍士就近汲水救火。所幸浚儀縣廨中就有兩口井，火勢不大，很快就撲滅了。斂屍房燒塌了半邊，已經損毀不能再用。果如張咏所料，三具強盜的屍首是起火點，已然燒成焦炭。倒是阿圖指揮及時，早已將己方的三具屍首搶了出來。

張咏見阿圖一副驚魂未定的樣子，心念一動，上前問道：「這三人中哪位是唐曉英的情郎？」阿圖道：「什麼？」

張咏道：「圖哥不是說，唐曉英是為了替死去的情郎復仇，才去獄中毒殺高瓊的麼？」阿圖道：「噢，這個就是。」

張咏見那人四十來歲，留著山羊鬍子，骨瘦如柴，也不動聲色，只道：「嗯，我知道了。」

他又重新回來獄中。獄卒們還在獄門前探頭探腦地翹望，生怕城門失火殃及池魚。東京雖然有專門滅火的禁軍，可畢竟都是靠手工用木桶汲水，像東京這樣人煙稠密的城市，稍微不慎，一堆小火就會引起大面積的蔓延，造成一場大災難。直到聽張咏說火已經被禁軍撲滅，眾人才放下心來。

張咏逕直來到最裡間的大牢，卻不由得吃了一驚，高瓊人已經不見了，限制他走動的頸鉗不知道被什麼人打開，空蕩蕩地掛在牆壁的鐵環上晃來晃去。最令人吃驚的是，牆壁中間不知如何破了一個圓形大洞，洞口邊緣光滑齊整，似是利刃劃開，大小剛好能容一人俯身爬過。

愣了一下，張咏才反應過來高瓊已經越獄逃走了，急忙衝進牢房，從牆上的破洞中鑽了過去。卻是另外一間屋子，擺放有桌椅、床榻、文墨等物，看起來倒似一間簡陋書房。只是房屋中央的地上塌陷了一大塊，露出一個大洞來，典獄宋行正歪倒在洞邊。

張咏忙上前扶起他，叫道：「宋典獄！宋典獄！」

宋行緩緩睜開眼睛，四下一望，「啊」了一聲，忙站起來，走到門邊，拉開房門大叫道：「來人！快來人啊！」

張咏道：「這是什麼地方？這地上的大洞又是怎麼回事？」

數名獄卒聞聲進來。宋行命道：「剛才有人挖地道救走了刺客高瓊，快派人出去向巡鋪兵卒示警，請馬軍都巡檢立即封鎖街道，搜捕逃犯。你們兩個，從這地道追出去，看看出口在什麼地方。」

那兩名獄卒見地洞中黑漆漆一片，也不知道有多深多淺，不由得面面相覷，都不敢動。

張咏自告奮勇地道：「我來打頭陣。」宋行道：「你哪裡能走？你一來到這裡，縣廨失火，重犯逃獄，你可脫不了干係！」張咏大叫冤枉，道：「這純粹是巧合，我跟今晚的事一點干係也沒有。」

宋行冷笑道：「沒有干係？我在這邊親耳聽見你跟那刺客高瓊稱兄道弟，他還向你下跪，求你去救唐曉英，你也答應了他。」

張咏這才會意這間屋子是專門用來監視隔壁牢房的。那牢房三面以一尺見方的條石砌就，一面是拇指粗的鐵柵欄，就連地面也鋪了厚厚的青磚，可謂堅固無比，唯有中間一塊牆面是薄木板做成的假牆，以方便監視者偷聽犯人談話。他之前是被刻意與高瓊關在一起，一切言談對話均被人聽去。他今日被判無罪釋放，牢房中只剩高瓊一人，負責監視的人相應就撤了，適才宋行卻暗中走來這裡偷聽。不想早有人預謀在今夜劫獄，挖好的地道正通往這間屋子。斂屍房起火後，所有人的注意力立即被吸引，營救者乘機打穿地面，打暈宋行，再洞穿那塊木板牆壁，用利刃斬斷鎖高瓊的鐵鍊，將他從地道救走。眼下三名刺客屍首已毀，面貌無法辨認，生擒的刺客也被救走，再無任何足以追蹤幕後主使人的實證，不得不由人佩服策畫並主持了今晚一切的人。

張咏辯解道：「適才宋典獄被人打暈，我若真是跟高瓊一夥，便不會喚醒典獄你，早就自己悄悄從地洞中逃走了。」

浚儀縣獄出了重犯被劫走的大事，宋行勢必丟官免職，處罰重些還要刺配牢城，正想找張咏做替罪羊，將所有事推到他頭上，或許能免除刺配流放的命運。又聽他揭穿自己被劫獄者打暈一事，心中更怒，連聲道：「快些拿重銬來鎖住他，別讓他跑了。立即押他去開封府，聽候發落。」

當下不由分說鎖了張咏的手腳，推入囚車站定，用枷束住脖頸，連同另一重犯聶保一道押往開封府。

開封府在浚儀街西北，與大相國寺隔御街相對，距離浚儀縣廨並不遠。這裡原是唐代汴州州治所在地，是汴京城中第一大官署，號稱「南衙」，掌管府內十六縣、二十四鎮之賦稅、獄訟、巡警等，因地處京畿要地，權力極重。除了眾官員，僅吏員就有六百人，機構龐大，每日要處理的公事如黃河之水，源源不斷，以至官印磨損得極快，每年都需更換一次。時人評論唐代官印印文精細如絲髮，宋代官印印文則粗如暴筋，尤以開封府最粗，如此粗壯的官印，都需要一年一換，可見事務繁劇的地步。

開封府的最高長官為開封尹，號稱「判南衙」，當今開封尹正是晉王趙光義。而開封尹還不只是京師最高行政長官這麼簡單，五代舊制，儲君即位前一般都先擔任開封尹之職，晉王又是本朝唯一的親王，地位更是非同一般。每每出入府衙時，羽儀散從，粲然如畫，所以京師人常常歎道：「好一條軟繡天街。」

張咏被押上這條軟繡天街時，街道已經戒嚴，街口均有巡鋪兵卒把守，不可隨意出入。一隊隊馬軍軍士來回巡馳呼喊，攔下行人盤問，顯然是在搜捕逃走的高瓊。

開封府除了本身的府獄，還有兩座下屬監獄——左軍巡司獄和右軍巡司獄，不過並不在開封府內。張咏和聶保被押進來時，府獄已落鎖封門，須得次日清晨由典獄憑印揭取封條後才能打開。按理犯人該臨時監押在登記囚犯名冊及刑訊的督捕房中，不過當值吏卒瞧不起浚儀縣的獄卒，有意刁難，非要等次日辦理。獄卒又不能就此回頭，只能將囚車推到府衙一旁等候。

張咏身材比那囚籠高出不少，只能弓背站在其中，脖子又被木枷束緊，動彈不得，忙叫道：「喂，既是要等到明日清晨才能入獄，何不先放我二人出來。」獄卒斥道：「吵什麼？這裡是開封府，驚擾了晉王，小心人頭落地。」

那聶保剛被黥面，額頭有「免斬」兩個大字，臉頰上各刺一面黑旗，面容全毀，正滿肚子憤懣怨恨，偏偏又身材矮小，不得不踮起腳尖站著，猶自半吊在囚車中，難受至極。獄卒的話點燃了他滿腔怒火，大聲嚷道：

「晉王有什麼了不起？他再大，大得過皇帝麼？老子是你們皇帝欽定的守城軍士，快些放老子出來。」

張咏聞言，暗暗稱奇，心道：「他為何稱你們皇帝？倒似他不是中國人一般。是了，他是後周將領之子，不肯承認本朝皇帝。」

正有一大群人提燈湧進府門。為首一人三十餘歲，戴一副軟角襆頭，面色黝黑，身材肥胖壯碩，大約是聽見了聶保的話，忽而頓住腳步，轉過頭來，目光一掃，即露出一絲慍色來。

便立即有侍從搶上前來，喝問道：「適才是誰胡言亂語，驚擾了晉王？」獄卒早嚇得跪在地上，指著聶保道：「他……是他。」

侍從喝令獄卒開了頸枷和囚車，將聶保拖出來按倒在地上，有人舉杖上來，不由分說便朝他脊背上打下去。聶保才剛剛在浚儀縣獄中挨過二十脊杖，杖棍下來，正打在傷口上，忍不住大聲慘呼。侍從卻毫不手軟，打到二十來下時，聶保早已停止叫喊，伏在地上一動不動。

那三十餘歲的男子這才叫道：「停手！」問道：「這是什麼人？」獄卒顫聲道：「回稟大王，這人犯名叫聶保，是害死王彥昇相公的凶手，官家著他打了金印，充入軍籍。適才縣廨失火，縣獄被劫，典獄因他是欽點重犯，怕再出意外，特派小的們押送他來開封府，交給府獄關押。」

那男子正是晉王趙光義，聞言冷笑道：「有人從京縣縣獄劫走重犯，這還是頭一次聽說。你現在回去，依次告訴你們縣令、縣丞、縣尉、典獄等，十日之內，那逃走的刺客生要見人，死要見屍，不然浚儀縣大小官吏通通刺配沙門島。」

沙門島是大宋流放要犯的牢城，在登州[2]府城西北六十里海中，關押的要麼是軍事重犯，要麼是死罪赦免犯，條件極其艱苦。因島上囚犯眾多，寨主[3]還要定期殺囚減員，凡登島者都是九死一生。

獄卒渾身發抖，伏在地上，頭也不敢抬，連聲應道：「是，小的遵大王命。」趙光義不再理睬，揮手喊道：「走！」

張咏心道：「刺客逃走，宋典獄和當值獄卒固然有責任，可罪不至刺配沙門島，又如何能牽連到浚儀縣大小官吏身上？這晉王處事不依律法，只憑一己喜怒。」正不以為意時間，一眼瞥見趙光義背後一名從官懷中抱著個小女孩，竟是那說書女龐麗華的女兒劉娥，大感愕然，不及思索更多，忙叫道：「小娥！」

那小女孩劉娥轉過頭來，見張咏有些面熟，便朝他招了招手。抱著劉娥的正是開封府押衙程德玄，登時認出張咏來，不由得很是吃驚，但晉王在前，他也不敢擅自開口問明究竟。

趙光義道：「程押衙認得這人犯？」程德玄道：「是，這人就是下官跟大王提過的張咏。他本該今日被無罪釋放，不知又如何被押來這裡。」

一名侍從搶過去踢了一名獄卒一腳，問道：「這人犯是怎麼回事？」那獄卒道：「適才押在縣獄中的刺客高瓊被人劫走時，這人正在當場，宋典獄說他難脫干係，所以才下令拿了他。」

趙光義淡淡「嗯」了一聲，抬腳朝前走去。程德玄忙道：「帶張咏進來，晉王有話要問。」將劉娥交給一名侍從，吩咐抱回晉王府交給王妃照料。又一指聶保道，「這犯人口出狂言，得罪了晉王，杖脊四十，鎖入囚籠。明日一早他還有命的話，再送去軍廂入籍。」獄卒道：「遵命。」

張咏被放出囚車，跟在趙光義背後，曲曲折折走了一段路，來到府治東面一處稱為「習射堂」的地方，卻是晉王專事休息之處。

趙光義逕自坐到上首，命人去掉手銬鎖鍊，笑道：「本王這兩天聽過你不少事情，我不相信你會參與劫獄。你說說看，到底是怎麼回事？」

張咏適才親眼見到晉王處事果斷狠辣，料來他絕不是一個有胸襟的人，也不容易應付，卻不知道他為何忽然換了一副和善的面孔來對待自己，一時也想不通其中究竟，忙道：「多謝大王信任。」當即講了事情經過，自今日一早唐曉英來送酒菜，到有人挖地道通到縣獄救走高瓊，甚至連高瓊懇求自己營救唐曉英，都原原本本地說了。

趙光義聽完問道：「這麼說，你覺得高瓊不是契丹派來刺殺北漢使者的刺客？」

張咏心道：「果然是北漢一方的使者。」雖說潘閬早就從各種蛛絲馬跡中猜出，開封首富李稍的商隊這次護送的是北漢使者，但此刻方能完全確認，忙道，「我只是感覺高瓊不像是契丹派來的，他既是認得樊樓的熗糟，應該在開封待過一段時間，但他肩頭的文身並不假。這個人口風很嚴，人又倔強，我反覆套問，也沒有得到更多訊息。」

趙光義道：「程押衙怎麼看高瓊被劫這件事？」程德玄小心翼翼地道：「此事甚奇。」

張咏卻是個急性子，人也任性放達慣了，根本不忌憚面前之人是大宋一人之下、萬人之上的晉王，接口道：「何只甚奇，簡直是奇怪極了。今日早上高瓊才要被同夥假唐曉英之手滅口，晚上便被人神奇救走，不是相當蹊蹺麼？」

趙光義道：「你是說救走高瓊的人不是他的同夥？」張咏道：「當然不是，這是顯而易見的事。雖然暫時不知道那條地道外口通到哪裡，可那地道絕非一日能挖成。若不是英娘湊巧認得高瓊，高瓊今天早上就已經被毒酒毒死，又哪裡還能活到晚上等著人救呢？」忽見程德玄向自己連使眼色，這才意識到失禮，忙道，「抱歉，小民性情魯莽，請大王恕罪。」

趙光義道：「無妨。本王有個提議，若是你和你那些披肝瀝膽的朋友，能助開封府查清到底是什麼人劫獄救走高瓊，本王就赦免唐曉英下毒殺人之罪，成全你對高瓊的諾言，不知道你以為如何？」

張咏心道：「這有何不可，這本來就是件大大的好事，興許還能連帶救浚儀縣的大小官吏。」當即不假思索地應道：「好，多謝大王信任。不過還請大王下令撤去大街上通緝唐曉英的告示，也不要發出圖形告示緝拿高瓊。」

趙光義道：「這是為何？」張咏道：「高瓊很在意唐曉英的安危，無論救他的是什麼人，他只要能脫身，一定會去找唐曉英。我得先找到唐曉英，如今滿街貼著她的圖形告示，她只會藏得更嚴，尋起來可就難了。」

趙光義道：「也好。程押衙，你即刻派人去辦。」程德玄道：「遵令。」

趙光義道：「你也去辦事吧。不過此事要暗中進行，不得張揚，除了你那幾個朋友，不得再讓外人知道你奉了本王諭令查案。我再給你一張憑證，若是發現了劫獄者蹤跡，可憑它就近調動兵馬。」命人取過筆墨，往紙上畫了個花押（），卻是個「石」字少去右邊一豎，交給張咏。

張咏心中還記掛著一事，遂問道：「不知道大王預備如何處置龐麗華母女？」趙光義一愣，問道：「龐麗華是誰？」

張咏更是驚奇，道：「就是適才那小女孩劉娥的母親啊，她是個說書女，跟唐曉英要好，一起租屋居住。」趙光義道：「啊，原來是她。你放心，本王會善待她們母女。適才你不是已經見到了麼？本王帶小娥去宮中看了御醫才回來。」

張咏不知道這高高在上的晉王如何突然關心瀕臨絕境的說書母女，不免疑忌更深，還待再問，趙光義卻已經站起來，大袖一揮，轉入後堂去了。

張咏只得悻悻退了出來。到府衙院中，卻見那聶保渾身是血，正被獄卒重新枷回囚籠，也不知道他能不能挺到明日。

一路被禁軍反覆盤查，走走停停，花了一個多時辰才回到汴陽坊。寇准和潘閬正等他回來，問道：「如何去了這麼久時間？」張咏歎道：「能回來就不錯了。若不是遇到那小女孩劉娥，我就要在囚籠裡待到明天早上。」當即說了事情經過。

寇准憤然道：「居然有人在京師挖地道劫囚，好大的膽子。」潘閬笑道：「張兄這番奇遇經歷，足以供說書女說一大篇故事了。」張咏道：「說書女……我真弄不明白晉王打算如何處置龐麗華母女，他親自帶劉娥去宮裡看病，卻不知道龐麗華是誰。」

潘閬道：「張兄不知道麼？晉王是有名的好色。他手下有個叫安習的，專門負責在民間採買秀美的少女，還來大名府鬧騰過一陣子。那劉娥雖然年紀還小，卻長得玲瓏剔透，是個十足的美人胚子，長大一定美得不得了。晉王早看出這一點，所以才預先將她收入府中，花費心血培養。」

張咏道：「果真如此的話，對她母女倒也是件好事，總比受唐曉英牽連、身陷牢獄要好。我明早該去見見龐麗華，也許她知道唐曉英躲在哪裡。」

潘閬道：「張兄，不是我有意潑冷水，唐曉英多半已經死了。那些同夥假她之手毒害高瓊，無論成與不成，官府都會立即追查到唐曉英頭上，那些人一定會搶先殺死她滅口。」張咏道：「啊，高瓊也是這個意思。他本來要告訴我是誰帶走了英娘，偏偏那時候來了一場大火。等我再回去獄中，他又被人救走了。」

寇准忽然插口道：「錢，一定是為了錢。」張咏道：「什麼錢？」寇准道：「英娘當日來找我借錢急用，我將潘大哥放在我行囊中的十兩紋銀都給了她，但我瞧她面上的焦急神情，一定還差不少。那些要殺高瓊滅口的人一定是利用了這一點，要脅英娘將毒酒帶入獄中，卻是百密一疏，料不到高瓊竟是英娘的熟客。」

張咏忙道：「對，對，我聽你提起過，那些錢是用來還給大相國寺長生庫的，我明日一早就去找到那家長生庫，也許能從錢上追查到線索。」

寇准道：「抱歉了，我和潘大哥明日要去赴符相公的壽宴，不能陪張大哥一起去。」張咏道：「不敢耽誤二位喝壽酒，我明日會約向兄同去。有什麼事情晚上回來再說。」又想起一事來，問道，「有件事我一直想問你，上次在浚儀大堂，那推官姚恕說晉王自創『獨飛天鵝』『海底取珠』『對面千里』三式，你和小潘卻提到海東青，到底是什麼意思？」

寇准笑道：「張大哥原來還好奇這個。」當即詳加解釋。

原來遼國雖與大宋不通往來，但卻一直支持民間貿易，遼人透過輸出羊、馬、駱駝、北珠等物，來換取宋朝的香料、茶葉、藥品、繒布、漆器、瓷器、秔稻和各種圖書等。其中，北珠最為宋人看重，價格極其昂貴，交換的價值也就最大。契丹人為了換取更多的中原物品，自然需要更多的北珠。但獲取北珠並不容易。北珠藏於珠蚌中，成熟期大約在八月。而北方的冬天來得早，九月時海邊往往已經結上厚冰，取珠人即使能破冰入海，也無法抵擋水中的嚴寒，因此，北珠基本上就成了可望不可即之物。不過，世間萬物相生相剋，當地有一種天鵝，特意以珠蚌為食，吞食蚌後，將珍珠藏在嗉[4]內。而海東青則是天鵝的天敵，因而，只要能得到海東青，就能捕殺到天鵝，剖取北珠。當日推官姚恕稱晉王趙光義棋藝高超，自創「獨飛天鵝」「海底取珠」「對面千里」三式，正似描述了養鷹人取得北珠的情形——天鵝自天上飛入海中，潛入海底吞食了珠蚌，卻不知道水面上還有凶險的天敵海東青在等著自己。

張咏心念一動，道：「莫非晉王這三式正是描述取得北珠的情形？不過，他應該沒有見過海東青。」

寇准道：「不，聽符相公說，汴京還有一隻海東青，大宋立國之初，女真派人千方百計地避開契丹，進獻了一隻海東青給當今皇帝，朝賀他登基，聖上一直視為至寶。不過，卻不及潘大哥給我當壽禮的那隻白爪海東青珍貴，符相公愛不釋手呢。」

張咏不以為然地道：「不過是隻鷹而已。」

次日一早，張咏先來太學東面的利仁坊尋到向敏中，告知昨晚之事。向敏中道：「昨夜坊內也有坊正帶著巡鋪兵卒到來，敲門盤問有無見到可疑人，只聽說走了要犯，卻想不到是高瓊。」當即辭了老父，與張咏一道往大相國寺而來。

一上御街，便不斷遇到馳馬巡視的禁軍，也聽到不少路人在議論昨夜官兵大肆搜捕逃犯之事。只是那些人不知道逃犯姓名來歷及逃走的過程，附會了不少無中生有的故事。

向敏中道：「自大宋立國，還沒有聽說有人能從京獄中逃脫，難怪人們會視為傳奇了。」

張咏道：「這件事越想越蹊蹺。雖然只是縣獄，卻是密不透風，我和高瓊被關在那牢房幾日，均未察覺到身旁就有人監視偷聽，營救者如何能知道那間監視的屋子是牢房的唯一破綻？」向敏中道：「而且他們需要知道那間屋子的確切位置，只有進出過縣獄的人才能知道。」

張咏道：「向兄是說獄卒之中恐是有內應？」向敏中點點頭，道：「如果沒有內應，外人是不會知道牢房背後有這麼一間專門用來監視的屋子的。不過，縣獄的獄卒有幾十人，又多是狐假虎威的滑頭之輩，查起來怕是極難。」

張咏忽見到那刑訊過自己的刑吏劉昌正橫穿街道，大約要趕去開封府衙，靈機一動，道：「我有辦法。」趕過去叫住劉昌，問道，「劉官人可還記得我？」劉昌道：「當然記得。張郎若是還記恨當日刑訊之事，未免就有些太小氣了，劉某也是公職在身，不得不如此。況且當日拷問過張郎後，劉某已被程判官訓斥降職，張郎也算報了仇。」

張咏道：「啊，你被程羽降職了麼？」劉昌不悅地道：「難道張郎還不滿意麼？」

張咏道：「滿意，滿意。我叫住官人，是有點小事要找官人幫忙。」他知道劉昌這種人官場氣極重，欺軟怕硬慣了，當即取出趙光義的花押來。

劉昌果然立即色變，恭恭敬敬地拱手道：「下吏認得這是晉王花押。有什麼事，張郎但請吩咐小的。」

他因擅長因人用刑，總能得到各種想要的犯人口供，一直很得上司歡心，但近日忽然開始走霉運，先是因為用「老鼠彈箏」刑訊張咏被判官程羽嚴厲訓斥，但那還不是推官姚恕下令用重刑他才敢那麼做，況且程羽自己在審訊刺客時不也再三動用「老鼠彈箏」麼？他知道判官和推官一向不和，便認定自己不過是他們黨爭下的犧牲品，只能自認倒楣。好在不過是降職，還有東山再起的機會。

哪知道昨日又出了一件更衰運的事——程羽為得到要犯唐曉英的下落，嚴刑審問與她同住的說書女龐麗華。宋律規定杖打犯人必須先脫下衣衫，令其裸體受刑，以同時達到肉體折磨和精神侮辱之雙重效果。程羽一向負責主持開封府政務，不似推官姚恕那般專門負責刑獄，因而極少親自審案，更從未刑訊過女犯，認為婦女在開封府公堂上袒胸露乳很是不雅，程羽便特意將龐麗華交給劉昌帶去後面的簽捕房審問。劉昌為了討好程羽，儘快得到口供，不惜親自動手，取過牛鞭抽打龐麗華。那牛鞭是一具完整的千斤大公牛生殖器，經過特殊藥物浸泡，又軟又韌，據說打在人身上不僅痛楚難當，且會產生特殊的感覺，最適合刑囚女犯。看到那龐麗華雪白的背部騰起一道道血痕，再聽到她的哭喊哀號聲，心中感到無比興奮。

正快意之時，晉王的心腹押衙程德玄趕來刑房喝止了他，還脫下自己的衣衫披在龐麗華身上，令人扶走了她。最可怖的是，這女犯瞬間由地下到天上，與她女兒一齊被程德玄親自送進了晉王府。劉昌知道晉王好色，府中蓄有無數美豔女子，可那龐麗華姿色平平，不知道如何會被晉王瞧上。這倒還是次要的，重要的是，那婦人若真得到晉王寵愛，一定不會忘記牛鞭鞭笞之仇，枕邊風一吹，別說前程，他怕是性命都難保住。哪知道忽然遇到張咏，身懷晉王親筆花押，聲稱找他辦事，他立即意識到這也許是個挽救局面的好機會。

張咏根本不知道他這些花花心思，忙上前低聲交代一番。劉昌道：「張郎放心，這件事包在下吏身上。」當即喜孜孜地往浚儀縣廨而去。

向敏中走過來道：「我認得他，他是開封府有名的毒手刑吏劉昌，既會用刑，又善用心思。張兄是讓他去恐嚇威脅浚儀縣獄的那些獄卒麼？」張咏笑道：「正是，惡人自有惡人磨麼。不過，我已經叮囑他不必真的用刑。」

向敏中道：「張兄既已經肯定營救者不是高瓊的同黨，那麼還會有誰冒這麼大風險，不惜挖地道到京獄救他？既知道縣獄的地形、牢房的位置，又能在短短時間內掘通一條地道，正式動手前還搶去斂屍房放了一把火調虎離山，這可不是普通人能做到，需要不少人力、物力和財力。尤其挖通地道不驚動旁人這件事，我個人以為，這在東京是幾乎不可能做到的事。」

張咏道：「向兄有話不妨直說。」向敏中小心地往四周看了一眼，壓低聲音道：「劫獄救走高瓊的人，也許正是開封府的人。」

張咏雖猜到他下面的話必然令人意外，卻未料想如此驚人，呆了半晌，才問道：「向兄認為是開封府故意派人救走高瓊，好跟蹤他尋到幕後主使？」

向敏中點頭道：「那高瓊十分頑強，刑訊難以奏效。那主管此案的判官程羽很清楚這一點，所以才有意將張兄跟他關在一起，目的就是想利用你向高瓊套話。既然一直有人暗中監視牢房，張兄從高瓊言行判斷他不是契丹人所派，那麼程羽必然也已經猜到。如此，弄清高瓊的幕後主使就更加重要了，有意縱高瓊逃走，恰恰是令他不打自招的最好計策，這可比嚴刑拷打高明百倍。」

張咏道：「若果真如向兄所言，開封府的人一手策畫了劫獄事件，晉王為何還要授我花押，命我暗中調查此案？」

向敏中道：「晉王的作為更加能證明我的推測，他應該是真的不知道此事究竟，但他也感到事情蹊蹺，怕是有開封府的人牽涉其中，所以找外人來調查更合適。湊巧張兄在那個時候出現在晉王眼前，又熟知事情經過，可謂是最合適的人選。」

張咏道：「晉王是開封尹，難道開封府還有什麼事瞞著他？尤其是刺客越獄這樣的大事。」

向敏中道：「開封府機構龐大，人員也十分複雜。姚恕原先是晉王的家奴，能任推官只因為他是晉王的人。在他之前還有一位推官，名叫宋琪，是趙普的同鄉。趙普被免去宰相位後，宋琪立即被外放，晉王也是趙普被免職後才得以封王，可見晉王與趙普爭權的傳言並非捕風捉影。至於判官程羽，他原先是符彥卿相公的幕僚，因文章才幹進了開封府，逐漸升任高位。他跟前任宰相趙普是舊識，關係很好。趙普去職後，風傳姚恕將取代他判官的位子，全面主持南衙事務。但不知如何，程羽仍然一直留任判官，且很得晉王信任，還為他向官家奏請了『借緋』的殊遇。家父稱這是權術。但無論如何，程羽一直跟皇長子趙德昭走得很近，既然張兄早在班荊館見過皇長子，那麼這次北漢使者前來媾和一事應該是由皇長子主持，所以……」

向敏中沒有繼續說下去，但張咏已完全明白了他的意思——程羽是皇長子趙德昭一方的人，他們聯手安排刺客高瓊逃獄，想追查到幕後主使，至於為什麼事先不告訴晉王，一定是皇長子趙德昭有特別的原因不讓程羽這麼做。至於趙德昭和趙光義的關係，那就更不用多說，雖是叔姪至親，卻面臨儲位之爭。自周公制禮作樂、創立嫡長制以來，歷代王朝均將選立嫡長子為皇位繼承人奉為「萬世上法」。即使皇后沒有生下嫡子，也要在庶子中推長而立。只有皇帝無子時，才有可能兄終弟及。當今皇帝趙匡胤膝下二子，又有二弟，趙德昭是嫡長子的身分，不但沒有被立為太子，連王號也沒有一個，僅掛太傅名號，遙領興元尹[5]、山南西道節度使虛位。而趙光義自大宋立國便任開封尹，掌管京畿要地，去年支持趙德昭的宰相趙普被貶斥出京後，趙光義更是被封為晉王，位在諸宰相之上，這被視為趙匡胤有意將皇位「兄終弟及」的強烈信號。只是晉王終究還是晉王，不是太子，皇長子雖沒有封王，卻帶一個「皇」字，其中的微妙形勢非千言所能道盡。這是個極其敏感的話題，確實不適合再公然談論下去。問題核心便又重新回到高瓊的真實身分上來。

張咏道：「如果高瓊當真不是遼國一方刺客，會是什麼人派來的？」向敏中道：「高瓊和他的同夥假裝強盜劫殺商隊，其實是要刺殺北漢使者，如果得手，北漢使者被殺，誰能從中獲利？」

張咏道：「若是高瓊刺殺得手，北漢使者在開封府地面被殺，大宋顏面失盡不說，北漢還會遷怒大宋，和談就此作罷，獲利最大的當然是契丹。」

向敏中道：「在目前局勢下，遼國契丹僅僅是第二獲利者，第一獲利者是南唐。當今皇帝胸懷四海，誓必統一天下，朝廷用兵在即，若是大宋與北漢媾和成功，南唐必是下個目標。」

張咏道：「不，我倒認為若是大宋與北漢媾和成功，遼國才是下個目標。不奪回燕雲十六州，中國如何坐得穩江山？」

向敏中道：「話雖如此，可數年前北漢和遼國內部同時發生內亂[6]，官家乘機御駕親征，結果被阻在太原城下長達三個月，損兵折將，最後無功而返。北漢內訌時尚且有如此軍力，更何況舉國精騎的契丹？南唐因國主孱弱無能，軍力比契丹弱許多，且江南富庶，取得南唐三千里江山，大宋財賦至少能增加三四成，官家的封樁庫就又多了十餘庫，即可實現贖回燕雲十六州的目標。」

向敏中所稱的「封樁庫」是大宋皇帝在內府庫專設的小金庫，是趙匡胤收復燕雲十六州的備用計畫——不是靠武力，而是靠金錢、靠生意。他預備積滿五百萬緡錢，去向契丹贖回燕雲十六州的失地。如果契丹不允准，那麼他就出價購買契丹人的首級，每顆人頭二十四絹。他認為重賞之下，必有勇夫，遼國精兵不過十萬人，如此一來，只需要二百萬絹就能買到所有敵人的首級。

張咏也聽過「封樁庫」的來歷，素來認為是個大笑話，聞言不免失笑道：「我可不認為僅靠錢財就能解決燕雲十六州。」

不過他也承認向敏中分析得有道理，高瓊若不是契丹一方的刺客，那麼極有可能是南唐派來的。南唐選中高瓊做刺客，大概也是因為他肩頭有漁陽高氏的文身，一旦事情敗露，身死或是被擒，都可以將刺殺之事轉嫁到契丹頭上，不必因此而得罪大宋。

張咏又道：「聽向兄所言，大宋該先取南唐才是。」向敏中搖頭道：「大宋出兵北漢，南唐不敢妄動；若宋軍南下，北漢、契丹必定趁火打劫，令我軍陷入腹背受敵的境地。因而，若是不能與北漢媾和，我朝必定先取北漢。」

張咏驀然又想到一件事，道：「哎呀，我借住的宅子對面就住著南唐鄭王李從善呢，他可不是那南唐國主的親弟弟。」

向敏中道：「那麼咱們回頭該好好向坊正打聽一下，這位鄭王最近都在忙些什麼。」

來到大相國寺長生庫中，卻是一派繁忙景象。一名中年商人用金銀向長生庫兌換了所有的銅錢，往外搬運銅錢的腳夫穿梭不絕，張咏、向敏中二人根本無法進門。

張咏不由得很是奇怪，道：「銀貴銅賤，銅錢單個價值又極低，既不利運輸，還要繳納更多稅錢，既是商人，當以便利為主，為何反倒要用金銀來兌換銅錢？」向敏中道：「在汴京這樣的地方，商業繁榮，貨幣充足，銅錢當然是不值什麼的，一文只是一文錢而已。但在別的地方，譬如蜀中，又譬如南唐治下的江南，銅錢可是大大的值錢。」

宋代立國後仍然延續使用唐代銅錢「開元通寶」，僅鑄造了極少量的「宋元通寶」以示改朝換代。而唐末以來，中原長久地陷入戰亂，貨幣流通減少，現錢不足，以致銅錢升值，出現了數十文猶能當百文使用的狀況，稱為「省陌」，譬如百姓繳納賦稅一百文，只需交八十文即可充做百文，甚至有的地方四十八文即可為百。蜀中原為後蜀孟昶所據，富庶一方，也是銅錢、鐵錢並用。然而宋滅後蜀後，下令增鑄鐵錢，將所有銅錢全部運往開封，實際上是變相地掠奪蜀中民間財富。如此一來，銅錢價值更高，一文銅錢可換取十四文鐵錢。南唐李煜治下的情況也大致類似。本來南唐地處江南，物產富饒，貨幣流通一向只限銅錢。大宋先後滅後蜀、南漢後，南唐國主李煜恐懼難安，不斷貢獻財物來取媚大宋、換取和平，由此導致南唐財力大竭。為了挽救危機，南唐大臣韓熙載提出鑄鐵錢以緩解朝廷財政困難，隱蔽地聚斂民間財富，此法為李煜所採納。本來新鑄鐵錢與銅錢幣值相當，然則新出便遭盜鑄，飛速貶值，十文鐵錢才值一文銅錢。

張咏聽說，當即會意過來，這商人不惜以金銀換取現錢，定是要將銅錢運往蜀中或是其他流通鐵錢的地方牟利，忙上前扯住商人道：「你這般做，只會導致幣值混亂，引發糧食等用品漲價。」

商人一掙竟未能掙脫，又驚又怒，喝道：「你是誰？快些放手！」一旁便有隨從搶過來拉開張咏。

商人道：「你好大的膽子，敢當街打人，快送他去開封府。」張咏冷笑道：「正好我也要到開封府告你販賣銅錢，謀取私利。」

商人道：「你說誰販賣銅錢呢？」張咏道：「你不是往蜀中販賣銅錢，兌換這麼多現錢做什麼？哼，若是換我治理蜀中，首先就要將你們這些擾亂民間的奸商全部處死[7]。」

那商人聞言，既恨又怒，卻因張咏說的是事實，心中有所顧忌，不敢發作，擔心事情鬧大不好收場。

正僵持間，長生庫僧人澄暉聽到爭吵，忙趕出來勸道：「安員外，你的銅錢都已經點清了，何必再跟這閒漢爭執？辦正事要緊。」安員外聽說，便道：「今日算你走運。」狠狠瞪了張咏一眼，拂袖揚長而去。

張咏還待理論，不肯讓安員外走，卻被澄暉扯住衣袖，嚷道：「你這漢子好生大膽，敢到大相國寺來鬧事。」向敏中忙道：「不是鬧事，不過一點小口角罷了，我們是有事來向長老請教。」

澄暉鬆開手，問道：「什麼事？」向敏中忙道：「昨日可有一個名叫唐曉英的女子來代還龐麗華的欠債？」澄暉道：「有的。你問這個做什麼？」

向敏中道：「唐曉英拿來還債的錢是現錢還是銀兩，抑或是其他值錢之物？」澄暉不由得起了警惕之心，道：「你問這個做什麼？」

張咏道：「長老不知道英娘犯了事、正被官府追捕麼？快些說出來，不然我去開封府上告，說你知道英娘下落，你可想嘗嘗那些刑罰的厲害？」

澄暉吃了一驚，忙道：「是銀兩，英娘拿來的是銀兩，總共五十兩紋銀。貧僧還問她是不是搭上了有錢的主兒，居然拿出了這麼大數目一筆錢。」張咏道：「英娘怎麼回答？」澄暉道：「她什麼也沒說，只催著要走了借據。」

向敏中道：「我們能看看那紋銀麼？」澄暉道：「不過是最常見的官銀。」還是領著二人進來，命小沙彌取出昨日進櫃的五十兩紋銀，道：「幸好還沒有入庫，不然難以分清了。」

那包紋銀一共有兩錠，每錠二十兩，另有十兩的碎銀子。錠銀確實是最普通最常見的官銀，並無可疑。向敏中也看不出有什麼離奇，想了想，問道：「長老見慣了錢，可有覺得這包銀子有什麼特別之處？」澄暉道：「特別之處？沒有。要說特別，那也就是這十兩碎銀子稱得極準，分毫不差，既不用另補銅錢，也不同貧僧找贖。」

張咏道：「此話怎講？」澄暉道：「長生庫每日經手的錢不少，這裡的秤可是全京師出名的準，以往有人用銀兩還債，銀子不是多了就是少了，多是自家的秤稱的，不準不說，也沒有重量剛剛好的碎銀塊。」

張咏「啊」了一聲，與向敏中異口同聲地道：「樊樓！」

如澄暉所言，常人湊夠正好十兩的碎銀極難，只有像長生庫這種存有大量現錢的地方，才有足夠多的碎銀塊供反覆挑選稱取，湊足整十兩。在汴京，類似長生庫的地方當然不少，可考慮唐曉英的熫糟身分，樊樓理當是最可疑之處。

張咏又問道：「長老可聽說過鬼樊樓？」澄暉道：「當然聽說，開封有耳朵的人誰沒聽過呢，只不過沒人親眼見過。」

張咏道：「長老既然沒有見過，又預備如何將龐麗華賣去鬼樊樓？」澄暉笑道：「那不過是威脅欠債婦女常用的話罷了。這不貧僧一說，錢就還上了。」

向、張二人見他明明是出家修行人，卻與市井的奸猾商賈並無二樣，不由得搖搖頭，匆匆辭別出來。

張咏道：「我聽獄卒提過，他們緊跟唐曉英追出大獄，發現阿圖正站在門口，稱看見唐曉英上了一輛馬車走了。」向敏中道：「阿圖正好那個時候站在浚儀縣廨門前，應該不是巧合。」忙趕來樊樓尋找阿圖。

門前小廝道：「圖哥剛去了樓後的靈堂，郎君可去那裡找他。」向敏中問道：「什麼靈堂？」小廝道：「就是為那三位在博浪沙被強盜殺死的護衛設的祭奠之所，其中就有圖哥的兄長呢。」

張咏與向敏中交換一下眼色，急忙往樓後而來。

果見樊樓後的一間廊房臨時改成靈堂，張滿白幢。阿圖一身斬衰[8]，正站在堂前與李雪梅說話。見到向、張二人，忙迎過來招呼。

張咏也不拐彎抹角，逕直問道：「原來圖哥的兄長不幸在博浪沙遇難，怎麼沒有聽你提過？」阿圖道：「我和阿兄都是為李員外辦事，他也算死得其所，阿圖不敢因私廢公。」

張咏道：「你可有借過五十兩銀子給唐曉英還債？」阿圖道：「不瞞二位郎君，英娘確實向小的借過錢，這麼大一筆數目，小的又不是赤老，怎麼能拿得出來？」

張咏道：「你確實拿不出來，可你的李員外能拿出來。」阿圖道：「二位郎君是說我為英娘向李員外借錢？不，我們樊樓有規定，不得預支月俸，不得借錢，任誰也不能例外。」

向敏中問道：「你們樊樓掌管錢庫的是誰？」阿圖道：「李群李老公，他在中樓。」張咏道：「走，你跟我們一道去找李老公。」阿圖道：「等一下，小的這身喪服打扮怎麼能進樊樓？不是驚嚇了客人麼？」

李雪梅過來問道：「出了什麼事？」張咏忙道：「我們找阿圖問點事情，不敢驚擾娘子。」

李雪梅看了阿圖一眼，道：「二位郎君請隨我來，雪梅有事相告。」

向敏中還在猶豫，見張咏已抬腳緊隨在李雪梅背後，只得也跟了上去。

三人一前一後來到樊樓東面的一處庭院，卻是間不大的茶館。一座三楹小閣臨水而築，周遭置湖石、芭蕉、修竹等，別致而幽靜。茶博士引三人坐下，奉上一副金質茶具，問道：「雪梅娘子和二位郎君是要喝散茶、片茶，還是末茶？」

宋代飲茶成風，茶之為民用，等於米鹽。然而宋人製茶大不同於唐人——唐人製茶，即摘即炒；宋人卻是摘下芽茶後蒸熟焙乾，稱為散茶；茶葉蒸熟後榨去茶汁，再研磨成粉末，放入茶模內壓製成餅狀，稱為片茶，不僅被宋人視為茶之上品，也是北方契丹、党項等最喜愛的茶種。

張咏道：「只聽過散茶、片茶，卻不知道末茶是何物？」茶博士笑道：「郎君是外地來的麼？末茶是汴京新近才流行起來的新鮮玩意，其實也不稀奇，就是用磨子將散茶磨成粉末後飲用。不過因為磨子特別，是設在汴河上的水磨，茶客們覺得有意思。」張咏道：「原來如此，那麼便來點這有意思的末茶嘗嘗吧。」李雪梅道：「有勞孫員外。」

那茶博士道：「三位稍候。」在茶座旁燃了一只茶焙，上置鼎釜煮水。水沸後，從茶籠中取出末茶放入釜中，邊煮邊用茶匙刮去水面膏泊。等茶煎好，將茶水倒入案上金瓶中，再將三只金杯茶盞斟得半滿。嫻熟地完成這一切，便悄然退了出去。

張咏先端起來嘗了一口，覺得跟一般的散茶並無區別，便放下金杯，問道：「娘子叫我們來這裡，所為何事？」李雪梅道：「二位郎君懷疑，是阿圖指使唐曉英用毒酒害那契丹刺客麼？」

張咏道：「不錯，阿圖嫌疑很大，既有動機，又知道唐曉英急等錢用。不過官府一直隱瞞刺客一事，對外只說是強盜，娘子如何知道高瓊是契丹刺客？」李雪梅道：「不是張郎的同伴潘閬來樊樓告訴家父的麼？我原先是不知道的，家父並沒有告訴我，直到出了唐曉英這件事。」

張咏心道：「潘閬自然是來獄中探視時從我這裡知道的，他去找李員外只是為了尋到歐陽贇夫婦當證人，為何要特意告訴李員外高瓊是契丹刺客？是了，李員外有三名手下被刺客殺死，他有權知道真相。」忙道：「這麼說，阿圖一定是從尊父李員外那裡知道了高瓊被關在浚儀縣獄，又利用唐曉英急等錢用，逼她送毒酒入獄去殺高瓊，好為兄報仇。」

李雪梅道：「這我可不知道，樊樓有那麼多烑糟，我也不認得唐曉英。我想告訴二位的是，阿圖前晚來向家父借錢，一張口就是五十兩銀子，家父以為他葬兄等錢用，就寫了張字條給他，命他去李老公那裡領取。」

張咏道：「果然是阿圖。」李雪梅忙道：「如果……我是說如果……主使唐曉英下毒的真是阿圖，可否請二位稍微延緩一些時日，等他阿兄下葬後再送他去官府不遲。」

張咏道：「這個……」向敏中搶著道：「當然可以。況且我們也沒有實證能證明主使下毒的就是阿圖。」

李雪梅便起身斂衽行了一禮，道：「多謝。二位郎君請慢用，雪梅還有些俗務，先告退了。」又凝視張咏不語。張咏不解其意，問道：「娘子還有事麼？」李雪梅面色一紅，也不答話，轉身步出茶閣。

張咏沉吟道：「可這件事還是有說不通之處，唐曉英是個有見識的女子，她如何蠢到公然替阿圖送毒酒入獄殺人？就算她等錢用，她該知道酒中下毒一事很快就會敗露，不但她自己要被官府通緝，就連龐麗華母女也要受牽連。如此，她千方百計籌錢還債還有什麼意義？」向敏中道：「也許唐曉英並沒有打算逃走，若她投案或是被捕，就不會牽連龐麗華母女。」

張咏道：「那麼一定是阿圖在搞鬼，他怕唐曉英被捕後供出他來，要麼藏起了她，要麼殺了她滅口。不行，我得去找他問個清楚。」向敏中歎道：「怕是已經遲了。」

二人匆匆趕來樊樓，果然四下找不到阿圖人影，就連李雪梅也不見了。

張咏跌足道：「人在眼前，還讓他給跑了，如今可是竹籃打水一場空。」向敏中道：「倒也不是全無收穫，阿圖畏罪逃走，至少讓我們知道不是高瓊的同黨要殺他滅口。」

張咏道：「那麼救走高瓊的，就有可能是他的同黨。」向敏中道：「但還是開封府判官程羽這一方的人可能性更大些。」

張咏道：「向兄為何堅持是程羽派人救走了高瓊？」向敏中道：「我們幾乎可以肯定高瓊不是契丹一方的人，他在大堂上忍受不住『老鼠彈箏』酷刑，招出了自己姓名、來歷，不過是有意為之。我甚至認為他是充當死士的角色，有意落入官府之手，只有如此，才能利用他肩頭的高氏文身嫁禍契丹。既然他的同黨早已深謀遠慮，高瓊不過是顆犧牲掉的棋子，再劫獄救人既冒險，又多此一舉。」

張咏仔細回想，深覺有理，道：「高瓊自己都以為唐曉英是受他同黨逼迫來殺他的，看來他心中很清楚他是必須被放棄的。」向敏中道：「嗯，我正是這個意思，同黨殺高瓊滅口倒有可能，劫獄救他毫無必要。」

張咏道：「如此推斷起來，程羽在這件事上難脫干係，他這會兒一定會去參加符相公的壽宴，不如我們直接去找他問個明白。」向敏中道：「不可，沒有實證貿然行事，只會惹禍上身。你現在趕去當面質問程羽，那麼今晚失蹤的就不只是阿圖，還有你我了。」

張咏不由得跺腳道：「那到底該怎麼辦？」向敏中道：「高瓊既然還有用處，遲早都會出現。眼下境地最危險的是唐曉英，你不如去開封府，用晉王花押調派人手緝拿追捕阿圖，搜查他住處，也許能有蛛絲馬跡。」

張咏道：「也只能如此。」

他心中焦急，也來不及去開封府，只到最近的巡鋪屋，出示晉王花押給巡鋪兵卒，交代一番，命他速去開封府找值守官吏，自己則跟向敏中到樊樓打聽阿圖住處。門前小廝道：「圖哥兄弟倆一向住在李員外土市子的宅邸裡，方便做事。不過，他在曹門那裡也有一處小宅子，有時會帶相好的女子去那裡過夜，曹門往北過三棵大槐樹就是，門邊有頭斷了尾巴的小石獅子。」

張咏與向敏中急趕過來，卻見小廝所指的那處房子大門洞開，知道事情不妙，搶進院子，空無一人。進房一看，床前腳踏上有一雙女人的繡鞋，一旁散落著幾件撕爛的衣衫，正是清明節當日唐曉英所穿的衣裙，床上一片凌亂，床頭、床尾的扶柱上還纏有繩索。

張咏道：「原來阿圖並沒有殺唐曉英滅口，而是將她帶來這裡綁在床上。」心知阿圖必然是貪圖美色才會如此，唐曉英怕是早已遭到姦污。一摸被褥，還是溫的，忙道，「他們還沒有走遠。」向敏中道：「要帶走一個被綁著的大活人，必定需要車子，才能掩人耳目。」

二人忙出來向附近的巡鋪兵卒打聽可有見過馬車經過。巡鋪卒兩眼一翻，頗不耐煩地道：「這可是曹門，每日來往的車馬行人成千上萬，郎君問的是哪輛馬車？」

張咏親眼看見這一帶車水馬龍、人來人往，心知巡鋪卒所言不虛，不由得懊悔異常，道：「若我們適才不跟李家娘子去那家茶館，直接扯著阿圖去找管錢的李老公對質，就有證據捉他去開封府，也不難解救英娘出來。這都怪我，都怪我，是我害了英娘性命。」

向敏中勸道：「這實在怪不得張兄。我們誰也料不到阿圖竟會如此大膽，居然會將唐曉英藏在自己家裡。如此，只能說明他垂涎英娘美色已久，興許捨不得就此殺害英娘，而是要帶著她逃亡。」

張咏道：「可阿圖先我們一步，一定已經逃出京師，再找起來就難了。」向敏中道：「他如果帶著英娘，一定是乘坐馬車，馬車走不快，一路出京更是關卡重重，危險性太高。我若是阿圖，一定會就此在京師找個地方躲起來，等風頭過去再說。」

張咏道：「就算如此，京師這麼大，找個人怕是有如大海撈針。」

正憂慮唐曉英的命運，忽見開封府老仵作宋科趕過來叫道：「張郎原來在這裡，教小老兒找得好苦！」

張咏道：「宋老公是特意來尋我的麼？」宋科道：「正是。張郎要救救我孩兒。」

張咏道：「宋典獄因為高瓊逃獄一事受罰了？晉王不是給出了十日期限麼？」宋科道：「不是晉王，是開封府的刑吏劉昌奉張郎之命去審問浚儀獄卒，有人供出了我孩兒幾次欲殺高瓊一事。劉昌便說他與高瓊被劫有關，命人將他鎖了起來，擺出許多刑具，預備拷問。」

張咏道：「原來如此。老公不必憂慮，我再三叮囑過劉昌絕不可任意用刑，他不過是嚇唬那些獄卒，好追查出誰是高瓊逃獄的內應。」

宋科搖頭道：「劉昌可是有名的毒手刑吏，他平生就是以刑囚犯人為樂趣，張郎還是趕去浚儀縣署看一下才好。」張咏道：「我眼下要急著去開封府，敦促他們派人搜捕阿圖，找到阿圖才能找到唐曉英，找到唐曉英就能誘出高瓊，那才是真正能解救令郎和浚儀縣上下官吏的法子。」

宋科一時也不明白這其中的邏輯關係，不過他大略聽過唐曉英用毒酒害高瓊一事，忙道：「要追捕阿圖，靠開封府發圖文告示緝拿是沒有用的，得去找排岸司幫手。」

排岸司是宋代管理水陸運輸的機構。汴京人口超過百萬，僅禁軍就有數十萬，要養活數目如此龐大的人口，需要從外地源源不斷運來大量的糧食、布匹、茶葉、鹽、藥材、木材等基本生活用品，如此一來運輸就格外重要，尤其依賴水運。

開封有四條大河穿城而過——南有「蔡河」，又稱惠民河，自陳蔡[9]由西南戴樓門入京城，繚繞自東南陳州門出，僅開封城內河道上就有十一座橋；中有「汴河」，自西京洛口分水入京城，東去入淮河，凡東南糧草方物，不論公私，均從此河運入，是大宋最重要的生命線。河上共有十三座橋，最著名者稱虹橋，幾乎成為汴河的象徵；東北有「五丈河」，又稱廣濟河，自新曹門北入京，專門運送京東糧斛，如八百里梁山泊出產的穀米、魚鮮、蓮子都是透過這條河運入京師；西北有「金水河」，自京城西南分京、索河水築堤，從汴河上用木槽架過，從西北水門入京城，夾牆遮擁，直接引入皇宮大內灌溉後苑池浦。除了這四條河，更有不計其數的小溝渠，所以京師百分之八十以上的物資運輸要靠河流，因而排岸司最重要的職責就是維護河道交通。

為保障河道運輸暢通，朝廷在河岸共設置了京東、京西、京南、京北四個排岸司，合稱四排岸司。其中東、西司均設置在汴河邊，東司掌經汴河運至京師之綱船糧運，分定諸倉交卸，領裝卸役卒五指揮兩千五百人。西司領汴河上，有裝卸役卒五百人。南司領蔡河所到綱運，以京朝官一人勾當，領役卒兩指揮一千人。北司領五丈河綱運，有役卒十五指揮七千五百人。

向敏中聞言道：「宋老公認為阿圖躲去了船上？」宋科點點頭，道：「水上要比陸地安全得多，換作我是阿圖，一定會選擇汴河作為藏身之處。」

向敏中道：「宋老公說得有理。不過汴河又分東西，東面是綱船糧運之地，來往的船夫、腳夫等閒雜人極多，最易躲藏。」宋科道：「目下東、西排岸司都歸左侍禁[10]田重掌管。他人應該在城東的東司。」

張咏道：「官署眼下不正放假麼？」宋科道：「別的官署能放假，排岸司卻是一天也歇不得的。」

張咏道：「那好，我們現在就趕去東司，請田侍禁派兵協助搜捕阿圖。」又見宋科神色焦急，便道：「宋老公若是擔心令郎，不妨去浚儀縣解告訴劉昌，說是我的話，讓他放了宋典獄，好好查獄卒中誰是內應。還有，我昨晚入縣獄時，寶劍被扣了下來，還請令郎歸還。」打發走宋科，便立即往東排岸司官署而來。

東排岸司位於東水門外七里虹橋邊上。虹橋[11]是一座木造橋梁，橋面寬敞，巨木虛架，中間沒有橋墩、橋柱，弧形的橋身直接連接兩岸。橋髹以丹雘紅漆，遠遠望去，宛如飛虹。橋邊設有護欄，保障行人安全。橋頭、橋尾各立有四根風信竿，專門為船夫指示風向。整座橋雖用了鐵碼，但沒有榫鉚，可謂構思精妙，設計靈巧。其設計者居然只是一個不知名姓的牢城廢卒。可見民間臥虎藏龍，身懷絕技卻不著姓名者大有人在。

虹橋一帶設有官糧倉，著名的元豐倉、順成倉都位於這一帶。河岸屋宇鱗次櫛比，有茶坊、酒肆、腳店、肉鋪、廟宇等，形形色色，樣樣俱全。雖已是開封城外，繁華卻絲毫不亞於城內。唐代詩人王建有詩云：「水門向晚茶商鬧，橋市通宵酒客行。」記的就是水門到虹橋一段。

來到東排岸司官廨前，張咏向門前兵卒報了姓名，稱有要事求見左侍禁田重。那兵卒姓金，道：「侍禁正在審理一起貨物失蹤案，怕是沒空。」

排岸司是中央機構，隸屬於三司[12]，不但有自己的軍隊，不受統領禁軍的三衙節制，還有獨立的司法權和監獄。權力既重，油水也多，長官都是皇帝親自任命。

張咏道：「我們也是為公事而來，怕是有開封府緝拿的要犯逃入了你們排岸司的轄區。」金兵卒道：「侍禁近來脾氣大得很，不怎麼愛理人。二位當真有公事，不如先去三司，請到三司文書派下來。」

張咏見金兵卒左右搪塞，只得取出晉王花押來。金兵卒卻依舊不那麼熱情，只道：「小的先把話說頭裡了，可是好意。二位一定要見侍禁，那麼請稍候吧。」進廳稟報，片刻後出來請二人進去。

來到院子，正遇到幾名腳夫五花大綁地被牽了出來。金兵卒問一名押送兵卒道：「可有問出失蹤貨物的下落？」那兵卒道：「沒有。」又壓低聲音道，「你可得小心了，侍禁的心情很不好。」金兵卒道：「承蒙相告。」

引著向、張二人進來司廳，卻見一名四十餘歲的武官正坐在案後翻閱卷宗文書，眉頭緊皺，滿面不快之色。金兵卒道：「這就是田侍禁了。」

田重抬起頭來，冷冷一掃張咏、向敏中，道：「手下人說你們手持晉王花押，非要見我？」張咏道：「是。有一件事……」

田重不耐煩地打斷了他，道：「我可把話挑明了，本司只識天子，不知晉王。若是公事，叫你們開封府程判官來說話，或者去三司找計相王相公[13]派下文書。我這裡不認什麼晉王花押。來人，快些送二位官人出去。」擁上來幾名兵卒，不由分說地將二人趕出廳來。

金兵卒笑道：「小的不是早提醒過官人了麼？」

張咏吃了閉門羹，卻絲毫不以為意，反而極欣賞田重為人，道：「這位田侍禁倒是一號人物，而今人人搶著巴結晉王，他卻稱『只識天子，不知晉王』。」金兵卒道：「田侍禁正是這個脾性。官人手中那張晉王花押能走遍天下，卻唯獨在我們東司行不通，有官家花押還差不多。」向敏中道：「我有官家花押。」

金兵卒聞言一愣，隨即笑道：「小的不過開個玩笑，官人倒認真起來了。」張咏也吃了一驚，問道：「向兄怎麼會有官家花押？」向敏中道：「此事說來話長。」自懷中取出那張澄心堂紙來，奉給兵卒道，「煩請兵大哥再通報一聲。」

金兵卒也不認得皇帝的新花押，只是見那紙沉甸光滑如綢緞，非同一般，料來是宮中之物，忙雙手接了，趕進去稟告。旋即有數名兵卒趕出來，拿出繩索便朝二人身上亂綁。

金兵卒道：「抱歉，侍禁有令，要綁了二位官人進去。」張咏道：「這是為何？」金兵卒道：「小的不知。田侍禁一見到那花押，便下令扣押二位。」

張咏莫名其妙，心道：「田重雖掌管排岸司，卻是侍禁身分，經常出入禁中，是天子身邊親信的人，當認得官家花押。如何見了花押還下令拿我們？莫非向兄手中的那張官家花押有假？」轉頭見向敏中神色自若，已坦然反手就縛，自己也不便再行抗拒，只得任憑兵卒捉住雙臂，反擰過去。

排岸司兵卒將張咏、向敏中二人牢牢縛住，帶進司廳中。田重滿臉怒氣，一拍桌子，喝道：「你二人到底是什麼人？」張、向便各報了姓名。

田重道：「你們既不是官府的人，如何一個身上有官家花押，另一個身上有晉王花押？」張咏道：「這個說來話長。田侍禁要扣留我們查驗身分無妨，不過請速速派人協助開封府往船上搜捕重犯。」

田重聞言更怒，道：「排岸司從來不受開封府節制，你以為你有晉王花押，就能來這裡發號施令麼？來人，把他拉出去綁到樹上，讓他吹吹汴河的風，好好清醒清醒。」張咏大怒，質問道：「侍禁是朝廷命官，怎麼不講道理地胡亂綁人？虧我適才還敬你辦事公義。」卻被兵卒強拽了出去。

田重道：「還有你，姓向的，你身上有官家畫押，為何不先拿出來，而是讓你同伴先取出晉王花押？你當這裡是什麼地方？」向敏中道：「啊，原來侍禁是為這個發怒，這確實是敏中的不是。」

當即說了官家御賜花押是因為王彥昇一案，晉王賜給張咏花押則是為高瓊逃獄一案，並無干係。他二人來排岸司事關高瓊逃獄，理當以張咏為主，況且旁人也不知道他身懷官家花押一事。

田重聽完「哼」了一聲，道：「原來如此。」歪著頭想了一會兒，道，「來人，把這姓向的也拉到院子裡綁到樹上。」向敏中抗聲叫道：「敏中已經解釋清楚，侍禁為何還要糾纏這件事不放？」

田重也不回答，出來院中，從張咏身上搜出那張晉王花押，連同官家花押一起收入懷中，命道：「誰也不准放開這兩個人！等本司從宮中回來再做處置。」大袖一拂，揚長而去。

張咏道：「這侍禁為何無端端地要對付我們兩個？」向敏中道：「我本來也不明白，但適才田侍禁說他要去大內，我想我有些會意過來了。」隨即歉然道，「張兄，今天的事全怪我，我一時欠考慮，不該拿出官家花押的。」

張咏愕然道：「為何不該？向兄又不是為了私事。」向敏中道：「晉王給張兄花押，本來就是命你暗中調查高瓊逃獄一案，他不讓開封府直接查處，卻找你一介布衣，本身就很奇怪。你我自是知道緣由，可這件事若是讓官家知道……」

他沒有再說，張咏也沒有再問。這田重表面粗魯，卻實在是個精細人。

二人奔波勞碌一上午，滴水未沾，又渴又餓又累，叫喚也無人理睬。一直到下午申時，有名五六十歲的便服老者施然進來，見院中樹上綁著兩名年輕男子，服飾打扮卻不是常見的船夫、腳夫一類囚犯，不禁好奇問道：「那兩個是什麼人？」兵卒也不明所以，隨意答道：「回相公話，好像是開封府的人，不知道怎麼惹惱了田侍禁，被綁在這裡，說要等他回來處置。」

那老者正是三司使王仁贍，忙道：「既是開封府的人，如何能輕易綁得？快些放了。」兵卒卻不敢動，道：「小的可不敢動手，不然侍禁回來要以違抗軍令處置小的。」

王仁贍是武將出身，曾與大將王全斌一道征討後蜀，因放縱諸將濫殺降兵、收受賄賂，王全斌被貶去外地，他則被降為右衛大將軍，但依舊受到皇帝親信，以判三司使兼大內都部署主持邦國財用。他見那兵卒畏懼田重，卻敢違抗他的命令，大怒道：「我王仁贍官任三司使，是你們田侍禁上司的上司，你怕他，就不怕我？來人，快些將這二人放了。」喝令隨從解開繩索，上前問道：「二位官人是晉王的人麼？」

張咏道：「其實也不算是。」他擔心節外生枝，不願意再留在這排岸司多糾纏，忙謝過王仁贍，扯住向敏中出來。

事情辦得既不順，又被田重拿走兩張花押去稟告皇帝，還不知要惹出什麼後果來。張咏一時頗為沮喪，道：「眼下事情被我們弄得複雜，要尋到阿圖更是難上加難。」向敏中遲疑道：「張兄何不再去向李雪梅打探一下，或許她會知情。」

張咏道：「她怎麼會知道阿圖逃去哪裡？」見向敏中意味深長地看著自己，這才恍然大悟，道：「向兄是說，先前在樊樓後的靈堂前李雪梅是故意拖住我們，好讓阿圖逃走？」向敏中道：「也許李雪梅並不是故意的，不過從時間上來說，確實是她拖住了我們。」又道，「不過這件事實在有些奇怪。高瓊被捕，無論是否供出同夥，最後都難逃極刑處死。阿圖何必多此一舉，要下毒殺他？若說他想親自為兄長復仇，又何須再假手唐曉英？」

張咏道：「也許阿圖聽到什麼風聲，知道高瓊不會死，所以他才要搶先下手。」向敏中道：「張兄是說，阿圖也許事先知道有人要劫走高瓊？但他不過是個李府下人，如何能知道這等機密大事？」

張咏道：「酒樓可是世間消息傳得最快的地方，他也許是無意中知道的也說不準。」向敏中道：「嗯，那麼當下之計，找到阿圖至關重要，不單是為了唐曉英。」

張咏道：「那好，我們這就去樊樓問李家娘子。」驀然想起李雪梅約了自己今晚相會，這才省悟，道：「難怪她離開時那樣看著我，她是在提醒我別忘了今晚樊樓之約，我竟然絲毫沒有會意。」

向敏中道：「既然如此，張兄還是獨自赴約比較好。我還是留在排岸司等田侍禁回來，今日之事終歸要有個交代。順利的話，晚上我去你那邊，汴陽坊見吧。」張咏道：「也好。」便自己往樊樓而來。

---

1 一套：指河套平原，位於今中國內蒙古自治區和寧夏回族自治區境內，面積約為兩萬五千平方公里，為沖積平原，地勢平坦，土壤肥沃，有黃河灌溉之利。

2 登州：今山東蓬萊。

3 沙門島牢城營稱「沙門寨」，負責管理牢城的稱「寨主」，相當於現在的典獄長。

4 嗉：鳥類喉嚨下裝食物的地方。

5 興元府：本梁州（今陝西漢中一帶），唐興元初改為興元府，後為山南西道治所。宋仍稱興元府，亦曰山南西道，治南鄭（今陝西南鄭縣）。

6 北漢內亂，指北漢第三任國主劉繼恩在位時，部將侯霸榮攻入皇宮，殺死劉繼恩，打算用劉繼恩的首級投降宋朝。北漢宰相郭無為得知消息後，派武功高強的死士翻牆入宮殺死了侯霸榮，立劉繼元為帝。郭無為原是武當山道士，宋太祖趙匡胤暗中寫信，以高官厚祿招降，郭無為心動，主張投降宋朝，但被劉繼元拒絕。開寶二年（西元九六九年），趙匡胤親率宋軍圍攻北漢都城太原，郭無為欲率軍出城投降，事洩被殺。遼國內亂，指遼穆宗耶律璟為近侍謀殺。

7 張咏後來任成都府知府，政績突出，留下許多佳話，被認為是宋興以來功績最大的三位名臣之一（另外兩人是趙普、寇准）。張咏曾支持蜀中發行交子（世界上最早的紙幣），由此被譽為「紙幣之父」。

8 斬衰：「五服」中最重的喪服，用最粗的生麻布做成，斷處外露不緝邊，表示毫不修飾以盡哀痛。

9 陳蔡：今河南東部淮陽、上蔡。

10 侍禁：職官名，有文武之分，職在侍值禁中，故稱。有左、右之分，左侍禁比右侍禁高出一級（宋代以左為尊）。

11 虹橋即傳世名畫〈清明上河圖〉全畫的中心，是人物最密集、畫面最熱烈的一段。圖中的虹橋實際建於宋仁宗明道年間（一〇三二～一〇三三年），要晚於本小說發生的時間。

12 三司：北宋前期總管全國財政的最高機構，號「計省」，通管鹽鐵、度支、戶部三部——鹽鐵，「掌天下山澤之貨，關市、河渠、軍器之事」；度支，「掌天下財賦之數，每歲均其有無，制其出入」；戶部，「掌天下戶口、稅賦之籍，榷酒、工作、衣儲之事」。最高長官為三司使，稱「計相」，地位僅次於宰相（北宋以同平章事為宰相，參知政事為副相，又設樞密使主軍事、三司使主財政以分宰相之權）。四排岸司於神宗元豐（一〇七八～一〇八五年）改制，後改隸司農寺（掌糧食積儲、倉廩管理及京朝官之祿米供應等事務。宋神宗時成為推行王安石新法的重要機構，常平新法〔即青苗法〕、農田水利法、免役法、保甲法等都由它制定或執行）。

13 計相王相公：當時的三司使王仁贍。

【卷五】風雲再起

向敏中道：「官家是忠厚長者，我不信他會這麼做。」潘閬道：「哈，忠厚長者能得天下？後周君臣還不信他會在陳橋驛黃袍加身呢，天下人還不信他會害死誓言不加害的柴宗訓呢。」潘閬自是指後周末任皇帝柴宗訓的暴斃。

到樊樓時已是日暮時分。樓門前貼出了開封府緝拿阿圖的圖形告示，底部還特別用紅筆加粗寫了開封首富李稍懸出一千貫錢的賞格，協助開封府追捕阿圖。

張咏心道：「一千貫錢可不是小數目，希望能有人貪圖重賞，舉報阿圖的下落。這李稍做事當真是滴水不漏，他手下人無端捲入這場風波，他只拿出錢來送給開封府做賞格，便能輕易撇清了一切關係。」

忽有旁邊一名閒漢正朝自己招手，忙走過去問道：「你叫我什麼事？」那閒漢道：「你是張郎麼？小的是開封府的吏卒，奉命在這裡蹲守，以防阿圖回來。後邊靈堂和他家裡，甚至李員外宅外都派了人，只要阿圖露面，肯定能逮住他。」

張咏大喜，道：「你們做得很好。」那閒漢道：「晉王特別交代過，張郎吩咐的事要優先來辦，小的們不敢不盡心。張郎請先去忙正事，有事再叫小的，免得旁人起疑。」

張咏便往門樓下來向小廝打聽李雪梅下落。小廝道：「你是張郎麼？雪梅娘子交代過，若是張郎到了，立即請去西樓。」一招手叫過一名焌糟，命她帶著張咏去西樓一號閣子。

經過西樓散座時，正見一名三十來歲的錦衣男子在與小廝羅鍋兒交涉，道：「既然一號閣子還沒有酒客，我如何進不得？樊樓不歷來是先到先得麼？」竟似非要進一號閣子不可。

羅鍋兒道：「是沒有酒客，不過一號閣子已事先被我們李員外的千金預定了。」焌糟忙道：「這位張郎就是雪梅娘子請的客人，要去一號閣子。」

張咏便道：「既然這位官人在意一號閣子，那麼我和雪梅娘子進三號閣子也是一樣的。」羅鍋兒道：「也好，那麼便請樊官人去一號閣子吧。」

那樊官人朝張咏點點頭，表示謝意。當下二人一先一後上樓來，各自進了閣子。

焌糟丁丁奉上來一瓶酒和幾碟小巧精緻的點心，道：「張郎請稍候，已經派人去請雪梅娘子了。」張咏道：「甚好。」他早餓得發昏，一口氣飲下小半瓶酒，將點心吃得精光，還是覺得饑不果腹，到樓廊叫過丁丁問道：「可有餅麼？」

丁丁道：「張郎想吃什麼餅？」張咏道：「餅就是餅，還有許多種麼？」丁丁道：「當然啦，我們這裡有燒餅、蒸餅、湯餅三大種。火燒統稱燒餅，又有門油、菊花、寬焦、側厚、髓餅、滿麻六種不同口味；蒸餅是籠蒸出來的餅，分油白肉、豬胰、和菜三種口味。湯餅名字是餅，其實就是麵片湯。」

張咏道：「那麼就來碗湯餅吧。」丁丁道：「湯餅又分軟羊麵、桐皮麵、插肉麵、桐皮熟膾麵、豬羊庵生麵、絲雞麵、三鮮麵、筍潑肉麵八種。還有一種藥棋麵，是我們樊樓獨家所有，細僅一分，其薄如紙。」

張咏聽了直咋舌，道：「吃個餅也有這麼多選擇，還不讓人挑得眼花繚亂。隨便來一碗就行。」丁丁便道：「那麼丁丁推薦郎君吃筍潑肉麵吧，筍是新挖的，肉是羊肉。東京人總說，無肉使人瘦，無竹使人俗，若要不瘦又不俗，還是天天筍燜肉。」

宋朝起於北方，皇帝愛吃羊肉，上行下效，因而東京人最重羊肉。

張咏聞言哈哈大笑，道：「不管新筍舊筍，羊肉豬肉，能吃就好。麻煩娘子快去煮好端上來。」丁丁見他大有饑不擇食之意，抿嘴一笑，擰身出去通知廚下做麵。

等了一盞茶功夫，一名小廝端上來一大碗麵，丁丁奉上來辣腳子薑、辣蘿蔔、鹹菜、梅子薑、萵苣、筍、辣瓜兒等小吃，擺了滿滿一桌子。張咏也不客氣，筷子一舉，開始大快朵頤。那些小吃看起來不起眼，吃起來卻極有味道。他一口氣吃下半碗麵，肚中始有飽感。

卻聽見門外有人道：「雪梅娘子來了。」隨即有人搶過來打起簾子，李雪梅一身雪白衣衫，娉婷步了進來。張咏見她不只一次，但從未像今日這樣正面仔細地打量她，只覺得她素面朝天，閒花淡雅，有一股天然的風韻，心不由跳得快了許多，忙站起來道：「娘子來了！」李雪梅淡淡「嗯」了一聲，道：「張郎請坐。」

張咏定了定神，道：「正好我有些事想問娘子，希望娘子不要嫌我唐突冒昧。」李雪梅道：「張郎是要問我阿圖的下落麼？抱歉，我實在不知道。我也料不到他會逃走，抱歉。」

她連用兩個「抱歉」，張咏不便再追問下去，只好道：「這也怪不得娘子。如果娘子將來知道阿圖的下落，還煩請告訴我。」李雪梅道：「這是當然。」

張咏道：「阿圖是自小就跟著令尊做事麼？」李雪梅道：「嗯，阿圖是樊樓廚娘宋二嫂的養子，不過宋二嫂待他極好，比自己的親生兒子阿升還要好。」

張咏道：「這麼說，阿圖的兄長阿升跟他並不是真正的親兄弟？」李雪梅道：「嗯。也許因為不是血緣至親，兄弟二人性格完全不同，阿升木訥老實，阿圖聰明伶俐。宋二嫂是個寡婦，去世時兄弟兩個都才七八歲，家父憐他們孤苦伶仃，就收入府中，做了隨身小廝。」

張咏道：「我看阿圖面上似乎並不為阿升之死難過，他如何又要強迫唐曉英用毒酒去殺高瓊報仇？」李雪梅道：「事情未必就是表面看起來的那樣……」

忽聽得隔壁一號閣子有桌案翻倒、碗碟摔地之聲。李雪梅不禁皺眉道：「又是什麼人喝醉了酒鬧事？」正待叫人過去查看，張咏卻聽出金刃之聲，忙搶出閣子，往隔壁一腳踢開一號閣門，正見一蒙臉漢子舉刀要殺那樊官人，忙大喝一聲：「住手！」

那漢子見有人闖進來，甩手將刀朝張咏擲過來，趁張咏閃避之機，取出一件工具，一端鉤子鉤住窗櫺，自己抓住另一端繩索，自窗口躍了出去。

張咏搶來窗口，卻見那漢子已落到地上，隱入樹蔭的黑暗中，瞬息不見了人影。一旁樊官人腹部淨是鮮血，倒在地上哼哼唧唧地爬不起來，張咏忙上前扶住，緊緊按壓住他傷處。樊官人陡然吃痛，大叫一聲。張咏道：「抱歉，我必須得這麼做，不然你會流血而死。」

李雪梅緊隨進來，問道：「他怎麼了？」張咏道：「他腹部中了一刀，不過沒有傷到要害，娘子快些派人取金創藥和燒酒來。」

樊樓有自己的商隊，護衛們為防備強盜，身上都備有上好的金創藥，各樓櫃檯也有一些，以備不時之需。藥和酒瞬息送了上來。張咏讓李雪梅扶住樊官人，自己扯開他衣衫，將燒酒盡數澆在傷處，洗淨傷口，才將金創藥倒上。樊官人痛得冷汗直冒，卻也咬牙強忍。

等到血勉強止住，張咏撕爛自己的外袍，裹好傷口，這才道：「好了。不過最好還是去醫鋪請個大夫再多檢查一下。樊官人，你可認得適才要殺你的人是誰？」樊官人點點頭。

張咏道：「認得就好，日後再報官不遲。官人需要靜養歇息，你家住哪裡？我送你回去。」樊官人有氣沒力地道：「池州[1]。」張咏道：「什麼？池州？你……你是南唐人？」樊官人這才會意過來，道：「啊，我住在左一廂信陵坊。不敢勞煩公子，我自己……」想努力站起來，渾身卻使不出半分勁。

李雪梅道：「官人不必費事，樊樓有現成的車馬，我這就派小廝護送官人回去信陵坊。」正命小廝下樓去找擔架抬人，忽見數名黑衣人排開圍在門前的小廝、焌糟，進來一名四五十歲的男子，向敏中緊隨其後。

樊官人一見那男子，便掙扎著坐起來，道：「樊知古拜見陛下。」張咏、李雪梅聽說那男子便是當今大宋皇帝，慌忙跪拜下去。趙匡胤道：「朕微服至此，不必多禮。樊知古，是誰要殺你？」樊知古道：「那人用布蒙住了面孔，臣沒有看清。」

張咏道：「樊官人適才不是還說認得要殺你的人麼？」樊知古道：「那只是我個人猜測，在官家面前，豈能妄言？」

趙匡胤道：「那好，你先回去安心養傷，朕自會派人保護你。」命手下侍從將樊知古扶了出去，又命李雪梅退下，只留向敏中和張咏二人，道：「你們知道樊若水是什麼人麼？」張咏道：「他適才失言，說他是南唐池州人。」

趙匡胤道：「不錯，樊知古本名樊若水，是南唐落第舉子，最近來投奔我大宋，獻上了大江形勢圖。朕賜其名樊知古，及進士出身、贊善大夫，留住京師，將來有大用。朕要你們兩個調查這件案子。」張咏道：「京師官署眾多，能人輩出，查案也是他們分內之事，官家為何一定要找我們兩個平民百姓？」

向敏中聽張咏言語甚是無禮，更隱有拒絕皇帝的意思，那可是抗旨的大罪，急忙朝他連使眼色。張咏卻視而不見。

趙匡胤道：「你說得不錯，這本該是官署分內之事。然則這些人瞭解朕的心思，一定會千方百計地迎合朕意，不惜隱瞞真相、製造冤獄。」張咏道：「官家此話怎講？」趙匡胤道：「日後你自會明白。朕也不會讓你白忙，你有什麼條件，儘管提出來。」張咏道：「張咏不敢向官家提條件，不過……」見向敏中不斷搖頭，神色焦急，只得應道：「小民遵旨答應便是。」

趙匡胤道：「好，那麼朕先將條件寄下，日後你想到再跟朕提。樊知古一案關係重大，朕要儘快知道真相。還有，他的遇刺跟博浪沙行刺、王彥昇被殺有無干係？為什麼這幾天發生了這麼多大事，京師卻一點動靜也沒有？這些你們都必須一一查清楚，給朕一個交代。」向敏中道：「遵旨。」

趙匡胤道：「朕再賜你二人銅符各一枚，可憑此符隨時進宮稟告案情。」張咏道：「聽說宮中收藏有不少佚書，我可以憑這銅符進宮讀書麼？」

趙匡胤大為愕然，道：「你既如此好學，如何不走科舉之路？若是不屑參加科考，朕可以賜你進士出身。」張咏笑道：「多謝官家美意。不過人各有志，喜歡讀書未必就要走科舉入仕途。說到底，做官也有做官的好處，至少有俸祿可以買書。」

趙匡胤驚奇萬分，半晌才問道：「向敏中，你才學出眾，年紀也不小，為何不參加科考？」向敏中道：

「回陛下話，家父認為小子才疏學淺，尚需苦讀歷練，讓小子年過三十後再參加科考不遲。」

趙匡胤道：「好，好。有父至此，其子將來必成大器。朕再交代你一件事，你一定要說服張咏跟你一道報名參加科考，不然以抗旨論處。」向敏中道：「遵旨。」

張咏大叫道：「官家這不是強人所難麼？」趙匡胤道：「你是大宋子民，又有才幹，朕難道要放你不用，任天下人笑朕不識千里馬麼？你若不肯聽從，朕就要處置向敏中，說到做到。」

張咏道：「官家……」趙匡胤大手一揮，道：「你們退下吧，朕想自己一個人好好喝頓酒。」張咏無奈，只得與向敏中退出閣子。

一路下來西樓，李雪梅人已經不在，張咏便請櫃檯代轉謝意，這才離開樊樓。

向敏中道：「適才一直未來得及說，官家已命排岸司配合開封府搜捕阿圖，但教張兄放心。」張咏道：「官家是跟田重一起到排岸司的麼？他對今日之事如何置評？」向敏中道：「官家什麼也沒有說，只命田侍禁還回了兩張花押。」當即取出晉王花押，交還給張咏。

張咏道：「眼下尋不到阿圖，英娘的事只能暫且放一放。咱們要去找那位南唐來的鄭王李從善談一談麼？」向敏中道：「當然，他不僅是樊知古一案的最大嫌犯，怕是博浪沙刺客一案也難脫干係。」

張咏笑道：「也許咱們能在李從善那裡逮到高瓊。」向敏中道：「這決計不可能。高瓊應該想到官府早晚會懷疑到南唐身上，定會派人暗中監視李從善，他豈敢輕易露面？」

二人當下先往利仁坊向家而來。向敏中進屋稟告老父，說是奉旨查案，晚上可能就在汴陽坊住下。向父倒也是個開明爽快的人，密密囑咐一番，令兒子盡心辦事。

向敏中掩好家門，走出數步，見左右無人，才低聲道：「家父適才告知了一件重要的事，他有個棋友游老公，是個老兵卒，從後晉開始就一直守衛封丘門，迄今已經幾十年。」張咏心念一動，道：「那麼那游老公當認得聶保的父親聶平了。」向敏中道：「不只認識聶平，連聶保也認得。聶平任後周封丘門守將時，常帶著聶保到城頭玩耍。而今聶保被官家特赦免死，黥面後充去當封丘門守門兵卒。游老公還特意去拜見舊主之子，哪知道聶保根本就不認得他。」

張咏道：「你是說聶保不是聶平之子？」向敏中道：「聶平確實有個兒子叫聶保，游老公只是覺得變化太大，非但性情，相貌、口音也完全變了。聶平是在陳橋兵變後被殺，當時聶保已經十八九歲，講一口地道的開封官話。」

張咏道：「啊，這聶保分明是河北口音。」向敏中道：「所以家父一提，我便立即起了疑心。試想一個十八九歲的成年男子，幾乎已經完全定性，就算在外漂泊十餘年，怎麼可能完全改去鄉音？」

張咏道：「聶保是殺死王彥昇的凶手，果真如官家所懷疑的那樣，博浪沙、王彥昇、樊若水這幾件案子有聯繫的話，那麼說不定他會知道些什麼。我這就安排人手去監視他。」

轉道來到開封府，向當值官吏出示晉王花押，命他派人化裝成百姓或是兵卒，晝夜監視守城兵卒聶保。當值官吏道：「聶保，下官知道，他額頭臉面都刺了字，好認。」忙去安排人手。

回來汴陽坊時，正見坊正王倉和姪子王嗣宗在軟禁李從善的宅邸前嘀咕。張咏道：「你們摸黑在這裡做什麼？」

二人嚇了一跳。王嗣宗看清是張咏，才鬆了口氣，道：「張兄可還記得，我前幾日提過有點事想請張兄幫忙？」張咏道：「不錯，我這幾日麻煩纏身，幾度入獄，竟忘記問王兄是什麼事了。」

王嗣宗吞吞吐吐地道：「其實也不是我的事，是我族叔的事。叔叔，還是你來說。」王倉道：「不瞞二位郎君，小老兒奉有密令，嚴密看管監視這裡……」朝李從善的宅邸指了指，又道，「可是前幾日裡面有兩個人失了蹤……」

張咏急忙問道：「失蹤的是李從善從南唐帶來的人麼？」王倉道：「是。唉，鄭王倒是悄悄告訴了小老兒，又說他們過幾日就會回來。有人離開，坊正卻不知道，當然是小老兒失職。我一時糊塗，答應了鄭王，還暗中託了巡鋪兵卒去找尋，結果人影都不見。」

張咏道：「那麼王兄找我是為了什麼事？」王嗣宗道：「當日兩批盜賊在博浪沙劫殺開封首富李稍的商隊，我也在場。聽我族叔提到鄭王心腹隨從失蹤一事後，我立即想到第一批強盜中會不會有那兩名隨從。不過只是我個人猜想，不敢隨意聲張。我跟張兄雖只是萍水相逢，卻也看得出你為人高義，古道熱腸，所以才想找你商議，哪知道你又蒙冤被捕入獄，耽誤了這些時日。」

張咏跌足道：「呀，王兄要是早告訴我這件事就好了，不然可以讓王坊正去辨認強盜屍首中有無李從善的隨從。那被捕的刺客高瓊身上有高氏刺青，又假裝受刑不過，主動供認是遼國指派，一直將我們的視線引在契丹人身上，為他同黨銷毀物證贏得了時間。當夜浚儀縣斂屍房失火，三強盜屍首均已燒成焦炭，再也難以辨清面目，可就失去了指認李從善的鐵證。」

王嗣宗道：「抱歉，這都怪我不好。如今可要怎麼辦？」

張咏道：「向兄認為這件事要怎麼處理才好？」向敏中道：「如今只有重新捕到高瓊才有鐵證，貿然去找李從善對質反倒打草驚蛇。王坊正，你不妨暫且調開巡鋪兵卒，多派人換上便衣守在這裡。李從善有任何動靜，立即來告訴我們。」

王倉道：「是，是。那麼這件事……」向敏中道：「當然還是不要聲張的好。坊正放心，查清這件案子，你就是大功一件，足以將功贖罪。」

這正是王倉最想聽到的話，他再也不敢瞧不起眼前這兩個年輕人，連聲道：「是，小老兒這就去辦。嗣宗，你也來。」

張咏忙扯著向敏中進來借住的宅邸坐下，摒退女使，掩好門窗，道：「向兄還認為是開封府判官程羽暗中縱高瓊逃走麼？既然他派人偷聽了我和高瓊對話，當猜到高瓊不是契丹指使，轉身就會懷疑到南唐頭上。他派人救出高瓊，就是想追查幕後主使，一定會派出大批人馬來監視李從善。可我適才仔細觀察，李從善宅邸附近都是王坊正的人，而王坊正還在一心打小算盤，試圖掩飾失責，渾然不知道高瓊之事，可見未必是程羽。」

向敏中道：「我明白張兄的意思。眼下重新思量這件事，確實有許多難解之處。尤其是劫獄與斂屍房失火同時發生，未免太過巧合。」張咏道：「不是失火，是有人故意放火，那三具強盜屍首是直接的起火點，屍體被毀，證據消失，一定是高瓊同黨所為。正如向兄所言，失火與劫獄同時發生，決計不是巧合，所以我認為還是高瓊的同黨救走了他。」

向敏中道：「他們冒這麼大風險，救走高瓊有什麼用呢？」張咏道：「高瓊已經供出是受契丹指派，南唐怕他再經受不住拷打講出真話，所以劫走他以絕後患。朝廷已經得到高瓊的一部分關鍵口供，也會以契丹指派刺客結案，那麼南唐就高枕無憂了。」

向敏中道：「張兄推測得有理。只是我難以相信，那孱弱昏庸的南唐國主李煜有膽量策畫出這一切。」張咏道：「聽說南唐有三大奇人——宋齊丘、韓熙載、林仁肇，均是足智多謀、敢做敢為之輩，宋齊丘、韓熙載已死，林仁肇卻正執掌南唐軍事，也許是他策畫的也說不準。」

正議著，忽聽女使在門外告道：「符相公府裡派人來，說寇郎、潘郎二位今晚不回來了，要留在符相公府中過夜。」張咏應道：「知道了。」又道，「難道這壽酒要吃一夜麼？」忽想起向敏中一定還沒有吃晚飯，忙命女使弄些酒菜來，笑道：「不能讓寇老西自己快活，我與向兄今晚也要把酒言歡，一醉方休。」

向敏中家教嚴厲，少有如此放縱的時候，聞言微笑道：「甚好。」

二人便在庭院槐樹下置了酒桌，邊吃邊聊，先是談相關的案情，很快延及到風土人情、逸聞趣事。張咏讀書既多，又遊歷四方，高談闊論起來，有許多都是向敏中從未聽過的。一直到半夜，二人談話仍是興致勃勃，酣暢淋漓。

忽聽得有車馬馳近，旋即有人拍門叫道：「張咏張公子是住這裡麼？」

張咏道：「這麼晚還有人找上門，準不是什麼好事。」他已遣女使先睡，便自己提燈來開了門。門前站著一名十六七歲的少年，一身白衣，風神俊朗，問道：「閣下就是張咏公子麼？」

張咏道：「不錯。你是誰？」少年道：「我姓劉。車裡有一位娘子，報的是張公子的姓名住址，我特意送她回來。」

張咏便趕來揭開車簾，不由得吃了一驚——唐曉英正縮在車內，披頭散髮，身上只裹了件男子外袍，露著半截小腿和光腳。少年忙道：「張公子不要誤會，這位娘子是我今晚跟舅舅遊河時無意中救下的。」

張咏「啊」了一聲，道：「多謝。」叫了幾聲「英娘」，見唐曉英目光呆滯，毫無回應，便脫下外衣，搭在她身上，將她抱出車來。

向敏中緊隨出來，見狀忙請那少年進去。那少年道：「我尚有公務在身，不便進門，我只將經過情形告知公子。」

原來那少年新來京師，由小舅領著乘船去遊汴河，到順成倉橋一帶時，忽聽到有女子呼救聲。聞聲望去，見橋西碼頭邊一名大漢肩頭扛著一只麻袋，正預備上一艘大船，那麻袋蠕動不止，呼救聲就是從那裡傳出。小舅當即大喝一聲，那大漢受驚，將麻袋扔入河中，自己轉身就逃。小舅命船夫跳下水救人，自己和外甥上至大船。卻見一名赤條條的男子衝上船板，躍入水中逃走。二人追之不及，忙下來艙中，卻見燈下躺著一名裸身蒙眼女子，雙手反縛，口中也堵了布團。少年忙脫下外衣，披在女子身上，解開繩索，扶她坐好，問她姓名來歷，女子似是受了很大打擊，只失神地望著他。小舅卻認出了那女子，道：「我見過她，她是樊樓的焌糟。」

那女子聽到「樊樓」二字，似是受到刺激，恢復了一些神志，喃喃說出了張咏的名字和住址。小舅本待報官，可見到從水裡救上來的麻袋中女子是舊識後，又改變了主意，遂由他送那名女子回家，少年則送裸身女子來汴陽坊。

向敏中忙問道：「那跳入河中逃走的男子是不是二十歲出頭，相貌很是英俊？」少年道：「天黑沒有看清楚相貌，不過那男子當過了三十歲。」向敏中聽說不是阿圖，不免失望。

少年道：「人已經送到，我這就告辭了。」向敏中道：「敢問小官人高姓大名？來日也好登門感謝。」少年道：「舉手之勞，何足掛齒？賤名不足以辱視聽，還是不說的好。告辭！」

向敏中聽他自稱有公務在身，料來是有官職在身的權貴子弟，卻不知道他為何堅持不肯留下姓名，又不便強問，只得任憑他去了。

張咏早將唐曉英抱回房間，安放在床上，拉過被子蓋好，輕輕叫她的名字，見她依舊是滿臉茫然之色，只得將帷幔放下，道：「英娘先好好歇息。放心，你在這裡很安全，再也沒有人能傷害你。」

出來外屋，正遇到向敏中進來，轉述了那姓劉的少年所言，道：「聽起來英娘似乎是落入了專門綁架拐騙婦女的人販子之手。那人販子一邊姦污英娘，一邊等待同夥送來另一名女子。不想那女子正好清醒過來，吐出了口中布團，叫出聲來，不但救了自己，也救了英娘。」張咏很是憤慨，道：「汴京表面繁華熱鬧，底下卻有這麼多見不得人的勾當，可惜讓那兩人逃了。」

忽聽得門外又有人叫門，張咏料到必有大事，便叫醒一名女使照看唐曉英，自己和向敏中一道來開大門。門前站的卻是開封府毒手刑吏劉昌。張咏道：「劉刑吏深夜趕來，莫非已經查出誰是劫獄者的內應？」劉昌道：「還沒有。今日有好些獄卒不當值，明日才能一一問到。下吏來是要告訴張郎，小女劉念被鬼樊樓的人綁走了。」

張咏大吃一驚，道：「這是什麼時候的事？」劉昌道：「下吏日暮回到家中，便發現小女不見人影，只有人在桌上留下一行炭字，說小女被綁去鬼樊樓了。我當時也沒在意，以為是有人惡意開玩笑，劉念近來常常出去私會情郎，早出晚歸原也不稀奇。直到適才右屯衛上將軍折御卿將小女送了回來，說是在順成倉橋發現了她……」

張咏道：「啊，原來適才那劉姓少年小舅救的就是令嬡。」向敏中道：「劉姓少年稱折御卿小舅，莫非他是北漢名將劉繼業之子？」

劉繼業本姓楊，是北漢第一勇士，號稱「楊無敵」，因其戰功赫赫，北漢皇帝特賜姓劉。他的夫人就是雲中大族折德扆之女，也就是折御卿的親姊姊。劉繼業膝下有七子，其中以第六子劉延朗[2]最為傑出，精通兵法，擅使長槍。

張咏這才恍然大悟，道：「難怪那劉姓少年不肯進來，他一定就是北漢使者。寇准說過當日在博浪沙有個少年使一桿銀槍，出神入化，所向無敵，一定就是他了。可惜我人在當場，卻已經暈了過去，竟無緣得見聞名天下的楊家槍。」

劉昌也不明白二人所言，只匆匆道：「下吏特意趕來，是要告知小女之事甚是蹊蹺，她被裝在麻袋中的時候，曾迷迷糊糊地聽見有人提到高瓊的名字。」

張咏道：「你懷疑綁架令嬡的人跟劫走高瓊的是同一夥人？」劉昌道：「下吏不敢妄自猜測，不過下吏認為這是有人在警告下吏不要再多管閒事。所幸小女安然回來，不過尋到內應獄卒一事，下吏卻是做不了了。這是下吏尚未審過的獄卒名單，請張郎自行審問。」將字條塞到張咏手中，作了個揖，匆匆離去。

張咏、向敏中愕然不止，卻也無可奈何，只能等唐曉英恢復神志再說。

次日一早，負責監視聶保的吏卒趕來稟告，說昨晚親眼看到聶保去了都亭驛，待了很久才出來。

張咏道：「都亭驛，那不是專門接待外國使者的地方麼？」向敏中道：「不錯，北漢使者一定就住在那裡。」張咏道：「這可真是奇怪。向兄，你我還是得去一趟都亭驛。」二人遂往都亭驛而來。

都亭驛舊名上源驛，歷史悠久，發生過許多重大歷史事件，其中最為人津津樂道的便是唐朝末年朱溫宴請李克用的鴻門宴——當時朱溫任唐宣武節度使，鎮守開封，黃巢農民起義軍退出長安後，實力猶存，揮軍逼近開封。朱溫以前是黃巢手下將領，對以前的老上司有畏懼之心，自知無力阻擋黃巢的進攻，便向沙陀族首領李克用求援。李克用欣然應邀，親自率五萬大軍自河中南渡，連敗黃巢軍。黃巢退走山東後，自殺身亡。李克用回師時路過開封，朱溫為答謝李克用出兵相助，特地在上源驛設宴款待，為其慶功接風，盡地主之誼。

李克用志得意滿，欣然赴約，但是他沒有想到，這是一場充滿殺機的夜宴。當晚，朱溫大擺宴席，禮貌甚恭。李克用連同監軍陳景思及親隨數百人出席了宴會。李克用年輕氣盛，加上自認為對朱溫有恩，因此在酒席上極為驕橫放縱。他自以為是大唐的功臣，內心深處本來就看不起流寇出身的朱溫，酒醉之後，言語之間就慢慢流露了出來，對朱溫多傲慢侮辱之詞，有惡語傷人之處。朱溫從來就不是個有胸襟之人，心裡憤憤不平。他投降唐朝廷之後，極受重用，李克用的突然崛起，一度威脅到他的地位，已經讓他妒火中燒，被李克用輕辱後，心中登時動了殺機。不過，李克用武藝超群，威名遠揚，當時無論是農民起義軍，還是唐朝將領，都畏之如虎。加上他的親隨們一身黑衣，號稱「鴉軍」，令人望而生畏。所以，朱溫雖然懷恨在心，卻沒敢當場發作，反而加意勸酒，將李克用灌得大醉。宴會結束後，李克用等人因飲酒大醉，酒將衣襟都打濕了，當晚便留宿在上源驛。朱溫離開驛館後，決心剷除李克用。李克用千里趕來相救，經歷多場廝殺後打敗黃巢，解了汴州之圍，不過因酒後幾句話，就惹來殺身之禍，由此可見朱溫為人之刻薄寡恩。

他連夜派人用連起來的馬車和柵欄擋住出口，再派重兵包圍上源驛，亂箭齊發，欲置李克用於死地。而李克用早已爛醉如泥，躺在床上呼呼大睡，對外面的變故一無所知。幸好他的親隨薛志勤、史敬思等人驍勇異常，竭力抵擋，由此展開激烈的搏殺。薛志勤箭法極為高明，箭無虛發，一人便射死汴兵數十人。圍攻的汴軍軍士心驚膽戰，雖然大聲鼓噪，卻不敢輕易上前，於是從四面縱火，向驛舍投擲火炬，打算燒死李克用等人。親隨郭景銖撲滅蠟燭，將李克用藏到床下，然後用涼水澆李克用的臉，告訴他事情經過。李克用這才搖搖晃晃地站起來，以他的神志狀況，自然無法參加格鬥。此時，濃煙烈火四起，情形萬分危急，突然之間，大雨震電，天地晦冥，大火被一場暴雨澆滅。薛志勤扶住李克用，借閃電的光亮翻牆突圍而出，急奔尉氏門，殺掉守門汴兵，在雷雨的掩護下，從城頭縋下逃生。但李克用監軍陳景思和三百多親隨都被汴兵殺死。從此，雙方結下了死仇，水火不容。宴會的主人朱溫和客人李克用日後分別成為了後梁與後唐的開國皇帝，直到後唐滅掉後梁，方報了上源驛之仇。

五代時，都亭驛已經是開封首屈一指的驛館，能同時接待百人以上的使團食宿。時值寒食長假，驛卒散漫，門前竟無人把守，張咏和向敏中輕易混了進來，正遇見昨晚送唐曉英回來的劉姓少年，忙上前招呼。那劉姓少年雖然滿臉愕然，還是自報姓名，果然是北漢名將劉繼業的第六子劉延朗。

張咏道：「劉使者救回英娘，張某十分感激。不過我今日尋來，不單是為了這事，敢問尊使可認得聶保？」劉延朗道：「不認得。」張咏道：「他昨晚可是來過都亭驛。」劉延朗道：「嗯，昨晚驛館有許多人，李稍李員外帶來他的貴客歐陽員外夫婦找我手下人比試棋藝，興許是他們帶來的人也說不準。不過我卻是不在，你們也知道的，我跟我小舅去遊了汴河，半夜才回來，他們早就散了。」

張咏見他神色坦然，一臉正氣，不似作偽，便拱手道：「叨擾。」走出幾步，又忍不住回頭道，「聽說尊使擅使銀槍，張某改日定要領教。」劉延朗道：「我也早聽過張公子武藝高強，劍術精湛。不過你的劍和我的槍不是一個路數，難以對仗。」

張咏道：「此話怎講？」劉延朗道：「張公子的劍適於單個對敵，對手越強，越顯劍術不凡；我楊家槍卻只適合在戰場上殺敵，非得來回馳擊方能顯出威力。」張咏哈哈大笑道：「小官人年紀輕輕，卻是見識高明，倒讓張某受教了。」告辭出來，依舊對劉延朗讚不絕口。

向敏中道：「劉延朗如此年輕，卻被選做與大宋和談的使者，必是有過人之處。他與右屯衛上將軍折御卿是至親應該也是原因之一。」

張咏道：「劉延朗絕不是說假話的人，那麼聶保來都亭驛一定不是找北漢一方的人了。」驀然意識到什麼，失聲道：「歐陽贊，一定是歐陽贊。」

向敏中道：「我也剛巧想到是他。此人年紀跟聶保差不多，又操著一口開封口音，你跟王彥昇比劍時他也在當場。」

張咏道：「這麼說，歐陽贊才是真正的聶保，那個假的聶保不過是他找來的替死鬼。這可奇怪了，雖然當時老仵作已經從傷口毒性深淺證明了我不是凶手，可還是沒有線索可追查到真凶。你和潘閬去小牛市集詢問目擊者，酒保也僅僅記得有人上前扶了王彥昇一下，既不能肯定是那人乘機下毒，也不能知道那人是誰，那假聶保卻自己站了出來，承認下毒。」

向敏中道：「你說得不錯，如果假聶保不主動站出來，我們根本抓不到他。」張咏道：「那麼歐陽贊為什麼要主動送一個替死鬼給我們？」

向敏中道：「只有一個可能，此人這次來開封一定有重大圖謀，他怕我們對這件案子窮追不捨，最終會追查到他身上，影響到他的計畫，所以主動交出一個凶手，讓王彥昇一案迅速了結，結果現在反而成了他的破綻。張兄，你先回去看看英娘清醒了沒有。我去找趟家父的棋友游老公，看能不能請他跟我一道暗中辨認一下歐陽贊的形貌，事情辦妥後，我再去汴陽坊找你。」二人遂就此分手。

張咏獨自回來汴陽坊的宅子，正巧女使奔出房來，手足無措地告道：「英娘適才醒了，問奴婢這是什麼地方，奴婢說了張郎的名字，她便嚶嚶哭了起來，怎麼也勸不好。」張咏道：「你去燙些酒端來。」

來到房中，果見唐曉英倚靠在床頭，捧著臉哭個不停。張咏知道她雖只失蹤兩日，卻是備受折磨，身體上、精神上均遭受了巨大創傷，一時也不知道該如何安慰，只道：「英娘放心，我一定會為你報仇。」

唐曉英道：「我知道……我知道……」哭了好一陣，直到女使燙好酒送進來，餵她喝下兩杯，這才斂住哭聲，道：「張郎是要問我事情經過麼？」張咏道：「你如果不想說，也沒有關係。現在全城都在搜捕阿圖，水路、陸路出口均貼有他的圖形告示，你們樊樓的李員外也懸出了重賞，他藏不了多久。」

唐曉英道：「不，我想說，只說給你一個人聽。」讓女使退出，哽咽著說了事情經過。

原來當日阿圖利用唐曉英急需一大筆錢為龐麗華還債之事，威逼她用毒酒毒殺獄中的強盜，好為他兄長阿升報仇。唐曉英驚奇地問道：「那強盜已是甕中之鱉，早晚要被朝廷極刑處死，何須圖哥動手？」阿圖卻正色道：「那人其實不是強盜，是契丹派來的刺客。眼下朝廷要打南唐，不敢輕易得罪契丹，那刺客一定會被放還的。」唐曉英道：「人人都說朝廷要打北漢，以報官家當時三個月攻太原不下之仇，怎麼成了南唐了？」阿圖道：「婦道人家懂個什麼！打北漢不過是朝廷的幌子，一來可以威懾北漢媾和，二來能迷惑南唐。」

張咏聽到這裡，心道：「阿圖不過是個廚娘的養子、富翁的小廝，卻能有這番見識，當真不簡單。」

唐曉英續道：「阿圖又告訴我那毒藥要過好幾個時辰才會發作，而且不會有中毒症狀，這樣旁人無論如何不會懷疑到我身上。我實在需要那筆錢，又想到阿升在的時候一直對我不錯，刺客確實該死，竟然咬牙答應了他。後面的事張郎已經知道了，我沒有想到，阿圖要我殺的刺客竟是我認識的酒客……」

張咏道：「英娘如何識得高瓊？」唐曉英道：「啊，他原來也姓高？我並不知道他姓名，從一年前開始，他常常來到樊樓飲酒，話很少，只靜靜坐在一旁聽麗華姊姊說書，每次給的賞錢也格外多。日子久了，麗華姊姊就喜歡上了他，每次進樊樓都要先看他有沒有來。他似乎也很中意麗華姊姊，還買過點心來看小娥。」

張咏道：「不過他始終不肯說出姓名，你們不覺得奇怪麼？」唐曉英道：「樊樓什麼樣的人沒有？他是個不錯的人，不說姓名一定是有苦衷。不過現下我倒覺得他很可疑了。張郎，我不瞞你，我是個孤女，來汴京只是為了尋找仇人報仇。我本是亳州蒙城小戶人家之女，父親是當地的秀才，也算有些名望。一日父母帶我上山進香，在途中遇到幾名蒙面強盜，殺死我父母，我也被砍了一刀暈死過去，後來其中一名名叫高唐的強盜被當地官府捕獲，判了磔刑處死，我本想去刑場親眼觀看行刑，可惜傷重難以下床。結果行刑當日暴雨傾盆，高唐竟然掙開刑具趁雨逃脫。後來我聽官府的人說，高唐來了汴京，開封府發現其行蹤，派人追捕時被他逃入了禁軍軍營，再也沒有出來。」

張咏道：「你認為高唐當了禁軍[3]，所以才來到京師尋他？」唐曉英道：「蒙城縣廨的人是這麼說的，說上頭有令，撤銷了追捕高唐的通緝告示。我心想，父母大仇，不共戴天，豈能不報？等傷好後，就去官署索要了一張高唐畫像，來到汴京。聽說樊樓是全京師最繁華的地方，最容易打聽消息，所以我進去當酒妓，酒妓幹不了又改當焌糟，只為尋到高唐，可惜幾年下來一無所獲。適才張郎說了高瓊姓名，我想他一直不肯報出姓名，也許是知道我跟姓高的有仇，不過他跟畫像中的高唐並不像。」

張咏心道：「高瓊如此桀驁強硬之人，當日為求我救你，不惜向我下跪。你在他心目中一定極重要了。」便安慰道，「高瓊應該不是禁軍，本朝為防禁軍風氣嬌化，嚴禁軍士大酒大肉。軍營更是嚴格執行夜禁，一旦入夜，就要封閉營門點卯。像高瓊這樣時常到樊樓飲酒，是禁軍軍士不可想像的。」

唐曉英歎了口氣，道：「先不提高唐的事。當日我認出高瓊後，矛盾之極，我既然收了阿圖的錢，答應要替他辦事，當然要做到，可那人又是麗華姊姊喜歡的男人，到最後一刻，我還是下不了手。出來浚儀縣廨後，我看到阿圖正站在那裡等我，自知失信理虧，被人強行帶上馬車後，也不敢出聲呼救，直到車中人取出繩索將我雙手綁起才意識到不妙，可惜已經遲了……」

她的思緒又縹緲起來，陷入了痛苦的回憶中——在那輛馬車中，她被人縛住手腳，蒙住雙眼，堵住嘴巴，像貨物般裝進麻袋中。她只能蜷縮在袋子裡面發抖，恐懼地等待即將到來的命運。走了好幾條街道，車子忽然停下來，有人將她連人帶麻袋拎入一間屋子放下，然後關門離去。她努力想掙脫繩索，卻是徒勞無功。不知道過了多久，終於有人舉燈進來，將她放出麻袋，取下蒙住眼睛的黑布，卻是阿圖，笑道：「我可是想騎你這匹烈馬已經很久了，如今你這個火爆娘子還不是落在我手裡？」將她抱到床上，解開腳上繩索，扯爛衣衫，姦污了她。發現她尚是處子之身後，興奮不已，更加肆意輕薄。她雙手被縛，無力抗拒，喊也喊不出來，只能淚流滿面，任其折騰。阿圖玩弄得心滿意足後，取過繩索，將她頭髮和雙腳纏住，縛在床柱上，擺布得她動彈不得，這才拉過被子蓋好她身子，戀戀不捨地離去。又不知道過了多久，阿圖忽然急匆匆回來，將她從床上解下來，預備重新塞入麻袋中。她光著身子，又羞又辱，使勁掙扎，不肯就範，卻被阿圖打暈了過去。再醒來時只覺得身子晃晃悠悠，又聽到水聲，似是在船上。正以為自己要被阿圖沉入汴河滅口，卻聽到他跟人低聲交談，才知道自己要被賣去鬼樊樓為娼妓，當即嚇得魂飛魄散，使勁掙扎。有人解開麻袋，上來兩名大漢，執住她手臂令她站好。一名看似頭領模樣的人走過來像挑選商品般往她身上摸過一遍，很是滿意，點了點頭。阿圖便連聲道謝道：「謝謝頭領。」忙不迭地往上面船板去了。那頭領道：「這貨色不錯，你們先好好享受一番，再去辦事。」便有人用黑布蒙住她雙眼，將她放倒在地，幾人輪流上陣姦淫。她只覺得腦袋燥熱得發燒，下體刺痛不止，昏過去又醒過來，渾然不知道身處何處。等到再回過神來，已有人鬆了綁縛，將衣服披在她身上，大聲問她姓名住址。她也不知道如何回答，後來聽到有人提到要送她回樊樓，她才略微清醒過來，隨口說出了張咏的姓名和住址。

她確實不想再多提這段屈辱往事，便只大致說了被阿圖帶去船上賣入鬼樊樓。張咏道：「這麼說，汴京確實有座鬼樊樓存在了。你在船上見過那負責接應的頭領，可記得他的樣子？」唐曉英道：「到死我也不會忘記他的臉。」

正巧寇准和潘閬回來，聞訊忙趕過來。寇准聽說經過，忙道：「潘大哥不但醫術高明，而且擅長丹青，英娘只需詳細描述那頭領特徵，他便能畫出其人的樣貌來。」張咏大為驚奇，道：「原來小潘還有這本事。」潘閬道：「嗯。」

眾人便在房內桌案上擺好筆墨，唐曉英一邊描述，潘閬一邊畫出大致樣子，再拿給她看後修正不符之處。如此反覆幾次，唐曉英終於點點頭，道：「就是他。潘郎丹青妙筆，當真跟他本人一模一樣。」

寇准一看即道：「呀，我見過這個人。」原來唐曉英所描述那個負責鬼樊樓接應的頭領，正是寇准在浚儀縣廨前見過、稱有消息能救張咏的漢子。

張咏道：「你在哪裡見過他？」寇准道：「唉，我不能說。我當日答應過這個人，不能洩露他對我說的話，日後也不能追查他的姓名。」

潘閬道：「對壞人還要講什麼道義？這可是關係兩名婦女被劫的案子。」寇准卻堅持不肯說。張咏道：「寇老西既答應了對方，無論好人壞人都要守信。走，咱們出去說話，讓英娘好好歇息。」

唐曉英問道：「我往獄中送毒酒，多半要惹下麻煩，會連累幾位郎君麼？」她不知道囚禁高瓊的牢房一直有人監視，自己早被官府通緝，還以為事情沒有敗露。張咏也不點破，只道：「沒事的，有事自有我承擔，英娘不必憂心，好生養息便是。」

出來廳堂坐下，張咏大致說了昨日之事，道：「照眼下的情形看來，阿圖是用英娘作交換，躲進了傳說中的鬼樊樓。要追到他，只能從那接應頭領下手。」

潘閬道：「寇准跟他當面交談過，知道的事情最多，可偏偏不能說出來。」張咏道：「那麼寇老西好好想想，能不能從現有的線索推測出那頭領身分，如此便不算違背諾言。」

寇准心道：「那人既是頭領，當然不是他自己聲稱的中間人，一定是他本人有線索能救張咏。張大哥最後脫罪，是因為老仵作宋科指出了王彥昇屍首中毒的症狀，緊接著向、潘二位大哥又從小牛市集捉回了真正的凶手聶保，這兩件無論哪件都能為張大哥洗清嫌疑。那麼那頭領到底知道的是哪件？」苦苦思索不已。

正好向敏中趕來，告知一件再巧不過的事情：原來向父向瑀精通棋藝，在汴京很有名氣。向敏中找來封丘門老兵卒游老公時，正遇到歐陽贊陪同妻子妙觀來找向瑀比試棋藝。游老公一眼就認出歐陽贊的身形、相貌都酷似昔日的聶保，證實了眾人先前的推斷——那被黥面的聶保是個假的替死鬼。

寇准心道：「聶保一方錯綜複雜，就算歐陽贊是殺死王彥昇的真凶，可他新來開封，那頭領不會知道他底細，那麼就只剩老仵作宋科這邊的物證了。宋科是唯一知道王彥昇屍首毒狀有異的人，按照律法，這等關鍵證據要立即上報，可他偏偏先將這證據告訴了那頭領，那頭領便趕來要脅我。」驀然眼前一亮，道：「那頭領一定認得老仵作宋科，而且是他身邊極親信的人。」

張咏道：「你是說那頭領從宋科那裡知道了王彥昇屍首的異狀，所以趕來要脅你？」寇准笑道：「這是你自己猜到的，可不是我說出來的。」

張咏道：「這可說不通，那頭領若不能阻止宋老公上報證據，要脅你有何用？況且宋老公向開封府舉出新物證，是在向兄帶著凶手回來之前，也就是說，即使沒有那個假聶保承認殺人，我也一樣能夠脫罪。宋老公於我可是有大恩。」

潘閬道：「我倒覺得，若不是我和向兄帶回了一個自稱凶手的假聶保，宋科未必會輕易上報證據。」

張咏道：「啊，小潘竟然懷疑宋老公！」向敏中道：「我同意潘閬的看法，宋科確實可疑。」

張咏可以不重視潘閬的話，卻不能不信向敏中，忙問道：「向兄何出此言？」向敏中道：「這畫像上的男子是專門接應重犯藏進鬼樊樓的頭領，決計不是什麼冒失之人，怎麼可能在無法控制宋科上報證據的情況下就跑來找寇准談條件呢？我猜他一定是事先知道我和潘閬找到了凶手，所以才通知宋科搶先將證據上報，這樣顯得宋科於張兄有恩，將來再求回報。」

寇准也道：「從時間上推算也說得過去，宋科才剛舉證，向大哥和潘大哥就帶著凶手回來浚儀縣廨了。」

向敏中道：「還有劉昌之女劉念一案，若不是她機智呼救，就跟英娘一道被帶去了鬼樊樓。劉念被綁顯然是針對劉昌本人，他昨日湊巧去浚儀縣獄盤問獄卒，還拘禁了宋科的兒子宋行宋典獄，意圖嚴刑拷打。結果當晚劉念就被人綁走，這決計不是巧合。」

張咏卻是難以相信，連聲道：「不可能，不可能，這只是你們三個的推測而已。」向敏中道：「宋科於張兄有恩，張兄不願意懷疑他，也是人之常情。那麼這畫上頭領的線索就由我來追查，張兄不必再理會。」

張咏賭氣道：「那正好，我這就去逮歐陽贊。」向敏中道：「眼下還不是時候，我們還不知道他有什麼圖謀。不如請張兄辛苦一趟進宮，先將詳細經過報給官家知道，聽官家斷處。」張咏思索一番，道：「也好。」

潘閬奇道：「你們又見過官家了？」向敏中道：「嗯，昨晚樊樓又出了一件案子，官家特賜銅符，命我二人查清楚。」拿起那張頭領的畫像看了一下，道：「潘兄，我還想請你幫個忙。」

當即密語一番，與潘閬出來尋到坊正王倉，三人一道來求見被軟禁在汴陽坊中的南唐使者李從善。

李從善雖是南唐國主李煜親弟，貴為鄭王，如今不過是個仰人鼻息的被扣人質，跟階下囚無異。聞聽坊正到來，立即迎下階來，問道：「王老公可有尋到我從人的下落？」王倉道：「還沒有。這二位官人正是為此事而來。大王放心，他們是小姪的朋友，並不是官府的人，只想幫上忙。」李從善道：「甚好。」

向敏中便請李從善細細描述兩名失蹤隨從的相貌，由潘閬繪出畫像來。再到開封府問明宋科住址，尋到他家，問道：「當日博浪沙被殺強盜的屍首送到浚儀縣後，老公當驗過他們的屍首了？」宋科道：「當然。」

向敏中便取出兩名隨從的畫像，問道：「內中可有這兩人？」宋科仔細看過一番，道：「有。向郎從哪裡得來的畫像？」向敏中道：「這是潘兄畫的。」宋科道：「不錯，這兩人就是其中的兩名強盜。」

向敏中忙道謝告辭。潘閬道：「向兄如何不將那頭領畫像拿給宋科看？莫非向兄不願意打草驚蛇？」向敏中道：「正是。這鬼樊樓危害不小，我們要找到其樓位置，非得要著落在宋科身上。放心，我已經請開封府派人監視他。走，我們去開封府找程判官，告訴他博浪沙的刺客是南唐所派，請他立即派人拘捕李從善及其隨從，拷問其餘同黨下落，這樣昨晚樊知古一案的凶手也能找到了。」

潘閬道：「向兄認定刺客是南唐所派？」向敏中道：「難道不是麼？兩名死者是李從善的隨從，這可是鐵證。他雖然派人燒毀了屍首，可有宋科作證，還有當日運屍首回來開封的吏卒和禁軍軍士作旁證，他難以否認，萬難逃罪。」

潘閬冷笑道：「虧得向兄是個精細人，你可上大當了！」向敏中道：「什麼大當？」潘閬道：「當日博浪沙血戰，我和寇准還有王嗣宗都站在高處，看得一清二楚，刺客有二十餘名，怎麼可能偏偏死的就是這兩人？這兩人既是李從善的心腹隨從，當是首領才對，怎麼可能同時死在格殺中？」

向敏中「啊」了一聲，忙回頭來找宋科，道：「老公請再好好想想，那三名強盜是怎麼死的？」宋科莫名其妙道：「能是怎麼死的？都是被刀或是利刃殺死的。」

向敏中道：「噢，我的意思是造成他們致命的傷口是什麼樣的？」宋科道：「有兩人是背後中刀，一人是胸前中刀。就是郎君畫像這兩人，都是背後中刀。」

潘閬道：「刀口可是一道大口子？」宋科搖頭道：「不是大口子，很窄的一條刀縫，應該是直手插入，一刀致命。」

背後中刀，當是在近身搏鬥時後背露出破綻，或是不敵對手轉身奔逃時，為敵人趁隙而入。但無論哪種情況，舉刀砍劈後背都是最有效的致命招式。但這二人傷口不符合任一種情況，身上又無防禦傷口，應該是被人從容從背後捅死，他們當時必然已被人制伏或綁住，完全喪失了反抗能力。若是進一步深入調查，相信能從當日在場的人口中得知屍首一定是在蘆葦叢中發現。既如此，就能肯定是有人要利用此二人是李從善隨從的身分將刺殺事件嫁禍南唐。

之前被活捉的刺客高瓊招供自己是受契丹指使，但已由種種蛛絲馬跡被張咏識破。若不是張咏認出了他肩頭特有的高氏文身，他大概會直接招認受南唐指使；之所以供認幕後使者是契丹，不過是順勢而為，更容易取信審問官員，因為他早知道浚儀縣斂屍房中有兩具屍首是南唐鄭王李從善的隨從，事情早晚還是要落到南唐頭上。可惜偏偏斂屍房失火，燒掉了屍首，失去了將勢頭引向南唐的關鍵證據。高瓊若沒有被人救走，下面就該改口招供是南唐所派。

照此推測，刺客既不是契丹指使，又不是遼國所派，當然更不可能是前來媾和的北漢自己人，剩下的就只有一種可能——大宋，高瓊是宋人，是大宋朝廷派出的刺客。這是個相當可驚可怖的結論，令明白究竟的向敏中和潘閬都不敢張口說出來。

離開宋科家老遠，潘閬才道：「原來朝廷真正要用兵的是南唐。」向敏中道：「嗯。」

二人都知道嫁禍南唐不為別的，只是要為大宋找一個出兵的藉口。近年來南唐俯首稱臣不斷用財物諂媚討好大宋，極盡謙卑之能事，要出師討伐這樣一個服服帖帖的臣子，還真有些抹不開情面。只是，這一招未免有些太不光明正大了。萬一被北漢發現真相，媾和就此泡湯，說不定兩國還要兵戎相見。

向敏中心中卻還是有些疑惑，暗道：「到底是誰在浚儀縣放火？他燒毀三具屍首，自然是為了保護南唐，他也一定是南唐一方的人。原以為放火和劫獄是同一夥人所為，現在看來只是巧合。又是誰救走了高瓊？若是朝廷派人救高瓊，可他一直將我們視線引在契丹上，還沒有牽連出南唐來，他還沒有發揮應有的作用，救他豈不太倉促草率？即使在意高瓊，以朝廷的能力，將來仍有大把的機會能從容救他出來，譬如轉押途中、行刑場上，甚至偷梁換柱也並非不可能，何須費人費力挖地道呢？一定還有另一方勢力，而且在高瓊身上有重大圖謀，才會冒這麼大風險。呀，該不會是南唐已然察覺到博浪沙行刺是大宋嫁禍南唐的陰謀，所以決意弄清緣由，一邊派人放火毀滅證據，一邊挖地道救走了高瓊，然後對他嚴刑拷打，逼問出事實真相？」重新思索一遍，感到這才是所有疑點的合理解釋，忙道，「潘兄，我們須得立即進宮，將所有事情稟告官家。」

潘閬道：「你是去稟告官家，還是去質問官家，想死麼？」向敏中道：「我知道我們該絕口不提這件案子。可如果是南唐劫走了高瓊，他們一定會將真相告知北漢使者，如此一來，南、北兩方均對大宋不利，後果難以預料。」

潘閬道：「不行，這件事事關重大，須得與寇准、張咏商議後再做決定。你該知道，這不是你一個人掉腦袋的事，萬一官家決意殺你滅口，我、寇准、張咏也活不過明天。」

向敏中回憶自己兩度與皇帝相遇，先後賜給信物和銅符，顯是對自己十分信任，不由得搖頭道：「官家是忠厚長者，我不信他會這麼做。」潘閬道：「哈，忠厚長者能得天下麼？後周君臣還不信他會在陳橋驛黃袍加身呢，天下人還不信他會害死誓言不加害的柴宗訓呢。」

向敏中知道潘閬是指後周最後一任皇帝柴宗訓的暴斃。柴宗訓被迫禪位給趙匡胤後，取消尊號，改稱鄭王，先居住在天清寺，後被遷往房州[4]軟禁，房州知州則是趙匡胤的心腹辛文悅，十餘年如一日，從不調任。去年柴宗訓驀然去世，年僅二十歲，辛文悅稱其是病死，然而明眼人都知道他是在為皇帝除去一塊「心病」。因為就在同月，為大將潘美收養的柴宗訓之弟柴熙謹也莫名「病死」。這樣，後周世宗柴宗的後人除了早已不知所終的第五子柴熙讓，就只剩下第七子柴熙誨。當初趙匡胤登基時已授意手下殺死柴熙謹、柴熙誨兄弟，是後周開國上將軍盧琰拚死諫阻，道：「堯舜授受不廢丹朱、商均，今陛下受周禪，怎得不存活其後人？」趙匡胤環顧諸將，大多贊成斬草除根，只有大將潘美以手捏殿柱，垂頭不語。趙匡胤便特意問他道：「你也認為不能殺這兩個孩子麼？」潘美道：「臣豈敢認為不能？只不過感到於理不合。」趙匡胤這才收回成命，由潘美收養了柴熙謹、盧琰收養了柴熙誨。但不久後盧琰即留下一封書信給新皇帝，表示自己是後周重臣，義不臣宋，便帶著柴熙誨消失在茫茫人海中。

京師歷來是朝野是非、流言閒話最多之地，尤其像柴宗訓這類廢帝的命運更是引人矚目，說法極多。一種說法是有人持假玉璽、假公文到房州，意圖營救柴宗訓，結果被知州辛文悅識破，大宋官家為翦除後患，不得不痛下殺手。據說柴宗訓臨死前高叫道：「我死之日，當是柴氏復仇之時。」此話經武當道士之口傳出，想來並非空穴來風。

向敏中在汴京長大，早有耳聞，雖驚奇潘閬不大尊敬官家的口氣，卻也只是冷然不語，半晌才道：「潘兄說得不錯，這件事太過重大，不該由我一個人來決定，咱們這就回去汴陽坊，與寇准、張咏一道商議。」

潘閬道：「還有一件事，我越想越感到可疑。那就是，昨晚樊知古在樊樓遇刺一案，這件事似乎是有人故意為之。」

向敏中道：「此話怎講？」潘閬道：「樊知古是南唐叛民……不好意思，我不該用叛民的字眼，他北上大宋也算是棄暗投明了，不過他一旦被殺，南唐肯定是首要嫌疑犯。博浪沙的案子動靜已經足夠大，連官家都驚動了，又有那麼多人為的假證據如南唐鄭王隨從的屍首等等，追查到南唐身上是早晚的事。當此節骨眼，南唐正該避之不及，全力擺脫嫌疑，怎麼可能還派人去行刺樊知古？這不是有意引火焚身麼？」

向敏中幡然省悟，道：「潘兄說得極有道理。高瓊越獄、刺客屍首被焚毀後，沒有了能將南唐和博浪殺行刺一案聯繫起來的實證，所以又有人刻意行刺樊知古，將大夥的視線往南唐一方引去。」潘閬道：「不錯，一定是朝廷……不，我還是改口說高瓊的同黨好了，行刺樊知古的一定就是高瓊的同黨。」

向敏中道：「可官家為何又命我和張咏暗中調查樊知古一案呢？官家甚至認為樊知古遇刺跟王彥昇一案有

關聯。若果真是朝廷所為，令開封府公然出面調查豈不是更好？」潘閬道：「這才正是官家的高明之處。若是由官署公然調查，南唐深知自己嫌疑最大，惶恐難安，又無力辯解，這件事將成為大宋討伐南唐的藉口，少不得要做些軍事上的準備，那麼宋軍南下時就多了一分阻力。可是不派人調查，又不能安撫樊知古。湊巧你向兄連破王全斌自殺案、王彥昇中毒案，於東京已是聲名鵲起，官家讓你出來調查，裝裝樣子，對樊知古也是一個交代。」

向敏中亦覺有理，心道：「莫非官家信不過我，料想我不可能查到真相？也是，若不是潘閬當日湊巧在博浪沙目睹行刺經過，人又機智，我又怎會想到向仵作宋科查驗死去刺客的傷口、從而追查到朝廷頭上？寇准剛直，張咏忠義，更不會往朝廷頭上懷疑。這件事全虧潘閬提醒。」

潘閬忽捧著肚子叫道：「忙碌了大半天，實在是太餓了。咱們先去吃點東西如何？」向敏中道：「好。這一帶飯館、酒肆甚多，潘兄想吃點什麼？」

原來汴京匯聚天下俊傑，飲食風格也多樣化。開封的菜系大致分為北食、南食、川飯三類，北食多酸，南食多鹽，川飯多辣，而東京城市人食淡，四周村落則好食甘，正是不同地域不同口味的體現。

潘閬聽說，忙笑道：「川飯，川飯好，頂好是最地道的川飯館子。」

二人遂尋來相國寺橋邊碼頭一家名叫「錦江春」的川飯館。飯館名字雖然光鮮亮堂，飯堂也足夠大，卻充滿一股污穢陰暗之氣，很多麻袋隨意堆在角落裡，隨著人來人往的匆匆腳步，斑駁陸離的牆面不時浮起一陣陣塵土來。

向敏中忙解釋道：「別看這家館子污濁不堪，卻是蜀人開的，川飯最地道，價格也便宜，大凡來京師的蜀人，吃不慣中州飯食，都要來這裡。」

潘閬往飯館裡一看，果見館子裡食客坐得滿滿當當，大多是操著蜀音的行商、腳夫等，有密密交談的，有高聲叫嚷的，酒氣中夾雜著一股汗味，好不熱鬧。

向敏中又道：「相國寺橋太過低平，無法讓舟船通過，這裡的碼頭是汴河西進東京的最後一站，因而縴夫、腳夫之類的格外多，不過潘兄既指名要吃最地道的川飯，少不得要將就點。」潘閬笑道：「好極了，要的就是種市井味道。」

二人往靠近門邊的一張空桌坐下，叫了好幾遍，才有夥計上來招呼，向敏中遂請潘閬點了幾樣菜。夥計道：「今日人多不說，店裡最好的兩名廚子又被召進大內皇宮了，客官怕是要多等一會兒。」

潘閬大奇，道：「錦江春竟有這樣的名氣，連皇宮都要徵用你們的廚子？」夥計道：「也不全是啦，不過是小店川飯做得地道，宮裡的花蕊夫人愛吃家鄉飯菜，所以常常會派人來小店買酒菜回宮。不過只有花蕊夫人要在宮中置辦宴席的時候，才會臨時召廚子進宮做菜。」

夥計口中的花蕊夫人，即後蜀國主孟昶寵妃費氏——冰肌玉骨，豔絕塵寰，又精通詩詞，才貌兼備，是天下有名的美人。大宋滅後蜀後，孟昶與花蕊夫人都被俘虜，押送到汴京朝見太祖皇帝。獻俘當日，京師官民傾城而出，人山人海，擠滿御街兩旁，所有人的目光都在花蕊夫人身上。雖然她只穿著代表囚犯身分的貼身白衣，不施脂粉，但絕世的容貌仍然深深震撼了眾人，尤其那份亡國的哀戚，那份被千百萬百姓圍觀的屈辱，更為她平添了一種令人心動的楚楚風致。她的眼睛那麼明淨澄澈，如一潭湖水，照亮了整個開封。她又是那麼迷離脆弱，似一朵小花，不得不以纖弱的身軀來承擔風風雨雨。無數人稱讚她的千嬌百媚，無數人關心她未來的命運，更有無數人望美人而興歎。宣德門獻俘後，大宋官家趙匡胤當場赦免孟昶死罪，封其為秦國公，其妃費氏為秦國夫人。然而七天後，孟昶暴死，花蕊夫人被接入大內，由亡國之妃搖身變為官家的新寵，由此引來無數熱議。第二任皇后王氏死後，趙匡胤甚至一度要立花蕊夫人為皇后，還是宰相趙普以「亡國之物不祥」為由加以勸阻才甘休，另選邢國公宋偓之長女宋氏進宮，立為皇后。

潘閬聽說，不由得很是感慨，道：「後蜀滅亡九年，花蕊夫人進宮也有九年，她仍然念念不忘家鄉風味，想來是個十分戀舊的女子了。」

等了好大一會兒，飯菜才陸陸續續端上來，辣得二人噓聲連連，滿頭大汗。吃完飯出來飯館時，竟發現衣衫已全部濕透了。

向、潘二人回來汴陽坊，張咏已經回來，甚是沮喪，告知二人道：「官家親口告知，歐陽贊決計動不得，諭令我們幾個不得再追查王彥昇一案。」

向敏中大奇，問道：「這是為何緣故？」寇准道：「莫非官家自己內心有愧，覺得對不起聶平，之前他不也赦免了假聶保的死罪麼？」潘閬道：「你覺得那是赦免麼？將一個好端端的男子刺成人不人、鬼不鬼的樣子，罰去守城門，讓千百人指點圍觀。當真是寧可被處斬棄市，也好過受這份活罪。」

張咏道：「我也問起緣由，但官家說事關軍國大事，非我等所能參與。」潘閬冷笑道：「終於扯上軍國大事了。向兄，你快將咱們今日發現的大事告訴他們二位。」

向敏中便說了兩名死去的刺客正是南唐鄭王李從善的隨從，以及後來的種種驚人發現，道：「如今這件事只有我們四個知道。我因擔心劫走高瓊的人有重大圖謀，本待馬上進宮將所有一切稟告官家，但潘兄覺得不妥，所以我想跟幾位商議過後再決定。」

張咏和寇准二人面面相覷，全然不能相信博浪沙行刺事件背後的主謀竟是大宋，然而證據就在眼前，卻又不得不信。

潘閬道：「我本就不贊成向兄揭明博浪沙，眼下官家又不准我們追查歐陽贊，更是不能再去稟告官家了。」向敏中道：「好，我同意潘兄之意，暫時不揭破此事。不過，潘兄是認為歐陽贊也跟博浪沙有關麼？」

潘閬道：「歐陽贊帶著一大群人緊隨在李稍車隊的後面，你們認為是巧合麼？」張咏道：「官家已經向我說明，李稍員外是受朝廷之命帶商隊掩護北漢使者；因為北漢畏懼契丹，在與大宋達成協定前，不想讓媾和消息外洩。」

潘閬道：「官家這般安排決計沒錯，既高明又安全，當然咱們說這話要暫且忽略行刺一事。李稍並無可疑，這人是個精明至極的商人，不會多問任何分外之事，所以朝廷才會挑中他。再說歐陽贊的來歷，眼下我們已經能肯定歐陽贊就是真正的聶保，是他暗中下毒殺了王彥昇，但這對他應該只是意外事件，他原先並不知道會在小牛市集遇到仇人王彥昇。」

張咏道：「這不可能。歐陽贊如果不是早有預謀，又臨時上哪裡去找烏頭毒藥？」潘閬道：「這就越發證明歐陽贊有大圖謀，行囊中早備有烏頭毒藥，為阻止我們追查，甚至不惜交出冒充自己身分的假凶手。」

張咏道：「我已經向官家再三強調歐陽贊有大圖謀，但他只是不聽。當時我差點就以為歐陽贊是朝廷的人，可一想也不對，他若是朝廷的人，又怎麼會殺王彥昇呢？」

潘閬道：「歐陽贊的身分不難推測，他應該是真正的北漢使者。試想他若不是先跟張咏纏鬥，後來又因王彥昇而受阻，他應該能與李稍前後腳到達博浪沙。」張咏道：「如果歐陽贊是真正的北漢使者，倒能解釋官家為何不讓我們再追查王彥昇一案。可既然北漢想低調行事，大宋也因此出動李稍員外的商隊作為掩護，他如何又要單獨帶一大隊人馬跟在後面呢？這不是欲蓋彌彰麼？」

向敏中道：「這確實是個疑點。不如我們再去樊樓，向李稍員外打聽商隊一路南下的情形。就算他不知道歐陽贊的身分，也該留意到車後有這麼大一隊人馬。」潘閬道：「李稍太老道，不如由張咏直接去問他女兒李雪梅更好。」

寇准忽道：「我不贊成壓住這件事。既然已經有證據證明刺客是大宋所派，我們應該當面向官家問個清楚。」潘閬道：「我跟向兄都不贊成這麼做。張咏，你呢？」

張咏遲疑道：「我其實是贊成寇准的，不過這樣就是二對二的局面。這件事太過重大，只要有一個人反對，我們便不能揭穿。所以，我還是站到你們這邊的好。」寇准遂無話可說。

張咏獨自來樊樓找到李雪梅，問起歐陽贊一行的情形。

李雪梅道：「張郎指的是那對愛下棋的夫婦麼？我們在澶州[5]遇到過他們，同行過一段，我們商隊車多貨多，所以他們很快領先我們，但一路關卡下來，我們又超過了他們許多。」

張咏心道：「啊，歐陽贊人馬雖多，卻是輕裝簡行，腳力當遠遠超過李稍一行，只是他們要接受沿途關卡檢查，而李稍車隊則有大宋地方官暗中接送，一路通行無阻，所以慢慢累積下來，他們反而落在後面許多。如此看來，這歐陽贊根本不是什麼北漢使者。既然如此，官家為何又要全力庇護他呢？」他心中有事，不及與李雪梅多談，便道謝告辭。

李雪梅問道：「張郎可有唐曉英的消息？」張咏住的是李稍的宅子，服侍的女使也是對方所派，料來難以瞞過，只得訕訕答道：「英娘為人所救，眼下正藏在我住處。」李雪梅也不驚異張咏為何窩藏開封府通緝的要犯，只點點頭，道：「我改日再去看她。」

張咏大喜道：「多謝娘子。」李雪梅奇道：「多謝我做什麼？」張咏笑道：「謝謝娘子不會去開封府告發我窩藏重犯。」

李雪梅歎道：「唐曉英也是為阿圖所逼，阿圖又是家父的親信小廝，論起來樊樓也是有干係的，有什麼謝不謝的。」

出來樊樓時，正遇到歐陽贊的幾名奴僕進來飲酒，那幾人之前曾在小牛市集與張咏衝突交過手，相互認得。張咏見對方故意扭轉頭不理睬自己，心頭有氣，也不打招呼。忽無意中瞥見一人腰間圍著一根鮮紅色腰帶，襯著纏枝牡丹紋的金飾扣帶，腰帶上還掛著一根蹀躞帶[6]，上面掛著小刀、火石、針筒等物件。張咏愣得一愣，忙趕回汴陽坊，告知同伴，道：「歐陽贊那一夥人是遼國契丹人。」

寇准道：「張大哥如此判斷，是因為歐陽夫人是契丹人麼？」張咏道：「不是因為這個。我剛才遇到歐陽贊的幾名隨從，內有一人圍著徐呂皮腰帶，是用回紇野馬皮揉以鹵砂製作而成，因野馬難得，所以是契丹最上等的腰帶。那人穿的靴子也是紅虎皮靴子，當然並非紅色老虎的皮，而是回紇的一種獐皮。在契丹，只有達官貴人才穿得起。而且他佩戴著蹀躞，這也是契丹男子的習慣。」

潘閬道：「我也曾經到過遼國，徐呂皮、紅虎皮確實都是稀奇之物，大宋與契丹並不通往來，所以在中原更是罕見。如果這些人當真是契丹人，那麼歐陽贊也早已投靠遼國，難道官家庇護他是因為這一點麼？」

寇准道：「這怎麼可能？官家即位之初，已放言稱契丹是我朝大敵。大宋跟遼國雖無交戰，不過是因為中間隔了北漢的緣故，北漢一滅，兩國必然開戰。」

張咏是個急性子，道：「我們何必在這兒猜來猜去，不如直接去問官家，看他是不是知道歐陽贊是契丹人？又為什麼要庇護他？」

正說著，內侍行首王繼恩趕來，告知四人道：「官家命我來告知幾位，須得全力追查樊知古遇刺一案，不得再將心思用到別的案子上。」

潘閬忍不住道：「別的案子是指王彥昇被契丹人殺死一案麼？」王繼恩吃了一驚，道：「你們都知道了？難怪官家說你們幾個不容小覷。」

張咏道：「官家既已知道歐陽贊是殺死王彥昇相公的真凶，又是遼國派來開封的奸細，為何還要庇護他？」王繼恩沉吟片刻，道：「既然你們已經查到這個地步，我也不妨直言，歐陽贊不是遼國派來開封的奸細，而是來與大宋議和的使者。」

張咏道：「啊，北漢瞞著遼國與大宋媾和，遼國也同時派使者來議和，天下哪有這麼巧的事？」王繼恩道：「不僅你們意外，當歐陽贊主動表露身分時，官家以及知情的官員都吃了一驚。但無論如何，這是件好事。所以官家命你們不可以再追查歐陽贊，而是要查清樊知古遇刺的案子。」

潘閬冷冷道：「官家是想儘快聽到，樊知古遇刺事跟南唐有關麼？」王繼恩愕然反問道：「這遇刺之事難道不是南唐所為麼？」

寇准正要如實回答，向敏中重重咳嗽一聲，道：「我們已經查到是高瓊同夥下的手。如今高瓊是解開案子的關鍵，只要追捕到他，一切都能水落石出。」王繼恩道：「高瓊一夥先後在我大宋境內刺殺北漢使者及南唐降臣，可謂窮凶極惡，官家准你們調動三衙禁軍全力緝捕。」

向敏中道：「遵旨。請大官轉告官家，我等定當盡力追查高瓊下落。」王繼恩這才滿意地點點頭。

送走王繼恩，寇准皺眉道：「如今咱們要去哪裡找高瓊？開封府、排岸司均已出盡全力搜索，卻無任何蹤跡。」向敏中道：「朝廷跟北漢、契丹同時媾和，更急需藉口，好對南唐用兵。官家在意的不是高瓊，而是那些劫走高瓊的人，萬一到用兵的關鍵時刻，南唐突然推出高瓊來，將真相公布於眾，那麼之前朝廷的所有努力都付諸流水了。」

張咏道：「不僅如此，北漢若知道刺客其實是宋人，也會遷怒大宋，和談破裂不說，還要兵戎相見。所以我們不能讓對方得逞，必須搶在南唐前頭救出高瓊。」

潘閬道：「如果真的是南唐劫走高瓊，為何對面的李從善到現在遲遲不見任何動靜？反倒是咱們這邊多了好些個鬼鬼祟祟的閒漢。」寇准道：「潘大哥是說有人在暗中監視我們？」潘閬道：「你不相信麼？」

張咏自告奮勇地道：「我翻上牆頭去看看。」片刻後又匆匆回來，道，「果真如此。也不知道是些什麼人。」向敏中道：「不用去管這些人。張兄說得對，我們必須儘快找到高瓊。他如今已經不僅牽涉進入行刺一案，而且事關幾國邦交。」

潘閬道：「門外那些人大概也是想跟著我們找到高瓊，好殺他滅口。真到了那個時候，我們是要救他，好弄清一切真相，還是任憑他被殺死？」

眾人一時無語，心中反覆自問，到底該如何抉擇。高瓊不但不是一個壞人，而且是大宋的勇士，他僅僅是奉命行事，還在被捕後以驚人的意志抵擋住拷打，以完成自己的使命。而今他雖被人救走，但面臨的必然是更可怕的酷刑，那些人為了從他口中得到真相，定會窮盡一切手段，而真相會令大宋陷入危機，這一點，高瓊清楚，張咏、向敏中幾人都清楚。

那麼，高瓊人到底去了哪裡？他還能活多久？

1 池州：今安徽貴池。當時屬南唐。
2 劉繼業後改名楊業，即為演義小說中楊令公原型，其妻折氏即佘太君原型，劉延朗即楊六郎楊延昭原型。
3 宋代募軍不問來歷，重犯也可以免死參軍。
4 房州：今湖北房縣，地處武當山。
5 澶州：今河南濮陽附近。後來宋真宗即在此處與遼軍談和，簽訂了史上著名的屈辱條約「澶淵之盟」。
6 蹀躞：北方契丹男子流行佩戴在皮革腰帶上的一種小帶子，上掛常用物件。蹀躞帶上裝飾的質料和數目的多少，代表主人身分的高低。

【卷六】驚天祕密

高瓊大吃一驚道：「你是說秦始皇用和氏璧琢成的那塊玉璽，下落不明的傳國玉璽？」林絳道：「當然，天下除了這塊玉璽，誰還能當得起『傳國』二字？」和氏璧，觸手生溫，不染塵埃，能在夜中發光，又稱「夜光之璧」。

卻說清明節當晚高瓊被人神奇救出浚儀縣獄，一出地道口，便有人搶上來往他頭上套了一只厚厚的黑布套，令他無法看清周圍情形。那些蒙面劫獄者摸進牢房時，只取出早已準備好的鑰匙打開鎖住他脖子的頸鉗，並未去掉手銬腳鐐，顯是懼他身懷武藝會乘機反抗逃走。高瓊已猜到這些人來意不善，只是任憑擺布，一言不發。

有人上前扯下他衣服，似在查看他肩頭刺青，隨即拍了拍手；又有人執住他手臂，微微掀起頭套，舉起一杯東西往他嘴中遞來。他聞見酒氣，知道酒中一定下了迷藥，堅持不肯飲下，只道：「你們既從獄中救了我，總算是我的救命恩人，我決計不會出聲呼叫，既連累你們，也害了我自己。」有人冷笑道：「這裡可輪不到你發話。」

又上來兩人動手，抬高下巴，捏緊鼻子，迫他張大嘴唇，灌下了那杯藥酒。他只覺得胸口一熱，頭開始暈眩發昏，依稀感到有人打開了手銬，被禁錮多日的雙手終於得到了自由。他含含糊糊地道：「你們……你們是……」話音未落，便不省人事。

他只覺得全身晃晃悠悠，酥軟無力，如在雲端。再醒來時，卻是紅燭高照，異香撲鼻，陷身在錦繡軟褥中，身子早被擦洗得乾乾淨淨，換上了新衣裳。一名身穿紗衣的絕色女子正坐在床頭，用木梳梳理他的頭髮，一絲一縷，極其細心。

高瓊一愣，坐起來問道：「這是什麼地方？」女子抿嘴笑道：「高郎自己難道不知道麼？」高瓊道：「啊，該不會是……」他是盜賊出身，常年被官府追捕，對人有本能的警覺，忽然瞟到床邊帷幔閃動，驀然意識到什麼，及時住了口，推開那女子的手，冷笑道：「你們不必用美人計來套我的話。還是出來吧。」

帷幔後果然還站著一人，聞聲笑道：「高郎好警覺的性子，既然如此，也沒有法子了。」似不願意高瓊看到自己的臉，舉袖遮住面容，疾步走出了房去。片刻後闖進來幾名高大的蒙面男子，將高瓊從床上拖下來，反手縛住，又用黑布套套住腦袋，帶出房間。

高瓊藥力未過，全身酸軟，無力抵抗，被人拖著走了長長一段路，按在一張椅子中坐下。四周燈光閃動，影影綽綽有不少人影，但卻無人出聲，似在等待什麼重要人物到來。

等了小半個時辰，一陣腳步聲紛沓而至，有幾個人走進房來。高瓊隱約覺得一人來到他面前站定，當即問道：「你們是誰？這裡是什麼地方？」面前那人森然道：「我花費這麼大力氣將你救出大牢，你怎麼沒有絲毫感激之意？」聽聲音年紀已然很大，似有五六十歲，雖然老邁，卻有一股凜人的威嚴。

高瓊道：「多謝。敢問閣下高姓大名？」

那老者也不答話，只哼了一聲，當即有人上來扯開高瓊衣衫，露出肩膀。那老者湊上來仔細看過，道：「不錯，確實是漁陽高氏家族的標誌，而且是自小刺上的，假不了。」

高瓊道：「你既然救了我，如何又要將我囚禁在這裡？」那老者道：「我的目的不是要救你，而是要查明真相。你不是契丹人的刺客。」高瓊道：「閣下不是已經看過我肩頭的刺青了麼？」那老者道：「不錯，你是出自漁陽高氏，但我知道你不是契丹的刺客。說，是誰派你和你的同黨到博浪沙行刺？」

高瓊故作驚訝道：「莫非這裡就是開封府大堂？我從浚儀縣被轉押到開封府了麼？」那老者道：「這裡可比開封府厲害多了。你不肯交代出幕後主使，也由得你，我也不會像開封府那般派人拷打折磨你，那不過是最低劣的手段，對付你這樣的人是沒有用的。但你一日不說實話，就休想離開此處，我自有辦法來對付你。來人，把他關起來。」

立即有人上前提起高瓊，解開綁繩，換上手銬腳鐐，挾至一間囚室，取下頭套，將他推了進去。他只覺得腳下一滑，險些摔倒，好不容易穩住身子，打量四周。

那是間不見天日的地牢，只有牆壁上一盞油燈躍躍閃動，牢中極為潮濕，木柵欄連成的牆面上不斷滲出水來。地面也是一根一根的圓木連接而成，濕漉漉的。牆角蹲著一名二十餘歲的男子，衣衫襤褸，手足均戴了粗笨的鐐銬，正炯炯盯著新進來的高瓊。

高瓊忍不住先開口問道：「你是誰？」那人問道：「你又是誰？」高瓊想了想，道：「我叫高瓊，是契丹派來刺殺北漢使者的刺客。」那人道：「我叫林絳，是南唐派去與契丹聯盟的使者。」

二人互相瞪視許久，忽而異口同聲地道：「你騙人！」

高瓊先道：「你怎麼知道我騙你？」林絳道：「我奉國主之命出使契丹，用一件驚天大祕密換取契丹的軍事聯盟，可契丹皇帝認為南唐氣數已盡，不願意貿然出兵相助。但他們又想得到大祕密，所以扣住我拷打，之所以帶我來中原也是想找到大祕密。關我在這裡的人就是契丹放在中原的奸細，你若是契丹的刺客，怎麼會也被關來這裡？」

高瓊全然不信，道：「你不必再謊言騙我。我知道你跟張咏一樣，是他們有意派來套我話的，這一套我已經受夠了，休想再讓我上當。」林絳道：「我騙你做什麼？」撩起自己衣衫，露出累累傷痕來，道，「我已經被契丹刑囚數月，這些傷總不是假的。」

高瓊驀然認出那男子來：「啊，我見過你！你就是那馬車中的男子。你……你……」

原來林絳就是在博浪沙廝殺時，從馬車中跌出來的受傷男子，當日他乘坐的馬車被腳夫劫走，北漢人馳馬追趕，最後腳夫主動棄車，方才追回。高瓊受傷被擒後一直被押在商隊旁，對北漢人死命要追回馬車的舉動一清二楚，原以為那受傷男子是北漢人的首領，哪知道他竟自稱是南唐的使者，還被契丹人關在這裡。

高瓊原以為李稍護送的商隊中只有北漢使者，哪裡知道還混有契丹一方的人，雖一時難以置信，然而仔細回憶後，不由慢慢意識到林絳的話很可能是真的，只有這樣，才能解釋所有事情——

南唐意圖避開大宋，選擇與契丹結成軍事盟友，一點都不稀奇，這也是南唐立國以來的策略。早在五代時期，南唐便已經與契丹聯盟往來。南唐雄踞江南，地處江淮之間，遼則遠屬塞北，兩國中隔中原地區，王朝更迭頻繁，但南唐與遼一直互通友好，隱隱有遠交近攻的策略。契丹曾數度派遣使者至南唐，獻上馬、牛、羊等方物。南唐保大元年，中主李璟即位，曾遣公乘鎔由海上至契丹，以續舊好，兩國使節不斷。後晉時，高祖石敬瑭稱臣於契丹，割讓燕雲十六州，並向契丹皇帝行父子之禮，自稱兒皇帝，傾心依附。南唐宰相宋齊丘為從中離間，刻意派刺客刺殺了出使南唐的契丹使者，令刺客被捕後自誣為後晉所派。契丹果然大為惱怒，不久後就發兵滅了後晉。這一極其高明的栽贓事件直到宋齊丘死後才被人揭發出來。後周時，世宗柴榮對契丹與南唐相交深以為忌，有意從中破壞。一次，遼國派遣使者到南唐，南唐特意為使者在清風驛舉行盛大的夜宴。契丹使者酒酣之時，離席去上廁所，被後周刺客刺殺，割走首級。南唐官員久等不見使者回來，趕到廁所，才發現他已經死去多時。遼國怪罪南唐，從此斷絕了往來。

然而自大宋滅掉後蜀、南漢後，南唐皇帝李煜就陷入了異常的恐懼中，主動向大宋稱臣——李煜不得稱「皇帝」，而是稱「國主」，居住的宮殿也廢除了鴟吻；李煜所下諭旨，不再稱「聖旨」，而是改稱為「教」；中央的行政機構亦改變了稱呼，如中書、門下省改為左、右內史府，尚書省改為司會府等。如此貶損制度，自然是刻意修藩臣之禮，表示不敢與大宋皇帝平起平坐之意。並且不斷貢獻方物獻媚大宋，左支右絀，為此南唐府庫力殫財竭，可是依舊不能緩解危機；因而李煜又想到了派使者與契丹結盟、利用契丹從北方牽制大宋的法子，以挽救岌岌可危的處境，這也確實是南唐唯一的出路。

林絳所稱契丹對南唐的態度也符合實情。南唐一面向大宋稱臣，竭力諂媚討好，一面暗中派人與契丹重修於好，這自然讓以勇力自負的契丹很是看不起。己方之前兩批出使南唐的使者遇刺後被割去首級，其中一次還是南唐自己所為，這也非契丹所能輕易釋懷。南唐占據江南，正是中原最富庶之地，大宋勢在必得，契丹早已看出這點，也不願意為此貿然得罪大宋。畢竟大宋立國後，契丹雖未與大宋來往，可也從未公然挑戰，這種平衡是相當微妙的，一旦被打破，雙方都要付出代價。當時的遼國東至於海，西至金山，暨於流沙，北至臚朐河，南至白溝，已經是一個幅員萬里的大帝國[1]，征服諸部，雄視艮方，天驕踔厲，前史罕見，對於立國才僅僅十四年的大宋來說，實在是一個不容小覷的對手，不然大宋皇帝也不會設置一個封樁庫，預備用金錢贖回燕雲十六州。

契丹既無意再與南唐結交，當放回使者，然而扣押使者這類事情也不罕見，罕見的是扣押後竟然還要嚴刑拷打，這實在大大有違邦交原則。如此可見林絳所稱的大祕密有多大了，大到契丹不遠萬里特意派人押送他來到大宋京師。

誠如林絳所言，契丹南來開封的目的是要得到大祕密，而北漢表面與大宋媾和並無真心，既是契丹人欲攜林絳南下的掩護，又能窺測大宋的軍政情況。對大宋而言，南、北方均未平定，統一天下路途漫漫，能不戰而屈人之兵當然是上上策。北漢現任皇帝劉繼元跟當今大宋皇后本是表兄妹親戚關係，若是北漢主動提出媾和甚至歸降，必定令大宋驚喜異常，這次指派開封首富李稍親自率商隊前去邊境接應，便可見重視程度，而這些正是契丹想要的——因為將林絳這樣一個囚徒押來開封並不容易，沿途關卡重重，而若是由北漢使者帶著林絳混在商隊中，不僅沿途不必接受關卡檢查，還有大宋地方官一路暗中接送。如此看來，那群奇怪的腳夫不要別的貨物，只要馬車，為的也是馬車中的林絳了。

林絳見高瓊認出自己也很是驚訝，道：「原來你當真是那些蒙面強盜中的一個。」隨即笑道，「可惜我知道你在說謊，你不是契丹人派來的。」

高瓊道：「你能肯定是契丹人關你在這裡麼？我可不大信，如果這些人是契丹人，他們為什麼要冒險從縣獄中救我？若只是想洗清嫌疑，他們大可透過北漢使者出面揭破，威逼朝廷調查。」林絳道：「你稱朝廷了，你是宋人，對不對？」高瓊哼了一聲，並不回答。

林絳歎道：「實話告訴你，我被從遼國上京押到北漢都城太原[2]，再由北漢邊境進入中原，一路帶來開封，半途逃跑過一次，又受傷被捉回，我身邊晝夜不停地有契丹人和北漢人看守，你說我會弄錯麼？」

林絳乘坐的馬車於博浪沙遭劫，後來被北漢人從腳夫手中追回，車邊一直有宋禁軍軍士。他之所以並未呼救，是因南唐派使者意圖與契丹結盟的事絕不能讓大宋知道，而契丹、北漢也有顧忌，所以雙方都不聲張，就此安然無事。

高瓊又仔細凝思一遍，對林絳所言再無懷疑，忙問道：「那麼你所知道的大祕密是什麼？」林絳笑道：「現下我倒懷疑你是他們派來套我話的了。不過告訴你也無妨，反正契丹人早就知道了，那個大祕密就是『傳國玉璽』。我知道傳國玉璽的下落。」

高瓊雖然早有心理準備，還是忍不住大吃了一驚，半晌才訕訕問道：「你說的是秦始皇用和氏璧琢成的那塊玉璽麼？」林絳道：「當然，天下除了這塊玉璽，誰還能當得起『傳國』二字？」

傳國玉璽最初只是一塊玉石，戰國時期楚國人卞和在荊山[3]下發現了它，抱去獻給楚厲王。玉工鑒別後卻說這不過是一塊普通石頭，於是楚厲王以欺君之罪砍下了卞和的左腳。楚武王即位後，卞和又抱著玉石來獻，卻仍然被玉工鑒定為石頭，楚武王又砍其右腳。楚武王死後，楚文王即位。卞和抱著玉石在楚山下痛哭了三天三夜，哭乾了眼淚後又繼續哭血。楚文王得知後派人去詢問原因。卞和道：「我哭並不是因為被砍去了雙腳，而是寶玉被當成了石頭，忠貞之人被當成了欺君之徒，無罪而受刑辱。」楚文王便命人剖開這塊玉石，果真見到一塊稀世璞玉，遂命名為『和氏之璧』。卞和獻玉有功，楚文王感其忠義，特賜封其為零陽侯，然卞和辭而不就，但卞和獻玉的故事從此傳為千古佳話。

和氏璧最終的形狀，是一塊中心有孔的平圓形玉器，從正面看為白色，側面看則為碧綠色，色混青綠而玄，光彩射人。更為奇特的是，這塊玉璧觸手生溫，不染塵埃，能在夜中發光，所以又稱「夜光之璧」，成為舉世公認的稀世珍寶。

自卞和獻璧，從楚文王到楚宣王的大約三百多年間，和氏璧一直歸存於楚國王室，世接代傳，為楚國鎮國之寶。楚威王時，和氏璧被賜給伐魏有功的相國昭陽。某日昭陽大宴賓客，酒酣之時，取出和氏璧供眾人觀看賞玩，結果和氏璧在宴席上離奇丟失。主人昭陽派人四處搜尋，弄得雞飛狗跳，卻一無所獲。當時鬼谷子的高徒張儀學業期滿，正投奔在昭陽門下為門客。其人家境貧寒，鬱鬱不得志，當日人也在宴席上，因而被懷疑是偷走和氏璧的首要嫌犯。昭陽命人嚴刑拷打張儀，張儀被打得遍體鱗傷，奄奄一息，卻始終不承認偷了玉璧。後來他設法帶著妻子逃離楚國，來到秦國，受到秦惠文王的賞識，當上了秦國相國，連橫霸秦，成為戰國風雲人物。

和氏璧失蹤數十年後，突然在趙國都城邯鄲出現，為趙國宦者令繆賢在集市上購到。不知道賣璧者是本身就不知情，還是怕惹禍上身，竟絲毫未提玉璧來歷，價格也相當公道，只是普通玉璧的價錢。繆賢買回家時還不知道這就是大名鼎鼎的和氏璧，後經玉工鑒定為價值連城的和氏璧後，登時喜之若狂，愛不釋手。趙惠文王得到消息後，派人向繆賢索要和氏璧，繆賢不捨得就此獻出天下至寶，推託自己沒有玉璧。趙惠文王趁繆賢外出打獵時，派軍隊衝進其家中，搜走了和氏璧。繆賢怕趙王降罪，打算逃去燕國，其門客藺相如勸阻了他。繆賢肉袒負荊，向趙王告罪，趙王果然原諒了他。

不久後，秦國聽說和氏璧在趙王手中，派人送信到趙國，提出要以十五座城池交換和氏璧。趙惠文王明知道秦國居心叵測，卻畏懼秦國強大，不敢不依。正為使者人選發愁時，繆賢推薦了自己的門客藺相如。藺相如從此登上了政治舞臺，帶著和氏璧向西進入秦國國都咸陽。秦昭王坐在章臺宮接見趙國使者，藺相如捧著和氏璧進獻。秦昭王非常高興，把和氏璧傳給妃嬪及左右侍從人員看。藺相如看出秦王沒有要把城池交給趙國的意思，就假稱璧上有瑕疵，拿回和氏璧，隨即高高舉過頭頂，當面揭穿秦國騙璧的陰謀，並表示如果秦王強奪，他將與和氏璧同歸於盡。秦昭王生怕藺相如撞碎和氏璧，忙婉言道歉。藺相如便要求秦王齋戒五天，在朝堂上安設九賓之禮，他才能獻上和氏璧。秦王無奈答應，將趙國使者一行安置在廣成傳舍裡。藺相如料定秦王雖然答應齋戒，但必定違背信約，不會拿城換璧，便讓他的隨從穿著粗布衣服，懷揣和氏璧，從小道逃回趙國。五日後，藺相如到朝堂告知和氏璧已送回趙國。秦昭王雖然生氣，卻也無可奈何，只好放藺相如回國。此即歷史上著名的「完璧歸趙」故事。

秦國統一中國後，和氏璧最終落入秦始皇嬴政之手。秦始皇命人將這塊玉璧琢成玉璽，宰相李斯親書八字鳥蟲狀篆書印文：「受命於天，既壽永昌。」雕刻則由咸陽著名玉工孫壽完成。玉璽璽體方圓四寸，鈕呈五螭五虎盤踞形狀——螭是傳說中一種沒有角的黃色龍，是神聖之物；虎則是威猛的象徵。這兩樣最能體現皇帝的獨尊地位和權威。這塊玉璽自雕成之日起，便作為「皇權神授、正統合法」之信物，被隆重供奉在咸陽皇宮的符節臺上，號稱傳國之寶、國之重器，成為中國至高無上皇權的象徵。

秦代滅亡後，秦二世胡亥的姪兒子嬰將傳國玉璽奉給了最先進入咸陽的劉邦，儘管劉邦當時在各支義軍中實力最弱，但他最後仍然得到天下，建立了強大的漢朝。因而朝野民間開始流傳一種說法——得傳國玉璽者得天下，得之表示受命於天，失之則是氣數已盡。

西漢末年，王莽篡位，派人進宮索要傳國玉璽。皇太后王政君又氣又恨，舉起玉璽朝討印者扔去，由此崩掉了玉璽的一角，後來用黃金鑲補。此後，傳國玉璽一直是天下霸者共逐之鹿，歷代帝王皆以得此璽為符應，奉若奇珍。凡登大位而無此璽者，則會被譏為「白板皇帝」，被認為底氣不足，而遭世人輕蔑。

唐代立國時，傳國玉璽被隋煬帝皇后蕭氏帶入突厥，唐高祖、唐太宗父子只得重新自製玉璽，新的傳國璽為白玉所雕，上刻「皇帝景命，有德者昌」八個篆字。因唐高祖李淵的祖父名李虎，「虎」於是成為唐代國忌，需要避諱，所以鈕首只有五螭盤踞。不過「皇帝景命，有德者昌」璽文帶有典型的貞觀流風，比妄自尊大的「受命於天，既壽永昌」高明了許多。後來唐軍大破突厥，迎蕭皇后回中原，秦始皇傳國玉璽也重新落入唐太宗手中。

唐朝末年，天下大亂，群雄四起。唐天佑四年，朱溫廢唐哀帝，奪傳國玉璽，建立後梁。十六年後，李存勗滅後梁，建後唐，傳國玉璽轉歸後唐。又十三年後，石敬瑭引契丹軍攻入洛陽，後唐末帝李從珂懷抱傳國玉璽登玄武樓自焚，傳國玉璽就此失蹤。當時的契丹皇帝耶律德光也知道傳國玉璽對中國的意義，一度派人大肆搜尋，卻終無所獲，這才相信後唐宰相馮道稱玉璽已經燒化的說法，就此作罷。

高瓊聽林絳稱知道傳國玉璽的下落，不禁駭然，半晌才道：「傳國玉璽不是早就被焚毀燒化了麼？」林絳道：「你這麼大個男人，難道也相信一塊傳了上千年的玉璽會被大火燒成灰燼的說法？那只是傳說焚毀，並沒有真正焚毀。」

高瓊道：「可是自後唐以來，不獨契丹人竭力索取過傳國玉璽，就連後晉、後漢、後周都派出大量人力在宮中、民間反覆搜索，均無消息。你們南唐一向與中原為敵，被阻隔在中原之外，如何能知道傳國玉璽的下落？我不信，一定是你們國主為了打動契丹結盟，故意編造出來的謊言。」

林絳道：「你不信，自然有人信，不然契丹何必命北漢假意與大宋媾和，萬里迢迢押送我來中原？倒是你才真真可笑，對著這些契丹人自稱，是契丹派去刺殺北漢使者的刺客。」

高瓊道：「那不過是契丹人天真，才相信了你的謊言。你是南唐人，根本不可能知道傳國玉璽的下落。」

林絳正色道：「那麼我便實話告訴你，我本來也是中原人。」

高瓊道：「你是中原人？」林絳點點頭，道：「你可知道後周末年『點檢做天子』的讖語？」高瓊道：「當然知道，當今大宋皇帝便是當日的點檢，正因為有此讖語，他才在陳橋驛被眾將士黃袍加身。」

林絳道：「這句話一開始就不是讖語，只是一場有計畫的爭權奪力陰謀。當時後周世宗柴榮在世，最親信侍衛親軍都指揮使李重進與殿前都點檢張永德二人，李重進是後周太祖郭威的外甥，張永德則是郭威的女婿，二人名望地位相當，不分高下。李重進的屬下部將為了打擊張永德，有意刻下『點檢做天子』的木牌扔在軍中，果然引來柴榮猜忌，免去了張永德殿前都點檢的職務。事後，李重進得知真相重罰了部將，主動向柴榮坦白，由此被外放為淮南節度使。趙匡胤這才得以乘機崛起，等到柴榮病死，利用地利之便先發制人，發動了陳橋兵變，建宋代周，當上了皇帝。李重進自然不服，舉兵反宋。趙匡胤率大軍親征，攻破揚州，殺死了李重進全家。」林絳直接稱呼當今大宋皇帝的名字，犯了國諱，可謂大膽之極。

高瓊料來林絳不會沒來由地說這麼長一段故事，心念一動，問道：「你是李重進之子？」林絳道：「不錯，你竟能事先猜到。」

高瓊道：「揚州臨近南唐，李重進起兵時，曾派人向南唐結盟求援，不過為南唐所拒。你既刻意提這麼一段故事，當是與你身分有關，足以證明你知道傳國玉璽的下落。」

林絳歎了口氣，道：「我本姓李，名延福。家母郭氏是後周太祖郭威一母同胞的親姊姊，曾受太祖之命特意追尋傳國玉璽。太祖有言在先，只要能找到傳國玉璽，就立家父為儲君。事情本已有眉目，但太祖突然病重，不但立內姪柴榮為嗣，還特意將家父召至病榻前，命他向柴榮下跪，定君臣之禮。家父家母憤憤難平，就此隱瞞了傳國玉璽一事。」

高瓊道：「得傳國玉璽者得天下，你父親既早矚目帝位，為何不趁早取出傳國玉璽？」林絳道：「不是人人都像你想的那樣，為了得到帝位可以放棄一切。家父既然在太祖面前答應要對柴榮盡臣子之禮，便一定會做到。後來家父舉兵反宋，實是因為趙匡胤謀反篡位在先，不過當時開封已經為宋軍控制，要取到傳國玉璽並不容易。」

高瓊道：「這麼說，傳國玉璽是在開封城中了？」林絳道：「當然。不然契丹人為何冒險押我來這裡？」

高瓊見他連月來備受酷刑折磨，遍體鱗傷，形容極其憔悴，不禁大起惺惺相惜之心，正色道：「林兄，你我雖非同路，可高某十分敬佩你是條好漢。望你一定要挺住，不要將傳國玉璽交給契丹人。」

林絳笑道：「這麼說，你是承認自己不是契丹人了？」高瓊道：「我承認也好，不承認也好，他們都已經知道。」

林絳道：「嗯，你放心，任他們怎麼拷打我，我都不會說出傳國玉璽的下落。」他身上本有重傷，又一口氣說了這麼多話，早累了疲憊不堪，當即靠在牆上，閉上了眼睛。

地牢裡面沒有窗戶，牢門上雖有一扇小窗，卻也不見絲毫日光。也不知道過了多久，牢門忽然打開，闖進來兩名蒙面黑衣人，往林絳頭上套了一只黑布套，將他架了出去。過了大半個時辰，他才被重新送了回來，雙眼翻白，全身濕透，被扔在地上後動也不能動，只大口喘著粗氣，口鼻中不斷有清水流出。

高瓊忙過去扶他坐好，問道：「他們又用刑拷打你了？」隔了好半晌，林絳才勉強擠出一絲笑容，道：「不必驚訝，這是我每日都要經歷的刑訊，習慣就好了。我每被帶出去一次，就表示又是新的一天了。」

高瓊見他氣息微弱，便扶他躺好，將頭枕在自己膝蓋上，心道：「林絳不肯說出傳國玉璽下落，自是因為關係重大。然而他被囚多日，想來已經經歷了無數酷刑，他也可以說得上是條硬漢，這些契丹人明知折磨他並無用處，還是不得不為之。可他們明明是想知道我幕後的主使，試想，挖地道劫獄風險何等之大，可見他們勢在必得，可為何反而對我手下留情，並不用刑拷問？」一時難以想通究竟。

林絳積蓄了一些氣力，勉強坐起來，道：「多謝。高兄，你我今日同獄，也算有緣。我自知無法活著離開這裡，有一件事要拜託你，如果你將來能夠活著出去，煩請你帶個口信給我的家人。」

高瓊心道：「這些契丹人挖地道將我救出，費盡心機，必有大圖。而今我知道了北漢使者和傳國玉璽的祕密，他們又豈能容我活著離開？」見林絳目光中流露出熱切的懇盼，實在難以拒絕，便點頭道，「好。」林絳道：「我養父在南唐為大將，他膝下無子，承蒙他待我如親子，請你……」

高瓊失聲道：「莫非你的養父是林虎子林仁肇？」林絳道：「不錯，他是南唐第一名將，難怪你立即就能猜到。」

高瓊冷冷道：「我不僅能猜到，還認得你養父。」林絳道：「什麼？你認得我養父？莫非你竟是南唐人？」高瓊別轉過頭不答，胸口劇烈起伏，顯是激動不已。

林絳心下焦急，又忙追問道：「莫非你是南唐派來的刺客，意圖挑撥北漢和大宋的關係，令他們無法媾和？」

高瓊一聽「刺客」二字，再也無法忍耐，挺身撲上前去，雙手扼住林絳咽喉，道：「想不到老天爺竟然將殺祖仇人之子送到我面前。你不要怪我，這是天意。」林絳使勁掙扎，卻被高瓊占了先機，總掙不開，結結巴巴地道：「你……你不能……殺我……不然……大祕密……傳國玉璽……」

高瓊道：「我才不稀罕什麼傳國玉璽！我殺了你，非但可以為我祖父報仇，那些契丹人再也不可能從你口中知道傳國玉璽的下落，豈不是一件大大的好事？」手上加勁，林絳扭動了兩下身子，便暈厥過去。

牢門驀然打開，幾名黑衣人搶進來，抓住高瓊手臂，強行將他從林絳身上拖開，旋即有人往他頭上套了一只黑布套，帶出牢房。往上走了一段臺階，來到一間屋子，有人將他按在交椅中坐下，用繩索連人帶鐐縛住。

有人厲聲道：「眼下你已經知道我們的身分，你該知道你原先那一套謊話騙不了人。快說，你到底是什麼人？是誰派你到博浪沙行刺的？」高瓊反問道：「那麼你是契丹人，還是北漢人？」

話音剛落，便有一盆涼水兜頭澆下，事先毫無徵兆。高瓊陡然受涼，「啊」的驚叫一聲。頭套瞬間濕透，緊貼到他臉面上，他只覺得呼吸困難，胸口如壓大石，不由自主地想掙脫繩索，舉手欲揭開頭套，卻始終難以掙脫開來。

盤問者笑道：「這滋味不好受吧？現在你該知道在這裡你只有答話的份，沒有發話的權力。說，你是什麼人？」高瓊實在憋得難受，只得叫道：「我說，我說。」

便有人上來揭起頭套，卻並不完全取下，只露出嘴巴和鼻孔。高瓊貪婪地吸了幾口大氣，聽對方喝問不止，這才垂頭喪氣地道：「我是南唐濠州[4]人。」

盤問者道：「你的意思是，南唐國主李煜派你來刺殺北漢使者？」高瓊道：「是。」

盤問者哈哈大笑起來，道：「你當我們是傻子麼？林絳在牢裡告訴你傳國玉璽一事時，你對他稱『你們南唐』、『你們國主』，你當然不會是南唐人。我告訴你，你們兩個說的每一句話、每一個字都被我們聽到了。」

高瓊這才知道地牢裡另有機關，有人在暗中監聽內中的一舉一動。他們將他和林絳關在一起，也是有意為之。高瓊不由得深為驚悔，他自己倒不畏死，可他身分一旦被查出，勢必將危及到他的主人。

盤問者道：「你一定是宋人。說，是誰派你行刺的？是不是當今大宋皇帝？」

不管對方再如何問話，高瓊只緘口不語，心中卻是沮喪萬分——之前的一切安排和努力都成了徒勞，他所受的痛苦以及即將面臨的死亡都變得沒有任何意義。

盤問者見高瓊再也不肯開口，倒也不用刑拷問，只任憑他濕漉漉地綁坐在那裡。

過了二三個時辰，有人匆匆進來，走到高瓊面前，道：「我已盡知你來歷，你還是自己實話實說的好。」聽聲音正是上次問話的那名老者。

高瓊道：「實話實說也可以，你先放開我，我要解手。」老者道：「你又想耍花招麼？」高瓊道：「你們將我綁在這裡幾個時辰，我能有什麼花招？」

老者便命人鬆開繩索，取來一只便桶放在椅子邊上，道：「你就在這裡方便，不准揭開頭套。」高瓊也不客氣，扯開衣褲往那便桶撒了尿，剛一轉身，又被按回椅子中坐下。

老者道：「眼下你可以說了。」高瓊道：「你不是都已經知道了麼？」

老者緩緩道：「嗯，我聽說你肩頭有高氏刺青後，就已經猜到你是倍太子[5]愛妃高夫人那一系的人。」高瓊譏諷道：「你連人都沒有見過，就能瞎猜家承來歷，莫非你是神人？」

老者道：「自然不是。我聽說你在公堂上經受不住拷打，招供出是受契丹指派行刺。宋人也許會相信，但我卻知道你是在胡說八道。既然你不是我們這邊的人，我理所當然就想到你是南唐派來的。漁陽高氏久居燕地，到南唐做官的實在很少。你既認得林仁肇，稱他是你殺祖仇人，那麼就只有一種可能了——你祖父名叫高霸，父親名叫高乾，是也不是？」

高瓊道：「嗯，這個……」驀然從交椅中站起來，埋頭朝一旁撞去。他適才解手時已窺測到左邊有根柱子，只要用盡全力奔出四五步，就能撞柱自殺。只是他手足戴有鐐銬，又連日經受折磨，身手凝滯，剛觸及柱子時便被人從旁抱住，重新拖到交椅中坐下。有人取來繩索，將他牢牢縛在椅子上，再也動彈不了分毫。

老者對他這一意圖撞柱自殺的舉止相當吃驚，歎息半晌才道：「你寧死也不肯開口承認身分，可見你背後的人來頭極大。嗯，是不是當今大宋皇帝派你來刺殺北漢使者？我猜他未必就是想嫁禍契丹，你主人未必知道你肩頭刺青之事，你們真正想嫁禍的是南唐，對也不對？你們宋人還不知道，我大遼皇帝已經拒絕了南唐使者，因為擔心南唐與大遼結盟，所以有意派你冒充南唐刺客去行刺北漢使者，想以此嫁禍來挑撥離間，徹底絕斷大遼與南唐結盟的後路。這一招，就跟當初你祖父高霸出使南唐時，被南唐宰相派人刺殺、再嫁禍後晉是一個道理。」

原來高瓊的祖父高霸曾在遼國南京擔任重職，受命出使南唐時，被南唐宰相宋齊丘指使林仁肇派刺客刺殺，割走首級，嫁禍給後晉。當時的遼國皇帝耶律德光信以為真，不久便發兵攻滅了後晉。高霸出使時還帶著兒子高乾，高霸被殺後，南唐以隆重禮儀下葬，又厚待高乾，為他在濠州安排了田舍宅邸，將江南美貌女子嫁他為妻，高瓊便是出生在濠州。

高瓊聽那老者非但道出自己來歷，甚至連行刺目的也一一指出，心驚不止。然而到此境地，他連求死都不能，只有死不開口唯一一個法子了。

老者道：「我已盡知你的祖父姓名，追查出你的幕後主使毫不困難。你還想報殺祖之仇麼？你若肯聽我一言，我不但助你復仇，除掉林仁肇，而且放你走，保證不再追究你幕後主使者。」一旁立即有人道：「這姓高的小子知道的祕密太多，絕對不能放走。」

老者揮手止住，又問道：「我開的條件怎麼樣？不然你只能像條狗一樣一直被囚禁在這裡，不見天日，直到我們想殺掉你為止。你是條硬漢，自然是不怕死的，那麼我便將你交給大宋皇帝怎樣？我倒真想看看他如何處置你。」

高瓊沉默半晌，問道：「你想要我做什麼？」老者道：「傳國玉璽。」

高瓊道：「你要我從林絳口中套出傳國玉璽的所在？」老者道：「正是。」

高瓊道：「他是我仇人之子，我適才差點殺了他，他怎麼可能再將傳國玉璽的祕密告訴我？」老者道：「年輕人，世事是很微妙的，親朋好友未必能傾心相許，殺祖仇人未必不能誠意結交。對林絳，我已經用盡了手段，仍然問不出傳國玉璽的下落，也許你是最適合的人選。」

高瓊只覺得他話中饒有深意，一時不答。

老者便道：「我給你十日時間。十日之內你不能辦到，我就親自押著你到大宋皇帝面前。你說他會怎麼做？他一定會否認是他主使你行刺。你不但會被皇帝親自下旨公開處以極刑，你在中原的親朋好友都要受到牽連，男子或被處死，或是刺配牢城，婦女則收入官中為妓，被達官貴人玩弄至死。這些是你想要看到的麼？」

這番話重重打在高瓊的軟肋上，他倒抽一口涼氣，只得道：「十日太短，請多給一些時日，容我考慮清楚。」那老者不應，只叫道：「來人，送他回囚室。將他二人分開，可別讓他為一己之私殺了林絳。」

當即有人將高瓊拖回地牢，用鐵銬分別鎖了他和林絳一隻腳，另一端分釘在對角的牆壁上，二人走到地牢中部時便會各自被鐵鍊扯住，最多只能勉強面對面，要想再打架是萬萬不能了。

高瓊本有心再殺林絳，徹底斷去契丹人尋到傳國玉璽的念想，可當此情形，再無殺死林絳的機會，只是默不作聲。

如此過了大半日，林絳忽然問道：「你覺得我們兩個還有機會活著走出這裡麼？」高瓊道：「半分機會也沒有。況且不能為親人復仇，活著跟死了又有什麼分別？」

林絳道：「你還想殺我報仇？」高瓊道：「當然。」林絳道：「我知道你是高霸的後人，你須知道當時殺你祖父並非私人恩怨，而是政治舉動，目的是要挑撥後周與契丹相鬥，我養父不過是奉宋宰相之命行事。你祖父被殺只因為他是使者，換做其他人，也是一樣的後果。」

高瓊道：「那又如何？」林絳道：「你自己不也自稱是契丹派來刺殺北漢使者的刺客麼？果真如你所言，你這也是典型的政治舉動，跟個人恩怨沒有半點關係。」高瓊愣了半晌，才道：「你說得不錯。」

林絳道：「我可以助你復仇。」高瓊道：「你？」林絳道：「如果你能助我逃出這裡，待我辦完一件重要的事後就讓你殺了我，絕不反抗。」高瓊大為意外，道：「你當真願意這麼做？」林絳道：「君子一言，快馬一鞭。」

高瓊道：「可這裡防守森嚴，根本不知道外面地形如何，你我手足又均被鐐銬鎖住，絲毫走不出五步，如何能逃得出去？」

林絳道：「他們最在意的是傳國玉璽，而傳國玉璽的祕密只有我知道，如果你找機會脅持我，並威脅他們若不放你出去便要殺了我，也許會有一線生機。因為我若死了，傳國玉璽的祕密將就此中斷，再無人知道。」

高瓊仔細想了想，這確實是在目前情況下最可行的法子，便問道：「你要辦的重要事是什麼？」林絳道：「這我可不能告訴你。你若是不放心，可一直跟在我身邊，直到你殺我為止。」高瓊料到這番話已落入監聽者耳中，便應道：「好。」

果然隔了不久，便有蒙面人進來打開他腳鍊、套住頭，將高瓊押了出去。那老者正在等他，忙問道：「林絳主動跟你商議逃跑一事了麼？」高瓊冷冷道：「你不是一直派人暗中偷聽我們談話麼，何必再多問我？」老者道：「不錯。我們來安排一個計畫，你先如林絳所言，假意脅持他，我再派一些人假裝是你的同夥救你出去，順便將林絳也救走，你再跟著他取到傳國玉璽。」

高瓊道：「你關住林絳已非一日，該知道他不是蠢人，要騙過他是極難的。天底下哪會有這麼湊巧的事，我剛脅持了他，就有同夥來救我？」老者道：「你說得不錯，同夥救人確實比較牽強。」

高瓊道：「況且我已仔細考慮過，不能答應為你騙過林絳取得傳國玉璽。」老者道：「那麼你知道我要怎樣對付你了。」高瓊昂然道：「隨便你怎麼對我，我也不能幫助敵國取得天子信物，亂我中原。」

老者道：「我早知道你是不會輕易屈服的，這才是我們高家男兒的本色。」高瓊吃了一驚，道：「原來你也姓高。」

老者道：「不錯，我姓高名強，也是出自漁陽高氏，肩頭有著跟你一模一樣的刺青。高瓊，你祖父本是契丹大官，我雖不知道你後來如何從南唐投了大宋，但料想是因為知道了你祖父遇刺真相的緣故。你雖在中原出生，終究還是燕人，是我們大遼的子民，是契丹人，怎麼可以提敵國之類的話？」

高瓊道：「燕雲十六州本是中原所有，你我都是漢人，是中原人，何時成了契丹人了？」高強道：「你祖姑姑是倍太子愛妃，論起來你跟當今遼國皇帝也是表兄之親，如何不是契丹人？只要你肯回去遼國，進爵封王，榮華富貴，享之不盡，豈不比你在中原任人差遣要強千百倍？」

高瓊道：「道不同不相為謀，雖說你我同族，恕我難以從命。」高強道：「那好，我願意看在同族的份上退讓一步，我不強求你助我拿到傳國玉璽，只要你從旁協助救林絳出去，令他毫不起疑。我甚至還可以答應你，我可說服我國皇帝與大宋通好，但條件是大宋也不可再侵犯北漢和大遼，如此大宋南下攻取南唐再無北顧之憂。如何？」

高瓊道：「當真？」那高強便先用黑布蒙住自己的臉，再命人取下高瓊的頭套，道：「你可看清楚了。」扯開衣衫，露出肩頭的高氏家族標誌，隨即拔出一柄匕首，直插入肩頭文身之下，道：「我以漁陽高氏家族的性命起誓，今日我答應高瓊之事勢必做到，不然教漁陽高氏千餘口人死於刀劍之下。」

高瓊心道：「我性命盡在他掌握之中，他卻肯答應這麼多事，又立下如此重誓，當然還是為了得到傳國玉璽。不過，他只要我協助救林絳出去，這實在不是什麼苛刻的條件。」當即應道，「好，我答應你。」

高強道：「事關重大，你須得立個重誓。」高瓊便跪下道：「皇天在上，我高瓊答應協助高老公救林絳出去，絕不令他起疑。若有違背，教我五馬分屍，不得好死。」

高強道：「相比於我立下的重誓，你的誓言是不是太輕了？你一心求死，以保護你的主人，五馬分屍有什麼稀奇？你須得以你至親之人的性命發誓。」高瓊道：「那好，我若違背今日誓言，教我和我喜歡的女子都……」

高強道：「名字！」高瓊明知道說出喜歡女子的名字，很可能會成為對方制約自己的籌碼，遲疑了一下，還是說了出來：「……唐曉英都五馬分屍，不得好死。」

高強「啊」了一聲，道：「你喜歡的人是唐曉英？」高瓊道：「你認得她？」老者道：「她不是到獄中下毒害你的人麼？我見過開封府通緝捉拿她的圖形告示。這就說得通了，難怪她到最後一刻打翻了毒酒。」

高瓊道：「什麼？」高強道：「很好，你能用你鍾愛的女子起誓，足見誠意，咱們一言為定。不過為了演得逼真些，取信於林絳，你少不得要受些罪了。」

一揮手，上來幾名黑衣人，將高瓊拖到一只大木桶邊跪下，扯住他頭髮，將他強按入水中，等到他幾近窒息才拉他出來。如此反覆了幾次，黑衣人這才鬆開手，高瓊癱坐在地上，連一絲掙扎動彈的力氣都沒有，只大口地喘氣。

那高強便拍拍手，道：「可以了。」命人帶他回地牢囚禁。

林絳見到高瓊氣息奄奄的慘狀，問道：「他們終於開始拷打你了？很難受吧？」高瓊往地上吐出幾口水，道：「嗯，真恨不得自己死了才好。他們都是這樣每日用水灌你麼？虧得你能挺這麼多次。」

兩人對視片刻，忽然一齊笑了起來。

過了幾個時辰，忽然有數名蒙面人舉火湧進來，拿鑰匙開了他們的腳鍊及手足的鐐銬，取出繩索反縛了二人的雙手雙腳。

高瓊心道：「這是要做什麼？為何不用鐐銬而用繩索。對了，他們是要將我們轉移出這裡，若用鐐銬，怕我們掙扎弄出聲響，惹人起疑。」

果然有人上前來拿黑布蒙住他的雙眼、用布團堵了口，塞入一條麻袋中，繫緊袋口，將二人如同貨物般抬了出去。

走了一刻工夫，即聽見有水聲，高瓊感到自己被扔到了一艘船上，來回晃蕩不止。行不多遠，便聽到了人語喧譁，有縴夫的吆喝聲、商販的叫賣聲，好不熱鬧，應該是正經過繁華的商業街。船行了大半個時辰，有人抬起麻袋上岸，曲曲折折、上上下下走了很長一段路，終於進來一間屋子。高瓊被放出麻袋，只覺得雙手雙腳一鬆，有人解開了綁繩，但旋即又被鐐銬鎖住。他自己舉手取下黑布、布團，卻見林絳也在一旁，二人又如同原先那般被鎖住。

牢房中點有一盞油燈，極其微弱。高瓊往四周摸索，卻也是跟上次那間地牢一樣，均是圓木釘成的牆壁和地板，不禁好奇問道：「我們是回到原來的地方了麼？」林絳道：「應該只是一間一模一樣的牢房而已。你沒有感覺到這些鐐銬都是新的麼？原先銬住我手腳的鐐銬可是沾了不少我的血肉。看來京師發生了什麼大事，官府在搜尋什麼重要人物，原先囚禁我們的地方已經不安全，契丹人必須得冒險轉移我們。」

高瓊心道：「莫非是開封府在搜捕我？不對，適才我二人是經水路被帶來這裡，原先那間地牢潮濕得很，應該也在河邊，屬於排岸司的治下，開封府管不到這裡。」

也不知道過了多久，有人開門進來提了林絳出去。片刻後，牢門鐵窗上即傳來喝問聲、皮鞭聲及淒厲的慘叫聲。好大一會兒，林絳才被帶回來，上半身都是血，慵臥在地上，動也不能動。

高瓊道：「他們對你用肉刑了？」林絳道：「嗯，我想他們有些著急了。」高瓊忖道：「那麼我很快就要離開這裡了。」

林絳驚道：「你說什麼？」高瓊道：「你知道傳國玉璽的下落，對他們還有利用的價值，但我卻未必再值得他們冒險轉移，所以我的死期就快要到了。」

話音未落，又闖進來兩名黑衣人，只拿鑰匙開了高瓊一人的腳鍊、鐐銬，取出繩索，背過他雙手，正要如法炮製縛住手腳，林絳忽然撲過來，抱住其中一人雙腿往斜裡一拖。他把握的方向剛剛好，正將那人拖倒撞在另一同伴的腰間，兩人同時滾倒在地。高瓊手足束縛已去，便乘機拔出一人腰間佩刀，奔過去扶起林絳。

瞬間又闖進來幾名黑衣人，見狀忙拔出兵刃，一齊圍了上來。高瓊將刀架在林絳頸間，喝道：「都別動！不然我就殺了他！」

一名黑衣人道：「你敢！」高瓊冷笑道：「有什麼不敢的？我知道你們要立即殺了我，將我沉入汴河中，反正也是死，何不找個陪死的？況且這人還是我的仇人。」

領頭黑衣人問道：「你想怎樣？」高瓊道：「你，放下兵器，先拿鑰匙過來打開他的鐐銬。快點，不然我一刀割斷他喉嚨。」

領頭黑衣人問道：「這我可做不了主，我得去稟報主人。」高瓊道：「那好，等你主人來的時候，他就變成一具屍首，你們再也無法知道傳國玉璽的下落。」手上加勁，登時在林絳頸中割出一道血痕來。

領頭黑衣人忙道：「等等！好，我照做便是。」拋下鋼刀，拿鑰匙過來，老老實實開了林絳手足的鎖鍊。

高瓊道：「你用這幾條鐵鍊把你手下和你自己都鎖在一起，鑰匙扔出門外去。」

領頭黑衣人無可奈何，只得照辦，卻冷笑道：「你逃不掉的。眼下開封府和排岸司都在搜捕你。就算你能僥倖逃出這裡，你也逃不出你們自己人的手心。」高瓊也不理睬，押著林絳出來，反手將牢門鎖上。

往外走了一截，卻是一間大廳，空無一人，只擺放著一些刑具。林絳道：「適才我就是被帶來這裡拷問的。」

高瓊道：「奇怪，這裡似是一間船屋，他們在這裡拷打你，難道不怕被人聽見麼？」找到牆角的木梯，往上爬出去，果然身在一艘擱置岸邊的廢棄大船上。暮色濃重，但依稀可辨西北邊不遠處有高高的圍牆。

高瓊道：「呀，我認得這裡，那邊就是排岸司監獄，我們是在汴河北岸。」也不及多說，道：「快走。」離開廢船，沿河岸往西走了幾里，見到正有一艘小船要逆流而上進城去，忙上前央告船夫想搭便船。船夫見天色已黑，倒也爽快答應。二人遂上船坐在船尾。

林絳問道：「你不立即離開開封，而是要趕著進城，越發證明你是宋人了。你是要去找你主人麼？」高瓊搖搖頭，道：「我被開封府通緝，露不得面，不過我有重要事情要去找一個人。」

林絳道：「那好，等進城咱們就分手，各去辦各的事。等我辦完事再來找你領死，你告訴我你要去哪裡。」高瓊道：「不行，我不能讓你離開我的視線。你得跟我一道去找我要找的人，然後我跟著你去辦你的事，再殺了你。」

林絳道：「你信不過我？我既答應了你，一定會履行諾言。」高瓊道：「不是信不過你，你身懷傳國玉璽的重大祕密，多少人的目光都在你身上，我不能冒險再讓契丹人得到你。」

林絳驀然省悟，道：「啊，那些契丹人是故意讓你我逃出來的，是不是？」高瓊不答。

林絳冷笑道：「我原以為你是條硬漢，想不到你堂堂宋人，竟然也肯當契丹人的走狗。」高瓊道：「隨你怎麼說，總之從現在開始，直到你死，你都必須跟我在一起。」伸出手去，抓住了林絳手腕，防他跳河逃走。

林絳道：「你要找的人，就是你的主人吧？你難道不怕被我知道，你的幕後主使是誰？」高瓊道：「不是。不怕。」

林絳道：「那麼一定是情人了？」高瓊道：「不是情人，是仇人，就像我和你的關係。」簡單地答了一句，再也不開口說一個字，只炯炯盯著林絳，生怕他有任何異動。

林絳道：「哼，你以為我不知道麼？契丹人窮盡心機想從我這裡得到傳國玉璽的下落，不會放棄任何機會。我早知道他們會派人監視我們的一舉一動。我也知道他們跟你達成了某種交易，利用你來向我套取傳國玉璽的下落，我不過是將計就計，要利用你逃出來罷了。」

二人本來只是低聲交談，以防被船夫聽到，但林絳說到氣憤處，聲音漸漸高亢了起來。那船夫隱隱聽到「契丹」的字眼，感覺到有些不對勁，便將船往岸邊靠。林絳瞥見前面有一隊排岸司兵士正巡視過來，忙高聲叫道：「快來這裡！這裡有開封府通緝的要犯！」

船夫聽說，忙扔了長篙，趕將到船尾過來。林絳道：「就是他，快些抓住他，有重賞！」其實不勞他說，船夫也知道開封府逃犯都有懸賞，不然也不會冒險趕過來，忙上前扯住高瓊的小腿。林絳乘機掙開掌握，側身投入河中。黑暗中猶能聽到他的聲音，道：「你放心，我辦完事自會來找你領死。」

高瓊見兵士已趕了過來，正大聲喝令舟船靠岸，只得出大力踢開船夫，如林綘般翻身投入河中。船夫失去大好機會，懊惱不已，將船划到岸邊，告知兵士情形。兵士聽說兩名男子一塊兒上船，爭吵後才有同伴舉告逃犯，不免不大相信，只以為是閒漢生隙鬧事。問船夫那逃犯的姓名，船夫也說不上來。兵士舉火往水面照看一陣，見杳無人跡，也就作罷了，放船夫自行離去。

汴河是人工開鑿的河流，引黃河之水，既是中原的漕運幹線，一切只為交通運輸，河水既不能淺，又不能太深，正好六尺，以通重載為準，還須隨時疏浚。為保護河岸，兩岸堤壩均是條石壘成，方便行人、縴夫，周邊則植有樹木。

高瓊跳水後一直躲在船底下，跟隨其慢慢靠到岸邊。那些兵士和船夫說話時，其實就站在他頭頂不遠處，可謂驚險之極。

等到小船和兵士走遠，高瓊正要爬上岸，忽見到一艘運貨大船正緩緩駛來，不由得大喜過望。等船頭過後，便游去河中追上船尾，抓住纜繩爬上了甲板，藏在一堆貨物中。那船上本有不少船夫及押運的護衛，天幕黑漆漆一片，無半點星光，高瓊趁夜色上船，竟無人察覺。

尤其幸運的是，這艘船是在為晉王運送貨物，經過外城東水門時，城門軍士一聽船上報出晉王名號，便即破例開門放行，亦無人上船查驗。

開封之名，始於春秋，意為「開拓封疆」。這座城市自戰國時代就是天下重鎮，到宋代成為中原王朝的首都，素來有著自己獨特的建築風格。整座城市有宮、裡、外三道城牆，形成外城套裡城、裡城套宮城的格局。

宮城即皇宮大內，原為唐宣武軍節度使治所，後梁朱溫時改為建昌宮，後晉、後漢、後周三代沿襲，建制比較狹小。宋代立國後，太祖皇帝趙匡胤下令擴建宮城。新宮城完全依照洛陽宮殿的圖格，城周五里，雖不及洛陽宮城九里三百步的規模，卻比原先的建昌宮大出許多，各殿與諸門整齊對應，端直如引繩，很是壯麗。

裡城又名舊城，宋朝初年也稱為闕城，即唐代李勉重修的汴州城，周圍二十里一百五十五步。

外城又稱新城或羅城，宋初也稱國城，原為後周世宗柴榮所建。建城之時，柴榮令親信大將趙匡胤跑馬一周，直到馬力盡時為止，取其路程四十八里二百三十三步為城的周長。由於開封地處黃河中下游，土質鬆軟，不利築城。柴榮遂取虎牢關[6]之土修築城牆，堅密如鐵。城周五十里一百六十五步，城高四丈，廣五丈九尺，外距城壕空十五步，內空十步。且拋開傳統的四方狀，城牆呈梅花形，利於防守。

進來外城，高瓊便選一個僻靜處順纜繩重新溜入水中，往南上岸，趕去城東廂的汴陽坊。他料想林絳身上傷重，行程多半落在自己後面。傳國玉璽事關重大，足以撼動中原政局，那些契丹人極為看重，肯定早有安排，暗中安排了大量人手監視。林絳本人既已猜到契丹人是有意利用高瓊縱他逃走，也該想到此點。他身在異國他鄉，無處棲身，既要躲過契丹人追捕，又要避免被大宋發現，最好的選擇就是去向被軟禁在汴陽坊中的南唐鄭王李從善求助。高瓊記得張咏提過跟幾位同伴一道借住在汴陽坊，正好可以將兩件事一起辦理。

上岸沒多遠，便遇到兩名醉醺醺的酒客，勾肩搭背在一起，踉踉蹌蹌地走過來，嘴裡胡說著些瘋話。高瓊乘機上前，奪過二人手中的酒瓶和外袍。一人吃了一驚，道：「有強盜！」另一人嘟囔道：「哪裡有強盜？你喝醉了吧？」也不理睬，繼續朝前走去。

高瓊將搶來的外袍罩在濕衣衫外，喝了幾口酒，將剩下的酒倒在身上，也裝做是夜歸的酒客，往汴陽坊而來。未近李從善宅邸，即見這一帶街上有不少探頭探腦的人，心道：「莫非這些是契丹的探子？他們也想到林絳會來找李從善，所以派了人來監視。不過這些人做事未免太過張狂，以林絳之精明警惕，一定會提早發現，又怎會再上當？」

正要設法打聽張咏住處時，忽見對面一所宅子大門打開，走出來一群人，為首的卻是內侍行首王繼恩，送他出門的人正是張咏和他的同伴。高瓊既喜且驚，喜的是張咏人就住在李從善對面，當真再好不過；驚的是官家身邊的大紅人王繼恩來這裡做什麼。一時也不及多想，當即閃身躲在暗處，等王繼恩和兩個小黃門騎馬走遠，這才趕來拍門。

開門的正是張咏本人，他一時沒有認出高瓊來，問道：「閣下找哪位？」高瓊道：「是我。」張咏「啊」了一聲，急忙拉他進來，將大門閂好，問道：「你怎麼來了這裡？」高瓊道：「我曾經拜託張兄救唐曉英，不知……」張咏道：「她人在這裡。」高瓊大喜過望，忙作了一揖，道：「多謝張兄。她人在哪裡？我要立即見她。」

張咏道：「不行。你也該知道你如今是什麼身分，話不說清楚，休想再提條件。」扯著高瓊來到堂屋，叫道，「你們看看這是誰？」

向敏中、潘閬、寇准幾人到浚儀縣獄探望張咏時均見過高瓊，立即認了出來，個個驚訝得張大了嘴巴。

張咏道：「他是主動送上門的。現在好了，有話就直接問他吧。」向敏中道：「你是被什麼人救出縣獄的？」高瓊心道：「救我的是契丹人，當然可以告訴他們，可這些人救我另有所圖，卻是不能說。」便道，「我不能說。」

張咏道：「我們已經查清你是宋人，是朝廷的人，劫走你的應該是南唐的人，還有什麼不能說的？」

高瓊大為吃驚，他被契丹人識破身分，只因對方手裡有一個真正的南唐人林絳，卻不知道張咏他們如何得知他是宋人，也不便追問情由，只道：「我還是不能說。但你們要相信我，我沒有做你們所認定的壞事。我眼下有急事要去辦，走之前想見見唐曉英。」

潘閬大奇，道：「你冒險來這裡，就是為了見她一面麼？」高瓊局促地道：「我並不知道英娘人在這裡，原先為她拜託過張兄，只想來問問有沒有她的下落。」

張咏心想確實答應過高瓊，他甚至為此向自己下跪。眼下唐曉英僥倖獲救，沒有理由再多攔阻，便道：「那好，我帶你去見英娘。不過在我們決定如何處置你之前，你必須留在這裡，若想要乘機逃走，休怪我劍下無情。」高瓊道：「好。」

張咏便領著高瓊往後院廂房而來，路上告訴他，救唐曉英的是折御卿和他的外甥劉延朗，那劉延朗正是高瓊本要去刺殺的北漢使者。高瓊大感意外，半晌才道：「原來是他。」

唐曉英正在燈下繡花，聽見張咏的叫聲，忙趕來開門，乍然見到高瓊，也是遽然色變，道：「郎君如何來了這裡？」高瓊道：「我是特意來找英娘。」

唐曉英忙迎二人進來坐下，道：「郎君是來質問我為何要下毒害你麼？抱歉，我當日受人所逼，並不知道刺客就是郎君。我為麗華姊姊受人所迫，卻料不到要害的人是麗華姊姊喜歡的男人，我下不了手，我……」

高瓊道：「不是為這個。英娘已然得知我姓名，絲毫沒有起過疑心麼？我姓高，本名高唐。」唐曉英「啊」了一聲，顫聲道：「你……原來是你……」

張咏早聽過唐曉英父母為強盜所殺，其中一人正是叫高唐，道：「原來你就是那個在刑場上傳奇逃走的死囚強盜，這可真是想不到。英娘，他當真是你的殺父殺母仇人麼？」

唐曉英死死瞪著高瓊，雙手發抖，顯是激動之極，道：「他跟畫像中的高唐絲毫不像。」張咏道：「嗯，這不奇怪，應該是高唐加入官府後撤銷了通緝文書，你去蒙城縣廨索要高唐的畫像，他們料到你想復仇，擔心惹下禍事，所以隨意亂畫了一張。」

唐曉英道：「當真如此麼？那麼你該知道我是誰。」高瓊道：「不錯，我當日蒙面劫道殺人時見過你，記得你的相貌，尤其忘不了你那雙眼睛。有一次到樊樓飲酒，隔著老遠，我便立即認出了你。」原來他每每來樊樓聽龐麗華說書，假意關心說書母女，其實是為了接近唐曉英。

唐曉英道：「我日夜思慮為父母報仇，不惜到京師拋頭露面當酒妓，可歎仇人就在我眼前，我卻絲毫不知，還整日笑臉相對。」當即揚起手來，狠狠扇了高瓊兩個耳光。

高瓊也不抵擋，只低聲道：「我也一直很不好受，早想告訴你真相，可又沒有勇氣。我知道你想為你父母復仇，也知道你一直在找我。眼下我要去辦一件事，如果我還能活著回來，我會親手把刀交到你手裡，任憑你處置，死而無憾。」不敢再看唐曉英，轉身欲跨出房門。

唐曉英道：「我要殺了你！」順勢抽出張咏的長劍，直朝高瓊背心刺去。張咏捉住她手腕一抬，道：「高瓊是身繫多起重案的要犯，還不能死。」

唐曉英一掙未能掙脫，索性拋下長劍投入他懷中痛哭起來，胸口劇烈起伏，像反覆漲落的潮汐。張咏推開她也不是，抱住她也不是，正手足無措時，潘閬在門外道：「張兄，雪梅娘子來看英娘了。」

話音剛落，李雪梅已施然進來，一眼望見高瓊，不由得愣住，道：「你……你不是浚儀縣獄中那個……」張咏忙道：「娘子來得正好，英娘就交給你了。」將唐曉英推給李雪梅，自己牽了高瓊出來。

重新回來堂屋中。寇准道：「張大哥，我們三個已經商議定了，必得要扣住高瓊，明日一早押去開封府交給程判官審問。」張咏沉吟道：「這個……」

高瓊道：「你們既已經知道我是宋人，當真要捅破最後一層窗戶紙，對大宋可是沒有絲毫好處。」寇准道：「黑即是黑，白即是白，你是契丹人也好，南唐人也好，宋人也好，博浪沙行刺的案子是你犯下的，你該站出來說出真相，給大夥一個交代。」

高瓊道：「看不出你年紀最小，性子卻最執拗。那麼我問你一句，你是宋人，你為朝廷、為國家、為百姓又做過些什麼？你只要真相，而這真相卻能立即陷大宋於不利。」

寇准道：「如果不是你們玩弄陰謀詭計在先，又怎能因為一個真相而陷大宋於不利？我不敢說為朝廷做過什麼，不過朝廷如果只知道用欺詐手段來達到目的，又怎能要求治下的黎民百姓誠實呢？上有堯舜之君，下有堯舜之民，上有堂堂正正的朝廷，才會有堂堂正正的臣民。」

高瓊一時難以辯駁，便道：「我實話告訴你們，這次來東京的北漢使者中混有契丹一方的人，和談不過是個幌子，他們還有重大陰謀。我現在趕去要辦的事，就是要揭破這個陰謀。」

潘閬道：「你如何知道契丹有重大陰謀？你被人暗中劫走，該日夜面臨酷刑拷問，最終被迫交代出行刺的幕後主使，又如何能輕易逃脫出來去揭破什麼陰謀？」

高瓊知道今晚若不講明真相，萬難脫身，只得道：「那好，我告訴你們，是契丹人自獄中劫走了我。」張咏道：「你可知道契丹已經派使者與大宋媾和？」

高瓊吃了一驚，心道：「看來那高姓老公高強答應我的事已經做到了，只是想不到竟這般快。嗯，不可能那麼快就從遼國派來使者，也許是他更在意傳國玉璽，遂儘快履行諾言，主動向朝廷表示自己是遼國議和使者。」一想到傳國玉璽，心中更加焦急，只得將自己被劫後的經過細細說了，只不提林絳口中的大祕密就是傳國玉璽。

潘閬驚呼道：「呀，原來如此，難怪當日在博浪沙那群腳夫要劫馬車，北漢人則拚死要追回馬車，原來車裡面有個南唐的囚犯。」張咏道：「如此，一切就說得通了，北漢是受契丹之命假意與大宋媾和，以此掩護押林絳尋找大祕密的計畫，但終究是小隊前鋒人馬。歐陽贊那夥契丹人才是主力軍，始終徜徉在車隊前後，也是策應，以防萬一。」

向敏中道：「不錯，這以北漢使者掩護囚徒的計畫本來天衣無縫，但人算不如天算，歐陽贊在小牛市集遇見仇人王彥昇，忍不住出手殺了他，由此留下蛛絲馬跡。我們追查這件案子時，他為了更逼真、更容易取信，命手下人冒充自己身為聶平之子聶保的身分，結果反而弄巧成拙，成為致命漏洞。他眼見難以掩飾，不得不主動向朝廷表露自己遼國使者的身分，如此既能履行對高瓊的諾言，又能逃避大宋刑罰，拖延時日，好繼續執行原來的計畫，找到南唐人所稱的大祕密。我猜這是他們離開遼國時就已計畫好，一旦事情敗露，就乘機提出媾和，既不會激怒大宋，又能全身而退。」

這內中牽涉事情極多，許多經過情形高瓊也是第一次聽說，聞言忙道：「這下你們該信我了。」

向敏中道：「契丹人出使北漢假稱議和押送南唐人林絳，掘地道劫走高兄，再利用高兄向林絳套取祕密，如此大費周章，可見他所稱的大祕密非同小可。高兄是要去向朝廷密報，而後派出人手追捕林絳麼？」高瓊道：「事關重大，恕我不能奉告。」

潘閬道：「有什麼不能奉告的？你可知道張咏受晉王之命，專門調查你越獄潛逃一事？」高瓊卻是不信，道：「你們又不是官府的人，晉王手下能人如雲，怎麼會無端找上你們？」

潘閬便讓張咏取出晉王花押給高瓊看。高瓊仔細看過花押，又還給張咏，道：「抱歉，並非高瓊不信任幾位，而是我認為捲入其中對各位並無好處。感謝幾位照顧英娘，我這就告辭了。」寇准還待阻止，向敏中卻向他使了個眼色。

幾人送高瓊出來。張咏正色道：「希望高兄不要忘記對英娘的承諾。」高瓊道：「這是當然，不勞多言。」又向張咏借了一些錢，這才拱手作別。

潘閬道：「高瓊無端借錢做什麼用？」向敏中道：「應該是住店用。眼下內外城門盡皆關閉，他只能在外城找家客棧住一夜，明日一早才能進裡城。」

潘閬道：「他既是朝廷的人，出門直接向巡街的禁軍表明身分就是，何必這般費事？」張咏道：「聽小潘一說，我倒想起了一點來，高瓊本名高唐，是英娘的殺父仇人，因加入禁軍才逃避了死刑。可他既是禁軍，又如何能時常到樊樓飲酒？」

向敏中道：「不錯，這是一處很大的疑問。當今官家武將出身，天下又尚未平定，對軍紀要求極嚴，高瓊若真是禁軍，是決計不可能到樊樓飲酒的，不然會受重罰。」

四人也想不明白究竟，各自凝思一回，心頭仍有諸多不解之處。

正如向敏中所預料，高瓊預備先找家客棧投宿，次日一早再趕進裡城。然而正當他到坊門下時，忽然看見開封府押衙程德玄正帶著兩名小廝騎馬過來，忙上前招呼道：「程押衙！」

程德玄「啊」了一聲，左右望了一眼，慌忙跳下馬來，道：「你不是被人劫走了麼？怎麼會在這裡？」高瓊道：「說來話長，我正好有機密要事要見晉王，請程押衙帶我進城。」

一聽「機密要事」，程德玄便不再多問，命小廝讓了一匹馬給高瓊，又取下自己的軟角襆頭給他戴上。

原來高瓊正是晉王趙光義的下屬。他當年因劫道殺人被官府捕獲，判了磔刑處死，行刑時天降暴雨，刑場昏黑一片，他竟然趁亂逃脫。後來一路逃避追捕，來到汴京，又被官府的人盯上，他無可奈何之下，只好闖入禁軍軍營，聲稱要帶罪投軍。根據律法，他是被通緝的死犯，加入禁軍確實能夠免除死罪，然而卻需在額頭刺字。當時禁軍的軍士絕大多數都要刺字，這是宋代軍隊的一大特色，通常是將軍隊番號刺在額頭上，一是當做標識，二是軍士逃走便於追捕。然而囚犯入伍則要特殊對待，尤其高瓊是該斬的死囚，要在額頭刺上「免斬」兩個大字，再在左右臉頰各刺一面旗幟，表明他是免死的強盜。高瓊不過是走投無路才決意從軍，卻料不到還要受刺字的待遇，不願終身留下恥辱的印記，便又要逃出軍營。他一人力敵數十人，橫衝直撞，最終力竭受傷被擒，正好被大宋開國功臣王審琦[7]無聊在軍營閒逛時看見。因高瓊殺死好幾名禁軍，被判在軍營門前當眾釘死，王審琦愛其驍勇鋒銳，祕密將他從殿前司獄[8]中救出，引薦給晉王趙光義，做了其心腹侍衛。然而只養在別宅，並不隨侍晉王出行，因而開封府官吏如判官程羽等並不認識。

來到裡城的新門，程德玄出示晉王銅牌，逕直入城，來到晉王府。問明晉王在別院中，便逕直往後苑而來。到得月門前，侍衛指明晉王正在屋裡，卻不願意進去通報。程德玄聽到屋裡隱隱傳來女人嚶嚶哭聲，當即會意，道：「晉王有事，不如明日再來。」

高瓊卻甚是固執，道：「我這件事非同小可，一刻也等不得。你們既不願意稟報，我自己進去好了。」昂然進來院中。沿甬道曲行，穿過數株梧桐樹，卻見別院房中紅燭映窗，一人正挺劍刺出，不由得大驚失色，幾個箭步跨上去，一腳踢開大門，闖入房中。

卻見晉王妃符氏跪在房中，雙手捧著胸口，眼睛瞪得老大，似乎渾然不相信眼前發生的一切——她的胸口正插著一柄利劍，劍尖穿胸而過。

晉王趙光義聽見動靜，霍然將劍拔出，轉過身來，見是高瓊，這才擎劍肘後，森然問道：「你半夜闖進本王房間做什麼？」

高瓊早驚得目瞪口呆，眼睜睜地看著符氏伸出手來，往空中虛抓了兩下，這才往前仆倒。地面上鋪著厚厚的錦裀地毯，竟連半點聲響也沒有發出。

趙光義喝道：「高瓊！」高瓊這才回過神來，慌忙跪下道：「屬下剛剛逃脫，有機密大事趕來稟告大王，不待侍衛稟告便冒昧擅闖，死罪。」

趙光義將劍橫放在桌上，慢悠悠地坐下來，問道：「什麼機密大事？是大哥派人劫走了你麼？」大哥即是指皇長子趙德昭，時掛太傅名號，領興元尹、山南西道節度使位；大哥，是宮裡習慣的親昵稱呼。

高瓊道：「回大王話，此事跟趙太傅無關。」當即將事情經過詳述一番，只不提適才去過汴陽坊一事。

趙光義道：「你做得很好。起來說話！」自己也激動難安，站起身來，往窗下來回走了幾步，轉頭叫道：「麗娘，你先帶小娥出去。」

高瓊這才留意到，房間角落中還縮著一對母女，正擁在一起瑟瑟發抖，而他居然認得她們，正是龐麗華母女。龐麗華親眼見到趙光義一劍殺死王妃，早嚇得呆了，哪裡聽得見趙光義所說的話。

高瓊深知晉王秉性，生怕她母女就此惹禍上身，忙過去叫道：「娘子，晉王命你退下。」龐麗華道：「啊，你……」忽見高瓊連使眼色，便乖巧地住了口，抱起女兒忙不迭地退了出去。

趙光義皺眉凝思良久，問道：「傳國玉璽之事可有旁人知道？」高瓊道：「沒有。」

趙光義道：「那好，本王命你專門追查傳國玉璽，飛騎營人馬任你差遣調動。」一邊說著，一邊自懷中掏出一枚虎符交給高瓊，又道，「只是有一點，一切只能祕密進行，稍有洩露，本王也保不了你。」

高瓊道：「大王放心，屬下知道輕重。倘若事情敗露，一切後果自有高瓊一人承擔。」趙光義道：「很好，你去吧。」又叫道，「等一等。你此番也受了不少苦，足見忠心，你可有什麼要求？凡晉王府中的女子、財物，任你索取。」

高瓊道：「大王是屬下的救命恩人，屬下性命都是大王的，但求盡心盡力為大王辦事，哪敢提什麼要求？」趙光義道：「嗯，本王知道你忠心，所以才委以重任。」

高瓊道：「屬下辦事不力，博浪沙未能得手不說，還被人瞧出破綻。大王不予追究，屬下已十分感激。」趙光義道：「這次博浪沙事雖不成，但也不算完全失敗。若不是張咏那幾個人多事，事情絕不致於如此複雜。哼，看來要順利嫁禍到南唐身上，為我大宋找到出兵的藉口，非得除掉他們不可。」

高瓊慌忙重新跪下，道：「高瓊大膽，有個不情之請，懇請大王放過張咏他們幾個。」趙光義道：「你居然為他們求情？」

高瓊道：「是。張咏他們幾個已經知道了真相，卻沒有張揚。」他知道趙光義城府既深，眼線又多，萬事難以瞞過，不得不說了適才進城後去過汴陽坊一事，道，「張咏幾人的所作所為，並非要與大王為敵，而是在調查王彥昇一案時無意捲了進來。他們雖然只是平民百姓，卻是聰明過人，能從蛛絲馬跡推測到真相，可謂十分難得。大王不也賞識張咏，所以才賜他花押，命他調查屬下被劫一案麼？」

趙光義道：「本王當時賜張咏花押是另有用意。不過你說得不錯，這幾個人終究都是俊傑之才，若能收為已用，總比殺了要好。你起來吧。你適才說你到汴陽坊的時候，見過內侍行首王繼恩？」高瓊道：「是的，屬下親眼見到他從張咏的住處出來。」

趙光義道：「一定是皇兄派他去的。我本來也派了程德玄去找他們查問案情，想不到湊巧帶了你回來。你認為張咏他們已經將真相告訴王繼恩了麼？」高瓊道：「未必。張咏他們之前以為我是被南唐人劫走，見到我之後方才知道事情經過，應該還沒有來得及向他人說明。況且聽他們的口氣，他們還以為我是朝廷的人，是受朝廷指派。」

趙光義道：「很好，看來本王得親自去拜會拜會這幾位聰明的才子。」高瓊吃了一驚，道：「大王是要現在去麼？」趙光義道：「嗯。你也去辦事吧。」當先跨出房門，竟始終沒有回頭再看地上的符氏一眼。

高瓊心道：「我雖不知道發生了什麼事，可王妃是符相公愛女，出身嬌貴，兩位姊姊都是後周皇后，母儀天下，而今卻被丈夫親手殺死，橫屍在此，不知道晉王要如何向符相公交代？」

他雖然對符氏心生同情，也不敢多留，幾步跨出院來。卻見趙光義已帶著侍衛走遠，只有程德玄苦著臉站在門口，料到他是受命留下來善後，略微點點頭，便往後門而來。

剛走出數步，花叢後忽然閃出一人擋在面前，嚇了高瓊一跳，見是龐麗華，忙問道：「娘子如何會在這裡？」話一出口，便覺得多餘，晉王好色，人盡皆知，龐麗華未受唐曉英牽連，反而進了晉王府，親眼目睹王妃被殺都未被晉王下令滅口，只能有一個緣由，她早成為晉王寵信的侍妾。

一念及此，高瓊慌忙退開幾步，躬身行禮道：「娘子有何吩咐？」龐麗華上前扯住他衣袖，急切地道：「麗娘想不到郎君竟然是晉王的人，不過這再好不過。求你救救我女兒，救救小娥。」

高瓊愕然道：「什麼？」龐麗華道：「郎君不是很喜歡小娥麼？求你救救她。」高瓊不解地道：「娘子是為小娥的病發愁麼？而今娘子深得晉王寵愛，晉王府中名醫如雲，還有什麼治不好的？」

龐麗華道：「不是……不是這個……晉王要娶小娥做王妃。求你……我求你救救我們母女……」

原來當日唐曉英因毒害高瓊被開封府通緝，與她同住的龐麗華也受到牽連被捕，先是由判官程羽親自訊問唐曉英下落，隨即有個姓劉的刑吏對她拷打逼問，她根本不知情，又哪裡說得出唐曉英藏去哪裡，當即便被用了刑，背上挨了十來鞭。傷痛還在其次，她被當著許多男人的面剝下衣衫，袒露上體受刑，羞辱難言，若不是掛念同樣被捕來獄中的女兒，早就一頭撞死。幸好有位程押衙奉晉王之命來尋她們母女，她才死裡逃生。她早感到晉王對待她母女異乎尋常的好肯定是別有目的，但今日方才知道晉王是相中了她女兒劉娥，不由得驚駭異常，小娥才六歲，怎能嫁給已經年近四旬的晉王？待親眼看到晉王因嘴角殺死晉王妃，更是魂飛魄散，恨不得馬上插翅離開這個地方。所幸自己最信任的男子忽然出現在眼前，當真是讓她抓住了一根救命稻草。

高瓊卻不能相信，道：「你是說晉王要娶小娥才殺死晉王妃麼？怎麼可能？」

龐麗華知道難以取信，雙膝一軟，便跪了下來。高瓊大驚失色，道：「娘子切不可如此。若被人看見告訴晉王，你我都活不過明日。」

龐麗華便依言站起來，抓住高瓊的手臂，道：「郎君剛才親眼所見，也該知道他……他是個多麼可怕的人。求你救我們出晉王府，就算救不了我，只救小娥一個也行。」

高瓊一時不明所以，又不便多留，只道：「這事回頭再說。」匆匆甩開她，走出幾步，又回頭道：「英娘她人現在在汴陽坊張咏的住處，麗娘有空不妨去看看她。」龐麗華道：「郎君……」

忽有一個小男孩提著紗燈奔過來，問道：「麗娘在這裡做什麼？小娥呢？」正是趙光義第三子趙德昌[9]。

高瓊舉袖遮住面孔，慌忙去了。

他向晉王府衛士出示虎符，從後門出了晉王府，預備先回州西瓦子的住處。剛拐上巷口，忽聽得空中有飛鳥振翅之聲，不由得抬起頭來，卻只見到天空中黑漆漆一片。眼前不知道何時已多了一個人影，正朝自己招手。

高瓊一邊暗中戒備，一邊走過去，問道：「閣下是誰？有何貴幹？」那人笑道：「你不認得我的相貌，難道還聽不出我的聲音麼？」聲音蒼老，正是幾次審問過他的同族人高強。

高瓊見他只獨身一人，當即喝道：「你好大膽，可知道這是什麼地方？」高強道：「你旁邊就是晉王府，中原僅次於皇宮的權勢之地。眼下你還能抵賴麼？你是晉王的人。」

高瓊道：「晉王位極人臣，我怎麼可能認識？我倒想問問，你是怎麼找到我的？」高強道：「沒有辦法找到你，如何敢輕易放你和林絳出去？你難道不想知道林絳的下落麼？」

高瓊道：「當然想知道。他人在哪裡？已經被你們抓住了麼？」高強道：「沒有。他溜去了一個我們進不去的地方。」

高瓊道：「是皇宮麼？」高強道：「不是，一個你根本猜不到的地方。你只要老老實實跟我走一趟，我就告訴你他人在哪裡，絕不食言。你放心，你我同族，我絕不會害你性命，只是要帶你去見一個人而已。」

高瓊想了想，道：「好。走吧。」他明知道凶險異常，可是事關林絳下落，又不能不去，當即從懷中掏出虎符，用力甩過牆頭，落入晉王府中，這才緊追幾步，跟上高強。

二人一前一後來到裡城城西的一處民居，高強道：「請進吧。」

高瓊心道：「不入虎穴，焉得虎子。」推開扇門，一步跨入，只覺得眼前一晃，一張漁網當頭罩下，將他網住。門後搶出兩人來，執起漁網四角，往他身上纏緊，拉到交椅中坐下，再用繩索縛住。

高瓊冷笑道：「我可是應邀前來，這就是你們的待客之道麼？」高強道：「不過是一點預防措施罷了。」

高瓊道：「要見我的人呢？」高強道：「等天亮才能見到。不必心急，天很快就要亮了。我現在履行諾言，告訴你林絳人在哪裡——他在邢國公宋偓府上。」高瓊道：「這倒確實讓人想不到。」

高強道：「你不信麼？實話告訴你，你和林絳被囚禁的時候，我派人在你們每日的飲食中下了一種叫銀鈴粉的藥，這種藥於人無害，卻有一股特殊的氣味，有一種金哥子鳥湊巧可以嗅出來。無論你們走到哪裡，只要我放出金哥子，就能找到你們。我早猜到你會回來裡城，所以預先埋伏在這裡。」

高瓊這才明白究竟，卻無論如何難以相信林絳去投了宋偓，那可是幾朝皇親、當今國丈。高強似是看穿他的心事，笑道：「你想不到林絳去找宋偓，我也想不到呢。不過，林絳不是李重進的兒子麼？當年宋偓隨你們大宋皇帝親征揚州，正是奉旨斬殺李重進全家的監斬官呢。」

高瓊心念一動，暗道：「不錯，我確實聽晉王提過此事。也許當時宋偓念舊，私自為李重進存了一點血脈，放過了他兒子。不過我是遇見程押衙才得以進裡城，邢國公府邸也在裡城中，林絳又是如何混進來的？」

高強笑道：「預想不到的事實在太多。你既是晉王的人，可比我們預想的還要好了。」

高瓊他已大致猜到這些人接下來要做什麼，可後悔也於事無補，只好道：「之前你已經答應不追查我背後的主謀，你這樣做豈不是違背諾言？」高強道：「我並沒有著意追查你的幕後主使，對你下藥不過是要追蹤林絳，我以為你們兩個會一直在一起，誰能想到你竟會被他甩掉，這可算不得違背諾言。況且我只是要帶你去見大宋皇帝，並不是要揭穿你背後主謀就是晉王，這是兩碼事。」

高瓊道：「你押我去見大宋皇帝，一旦我被迫說出所有事情經過，自然也包括你們南下的真正目的，這對你又有什麼好處？」

高強笑道：「你會全盤說出來麼？我倒是很懷疑這一點。而今我已告知你林絳的下落，若是你們皇帝不殺你，你便可以回去講給你的主人晉王聽了。抑或你可以親口講給大宋皇帝聽，問問他的岳父大人為何要收留南唐的奸細。嗯，宋偓雖是當今北漢皇帝的姑父，不過你們皇帝應該不會懷疑他通敵叛國。問題在宋偓之女身上，她十七歲入宮為后，迄今六年，一無所出，聽說她害怕將來皇帝殯天後無依無靠，要收皇二子趙德芳做養子，意欲扶持他做太子呢。如果趙德芳有傳國玉璽在手，你的晉王還有做皇帝的希望麼？我若是林絳，就會將傳國玉璽交給宋偓，挑撥晉王、趙德芳叔姪相鬥，這豈不是解救南唐危機最好的法子？我還聽說你們那位前後蜀國主孟昶的寵妃花蕊夫人也不安分，跟皇長子趙德昭走得很近，這次趙德昭主持大宋與北漢和談，就是她出的主意，不過是要讓趙德昭出些風頭，好有立為儲君的希望。」

高瓊道：「一派胡言，你是遼國人，如何能知道這些大內祕事？休想挑撥離間。」高強笑道：「那咱們走著瞧吧。」

1 當時遼國疆域東至今鄂霍次克海，西至阿爾泰山以西沙漠地區，北至外興安嶺以北、葉塞尼河和勒拿河上游，南及今內蒙古和山西、河北北部及朝鮮半島北部，面積相當於北宋的兩倍有餘。

2 上京：今內蒙古巴林左旗南。太原：今山西太原。

3 荊山：今湖北南漳巡檢山區。

4 濠州：轄境相當於今安徽省蚌埠、定遠、鳳陽、明光等地，治鍾離（今安徽鳳陽縣東北），當時屬南唐。

5 指耶律倍。父為遼太祖耶律阿保機，弟耶律德光為遼太宗，子耶律阮為遼世宗，當今遼國皇帝遼景宗耶律賢為其孫。

6 虎牢關：今河南滎陽西。此土牆非常牢固，直到三百多年後蒙古攻金，用巨炮轟擊，「唯凹而已」。

7 王審琦：趙匡胤義社十兄弟之一，趙匡胤稱帝後杯酒釋兵權，奪其兵權，賜予大量財物，將長女昭慶公主下嫁其子王承衍。

8 殿前司獄：軍事監獄，專門關押處置犯罪的禁軍將士。

9 後來幾次改名，先後為趙元休、趙元侃、趙恆，即北宋第三任皇帝宋真宗。

【卷七】登聞天聽

呆子道：「不錯，那党項人李官人武藝了得，一隻手有如鐵箍掐得人生疼。他要我替他做件事，給了我一包藥，説是奇毒無比的砒霜，讓我找機會下到隔壁六號閣子的酒瓶中。我聽説要害人，心裡很害怕，可他們卻説沒事。」

晉王趙光義連夜親自趕來汴陽坊，向張咏等人詢問案情。幾人不敢隱瞞，將所知事情如實相告，遇到趙光義不解之處，便一一詳細解答。一直到次日清晨，才將整個經過說清楚。

趙光義道：「嗯，想不到契丹人、北漢人居心如此險惡，若不是你們從王彥昇的案子上追查到蛛絲馬跡，怕是到現在朝廷還不知道汴京城中來了契丹的人馬。」

張咏問道：「那麼高瓊身分一事……」趙光義道：「什麼？」張咏道：「高瓊他……」

向敏中忙咳嗽了一聲，向張咏使個眼色。張咏這才勉強住口，心道：「高瓊是朝廷派出的人，就算程判官、姚推官這些人不認識他，不惜動用酷刑逼供，難道晉王也會不知道這件事麼？」

寇准見趙光義臉有倦色，不免有些惴惴不安，稟道：「大王忙碌了一夜，也該倦了，不如早些回府歇息。」趙光義道：「不礙事。寇准，本王的岳父很讚賞你，幾次三番向本王引薦，你可願意在本王手下做事？」寇准忙道：「承蒙大王抬愛，寇准十分感激，只是我年紀還小，家母一直希望我能跟亡父一樣，走科舉正途。」

趙光義道：「果然是個有志氣的孩子。你父親是科舉狀元，有其父必有其子，好，本王等著看你金殿題名。」又問道，「那麼你這三位朋友呢？」向敏中忙道：「不敢有瞞大王，家父要求敏中年過三十後再參加科考，目下還有好幾年時間。」頓了頓，又道，「張咏要跟我一道參加科考，我們已有約定。」

趙光義捋鬚笑道：「好，好，頂好你、張咏、寇准三人參加同一年的科考，那麼就有同年之誼[1]了。」他貴為晉王，有心招攬，卻為對方婉拒，心中終究有些不快，也不再問潘閬，起身道：「你們也陪本王累了一夜，該歇息了。」

張咏忙將晉王花押繳回，與同伴一道送晉王出來，正見李雪梅端著銅盆出來往院中水井打水，這才記起忙碌一晚，竟忘記李雪梅尚在唐曉英房中，忙上前道：「有勞娘子。」

趙光義道：「這位是……」張咏道：「她是樊樓李員外的千金，昨晚來照看唐曉英。娘子，這位是晉王。」李雪梅避之不及，只得上前參見。

趙光義道：「娘子放心，本王這就回開封府，下令撤銷緝拿唐曉英的公文告示。」李雪梅道：「多謝大王。英娘還在房中等水洗臉，雪梅告退。」

趙光義愛她清淡素雅，很是不捨，正要找個藉口再行留下，忽聽得門外馬蹄得得，內侍行首王繼恩帶著兩名小黃門飛馬馳到，見趙光義也在，慌忙進來行禮，道：「原來大王在這裡。官家有旨，急召大王和張咏四人進宮。」

趙光義道：「一大清早就勞煩大官出宮，皇兄可是有什麼急事？」王繼恩道：「應該跟之前的案子有關。遼國使者和北漢使者已經進宮了。」又催促張咏幾人道，「你們快些去換身衣裳，準備進宮。」等四人進門，才上前幾步，低聲道，「大王，遼國使者還綁了一個人到殿外，說是關鍵證人，不過那人被用黑布蒙住臉，看不到面孔。」

趙光義道：「嗯，多謝大官告知。」招手叫過一名侍衛，命道，「你先回晉王府告訴王妃，說我被皇兄緊急召進宮了，一時回不去，請她自己去陪岳父大人玩鷹。」侍衛躬身領命而去。

趙光義又道：「大官上次不是看中了繁臺[2]邊上的一座宅子麼？本王已經派人買下來，改日大官有空，可去晉王府取房契。」

繁臺是一座長約幾里、自然形成的寬闊高臺，是春秋晉國盲人樂師師曠學藝彈琴的地方，又稱古吹臺。後因附近居住姓繁的人家，故稱為繁臺。開封地處平原，四周一馬平川，故而得一高處殊為不易。漢代梁孝王在這裡興建殿宇亭樓，種植名貴花木，修建成一座豪華的園林，稱為梁園，又稱兔園。唐代詩人李白曾寫下洞徹千古的〈梁園吟〉，其中有詩道：「昔人豪貴信陵君，今人耕種信陵墳。荒城虛照碧山月，古木盡入蒼梧雲。

梁王宮闕今安在？枚馬先歸不相待。舞影歌聲散綠池，空餘汴水東流海。」

可見唐代時梁園已經衰敗頹廢，令詩人心中充滿了今昔變遷的滄桑感。後梁時，朱溫將繁臺改為講武臺，專門在此演兵練武。後漢立國時，將契丹留下守衛開封的幽州兵卒盡數逮捕後斬首於繁臺之下。後周則在此修建了天清寺，因落成之日恰巧是後周世宗柴榮的生辰天清節，所以取名天清寺，作為柴榮的功德院。經過後周重修後，繁臺一帶殿宇崢嶸，林木籠鬱，環境幽雅，兼之晴雲碧樹，桃李爭春，風景宜人，成為著名的汴京八景之一。能在此購置宅邸當然也絕非凡人。

王繼恩相中那處精美宅院已非一日，只不過宅子的主人很有些來歷，無法強買，出價又高得離譜，遠非他這個內侍行首的俸祿所能負擔，只能令他望而興歎。忽聽得晉王已經買下宅子，且要送給他，不禁又驚又喜，道：「大王如此厚愛，繼恩受之有愧。」趙光義道：「大官不必客氣，有什麼需要直接告訴本王即是，千萬不要見外。」

張咏等人已經換過衣衫出來，王繼恩便不再多談，默默領了眾人進來大內皇宮。

宋代皇宮坐北朝南，正南門稱宣德門，五門並列，每扇門均是金釘朱漆，牆壁的磚石之間均鐫有龍鳳飛雲之狀。門上有宣德樓，雕甍畫棟，峻桷層榱，樓頂則覆以琉璃瓦，曲尺朵樓，朱欄彩檻，也是京師的標誌建築。門樓兩旁分布有廊閣，朝廷中樞機構如樞密院、中書省、宰相議事都堂、頒布詔令曆書的明堂、翰林司、學士院、武德司等均在其中。進來宣德門即是大慶殿，是宮城內最高最大的建築，坐落在全城的中軸線上，面闊九間，兩側有東西挾殿各五間，東西廊各六十間，殿庭廣闊，可容納數萬人。大慶殿的西北是文德殿，即所謂正衙殿，是皇帝主要政務活動場所。東北是紫宸殿，是節日舉行大型活動的場所，也是六參和朔參[3]的專用宮殿。往西則是垂拱殿，是皇帝常日視朝之所，召見節度使及外國使者均在這裡進行。垂拱殿後有一道東西向的高牆，稱為橫街，北邊即為皇帝后妃的居住生活區，是真正的大內，又稱內朝。

王繼恩領著眾人進來垂拱殿。殿內已經有不少人——北漢一方的劉延朗；遼國一方的歐陽贊夫婦及從人；大宋也有一些文武官員在場，如邢國公宋偓、宰相沈義倫、薛居正、翰林學士盧多遜、知制誥王祐、主管外交事務的鴻臚寺判寺事馮吉、開封府判官程羽、殿前司指揮使皇甫繼明、主持排岸司的侍禁田重、右屯衛上將軍折御卿、皇弟趙廷美[4]、皇長子趙德昭、皇二子趙德芳以及侍從王旦等。

趙匡胤見趙光義等人到來，便命王繼恩一一為眾人引見，這才道：「遼國和北漢使者稱找到了博浪沙一案的重要證人，不過一定要等諸位都到場。歐陽先生，這就請你帶上證人吧。」

歐陽贊點點頭，拍了拍手，早等在殿角門的隨從便扯著一名五花大綁的男子來殿中跪下，揭下他頭上的布套。眾人一看之下，開封府判官程羽最先驚呼了出來，道：「這不是自浚儀縣獄逃走的刺客高瓊麼？」張咏等人更是面面相覷，昨晚明明才見過高瓊，不知道他如何又落入了契丹人手中，看來這遼國使者是要來一場金殿大對質，好教大宋皇帝無可推託、無話可說。

歐陽贊應聲道：「不錯，正是那逃走的刺客高瓊。晉王，你可認得此人？」趙光義道：「人沒有見過，不過高瓊的名字本王早聽過無數遍了。當日他被人挖地道從獄中救走，全京城緊急戒嚴後大肆搜捕，始終沒有發現他的下落。敢問尊使是如何捕到他的？」

歐陽贊道：「嗯，這個說來只是僥倖。高瓊在博浪沙行刺被擒，劉尊使的手下曾見過他的相貌，昨夜湊巧在晉王府的後巷發現了他，特意將他擒住，帶來見陛下。」轉頭問道，「劉尊使，是也不是？」劉延朗微一遲疑，最終還是點了點頭。

趙匡胤喝道：「高瓊，你在晉王府外做什麼？莫不是想要對晉王不利？」高瓊只是垂首不答。

趙匡胤為人寬厚，卻是個急脾氣，最容不得人當眾忤逆他，當即虎起了臉。一旁內侍行首王繼恩見皇帝明顯露出了不快之色，便朝一旁的執杖武士使個眼色。一名武士搶上前來，舉起金瓜便朝高瓊後背捶擊下去。高瓊當即仆倒在地，吐出一大口鮮血來。

張咏見武士繼續擊打不停，且下手狠辣，不由得暗暗心驚，暗道：「眼下情形根本沒有到用刑的地步，官家如此，莫非是要殺高瓊滅口，令遼國使者死無對證？」一想到高瓊明明是為朝廷做事，卻在關鍵時刻被朝廷拋棄，不由得很是不平，跨上前一步，叫道：「停手！」

趙匡胤不悅地道：「朕正在處理國事，張咏速速退下。」張咏道：「陛下，高瓊是……」一旁潘閬搶上前來，道：「張咏山野村夫，不懂禮儀，請陛下恕罪。」意圖將張咏拖回原列。

張咏大怒，道：「如今的事全都亂套了。就算官家今日要殺張咏，我也是不吐不快。」忽聽得高瓊掙扎叫道：「不要……不要說……」

歐陽贇道：「張公子可是知道什麼內情？」張咏怒道：「我當然知道內情。歐陽贇，你明明是中原人，為一己之私叛國投敵不說，還假裝與我大宋議和，懷抱不可告人的目的……」

趙匡胤喝道：「休得對使者無禮！來人，將張咏拉出去。」張咏道：「陛下，請您聽小民一言，這些契丹人和北漢人一開始就沒有安什麼好心……」侍衛哪裡容他繼續當殿指責使者，一擁而上，將他強拖出去。

趙匡胤道：「張咏是個粗人，沒有見過世面，還望尊使不要見怪。尊使，這就請將你今日要求朕召集這些臣民到場的目的說出來吧。」

歐陽贇道：「是，那麼就請恕下臣無禮了。邢國公宋相公，昨夜你府上可是到過什麼貴客？」宋偓道：「沒有。」歐陽贇道：「晉王，你總該知道下臣所言的貴客是誰吧？」

趙光義道：「本王昨夜一直在汴陽坊中，如何會知道邢國公府上有無貴客？」歐陽贇道：「嘿嘿……」

忽有一名內侍急急衝進垂拱殿，跪下稟告道：「官家，晉王府派人來叫晉王回府。」趙匡胤皺眉道：「有什麼急事麼？」

內侍惴惴不安地看了一眼趙光義，鼓足勇氣道：「晉王妃今早病歿了。」

趙光義「啊」了一聲，晃了幾下身子，往後便要倒下。潘閬眼疾手快，急忙搶上來扶住他，叫道：「大王！大王！」

趙匡胤飛快地奔下御座，抱住趙光義，命道：「來人，快宣御醫，先送晉王回府，朕隨後就到。」當即搶上來幾名侍衛，手忙腳亂地將趙光義抬了出去。

趙匡胤這才重新回去坐下，道：「晉王妃是符相公愛女，兩位姊姊都是前朝皇后，身分尊貴，忽然出了這樣的事，晉王一時受不了打擊，才會如此。」

歐陽贊不得不附和道：「晉王反應也是人之常情，足見晉王與王妃伉儷情深。只是高瓊這件案子……」

趙匡胤哪裡有心思再聽下去，揮手道：「這件案子以後再說。二弟，高瓊暫時由你負責看管，你將他和張咏一道押去武德司，好好審問清楚。」

趙廷美時任京兆尹，兼領武德司，忙應聲道：「遵旨。」指揮侍衛扶起高瓊，挾出殿去。

一場大危機驀然風消雲散，可謂極富有戲劇性。在場不明內情的官員雖不知道契丹人帶來高瓊要做什麼，但料來絕不是什麼好事，見遼國使者臉有悻悻之色，不由暗自慶幸。更有人心道：「晉王妃地位雖尊，卻是容貌平常，並不得晉王寵愛，今日倒是死得恰逢其時。也不知道晉王是真的急怒攻心，還是假意暈了過去，不過總算把這些契丹人給打發了，令他們無話可說。」見皇帝已拂袖離殿，便各自出宮散去。

向敏中見皇帝下令扣押張咏，知道是對他的話起了疑心，若真如此，豈不是證明朝廷對高瓊一事並不知情麼？再聯想到那歐陽贊那些若隱若現的暗示話語，登時恍然大悟——高瓊是晉王的手下，但卻不知道如何被契丹人發現，想利用這件事來挑撥漁利。至於歐陽贊所稱的貴客，多半就是那跟高瓊一道逃出的南唐人林絳，他本是後周名將李重進之子，走投無路下投奔父親故交也是人之常情。而今這件事牽連太大，再也不能輕易揭破真相，不然大宋自亂，易為外敵所趁，後果難以想像。只是尚不知道契丹人苦苦追尋的大祕密是什麼，不知道這些人還有什麼圖謀，可謂膽戰心寒。他將自己的想法簡單對寇准和潘閬說了。潘閬道：「我早看出一切都不對頭，偏偏張咏性子急。」

寇准道：「張大哥為人有情有義，他是因為看不過高瓊盡忠反而要多受苦楚。換做你是高瓊，他也同樣會那麼做的。」潘閬道：「換作我是高瓊，心裡當真苦死了。」

寇准道：「向大哥，你看我們該怎麼辦？如何才能救張大哥出來？」向敏中搖頭道：「張咏被押去了武德司，我們見他一面都是萬萬不能，無論如何是救不了他，只能等晉王來救他了。」

三人出來皇城，卻見開封府判官程羽正在前面朝寇准招手，皇長子趙德昭也站在一旁。潘閬忙囑咐道：「程判官找你一定是要問案情，你可千萬再不能透露半字。」寇准雖不情願，卻也無奈，只道：「潘大哥放心，我知道輕重。」跟著程羽去了。

潘閬道：「老向，你素來眼光敏銳，可有看出這大宋將來的儲君到底是誰？」向敏中沉默半晌，問道：「一定要回答麼？」潘閬道：「當然不是一定。只是我很想聽聽你的看法。」

向敏中躊躇道：「當然是晉王。他是本朝唯一的藩王，又執掌開封府多年，親信極多，實力雄厚。」潘閬道：「那麼你為什麼要猶豫半天才回答？你也知道傳弟不傳子於情理不合，是不是？」

向敏中正要回答，忽見一名漢子急奔過來，便及時住了口。潘閬見他緊盯那漢子不放，問道：「你認得他？」向敏中道：「很是面熟，好像在哪裡見過。」潘閬道：「奇怪，你一說，我也覺得他面熟了。」

那漢子逕直奔到宣德門東的登聞鼓院，奔上臺階，取下棒槌，朝那大鼓「咚咚」敲擊下去。

原來宣德門左右兩側有兩個特殊的官署：一是登聞檢院，隸屬於諫議大夫；一是登聞鼓院，隸屬於司諫、正言；由宦官掌管，門外均懸有大鼓，均允許百姓擊打。凡有議論朝政得失，涉及軍情機密，公私利害，呈獻奇方異術，或者請求恩賞、陳訴冤情等，無法透過常規管道向皇帝呈進的，可以先上登聞鼓院敲鼓呈進，如果登聞鼓院不受理，再上登聞檢院投陳。

這兩個官署規模很小，地位也不高，卻提供了民間有冤難訴者一條有用的管道。北宋立國之初，東京市井間有一位名叫牟暉的市民走失了一頭豬，因豬是自己走失，並非失竊，開封府不予受理。投訴無門，氣急敗壞的牟暉跑到登聞鼓院敲響了大鼓。丟豬一事立即被緊急上報到御案前。趙匡胤不怒反喜，特意給宰相趙普下手詔道：「今日有人聲登聞來問朕，覓亡豬，朕又何嘗見他的豬耶！然與卿共喜者，知天下無冤民。」詔令賜給牟暉一千錢，以補償他的損失。

登聞鼓一響，向敏中便記了起來，道：「那大漢是王全斌的家僕，我們在樊樓見過他。」心中隱約有不祥之感，忙追上前去，道，「你還記得我麼？你家主人自殺當晚，我也在西樓。」

漢子名叫王五，道：「啊，小人記得你，你是向郎，就是你證明我家相公是自殺。」向敏中道：「不錯，正是我。」

王五恨恨道：「可惜你弄錯了，我家相公不是自殺，是中毒死的。小人來敲登聞鼓，就是要告御狀，告你，告你們當晚在西樓的所有人包庇凶手。」

向敏中大吃一驚，道：「什麼？王相公有中毒症狀麼？」王五道：「你們以為做得天衣無縫麼？」原來王全斌的屍首被家人領回去後收斂裝棺，因明日是做七[5]的最後一日，王妻苗氏按照家鄉習俗要在丈夫口中放入一枚銀元寶，哪知道竟發現元寶入口後立即變暗發黑，仔細檢查丈夫全身，都呈現出異樣的青色。苗夫人是宋初名將苗訓[6]之女，頗有見識，認定丈夫是中毒而死，只是娘家、夫家人丁凋零，無所依靠，開封府又以丈夫上吊自殺結案，便命家僕王五來擊登聞鼓告狀。

鼓院當值的宦官聽到鼓聲，慌忙趕出來，請王五進去登記案情、住址，好上奏皇帝。湊巧趙匡胤便服出宮趕去晉王府，聽見鼓聲便先下馬過來查看。宦官見皇帝親臨，忙跪下迎駕。王五聽說眼前的布衣老者就是官家，連連磕頭，哭著大叫冤枉。

趙匡胤一時難以明白究竟，舉手叫過向敏中，道：「你不是還有朕的花押麼？朕命你調查此案。」向敏中道：「遵旨。不過可否請官家將張咏放出來，他當日也在西樓，又是個有力的幫手。」

趙匡胤道：「張咏若是知情者，你們兩個也知道，是不是？」向敏中道：「是。官家法眼如炬，凡事難以瞞過。」

趙匡胤沉吟道：「朕現在要趕去晉王府，高瓊的事回頭再說。等朕得閒，會派人叫你們進宮，你們得一五一十地交代清楚。」向敏中道：「遵旨。」

趙匡胤回頭命道：「派個人去武德司放張咏出來。再告訴皇弟不可對高瓊用刑，就說是朕特別交代的話。」哼了一聲，拂袖上馬而去。

向敏中心道：「官家已經大概猜到究竟了。」見王五還跪在地上不敢抬頭，上前扶起他道，「官家已經走遠。等我同伴出來，我們這就去你家驗屍，如何？」王五根本不相信他，卻因為他是官家親自指派，有欽差的身分，不敢拒絕，怕擔上抗旨的罪名，只得勉強應道：「是。」

武德司就在宣德門內，只等了一盞茶工夫，便見一名小黃門領著張咏出來。向敏中見他不停地撫摸手腕，忙迎上去道：「趙相公對張兄用刑了麼？」張咏道：「也算不得什麼刑罰，他下令將我和高瓊四馬攢蹄地吊在屋梁下，聲稱不招供就絕不放我們下來。官家如何又改變主意放我出來？」向敏中道：「只因為王全斌的案子又起了變故。」

張咏一聽完經過便道：「這件案子查起來可就難了，王全斌應該是飲食中毒，可時過境遷，我們上哪裡去尋當日王全斌用過的酒具食器？即使能尋到，也早已經用清水洗乾淨了。」

向敏中道：「確實不容易。不過還是得先去驗屍。我想叫上宋科，他雖然可能與鬼樊樓有所牽連，但確實是東京最有經驗的老仵作，熟知毒藥毒性，不知道張兄以為如何？」張咏道：「甚好。」

潘閬便自告奮勇道：「今日還是寒食假期，宋科一定還在家裡，我到過他家，我去叫他來。」向敏中道：「有勞。我們先去王相公家。」幾人就此作別。

向敏中和張咏跟著王五逕直南來。王全斌的宅子是賜第，就在外城御街西首。御街兩邊多是重要官署，能在京師擁有一座正對御街的宅邸，可不簡單，只有為國家立下大功的大臣才能有此榮耀。王全斌雖因濫殺蜀中降將遭貶斥，賜第卻還在，說明皇帝不忘舊情，他還有東山再起的機會，只是想不到這次奉詔回京，竟然是一條不歸之路。

來到王宅，王五進去稟報。苗夫人並不出來相見，只說有孝在身，又是女流之輩，不便見外客，凡事自有王五照應，請欽差務必查出真凶。向敏中、張咏遂進來靈堂，到靈柩邊一望，果見王全斌臉色發青，嘴唇發烏，有中毒症狀。

等了大半個時辰，潘閬與宋科乘著雇來的車馬到來。宋科面色嚴肅，也不多問，讓王五準備了一盆皂角水，打開隨身攜帶的包袱，取出一根銀針，將針用皂角水洗過後，再伸入王全斌口中，銀針頓時變了顏色。

宋科道：「銀針探口，變青黑色。」又用皂角水反覆擦洗銀針，續報道，「銀針青黑色不褪，王相公係中毒而死。」

潘閬道：「可當日王全斌頸中有兩道勒痕，交會在耳後，已是確認無疑的上吊自殺，又怎麼會莫名中毒？」張咏道：「莫非是中毒在先？」

宋科又仔細檢查全身，一面驗屍一面按照慣例喝報道：「王相公面色微青；上下唇吻青色；上下牙根青色；口開，舌在內，青色；十指甲青色，十趾尖甲青色；肚腹心口無青色……」稍覺奇怪，微一凝思，便明白究竟，告知道：「適才小人說王相公係中毒而死的說法並不準確。王相公所中之毒並不厲害，凡人中毒，先入四肢，毒氣攻心始能斃命，他還沒有毒氣攻心時便已經上吊自殺，所以心口一塊並無青色。」

向敏中道：「這麼說，即使當晚王全斌不在樊樓上吊自殺，他也一樣會中毒而死？」宋科點點頭，道：「不過這種毒藥既不是常見的毒藥，毒性又不深，小的一時難以認出。」向敏中便道了謝，宋科不再多言收拾工具自去了。

王五哭道：「什麼上吊自殺，難道不是有人下毒後令我家相公無法反抗，再將他頸中套上繩索，造成自殺假象麼？這樣一來，仵作驗出來也是自殺。」向敏中道：「你說的這種情況固然可能，可是當日千牛衛上將軍孟玄玨親眼看到你家相公上吊自殺。」

王五道：「孟將軍的話怎能相信？向郎與孟氏兄弟交好，當知道他們原來在蜀中的美貌侍妾均被我家相公所奪，分給了部下將士。他們恨我家相公入骨呢。」

張咏聞言大為驚奇，問道：「當真有此事？」向敏中難以否認，默默點了點頭。

潘閬道：「如此說來，孟氏兄弟當是最大嫌疑人了。」王五道：「不錯，潘郎總算說了句公道話。」

向敏中道：「王五，我知道你一心要為主人報仇，因為我跟孟氏兄弟的關係，你也不信任我。可我奉旨查案，不敢徇私，我可以向你保證，若真是孟氏兄弟下的毒手，我一定會親手逮捕他們。」王五這才道：「向郎只要不庇護孟氏兄弟就好。」

向敏中道：「那麼你現在仔細聽我說——當晚我和孟氏兄弟是臨時起意去樊樓飲酒，我們進的是四號閣子，王全斌相公比我們晚到，所以才進了六號閣子。若不是後來王相公在閣子大聲說話，我們根本不知道他就在隔壁。試問這種情況下，孟氏兄弟又臨時到哪裡去尋毒藥毒害王相公？況且整個過程中，只有小孟孟玄玨出去了一趟，以他的剛烈性格，動刀殺人還有可能，往飲食中下毒這樣的事是萬萬做不來的。」

王五道：「我家相公回京後夜夜擁著那美貌行首蔡奴到樊樓飲酒不歸，孟氏兄弟一定早聽說過，所以暗中備好毒藥。為了要報仇，動刀子也好，下毒也好，有什麼做不來的？」向敏中道：「那好，就算孟玄玨離開四號閣子時是要去對隔壁王相公下毒，既然選擇下毒，一定是怕被旁人發現，可王相公當時人一直在六號閣子裡面，看見孟玄玨進來會無所反應、任他下毒麼？」

王五道：「或許我家相公當時已經喝醉了，伏在桌上，無所察覺。」向敏中道：「不，你家相公根本沒有喝醉。當晚他因為八號閣子說書一事大鬧了一場，哪知道皇二子趙德芳相公人也在場。他在皇子面前舞刀弄槍，勢同謀反，犯下大罪，後來趙相公派右屯衛上將軍折御卿嚴厲斥責他，命他向說書女龐麗華道歉。你家相公經此一事，哪裡還有心情飲酒？」

王五驚道：「向郎是說，當晚跟折將軍同在三號閣子的是皇二子？」向敏中道：「不錯，你不甘心的其實是你家主人怎麼會莫名其妙地自殺，現在該明白原因了。多年苦苦期待重新回到朝廷，卻在樊樓化作了泡影，你教他如何不灰心？」

王五道：「可是這些話向郎當晚為何不說明白？」向敏中道：「皇二子不肯露面，是不願意旁人知道當晚他在樊樓，開封府的人心照不宣，所以才匆匆結案。若當真揭破一切，對王家可沒有絲毫好處，你主人全家都要受到連累，或刺配，或流放，還能住在這豪華賜第中麼？」王五這才大起驚懼之心。

向敏中道：「這些話我只是跟你講明白，回頭你轉達給你家夫人聽，不過切記不可外洩。」王五道：「是。」

向敏中道：「我再舉證給你聽。既然王全斌相公心事重重，並沒有喝醉，孟玄玨絕不可能悄無聲息地溜進去下毒。潘閬，你當時親眼見過孟玄玨站在王相公的六號閣子前，可有見到他進去過？」潘閬搖了搖頭，道：「沒有，孟將軍只是揭起門簾，站在那裡。」

向敏中道：「如此可見孟玄玨的話並不假，他到達六號閣子時，變故已經發生，王相公正在上吊自殺。不過既然王相公是中毒在先，那麼一定有個下毒的凶手。」

潘閬道：「下毒的凶手會不會就是那後來有意移動王全斌屍首的人？」張咏道：「你是指折御卿麼？他移動屍首是想故意造成他殺假象，嫁禍跟他有仇的党項人李繼遷。可要說他下毒害王全斌，絕無可能。」向敏中也道：「出面代表皇二子斥責王全斌相公的正是折御卿，他能逼得王相公自殺，又怎會下毒害他？咱們先忽略移動屍首一事，將下毒的凶手先找出來。」

張咏道：「可如今既不知道王全斌中的是什麼毒，又無可取證，如何查起？」向敏中道：「既是中毒在先，與王相公同在一間閣子的蔡奴自然嫌疑最大。」

潘閬道：「是了，為何王全斌中了毒，蔡奴卻沒事？而且她後來四處往各個閣子敬酒，似是有意造成不在場的假象，很是可疑。」

張咏因為當日與蔡奴頗談得來，極喜愛她的善解人意，少不得要為她說幾句話，道：「可蔡奴為何要害自己的恩客？」王五插口道：「說不定她是蜀女，有親人為我家相公所殺。」

張咏道：「你也知道你家相公殺人如麻！他在蜀中殺死幾萬無辜軍民，看起來只要是蜀人，都跟他有殺親之仇了。」王五無話可答，只能低下頭去。

張咏道：「就算蔡奴是蜀女，可你適才也說了，王全斌夜夜擁著她到樊樓飲酒，王全斌中毒，她立即就會成為最大嫌疑人，她會那麼笨麼？」潘閬道：「可是當晚的情況不一樣，孟氏兄弟也來了樊樓飲酒，蔡奴也許正想把握這個機會，將下毒的事嫁禍到孟氏兄弟頭上。」

向敏中道：「聽起來也有幾分道理。張兄，不如你和潘閬去雞兒巷找蔡奴，盤問她身世來歷。我再去一趟樊樓。」張咏應了，與潘閬一道來找蔡奴。

雞兒巷位於裡城馬行街鷯兒市中，又分東雞兒巷和西雞兒巷，是妓館集中地，人煙浩鬧。東西巷口有座單將軍廟，是隋末梟雄人物單雄信的墓地。

張、潘二人一路打聽，尋來西雞兒巷一處小院，楊柳依依，槐蔭滿地，頗有鬧中取靜、回絕塵囂之意。有女使應門，嬌聲告道：「娘子身體不適，不見恩客。」潘閬道：「你須去告訴娘子，我們兩個是當晚樊樓的故人。」

女使大概明白「當晚樊樓」的意思，也不再通報，立即引二人進來，繞過曲檻，穿過院落，來到一處廳子，叫道：「娘子，有故人到訪。」

珠簾掀處，一身貼身小衣的蔡奴出現了，笑道：「原來是張郎和潘郎。」隨即側身站在一邊，攏起珠簾，待客進屋。又命女使奉上茶水，才問道，「二位郎君如此肅穆，有什麼事要奴家效勞麼？」

張咏逕直問道：「娘子是哪裡人氏？」蔡奴道：「奴家是土生土長的汴京人氏。張郎如何問起這個？」張咏道：「嗯，眼下王全斌的案子又起了變故，他上吊自殺前便中了毒。」

蔡奴道：「啊，你們懷疑是奴家下毒？王相公是恩客，是奴家的衣食父母，奴家如何要害他？」嚶嚶哭泣了起來。張咏忙安慰道：「娘子不必驚慌，我們正在調查這件案子。不獨娘子，當晚到過西樓的人都要問話。」

蔡奴哭道：「王相公中毒死去，奴家卻活得好好的，所有人都會懷疑是奴家下的毒。可奴家真的沒有沒有……」

潘閬道：「你當真是奉王全斌之命往各閣子敬酒賠罪麼？」蔡奴道：「是。奴家怎敢擅作主張？」

張咏道：「娘子先別哭，你從離開六號閣子，到發現王全斌的屍首，這一段時間再也沒有回去過，對麼？」蔡奴道：「沒有。張郎、開封府的姚推官，還有三號閣子的官人都能為奴家作證的。」

張咏道：「也許凶手是在蔡奴娘子離開六號閣子後下的毒。」潘閬道：「可王全斌並沒有喝醉，他會不加察覺麼？」

張咏道：「也許這個人不是像孟玄玨那樣，一露面就會引起王全斌警覺的人。」潘閬恍然大悟，道：「譬如焌糟，譬如酒廝，譬如開封府的人，我是說譬如。」張咏道：「譬如一號閣子和二號閣子從未露過面的人。我們需要一份完整的名單。」

當即辭別蔡奴，往樊樓而來。正遇到向敏中出來，手中舉著一張紙，道：「你們是來找當晚西樓酒客名單的麼？我已經細細訊問過西樓櫃檯，整理出了一份。」

張咏、潘閬忙湊過來一看，卻見那名單上寫著：

西樓西二號閣子：樊知古。

西樓東一號閣子：符彥卿、王祐、馮吉。

西樓西四號閣子：孟玄喆、孟玄玨、向敏中。

西樓東三號閣子：皇二子趙德芳、折御卿、王旦。

西樓西六號閣子：王全斌、蔡奴。

西樓西八號閣子：李繼遷、張浦、龐麗華。

西樓西十號閣子：開封府推官姚恕、開封府押衙程德玄、馬韶。

西樓西十二號閣子：寇准、張咏、潘閬。

西樓當值：小廝羅鍋兒、酒廝丁大、焌糟丁丁、唐曉英、紀娘、金娘。

西樓散座：諸官人隨從、家僕等。

進出過西樓的其他人：賣果子的小廝呆子、龐麗華之女劉娥。

張咏一看，大喜道：「要的正是這樣一份名單，可謂再詳盡不過。」又說了蔡奴是開封本地人氏，並無殺人動機。

向敏中道：「蔡奴號稱汴京第一名妓，能得恩客歡心，關鍵是她善於曲意逢迎，容貌還在其次，我也不大相信她這樣性格的女子會下毒害王全斌相公。」張咏喜道：「如此，便可排除蔡奴的嫌疑了。」向敏中道：「嗯。從這份名單看來，四號閣子的孟氏兄弟有殺人動機，嫌疑最大，偏偏我本人恰好可以證明他們無辜，所以四號閣子和張兄所在的十二號閣子一樣可以排除。」

潘閬道：「符相公當時居然就在一號閣子裡，竟然一直沒有聽他提過。那彈得一手好琵琶的人，當就是馮吉了。」向敏中道：「馮吉是京師有名的琵琶聖手，以皮為弦，號稱『繞殿雷』。若不是他沉迷於音樂，怕早就跟他父親一般位至宰相了，何至於才是個鴻臚寺判寺事？」

原來馮吉是傳奇宰相馮道之子。馮道在後唐、後晉擔任宰相，契丹滅後晉後又到契丹擔任太傅，後漢時任太師，後周時又任宰相，是中國歷史上最著名的不倒宰相，死後還被後周世宗柴榮追封為瀛王。但此人因事君太多，也被認為操行有問題而飽受爭議。馮吉早在後周時因父蔭步入官場，只是他本人雅好琵琶，孜孜不倦，臻妙之處連教坊供奉名手亦不能及，宰相認為其人輕佻，不予重用。馮吉性之所好，亦不能改。

張咏道：「如此，一號閣子和三號閣子都可以排除。剩下的人中，以八號閣子党項人李繼遷和他的心腹隨從張浦嫌疑最大，他們事先因說書一事與王全斌衝突，王全斌還差點殺了張浦，興許是他們難解舊恨，乘機下毒。」向敏中道：「但是有一點，下毒不同於動刀動槍，若是事先籌畫好的，需要準備好毒藥。李繼遷與王全斌衝突只是意外事件，他應該不可能隨身帶著毒藥。」

張咏道：「眼下最要緊的，還是弄明白王全斌到底中的是什麼毒。」忽見到王五正在一旁探頭探腦，忙過去問道：「你是在跟蹤監視我們麼？」王五忙道：「不敢。是夫人差遣小的跟著幾位郎君，萬一有什麼事，也好跑個腿傳個話。」

潘閬冷笑道：「你家夫人還是信不過我們，不過這也是人之常情。」王五道：「潘郎能體諒就好。」

向敏中道：「王相公既被召回京師，該盡享與家人團聚之樂，又如何夜夜擁妓飲酒、似有不解之愁呢？」王五道：「這話實在不該小的說的。不過為了找出凶手，小的也顧不得許多了。官家這次召我家相公回京，本是要任命他為新軍統帥，可晉王說我家相公並不合適，又推薦了新的人選——太傅曹彬，官家又猶豫不決。我家相公因此而不快。」

潘閬道：「呀，那麼十號閣子裡的三位開封府的人豈不是也有殺人動機？」

王五不過是回答向敏中的話，卻想不到潘閬立即有如此推論，開封府的人敢下毒害他家相公，那不就是奉晉王之命麼？當即駭異得張大了嘴巴。

潘閬卻毫不顧忌，繼續侃侃而談道：「以姚恕的開封府推官身分，他走進六號閣子假意說事，王全斌絕不會提防。」向敏中道：「有理。走，咱們一起去趟雞兒巷。」

張咏道：「又是去找蔡奴麼？我們該直接去開封府找姚推官和程押衙問清楚才是。」向敏中道：「眼下晉王妃剛剛病逝，他們人人都在晉王府聽命，哪裡有空理會我們？我找蔡奴自有道理，她是最好的證人。」

幾人又匆忙趕來雞兒巷，蔡奴剛梳妝打扮完畢，容光煥發，極盡嬌豔，與適才所見判若兩人。張咏心道：「難怪女子要忙著塗脂抹粉，看來確實能增色不少。」

蔡奴見張咏去而復返，不由得又緊張起來。向敏中忙道：「我們只是有幾個要緊的問題要問娘子，事關重大，還請娘子好好回憶。」蔡奴道：「這是自然。」

向敏中道：「當晚娘子離開六號閣子，先去了哪裡？」蔡奴道：「先來了你們幾位郎君所在的十二號閣子啊。王相公跟張郎動過手，所以奴家想要先給張郎賠罪，不過這是奴家自己決定的。」

向敏中道：「接下來呢？」蔡奴道：「接下來奴家……」潘閬道：「我大概明白向兄的用意了。蔡家娘子最先進來我們閣子，可時間極短，我緊隨她出去在樓廊說了一陣子話，她才往隔壁十號閣子而去。」

向敏中道：「對，這就是關鍵。娘子進十號閣子時，共有幾個人？」蔡奴想了想，道：「三個人——姚推官，程押衙，還有一位姓馬的道士。」

向敏中道：「他們三人一直沒有離開過閣子麼？」蔡奴道：「沒有。奴家最先出來，當時又遇到了張郎，還有三號閣子的三位官人，奴家便隨三位官人去了三號閣子。」

張咏這才明白向敏中的用意，他是要梳理出一條時間線來，看十號閣子裡開封府的人有無時間下毒，忙道：「我當時是打算去警告王全斌，令他不得再向說書女龐麗華尋仇，正好看見趙相公、折御卿幾位從王全斌的六號閣子出來。我跟王全斌說完話出來時，又見到折御卿，還問我王全斌人可在裡面。我還記得張浦的口供，折御卿到他們八號閣子門前叫了龐麗華出去，帶她去了六號閣子，要王全斌起身向她賠禮道歉。這應該是緊隨其後的事。」

潘閬道：「不錯，我也記得這一節，張浦的口供跟龐麗華的完全能對上，是可信的。只是龐麗華回來後惶恐難安，李繼遷這才決意替她出頭，去找王全斌，可卻發現他已經在六號閣子上吊自殺了。」

向敏中道：「由此可以推出十號閣子的人根本沒有時間和機會下毒，他們三人的嫌疑完全可以排除。看來下毒的時間只可能是在張兄去找王全斌之前，可當時進了六號閣子的三位官人並沒有殺死王全斌的動機，趙相公又是皇子身分，即使看不慣王全斌所為，只須據實告訴官家，就能徹底置他於死地，比下毒要強千百倍，因而完全可以排除嫌疑。」張咏道：「那麼下毒時間須再往前推，是趙相公三人進六號閣子前。」

潘閬問道：「娘子在六號閣子飲最後一杯酒是什麼時候？」蔡奴道：「嗯，應該是在王相公去隔壁鬧事前。鬧過後，王相公回來坐下，奴家請他飲酒，卻被他打翻，又命奴家出去賠罪。」

張咏道：「這不對啊。王全斌跟我在樓廊動手時，趙相公就在邊上，他卻無動於衷，可見他並不認得皇二子。應該是後來趙相公自己來六號閣子表露了身分，那已經是我正來找王全斌時候的事了，當時娘子正從十號閣子出來，要去三號閣子賠罪敬酒呢。王全斌之所以向說書女龐麗華道歉，肯定是受皇二子所逼，可在他知道皇二子身分之前又為何要主動派娘子四處賠罪？這完全不符合他的風格。」蔡奴道：「是麼？奴家可不明白究竟，只不過奉命行事。」

向敏中道：「如今王全斌已死，他當時心境很難揣摩。不過可以肯定的是，他中毒當在蔡家娘子離開六號閣子後。」沉吟片刻，請蔡奴取來紙筆，除掉已經排除嫌疑的人，重新列了一張名單：

西樓西二號閣子：樊知古。

西樓西八號閣子：李繼遷、張浦、龐麗華。

西樓當值：小廝羅鍋兒、酒廝丁大、焌糟丁丁、唐曉英、紀娘、金娘。

西樓散座：諸官人隨從、家僕等。

進出過西樓的其他人：賣果子的小廝呆子、龐麗華之女劉娥。

潘閬道：「看起來還是党項人李繼遷嫌疑最大，不過向兄稱下毒是有計畫事件，需要時間謀畫，確實有道理。當晚之前，李繼遷跟王全斌毫無干係，說不定根本就不認識他，又如何處心積慮地準備毒藥害他？」向敏中點點頭，提筆將「西樓西八號閣子」一條劃去。

張咏道：「樊知古是南唐叛臣，之前一直在江南，不可能跟王全斌有瓜葛，可以排除嫌疑。」向敏中便又將「西樓西二號閣子」一條劃去。

張咏道：「英娘之所以來西樓是跟丁丁換班，龐麗華母女也是臨時奉召到西樓，她們也都可以排除。」向敏中便劃去四人名字。

潘閬道：「那些隨從只在王全斌跟張咏打架時才趕上樓來，後來很快就下去了，根本就沒有進過閣子。最可能下毒的人都排除了嫌疑，剩下的都是樊樓的人，都是最底層的小廝、焌糟，那就更不可能殺害朝廷命官了。」

幾人重新複查一遍，還是同樣的結果——最有動機殺人的都能夠排除嫌疑，剩下的則根本沒有殺死官員的膽量和理由。向敏中忖道：「不對，不該是這樣的結果，一定有什麼線索是我們忽略了的。」

蔡奴婉言勸道：「幾位郎君還是先用些茶點，再慢慢推算凶手不遲。」命女使在庭院花架下擺好桌凳，請幾人出去坐下品茶。

張咏見那小女使圓圓胖胖的臉蛋在陽光下泛出淡青色，忙問道：「小娘子生病了麼？」女使莫名其妙，答道：「沒有啊，奴家好得很呢。」

張咏道：「那麼小娘子為何臉色發青？」小女使道：「啊，這是因為奴家臉上塗了水粉。」

張咏道：「可是你家娘子臉上為何不見青色？」小女使笑道：「這如何比得？娘子用的是上好的西域香粉，奴家只買得起最普通的鉛粉。」

向敏中驀然省悟過來，道：「我知道王全斌中的是什麼毒了，鉛毒。」

原來古代水粉都是黑鉛煉成，鉛性至毒，商家煉粉出售時往往製得不乾淨，鉛性偏重，因而使用水粉塗面的婦人總是臉帶青色。不過水粉終究只是裝飾面容使用，毒性緩慢，遠不及砒霜等毒那般劇烈。

眾人聽向敏中說完究竟，慌忙重新取出原先那份最完整的名單來。潘閬歎道：「原來真凶就在我們自己眼皮底下。」張咏知道他指的是唐曉英，忙道：「不可能，英娘不可能下毒殺人。」潘閬道：「不是她難道會是龐麗華麼？」

他說的是顯而易見的事實——當晚在西樓的女子中，只有唐曉英和龐麗華跟王全斌有過衝突，王全斌更是打傷了龐麗華，可她性情柔弱，身邊又帶著稚女，不大可能下毒害死朝廷大官。而唐曉英性情豪爽，有膽有識，大有男子之風，又與龐麗華姊妹情深，之前為幫她還債不惜協助毒害高瓊便是明證。

張咏卻不相信，道：「英娘是個敢做敢當的好女子，若果真是她所為，當晚眾人被困在西樓時，她早就站出來承認了。」潘閬道：「也許她一開始是打算站出來的，可王全斌不又上吊了麼？自殺掩蓋了他殺，他殺又掩蓋自殺，她看到最終以自殺結案，不會牽連旁人，乾脆順水推舟，就此隱瞞下來。老向，你同不同意？」

向敏中道：「嗯，眼下唐曉英確實嫌疑最大。張兄，你先跟小潘回去汴陽坊，慢慢套問唐曉英，看有無破綻。我和王五去她住處，應該能搜到水粉。」

張咏早已忍耐不住，霍然起身，奔出門去，一路疾奔回汴陽坊。潘閬狂追不已，累得滿頭大汗，卻還是跟不上。

卻見宅前停著一輛精緻的馬車，車邊還站著幾名青衣奴僕。張咏也不及訊問，直衝入院。女使忙上前告道：「有客，正在英娘房中。」

張咏也顧不得許多，大力推開房門，正見到龐麗華伏在唐曉英肩頭哭泣，唐曉英也是淚光漣漣的樣子。二女見張咏貿然闖入，均吃了一驚。唐曉英道：「張郎累成這樣，可是有什麼急事？」

張咏端起桌上的茶水一飲而盡，喘了幾口大氣，才道：「麗娘人在這裡最好。英娘，我有句話要問你，你一定要老實回答我。」唐曉英道：「這是自然。」

張咏道：「當晚在樊樓，是你往王全斌酒中下毒麼？」唐曉英莫名其妙，道：「什麼下毒？王全斌相公不是自己上吊自殺的麼？」張咏道：「不，王全斌上吊之前就中了毒，他如果不上吊自殺，也要中毒而死。英娘，是你做的麼？」唐曉英道：「不是。」

張咏道：「可你看上去並不驚訝。」唐曉英道：「不就是王相公被人下毒麼？」又看了龐麗華一眼，道，「比這更令人驚奇的事我都聽過。」張咏道：「我相信你。不過眼下證據對你很不利，你是最大嫌疑犯。」

龐麗華問道：「當日那麼多人在西樓，為何英娘是最大的嫌疑犯？」張咏道：「下在酒中的毒藥是婦人用的水粉。」龐麗華道：「可是英娘從來不塗粉。」唐曉英忽道：「是我做的。」

張咏道：「什麼？當真是你？你為什麼要這麼做？」唐曉英道：「王全斌無緣無故闖進來打了我，麗華姊姊為了救我更是被他撞到牆上暈了過去，我氣憤不過，就悄悄往他酒中下了水粉。」

張咏跌足道：「哎呀你……你快走。趁向敏中他們還沒有回來，快走。」搶上前扯住唐曉英手臂便往外拉。潘閬正好趕來堵在門口，氣喘吁吁地道：「你……你……想……徇私放她……」

唐曉英聞言便道：「張郎不過是要捉住我。」潘閬道：「你……肯主動……認罪便好。不然……等老向拿回來……證據，再難抵賴。」帶著唐曉英來到堂屋，防她逃走。

等了一個多時辰，向敏中和王五帶著一包水粉回來，道：「這是從唐曉英住處搜出來的水粉，鉛性極重。」龐麗華道：「可這包水粉是我的，英娘從來不用。」

向敏中道：「我順道去樊樓問過，樊樓經營飲食，明令禁止焌糟塗抹水粉，因而當日到過西樓的焌糟都不用水粉，蔡奴用的又是香粉，那麼就只有……」張咏恍然大悟道：「是麗娘。英娘，你是替麗娘頂罪，是也不是？」龐麗華這才明白究竟，一時愣住。

唐曉英道：「不，不是頂罪，這事確實是我做的。麗華姊姊暈倒時，我乘機偷了她的水粉，尋機下在王全斌的酒中。」

向敏中道：「英娘可還記得是什麼時候下的毒？」唐曉英道：「嗯，我想想，就是張郎跟王全斌相公在樓廊間大打出手的時候。」

潘閬道：「不對，打過架後，我們還沒有回到閣子，就看見你從八號李繼遷的閣子出來。當時麗娘還沒有清醒，你絕不會離開她。況且打架時樓廊人擠得滿滿當當，你不可能越過兩位正舞刀弄劍的男子進去六號閣子下毒。然後你又下樓去替我們的閣子催酒菜，根本沒有往那邊走。」

唐曉英忙道：「不，是我記錯了，我催完酒菜後，又重新上來一趟，進了六號閣子，假裝問王相公有無需要，趁他不備，將水粉下在酒杯中。」

張咏也記了起來，道：「也不對，你再上樓的時候是為我們送來酒菜的時候。要證明這點並不難，你每次上下樓，都要從酒廝丁大和小廝羅鍋兒面前走過，我敢肯定他們記得你下樓後再上來一定是端著酒菜的。你端著酒菜進來前，在門外叫了聲『麗華姊姊』，當時你一定是看見麗娘正從六號閣子出來。我以為有什麼事，正要出來查看，你卻端著酒菜進來了，那是因為麗娘又進了八號閣子。後來你一直待在我們閣子裡聊天，直到党項人李繼遷發現王全斌吊在窗梁下。所以你根本沒有機會下毒。」說完便轉過頭去，逼視著龐麗華道，「是麗娘下的毒，對麼？」

龐麗華早已呆若木雞，半晌才訕訕道：「不，不是我。」唐曉英急道：「我都承認了是我下的毒，你們為什麼還一定要怪在麗華姊姊頭上？」

張咏也不理睬，繼續道：「英娘是麗娘最親信的人，是也不是？她一心要認下罪名，是因為她猜到是你做的。」龐麗華顫聲問道：「英娘，你當真認為是我下毒？」

唐曉英心道：「我也不願意相信，可上過西樓的人中，只有你一人隨身帶著水粉。」她知道向敏中這群人個個聰明過人，要想瞞過他們千難萬難，一時沉吟不答，苦思對策。

潘閬勸道：「麗娘真的忍心看英娘為了救你替你頂罪麼？而今你已有了晉王這座大靠山，就算承認下毒，他也不見得會拿你怎樣。」龐麗華道：「不是我，真的不是我。英娘，你不必為我頂罪，我真的沒有下毒。」唐曉英道：「當真？」龐麗華道：「你我的情分比親姊妹還要親，若真是我下毒，我怎麼會眼睜睜看著你身陷牢獄之災？」

唐曉英大喜，道：「你們都聽到了，既然麗華姊姊說不是她下的毒，那麼就一定不是了。你們一開始懷疑我，一定是因為我膽子大，然後又發覺我沒有機會下毒，便懷疑起麗華姊姊來。當晚西樓那麼多人，偏偏只懷疑我們兩個，正因為水粉是女人之物。可萬一這正是凶手轉移視線的伎倆呢？況且水粉是最容易得到之物，開封到處是胭脂水粉鋪子，樊樓邊上就有三家。」

她這話甚是有力。向敏中道：「英娘說得有道理。我們一發現毒藥是水粉，就推測凶手是婦人，這實在太過草率。其實大多數人都知道水粉中含有鉛毒，越便宜的水粉，毒性越重。」張咏道：「不錯，凶手之所以選擇水粉，應該是因為它很容易買到，且絲毫不會令人起疑，跟他是男子還是婦人並無關係。」

龐麗華遲疑道：「這個……有一件事……我本來隨身帶著一盒水粉，當日來西樓說書，還特意在樓下重新撲過面，後來那盒水粉不見了。」

向敏中道：「啊，這是條關鍵線索，麗娘是什麼時候發現水粉不見的？」龐麗華道：「嗯，是我說完書牽著女兒離開西樓的時候，我本想取出李官人賞賜的金珠給小娥看，哪知道金珠不見了，裝著水粉和一些銅錢的布袋也不見了。不過，我想也許是我撞到牆上暈倒時落到地上，可回去找了好多遍也沒有找到。」

潘閬道：「當晚寇老西不也丟了一袋瓜子金麼？這會不會是同一人所為？」張咏道：「肯定是同一個偷兒。不過，麗娘發現丟失物品的時間太遲了，她到西樓之後先後接觸過不少人，沒有具體發生時間，很難找到這個小偷。」

向敏中道：「最麻煩的是，小偷的出現令案情更加複雜——這個小偷也許就是下毒的凶手，也可能不是，他或許只拿走了錢，將不值什麼錢的水粉隨手扔掉，正好被凶手撿到。」

潘閬歎道：「這樣一來，嫌疑犯可就相當多了。」向敏中道：「如今我們不清楚凶手下毒的動機，只能跟排除英娘的嫌疑一樣，用有無時間下毒來一個個排查。」

唐曉英大感好奇，問道：「如何排查？」張咏道：「向兄將當晚在西樓的人列了名單出來，如今已經能肯定下毒時間是在王全斌相公打完架、蔡奴離開六號閣子後，三號閣子的趙相公三人進六號閣子前。這樣一來，蔡奴和王全斌本人最先去掉，英娘你也沒有作案時間，還有十號閣子的姚推官三人，再就是四號閣子的向兄和孟氏兄弟。我們的閣子，打完架後寇准沒有離開過，我和潘閬各自出去過一趟，卻不在這個時間內，也可以排除。」向敏中便依言將這些名字一個個劃去。

唐曉英道：「丁丁跟我換班後人不在西樓。小廝羅鍋兒把守樓梯，沒有上過樓。酒廝丁大須得時時守著儲酒間，來來往往的人都能看到他，也不可能是他，還有跟丁大在一起的小娥。」向敏中道：「甚好。」又劃去四人名字。

正好寇准回來，問明新案情新進展，忙道：「一號閣子的符相公三人和三號閣子的趙相公均身居高位，不會用撿來的水粉殺人。」向敏中道：「本來只該嚴格用時間來排查，不過這兩個閣子的官人身分特殊，確實可以去掉。」又劃去相關名字，重新理了一份名單出來：

西樓西二號閣子：樊知古。

西樓西八號閣子：李繼遷、張浦、龐麗華。

西樓當值：焌糟紀娘、金娘。
西樓散座：諸官人隨從、家僕等。
進出過西樓的其他人：賣果子的小廝呆子。

張咏道：「既然如此，二號閣子的南唐人樊知古也可以劃掉了。」寇准嚷道：「樊知古的嫌疑可大了。」眾人聞言無不愕然，紛紛問道：「王全斌相公名聲不好，天下蜀人都想殺他，不過樊知古是南唐人，又為何要下毒害他？」

寇准道：「我先不回答這個問題。你們有沒有想過凶手為何一定要用水粉？」張咏笑道：「這個我們早已經推測過了，一開始是覺得因為水粉易得，但既然麗娘遺失了一盒水粉，那就更順理成章，變成了凶手臨時起意殺人，跟用水粉還是用砒霜並無關係。」

寇准道：「不對，凶手選用水粉，只因它是女人之物。而樊樓的焌糟不准用水粉，因而只要是用水粉殺人，就會立即懷疑到麗娘和蔡奴身上。」

潘閬道：「寇老西是說，凶手目的不在殺人，而在嫁禍？可麗娘是臨時被召到西樓說書，凶手不大可能預知她在。莫非是樊知古追求蔡奴未果，懷恨在心，有意用水粉下毒，意圖嫁禍給她？」張咏道：「可蔡奴是汴京第一名妓，身價不菲，又怎會用這種普通的鉛粉？這嫁禍的伎倆，未免太差了些。」

王五一直站在一旁，終於忍不住插口道：「也許凶手想殺的正是蔡奴本人呢，不過湊巧她去了別的閣子敬酒，我家相公才成了替死鬼。」

寇准道：「不，你們說得都不對，樊知古不是要嫁禍蔡奴，也不是要殺她，他要嫁禍的是麗娘你。」龐麗華更是莫名其妙，道：「麗娘從未聽過樊知古這個名字，更不認識他，他為何要害我？」

寇准道：「適才程判官問我樊知古的案子，特意給我講了他的來歷。他原名樊若水，曾經參加南唐名臣韓熙載主持的進士考試，該榜取中九人，韓熙載門生舒雅高中狀元，樊若水也一舉及第，很受矚目。當年南唐國主大周后周娥皇尚在世，準備將親妹妹周嘉敏，也就是現在的小周后許給樊若水。但當時正值南唐朝中黨爭，有政敵攻擊韓熙載取士不公，理由是九名新進士中有五人跟韓熙載熟識，其中包括舒雅和樊若水。這件事鬧大後，舒雅和樊若水都被取消進士資格，樊若水自然也無緣再娶國后之妹。」

唐曉英道：「可這些事跟麗華姊姊有什麼關係？」寇准道：「樊若水之所以得到韓熙載垂青，是因為他跟韓熙載的姬妾秦蒻蘭同鄉，聽說二人本是青梅竹馬的戀人，後來秦蒻蘭被韓熙載逼死，樊若水才決意叛唐投宋，為愛人復仇。」

龐麗華這才明白為什麼一個素不相識的人會恨她入骨，不惜下毒害死旁人來嫁禍她，原來是因為她最拿手的秦蒻蘭投懷送抱、色誘陶谷的說書故事——她每講唱一次，贏得滿堂酒客熱烈掌聲的時候，都是往那愛著秦蒻蘭的男人心口狠狠劃上一刀。

寇准道：「樊知古之所以選擇六號閣子下手，並非因為裡面坐的人是王全斌，而是當時六號閣子裡只有一個人，他最容易下手。」唐曉英愕然道：「寇郎是說不管六號閣子裡坐的是誰，樊知古都要下毒害他，只為嫁禍給麗華姊姊？」寇准道：「不錯，正是這個道理。」

張咏道：「可樊知古從始至終未出過二號閣子一步，他如何能知道麗娘來了西樓說書？」寇准道：「不出閣子未必就不知道外面的事。符相公當日在一號閣子，也是未出房門一步，可一樣對外面發生的事一清二楚，程判官有許多事都是從他那裡知道的。況且你只是未看到樊知古出來，他未必真的就沒有出來過。」潘閬道：「這話倒是不假，樊知古的閣子是西面最裡間，到六號閣子、八號閣子根本不須經過我們十二號閣子。」

向敏中沉吟道：「可我始終覺得下毒是需要時間謀畫的，樊知古有理由恨麗娘，足不出戶知道外面的事也不難，可要說他正好出來閣子時就能撿到水粉，這未免太過巧合，難以令人信服。以他的身分來看，也斷然不會是那個小偷。」

張咏道：「不過這終究是條線索，眼下天色不早，咱們稍作歇息，再去趟樊樓如何？樊知古晚上一定會去那裡飲酒，我們不如去找他問個清楚。」向敏中道：「也好。」

龐麗華見那份嫌疑人名單上尚有李繼遷的名字，忙道：「我可以為八號閣子的李官人和張先生作證，王全斌相公進來鬧事前，他們一直在安安靜靜聽我說書，呆子也一直在那裡，可以作證。」

潘閬道：「下毒時間當在王全斌鬧事後，麗娘可記得之後的情形？」龐麗華道：「之後我就暈了，再醒來時便聽見琵琶聲。」唐曉英道：「麗華姊姊暈倒後我也一直在場，跟李官人一起為她包紮傷口。」

張咏道：「當時張浦人出了閣子，跟王全斌動了手。後來琵琶聲響，大家各自回了閣子。之後八號閣子的人一直都在麼？」龐麗華道：「都在的，李官人和張先生都沒有出去過，直到後來折將軍叫我去了隔壁王全斌相公那裡，再後來李官人為我去找王相公，才發現他已經……後面的事各位郎君就都知道了。」

向敏中道：「你只說李官人和張先生都沒有出去過，那麼那個小廝呆子呢？」龐麗華道：「呆子？噢，好像我醒來時就不見他了，應該是去其他閣子了。英娘，呆子是什麼時候走的？」唐曉英道：「這我也沒有留意，應該就是你暈過去的時候吧。」

正好等候在門口的晉王府奴僕進來催促，龐麗華這才戀戀不捨地去了。

張咏問道：「麗娘是特意來探望你的麼？」唐曉英道：「嗯。我正有一件重要事情要告訴你們大夥，高瓊是晉王的人，麗華姊姊在晉王府親眼見到他向晉王下跪。」見眾人並不驚奇，問道，「原來你們早就知道了？」張咏道：「也沒有早就，也是剛剛才知道的。」

唐曉英道：「那麼他……他答應我要任我報仇也不是真的了？」張咏道：「高瓊不會失信於英娘的，只是他又落入契丹人之手，轉交給官家，如今被押在武德司中，生死難卜。英娘要跟我們一道去樊樓麼？」唐曉英沉默半晌，才道：「我還是不去了。」張咏道：「也好，那英娘好生歇息，我叫女使給你做些吃的。」

等到天黑，張咏、寇准、潘閬、向敏中四人便往樊樓而來，王五自回王宅去向苗夫人稟告。

東京的夜景當真是天下奇觀，華燈似海，夜明如晝，各色燈光點綴著夜色。最吸引人視線的是大內正門宣德樓上的琉璃燈。這些琉璃燈價值連城，精巧無比，將瑪瑙和紫石英搗成粉屑，煮成糊狀，再加上香料，反覆捏合而成。一對琉璃燈可抵民間一個州三個月的田賦收入，所以後人才說：「萬金爲一燈，萬燈爲一山。用盡工匠力，不破君王顏。」意思是工匠極盡奇巧，費資千萬，造出了火樹銀花、千光萬焰的絢麗美景，卻不能贏得君王的開顏一笑。琉璃燈一經點燃，宛如明月，晶瑩剔透，襯托得宣德樓如同仙界。

民間雖無琉璃燈這般輝煌炫目的燈具，卻也千門通亮，燈影逐人，兼之紅男綠女，嬉笑冶遊，別有一番風情。樊樓一帶甚至有不少夜市，都是些臨時的攤販，專門買賣衣服、圖畫、花環、領抹之類，天黑點燈，至曉即散，稱為「鬼市子」。

樊樓門前的迎客小廝早識得張咏、向敏中等，忙引幾人來到西樓。寇准問羅鍋兒道：「樊知古樊官人可有到來？」羅鍋兒笑道：「早來了，正在三號閣子中。不過他今日可不是一人，還有兩位貴客。」

焌糟丁丁引幾人上來，進了八號閣子。向敏中道：「聽說這裡有個叫呆子的小廝，娘子可有聽說過？」丁丁道：「呆子不是我們樊樓的人，不過客人都愛使喚他跑腿。」

向敏中道：「可否麻煩娘子為我叫一聲？」丁丁道：「當然可以。不過官人怕是要等一會兒，不知道他又在哪裡轉悠呢。」向敏中道：「無妨，能找到人就行。」

等丁丁出去，寇准才低聲問道：「向大哥懷疑呆子麼？」向敏中道：「不是懷疑他，而是無法排除他的嫌疑，名單上剩下的人已不多，他既然在上面，當然要查上一查。」

張咏道：「寇老西不是認為樊知古就是殺人凶手麼？我這就去叫他出來。」來到二號閤子，叩了叩門，聽見有人應聲，即打簾推門進去。卻見上首坐著當今皇帝的二弟趙廷美，旁側坐著一名四十歲出頭的魁梧男子，樊知古坐在下首。

趙廷美認出張咏，滿臉不快，喝道：「你來這裡做什麼？」樊知古忙道：「相公，這位張公子是下官的救命恩人。張公子，我為你介紹，這是趙太保，當今聖上的皇二弟。這位是曹太傅。」

張咏心念一動：「曹太傅莫不就是晉王推薦的新軍統帥人選太傅曹彬？」忙叉手行了個禮，道，「我認得趙太保。」又道，「樊官人，請你出來一下，我有幾句話要問你。」趙廷美道：「我們正在商議軍國大事，豈能容你驚擾？快些退下！」

張咏心道：「晉王妃剛剛病歿，你不去晉王府照看兄長，卻與人來樊樓飲酒，能有什麼軍國大事？」毫不相讓，道：「小民要說的話也跟軍國大事有關。」

趙廷美大怒。曹彬忙解圍道：「張公子既救過樊大夫性命，不妨出去聽一下，好歹只有一刻工夫。」樊知古道：「是。」遂跟隨張咏來到樓廊，問道：「張公子可是找到了當晚行刺我的凶手？」張咏心道：「行刺你的是晉王的人，如何能告訴你？幸好他只是要將眾人視線引向南唐，並不是真要殺你。」當即道，「我今日來找官人並非為了這件事，而是因為王全斌一案。」

樊知古道：「王全斌？噢，是當日吊死在六號閤子的王相公麼？他怎麼了？」張咏見他神色毫無異樣，當即道：「王全斌是被人毒死的，樊官人當晚也在西樓，可察覺到有什麼異常？」

樊知古搖頭道：「沒有。張公子於我有恩，我不妨直言相告，我雖不認得王全斌，卻久聞他手段狠辣，是我向官家請求召他回京，最好任他為平南統帥。」

原來樊知古雖是南唐人，卻恨南唐入骨，恨不得殺盡南唐人洩憤。王全斌當年平定後蜀時大揮屠刀，幾次屠城，正合他的心意。張咏會過意來，不由得對眼前這人大起厭惡之心。

樊知古又道：「不過王全斌既是意外自殺，也就無可奈何了。如今曹太傅是新任統帥，即將赴荊南造戰艦。我明日也要離京，上任舒州團練推官。張公子，我日日來樊樓飲酒，只因親人尚陷身南唐池州，而朝廷又遲遲不肯對南唐用兵。如今朝廷大軍待發，我盼望的這一天終於到來了。」他眼中閃動興奮的光芒，在這復仇的火焰下，不知道又有多少人要喪身。

張咏一時無語，半晌才道：「沒事了。」悻悻回來八號閣子，說了原來向官家舉薦王全斌的正是樊知古。向敏中道：「如此，樊知古下毒的嫌疑當可完全排除了。」

正說著，焌糟丁丁領著小廝呆子到來。呆子賠笑道：「幾位官人叫小的有事麼？」向敏中道：「沒事，就挑幾樣果子。」

潘閬起身道：「你們先挑著，我出去方便一下。」向敏中道：「喂，你的珠子掉地上了。」潘閬這才發現收在懷中的北珠不知道何時滾落了出來，笑道：「我當真糊塗，虧得向兄提醒。」撿起珠子收好，這才出去。

向敏中隨意取了幾件果品，給了一吊錢。呆子笑道：「多謝官人。小的就在樊樓裡面轉悠，有什麼需要再叫小的。」向敏中道：「嗯，去吧。」

寇准不明所以，問道：「向大哥派人巴巴地尋了呆子來，卻一句話也不問，是何道理？」向敏中微微一笑，道：「不急，一會兒他會自己回來的。」

過了片刻，潘閬竟擰著呆子手臂進來，道：「果然不出向兄所料，呆子正是那個偷兒。」呆子這才反應過來，道：「你們是有意拿出珠子讓小的看見，好設下圈套。」潘閬掩上門，笑道：「你若是不貪心，又怎麼會掉進圈套？」

寇准道：「啊，原來是你偷了我的錢袋，取了裡面的瓜子金，又將錢袋扔掉，所幸被小娥撿到。快些將我的財物還回來。」呆子道：「還你，一定還你，只求幾位官人不要告官。」

向敏中道：「本朝皇帝親下敕文規定，犯強盜、盜竊贓滿五貫即處死，不滿五貫者杖背二十後配役三年。僅你剛才想偷的這顆珠子就價值萬貫，還不算寇准的瓜子金、麗娘的金珠，殺你幾千次都綽綽有餘，豈能是你說不告官就不告官？」

呆子見這幾人當場捉住自己，卻並不立即送官，料到另有所圖，道：「你們難道不想知道王全斌相公真正的死因麼？他是被毒死的。」

王全斌上吊前已然中毒尚是機密，眾人聽呆子搶先道了出來，不由得大吃一驚。張咏問道：「莫非你知道下毒者是誰？」呆子道：「當然知道。」又轉向向敏中道，「小的見過官人和官家一道進來西樓，想來官人身分非同一般，要小的說實話可以，不過有個條件。」

向敏中道：「原來你認得官家。」呆子道：「官家經常微服來樊樓飲酒，有什麼認不得的？」又道，「晉王每次來樊樓，雖是便服，卻是前呼後擁，排場大得很。官家只是布衣襆頭，帶兩三名侍衛，時常就坐在普通散座中。」

向敏中道：「你有什麼條件？」呆子道：「小的自知難逃刑罰，只是有一點，將來不能以盜竊定小的罪。不然就算你們將小的送去開封府嚴刑拷打，我也絕不會說出真相。」

向敏中沉吟片刻，道：「就算不論你盜竊罪，可你知情不報，視同下毒凶手的從犯，罪名更重，被害人又是朝廷命官，更是要從嚴處罰。」呆子道：「這些罪名小的都認，就是要求你們不能以盜竊定罪。」

寇准心念一動，道：「你是怕被釘牌，對麼？」呆子道：「正是。小的家裡尚有祖母、父母，不想讓他們被街坊鄰居看不起，從此再也抬不起頭來。」

原來宋律對盜罪處罰極其嚴厲，動輒棄市、腰斬、凌遲，罪犯本人被處嚴刑不說，其家門口還要立上一個大木牌，上面書寫犯人的姓名、罪狀，即所謂的「釘牌」制度。即使犯人家屬搬家，也要跟隨遷移住處釘牌，終身不得摘除，是對犯人及家屬極大的羞辱。呆子寧可認下更重的罪名，也不願以盜竊定罪，顯然是不願意令親人蒙羞。

向敏中與幾人商議一下，道：「早知如此，又何必當初。不過你終究是一片孝心，好，我答應你的條件，你將下毒者的姓名告訴我。」呆子便道：「下毒的人正是小的自己。」

眾人駭然而驚，均不能相信。向敏中道：「你不過是個小廝，為何要下毒害朝廷命官？」呆子道：「小的也不願意，可是被逼無奈，情形就跟官人們今日逼我說出下毒凶手的姓名一樣。」

原來呆子盜竊成性，總往樊樓酒客下手，樊樓每日來往酒客數千人，他嘴甜手快，竟從來無人懷疑到他身上。但某一日終究還是失手，被一名酒客當場捉到，而那酒客居然也不報官，還給了他更多的錢，條件只是讓他做一件事。

向敏中驀然省悟，道：「當場捉住你的人是李繼遷，對不對？」呆子道：「正是他。官人如何能猜到？」向敏中道：「你是個四處賣果子討賞錢的小廝，案發當晚卻一直滯留在八號閣子中聽麗娘說書，這不是很奇怪麼？」

呆子道：「不錯，那個党項人李官人武藝了得，小的手才剛碰到他腰間便被他捉住，一隻手如鐵箍般掐得人生疼。他便帶我來西樓的閣子，說只要我替他做件事，他不但不報官，還以五十金酬謝。當時我不知道是什麼事，聽說他肯不張揚，便滿口答應下來。本來小的也料想到不是什麼好事，有心逃走，可轉念想到即使做賊也當以信義為先，我既答應了他，就該全力辦到。過了幾日，就是寒食節那天晚上，李官人的隨從找到我，帶我來到八號閣子，就是眼下這間，不過當晚裡面只有李官人和他的幕從張先生。他們給我一包藥，說是奇毒無比的砒霜，讓我等一會兒有機會時下到隔壁六號閣子的酒瓶中。我聽說要我害人，心裡很害怕，可他們說沒事，不會有人看見。」

寇准道：「當晚雖然西樓客人未滿，終究還是有不少酒客，又有焌糟不斷走來走去，他們如何能肯定一定不會有人看見你？」呆子道：「小的當時也不明所以，後來張先生便詳細說明，原來他們是要讓小的打開半邊窗戶爬出去，沿著上下的簷子，走到六號閣子，從窗戶進去。」

張咏忙走到窗邊，窗戶都是直欞的窗格，截面為三角形，外尖裡平，又被稱為破子欞，上面糊著紗紙。他推開窗，往外探頭望去，果見窗戶上下各有一道簷子，一人多高，正好可以雙手抓住上簷，腳下踩著下簷，輕鬆走到隔壁。

呆子道：「小的看了後，雖然覺得不難做到，可那六號閣子的酒客難道會毫不察覺麼？張先生卻叫我放心，說他早有安排。」

原來李繼遷謀畫毒殺王全斌已有多日，為此他也做了大量準備工作，呆子盜竊被捉不過是事逢其巧。寒食節當天，王全斌如往常般攜著蔡奴來到西樓，進了六號閣子。緊隨其後的李繼遷理所當然地占到了隔壁的八號閣子。至於後蜀國主孟昶之子孟玄喆、孟玄珏和朋友向敏中在另一邊的四號閣子，不過是湊巧罷了。向呆子交代好一切後，李繼遷又派人叫來龐麗華，有意讓她說王全斌屠戮蜀人的故事，目的就是要讓隔壁的王全斌聽見後被激怒。王全斌果然爆發，先進來打了唐曉英，撞暈了龐麗華，又在樓廊跟張浦、張咏糾纏。殊不知這正是李繼遷的調虎離山之計；趁眾人忙亂之時，呆子按照計畫從簷子爬入六號閣子。

當時王全斌人在樓廊，蔡奴倚門而立，緊密注視著樓廊的一切，根本沒有留意到背後窗口有人。呆子跳進來時不小心發出了聲響，她也沒有被驚動。呆子隨即往酒瓶中下毒，不過並沒有用張浦給的砒霜，而是將剛剛從龐麗華身上扒來的水粉倒了進去，這麼做也沒有其他目的，僅僅是因為砒霜受到官府管制，可以拿到鬼市子上賣個好價錢，而水粉卻是一般貨色，幾個銅錢也值不到，反正只要能殺人，管他最後是死於水粉還是砒霜。

他四肢靈活，手腳極快，下完毒還記得用袖子拂去掉落在案桌上的粉末，弄妥一切，匆忙爬上窗口，原路返回八號閣子，見李繼遷正擋住唐曉英朝他揮手，他便趁亂溜了出來。那毒藥到底是煉製過的鉛粉，藥性較慢，王全斌回到閣子喝下毒酒後渾然不覺。

偏偏當晚皇子趙德芳親眼見到王全斌無禮，又被他撞倒在地，實在氣不過，便到六號閣子當面指責王全斌。他在皇二子面前揮劍狂舞，又被厲聲呵斥，知道前途已毀，十年來苦苦期待的東山再起終成泡影，沮喪之下乾脆上吊自殺。正好孟玄珏過來窺測，可當他看見王全斌上吊自殺時並沒有阻止，反而若無其事地回到四號閣子中繼續飲酒。其實當時即使王全斌不上吊，也會死於酒中的鉛毒。這些變故，已不是李繼遷這位始作俑者所能預料了。

王全斌一案終於真相大白，尚不清楚的只有殺人動機。李繼遷跟王全斌沒有一丁點瓜葛，更不要說什麼冤仇，這党項人為何要在京師腹心之地冒如此大的風險下毒殺他？若非湊巧王全斌的自殺掩蓋了毒殺，當晚所有在西樓的人都難脫干係，早晚要追查到李繼遷頭上。他冒著挑起大宋和党項戰爭的奇險殺人，一定有他非殺王全斌不可的理由，到底是什麼呢？而那個移動屍首、有意用他殺來掩蓋王全斌上吊自殺的人又是什麼居心？

1 同年：指同一年中的進士，古人極看重同年之誼。向敏中、張咏、寇准均於宋太宗太平興國五年（西元九八〇年）進士及第，這一屆的知貢舉（主考官）為前任開封府判官程羽，同時及第的還包括王旦、李沆、蘇易簡、宋湜等人，後來均成為一代名臣。所提七名進士除張咏以地方政績揚名，其餘六人均相繼位列宰輔大臣，因而這一年的進士榜被稱為「龍虎榜」，是宋朝科舉史上最為光彩的一年，引來後世廣泛矚目和研究。

2 繁臺：遺址在今河南開封城東南，禹王臺公園的西側。至今猶存的繁塔建成年份，略晚於本小說發生的時間。

3 宋代在京服職的文官按官階分為「京官」和「升朝官」二等，京官是指不常參的低級文官，升朝官是可以朝見皇帝、參加宴坐的中高級官員。每日赴垂拱殿朝見皇帝的升朝官稱「常參官或日參官」；朝廷各司的朝官，每五天一次（每月六次）赴紫宸殿朝見，稱為「六參官」；每逢朔（初一）、望（十五）赴紫宸殿朝見，則稱為「朔參官」。

4 趙廷美：本名趙匡美，避趙匡胤諱改名趙光美，後又避趙光義諱改名為廷美。本小說一律採用趙廷美這個名字。

5 古代有「做七」的祭奠習俗，人們認為，人死後七天才知道自己已經死了，所以要做七。親屬每七天設齋會奠祭一次，前後七次，共七七四十九天。靈柩一般要停七天才下葬，據說是希望死者能復活還陽。

6 苗訓：後周時任殿前散指揮使，善天文占卜之術，即在軍中散布天象該當趙匡胤做天子、導致陳橋兵變的關鍵人物。入宋後不久即病死，傳聞是被趙匡胤祕密處死。

【卷八】 美人如花

蜀女素以溫柔美貌、才貌雙全聞名，達官貴人均喜歡買蜀女做侍妾，花高價亦在所不惜。為此有人專門到蜀中綁架年輕貌美的蜀女，運來京師販賣。這可是一本萬利的生意，比起販賣任何其他貨物都要賺錢得多。

眾人將呆子帶出樊樓，交給附近的巡鋪兵卒押去開封府。回來汴陽坊時，見到宅子前拴了數匹駿馬，兩名高大魁梧的佩刀武士站在一旁。向敏中道：「呀，莫不是官家到了。」進院一看，果見趙匡胤正虎著臉在堂屋中走來走去。

唐曉英忙迎出來，低聲道：「你們怎麼這時候才回來？官家來了大半個時辰了。」張咏道：「如何不命女使去樊樓叫我們回來？」唐曉英道：「官家不准。」又道：「官家似乎很不高興，幾位郎君小心些。」

趙匡胤在屋裡聽見，叫道：「是你們幾個回來了麼？還不快些進來。」向敏中、張咏幾人忙進屋參拜。

趙匡胤道：「你們好大的膽子，朕信任你們，特賜信物命你們查案，你們查得真相，竟然不上報！這可是欺君大罪，你們幾個當真不要命了麼？」

寇准見皇帝一張黑臉氣得發紫，料到他已經盡知真相，當此生死關頭，少不得要辯白幾句，道：「官家最初賜寇准和向大哥信物，是命我們調查王彥昇相公一案，那件案子早已經水落石出，真凶就是歐陽贇，也就是前後周門將聶平之子聶保，不過因為他如今有遼國使者的身分，官家命我們不可再追究此案。我們幾個並無失職之處，更沒有欺君瞞上。」

趙匡胤道：「你小小年紀，倒會巧言狡辯。那麼樊知古遇刺一案呢？你們早查出是高瓊同黨所為，為何不立即上報？」張咏道：「這件事確實是我們的不是，不過我們那時都以為高瓊的同黨就是官家，所以不敢貿然稟告。」趙匡胤大怒，道：「你太過放肆！來人，將張咏拿下了。」

兩名黑衣侍從搶上前來執住張咏手臂，將他按在地上跪下。張咏卻是不服，叫道：「為何要拿我？我說錯了麼？當時所有的證據都指向朝廷，主謀不是官家還能有誰？就算現在知道高瓊是晉王的下屬，主謀是晉王，可晉王不是官家的親弟弟麼？」

向敏中見趙匡胤臉上紫氣越來越重，忙上前扇了張咏一耳光，喝道：「還不住口！」轉身恭恭敬敬地行了一禮，稟道：「官家命敏中重新調查王全斌相公一案，在張咏、寇准、潘閬幾人的協助下，幸不辱命，我們已經查得真凶，王相公上吊前已經中毒，即使他不上吊，也會毒發身亡。」

趙匡胤道：「噢？到底是怎麼回事？」向敏中便將案情詳細描述了一番，最後才道：「雖然僥倖找到了下毒者和指使人，只是尚不清楚李繼遷有何動機。」

趙匡胤已逐漸平和下來，坐下來飲了一大口茶，悠然道：「這一點，朕倒是可以告訴你。要殺王全斌的不是李繼遷，而是張浦。張浦原是後蜀官員，蜀亡後逃入党項，成為李繼遷的心腹謀士。不過他在成都的家屬盡為王全斌所殺，所以恨其入骨。這些都是張浦親口告訴朕的。」

向敏中大奇，問道：「張浦親口告訴官家這些，是什麼時候？」趙匡胤道：「就是昨日，在花蕊夫人特意為李繼遷一行置辦的餞行宮宴上。」向敏中道：「原來花蕊夫人跟張浦是故人。那麼官家預備如何處置張浦？」趙匡胤道：「李繼遷昨日已帶著張浦一行離開東京。你們明日到開封府，錄下呆子口供，做一份詳細的卷宗呈上，朕自會派人快馬追上李繼遷，將卷宗交給他。」

寇准忙道：「張浦為報私仇殺害朝廷重臣，官家不預備從嚴法辦麼？」

趙匡胤堅決地搖了搖頭。他是君臨天下的帝王，自然要從帝王的立場來考慮問題——張浦為報私仇，在大宋京師殺害重臣，行徑固然可惡，但他肯定是得到党項人的全面支援，由此可見他在党項很有些地位。王全斌既已死去，中毒也好，上吊也好，終究成了一具冷冰冰的屍首，再也沒有什麼用處，党項卻能從西北方牽制北漢、契丹，堪稱大宋的右臂。皇帝催促李繼遷迅速趕回夏州，正是要他往北漢邊境集結軍隊，造成緊張氣氛，這樣即使和議不成，北漢也無暇南顧，無法趁宋軍南下南唐時趁火打劫。當此關鍵時刻，又怎能因為一個活不過來的人而斬斷自己的右臂呢？只要將王全斌一案的卷宗交給李繼遷和張浦，他們就會明白，皇帝已經知道真相，不過是不想追究而已。党項會對大宋感恩戴德，從此死心塌地，再無二心。

不過這些深謀遠慮的計畫卻不能公然講給眼前這些人聽。趙匡胤想了想，命侍從放開張咏，道：「這些事情就這麼算了吧。晉王已經告訴朕一切，為此再三請罪，他新遭喪妃之痛，朕怎能忍心治罪？朕既不能治晉王的罪，也不能單治你們的欺君之罪了，不然只會落人口實。」

潘閬道：「是晉王自己告訴官家的麼？」趙匡胤道：「嗯，晉王這麼做也是為了朝廷著想，你們切不可再張揚。」

原來趙匡胤一直有心攻打南唐，只是找不到出兵的藉口。趙光義深知兄長的心意，竟想出了派手下刺殺北漢使者以嫁禍南唐的法子，只是預料不到這中間枝節橫生，張咏等人捲了進來，竟從蛛絲馬跡中逐漸追查出真相。趙光義瞭解皇兄性格，知道他不喜歡玩弄圈套詭計這一套，所以一直瞞著兄長進行，直到今天早上看到契丹人押著高瓊到大殿，知道再也難以瞞住，是以趁兄長到晉王府治喪之機，坦白了一切。趙匡胤這才知道事情的始作俑者是自己的親弟弟，又是驚訝又是生氣，只不過憐惜晉王妃剛剛病歿，晉王傷痛哀戚不止，才沒有當場發作。

向敏中便自懷中取出花押，上前交還給皇帝。趙匡胤卻是不接，只道：「事情還沒有完。當日在博浪沙，除了高瓊這批刺客，不是還有一群莫名其妙的腳夫麼？那些人是誰？到底要做什麼？你們必須查清楚。另外，南唐派去和契丹結盟的使者林絳到底逃去了哪裡？你們也得找他回來，記住，得活著帶他回來。」

張咏道：「官家是要利用林絳來做文章，向南唐興兵麼？不過，聽高瓊說此人倔強異常，契丹人用了許多苦刑都未能令他低頭，怕是找到他也沒有什麼用處，他決計不肯承認自己是南唐使者。」趙匡胤道：「未必，林絳的養父不是林仁肇麼？朕昨日剛剛得到密報，林仁肇已經在數日前被南唐國主賜了毒酒，一命嗚呼了。」

眾人聞言均極為吃驚，南都留守林仁肇是南唐唯一的一員虎將，被大宋視為勁敵，如何又出現了大將未死敵手的悲劇？

只有趙匡胤得意洋洋，林仁肇之死正是他精心策畫多時的傑作——他早派人到南唐暗中畫下了林仁肇的畫像，又有意將畫像掛在皇宮中的牆壁上，然後召見正被軟禁在汴京的南唐鄭王李從善，問他認不認得畫像中的人是誰。李從善一時沒有認出來，趙匡胤便笑道：「這是你們江南有名的大將林仁肇，他即將前來歸降，先送來畫像作為信物。」李從善回到汴陽坊後，馬上寫了一封密信，派親信送回南唐，告知兄長李煜說林仁肇要謀反，妄圖割據江西自立為王。恰巧那時林仁肇與部下將領不和，部下將領舉報林仁肇派養子林絳祕密出使契丹，怕是圖謀不軌。李煜不問青紅皂白，立即派人賜毒酒給林仁肇，逼迫他自殺。

幾人聽趙匡胤得意說出經過，均感不以為然。張咏更是心道：「官家自命為忠厚長者，為除去政敵，照樣這樣不擇手段，跟晉王又有什麼區別？還是潘閬說得對，官家若真是忠厚，就不會發生陳橋兵變、杯酒釋兵權這些事了。官家是個猜忌心極重的人，不過是表面做出寬厚的樣子，在他手下做臣子可有得累了。」

趙匡胤雖然自己開心，然見向敏中等人默默無語，既不附和吹捧，更不似平日大臣那般諛詞如潮，未免覺得無趣，便起身道：「或腳夫，或林絳，這兩件事弄清楚後，你們再來見朕。」帶著侍從自去了。

唐曉英忙進來為眾人換上新茶水，撫住胸口道：「剛才好險。」向敏中道：「抱歉，張兄，我那一耳光……」張咏道：「向兄那一耳光是為了救我，不必道歉。」

潘閬道：「剛才真的好險，要不是老向聰明，上前打了老張一下，說不定官家就讓人把老張拖去院子裡殺了。」張咏道：「可我並沒有說錯啊。」潘閬道：「你沒做錯，也沒說錯，這伴君就是如伴虎，我們幾個辛辛苦苦查案，這麼錯綜複雜的案情都弄清楚了，好歹也是有功之臣，官家卻是說翻臉就翻臉。」

唐曉英也道：「是啊，張大哥，你脾氣直，最容易得罪人，這腳夫的案子還是不要再查了。」張咏道：「那可不行，腳夫和林絳的案子我非得管到底不可。喂，你們別笑，我可不是為了官家。」寇准道：「知道，你是為了向大哥，為了我們的情誼，你知道我們不會放棄，所以你也不會放棄。」潘閬笑道：「難道不可以說老張是為了朝廷、為了大宋麼？」

眾人說笑了一回。張咏道：「說真的，這件案子光憑咱們幾個人還不夠。」向敏中道：「張兄是說需要一個見過林絳的人麼？」

張咏道：「不錯，我們需要高瓊來……」忽見唐曉英臉色大變，便及時改口道，「要追查到林絳應該不難，只要監視相關的人等譬如遼國使者、北漢使者，還有俺們對面的南唐鄭王、邢國公宋偓等等，這些事估計晉王早已經做了。咱們還是先說那群腳夫。」

寇准道：「我和潘大哥當日都在博浪沙，親眼所見，那群人腳力極快，應該是真的腳夫。」向敏中道：「那麼一大群腳夫應該不會無緣無故冒出來，又憑空消失。小潘，你有沒有想起什麼來？」潘閬笑道：「當然了，川飯麼。當日在那錦江春時，我便想起先前在博浪亭有名腳夫露了蜀音，也許那群腳夫都是蜀中來的。不如明日咱們再一道去錦江春那館子。」

正說著，忽聽見拍門聲，有人朗聲問道：「張咏張兄人在裡面麼？」張咏道：「啊，是高瓊的聲音。」唐曉英便道：「我先回房了。」叫了女使進來伺候，自己便往堂後去了。眾人均已知曉高瓊是她殺父仇人，深仇難解，也不便多說什麼。

張咏開門請高瓊進來，見他換了新衣裳、新靴子，腰間掛著一把佩刀，很是威武神氣，與之前被囚禁時判若兩人，忙問道：「高兄是何時被放出武德司的？」高瓊道：「今日下午。我被官家派人押到晉王府，晉王要當面斬我，官家說我不過是奉命行事，免了我死罪。」

潘閬道：「那麼你今晚來汴陽坊，是來向英娘領死的麼？」高瓊搖了搖頭，道：「我奉晉王之命，來懇求幾位與我一道追查林絳下落。幾位才智過人，晉王深為讚賞，認為要尋到林絳非請各位出馬不可，還請各位答應，莫令高瓊無法交差。」

張咏道：「這個當然沒問題，不過我們已經答應了……」潘閬忙道：「請高郎先等一等，我們幾個再商議一下。」將張咏等人拉到一旁，低聲道：「之前我們以為高瓊是朝廷的人，隱瞞案情不報，已經大大得罪了官家，要是再得罪晉王，就只有死路一條。」張咏道：「如何會得罪晉王？他不就是想讓我們追查林絳的下落麼？這正是官家要我們做的事。」

潘閬急道：「哎呀，你怎麼不明白？」張咏道：「不明白什麼？」向敏中道：「嗯，小潘的意思大概是，為官家追查林絳和為晉王追查林絳，這裡面是有分別的。」潘閬道：「不錯，還是老向明白。張咏適才惹得官家大發雷霆，差點掉了腦袋，就是沒有弄清楚這一點。」

張咏道：「不就一個林絳麼？我還是不明白你們嘀嘀咕咕的是什麼意思。」寇准道：「我也不明白，官家和晉王不是親兄弟麼？又有什麼分別？」潘閬道：「你們都不必明白，想要活命，這件事全聽老向的主意。」

向敏中便回來請高瓊坐下，道：「晉王有命，小民自當遵從。適才官家也來過這裡，命我們追查腳夫和林絳一事。既然當日那群腳夫死命要劫走林絳的車子，這兩件事說不定有所關聯，不如這樣，我和張咏、寇准三人重點追查腳夫，高郎和小潘則負責追查林絳，若有發現，立即互相告知，如何？」高瓊道：「再好不過。」

潘閬問道：「高郎預備如何追查林絳？可有什麼主意？」高瓊便如實說了昨夜被契丹人捕獲的事，道：「契丹人能用金哥子追蹤到我的位置，應該也在林絳身上下了銀鈴粉，如果他們沒有說謊的話，林絳人是進了邢國公府上。」向敏中道：「晉王既已經知道，如何不直接派人去邢國公府邸搜查呢？」

高瓊道：「白日契丹人押我到皇宮大殿，似乎是要公然指出林絳人在邢國公府上。」張咏道：「不錯，我們也是因為那遼國使者歐陽贊的話，才猜到你是晉王的屬下。」

高瓊道：「官家赦免我後，我將契丹人的原話稟告了晉王。晉王認為他們在撒謊，是有意挑撥離間，若是貿然開罪邢國公，就是得罪了皇后，後果難以想像。所以晉王只派了人暗中監視邢國公府邸，也包括契丹使者這些人，卻沒有任何異常。」張咏心道：「晉王新喪王妃，還有心思來做這些，可謂非常人了。」

高瓊又道：「聽晉王說，當日在符相公壽宴上，寇郎與邢國公宋相公最愛的女兒宋娥很是談得來。」寇准臉一紅，道：「不過是符相公見我們年紀相仿，讓宋小娘子多陪陪我這個外鄉人罷了。」

高瓊道：「嗯，晉王想請寇郎從這一點入手，查清楚邢國公到底有無跟南唐勾結。而且這件事暫時不能稟告官家，什麼原因我不說你們也知道。通敵叛國，這可是誅滅九族的大罪。」

張咏忍不住道：「姑且不論邢國公有無通敵叛國，若真要誅滅九族，官家是邢國公的大女婿，不也是在九族之內麼？」高瓊道：「這話張兄在屋裡對高瓊說可以，可不能再對外人說。」

張咏摸著脖子歎道：「京師當真是兇險之地，一說真話，腦袋就長得不安穩。」眾人見他說得有趣，均笑了起來。

高瓊見寇准沉默不語，催問道：「寇郎以為如何？」寇准本不願意利用宋娥，正待推辭，忽聽得談話內容已經由追查林絳變成了邢國公與南唐勾結，不由得悚然而驚，只得應道：「是，但憑高郎做主。」

當晚高瓊也不辭去，提出要留宿在這裡。潘閬悄悄道：「這是晉王派來監視咱們的獄卒啊。」張咏素來不反感高瓊，道：「他也不過是奉命行事。」又擔心唐曉英對高瓊不利，將他帶去自己房中就寢。

潘閬卻對那銀鈴粉極感興趣，又追進來往高瓊身上嗅了半天。高瓊道：「契丹人說過，這銀鈴粉常人是聞不出來味道的，只有那種鳥才能嗅出來。」

潘閬笑道：「我雖聞不出來，也有辦法讓那金哥子聞不出來。」高瓊大感興趣，問道：「什麼辦法？」潘閬道：「契丹人利用食物下藥，藥粉效力在你身上頂多只能持續兩三天，這兩三天內你若不想被他們知道行蹤，就大吃薑、蒜這類辛辣之物，或者像女子那般塗脂抹粉，用別的味道來蓋住這種氣味。」

高瓊道：「這聽起來可不是什麼好辦法。既然藥效有限，再過一日就該完全消除，況且我也不怕他們知道我行蹤。」心中卻道，「難怪那些契丹人要將林絳的下落告訴我，又想當殿揭破他人在邢國公府邸，一是他們闖不進去，二來藥力時日一過，他們就無法再追蹤林絳的下落，苦苦謀奪數月的傳國玉璽從此成為泡影。可惜人算終究不及天算，湊巧晉王妃在頭天晚上被殺，又被晉王從容利用，化解了一場大危機。」回想到晉王手段高明，極善於因時導勢，借力而為，既佩服又畏懼，驚出了一身大汗來。

次日正好是寒食長假結束的第一天。寒食假有七日，休務有五日。「假」是指在京的官員免予朝參，「休務」則是指各級官署停止辦公。實際上，京師大小官員結束休假，正式回官署上班已有兩日。

但湊巧今日是禁軍發俸日，滿大街都是著紅色軍服運糧的軍士，來回穿梭，絡繹不絕，場面蔚為壯觀。大宋吸取唐代藩鎮教訓，為避免各地節度使作亂，將全國精兵調來京畿，僅汴京就養有幾十萬禁軍。朝廷又怕這些人沾染上京師的奢靡之氣，戰鬥力減弱，所以每月月初發俸時，均要求駐營東城的禁軍到西城糧倉領米，駐營西城的禁軍到東城糧倉領米，月俸為一石半[1]糧食，重量實在不輕，卻不准用車馬，不准用工具，得完全靠自己背負回去，不論將校，不論官職，每月發米俸時都要來回折騰一次，開封人笑稱他們這是「赤老背米」。

好不容易穿過滿大街的赤老隊伍，向敏中和張咏先趕來開封府，預備找判官程羽完成昨日官家交代的王全斌案卷宗一事。

程羽正為一對沈氏兄弟爭分家產的案子發愁。原來沈父去世得早，家裡一切財產由長兄沈彥掌管。弟弟沈章長大成人後，兄弟二人分了家，隔巷而居。可沈章總覺得哥哥分得不公平，虧待了自己，多次到開封府告狀，開封府官吏一直不准。偏偏那沈章是個倔強性子，非要告到哥哥吃官司不可，今日一早乾脆攔在程羽的馬前，教程羽不得不接狀子，可這種家務事如何調查、如何判處，還真是費腦筋。他只能命官吏叫來沈彥，預備調和，可弟弟沈章偏偏不依，在公堂上大吵大鬧，弄得程羽頭疼不已。

張咏聽說，笑道：「這有何難？我一句話就能替判官打發走這兄弟二人，包教他們再無二話。」

來到公堂，沈氏兄弟猶站在那裡，怒目相向。張咏便上前先問哥哥道：「你弟弟幾次來開封府投告，說你們父親逝世之後，一直由你掌管家財。他年紀幼小，不知父親傳下來的家財到底有多少，說你分得不公平，虧待了他。到底是分得公平呢，還是不公平？」沈彥道：「分得很公平，我們兩家的財產完全一樣多。」

張咏又問沈章。沈章憤憤道：「當然不公平，哥哥家裡財產多，我家裡少。」沈彥忙道：「一樣的，完全沒有多寡之分。」

張咏道：「你們兄弟爭執不休，哥哥不肯承認不公，弟弟始終不服，不斷告狀，難道是想讓開封府派人去你們兩家一一查點財產，弄清楚到底誰多誰少？眼下我倒有個主意，包管能令你們兩家都滿意。」

沈氏兄弟齊聲問道：「什麼主意？」張咏笑道：「哥哥一家人，全部到弟弟家裡去住；弟弟一家人，全部到哥哥家裡去住。你們回去後立即對換，由開封府派官吏監督。哥哥既說兩家財產完全相等，那麼對換並不吃虧。弟弟本來說分得不公平，你分到了哥哥的財產，這樣總該公平了罷？」沈氏兄弟聞言面面相覷，再也無話可說。

堂上堂下無不稱妙，程羽連聲道：「對，就該如此判處。你們兄弟快些回家去對換，本官自會派人前去監督。從此以後，哥哥的財產全部是弟弟的，弟弟的財產全部是哥哥的，雙方家人誰也不許到對方家去。」沈氏兄弟不得已，只能拜謝下堂[2]。

程羽笑道：「張公子如此智慧，當真令人刮目相看。不知可否願意來開封府屈就？若早能得到你這樣的人才，一大堆疑案早該迎刃而解，案頭的卷宗也不會堆得這般高了。」張咏連連道：「不敢當，不敢當。」向敏中也道：「張兄才智過人不假，不過他性情豪爽，直言無忌，實在不適合當京官。」

程羽知道其意不在仕途，難以勉強，問道：「二位一大早來開封府，可是有什麼急事？」向敏中便大致講了王全斌的案子。

程羽道：「既然呆子已經收押在開封府獄中，官家又親自關注此案，我自會立即派得力官吏錄取口供，準備好卷宗。等一切妥當，再送去汴陽坊請幾位簽字畫押。」又問道，「寇准人呢？怎麼沒有跟你們一起來？」張咏道：「他有點私事去邢國公府上了。」

程羽道：「噢？」微一凝思，道：「二位請隨我來，程某有幾句話。」便領著張咏、向敏中進來自己休息的內堂，道，「二位公子並非官府中人，卻能查清如此錯綜複雜的迷案，好生令人欽佩。程某這是真心話。昨日當著皇長子趙相公的面，寇准已經將所有事情經過都說出來了，包括你們曾懷疑是我派人劫走高瓊之事。你們別怪寇准，是我逼他這麼做的。」

向敏中道：「我們本該早向判官稟告實情，只是畢竟不是朝廷中人，顧忌良多，還望判官體諒。」程羽搖頭道：「我怎會怪你們？你們幾個從極小的細節一點一滴地發現了真相，這份才智非常人能及，真該慶幸大宋有你們這樣的子民。」

向敏中道：「事情到這個地步，與北漢、契丹的和談還能成麼？」程羽道：「和談由皇長子主持，他自然是要極力促成，本朝立國以來，從未能與兩國通好，這可是開天闢地的大事。況且眼下朝廷對南唐用兵已露端倪，無論北漢、契丹來大宋有什麼動機，只要能暫時穩住對方，聖上是不會再計較的。」

張咏道：「這麼說，北漢人借出使之命押送南唐囚徒來我大宋，契丹人堂而皇之在京城內挖地道劫人，都不會再有人追究了？」程羽道：「如果追究這個，契丹人就要反過來問你高瓊到底是誰，他為何要招供是契丹刺客？你怎麼回答？」張咏道：「我明白了，彼此各有把柄被握住，乾脆裝作什麼事都沒有發生過。」

程羽道：「確實是這個道理。不過你們有沒有想過，自古以來，一旦開戰，遭罪最大的都是雙方的老百姓，若真能將錯就錯，大宋跟北漢、契丹就此達成和議，又何嘗不是一件大好事呢？」

張咏本以為程羽叫自己和向敏中進來是有什麼特別的目的，聽到這裡才肅然起敬，道：「不錯，正是這個道理，多謝判官賜教。」

程羽道：「所以我希望你們幾位能全力以赴，促成這次和談。」張咏愕然道：「我們不過是平民百姓，如何能影響朝廷的外交時局？」程羽道：「不，不是讓你們去遊說官家，而是請你們多加留意這次和談，若是有人從中破壞，希望你們能盡力阻止。」

張咏驚道：「有人要破壞和談麼？莫非是南唐？」程羽搖了搖頭，道：「也不是北漢和契丹，這兩國也想順水推舟，與中原恢復官方貿易來往。」張咏更是驚訝，道：「難道是我大宋自己人要破壞和談？這人是誰？」程羽不答，只目光炯炯地凝視著他。

張咏還要再問，向敏中忽插口道：「謝謝判官提點，我們已經懂得判官的意思了。」程羽道：「嗯，這就去吧。多謝二位。」

張咏被向敏中扯出開封府，尚覺莫名其妙，道：「為什麼你們有話都不直說，總愛打啞謎？」向敏中道：「那是因為不能直說出來。」張咏道：「好吧，那要破壞和談的人是誰？」向敏中道：「晉王。」

張咏大吃一驚，道：「晉王怎麼會想破壞和談？他雖然派高瓊到博浪沙行刺，可目的是為了嫁禍南唐，眼下一切都風平浪靜下來，繼續破壞和談對他有什麼好處？」向敏中道：「這是政治上的權術，就目下而言，晉王最在意的不是跟契丹、北漢的和談，也不是對南唐的戰爭，而是……而是……」他躊躇著，終究還是沒有說出下面的話。

張咏卻恍然明白了過來，道：「是皇位！他破壞和談，不是為別的，只因為提議和談、主持和談的都是皇長子。」向敏中輕輕歎息一聲，道：「正如程判官所言，和談若成，當是本朝開天闢地的大事，皇長子立下奇功，這自然是晉王不願意看到的。」

張咏道：「若果真如此，晉王未免氣量太小了，不能以天下事為己任，不顧百姓和大局利益。」向敏中道：「這不是你我所能操心得了的事。走吧，咱們還是去追尋那群腳夫的好。」

二人來到錦江春川飯館，時辰尚早，遠不到正午，館子才剛剛開門。向敏中隨意點了幾樣菜，不一會兒工夫就做好端了上來。

向敏中舉箸一嘗，即感到與前日所吃口味大有分別，忙叫過夥計詢問究竟。夥計笑道：「上次客官一定是趕上大廚子被召進宮中了，臨時由伙房的徒弟掌廚，徒弟的手藝哪裡及得上師傅，二位今日有口福了。」

向敏中心念一動：「大廚子入宮，是因為花蕊夫人置辦宴席麼？」夥計笑道：「原來客官也聽說了。不過花蕊夫人也是奉官家之命籠絡那些党項人，朝廷大戰在即，需要更多的戰馬，党項大馬可是名甲天下。聽說一頓飯吃下來，党項人當場答應再向朝廷進貢五百匹馬。五百匹馬，可是值五百馱[3]茶葉。」

向敏中心道：「張浦既是後蜀舊臣，一定認得花蕊夫人，官家命她出面置辦宮宴，又不用御廚，特意安排川飯，可謂用心良苦，難怪他不願追究張浦的下毒殺人之罪了。」驀然又想到一事，問道，「張兄，你覺得張浦在宮宴上主動告訴官家他恨王全斌入骨，此舉是不是很奇怪？」

張咏道：「嗯，確實奇怪。王全斌雖死，畢竟是官家預備重用的大宋名將，張浦身為外番使臣的隨從，如此毫無忌憚地公然在宮宴上表達他對王全斌的憎惡，實在不合禮儀。」

向敏中道：「不，我不是指這個。你仔細回想張浦下毒暗害王全斌一事，從他利用盜竊的把柄脅迫呆子開始，到後來占住王全斌隔壁的閣子，再利用說書女龐麗華激怒對方，有意引起騷亂，製造下毒良機，這一切需要極精心的謀畫，可見此人心機極深，用心極惡，每一步都是有目的地刻意為之。餞行宮宴是前日的事，而我們一直到昨日才發現張浦指使呆子下毒的事，那麼他當時何以有必要置外交禮儀於不顧，刻意在官家面前表露對王全斌的仇恨呢？」

張咏道：「向兄是說，張浦這是有意如此？可萬一有人發現王全斌是死前中毒，再加上他曾對官家說過這番話，自然便成了頭號嫌疑犯，但他又為何要攬禍上身呢？」

向敏中道：「這正是最大疑點所在。走，我們去找孟氏兄弟，問問張浦到底是何來歷。他們兄弟二人多半也參加了前日的宮宴，以往每逢這種招待外番使臣的場合，官家都少不得要叫上他們。」又道，「這家川飯館還是他們兄弟介紹給我知道的。」

張咏道：「他們兄弟自己不來麼？」向敏中搖搖頭，道：「從不來。」輕喟一聲，低聲道，「來這裡的人大多是蜀人，之前都是後蜀的子民。大孟孟玄喆以前是後蜀的太子，若不是後蜀為我大宋所滅，日後他就是這些蜀人的國君。而今國破家亡，雖在朝中為官，總還是異國他鄉，那種終日戰戰兢兢、如履薄冰的感覺，並不好受。」

張咏也無話可說，能說什麼呢？孟氏兄弟若能在城破之時力戰而死、以身殉國倒也罷了，偏偏投降匍匐在敵人腳下，延續著苟且的命運。自己的父親孟昶莫名暴死，繼母花蕊夫人為仇人所納，兄弟二人也以俘虜身分被迫接受虛職高官，成為大宋裝飾朝廷的門面，每每有招待外臣的宴會，都會被刻意叫來頌揚大宋兵威，其中屈辱滋味難以言表。可這又能怪誰呢？終究還是這對兄弟自己的選擇，為了虛偽浮華地活下去，必然要付出相應的代價。

來到利仁坊孟氏宅邸，小孟孟玄玨上朝未歸，大孟孟玄喆因腸胃不適臥病在床。向敏中與他兄弟二人相熟，逕直告知來意。

孟玄喆半倚在榻上，沉聲道：「前日我兄弟確實被叫去大內，參與了為党項人舉辦的餞行宮宴。張浦是家父的舊臣沒有錯，蜀亡後逃去了党項。」

張咏道：「他的家屬可是為王全斌所殺？」孟玄喆道：「具體情形我可不知道。王全斌在蜀中殺了數萬人，成都家家戶戶都有親屬被殺，張浦的家眷若真是死於兵亂也不稀奇。你們打聽這些做什麼？事情可是跟花蕊夫人有關？」

他兄弟二人跟花蕊夫人並無血緣關係，也談不上任何感情，然而當他們都作為亡國之人苟活在新朝，不免有了一種互相依賴的感覺。

向敏中忙道：「不過是隨意問問。太尉身體不適，還是安心養病的好。敏中改日再來探訪。」孟玄喆道：「其實也不是什麼大病，不過是許久不吃家鄉的菜蔬，肚子竟適應不了了。」深為歎息。

向敏中也不便多說，只能告辭出來。

出來孟宅。張咏問道：「張浦的來歷背景並無可疑，向兄還是懷疑他麼？」向敏中點點頭，道：「我始終覺得張浦是有意在官家面前說這番話的，就像是……未雨綢繆之舉。若沒有人發現王全斌中毒之事，自然一切無礙。但若事敗，張浦那番話就能解釋他殺人的動機。」

張咏道：「這張浦為什麼要引火焚身，令自己在事發後成為首要嫌疑犯呢？」向敏中道：「只有一個可能。張浦是在為事敗做準備，他要掩護什麼人，就跟歐陽贊推出假聶保一樣，一旦下毒情事東窗事發，張浦就要充當那假聶保的角色。」

張咏恍然大悟，擊掌贊道：「有道理極了！可問題是張浦要掩護什麼人？李繼遷麼？」向敏中道：「不，李繼遷確實跟王全斌毫無關聯，他沒有任何理由要殺王全斌，樊樓西樓衝突不過是他有意滋事使然。但當日除了王全斌，還有一個人被殺，張兄不正是因為這個人被捕入獄，吃足了苦頭麼？」

張咏道：「王彥昇？」向敏中道：「不錯，正是王彥昇。張兄再好好想想，假設我們事先不知道任何情況，一旦聽說王彥昇被殺，能想到最大的嫌疑人是誰？換做王全斌被殺，最大的嫌疑人又是誰？」

張咏哈哈大笑道：「我知道向兄的意思了——王彥昇被殺，大家都會想到是党項人做的；王全斌被殺，凶手想都不用多想，肯定是蜀人幹的。李繼遷並不恨王全斌，但卻恨王彥昇。同樣地，殺害王彥昇的人並不恨他，真正恨的人反倒是王全斌。向兄是說，蜀人殺死了党項人最恨的王彥昇，而党項人則殺死了蜀人最恨的王全斌。」

向敏中道：「正是此意。李繼遷和殺死王彥昇的凶手是交換殺人，畢竟他們均沒有殺死所下手對象的動機，官府調查起來無論如何也不會起疑。那群腳夫……就是我們正在追尋的蜀音腳夫，要劫的並不是李稍李員外的車隊，也不是林絳，他們只是誤將李稍的車隊當成了王彥昇的車隊，將車子中的林絳當成了王彥昇。」

張咏道：「車隊看起來確實都差不多，外人也分不出來。那些化裝成護衛的北漢人又拚死保護馬車，自然就令腳夫誤以為首腦人物王彥昇在馬車中。」向敏中道：「這樣就能解釋後來的種種情形——腳夫們發現馬車中並非目標人物後便棄車逃走，並於意外發現真正的王彥昇就在眼前時驚喜大叫。」

原來當日高瓊帶人埋伏在博浪沙行刺失敗後，驀然出現的那群詭異腳夫正是要來殺王彥昇的人，他們事先得到通知，王彥昇的大車隊將經過博浪沙，不料王彥昇因意外滯後了腳程，致使他們誤將李稍護送的北漢使者車隊當做了目標。於是先在車隊前方道路上撒下騾馬愛吃的麥麩和豌豆，還拌上有香味的菜油，令那些拉著太平車的騾馬不聽使喚自行前擁，然後又有意作怪吸引商隊視線，趁亂劫走了那輛眾人拚死保護的馬車。至於真正的王彥昇死於歐陽贊所下的烏頭毒，則完全是意料之外的事。當日發生的事情太多，千頭萬緒，百結千纏，眾人目光又一直集中在被捕的刺客高瓊身上，無人理會腳夫的線索，也從未想過他們真正的目的和用意。直至今日才因為張浦露出了破綻，再從大局著眼來考量所有案件，這才發現原來所有一切都有著絲絲縷縷的聯繫，必然中混雜著偶然，計畫中夾雜著意外，可謂招招致命，步步驚心。

張咏道：「那麼張浦要保護的，一定就是這些腳夫的主人了？」向敏中點了點頭。

毫無疑問，這主人一定是蜀人，且是能與李繼遷接觸結識的蜀人，那麼最大的可能就是在大宋任職的前後蜀權貴了。嫌疑最大的當然莫過於孟玄喆、孟玄玨兄弟，可偏偏王全斌被張浦下毒謀害的當晚，孟氏兄弟人也在樊樓西樓中飲酒。這當然只是巧合，這種巧合卻可以完全排除孟氏兄弟殺王彥昇的嫌疑——若果真是他二人指使腳夫殺人，他們一定也知道李繼遷要殺王全斌之事，又怎會湊巧選在案發當晚來到命案現場飲酒呢？

餘下的嫌疑犯就該輪到花蕊夫人了，雖說只是女流之輩，可她敢當著大宋皇帝的面作〈述國亡詩〉：「君王城上豎降旗，妾在深宮那得知？十四萬人齊解甲，寧無一個是男兒！」非但洗清了自己背負的「紅顏禍水」名頭，還極力譏諷了後蜀君臣奴顏卑膝、解甲投降、不事抵抗的事實，就這等勇氣和膽識可是比孟氏兄弟強上百倍。而今她是官家寵妃身分，湊巧與張浦有舊，一向得以參與宴請党項人的宮宴，她就此想出交換殺人、互惠互利的復仇計畫，又是什麼難事？

張咏緩緩道：「冰肌玉骨，自清涼無汗，水殿風來暗香滿。繡簾開，一點明月窺人，人未寢，敧枕釵橫鬢亂。起來攜素手，庭戶無聲，時見疏星渡河漢。試問夜如何？夜已三更。金波淡，玉繩低轉。但屈指，西風幾時來？又不道，流年暗中偷換。」所吟誦的正是後蜀國主孟昶為花蕊夫人所填〈洞仙歌〉[4]。

向敏中道：「既然已經尋到幕後主人，也不必再費心費力去找那群來無蹤、去無影的腳夫了。」

張咏道：「只是這件事純屬你我推測，毫無實證，那花蕊夫人又極得官家寵愛，當初不是差一點還要立她為皇后麼？我們既不能去追趕李繼遷，又不能進後宮盤問花蕊夫人，如何能坐實這件事？」

向敏中道：「確實是個難題。而且咱們還得保密，不能告訴高瓊知道。」見張咏露出惑色，便解釋道，「宋皇后和花蕊夫人雖入宮多年，卻均沒有生下兒女，而今官家年過五旬，希望越發渺茫，傳聞她們各自押了一寶——花蕊夫人與皇長子德昭走得很近，自宰相趙普被貶去外地後，皇長子在朝官中失去強援，也確實需要從後宮得到支持；而比皇長子還要年輕的宋皇后則收了皇二子做嗣子，雖然沒有公開過繼，在大內卻不是什麼祕密。本來花蕊夫人勾結党項人李繼遷交換殺人一事惡劣，然她身分非同小可；又正如程判官所言，眼下皇長子主持和談，正是關鍵時期，若是忽然抖出花蕊夫人殺人之事，無論真假，都勢必會影響皇長子，也會影響到和談。」

張咏道：「嗯，我明白了，此事暫時張揚不得。而且我們只找到了王全斌被下毒的真正動機，卻沒有花蕊夫人捲入此事的真憑實據。」

二人思索一陣，也不知道該如何處置，遂回來汴陽坊。剛到坊門，忽有一名黑衣漢子奔過來，取出腰牌亮了一下，道：「小的是開封府的聽差，二位官人前幾日派小的去監視開封府仵作宋科，可還記得？」

向敏中這才想起之前因為懷疑宋科與鬼樊樓有牽連，所以派了人日夜監視，忙問道：「你可有什麼發現？」那聽差道：「宋老公並無可疑，除了去開封府辦事就是待在家裡，倒是他兒子宋行宋典獄不停地進進出出，而且極少去浚儀縣當值，適才又有人來叫宋典獄出去，小的見那人相貌似極了畫像中的漢子，所以趕緊來稟告二位。」

他所提畫像，正是潘閬根據唐曉英描述、所繪出負責鬼樊樓接應的頭領。當初眾人懷疑宋科，是因為那頭領主動來找寇准，稱有消息能助張咏洗清王彥昇一案嫌疑，而當時手中握有關鍵物證的正是宋科。但這只是邏輯上的推理，眼下既然頭領公然來找宋行，就越發證明宋科父子與傳聞中臭名昭著的鬼樊樓有所聯繫。

張咏忙問道：「宋行和那漢子人去了哪裡？」聽差道：「他二人去了樊樓旁邊的一家小茶館，小的這就領二位官人過去。」

向敏中見坊門下正停著一輛等待載客的馬車，忙招手叫過車夫。三人上了車，一路由聽差指引。來到樊樓東面的一處庭院停下，正是之前李雪梅領張、向二人來過的那家小茶館。

剛待下車，正見三人出來，果然有宋行和畫像中的那頭領，另外一人張咏和向敏中居然也見過，竟是在大相國寺外與張咏爭吵過的安員外。當日二人因追查唐曉英一案來到大相國寺長生庫，正遇到安員外用金銀兌換長生庫的全部銅錢，預備將銅錢運往蜀中或是其他流通鐵錢的地方謀取私利。

張咏見三人一出茶館大門便即分道揚鑣，那安員外自有從人牽馬過來，忙道：「聽差大哥，麻煩你繼續跟著宋行。向兄，你乘車跟著安員外，看看他要去哪裡。我去捉那頭領。有英娘指認他，他這拐賣婦女的罪名可是逃不了了。」

向敏中道：「甚好。不過張兄不妨別著急動手，或許跟著那頭領能找到鬼樊樓，連阿圖也能抓到。」張咏道：「是了，多謝向兄提醒。」等那些人走遠，這才躍下馬車，徒步去追那頭領。

那頭領一直往東，來到新曹門附近的牛行街碼頭，上了一條大船。大船航行的水面是條人工開挖筆直的南北向河渠，專門引汴河之水入五丈河，位於外城西城牆根下。大船一路往南緩行，到新宋門附近的上清宮碼頭時，便停了下來。船上下來六名灰衣大漢，沿東大街往大相國寺方向去了。

張咏自岸邊跟過來，等了大半個時辰，依舊不見大船開動，不由得有些著急，暗道：「這船一定是在等什麼人，不知道要等到什麼時候，萬一到天黑才開船，我可就難以追上它了，我須得早混去船上才行。」

正巧有一隊排岸司兵士沿岸巡查過來，張咏身上尚有皇帝御賜、進出皇宮大內的銅符信物，忙取出來上前向領頭將校展示，道：「你們是排岸司田重田侍禁的手下麼？我認得他，他也知道我在查一件案子，正要請各位幫忙。」

領頭將校不敢怠慢，遂按張咏的吩咐，命一名兵士脫下外衣給他穿上。張咏穿戴整體，混在兵士當中，倒也像模像樣。

將校領隊來到大船前，喝道：「船主在麼？船上裝的是什麼？我們要上船檢查。」也不待人應聲，先闖了上來。船夫慌忙上前來攔，哪裡攔得住。

那頭領飛快地自船艙中鑽出來，上前擋在艙門口，傲然道：「你好大膽子！知道這是誰的船麼？這可是晉王的商船。」

晉王自組商隊販貨賺錢，在京師早已不是什麼祕密。將校一聽晉王的名號，先自氣餒，忙回頭去望張咏，想聽他的主意，張咏卻不見了蹤影，一時不明所以，只好賠笑道：「小的不知道這是晉王的商船，多有冒犯，多有冒犯。」

頭領立即轉怒為笑道：「不知者不罪。不過晉王不喜歡這麼多人到他的船上，惹人注目，將軍還是帶著部下快些下去吧。」將校道：「是，是。」也不敢說破張咏多半已經溜入船中一事，悻悻帶人走了。

那頭領雖然得意，卻還是有所防備，命船夫先將船板撤了，務必守住船板，不讓閒人上來。一切安排妥當，這才放心下到船艙來。底艙陳設簡陋，只有桌椅，桌案上擺有不少酒肉。東面船板邊鋪著一些舊床褥，排坐著二十餘名如花似玉的女子，小的只有十二三歲，大的也不過十八九歲年紀，均被反縛住手腳，口中堵著麻布，雖然叫不出聲，卻個個淚流滿面，露出驚恐之色來。

頭領笑道：「你們別怕，汴京可比蜀中強多了，只要聽老鴇的話，好好學習彈唱，學會伺候男人，包管你們吃香的喝辣的。」上前挑了一名最豐潤、最白皙的少女，扯來桌案邊坐下，一邊飲酒吃肉，一邊往那少女身上亂摸。少女意圖閃避，卻只能徒勞地扭動身子。

頭領不免有些著惱，道：「我只是摸你，又不是要姦你，你亂扭什麼？你放心，我不會動你，不然破了瓜，你可就不值錢了。」

那少女聽說大概要被賣去妓館做娼妓，更是出力掙扎，「嗚嗚」怪叫不止。頭領大怒，揚手打了她一巴掌，道：「這就是你的命！誰叫你是蜀女呢？你最好乖乖認命吧，不然可有得苦頭吃。」

原來蜀女素以溫柔美貌、才貌雙全聞名，達官貴人均喜歡買蜀女做侍妾[5]，花高價亦在所不惜，由此反倒成了頭領這夥人賺錢的門道，專門派人到蜀中綁架年輕美貌的蜀女，運來京師販賣。這可是一本萬利的生意，比販賣任何其他貨物都要賺錢得多。

頭領將那少女送回原處坐下，道：「你們別給臉不要臉，現在我只是要將你們賣去有錢人家做侍妾，再敢亂喊亂動，我可就要帶你們去鬼樊樓，那才是女人真正生不如死的地方。」

好不容易捱到天黑，船艙中點起了數盞油燈，一片通亮。終於聽見岸邊傳來馬車聲，船夫下來告道：「看貨的老鴇、牙郎[6]來了。」頭領道：「領他們進來。」

過了片刻，兩名灰衣大漢引著數人下來，有男有女，都是四十來歲年紀，各自默不作聲，眼光卻落在那群少女身上。

頭領道：「這趟船其實有些小風波，不過還是老價錢，二百足貫一人，折合白銀二百兩，一文不短，先看好的先得。」

那些男女便一擁而上，各執一盞油燈，上前拉起那些少女比照挑選，若是相中便扯到一旁，瞬間便將二十餘名女子瓜分乾淨。付完錢後，便有大漢將買下的少女一一裝進麻袋綑好，扛到岸上，塞入買主自帶的馬車中，手法極其嫻熟。不過一刻工夫，艙中少女均被賣掉運走，不剩一人。

那頭領將收到的銀兩收入一條布袋中，催問道：「那女人什麼時候才能送來？」一名大漢道：「頭領是問那姓劉的女人麼？眼下還沒有消息。她老爹是個老公門，上次又被嚇過一次，今晚老單多半要費些功夫。」

頭領道：「不，不是她，今晚還有一個女人要帶去鬼樊樓。」聽見岸上有馬車聲，道：「嗯，多半了，我自己親自去瞧。」取了裝著銀兩的布袋，上來甲板，果見岸邊停著一輛馬車，車邊站著一名戴著席帽的男子，忙迎上前去。

席帽男子道：「你就是頭領麼？」頭領道：「是。」席帽男子道：「安員外交代的人在車裡。」

頭領忙揮手命手下從車上運下一條麻袋，又恭恭敬敬地將布袋遞上去，道：「這是這一船蜀女的錢，麻煩官人轉交給安員外。」席帽男子「嗯」了一聲，接過錢袋，飛快地躍上馬車，低喝一聲，道：「走。」車夫便飛快地趕著馬車走了。

頭領心道：「這人真是不懂規矩，不知道該拿出一些銀子來賞賜大夥麼？」也不敢計較，忙重新回來底艙，迫不及待地命人解開麻袋，笑道：「大夥今兒都累了，先看看安員外親自交代的女子是什麼貨色。一會兒等老單將那劉念娘們綁來了，咱們再一邊開船，一邊好好享用享用。」

眾人一邊哄笑應著，一邊解開麻袋繫繩往下一抖，登時從中滾出一名盛裝麗服的女子來。

頭領驚喜道：「呀，今晚上頭沒有打賞，倒送來一些補償，這女人頭上的首飾、身上的衣服倒也值錢，快些剝下來。」又笑道，「打扮得這樣，一定是個大美人。」命人扶起那女子，取下蒙住雙眼的黑布，卻不過是中上之姿，比想像中的絕色美人差了一大截，不由得有些失望。

那女子陡然見到光亮，又是驚訝，又是恐懼，一雙眼睛瞪得老大，不知道如何來了這樣的地方。

頭領道：「嗯，雖然相貌差些，不過能穿得起這些衣裳，一定是名門貴婦。快些剝光了她，大夥一齊來嘗嘗這細皮嫩肉貴婦的滋味。」

眾大漢便一齊動手，將桌案上的酒肉撤掉，將那女子橫放上去，解開綁索，去脫她衣服。張咏一直躲在舷梯下，見狀忍不住大喝道：「住手！」

他已經強行忍耐許久，甚至當那些少女被老鴇和牙郎一一買走時都隱忍不發，只為能跟隨頭領找到鬼樊樓的位置，而到此他再也不忍心看下去，只因為他認得那即將以裸體示人的女子——她不是旁人，正是昨日還來過汴陽坊的龐麗華。

眾人萬萬沒有預料到船艙中還躲有旁人，呆得一呆，發一聲喊，便各自去抽袖中的短刀。張咏拔出隨身寶劍，先發制人，上前分刺一人肩頭、一人手臂，又將一盞油燈挑到舷梯後的一大綑麻袋上，火焰登時騰起。

那頭領知道大船停靠在要道附近，略有動靜，瞬間便有大批禁軍和排岸司兵士趕到，忙叫道：「撤！快些撤！」搶先爬上舷梯。

張咏正待追擊，卻見龐麗華已重重摔落在地上，爬不起身來，只掙扎著叫道：「張郎，張郎，救救我！」

張咏心道：「船艙中淨是易燃之物，一旦失火，片刻就會燒成灰燼，須得立即救她出去。」只得捨了頭領那夥人，收劍入鞘，抱了龐麗華，衝過舷梯時，熱浪撲面，火焰炙人。剛上來甲板，那木梯便燒斷掉了下去。等張咏趕上岸邊放下龐麗華，首領那些人早不見蹤影。

張咏道：「那邊已經有禁軍趕過來，麗娘將事情經過告訴他們，他們自會派人護送你回晉王府。」正待去追尋首領，龐麗華拉住他手臂，哀告道：「我不能再回去晉王府，張郎，求你救救我，救救小娥。」

張咏道：「那好，你跟軍士說清楚，讓他們直接送你去汴陽坊，你暫時跟英娘待在一起。」他知道還有一名劉姓女子被頭領一夥綁架，多半就是開封府毒手刑吏劉昌之女劉念，心下著急，顧不上多理會龐麗華，忙迎上趕過來的禁軍將校，出示銅符，告知適才船上有人綁架拐賣婦女，請他速派出人馬封鎖街道，盤查馬車及各種能藏人的可疑車輛。

京畿重地，天子腳下，竟有人公然買賣女子，實在駭人聽聞。那將校姓蔣，官任院虞候，聞言不敢怠慢，一面派人救火，一面派出騎兵馳騁高呼傳令。各巡鋪兵卒大聲應和，傳令聲此起彼伏，瞬息已到數里之外。

張咏心道：「頭領到船上時，派出了六名手下，適才卻只回來四人，剩下的兩人一定是去綁架劉念了。劉昌家在外城東廂，難怪他們要將船停靠在這裡。綁人者多半等天黑動手，算腳程早該到附近了。」

他料到禁軍已封鎖了各大路要道，馬車寸步難行，便往劉昌家的方向仔細留意搜尋小巷。湊巧當晚月光明亮，走不多遠，當真見到第二甜水巷中停著一輛車子，車夫座上空無一人，只有馬匹用前蹄無聊地撥弄著腳下的石子。

張咏喝道：「馬車裡的人快些出來！」見無人相應，便拔出劍來，一步一步地走過去。忽從馬車上先後躍下兩名男子，也不上前爭鬥，拔腳直朝後巷逃走。

張咏急忙去追，路過馬車時，見到車板上有兩個麻袋在不停蠕動，料來袋中正是被綁架的女子，卻不知如何多出一人來，只好停止追趕，上前解開袋子，放出了兩個人——一人是名極年輕貌美的女子，大約就是劉念；另一人卻是名年輕男子，正是那見過幾面的王衙內王旦。他不但與皇二子趙德芳交好，也是當今宋皇后的箋奏官[7]。

張咏極為愕然，問道：「王衙內如何也被人綁來此處？」王旦驚魂未定，一時說不出話來，只是不停撫摸手腕上被繩索綑縛過的痛處。倒是劉念開口道：「奴家劉念，今晚與王郎遊汴河時莫名被人綁來這裡，多謝官人搭救。」

張咏道：「你就是劉昌之女麼？有人恨極你父親，非要綁你賣去鬼樊樓不可。你暫時不要再回家去。」劉念大概深知其父得罪的人極多，居然也不驚奇，只道：「原來如此。」

王旦忽問道：「你不是張咏麼？如何當了排岸司的軍士？」張咏道：「噢，我這是臨時借來的衣裳。二位受驚不小，不如先回去歇息，明日記得去開封府報案。」也不及多說，領著二人出來巷口，招手叫過幾名禁軍，請他們護送王旦、劉念回去。禁軍聽說王旦原來是知制誥王祐之子，有心巴結討賞，忙趕出馬車護送這對情人去了。

忽有軍士來叫張咏道：「正到處找官人呢，那邊出事了！」

張咏忙跟著軍士返回原先大船停靠的地方，那船依然大火熊熊，人力無論如何是難以撲滅了，只能待其自身燃盡。蔣虞候還在那裡，見張咏回來，忙上前告道：「適才那位娘子死活不肯走，只賴在這裡哭泣不止，我見她影響大夥救火，命人拉開她，誰知道她突然掙脫，又跳回了船上。」

張咏大驚，問道：「你是說龐麗華又重新跳進了火船？」蔣虞候道：「嗯，我再想派人去救她時，船板卻已經塌了。這可是她自己發瘋，許多人親眼看見的。」

張咏既心痛，又大惑不解，心道：「麗娘被裝在痲袋裡帶來船上時，衣衫完整，我又及時出手相救，她並未受辱，為何要一心求死？上岸後她還求我救救她，救救小娥，又是什麼意思？哎呀，莫非小娥也被人綁走了？」頓時大為焦急。可入夜後城門已經關閉，他無法進裡城去晉王府查問，只得將自己的姓名、住址告知蔣虞候，請他繼續留意搜捕頭領諸人，有消息即來告知。

回來汴陽坊中，向敏中、寇准、潘閬三人正在堂中徘徊等候，忽見張咏一身排岸司兵士打扮進來，無不為之驚詫。

張咏問道：「英娘人呢？」潘閬道：「她在房裡為我們幾個縫製衣服。怎麼了？」張咏低聲道：「龐麗華死了。」大致說了今日跟蹤販賣人口頭領的情形。又道，「抱歉，向兄，我終究還是性急，未能忍到找到鬼樊樓的位置後再動手。」

向敏中道：「張兄救人於危難之間，保住了麗娘的貞節，何須跟我道歉？」張咏黯然道：「我雖救了麗娘，可惜她還是投火死了。這件事我雖覺蹊蹺，可總也想不明白，所以才回來找你們幾個商議。」

潘閬道：「麗娘自入晉王府後，錦衣玉食，出入均有隨從車馬，如何會輕易被人綁架？」寇准道：「會不會是有人刻意針對晉王下手？」張咏搖頭道：「倒像是晉王主持這些事。今晚那艘販賣婦女的船就是晉王名下的，至少那頭領當眾這麼說。」

眾人無不面面相覷，堂內一時陷入了沉寂。按照張咏的描述，頭領公然聲稱貨船是晉王所屬，有恃無恐，那麼晉王不是跟拐賣蜀中女子、綁架婦女到鬼樊樓這些事都有干係麼？這聽起來未免很有些匪夷所思。

還是向敏中先打破沉默道：「張兄不妨先聽聽我們這兩邊的事再說。」

原來他與張咏分手後，一路跟蹤安員外來到裡城右第二廂壽昌坊的一處大宅，等了許久也不見人出來，擔心夜禁後出不了裡城，遂記下地址，返回汴陽坊。

而寇准、潘閬一早來到邢國公宋偓府上，宋偓上朝未歸，宋偓之女宋娥親迎二人進來。寇准按高瓊所教，試著探問某晚可有陌生客人上門，宋娥渾然不知。湊巧宋偓回來，撞見寇准、潘閬，似猜透來意，命愛女帶著二人將宋宅上下遊了個遍。寇准見實無可疑之處，慚愧之極，便拱手告辭。出來將經過情形告知了高瓊，高瓊一言不發即上馬離開，大約是趕去向晉王稟告。

張咏道：「如此，倒是我這邊最驚險了，可惜還是查不到鬼樊樓的下落。」向敏中道：「如今禁軍正大肆搜捕拐賣婦人的頭領等人，這件事既已張揚出來，再也難以按捺住。麻煩的是裡面還牽扯到晉王，我們得儘快想個應對的法子。」

寇准道：「這有什麼可多想的？明日直接上開封府將實情告訴晉王和程判官便是了。別說我不相信晉王會派人拐賣婦人牟利，就是晉王的仇家也不會相信如此荒誕之說，多半是有人假冒晉王的名頭行事。」

潘閬道：「我本來同意寇老西的看法，不過這裡面還牽扯出龐麗華，晉王可就難脫干係了。你們想想，就算是頭領一夥膽大包天，從晉王底下的人手中綁走了麗娘，可麗娘並未受辱，又為何要在獲救後投火自殺呢？只因為她很清楚要送她去鬼樊樓的人來頭極大，張咏只能救她一時，救不了她一世，她早晚要備受凌辱，所以乾脆自行了斷。老向，你說呢？」

向敏中道：「小潘的話有道理，可還是有許多不合情理之處。麗娘最在意的人是她的女兒小娥，她怎麼可能捨棄小娥於不顧，斷然投火自殺呢？」張咏道：「不錯，麗娘一直在求我救救小娥，可惜我當時心急如焚，一心想捉到頭領，竟來不及問她小娥身上到底發生了什麼事。若是我肯停下來聽她說明白，也許麗娘就不會死了。」

潘閬道：「會不會是麗娘知道了晉王的什麼祕密，所以才要被送去鬼樊樓，好讓她從此銷聲匿跡？」張咏道：「不，不可能。你我均跟晉王打過交道，當知道他為人，若果真如此，他一定會斷然殺麗娘滅口，何須費事送她去什麼鬼樊樓。我敢說，這件事一定跟晉王無關。」

正為晉王爭論不休，忽見高瓊打門進來，滿頭大汗，全身上下血跡斑斑，眾人無不吃驚。張咏道：「你受傷了？」高瓊搖頭道：「不是我的血。張兄，門外牆根下有一名受傷的男子，煩請你出面將他送交給巡鋪兵卒，就說是你救了他。」張咏道：「那是什麼人？我可不想居功。」

向敏中心念一動，問道：「那受傷男子是不是遼國使者歐陽贊？」高瓊道：「不是，不過也差不多。」

張咏急忙搶出門來，果見牆根下躺著一人，正是有過幾面之緣的歐陽贊韓姓隨從——上次張咏在樊樓前遇到他圍著徐呂皮腰帶、腳穿紅虎皮靴子，才由此推測出歐陽贊一夥是契丹人。他多少有些會意過來，忙扶起那男子，問道：「韓官人，是誰傷了你？」韓官人卻神志不清，只勉強看了他一眼又昏迷過去。

張咏欲抱韓官人進來治傷。向敏中急忙攔住道：「高瓊說得對，還是立即將他交給巡鋪兵卒，命他們護送他回驛館為好。」

張咏便抱了人往坊巷巡鋪而來，巡鋪卒聽說有個遼國使者隨從在坊中遇刺，嚇得不輕，大聲呼哨，召來巡街的禁軍，禁軍便牽馬過來，一道扶了韓官人往裡城驛館而去。

張咏回來堂屋，問道：「你如何會湊巧救得韓官人？到底是怎麼回事？」潘閬道：「總不會那麼湊巧趕上吧？是不是你事先知道有人要來行刺這姓韓的？」

高瓊道：「你怎麼不問韓官人來汴陽坊做什麼？」潘閬道：「這個不用問，多半是來找對面南唐鄭王的。」高瓊道：「那麼我湊巧回來這裡，正好遇到有人到汴陽坊行刺韓官人，又有什麼稀奇。」

張咏道：「不對，你們若真在外面動手，如何我們這些人什麼動靜都沒有聽到？」向敏中道：「果真是巧合，你就不會讓張咏出面救韓官人了。」

高瓊知道這些人個個聰明伶俐，說得越多，反而露餡越多，乾脆道：「你們別再問我，我什麼也不會說。」張咏道：「那好，我有件事要告訴你，龐麗華死了。」

高瓊極為震撼，呆得一呆，即頹然跌坐椅中，抱住腦袋，埋在大腿上。當晚龐麗華在晉王府後苑拉住他苦苦哀求的場面再次浮上腦海，當時他已經隱約猜到這對母女因親眼目睹晉王刺死晉王妃多半要被滅口，只是沒有想到這一天來得這麼快。他知道麗娘信賴他，愛戀他，雖然他自己一直在敷衍她，他只是要利用她來接近唐曉英，但此刻忽然聽到天人永隔的消息，強烈的負疚感還是不由自主地湧上心頭。

張咏道：「眼下小娥生死未卜，我們還不敢將消息告訴英娘，你……」高瓊驚然抬頭道：「不，小娥人還好好的，我離開晉王府時還看到晉王將她帶在身邊。」

諸人聞言大感困惑。張咏道：「到底發生了什麼事？麗娘總求我救救小娥，她自己又被人綁架賣去鬼樊樓？」

高瓊更是吃驚，道：「什麼？麗娘被人賣去鬼樊樓？」聽張咏說完事情經過，全然糊塗了，心道，「我本以為是晉王要殺麗娘滅口，看來並非如此。可又是什麼人能從晉王府帶走麗娘，再綁去那個什麼鬼樊樓呢？」他心中疑惑甚多，忙向張咏討要了一身衣裳，換下血衣。

張咏道：「你是要回晉王府麼？」高瓊道：「是。」張咏道：「我跟你一起去。」高瓊微一遲疑，道：「好，不過你須得聽我號令，不可亂來。」張咏道：「號令什麼？不過是見晉王而已，又不是去打仗。」

高瓊也不多說，與張咏逕直出來上馬，到城門處出示晉王府腰牌，順利進來裡城。卻見晉王府燈火映天，誦經聲、法器聲鏗鏗鏘鏘，響成一片，這是晉王請了高僧在為新歿的晉王妃超度。

高瓊帶著張咏從後門進來，道：「晉王新遭喪妃之痛，張兄不如在此等候。」張咏卻甚是固執，道：「如何不讓我見晉王？莫非你知道晉王跟今晚的這些事有關？」

高瓊上前一步，低聲道：「有一件事，我必須得先囑咐你……」驀然挺出兵刃，抵在張咏胸口，呼叫侍衛道：「快來人，將這人綁了。」

張咏大為愕然，問道：「你這是要做什麼？」高瓊不答，只命道：「先將這人監禁起來，聽候晉王發落。」又道，「來王府弔唁的官員不少，可別讓他胡說八道。」衛士上前縛了張咏，依命撕下一片衣襟，塞入他口中，不許他出聲。

高瓊來到北園別院，果見院門外有大批侍衛，問明晉王人在裡面，便請侍衛進去通傳。

趙光義一身孝服，正與心腹押衙程德玄議事，忽聽得高瓊深夜趕來求見，以為是傳國玉璽之事有了下落，忙呼喚他進來，又命房中親信侍衛盡數退下，這才問道：「可是大祕密那件事有了新消息？」

高瓊道：「不是那件事。是另外一件事牽涉了大王。屬下擔心於大王聲名有損，星夜趕來稟告。」當即說了張咏無意中追查到，頭領一夥用晉王名下的貨船買賣婦女，以及龐麗華不知道如何被帶去那艘船上、獲救後又投火自殺之事。

趙光義睖起雙眼，怒意大盛。程德玄慌忙跪下道：「屬下馭下不嚴，未曾料到安習竟如此膽大妄為，竟敢用大王名號拐賣婦女。」

趙光義「哼」了一聲，問道：「這件事眼下鬧得有多大？」高瓊道：「回大王話，貨船失火後，張咏已將大致經過告知附近的禁軍，目下外城上清宮一帶正在搜捕頭領一夥及被拐賣的婦女。尤其今晚被頭領綁架的一男一女中，女子是開封府刑吏劉昌之女，男子是知制誥王祐之子，這件事怕是明日便會傳得沸沸揚揚。那頭領公然對著排岸司兵士報出了大王的名號，大王須得立即澄清才是。」

程德玄道：「屬下這就帶人去處置安習。」趙光義道：「等一等。」又想及安習生財有道，這些年著實為他掙了不少錢，殺了實在可惜，心中一時有些捨不得。況且當著高瓊的面下令處死安習，不僅有欲蓋彌彰之嫌，且在危急關頭捨車保帥只會令下屬心寒，而眼下正是用人之時，實非良策。沉吟片刻，便道：「安習雖然胡作非為，不過這些年一向忠心，也算有些功勞。」

程德玄道：「大王既然信任安習，不如由屬下帶人將他逮捕，以大王的名義送交到開封府審訊。」趙光義斥道：「糊塗！這不是越發告訴世人安習是本王的人麼？你親自去告訴安習，讓他趕快躲起來，若是被人搜到，本王也護不住他。」程德玄道：「遵命。」

等程德玄退出，高瓊才道：「屬下趕來晉王府時，張咏堅持前來，屬下怕他冒犯大王，進府後下令扣押了他。」趙光義道：「怎麼，張咏認為是本王指使安習販賣婦女？」高瓊遲疑了一下，小心翼翼地道：「不是因為這個，是龐麗華這件事，張咏有所疑心，一定會當面質問大王。」

趙光義道：「本王不妨告訴你實話，自龐麗華進府後，本王一直待她極好。她卻不識抬舉，昨晚從汴陽坊回來後，竟然想偷偷帶著小娥逃走。本王不能再留她在王府，免得她教壞了小娥，可她畢竟是小娥的母親，又不能就此殺了她，所以交代人將她送去一個既能保她性命、又讓旁人再也找不到的地方。」

高瓊心道：「不知道晉王為何如此看重劉娥這個小女孩，不惜大費干戈。難道當真如麗娘所言，晉王要娶她做晉王妃？可劉娥出身寒微，年紀又還這麼小。況且晉王妃的人選素來由官家親自決定，晉王自己並不能做主，官家已經下旨，預備聘故淄州刺史李處耘[8]的次女為新晉王妃。」

高瓊無論如何也想不明白，不過晉王的心意一向高深難測，他也不敢過多揣測，只問道：「大王是交代安習去辦這件事？」趙光義道：「不錯，但至於鬼樊樓什麼的本王可是毫不知情。你認為該如何向張咏當面解釋這件事？」

高瓊道：「張咏不過是個平民百姓，大王何等身分，何須向他解釋？」趙光義道：「你下令綁他，不就是想要救他麼？」高瓊一時躊躇，不敢接話。

趙光義道：「那好，本王下令，你這就去殺了張咏，提他人頭來見我。」高瓊垂首道：「屬下不敢奉命，請大王恕罪。」

趙光義道：「本王就知道你不肯動手。你預備如何救張咏？」高瓊道：「屬下有個法子——屬下以前就認得龐麗華，她對屬下也有些好感，這些事張咏他們都知道；不如說是龐麗華求屬下帶她回蜀中老家，屬下拒絕了她，所以她羞憤難當，獨自出走晉王府，至於後來如何被人綁架，則不是我等所能知道。」

趙光義道：「嗯，原來你跟龐麗華是舊識，這倒確實是個好主意，那麼你自己去向張咏等人解釋清楚吧。本王還要去靈堂為過世的王妃守靈。」高瓊道：「遵命。多謝大王開恩。」出院護送趙光義到靈堂，才趕來地牢，命人放出張咏，道：「抱歉了。」

張咏倒也不生氣，道：「你是怕我直言觸怒晉王，惹來殺身之禍，這我不怪你。但今晚的事情若真跟晉王有關，除非殺了我，不然我絕不甘休。」高瓊道：「安習是晉王的屬下沒錯，可晉王絕不知情。」當下將晉王原話照貓畫虎地告知，又將自己編造的拒絕龐麗華之故事說了出來。

張咏不免愕然，道：「你是說，麗娘是因為你拒絕她才自殺？」高瓊道：「這我可不知道，不過……」花叢後忽然閃出一名小女孩，正是劉娥，上前抱住高瓊的大腿，叫道：「叔叔，你怎麼老不來看媽媽？媽媽天天唸你的名字，天天流淚呢。」張咏問道：「你媽媽人呢？」劉娥道：「媽媽說要帶我回蜀中，後來她就自己走了，今天一天都不見了。」

幾名侍女追過來，一人上前抱住劉娥，告道：「小娘子可別再亂跑了。」劉娥甚是乖巧，一邊招手，一邊叫道：「叔叔改天來帶我玩啊。」高瓊道：「是。」

張咏心中再無疑慮，歎道：「麗娘投火這件事，還是由你親自告訴英娘吧。」高瓊沉默許久，才道：「好。正好也到了我該向英娘履行諾言的時候了。」

二人出了晉王府，先來到開封府，高瓊以晉王名義，命當值官吏調發吏卒去追捕安習、宋科宋行父子。再回到汴陽坊時，已經過了四更，向敏中等人均未歇息，唐曉英正為諸人更換茶水，見到高瓊進來，轉身便走。高瓊微一遲疑，即追了過去。

張咏將事情經過告知諸人。潘閬連聲道：「呀，你怎麼能讓高瓊自己去跟英娘說？」張咏道：「他們之間有難解深仇，高瓊早晚得過這一關。」

忽聽得拔刀出鞘之聲，眾人忙趕來後院查看究竟。但見人影映窗，唐曉英正挺刀向高瓊刺去。刀逕直入身，高瓊的身子卻只晃了兩下，始終屹立不倒。

潘閬跺腳道：「這就是你想看到的，讓英娘殺了高瓊報父母之仇？」張咏不答，心道：「你看不出來麼？高瓊喜歡英娘，英娘卻恨其入骨，與其讓他受這種痛苦折磨，還不如讓他死在喜歡的女人手裡。」

潘閬正待搶進房中看高瓊還有沒有救，忽見唐曉英跪倒在高瓊面前，連連磕頭。高瓊也並沒有死，俯身扶起了她。

眾人無不看得目瞪口呆。潘閬問道：「這兩個人到底在搞什麼鬼？怎麼事情倒過來了，英娘反而要向高瓊磕頭？」向敏中道：「咱們還是走吧，他們的事，留給他們自己解決。」

回堂來等了一會兒，高瓊捂著肩頭默默出來，將桌案上的茶水一飲而盡，便往房間走去。張咏叫道：「喂，你不打算跟我們交代清楚麼？」高瓊搖搖頭，道：「我只需要向英娘交代，不需要向你們幾個交代。」言語中大有見外冷漠之意。

張咏向潘閬討要了一些金創藥，追進房丟給高瓊，道：「雖說你傷勢不重，最好還是敷好傷口再上床，可別弄汙了我的床。」他雖極想知道高瓊和唐曉英之間到底發生了什麼，但料想逼問也不會有任何結果，只能就此悶悶睡下。

次日眾人還未起床時，門前便有開封府的吏卒大聲叫門。張咏先披衣趕出來，才發覺日頭已上三竿，他們因昨夜睡得太遲，竟睡過頭了，忙問道：「差大哥有事麼？」吏卒道：「昨晚禁軍從馬車中搜出一些婦女，程判官派小的來叫張郎去開封府認人。」張咏問道：「可有捕到安習等人？」吏卒道：「只在宋家捉到了老仵作宋科。」

張咏不免有些失望，先到房間依次叫醒眾人，道：「大夥一塊去吧。」

來到開封府大門時，忽見許多禁軍朝前面不遠處的都亭驛趕去，那裡面正住著遼國和北漢使者。張咏立即意識到發生了大事，心中一沉，再也顧不得開封府近在眼前，拔腳朝驛館方向趕去。餘人不明所以，也一齊跟在後面。

來到都亭驛門前，卻被禁軍舉刀擋住。高瓊忙出示腰牌，問道：「出了什麼事？」軍士道：「驛館的使者全部中了毒，正在等大夫來搶救。」張咏進來飯廳一看，果見地上橫七豎八倒著不少人，各個口吐白沫，歐陽贊、劉延朗均在其中，忙回頭叫道：「潘閬！潘閬！」

潘閬道：「倒一盆熱水來。」一旁驛卒早嚇得傻了，動都不敢動，還是張咏自己奔去廚下，自灶臺上的甕缸中淘出一大桶熱水提來。潘閬將身上的解毒藥丸盡數倒入木桶中，道：「快給這些中毒的人一人喝上一碗，能暫時延緩毒性。」寇准幾人便一齊動手，端著碗挨次去餵那些中毒的人。

潘閬又開了個方子，叫進來一名禁軍軍士，命他速去最近的藥鋪將所有的藥全部買來。那軍士略識幾個字，見方子上的藥極為奇怪，要麼發熱，要麼催吐，要麼利泄，全部是猛藥，不由遲疑道：「這些藥能行麼？還是等宮裡派御醫來的好。」

潘閬兩眼一翻，怒道：「等御醫來，他們就是一堆死人了。使者就死在你眼皮下，你也得跟著殉葬。」軍士心道：「說得有理，如果這群人吃了你的藥最終還是死了，正好可以乘機推到你身上。」慌忙騎了馬，奔去買藥。

御街是東京最繁華的街道，都亭驛斜對面的大相國寺就有好幾家藥鋪，一刻後軍士就帶了一大包回來。潘閬早命人在廚下生火燒水，當下將藥材全部倒入鍋中，灶下不斷添火，水一開便派人盛入碗中餵中毒者服下。那些人被逼著喝了兩碗熱湯藥後，忽覺得胸口發熱，喉嚨奇癢無比，再也忍不住，各自低頭，朝地上吐了起來。飯廳一時腥臭彌漫，難聞無比。

潘閬捂住鼻子道：「好了，他們的毒性減輕了，暫時死不了，這下可以等御醫來了。」

張咏見中毒者中並沒有昨晚那受傷的韓官人，忙問過驛卒，趕來房中，果見他人躺在床上，雖昏迷未醒，卻是呼吸均勻，傷勢已大有好轉。當即掩門退了出來。

寇准道：「看來是有人往食物中投了毒，到飯廳吃早飯的人全中了毒，只有韓官人人未清醒，得以逃過一劫。」

張咏轉頭問道：「向兄懷疑是他麼？」向敏中點點頭。寇准問道：「你們說的是誰？」

張、向二人均不回答，趕來驛廳問驛長道：「昨晚和今天早上可有什麼可疑人來過？」驛長哭喪著臉，道：「官家曾經派人囑咐過下吏，所以下吏這幾日格外注意驛館安全，命當值驛卒要記下每個進來驛館的人。這裡有名冊。」

向敏中一眼留意到昨日一欄的末端有宋行的名字，忙問道：「宋行來這裡做什麼？」驛長道：「不過是閒來逛逛。浚儀縣離驛館不遠，宋典獄無事時，常常進來轉轉的。」

張咏道：「一定是宋行下的毒了。」不免十分懊悔，道，「我真是糊塗，昨日先是得程判官提示，隨即親眼見到安習命頭領來找宋行一塊兒議事，到晚上又知道了安習是晉王的人，早就該想到……」忽見向敏中朝自己連使眼色，這才意識到高瓊尚在一旁，忙住了嘴。

寇准卻已然會意過來，驚得張大了嘴巴，半晌才訕訕問道：「難道是晉王指使宋行下毒？」他公然將話挑明說了出來，眾人盡皆呆住，張咏也不例外。

忽聽得背後有人問道：「你說是晉王指使宋行下毒麼？」驚然回頭，卻見殿前司指揮使皇甫繼明和侍禁田重正雙雙領兵站在驛廳門口。

驛長驀然大叫了一聲，連聲道：「下吏耳朵不好使了，什麼都沒有聽見，什麼都沒有聽見！」雙手捂住耳朵，匆匆奔出門去。

1 宋代一石約合六十六公斤，一石半合九十九公斤。

2 張咏入仕後長期擔任地方官，極擅長審案，判沈氏兄弟易宅一案為真實事蹟，僅是其生平斷過無數奇案中的一樁小案而已。時人極佩服其才智，曾有人專門將他審案的判詞（判決書的舊稱）予以刊行。

3 宋一馱等於一百斤。宋代實行茶葉專賣，由官府壟斷經營，當時一馱茶值廿五至卅貫錢，可易一匹馬。

4 此詞實際上是北宋文豪蘇軾，根據一名幼年曾在後蜀宮中當宮女的老嫗口述故事，和她記得的「冰肌玉骨，自清涼無汗」兩句所填。

5 趙光義第三子趙恆（後來的宋真宗）十四歲時便立志要娶到一名蜀女做侍妾，便經常帶著近侍微服到民間尋訪，由此才遇見蜀中鞀鼓說書女劉娥（後來的宋真宗皇后），可見蜀女在當時名氣之大。

6 牙郎：商業交易的中間人。

7 箋奏官：宋朝制度，後宮嬪妃可設置箋奏官，專門撰寫對皇帝賞賜表示感謝的謝表，以及重大節日獻給皇帝的詩文等類。

8 淄州：今山東淄博南。李處耘：原為雲中党項大族折氏部將，後周時被薦入趙匡胤帳下，是發動陳橋兵變、支持趙匡胤當皇帝的關鍵人物，因「臨機決事，謀無不中」，深得趙匡胤賞識。其人性情殘暴，平定朗州（今湖南常德）兵亂時，李處耘下令挑選俘虜中身材肥胖者，宰殺後在城下分食，又將其餘瘦弱俘虜刺面後放歸，宣揚他的吃人事蹟。朗州人心驚膽戰，不戰自潰。後與另一大將慕容延釗爭權，失寵被貶為淄州刺史，死在任上後，趙匡胤非常懷念。

【卷九】愛恨一線

「大王雄才大略，將來必登大寶之位，若有傳國玉璽在手，可就再也不是什麼白板皇帝，聲名不但遠遠超過你的皇兄，還能與秦皇、漢武、隋帝、唐宗並列青史。」的確任誰都會心動，何況這玉璽近在眼前，是絕大的誘惑。

都亭驛中毒的使者及隨從大多數被及時搶救了過來，但還是有兩人因體弱毒深而死去。這件集體中毒的案子大大地震撼了皇帝，趙匡胤親下諭令，必須徹底追查清楚，案子仍然按慣例發交開封府，但卻多派了兩位堂官。程羽被點名負責問案，因未能捕獲宋行，只得立即帶其父宋科上公堂訊問。

程羽道：「老宋，你也是開封府的老公門，該知道事情的嚴重性。」宋科道：「小人能不知道麼？今日坐堂的堂官除了程判官，還多了兩位將軍。」他指的是坐在一旁聽案的殿前司指揮使皇甫繼明和侍禁田重。

程羽道：「二位將軍是奉旨跟開封府一道辦案。宋科，快說你兒子宋行人去了哪裡？」宋科道：「小兒昨日被人叫出門，再也未回來過，小人實在不知道他去了哪裡。捕小人的官差說他昨夜勾結鬼樊樓的人拐賣婦女，小人從未聽過。」

程羽道：「你倒是推得一乾二淨。本官知道你父子一向仇恨契丹人，你可知道宋行下毒毒害遼國、北漢使者一事？」

宋科一直以為程羽問的是跟關於拐賣婦女的案子，至此方才知道驛館使者中毒一事，先是吃了一驚，隨即問道：「那些人都死了麼？」他這般回答，未免令旁人疑忌更深。程羽重重一拍桌子，道：「果然你也知情。可有旁人指使你這麼做？」

宋科搖搖頭，道：「既然程判官早知道我父子深恨契丹人，又何來旁人指使？」程羽道：「那麼你兒子眼下藏在何處？」宋科道：「小的實在不知。」

一旁田重道：「宋氏父子不過是小小的官吏，如何敢對使者投毒，幕後必定有主使，須得立即動刑拷問清楚才是。」

開封府大堂坐著兩名皇帝心腹大將監督問案，這是前所未有之事，程羽早備受壓力，聽田重明言，只得命人取出刑具，將宋科雙腿夾上，喝道：「田侍禁的話你也聽見了，快些交代是誰指使你們父子這麼做的？」見宋科不答，便要抽出竹籤下令用刑。

張咏跟同伴站在一旁，見狀忙挺身而出，道：「且慢。宋科年事已高，用大刑多半捱不過去。」田重道：「這老漢狡詐透頂，不用大刑如何肯招供？」

張咏道：「即使宋科事先知情，可是被人叫走的是宋行，下毒的也是他，他才是破案的關鍵人物。眼下最要緊的是捕到宋行，在這裡拷問宋科又有何用？」田重道：「不拷問如何能知道宋行下落？」

張咏道：「宋行生在開封，長在開封，與契丹人並無恩怨。他之所以恨契丹人全是因為其父宋科當年深受契丹人侮辱，臉上刺下了這樣的大字，終身不能擺脫羞辱，由此可見宋行是個大大的孝子。何不給他一個機會，派人在城中四處張貼告示告知，若他肯來開封府自首，就赦免他父親的罪行。」

田重冷笑道：「這如何使得？宋科也是謀畫者、知情者，僅此一條，他就是死罪。」寇准忽然插口道：「侍禁，你的話實際上是自相矛盾的。若宋科是謀畫者，那麼就沒有什麼人指使他。實際上，我看宋科也未必是知情者，不然他不會一開始就那般驚訝。」

田重道：「他明明問那些人都死了沒有。」寇准道：「這只能說明宋科心中盼望那些人死去，但未必他就事先知道。他若真是田侍禁說的那般狡詐透頂，就該立即否認說不知道，可他卻沒有掩飾自己的恨意，恰恰說明他不知道發生了下毒事件。」

田重無話可駁，氣惱不止，只拿眼睛去看身旁的皇甫繼明。皇甫繼明咳嗽了一聲，道：「既然如此，就按張咏說的辦吧，派人去張貼告示，只要宋行投案自首，就釋放他父親宋科，不再追究。」

田重大為意外，道：「皇甫將軍……」皇甫繼明正色道：「侍禁，官家要的是儘快知道真相，好向遼國交代。你我雖受官家差遣，卻是武將，不懂問案，案子的事還是交給開封府去做，我二人各自去辦擅長的事，去追捕宋行、安習、頭領那夥人，我負責陸上，你負責水上，如何？」一邊說著，一邊站了起來。

田重無可奈何，只得狠狠瞪了張咏幾人一眼，大聲道：「此案眾所矚目，還望程判官不要徇私。」程羽道：「是。案情若有進展，下官當派人飛報二位將軍。」送走二人，便命書吏發出通告，張貼全城大街小巷，准許宋行自首。

這一招當真有效，到傍晚時，宋行一瘸一拐地步行來到開封府投案[1]。程羽一直不敢離府，還將向敏中、張咏、寇准、潘閬四人也留在府堂，聞言不由得讚歎張咏料事如神，忙喝令升堂問案。那宋行被帶進來跪下，先問道：「家父人呢？」

程羽便命人自獄中提來宋科，宋行本以為老父一定飽受酷刑，相見之下才發現完好如初，不由得又驚又喜，料來定是張咏等人從中使力，轉過頭去，向幾人點頭示意。

程羽命人開了宋科的手足枷鎖，道：「宋科，你兒子既已來投案，本官也履行諾言，你這就回家去吧。」宋科知道這一去就不一定再有相見之日，一時老淚縱橫，上前撫摸愛子的臉龐，問道：「當真是你下的毒麼？」宋行道：「不是。」宋科道：「嗯，為父也知道下毒不是你的作派。」轉頭向張咏幾人作了一揖，道，「還請各位查明真相，還我孩兒一個清白。」也不待眾人回答，即昂然下堂離去，再也沒有回過頭來。

程羽重重拍了一下驚堂木，喝問道：「宋行，你可知罪？」宋行道：「不知。」程羽見他桀驁，便命道，「來人，先打他二十杖殺威。」

刑吏上前剝下宋行衣衫，將他按倒在地，正要舉杖行刑，向敏中忽然叫道：「等一下！」指了指宋行的後背和腰部，「潘閬，你看到他身上的傷了麼？」潘閬彎腰仔細查看一番，道：「雖然抹了金創藥，不過還是能看出是新傷。」

向敏中道：「你昨日是什麼時候去的都亭驛？」宋行道：「日落時分。」向敏中道：「那麼你受傷當在那之後了。」回身稟道：「判官，宋行不是下毒的人。」

程羽道：「你如何能知道？」向敏中道：「驛館晚飯時間在天黑之後，若是宋行下毒，那麼使者那些人該是昨晚中毒才對。而宋行昨晚身上受了這麼重的傷，走路都有困難，根本不可能再摸黑到驛館投毒。」

程羽道：「宋行，你可有投毒？」宋行啞然失笑道：「當然沒有。這位向公子聰明絕頂，將經過情形都已經推斷得一清二楚了。」

向敏中道：「不過你本人雖然沒有下毒，卻是難脫干係。你昨日為什麼要去驛館？」宋行道：「我跟驛長很熟，時常去驛館玩的。」向敏中道：「那是以前的事。眼下驛館裡住有契丹人，你恨契丹人入骨，特意去那裡，一定是有所圖謀。」

程羽道：「你是不是去驛館踏勘，好讓你的同夥有機會下毒？下毒的人到底是誰？快說！」宋行道：「我根本不知道下毒之事。」

寇准道：「這名冊上你的名字是最後一個，也就是說，在你之後再無外人進去過驛館，你的同夥是不是驛卒？你昨日去都亭驛，一定是去送毒藥的，是也不是？」宋行道：「不是。」

程羽道：「昨日到今日當值的驛卒已被全部拘來開封府，你是要本官一個個帶來與你對質麼？」宋行道：「對質就對質，我又沒有投毒，怕什麼？程判官，你也算是個好官，真該好好收起刑訊逼供那一套手段，學學向公子、張公子幾位，用腦袋破案。你在這裡死命審我，下毒的真凶反而在外面偷笑呢。」

程羽大怒，又要叫人用刑。張咏忙道：「等一下！程判官不要發怒，我看他不像在說假話。宋行，我猜你昨日去都亭驛，一定是沒安好心，但你只想為父報仇，情有可原。況且，想做壞事與真做了壞事還是有很大區別的，你想殺契丹人，但你沒有動手，你依然不能被定罪。我相信你跟投毒無干，不過你能解釋你背上的刀傷是怎麼回事麼？」宋行道：「就是昨夜喝醉了酒跟人打架，偏偏那人武功厲害，被他砍了兩刀。」

張咏道：「很好。」轉頭道，「程判官，今晚可否將宋行借我一用？」程羽愕然道：「你說什麼？」張咏道：「這個人我今晚要帶走，明日一早再將他和真相一同送回來。」

程羽呆了半晌，居然點頭道：「好。」命人給宋行的手足上了重銬，卻不將鑰匙交給張咏，只道，「你千萬要小心了，本官可是冒了大風險。」張咏笑道：「我知道，這個人既逃不得，也死不得，判官放心好了，我今晚不睡覺，親自守著他。」攜著宋行出來。向敏中幾人均不解其意，只得跟在後面。

宋行身上有傷，又戴了刑具，甚是吃力，只能一步一挪，行走得極是遲緩。張咏特意拉著他到開封府門樓下停住，道：「我得實話告訴你，昨日到你家去找你的頭領已經暴露了，雖然他僥倖逃脫，但昨夜禁軍捕到了兩名牙郎，救出了數名蜀女。劉刑吏恨頭領兩次綁架他的女兒，親自動手用刑，那兩名牙郎抵受不住，已經供出了其餘老鴇及買家的名字，官府早晚要將這些人一網打盡。」

宋行道：「那又如何？」張咏道：「你好歹也算是官府的人，吃著朝廷的俸祿，如何勾結鬼樊樓，做這等害人的勾當？我知道你是條硬漢，決計不會屈服在酷刑之下。不過你若肯告訴我，你為何要勾結鬼樊樓，我就雇輛馬車載著你，不讓你這般鐐銬鐺鐺地拋頭露面。萬一被你父親看見，他心中豈不難過？」

他這一攻心之術極為有效，宋行沉吟片刻，道：「那個，反正我是必死之人，告訴你無妨。我其實不知道頭領到底在做什麼，我只是將獄中一些不引人注意的青壯年犯人弄成假死的模樣，再運出去轉賣給他。」

張咏道：「頭領販賣女子還能理解，他要這些個男子做什麼？」宋行道：「女子不過是供那些花錢藏進鬼樊樓的重犯取樂發洩用，但聽說那地方不小，還需要許多男子做苦力來勞作。可是你們……你們是如何查到我身上的？我是說在驛館投毒這件事前。」

張咏便說了頭領曾假裝中間人以宋科發現的物證要脅寇准，後來又在船上被唐曉英記住了相貌。

宋行十分驚奇，道：「這當真是巧上加巧了。我確實跟家父說過，不如將能證實你無辜的物證先壓下來，頭領當時正好在場，這人太貪心，想來是他聽到後想從中漁利，所以去找寇准。不過也只有你們幾個才能想到這其中的聯繫。」

張咏道：「你可心服？」宋行道：「服，心服口服。」嘿嘿笑了幾聲，道，「若不是你們幾個，怕是這些案子沒一件能真正水落石出的。」

張咏便信守諾言，雇了一輛馬車，扶宋行上去，一路回來汴陽坊宅中。

高瓊正在燈下獨自飲酒，見張咏押著宋行回來，驚愕萬分，迎上來問道：「你帶他來這裡做什麼？」之前高瓊被關在浚儀縣獄時，宋行幾次三番指令手下獄卒加害，心中猶有芥蒂。

宋行也十分好奇，問道：「你這是要將我交給高瓊報仇麼？」張咏道：「當然不是。高兄，麻煩借你的刀一用。」

高瓊也不知道他要做什麼，依言拔出佩刀遞過去。張咏命宋行站到燈下，揭開他衣衫，露出後背的傷口來，將佩刀分別往腰部和背上的傷口比了兩下，笑道：「你們還沒有看出來麼？」

潘閬道：「啊，原來傷了宋行的人就是高瓊！」高瓊忙道：「胡說，京師佩這種刀的人多得很，如何一定就是我？」

張咏便將宋行牽到院中，令他背靠槐樹坐下，再用繩索將他連人帶銬綁在樹上，又撕下一片衣襟，塞入他兩個耳朵中，安排妥當，這才重新回來堂中，道：「京師佩這種刀的都是高級武官，確實不少，可人數也不多。這些人中，又有誰昨晚湊巧跟人動了手，又弄得一身血呢？高兄，你出手救那契丹韓官人本是好意，所以我也不想讓宋行聽到，可你如果再不對我們說實話，怕是紙就包不住火了。如今這件事鬧得滿城風雨，驚動天廷，你可不能為了對晉王盡忠再隱瞞下去了。」

高瓊搖頭道：「我聽不懂你在說什麼。」張咏道：「那好，我來說。昨日安習命頭領找來宋行，其實不是要他去都亭驛投毒，而是讓他帶人去截殺那姓韓的。之所以選中宋行，是因為他本來就痛恨契丹人，一旦事敗，他有殺人動機，完全可以獨立承擔罪名。偏偏你知道了此事，不願意和談局面就此破壞，所以暗中阻撓，傷了宋行，救了那姓韓的。這些契丹人帶的刀跟你都不一樣，無論如何砍不出宋行身上那樣的傷口來。」

寇准道：「若果真如此，高郎可是做了一件大大的好事，為何不肯承認？」潘閬冷笑道：「寇老西還不明白麼，高瓊讓張咏出面將姓韓的交給禁軍，就是不想讓人知道他插手這件事。你早先推測到是晉王指使宋行下毒，如何現在猜不到是晉王指使宋行行刺？被晉王知道高瓊救了姓韓的，他還活得了麼？」

寇准道：「可晉王為何單單要殺那姓韓的？」向敏中道：「那姓韓的一定是契丹人中官職最高的，是真正的首領，歐陽贊不過是個幌子。」張咏道：「不錯，當時我看到他圍著徐呂皮腰帶時就應該猜到的。晉王一直派人監視契丹人和北漢人，應該早看出來了，對不對？」

高瓊道：「這只是你們的推測，斷案要講實證。僅憑宋行身上的刀傷，你們無論如何牽扯不到我身上，更是跟晉王沒有半點干係。」起身抬腳就要出門。張咏挺身擋在門檻前，道：「今晚可不能再讓你去晉王府通風報信了。」高瓊冷笑道：「你攔不住我。」

潘閬道：「喂，他既然不肯承認，不如我們反過來讓宋行指認他。若是讓晉王知道高瓊就是阻止宋行截殺韓官人的蒙面人，他還活得過明日麼？」

高瓊聞言頓住腳步，道：「這樣做對你們有什麼好處？你們不知內情，自作聰明，胡亂猜疑，若是挑起內訌，豈不讓外敵有機可趁？投毒的凶手尚未找到，你們死命跟我糾纏做什麼？」

向敏中肅色道：「高郎這話什麼意思？」高瓊道：「當日契丹人將我救出浚儀縣獄，地道只通到縣廨後的一處民居，京師當晚全城戒嚴搜捕，禁軍瞬間便追至地道出口，卻是一無所獲。你們有沒有想過，契丹人是如何帶著我在禁軍眼皮底下逃過了追捕？」

向敏中道：「高郎自己是當事人，都不知道原因，我們又如何能猜到其中究竟？」高瓊道：「我當時被他們強灌了迷藥，人暈了過去。我說這些是要告訴你們，單憑韓官人、歐陽贊那些契丹人是做不到這些的，他們一定有很多奸細在開封潛伏了許多年，敵人遠比你們想像的要強大。眼下雖說在和談，可你我都清楚這和談的契機是怎麼來的，契丹人根本沒安好心。你們倒好，為了這起契丹人中毒事件窮追猛打，懷疑自己人，這不是內訌是什麼？」

潘閬道：「你這些話，是刻意在為晉王辯解麼？」高瓊道：「不是辯解，而是這些政治上的事原本就複雜，眼下被你們一瞎攪和，簡直要天下大亂了。」

向敏中道：「那麼高郎覺得我們應該怎麼做？」高瓊道：「當然是丟開韓官人這件事，那姓韓的獲救後自己都不提半個字，可見內心有大鬼，你們糾纏下去也是白費力氣。眼下最要緊的就是全力追查那投毒者。」

張咏道：「高兄對這件事一點也不知情麼？」高瓊冷笑道：「我知道你在暗示什麼！你們覺得晉王會這般愚蠢麼？且不說他新喪王妃，之前他派我到博浪沙行刺北漢使者之事已經洩露，雖然被官家壓了下來，但他還會選這個時候再派人去驛館投毒麼？」

張咏道：「難道高兄是在暗示，驛館投毒其實是外敵的詭計，有意挑撥我們懷疑晉王？」高瓊道：「你們這般聰明，自己說呢？」

寇准插口道：「高郎說得對，我們不該將懷疑的目光一直集中在晉王身上。目下朝廷與契丹、北漢議和進展順利，攻打南唐之意已露，正派人在荊湖造船。說不定投毒是南唐所為，想以破壞和談來緩解自身危機。」高瓊道：「我早暗示過你們，那姓韓的契丹人來到汴陽坊是別有用心，他若是老老實實地待在驛館，又怎會讓人有機可趁？」

正說著，忽聽見王嗣宗在門外高聲叫道：「張兄幾位在裡面麼？有貴客到。」張咏忙趕去開門，王嗣宗領著折御卿、王旦、劉念幾人進來，忽見院中槐樹下綁著一名男子，大為奇怪。

張咏道：「他就是浚儀縣的宋典獄宋行。」劉念道：「啊，聽說是你一再要綁架拐賣我。」搶上去舉手要打。折御卿忙道：「何勞娘子動手？」走近宋行，抬腳狠狠踢在他胸腹，宋行當即痛得大叫了一聲。

張咏忙上前攔住，道：「將軍息怒，這裡可不能濫用私刑。幾位來這裡有事麼？」王旦道：「嗯，我和念兒的性命是張丈所救，今晚冒昧造訪……」

王嗣宗因向知制誥王祜「行卷」剛剛認識了其子王旦，正有心巴結，忙道：「王衙內是特意來向張兄道謝的，正好嗣宗適才撞見他和折將軍在坊門打聽張兄住處，我便領了前來。」張咏道：「舉手之勞，何足掛齒？幾位請裡面坐。」引著幾人進來，又將向敏中諸人一一介紹。

王旦道：「其實除了這位高郎，你們幾位上次我都在樊樓見過。」潘閬道：「不對，應該比那更早，當日王衙內在博浪沙博浪亭中，還有一名女子。」王旦面色一紅，道：「那個……」劉念卻甚是爽快，道：「當日在博浪亭中的女子就是我。不瞞各位郎君，王郎是名門公子，我卻是小吏的女兒，王相公不准我們來往，所以只好偷偷相會。」

眾人見劉念毫不遮掩，大有男子之風，她的情郎王旦倒是忸怩作態，局促不安，兩人舉止正好反了過來，無不暗暗稱奇。

折御卿道：「折某今晚一是陪同王旦，二來也是代我外甥劉延朗來向幾位表示感謝，多謝你們及時解毒，救了他和手下的性命。」張咏道：「這全仗潘閬醫術高明。」潘閬道：「不過是適逢其巧而已。可惜我身上帶的解毒丸太少，中毒的人又太多，不得不用一大桶水化掉藥丸，藥力太淺，才不幸有兩人死去。」

王旦又再三道謝，便起身告辭。劉念遲疑道：「頭領尚未捉住，我不能回家，也不想再去折將軍府上借住，想留在這裡，可以麼？」唐曉英正在一旁侍奉茶水，忙道：「當然可以。娘子，全虧你當日機靈叫喊呼救，才救了我性命，我還一直沒能向你道謝。」

劉念這才知道，唐曉英就是上一次遭綁架，後來被劉延朗、折御卿意外救出的女子，又驚又喜，道：「如此，你我當真是同是天涯淪落人，相逢何必曾相識了。」王旦見此，也只能同意女伴留下。

送走折御卿、王旦二人，唐曉英便自行領著劉念到自己房中歇息。

潘閬道：「外面的宋行要怎麼辦？」張咏道：「先將他在那裡綁一夜，明日一早再送去開封府不遲。我本以為投毒跟晉王有關，高兕多少會知情，所以才帶宋行回來，想用他背上的刀傷來逼高兕就範。不過適才高兕一番話確實有道理，晉王既已派宋行刺殺韓官人，又何必再多下毒之舉？我答應明日一早要將真相交給程判官，眼下投毒一案毫無線索，這可要如何是好？」

向敏中道：「不如我們明日一早先去驛館，北漢人、契丹人數目不少，我們挨個訊問，也許能發現有用的線索。小潘，明日還要請你一道前去，查驗那些人到底是中的什麼毒。」潘閬道：「這是自然。」

忽聽得門外有人叫道：「高瓊人在裡面麼？」高瓊忙趕去應門，片刻後匆匆回來，攜了佩刀，道：「晉王派人急召我回晉王府。你們放心，投毒這件事我一定會向晉王當面確認，給你們一個交代。」張咏道：「如此，便多謝了。」

高瓊趕回晉王府，侍衛逕直帶他來到地牢中。裡面侍衛環布，點了許多燈籠，亮如白晝。高瓊見晉王正坐在燈下，雙目微閉，不知在沉思什麼，忙上前行禮，道：「大王如何來了這等污穢之地？」

趙光義道：「你來了就好，本王帶你去見一個人。」親自提了盞燈籠，來到最裡間的囚室。裡面有一名男子站立在房中的兩根石柱之間，手足被鐐銬成大字形鎖住，頭垂在胸前，散亂的頭髮遮住了他的臉，完全看不清其人的面孔。

趙光義命侍衛盡數退出，示意高瓊將牢門掩上，這才道：「你看看他是誰。」高瓊道：「是。」接過燈籠，舉到那男子面前，他正好抬起頭來，笑道：「高瓊，咱們又見面了。」

高瓊吃了一驚，那人竟是他一直苦苦追索不得的林絳，一時大惑不解——林絳逃入邢國公宋偓府中已是確實，他又如何落入了晉王之手？若說是宋偓主動將他交給了晉王，可既然契丹人知道林絳人在邢國公府，一定會派人密切監視，宋偓又如何能將他帶出府外？今日宋偓倒是帶著妻兒家眷來晉王府拜祭過世的晉王妃，或許是那時候將林絳押進了晉王府？宋偓當年私縱故人之子林絳逃走，若被官家知道可是殺頭重罪；林絳如今成了南唐使者身分，宋家更有通敵賣國嫌疑，以宋偓的立場來看，殺死林絳、碎屍匿跡才是最好的選擇。但他既然將林絳交出，當是已經知道傳國玉璽一事，可為何不交給他的大女婿當今大宋皇帝，或是他的大女兒當今宋皇后，抑或是他的嗣孫皇二子趙德芳，而是偏偏要交給晉王呢？莫非他知道，眼下只有晉王一方從高瓊口中得知了傳國玉璽一事？可林絳一直以為高瓊是朝廷的人，並不知道他其實是晉王的下屬啊。

這裡面關節太多，高瓊一時難以明白，也不敢多問，只退到一旁，靜靜等趙光義示下。

趙光義道：「林絳，你一定要見高瓊，本王已經派人叫他來了，你有什麼話要對他說麼？」林絳道：「不，我是有話要對大王說，叫高瓊來，是想讓他從旁作證。」

趙光義道：「高瓊是本王最心愛的下屬，難得你也信任他，現下你可以說出傳國玉璽在哪裡了麼？」林絳道：「我願意將傳國玉璽的下落告知大王，也心甘情願讓大王殺了我，或是將我交出去，讓我被當眾處死。不過我有個條件，我還有大仇未報，希望大王在我死後能為我復仇，殺了我的仇人。」

趙光義道：「這應該不難，你的仇人是誰？」林絳道：「南唐國主李煜，他昏聵無能，偏信奸人，中了你們皇帝的反間計，新近殺了我的養父林仁肇。」趙光義道：「南唐滅亡指日可待，國主李煜也活不長久，好，本王答應你，若是李煜不以身殉國，無論是投降還是被俘虜，我都會替你殺了他。快說，傳國玉璽在哪裡？」

林絳搖搖頭，緩緩道：「除了李煜，在這世上我還有一個更大的大仇人，那就是大王的皇兄、當今大宋皇帝趙匡胤。他不但下令殺死我全家，還設計害死了我養父。」趙光義勃然色變，大怒道：「你竟敢戲弄本王！

掌他嘴！」

高瓊微一遲疑，便上前往林絳臉上重重扇去，左右開弓，打了十來下，直打得他面腮腫得老高，滿嘴吐血。趙光義見高瓊停手，喝道：「本王沒叫你停手，你如何敢停？」高瓊道：「是。」正待上前繼續扇林絳耳光，他忽而吐出一口鮮血，哈哈大笑了起來。

趙光義道：「你笑什麼？」林絳道：「大王，我說的可是傳國玉璽，『受命於天，既壽永昌』的傳國之寶，自秦代以來，就是天下豪傑夢寐以求的東西。秦始皇嬴政、漢高祖劉邦、漢武帝劉徹、魏武帝曹操、隋文帝楊堅、唐太宗李世民，這些蓋世英雄的手全都在上面撫摸過。大王雄才大略，龍行虎步，將來必登大寶之位，若有傳國玉璽在手，那可就再也不是什麼白板皇帝，聲名不但遠遠超過你的皇兄，還能與秦皇、漢武、隋帝、唐宗並列青史。」

林絳說的確是事實，無論誰聽見「傳國玉璽」四個字，都會怦然心動、悠悠神往，何況它近在眼前、唾手可得，是絕大的誘惑。可是他開的條件又太大，這分明就是一對矛盾。

林絳笑道：「大王當日也曾參與陳橋兵變，該知道大宋江山是怎麼得來的，強取豪奪，欺負孤兒寡婦，這等不光彩之事連令兄這樣厚臉皮之人都不好意思多提。」趙光義怒道：「我皇兄繼承皇位，是承天應命。你好大膽子，敢說這種大逆不道的話。」

林絳冷冷道：「大逆不道的不是我，正是你們趙氏兄弟。什麼點檢做天子，那不過是家父當日有意陷害殿前都點檢張永德而故意散布的流言，想不到扳倒了張永德，倒讓你大哥鑽了空子。若果真是承天應命，你大哥為何要在登基後，殺了稱天象該當趙氏做天子的苗訓？又為何要盡捕天下精通天文數術之人，或關或殺？分明是怕他們再去對旁人稱該當某某做天子。大宋立國不正，舉世均知，但如果大王能拿出傳國玉璽來，不但可以順利登坐大寶，也讓天下人均知道大宋原來是真正的受命於天，再無話可說。我開的這個條件，不但是為大王，也是為大宋的萬代基業著想，一點也不過分。」

趙光義狠狠瞪著林絳，眼睛幾乎要冒出火來，過了許久，才一字一句地道：「本王不能答應你後面這個條件。」林絳道：「那麼我也不能將傳國玉璽的下落告訴大王。大王盡可以跟契丹人一樣，命人對我施以酷刑，看有沒有法子能令我開口。」

趙光義道：「好，那麼本王就如你所願。高瓊，這個人交給你，我要你用嚴刑撬開他的嘴，問出傳國玉璽的下落。」高瓊躬身道：「遵命。」

林絳道：「大王難道不想親眼目睹傳國玉璽的模樣麼？雖說玉璽在王莽篡權時被摔破了一角，可經高手匠人用黃金鑲補後，照樣能在黑暗中發光，那可是受命於天的祥瑞之光。」

趙光義驀然想起皇兄趙匡胤的新花押來，那缺了一角的方框，不正是傳說中傳國玉璽的模樣麼？他一時頓住腳步，心中矛盾不止，半晌才回過身來，招手叫過高瓊，道：「你有把握能從他口中問出傳國玉璽的下落麼？」高瓊道：「一點把握也沒有。這個人本來就是條硬漢，而今又存必死之心，無論如何拷打，他都不會開口的。」

林絳笑道：「不枉我們曾是獄友，到底還是瞭解我多些。」

高瓊也不理睬，道：「大王，林絳居心叵測，其心可誅，不如由屬下立即殺了他，雖然問不出傳國玉璽下落，可其他人也照樣得不到。大王是本朝唯一的王，將來必登大位，何需那傳國玉璽？」見趙光義不答，便拔出刀來，架在林絳頸中，只需一個動作、一個眼神，便可割斷他的喉嚨。

林絳道：「就算你殺了我，未必就沒有其他人知道傳國玉璽的下落。後周廢帝柴宗訓被大宋皇帝派人下毒害死，就是與傳國玉璽的傳聞有關。大王難道不知道麼？」

趙光義沉吟片刻，示意高瓊收起佩刀，道：「本王不能答應你的條件，不過你可以另外開個條件，天底下本王辦不到的事也不多，你儘管開口。」林絳道：「大王既有誠意，我也不能不識抬舉，請大王命高瓊退下，我有話要對大王一個人說。」

趙光義便擺手命高瓊退出囚室，道：「現下只有我們兩個人，你有話不妨直說。」林絳道：「我的條件不能改，但是我能等。」

趙光義愕然問道：「什麼意思？」林絳道：「大王不肯答應我的條件，自是顧念兄弟手足之情。可若是將來有一日，你們兄弟情分不在，你的皇兄要奪去你的王位，立他的親生兒子為太子，大王又待如何？」

趙光義愣得一愣，才道：「果真如此，本王自當盡心竭力輔佐新太子。」林絳笑道：「大王這可不是心裡話，這裡又沒有旁人，何須見外？我的意思是，大王現在不肯答應我的條件，但未必將來不會，我願意等。在那之前，我擔保不會有人發現傳國玉璽的祕密。」

趙光義哼了一聲，不置可否，拂袖出來囚室。高瓊還在外面候命，忙迎上來問道：「大王要如何處置林絳？」趙光義道：「還能怎麼處置？當然是要嚴刑訊問。不過你不必再管這件事了，派你拷問犯人也實在有些難為你。」

高瓊道：「是，多謝大王體諒。既然大王已經尋到林絳，屬下也沒有必要再去汴陽坊監視張咏幾人，請大王准許屬下回來晉王府隨伺大王。」趙光義道：「暫時還不行。張咏幾人聰明絕頂，你忽然不再回去，豈不是令他們起疑？實話說，今日邢國公宋偓將林絳裝扮成女眷帶來晉王府，本王自己也沒有想到。」

高瓊道：「邢國公可知道林絳手上握有傳國玉璽的祕密？」趙光義道：「邢國公什麼也沒有說，不過林絳稱自己已經告訴了他。」高瓊越發糊塗，道：「屬下不明白。」趙光義道：「你不明白邢國公為何要將林絳主動交到本王手上麼？哼，本王已經知道人在他府上，他當然也可以不交出來，抑或交給別人，不過宋偓到底還是幾朝國戚，見識非同一般，他這是學管仲、鮑叔牙左右逢源之計呢。」

管仲、鮑叔牙是春秋時期齊國人，與召忽是至交好友，三人均是滿腹經綸，有匡世濟民之才，發誓要合力輔佐齊國。當時齊國國君齊襄公荒淫暴虐，國無寧日，民生日貧，兩位王子公子糾和公子小白為了避免迫害，一個跑去魯國，一個跑到了莒國。管仲遂決意由鮑叔牙去追隨公子小白，自己和召忽趕去輔佐公子糾，這樣將來無論哪位王子當上國君，三人均是進退有路、立於不敗之地。果然後來公子小白和公子糾爭權，小白當上國君，成為春秋五霸之首的齊桓公，出兵逼死公子糾，還要殺死管仲。但鮑叔牙大力舉薦管仲之才，並表示願意讓賢，齊桓公遂任命管仲為相國，在其輔佐下一匡天下，九會諸侯，成為中原的霸主。

高瓊雖然讀書不多，但管仲、鮑叔牙的故事還是聽得爛熟，之前龐麗華就常常說起這段故事，這才恍然大悟——宋偓此舉可謂高明之極，若是宋皇后占到上風，將來其嗣子趙德芳即位，他是皇后的生父，無論如何都不會失寵。若是晉王得勢，那麼宋偓預先埋下的這記伏筆可就是關鍵一招，即使保不住女兒的太后名分，卻能保住宋家永久的富貴榮華。

趙光義心中也是頗為得意，宋偓此舉只能證明他預料到宋皇后一方勢單力孤，難以成事，將來最有可能即位的還是他晉王，不得不搶先來討好。然而這些話自是不能公然告訴下屬，便擺擺手道：「這裡沒你的事了，你去吧。」

高瓊道：「是。另外還有件事屬下未及稟告，今日都亭驛遭人投毒，浚儀縣典獄宋行因昨日去過驛館，被懷疑成投毒者，開封府捕了他父親，發出告示准他投案，傍晚時，他當真來了府衙自首。」

趙光義聞言大為生氣，道：「瞧瞧安習是怎麼辦事的，一點小事都辦不好，他找來當刺客的人竟出面自首了，而且居然還忙著去拐賣什麼婦女。若這宋行被認定下毒，屎盆子豈不又要扣在本王頭上？」

高瓊忙道：「大王放心，張咏、向敏中幾人已經證明投毒與宋行無干。不過安習為人貪婪，做了不少傷天害理的事，壞了大王名頭。而今官家親下諭旨，命禁軍和開封府全力追捕，務必捉拿他歸案，大王何不將他交出去？」

趙光義大為生氣，道：「安習死不足惜，可他是本王手下，若是有人追捕就得將他交出去，本王的面子往哪裡擱？日後還有誰肯替我做事？你也是本王的下屬，為何反而說出這種話？」高瓊道：「是，屬下多嘴。」

趙光義道：「你是不是因為本王之前沒有派人營救你出獄，心中一直有怨？」高瓊慌忙跪下道：「屬下行刺前便已經將生死置之度外，能有命活到今天全仗大王恩德，如何敢有半句怨言？只是安習鬧得滿城風雨，民怨極大，屬下擔心大王聲名受他連累，才多了一句嘴。」

趙光義怒氣稍平，道：「嗯，不是就好。你起來，去飛騎營選幾個妥當的人，化裝成獄卒，去府獄中做掉宋行，免得再生事端。」高瓊生怕趙光義起疑，不敢提宋行人正在汴陽坊中，只應道：「是，這件事屬下自會辦得妥當。」

回來汴陽坊時，早已過了三更，宅邸中雖有燈光，卻是靜悄悄的，大約眾人已各自回房睡下。高瓊見大門沒有關嚴，便伸手去推，果然沒有閂緊，是刻意為他留了門。卻見院中槐樹下正蹲著一人，聽見他進來，慌忙轉過頭來，二人對視，盡皆呆住。

張咏並沒有睡下，正在堂中翻書，聽見推門聲，問道：「是高兄回來了麼？」高瓊應道：「嗯。」張咏道：「你進來，我一直在等你，有話問你。」高瓊道：「好。」

張咏性急，一邊說著，一邊放下手中書本，快步走到門檻邊，道：「高兄，我記得你提過……」忽見高瓊正手拿一柄切肉尖刀站在槐樹下，不由得一愣，問道：「你在做什麼？」

高瓊明明聽到張咏在招呼自己進去，料不到人卻走了出來，一時措手不及，道：「我……這個……」

張咏忙搶到院中，卻見被綁在樹上的宋行頭歪在樹上已死去，胸前中了兩刀，血染紅了上半身，眼睛瞪得老大，驚恐之色凜凜如生，似乎完全不能相信所發生之事。

張咏大叫了一聲，道：「你居然殺死了宋行滅口！這可真是想不到。別動，你別再想逃。」上前奪下高瓊手中的尖刀和腰間的佩刀，將門閂好。

向敏中已披衣出來，見狀很是吃驚，問道：「怎麼回事？」張咏道：「高瓊殺了宋行。」

向敏中俯身探了一下屍首的鼻息，問道：「這是什麼時候的事？」張咏道：「就在剛才。我聽見他推門進來，趕出來時他正舉著尖刀站在這裡。」還要去找繩索來綁住高瓊。向敏中忙道：「張兄既然聽見高瓊剛剛進來，那麼人就不是他殺的。宋行身子已冷，死了好大一會兒。況且，這殺人的尖刀是廚房裡的，高瓊要殺人，隨身就有佩刀，怎麼會先繞去廚房取刀呢？時間也來不及。」

張咏趕到廚房一看，果見少了一把切肉的刀，這才出來問道：「到底怎麼回事？這切肉尖刀怎麼會在高兄手裡？」

高瓊見向敏中一眼就看出破綻，自知難以瞞過，可為了保護那個人，還是不得不自承罪名，道：「是我殺了宋行。你們也知道，晉王派人去行刺那姓韓的契丹人，我從中阻撓傷了刺客，我雖然蒙了臉，還是擔心他會認出我來，所以……」

向敏中道：「那麼你從哪裡得來的尖刀？」高瓊道：「我先翻牆進來，到廚房取了尖刀刺死宋行，然後去開門，假意是剛剛進來的樣子。」張咏道：「你為何要如此大費周章？」高瓊道：「嗯，因為今晚劉念娘子也住在這裡，她又與宋行有仇，我想如果用宅子中的刀，也許可以嫁禍到她身上。」

張咏道：「這可不是你高瓊的風格。」高瓊道：「怎麼不是？別忘了，我可是曾經冒充別國刺客去博浪沙行刺。」

向敏中道：「宋行雖然手足被綁，不能動彈，卻是能叫能喊，瞧他死時的表情，分明是一個他根本料想不到的人突然出手殺了他。你在浚儀縣招供自己是契丹刺客後，在獄中宋行幾次要加害你，他當然知道你恨他，見你走近他身邊，難道會不加提防麼？起碼要出聲問上一句你想做什麼。」

張咏道：「這確實是個大大的疑點，今晚大夥散了後，我人一直在堂中，沒有聽見宋行說話。」高瓊道：「宋行要害的是契丹人，並不是我高瓊，我二人並無任何私人恩怨，我們大夥都很清楚這一點。況且他知道我臨時住在這裡，走來走去很正常，當然不會提防了。」

向敏中道：「就算你說的是真話，可是以你的精幹，殺人後該先處理凶器，譬如將刀擦淨後放回原處，再做出剛走進來的樣子，為何你等不及這一步呢？」高瓊道：「我只是殺了人之後有些著慌，匆忙之間沒有想到這些細節。」

向敏中道：「張兄相信他的話麼？」張咏道：「前面的話聽起來倒也合情合理，只有最後一句不信。」

潘閬等人已聞聲出來，聽說宋行在眼皮底下被殺，不由得跌足歎道：「這下糟了，要犯死在這裡，咱們個個難逃干係。」高瓊道：「各位放心，我自會跟你們去開封府認罪，一切後果由我高瓊一人承擔。」

向敏中搖頭道：「人不是你殺的，你一定是看見了真凶，想要庇護她，才有意將罪名攬在自己身上。是唐曉英對不對？」高瓊道：「不，就是我殺人。」張咏倒是吃了一驚，道：「怎麼會是英娘？我還以為是……」他沒有說完，但旁人均知道他心目中的凶手是劉念。

向敏中道：「我也想不到，不過高瓊如此拚命庇護，那個人一定是英娘。」

按照律法，命案要由官府人員到場驗屍後才可移動。向敏中見女使聞聲趕出，便命她去告知巡鋪兵卒，請開封府派人來。那女使本睡眼惺忪，懵然不知發生了何事，忽聞院中有人被殺，登時瞪大雙眼，臉色煞白，看也不敢多看死人一眼，哆哆嗦嗦走過槐樹，一腳跨出門檻，飛一般地去了。

張咏卻不願意相信是唐曉英所為，道：「宋行販賣獄中罪犯，這次無論如何難逃死罪，英娘又沒有直接跟他結怨，何必要多此一舉殺他？」

寇准道：「英娘確實沒有理由要殺宋行，還是劉家娘子嫌疑更大些。她會不會是故意留下，為的就是要殺宋行？」向敏中道：「劉念是老公門之女，很清楚宋行人頭落地是早晚之事，根本無須自己動手。況且她正與王旦熱戀，情郎出身顯赫，她還正因為出身卑微而遭王父微詞，如何又會莫名捲入殺人案令情郎難堪呢？」

張咏道：「有道理。高瓊，你還是坦白交代，到底誰是凶手，別讓大家費神亂猜了。」高瓊道：「我說了就是我殺人，你們又不信。」

他越是這般說，張咏越是疑心，道：「難道真的是英娘？」潘閬道：「英娘和劉念現在還在房中沒有出來，會不會有事？」

張咏忙趕來後院叫道：「英娘，劉家娘子，你們醒了麼？」只聽見唐曉英「嗯」了一聲，問道：「張郎有事麼？」劉念也道：「不是才半夜麼？」張咏道：「沒事，沒事就好。」

回來堂中坐下，高瓊仍然堅稱是他所為。等了一會兒，女使領著幾名巡鋪兵卒進來。士卒看過屍首，不敢擅動，只守住大門，不放人出去，再派人去開封府報官。

潘閬道：「外面出了事，英娘依舊躲在房中不肯出來，分明是心中有鬼，她不善於掩飾，怕我們大夥從她身上看出破綻。」張咏很是惱怒，道：「到底是怎麼回事？你給大家說清楚。」高瓊道：「我已經說得很明白，是我殺了宋行。」向敏中道：「你不肯說實話，既幫不了英娘，也害了你自己。」高瓊搖搖頭，道：「這是我自找的。」

一直等到天亮，才見到開封府判官程羽率大批差役到來。他大概未曾睡好，眼睛中滿是紅絲，一進來狠狠瞪了張咏一眼，便命人驗屍，記錄下現場情形。

那老仵作姓錢，將屍首自樹上解下來，解開衣衫，略略一看便道：「凶手是女子。」張咏忙問道：「仵作如何知道？」錢仵作道：「死者胸腹上一共扎了兩刀，入刀並不深，從傷口和凶器上的痕跡均能看出來。這尖刀雖只是普通的廚刀，卻因日日使用，磨礪得鋒銳異常，以男子手勁，當可扎入肺腑。」

潘閬道：「高瓊是習武之人，更不可能只捅得這麼淺了。你還有何話可說？」高瓊道：「我自認武藝不弱，出刀能準確拿捏分寸輕重，只要殺得死人，何必分深淺？」

程羽這才知道高瓊已經自認殺人，問道：「這到底怎麼回事？」潘閬便將一切經過如實講了出來，連眾人懷疑唐曉英才是真凶也一併說了。

程羽見唐曉英與劉念攜手出來，問道：「當真是英娘殺人麼？」唐曉英搖搖頭，道：「我跟宋典獄無冤無仇，為何要殺他？」

程羽道：「嗯，向敏中他們幾個懷疑你是殺人凶手，也沒有任何實證，僅僅是因為他們知道高瓊喜歡你，明明不是他殺人，他卻要死認殺人罪名，所以他們認定他是在袒護你。英娘，你也是個豪爽的女子，當真願意看到旁人為你擔罪麼？」唐曉英冷漠地看了高瓊一眼，道：「他不是旁人，是我的仇人。」

程羽道：「那好，雖然沒有人證證明是唐曉英殺人，但屍首物證卻能證明是女子所為。來人，將唐曉英和劉念都鎖了。」高瓊忙道：「分明是我殺死宋行，程判官切不可冤枉好人。」程羽道：「你仗著你是晉王身邊的人，便認定本官不敢動你麼？袒護凶手，知情不報，一樣是重罪。來人，將高瓊也鎖了。」

差役一擁而上，取出鎖鍊，分別往三人頭上套去。劉念驚呼一聲，道：「你們這是要做什麼？」唐曉英忙道：「等一下！」

程羽揮手止住差役，道：「英娘若肯老實認罪，本官可以考慮赦免高瓊。」高瓊不悅地道：「程判官，你這是在當眾誘供。」程羽也不理他，道：「如何？」唐曉英見勢不可轉，只得咬牙承認道：「是我做的，是我殺了宋行，跟劉念和高瓊無關。請判官放了他們二人。」

程羽道：「好。」命差役只鎖唐曉英一人，道：「這件案子已經審結，將屍首發還家屬，犯人押回府獄。」高瓊還要再辯，唐曉英朝他搖搖頭，他便沉默了下來。

原來高瓊昨夜進來院中時，正見到唐曉英握著尖刀捅入宋行腹中，他吃了一驚，唐曉英聞聲轉頭也吃了一驚。正好張咏在堂中聽見推門聲發了話，高瓊便不再遲疑，上前奪下尖刀，低聲囑咐唐曉英趕快回房裝睡。只是他自己還來不及處理凶器，便被走了出來的張咏撞見，無可奈何之下，只得自己認下殺人罪名。不想向敏中精細過人，接連指出多處破綻，以致眾人無論如何不肯相信他殺人，反而因他的態度懷疑到唐曉英身上，這實在是始料不及的事。

錢仵作一直蹲在屍首旁邊，反覆拿著凶器尖刀往傷口上比來比去，聽程羽下令結案，忙起身道：「請判官等一等，這屍首還有些疑問。」

程羽道：「什麼疑問？」錢仵作道：「屍首上的兩刀不是同時刺的。」程羽不滿地道：「同一把刀刺出兩刀，當然有先有後，怎麼會同時刺呢？你是老公門，怎麼說這樣的胡話？」

錢仵作道：「小人不是這個意思。判官請看，這上面的一刀應該是致命傷，刃處皮肉翻捲，創口有凹凸不平的痕跡，也流了許多血。但下面這一刀肉色乾白，沒有血萌，血跡大多是上刀傷的創口順流下來，並非從下刀傷創口中流出。」

程羽道：「這是什麼意思？」向敏中道：「我明白了，錢仵作的意思是，上面一刀是致命傷，殺死了死者，捅下面一刀時宋行早已死去多時，人一死，軀體便不會再對外力傷害有任何反應，即使刀刺入體，皮肉不會收縮，傷口也不會有血滲出。」

程羽道：「若是唐曉英第一刀就已經捅死了宋行，擔心他不死，又接著捅了第二刀呢？」錢仵作道：「如果是那樣，下面那處創口也應該有大量的血流出，因為人死後不會那麼快就凝固住血液。」

向敏中道：「高瓊既是為了庇護英娘，那麼英娘下手一定就在高瓊進門的時候，是也不是？」高瓊見事情忽起轉機，忙道：「是。我推門進來的時候，正見到英娘捅出一刀。」程羽斥道：「你之前做過偽證，不治罪已經是格外開恩，你的證詞不予採信。」

向敏中道：「那好，不必有高瓊的證詞也能完整還原昨夜的情形。高瓊進門後，張咏趕出來迎接，發現他手中拿著尖刀站在槐樹下，這應該是他剛剛接過尖刀，遣走英娘，還沒有來得及想好如何應對。」張咏道：「不錯。當時高瓊看見我完全愣住了，他沒有想到我會一邊叫他快些進去，一邊又自已走了出來。」

向敏中道：「我出來後立即探過宋行鼻息，發現屍體已完全冰冷，死去已經有好一陣子，所以才立即懷疑高瓊不是真凶。如此推斷起來，英娘也不是真凶，她來殺的只是個已經死了的宋行。」

程羽道：「英娘來到槐樹下時，難道沒有發現宋行已經死了麼？這實在不合情理。」唐曉英道：「他歪著頭靠在樹上，我心裡很亂，沒有看得分明，就直接捅了他一刀。他的頭突然轉過來，瞪大眼睛看著我，好可怕……」

程羽道：「英娘是承認你來殺宋行的時候，他還活著麼？」高瓊忍不住道：「不對，我親眼看見英娘出手時雙手握刀，若宋行當時還活著，如何不驚叫出聲？」向敏中道：「這應該只是英娘出刀時帶動了屍首，令宋行的頭轉了過來。」

錢仵作道：「還有一處很大的疑點。判官請看，死者身上兩處傷口的形狀均與凶器刀口符合。再看這柄凶器本身，只在刀尖處兩寸的地方有一處淺痕，這應該是刺第二刀時留下的痕跡，來不及拂拭就已經事發。」向敏中立即看出了關竅，道：「只留下第二刀，但第一刀的痕跡去了哪裡？」錢仵作道：「不錯，這位郎君好眼力。」

程羽道：「若是湊巧第一刀和第二刀的痕跡重疊了呢？」錢仵作道：「若第一刀也是只刺到兩寸之下，那麼就不該致命。」

張咏見程羽還是一頭霧水，便道：「還是我來明說吧，錢仵作的意思是，這件案子應該有兩個凶手，但凶器是同一把尖刀。第一名凶手先從廚下取了尖刀，悄悄來到院中，出其不意地殺了宋行……」錢仵作補充道：「這凶手是女子，力氣甚弱，所以入胸不深，她又將刀往裡面推了一下，這才殺死了死者。」

張咏道：「凶手殺死宋行後，擦洗乾淨血跡，將刀送回原處。第二名凶手，就是英娘，不知道宋行已死，又悄悄來到廚下取了尖刀，前來殺人，正好被高瓊撞見。後面的事大夥就知道了。」

程羽雖覺合情合理，卻依然難以置信，向敏中又從廚下雜物堆中找出一塊帶血的抹布，他這才無話可說，便道：「既然真凶不是唐曉英，那麼一定是劉念了。」

劉念很是生氣，道：「如何一口咬定凶手是我？」程羽道：「凶手明明是女子，這裡除了你和唐曉英，還有別的女子麼？你既有動機，又有膽識，還莫名其妙要留宿在這裡，不是你是誰？」遂下令以殺人罪逮捕劉念，以褻瀆屍首罪逮捕唐曉英，一道押回開封府定罪。

高瓊大為心急，正欲回開封府找晉王出面營救。向敏中拉住他問道：「是不是你答應了英娘要為龐麗華報仇？」高瓊道：「什麼？」向敏中道：「當日英娘沒有殺你，反而向你下跪叩首，可見你們之間有了某種新的協議。也許正是因為如此，英娘才要殺了宋行，以保護你。她殺人的動機，正跟你起初自承殺人的背後用意一模一樣。」

高瓊驚訝之極，道：「你是說英娘為我殺人？」向敏中道：「除此之外，我實在想不出有別的理由。」

高瓊原先自承殺人，只是本能地要保護唐曉英，從未往深裡想過她的動機，至此得向敏中提醒，才算會意過來——唐曉英確實求了他一件大事。稍早她大概聽到眾人對話，知道宋行行刺韓姓契丹人時為高瓊所阻，若是被宋行認出他的臉來，再被晉王知曉是高瓊從中作梗，他便有性命之憂。為了要保護他，她才冒險殺人。至於宋行已先被劉念殺死，則是她所不能預料。他也知道，唐曉英最終的目的，只是要讓他有命活著完成那件大事，可想到她居然肯為自己殺人，還是忍不住心潮澎湃，激蕩不止。

向敏中見高瓊癡癡發了一陣呆後，便牽馬出門，料到他是要去找人營救唐曉英，不由得搖了搖頭。

張咏道：「咱們還是趕去都亭驛吧，沒見到程判官臉都快綠了呢。」剛出大門，正遇見李雪梅快馬馳來，忙迎上去問道：「娘子有事麼？」李雪梅道：「我適才見到英娘被開封府的人帶走，出了什麼事？」張咏歎了口氣，道：「這事說來話長，回頭有空再跟娘子細說。」

李雪梅忙道：「我找張郎有點事。」向敏中便道：「我們幾個先去驛館，張兄稍後趕來不遲。」張咏道：「是。」引著李雪梅進來坐下，道：「娘子臉色很差，近來很辛勞麼？」

李雪梅卻只是垂首沉默，過了許久，忽而嚶嚶哭了起來，張咏一時手足無措，也不知道該如何是好，只能悶悶陪坐在一旁。

李雪梅哭了一會兒，才低聲道：「晉王要娶我做侍妾，我……我該怎麼辦？」張咏先是吃了一驚，隨即正色道：「娘子既不願意，直接拒絕晉王便是。」

李雪梅道：「誰能拒絕晉王？誰又敢拒絕晉王？阿爹已經滿口答應了。」自古以來，婚姻大事都是父母之命媒妁之言，既是李稍已經答應，那便是鐵板釘釘的事了。張咏一時無語。

李雪梅忽道：「張郎，你帶我走好不好？」張咏道：「什麼？」李雪梅道：「你帶我走，你不是最喜歡浪跡天涯麼？你帶我一起去。我們一起去望海樓。」

望海樓號稱「萬卷藏書樓」，即是耶律倍封東丹王時所建，位於遼國境內大望海山的絕頂高峰。其山掩抱六重，種種奇勝，峻拔摩空，蒼翠萬仞，是天下愛書人最嚮往的景觀。

張咏一時呆住，半晌才道：「不，我……我不能……」他行走江湖，誅殺過不少欺壓百姓的凶徒，為人處世也向來乾脆，均是一意立決。驀然有個美貌女郎站在他面前，懇請他帶她離開京城，他實在不知該如何應對這兒女情長的局面，有些語無倫次起來。忽見她淚光盈盈，嬌若梨花，又不忍心拒絕，一時心亂如麻。

李雪梅見他不答，露出失望之極的表情，舉袖抹了一把眼淚，轉身就走。張咏在背後叫了她一聲，她也不肯再回頭。只聽得門外馬蹄得得，人竟是上馬去了。張咏呆得一呆，追出門去，李雪梅一人一騎已經走遠。剛一轉身，女使已牽了他的馬出來，道：「張郎的馬。」

張咏匆忙翻身上馬，到御街時已不見李雪梅蹤跡，不知她是回了樊樓，還是一怒之下獨自出城，只能歎息一聲，逕直往都亭驛而來。

潘閬正站在門前與驛卒交談，見張咏策馬到來，忙上前告知道：「已經找到毒藥源頭了，毒藥就下在羊髓飯團中，是烏頭毒。」張咏莫名其妙，問道：「羊髓飯糰，那是什麼？」潘閬道：「契丹人心目中最了不得的珍饈美食，也是他們昨日的早飯。」

原來契丹雖然疆域遼闊、軍力強盛，卻猶自保持濃厚的遊牧民族習性，飲食非常簡單。所謂羊髓飯糰，不過是以糯米飯和白羊髓為糰，在遼國卻是頂級美食，甚至連皇帝也只有每年正月一日才能享用一次。負責驛館招待的朝官打聽了不少契丹習俗，刻意令驛館的廚子每日做羊髓飯糰為早飯，令契丹人歡天喜地。

張咏聽說究竟，問道：「那麼有可能是廚子和下人所為麼？」潘閬道：「這些人都在驛館當差多年，開封府已經查過，沒有什麼可疑之處。」

張咏道：「向兄和寇准人呢？」潘閬道：「他們在驛廳裡，參加契丹人為兩名中毒死者舉行的儀式。喂，我勸你別進去。」張咏道：「為什麼？」潘閬道：「非常噁心。」

張咏更是好奇，拔腳便往驛廳趕去，剛走數步，鼻中聞見一股怪味，越往前走，味道越濃。進來廳中一看，更是目瞪口呆——契丹其實不是在進行什麼祭奠的儀式，而是在用他們民族特有的方式保存屍首，先是用刀剖開死者腹部，將腸子、心、胃等器官一一摘取出來，填上香料、鹽巴、白礬、藥材等各種防止腐爛的物品，用針線縫好肚腹後，便將屍首倒吊起來，用尖針割破各處皮膚出水，讓膏血瀝盡，最後遍塗白礬，令屍首徹底成為一具乾屍。

這一套過程並不複雜，在遼國卻只有達官貴人死後才能享受，所以又稱「貴人禮」。昔日大遼皇帝耶律德光兵進中原，在開封建國號「大遼」，終因中原人民的反抗被迫退兵，於北歸途中病死。其心腹親兵來不及舉辦貴人禮，只能剖開皇帝的腹部，灑上數斗鹽，匆匆運回遼國。那是中原人第一次見到遼國乾屍，特意稱耶律德光為「帝羓[2]」。

然而中國人以「孝」為最核心的倫理道德，身體髮膚，受之父母，絕不可輕易毀傷，因而歷朝歷代均將毀壞、褻瀆他人屍首作為極嚴重的罪行來處罰。譬如劉念殺死宋行是死罪，要處斬首之刑；唐曉英捅死人一刀，屬於殘害死屍，按「鬥殺罪」減一等處置，該流放三千里。即使從輕處罰，以輕微損傷屍首論，也要判徒刑三年。在這樣的文化背景下，親眼看到契丹人如此對待同伴、甚至是本國皇帝的屍首，可謂相當驚世駭俗了。

張咏博學多識，又四處遊歷，見聞廣博，也從未見過這等情形，只看得目瞪口呆，直到向敏中過來牽住他的衣袖，才回過神來。

向敏中拉著張咏出來驛廳，問道：「張兄已經知道毒藥是烏頭毒了麼？」張咏道：「嗯。」向敏中道：「張兄沒有聯想到什麼麼？」張咏道：「什麼？烏頭毒一直是中原的軍用毒藥，用來塗抹兵器。不過也不難得，只要在山裡挖到烏頭的根，很容易就可以熬煉出毒汁。我見過山中一些獵人就自己提煉烏頭毒，用來塗抹羽箭，射殺猛獸。」

向敏中道：「不，我不是指這個。當日王彥昇被歐陽贇毒殺，用的不正是烏頭毒麼？」張咏一驚，道：「這個我倒是完全沒有想到。向兄是在暗示，是契丹人自己搗鬼麼？」

向敏中道：「這裡面確實有關聯。我向驛長詳細打聽過，遼國、北漢兩方使者入住都亭驛時一共是四十六人，有兩人昨日中毒身亡，另有四人失蹤，而且都是那韓官人的心腹隨從，當晚他們跟著韓官人出去，半夜卻只有韓官人一人被禁軍送回來。驛長特意問起過，契丹一方聲稱那四人有要事回遼國去了。」張咏道：「那四人應該是被宋行一夥殺掉了。韓官人自己內心也有鬼，所以不敢聲張。」

向敏中道：「嗯，不過我剛才仔細數了一下，驛廳中包括韓官人在內，一共有四十個人，當然要除去還在觀看貴人禮儀式的寇准。」張咏道：「數目對得上啊。」

向敏中道：「不，不對，還是少了一個。你忘記假聶保了麼？」張咏道：「啊，算上他，數目確實就對不上了，少了一個。」

起初假聶保被刺字後發配守衛城門，後來歐陽贇等人自曝出遼國使者的身分，這假聶保是遼國人，自然也被赦免，重新回到歐陽贇身邊，這樣一來居住在都亭驛的就應該是四十七人。

張咏忙問道：「莫非少的正是假聶保？」向敏中道：「不錯。我仔細找過，沒有看到他。」張咏道：「他臉上刺了那樣的大字，如同萬綠叢中一點紅，不必仔細找，一眼就被留意到。走，去找昨日當值的驛卒去。」

驛卒均被拘禁在開封府，張咏匆忙從驛廳中拉了寇准出來，諸人一齊趕來府衙盤問，果然獲知昨日一大早假聶保就出了門。

張咏歎道：「我們一直在找從外面進來都亭驛投毒的人，卻忘記尋找出去的人，這案子從一開始就錯了方向。誰也想不到竟會是那假聶保。」

向敏中道：「這人想來也是個契丹勇士，替歐陽贇冒充聶保頂罪之時，定已存了必死之心，不料官家赦免他的死罪，將其黥面，變成人模鬼樣後，發去軍中守城，這於他而言是更大的侮辱，不免恨起官家、恨大宋入骨。」

張咏道：「不錯。不過他人在開封，不要說報仇，就連舉動也受到監視。偏偏他的主人迫於形勢，又跟我大宋開始和談，更令他憤憤不平，乾脆一不做二不休，打算毒死所有同伴，不但和談成為泡影，從此大宋、遼國勢必兵戎相見。」

潘閬道：「他們契丹最初來中原是別有所圖，並非為了和談，不過是種種形勢所迫才導致今日的局面。大概在這假聶保的眼中，他也是在為國除叛了。」

程羽聽得心驚膽寒，問道：「你們能肯定是假聶保所為麼？」向敏中道：「這句話，程判官還是直接去問遼國使者更適合。」

程羽忙發出告示緝捕假聶保，又領著眾人來到都亭驛，客氣地詢問遼使歐陽贊有無財物失竊。一旁張咏見程羽還委婉地提什麼財物，忍不住插口道：「不是財物，是烏毒，就是尊使用來毒殺王彥昇的烏頭毒。」

歐陽贊居然也不驚異，看了韓官人一眼，見他點點頭，便有氣沒力地道：「抱歉得緊，本使確實丟失了一包烏頭毒。」程羽道：「本官懷疑是尊使的下屬假聶保，盜竊毒藥後又往食物中投毒，已發出告示緝拿追捕，特來知會尊使。」歐陽贊道：「甚好，多謝。」

韓官人招手叫過張咏，道：「多謝張郎當晚救命之恩。」張咏道：「官人當晚就躺在我們住處外，我不過是送了官人一程而已，可不敢居功。」韓官人道：「如此也要多謝。」

張咏道：「敢問官人尊姓大名？」韓官人道：「鄙姓韓，名德讓[3]。」張咏道：「那麼遼國故宰相韓延徽是……」韓德讓道：「是在下祖父。」

張咏道：「失敬，原來是名門之後。」他知道韓延徽這一系是遼國權勢最重的漢臣，頓了頓，又意味深長地道：「這應該是韓官人第一次回到中原故土吧？」韓德讓道：「是。」沉默了片刻，道：「郎君的話外之音我懂，請放心，我當盡力促成這次和談。」張咏道：「如此，便多謝了。」

當天傍晚便傳來假聶保的消息，他不知如何登上了自己曾守衛過的封丘門城牆，北望故國，高聲怒罵遼使歐陽贊、韓德讓等人叛國通敵，引來無數軍民圍觀，隨即又痛罵大宋皇帝趙匡胤。軍士見情形不妙，這才將其射殺。等他摔下城頭時，早成了一堆肉餅。

假聶保投毒事件很快被平息下來，甚至大多數東京人都不知道有都亭驛遼使中毒這麼一回事，但這一事件卻大大促進了和談的步伐。半個月後，遼國再派招討使耶律斜軫到來，宣布正式與大宋通好，宋遼兩國和議遂成。大宋皇帝趙匡胤派出西上閤門使郝崇信、太常丞呂端出使遼國，跟隨耶律斜軫、韓德讓等人一道北行，此為大宋與遼國通好之始。

使者離京當日，大內皇宮的宣德門上空忽然飄來一團白雲，近二十隻潔白的仙鶴盤旋上空，其中兩隻立於殿頂鴟尾上，其餘翱翔飛舞，悠然從容，經時不散。滿城轟動，士民無不稽首瞻望，視為祥瑞來儀，歎異良久。不僅普通百姓歎為觀止，就連皇帝也相當驚異，龍顏大悅下，宣布大赦京獄囚犯，唯逃亡者及死刑重犯不在赦免之列。

然而，皇帝的大好心情很快被一件事給破壞了。

大赦次日，趙匡胤帶著后妃、諸弟和皇子們到大相國寺禮佛，由殿前司統屬的御馬直[4]負責扈從侍衛。回到皇宮後，趙匡胤特意下命給御馬直每人增賞五千錢。事情便是由此而起。

宋代，在御前當值、最親近皇帝的護衛禁兵以「班、直」為編制單位，總稱「諸班直」，內中均是千挑萬選的勇士，個個身材高大，武藝絕倫，就連娶妻也必須得到皇帝的允准。皇帝要親自召見班直相中的女子，保證班直將士子孫也是魁傑人物，世為禁衛不絕。班直又分許多種，「諸班」有門班、殿前左班、殿前右班、內殿直班、金槍班、銀槍班、弓箭班等；「諸直」有御龍直、御龍骨朵子直、御龍弓箭直、御龍弩直等；另外還有平蜀後新設的川班內殿直，共一百人，是從俘虜的蜀軍中挑選出來武藝最精湛的將士，地位與御馬直相等。

但御馬直素來瞧不起川班直，認為他們能活命只是因為皇帝寵愛花蕊夫人，他們不過終究是亡國之人，根本沒有資格在御前當差。這次大相國寺之行得到額外的賞賜後，便有御馬直的侍衛到川班直去鬧事，無非是酒後的一些胡言亂語。川班直為此大打出手，猶嫌不夠，憤怒下趕去宣德門敲響了登聞鼓，聲稱川班直地位素來與御馬直相等，也要求皇帝賞賜。蜀中素來不安穩，常有人聚眾鬧事，御史們抓住這件事大做文章，稱川班直是受人指使、有意鬧事，紛紛上書彈劾。趙匡胤狂怒下下令廢除川班直，將一百人盡數逮捕，其中一半被斬首示眾，餘下的人在面上黥上大字後發配許州[5]為奴，終身不得開釋。

這件事不但令五十個人掉了腦袋，也嚴重影響了趙匡胤和長子趙德昭的關係。趙德昭受花蕊夫人委託，曾出面為川班直求情，最終未果不說，越發令皇帝懷疑花蕊夫人與外臣勾結。趙德昭苦苦申辯，趙匡胤竟抓起玉斧朝兒子打去。幸好玉斧雖硬，卻並不鋒銳，只將他額頭磕了一個大包。許多宮人親眼看見趙德昭手捂大包從殿中跑了出來，情形極為狼狽。

不過川班直之事終究與平民老百姓無干，倒是皇帝的大赦之令許多人歡喜不已。原來開封今年乾旱少雨，不但出現了哄搶井水[6]的行為，還有一些百姓偷偷自己打井，開封府為此逮了不少人。遇逢大赦，這些本來就沒有什麼大錯的人便都可以回家了。

唐曉英因宋行一案被逮捕，她存心殺人，即使宋行當時已死，也犯下了殘害死屍的重罪，按律該判流放三千里，量地方遠近，該直配到令人聞名喪膽的沙門島。所幸是推官姚恕斷案，高瓊請押衙程德玄出面說情，姚恕便從輕處罰，判流一千里，該配隸滄州牢城。又特意未立即黥面後押解上路，只將她囚禁在相對寬鬆的左軍巡司獄中，等待大赦的機會。原本要等到大宋攻打下南唐後皇帝大赦天下，哪知道宣德門意外出現仙鶴祥瑞，令唐曉英的牢獄生涯提早結束，可以說是一場驚喜了。

高瓊來獄中接唐曉英時，意外遇到了王旦。王旦所愛的女子劉念已經承認殺死宋行罪名，她殺害重犯，斷了追蹤鬼樊樓的重要線索，理所當然被判了死刑。姚恕憐她是女子，父親劉昌又曾在開封府任職，特意開恩改斬首為絞刑，保她全屍，刻正囚禁在開封府獄中，只等秋後行刑，此次亦不在大赦之列。

王旦一見到唐曉英出來，便上前哀求道：「英娘，求你救救念兒。」

唐曉英自當日與劉念同被逮捕來開封府獄，便被分開關押。負責判案的推官姚恕為了在量刑時袒護唐曉英，刻意不將二人同案審問，是以她就再也未見過劉念。此刻見王旦一臉悲苦，忙問道：「念娘怎麼了？」王旦道：「她被判了死罪。英娘，眼下只有你能救她。」

唐曉英道：「其實我很感謝念娘，她不殺宋行，我也要殺他，這罪名本該是我來承擔。」王旦道：「不，念兒沒有殺人，她哭著告訴我，她沒有殺人。」

高瓊道：「既然劉念沒有殺死宋行，為何又要在公堂上招供、承認罪名？」王旦抹了一把眼淚，道：「你們知道那些人是怎麼對待她一個女孩子的麼？」

原來劉念被審時死活不肯承認殺人，姚恕便下令動刑拷問。那些刑吏原是劉昌的下屬，卻很不喜歡他刻薄之為人，忽見他被免職，女兒捲入命案，還被長官下令刑訊，立即決意報復，要將劉氏父子發明的種種陰毒刑具都派上用場。劉念起初還嘴硬，大罵不止，待到被刑吏粗暴剝下衣衫，當眾裸露出上體來，這才著了慌，不等刑具上身，便流淚招認了罪名。

高瓊道：「王衙內，我不想瞞你，我們都認為是劉念殺人。當晚閉門凶案，宋行被悄無聲息地殺死在武藝高強的張咏眼皮底下，不露任何聲響，可見那人不是外人。又有仵作證實是女子所為，當日在宅邸中的女子，不過是唐曉英和劉念，還有一名小女使。三人中只有英娘和劉念有殺人動機，英娘湊巧又被我撞見，證實她殺人時宋行已死，那麼剩下的就只有劉念一人了。」

王旦道：「可你們也說過，凶手是宋行完全意料不到的人。他知道念兒恨他入骨，如何會見到她走近時不出聲叫喊？」高瓊道：「向敏中他們也討論過這個問題，認為大概因為劉念終究是纖纖弱質女流，宋行想不到她會殺人。二來也有可能宋行當時已經睡著，他耳朵中事先被張咏堵了碎布，對外界聲音並不敏感。」

王旦道：「我知道你們信不過我，信不過念兒。可你們難道也信不過唐曉英麼？她可以作證，當晚念兒根本沒有機會殺人。」

唐曉英一呆，道：「什麼？」王旦道：「你當晚跟念兒同床而臥，她告訴過我，當晚她根本沒有出過房間，倒是她聽見你出去又進來。」

唐曉英道：「可是……當晚我腦子很亂，完全不記得別的事情。」王旦一呆，道：「什麼？你跟念兒同在一間房裡，她有沒有出去過，你怎麼會不記得？」

王旦卻不知道高瓊是唐曉英苦苦追尋多年的大仇人，她卻為了掩護仇人而去殺人，也難怪她會心思激蕩，對旁人之事毫不在意了。

高瓊忙道：「英娘有她的苦衷。」王旦道：「我不信。你若是想不起來，我就一直跟著你，直到你想起來為止。」唐曉英道：「可是……」高瓊忙道：「不如這樣，王衙內先跟我們回去汴陽坊，也許回到案發現場，英娘會想起些什麼。況且張咏、向敏中都在那裡，以他們的精細，或許能發現什麼新線索。」王旦道：「這還差不多。」

三人遂一道來到汴陽坊，張咏等人正預備了酒宴等著為唐曉英接風，忽見到王旦，雖覺意外，但憐他是為心愛的女子四下奔走，便也邀請他到席中坐下。

王旦又將劉念無辜的話絮絮叨叨說了一遍。向敏中耐心聽完，道：「若果真英娘能記得她本人出去前，劉念沒有出過門，那麼確實可以證明她沒有殺人。」唐曉英道：「可我確實不記得。我一直沒有睡著，只是躺在床上發呆，滿腦子全是……全是那些事，根本沒有留意。」

王旦道：「英娘的話實在難以置信，念兒睡在裡邊，她下床必須先越過你，還要坐在床沿穿好鞋襪，你如何會感覺不到？莫非你在庇護什麼人，所以才一心想讓念兒承擔殺人的罪名？」

向敏中道：「王衙內不要動怒。英娘當時一心想要去殺人，心中反覆盤算，精神十分緊張，留意不到別的事很正常。不過這確實是一條相當有用的線索，英娘一直沒有睡著，她不記得當時的情形沒關係，但她睡在外側，若是劉念跨過她下了床出去，她一定會記得。」王旦大喜，道：「向丈果然非常人，一句話就能發現其中的破綻。」

向敏中忖道：「如果是這樣，那麼小女使就是唯一可能的凶手了。可這實在不合情理，宋行當晚是被臨時帶來這裡，她又沒有任何殺人的動機。」

王旦道：「女使人呢？」張咏道：「她去了樊樓買酒。」又自告奮勇地道，「我這就去尋她回來。」

他雖是去樊樓找女使，卻也存了一點私心，想去看看李雪梅回來過沒有。自上次她來汴陽坊尋過他後，便失了蹤，其父李稍也派人四下尋過，終無任何消息。他料想她是不願意嫁給晉王為妾，已私下逃出京城，但她未必就會走遠，因為她總要顧慮晉王惱怒下會轉而對付她父親。他時常回想起當日情形，即使再一次面對，他還是不知該如何回答。但他仍希望能再見到她，也許見到她時，他心中便有了答案。

然而張咏騎馬過去，一路都沒有遇到女使，到樊樓也沒有人見過她。慌忙趕回汴陽坊中，告知眾人。王旦咬牙切齒道：「她一定是畏罪潛逃了。」

按照目前的情況，即使不能肯定女使殺人，也要將她列為重大嫌疑人逮捕訊問，她若不肯招供，刑罰上身是免不了的。興許她知道，唐曉英今日回來後會有什麼事發生，是以搶先一步逃走。

王旦忙趕來開封府報案，姚恕知道他是知制誥王祐之子，不敢輕易得罪，只得勉強簽發了通緝女使簫簫的公文告示，張貼全城。

但過了數日，竟始終沒有簫簫的消息。雖說案情又有了轉折，然而誰也不知道女使是真的逃走了，還是出了什麼意外。況且向敏中只是反推劉念在唐曉英出門前沒有下過床，終究沒有切實的人證，劉念依舊是重要嫌犯，暫時被押在獄中，好在終於能夠去掉身上的死囚刑具，人輕鬆多了，只等捕到女使才能重新開審。

過了大半月，寇准預備先返回大名探望老母，眾人正預備為他設宴餞行，內侍行首王繼恩忽然到來，笑道：「官家聽說寇郎即將離京，今晚在大內後苑設宴，一是為寇郎餞行，二來也是感謝諸位連破大案，各位務請光臨。」

寇准不免又驚又喜，問道：「官家就召了我們幾個麼？」王繼恩道：「還有晉王和幾位皇子，大概聖人[7]和花蕊夫人也是要參加的。不過是一場便宴，都是官家最親信的人，不必緊張。你們先做些準備，晚些時候我會派人來接你們進宮。」張咏道：「有勞。」

眾人還沒有到皇宮赴過宴，不免很有些興奮。正好唐曉英為各人做了一身新衣裳，取出來給大家一一換上。均是白布襴衫[8]，圓領大袖，下施橫襴為裳，腰間有襞積，正是士人最流行的服飾，裁剪無不合體。

日落前，王繼恩果然派了兩名小黃門來接張咏幾人進宮，在宮門前正遇到晉王趙光義，他背後跟著數名全副武裝的侍衛，高瓊也在其中。趙光義一臉肅色，道：「本王今日有件很重要的事要告訴皇兄，還請諸位據實稟報。」

張咏問道：「大王是說什麼事？」趙光義道：「一會兒你們就知道了。」也不明說，策馬先行。

潘閬道：「不妙啊，該不會是什麼鴻門宴吧？」張咏白了他一眼，道：「什麼鴻門宴，誰是劉邦，誰又是項羽？」潘閬道：「嗯，這個，還真不好說。」

當今皇帝生活節儉，曾頒布禁侈令。後宮的嬪妃與宮女的數量不是很多，加起來不超過三百，且不見綾羅綢緞，宮女只准用皂軟巾裹頭。宦官的數量也在二百人以下，比起唐代宦官最多時近五千人的規模，可謂相當寒酸了。

偌大的皇宮很有些冷冷清清，眾人跟著小黃門穿過重重宮門，進來後苑的一處涼殿。趙廷美、趙德昭、趙德芳均已到場，見到趙光義到來，忙過來參見。

趙光義道：「皇兄人呢？」趙廷美道：「皇兄適才來看過，又趕去了聖人那裡。」

等了一會兒，只聽見有宦官尖著嗓子叫道：「官家、聖人駕到。」

卻見趙匡胤攜著一名二十歲出頭的年輕婦人出來。那婦人頭戴漆紗花冠，裝飾以花釵，正是皇后宋氏。眾人慌忙上前拜見，趙匡胤呵呵笑道：「免禮。」執住宋皇后的手道，「皇后，朕來為你介紹。」一一引薦張咏等人。宋皇后甚是矜持，只略略點點頭。

趙匡胤遂招呼眾人坐下，左右一望，不見花蕊夫人，忙問道：「夫人呢？」內侍行首王繼恩道：「臣這就派人去催。」

趙光義忽道：「不必，臣弟有要事要稟告皇兄，正是與花蕊夫人有關。」趙匡胤笑道：「二弟，眼下有客人在場，你一定要現在說麼？」趙光義道：「一定要現在說，客人們正是最好的證人。」趙匡胤沉吟片刻，點點頭道：「那好，你說吧。」趙光義道：「皇兄不是命向敏中等人調查博浪沙那群神祕的腳夫麼？他們已經查明真相，腳夫正是花蕊夫人所派。」

所有人都大吃一驚，甚至包括向敏中在內。他與張咏確實早猜到真相，但因不明內情，未敢張揚，只在私下告訴過寇准、潘閬二人，就連高瓊都沒有聽過，卻不知道趙光義如何知道了內情。

趙匡胤沉下臉，道：「繼續說。」趙光義便詳細講述了花蕊夫人暗中勾結党項人李繼遷、與其交換殺人的謀畫經過，又道：「本朝兩名開國重臣都死在她手裡，這女人居心叵測，不宜再留在宮中，以防她對皇兄不利。」

趙匡胤道：「向敏中，事情經過可真是這樣？」向敏中道：「是，一切正如晉王所言。」

趙光義道：「臣弟還聽說，川班直擊鼓鬧事一事，也與花蕊夫人……」忽聞見一股奇特的香氣，伴隨著環佩叮咚，不由得住了口，轉過頭去，卻見一名盛裝麗人正扶著宮女的手翩翩走進殿中。梳著罕見的朝天髻[10]，肌清骨秀，髮紺眸長，荑手纖纖，宮腰搦搦，獨步於一時。

張咏心道：「這一定就是花蕊夫人了。果真是回頭一笑百媚生，六宮粉黛無顏色。」

趙光義忽舉手叫道：「弓箭！」高瓊一直侍奉在旁，聞聲忙解下弓箭遞上。

趙光義毫不遲疑，彎弓搭箭，拉弓如滿月，一箭射出，正中花蕊夫人胸口，當即將她射倒在地，頭撞在磚地上，發出「咚」的一聲脆響。一旁宮女高聲尖叫了好一會兒，才轉身奔逃出殿。

涼殿中遽起驚變，眾人勃然色變，一齊站起身來，退到一旁。只有趙匡胤巍然不動，氣氛肅穆。外面大批禁軍聞聲搶進殿中，見只有晉王手上拿著弓箭，花蕊夫人中箭倒地，不知情由，也愣在當場。

趙光義丟下弓箭，跪下請罪道：「臣弟擅自射殺皇兄愛妃，死罪，請皇兄治罪。」趙匡胤也不理會，只黑著臉一杯一杯地飲酒。趙廷美慌忙上前跪下，道：「王兄是怕花蕊夫人傷害皇兄，忠君之心，天日可表，懇請皇兄明鑒。」

趙匡胤「嗯」了一聲，又飲了兩杯酒，才揮手道：「你們都去吧。」又叫住高瓊，刻意問了他姓名，命人賜他控鶴營軍衣以及財物。高瓊不知道皇帝為何單單賞賜自己，也不知道是福是禍，只得上前謝恩。

眾人均沒料想到今晚的宴會竟如此草草收場，只得各自空著肚子離開。

趙光義逕直回來晉王府，在堂中坐下，若有所思。他雖然巧妙地把握時機，射死了花蕊夫人，除掉了皇長子趙德昭的強援，內心卻也並不如何歡喜。那女人討人厭得很，最近不斷在皇帝耳邊吹風，遊說立趙德昭為太子，甚至還將宣德門的祥瑞說成是趙德昭主持和談有功的徵兆，大大地威脅到他的利益。她雖是自取滅亡，可畢竟他想得到那個嬌媚的女人已經很久了，最終卻還是未能占有她的身體，未免心中有憾。

悶悶不樂凝思了半天，趙光義揮手命高瓊退下，道：「你先下去歇息。我今晚要去北園別院。」

高瓊躬身道：「遵命。」他是晉王的心腹，寸步不離其身，但近來晉王到北園時，均不令他侍奉，很是反常。他總擔心也許是晉王看穿了他的心思，畢竟他一直在找機會帶那孤女劉娥逃離晉王府，這正是他答應唐曉英的大事。

當日高瓊去找唐曉英，奉上腰刀，表示願意履行諾言，要以自己性命為她父母抵命。唐曉英拔出刀來，卻只刺在他肩頭，說從此以後仇怨一筆勾銷，但又跪下求他救出龐麗華的孤女劉娥。之前龐麗華到汴陽坊探視時，已經向唐曉英哭訴了晉王的可怕，雖然沒敢具體提及晉王所為，卻一再說就是捨了性命，也要將小娥帶回蜀中。後來龐麗華投火自殺，唐曉英猜到多半與晉王有關——既無法逃脫，活下去只會徒然牽累旁人，除了死，當真沒有別的選擇。

唐曉英遂決意完成她的心願，救出小娥，送她回蜀中。可她一介普通民女，連走進晉王府也不得其門而入，又哪有能力救人？只有放下父母深仇，跪下來懇求高瓊相助。高瓊有愧於她，明知是天大的難事，還是滿口答應了下來。唐曉英道：「我已經告知你晉王為什麼一定要將小娥留在身邊，你真的甘願冒險？」高瓊道：「你要我做的事，我無論如何不能拒絕。況且晉王怎麼會真的娶小娥？不過是一句道士的胡話，他轉身就會忘記。不過有一點，不能是你帶小娥走。晉王極為精明，你跟麗娘又情同姊妹，若是離開京師，說不定他就會猜到，不但你我性命不保，還要牽連到張咏他們。這件事，一切要聽我安排。」唐曉英沉吟許久，答應了下來，道：「謝謝你。」高瓊道：「我的命都是你的，你何必謝我。只是有一點，這件事只有你我知道，不能再告訴第三人。」他既答應了唐曉英，便作了許多安排，只是晉王府警戒森嚴，要將一個小女孩神不知鬼不覺地帶出去實在比登天還難。而且他幾次觀察劉娥時，都被晉王留意到，後來便不令他去北園，心中難免懷疑晉王已經有所警覺。

趙光義見高瓊愣著不動，問道：「你還有事麼？」高瓊道：「屬下心裡確實有個疑問，我從未聽向敏中等人提過花蕊夫人就是博浪沙那群腳夫的幕後主使，大王又是如何知道的？」趙光義道：「自然會有人主動來向本王告密，不過這個告密的人也沒安什麼好心，日後你就會知道。」高瓊道：「是。」

趙光義斥退高瓊，逕直來到北園，招手叫過一名新近收下的心腹侍衛，道：「你帶人去地牢將那黥了面的女人提出來，悄悄送去別院中，別讓人看見。」

那侍衛十分機靈，聞言忙道：「大王怕是要等上一等，那女人被關在地牢多日，身上臭得很，還得先洗剝乾淨才好。」趙光義道：「嗯，趕快去辦吧。」想了一想，改道先來到北園的靜苑，卻聽見劉娥正在房中跟著自己的第三子趙德昌朗誦《詩經》，童聲稚氣，頗覺有趣。

一時又想起許多兒時往事來——他的兄長，也就是當今大宋皇帝，比他大了整整十二歲，而他的弟弟趙廷美則比他小了八歲有餘，這種年紀上的巨大差距注定了兄弟間隔閡的存在，他們兄弟三人似乎從來沒有過那種親密無間、無話不談的相處。自他懂事起，兄長總是威嚴的兄長，彷若父親般令他敬畏。他童年記憶所能及的最後印象，是他們兄弟二人在田野小路間追逐玩耍的情景——大哥走得那般快，他總也追不上。後來兄長外出遊歷，追求功業，多年不歸，親情免不了慢慢淡掉了。對他而言，「大哥」只剩下一個稱呼，他一度想不起大哥的樣子，感覺好像自己從來沒有大哥一樣。再後來，兄長派人接了全家到開封，他才知道大哥已功成名就，成為權高位重的禁軍將領。最後，兄長終於成了皇帝，更是他的君主，他見面須得下跪，說話也得更加小心翼翼；而幼弟總是怯弱的幼弟，彷若後輩，他也得時不時拿出做二哥的樣子來。他感到大哥當上皇帝後變了很多，當然他自己也變了很多，冷漠和疏離的意味已經逐漸占據了他們三兄弟的大半空間，這大概也是至高權勢帶來的必然結果。他現在很多時候都不明白皇兄的真正心意，以前經常能看到的那種護犢友愛的目光早不見了，因為皇兄已將眼睛投射到自己的兒子身上。花蕊夫人雖死，真正的危機還沒有消除，而且危機也非皇長子趙德昭；豈不見今晚他射死花蕊夫人後，宋皇后臉上露出了那既意外又驚喜的表情麼？她是在慶幸晉王為她除掉了對手啊。

他站在門前，耳中響著「皎皎白駒，在彼空谷」的童音誦讀聲，胸中卻是心潮澎湃，站了好大一會兒，才轉身來到別院中。

侍衛正將一錦被裹著的女子扛進房中放置在床上，見趙光義進來，慌忙知趣地退了出去。趙光義走近床邊，揭開錦被，露出一具白玉般的女子胴體來，一望之下，便忍不住歎道：「你還真是個美人，姿色一點也不比那花蕊夫人差，只是可惜了你這張臉。」

那女子額頭黥著「免斬」兩個大字，臉頰上各刺了一朵五瓣梅花，也不是尋常死犯刺面用的黑墨，而是紅墨。兩朵紅梅在燈光的照耀下栩栩如生，鮮豔欲滴，極盡誘惑。

那女子見趙光義大手摸向自己的臉龐，本能地想要避開，卻因為雙手雙腳被鐐銬鎖住，只能徒然扭動著身子。趙光義見她落到如此境地尚要抗拒掙扎，與往日見過的那些溫柔順從的女子全然不同，越發興趣大增，飛快地脫下衣服，撲了上去……

正酣暢淋漓之時，忽聽見門外有人輕聲叫道：「大王，那林絳受不過酷刑，願意招供了。」趙光義大喜，忙爬起來去撿衣服。又聽見門外侍衛道：「不過他只肯對高瓊一人說。」趙光義想了一想，道：「那好，你去叫高瓊到地牢問清楚，再來這裡向本王稟告。」門外侍衛道：「遵命。」

趙光義亢奮之極，重新回到床上，笑道：「每次跟你交歡，總有好消息傳來。娘子倒真是本王的福星，我還真捨不得殺你了。」又重新跨到那黥面女人的身上，盡情歡愉。

高瓊才剛躺下不久便被人叫醒，聽說是晉王命他去地牢審問犯人，料來又是林絳要見自己，只得穿好衣服出來。

來到囚室，卻見一人被吊在那裡，血肉模糊，皮開肉綻，身上再無一塊好肉，發出難聞的焦糊氣味，正是林絳。高瓊自己也曾被人刑訊過，卻不曾見過如此體無完膚的慘烈情形，一時間心中頗感難過。

一旁負責拷打的侍衛喝道：「你要見的人來了，快說，不然我可就要再揭下一塊你的肉。」

高瓊這才看到林絳身上不少地方貼著麻布，似是被什麼東西緊黏在肉上。那侍衛見他不答，伸手拽住麻布條，使勁一扯，登時連皮帶肉撕下一塊來。林絳早已聲嘶力竭，只悶哼了一聲，便暈了過去。那侍衛拿涼水潑醒他，連聲喝道：「快說，告訴你，沒人能熬得過披麻拷[11]的酷刑。」

原來這披麻拷是脫光囚犯衣服後，將麻布條蘸上熱魚膠，裹在其赤裸皮肉上。魚鰾之性最黏，黏住皮肉後難以分開，等到涼乾後，行刑者拽扯麻布條，就能連帶撕下犯人的皮肉，極其殘酷，即便是心如鐵石的硬漢子，也萬難熬得住這種錐心毒刑。

高瓊見那侍衛又要再去扯麻布條，忙道：「你先住手，他既叫了我來，一定是有話要說。」侍衛道：「是。」

高瓊道：「你指名要我來，到底有什麼話說？」林絳很是虛弱，喘了幾口大氣，才道：「我……我是想求你殺了我。」高瓊搖搖頭，道：「你知道我不能這麼做。不過你如果肯說出傳國玉璽下落，我一定向大王請求，親手殺你，給你一個痛快。」

林絳勉力笑道：「你倒成了晉王養的一條聽話的狗……」一旁侍衛見他出言不遜，又搶上來扯下一條麻布，血肉橫飛，登時將他扯得暈了過去。

高瓊料到林絳不會就此屈服，不過一時難忍皮肉之苦，想找藉口拖延時間，不忍再看下去，轉身出來囚室，正撞見一名侍衛笑嘻嘻地從隔壁的囚室出來。高瓊見他赤著上身，手中還提著衣褲，不禁狐疑問道：「你在做什麼？」

侍衛知道他是晉王心腹，忙道：「官人不知道麼？裡面關著個女子，是大王犒勞兄弟們的。官人要不要進去玩玩？」高瓊搖搖頭，正待走開，囚室裡面卻有女子嗚嗚亂叫。侍衛笑道：「她正叫春呢，官人不如進去看看再說。」

高瓊依稀覺得聲音有些耳熟，心念一動，進去一看——卻見地上躺著一名戴枷少女，手、頸均被禁錮在鐵葉枷內，身上衣服早被扯得稀爛，衣不蔽體，正在飲泣流淚。最詭異的是，他當真認得那少女，不是旁人，正是汴陽坊失蹤已久的女使簫簫。

高瓊這一驚非同小可，忙上前扶起簫簫，問道：「你如何會在這裡？」簫簫連連搖頭，只嗚嗚出聲。侍衛跟進來道：「她的舌頭被人截去了，說不了話。」

高瓊掰開簫簫的嘴，果見她舌頭已齊根被截去。一時間百思不得其解，又是困惑，又是憤懣，無論如何想不通簫簫如何會被關在晉王府的地牢裡，更不明白晉王為何要如此殘害一個小女使。莫非是因為她殺了宋行的緣故？可當晚晉王本來也命他派人去暗殺宋行，簫簫搶先動手，等於是幫了晉王一個大忙啊。

侍衛又笑道：「本來還有一個年紀大些的女子，剛剛被晉王派人帶走了。那皮膚，嫩得能掐出水來，可惜臉上刺了字，不然也是個絕色美人。」

高瓊忙問道：「另一女子是誰？」侍衛道：「不知道是誰，也被人截去了舌頭，說不出話來。」

高瓊心中隱約覺得大大不妙，不及多想，忽有侍衛奔下地牢叫道：「高官人，大王召你速去別院。」高瓊遂站起身來，道：「好，我正要向大王問個明白。」

出來囚室時，正見一名侍衛推攘著一名年輕女子進來。那女子雖被黥了面，容顏盡毀，驕傲冷漠的眼神卻極其熟識，分明就是開封首富李稍的愛女李雪梅。而那押送李雪梅的侍衛，就是被開封府通緝多時的阿圖——正是他，毀了唐曉英的清白之身。

1 此案化自張咏真事。張咏主蜀時，有個農民因私宰耕牛畏罪入夥亂軍，張咏令人告知，許他自首即行釋放。差役逮捕其母拘禁，催他自首，農民不肯出來。十天之後，官差釋放其母，改拘其妻，農民一晚即出。張咏很是惱火，判道：「禁母十夜，留妻一宿，倚門之望何疎？結髮之情何厚？舊為賊黨，因之逃亡。許其首身，猶尚顧望。斬！」此案一斷，被脅從加入亂軍的農民紛紛出來自首，均獲釋回鄉復業。

2 羓：經過加工的大塊乾肉，後泛指乾製食品。

3 韓德讓自小與貴族之女蕭綽（即蕭燕燕，《楊家將》中殺伐決斷的蕭太后原型）訂婚，遼景宗耶律賢即位後橫刀奪愛，召蕭綽入宮，立為皇后。蕭綽性格果斷剛毅，素有機謀，從此開始執掌遼國大權。韓德讓雖然未能娶其為妻，卻極受寵幸，官至宰相，甚至還被賜名為耶律隆運，位於皇族之列。

4 北宋名將狄青出身貧寒，十六歲時因兄長與人鬥毆，他頂替兄長罪名被逮入京，黥面後配入軍籍，最初加入御馬直，由此開始了軍旅生涯。

5 許州：今河南許昌。

6 宋代為了保障宮廷和官府用水，嚴格控制水井開鑿。現有的水井也是官井，屬公共設施，四周用短牆圍起，打水需要交稅。

7 聖人：宋代對皇后的稱呼。

8 襴衫：古代一種上下衣相連的服裝。宋代穿戴襴衫、襆頭見貴人，有尊敬之意。

9 宋代後宮在皇后下設四名正一品夫人，名號分別為貴妃、淑妃、德妃、賢妃，合稱「四夫人」。

10 後蜀孟昶後宮嬪妃流行的高髻，稱「朝天髻」；後來被附會為迎宋之讖，意即後蜀滅亡後，宮人均被押送汴京朝見大宋天子。

11 宋代獄治極其黑暗，不僅恢復了漢文帝時已經廢除的黥面肉刑，而且無限濫用酷刑，如極其野蠻的凌遲之刑成為法定刑罰便是始於宋代，後為元、明、清沿襲。至於杖殺、斷腕、腰斬、夷族、釘剮、磔（即將人體肢解分裂。本小說中，高瓊的經歷背景，包括其祖為遼國使者出使南唐被殺等等均為真實史實，他本人亦曾因強盜罪判磔刑處死，行刑時僥倖逃脫後才入軍籍）、坐釘立釘、懸背、烙筋等諸般酷刑更是屢屢見於史籍。南宋名將岳飛就是因為熬不過披麻拷酷刑，屈招了秦檜加給他的謀反罪名，被絞死在風波亭。

【卷十】斧聲燭影

這是你該得的報應。從陳橋兵變那一刻起，這就成了你的宿命。老實說，你弟弟晉王比我想像的要狠毒多了，根本不用我挑撥，他早就決定要殺你。而且就算你死了，這件事也不會就此了結，殺兄奪位的陰影將會縈繞他終身。

西元九七四年，開寶七年秋天，大宋皇帝趙匡胤派左拾遺兼知制誥李穆出使江南，召南唐國主李煜入朝。李煜知道大宋需要一個出兵南唐的藉口，畏懼之下，準備同意，然而為大臣陳喬和張洎所阻。

李穆則勸說道：「請國主慎重考慮入朝一事，以免將來後悔。大宋兵精甲銳，物力雄富，恐怕江南不是對手。」

李煜之弟李從善先前出使宋朝，一直被扣在汴京，李煜生怕自投羅網，始終不肯答應。趙匡胤遂以此為藉口，命宋軍南征。主帥曹彬自荊南領戰艦東下，大將潘美按照南唐人樊知古所獻地圖在採石架浮橋渡江，浮橋三日而成，和樊知古之前所測量距離不差尺寸。宋軍渡江，如履平地。

李煜整日在深宮與僧徒道士談經論道，不問政事。金陵守將皇甫繼勛買通宮人，隱瞞戰事，李煜絲毫不知亡國在即。直到有一天，他偶然外出巡城，見到宋軍滿野，金陵岌岌可危，這才知道為左右所蒙蔽，狂怒之下殺了皇甫繼勛。無計之下，又只好派徐鉉為使者到汴京向趙匡胤求和。

徐鉉是南唐大才子，能言善辯，道：「李煜無罪，陛下師出無名。」趙匡胤道：「朕令李煜入朝，為何違令？」徐鉉答道：「李煜事陛下，如子事父，沒有過錯，為何被伐？」趙匡胤又道：「既為父子，為何分成兩家？」

徐鉉道：「李煜不是敢違抗聖旨，而是因病不能入朝。請罷兵以拯救一邦之命。」趙匡胤道：「朕已曉諭將帥，不得妄殺一人。」徐鉉還要拿出文人的那一套嘴皮子功夫，趙匡胤大怒，拔劍道：「休要多言！江南沒有什麼大罪，但天下一家，臥榻之側，豈容他人鼾睡！」徐鉉驚出一身冷汗，知道宋帝意在江南，再無迴旋餘地，急忙退出。

開寶八年十一月，宋軍攻破南唐國都金陵，國主李煜奉表出降。曹彬派人將他與親屬、重臣解往汴京獻俘。南唐遂宣告滅亡。

離別金陵之日，李煜揮毫寫下一首沉痛的〈破陣子〉：「四十年來家國，三千里地山河。鳳閣龍樓連霄漢，玉樓瓊枝作煙蘿。幾曾識干戈？一旦歸為臣虜，沉腰潘鬢消磨。最是倉皇辭廟日，教坊猶唱別離歌。垂淚對宮娥。」從此，他遠離江南，再也沒能回到生他養他的故鄉。

開寶九年元宵節剛過，李煜一行到達京師。開封士民傾城而出，擁在御街兩旁，既想看看傳說中江南國主豐額重瞳[1]的模樣，也要看看他那位王后周嘉敏到底有多美貌。人們不由自主地將她與十多年前同樣在這條御街上走過的另一名女俘花蕊夫人相比。只見她雖不及昔日花蕊夫人嬌柔嫵媚，卻更加清澈可人。許多人甚至暗自揣測，李煜很快也要遭到後蜀國主孟昶一樣的暴斃命運，然後周嘉敏便會順理成章地被收入大內宮中，代替兩年前不幸病死的花蕊夫人，成為官家的新寵。

一身白衣的李煜一言不發，默默來到宣德樓拜見大宋皇帝。趙匡胤詔釋江南君臣之罪，當場封李煜為違命侯，懲他不肯奉詔入宋，同時掛名擔任光祿大夫、檢校太傅、右千牛衛上將軍。賜宅第一座，但有禁軍把守，李煜不能隨意出入，不能與外人交往，不過是個體面些的囚徒。

開封人蜂擁出去觀看南唐俘虜入城時，向敏中正約張咏一起去大相國寺集市淘書。一年多前，張咏與寇准、向敏中、潘閬幾人一起連破奇案，結下深厚友誼。那之後，寇准返回大名府，潘閬滯留在京師，張咏則繼續雲遊。此次重來京師，便是住在興國坊潘閬家中。這處宅院地處裡城中心位置，距開封府、晉王府極近。

二人出門之時，正遇見符彥卿帶著兩名小童踱步過來，一手把玩著肩頭的海東青，一老一鷹，煞是有趣。

張咏忙道：「相公怎麼親自過來了？適才不是已經派人叫潘閬過去府上了麼？」符彥卿奇道：「什麼？」張咏道：「適才府上有人來，說是海東青有些異樣，相公想叫潘閬過去瞧瞧。」符彥卿道：「啊，老夫知道了。」驀然轉身，抬腳便走，與適才怡然自得的神態判若兩人。那海東青陡然受驚，立即振翅騰空而起。

張咏莫名其妙，道：「到底怎麼回事？」向敏中搖搖頭，道：「我也猜不到。興許是有人藉符相公之名誑去潘閬治病，他而今是汴京有名的神醫，架子又大，常人難以請得動他。」

張咏大奇，道：「竟有這等事？」向敏中道：「你上次離開京師後不久，潘閬便醫治好了內侍行首王繼恩的老母親，那可是連許多御醫都束手無策的怪病。此後，他就成為東京的大名人了。」二人一邊說笑，一邊往大相國寺而來。

今日是正月十八，正逢一月五次的趕集日，偏偏趕上獻俘這等十年難得一見的大事，顧客稀少，就連許多賣家也都丟下攤子趕去御街看熱鬧。

張咏、向敏中順順當當進來寺內，直奔正殿彌勒殿後的資聖閣。這裡是售賣書籍、圖畫、玩好的集中地，還有各路罷任官員帶來的土產香藥之類，是京城士大夫最喜歡光顧的地方。貨攤中還零星夾雜著一些打著「神課」「看命」「決疑」招牌的術士。

忽有一名年輕的麻衣道士招手叫道：「二位官人請留步！」

張咏見他卦攤上寫著「專賣賭錢不輸方，一貫足價」，不由得笑道：「尊師是打算賣方子給我們麼？我二人均不賭錢。」道士搖頭道：「不是，貧道想給二位看命。」

張咏道：「我們可不信算命之說。」麻衣道士道：「命者，天命也，命可不是算出來的，但貧道卻能看出來。二位都是大富大貴之相，尤其你……」一指向敏中，道：「官人不僅自己將來位極人臣，後代更是要決定大宋的命運[2]。」

向敏中聞言微微一笑，道：「在下尚未考取功名，只是一介白丁，何來位極人臣一說？尊師，我奉勸你一句話，本朝最忌民間妄議天命之類，你還是只賣賭錢不輸的方子好。」不願意再多費唇舌，拉了張咏走開。

張咏低聲道：「向兄沒有認出來麼？」向敏中道：「什麼？」張咏道：「這道士咱們見過的，就在你我二人樊樓初遇的當晚。」

向敏中這才記起，麻衣道士就是王全斌死去當晚在樊樓照過一面的道士馬韶，當時他正與開封府推官姚恕、押衙程德玄在一起飲酒，卻不知道他如何又來了大相國寺擺攤賣方子。正納罕時，忽又見到一個熟人，竟然是京師第一名妓蔡奴來逛書攤了，忙叫道：「張兄，你看……」

張咏卻已經直奔蔡奴面前的書攤而去，將她正拿起來的一本董仲舒[3]的《春秋繁露》劈手奪過來，翻閱了幾下，道：「呀，這可是世間最全的本子了。」

他嗜好讀書，四處遊歷，只為借閱私人藏書，但之前所讀過的《春秋繁露》均缺失了兩頁，即便憑皇帝所賜銅符到館閣借閱的藏本也是如此。而眼前這本書不僅完好如初，且不缺兩頁，當真令他欣喜若狂、如獲至寶了。

蔡奴認出了張咏，道：「原來是張郎。」她一旁的中年文士卻甚是不滿，道：「這位郎君，這本《春秋繁露》是我先發現的，你想要強取，可是說不過去。」蔡奴忙介紹道：「這位是袁慶袁供奉，在翰林圖畫院供職。」

張咏這才會意蔡奴是陪袁慶來買書，那本書確實是她先拿到手上，心中縱然萬般不捨，還是不得不還了回去。袁慶翻閱了幾下，這才展露笑容，道：「確實是完本，比我家原先收藏的那本《春秋繁露》多了兩頁。賣書的，這本我買了，多少錢？」

那賣書人並不識貨，見到張、袁二人爭書，料來是珍本，忙舉起雙手道：「十貫錢，一文不能少。」平常一本書最貴不過幾文錢，他開價一萬錢，自認已經是了不得的天價，不料袁慶當即應道：「好。」從懷中摸出銀子來付帳，抱了那本《春秋繁露》，攜著蔡奴，喜孜孜地去了。

張咏不免深以為憾，珠玉既失，再看其他書也不過是泥土，恨恨回來馬韶的卦攤前，道：「若不是你纏住我二人說話，那本《春秋繁露》該被我買到了。」

馬韶道：「官人愛書如命，可擁有也要看緣分。」張咏道：「你如何知道我跟它沒有緣分？」馬韶道：「官人身上可帶有十貫錢？」張咏道：「這個……好像還真沒有。」馬韶道：「這就是了。」向敏中道：「可若不是出現張兄與袁供奉爭書的局面，那賣書人未必會開十貫錢的高價。你又如何說？」馬韶呆得一呆，隨即笑道：「久聞向郎機敏，當真是聞名不如見面，貧道今日還是不要擺這卦攤了。」當真起身收拾了攤子，預備離開。

張咏道：「你站住！我要買你那賭錢不輸方。」馬韶道：「官人又不賭錢，如何要買方子？」張咏道：「我就是好奇，這世間哪裡有賭錢不輸的？」馬韶道：「好，一貫錢。」

張咏便掏了碎銀子出來，掂量大概一兩重。馬韶一手接過銀子，一手遞過來一個錦囊。張咏取出一張紙條，打開一看，只見上面寫著：「但只抽頭。」意思是說，開個賭場，自己不參賭，只是抽點頭，這可就絕對輸不了。

張咏先是愕然，隨即哈哈大笑道：「不錯，這確實是世間唯一賭錢不輸的法子。」

既無心思再逛書攤，張咏便拉了向敏中來樊樓飲酒。唐曉英依舊在樊樓當焌糟，見二人到來，忙道：「高瓊剛才也來了這裡。」遂引二人來到中樓散座，跟高瓊一桌坐下。

張咏道：「今日是獻俘的大日子，晉王跟隨官家在宣德門受俘，高兄如何不跟在晉王身邊？」高瓊搖搖頭，道：「我今日不當值。」

張咏見他鬱鬱寡歡，不好多問，只叫過唐曉英問道：「雪梅娘子可有回來過？」他知道後來晉王不再提起要娶李雪梅為妾之事，也未對其父李稍報復，總以為她會自己回來，但始終不聞其音訊。

唐曉英道：「沒有見過雪梅娘子。不過李稍員外好像也不怎麼著急，並沒有派人四下尋訪。」

張咏心道：「那麼他一定是知道愛女下落了。看來雪梅早與父親聯絡過，可她為何不聯絡我？她不知道我一直在找她麼？唉，她一定是生我的氣了，再也不想見到我，這都怪我自己。」正自怨自艾時，忽有一名小廝過來叫高瓊道：「李員外有點小事，想請官人上樓一敘。」

高瓊沉默了一會兒，似乎並不情願，但最終還是點點頭，抓起佩刀，跟隨小廝上了樓梯。進來二樓一間閣子，早有一名老者等在裡面，卻不是樊樓主人李稍，而是個陌生人。

小廝道：「這位是我們樊樓管帳的李群李老公。」高瓊點點頭，問道：「老公找高某有何事？」

李群揮手命小廝退出，掩好閣門，笑道：「高郎好健忘，你不認得我的人，難道還聽不出我的聲音麼？」高瓊道：「你是高強？」李群道：「高強是老夫另一個名字。」

原來這李群正是昔日將高瓊從浚儀縣獄劫走的首領人物，也是高瓊的同族。

高瓊點點頭，道：「老公有何指教？」李群道：「你似乎對我有兩個身分並不吃驚。」高瓊道：「這有什麼好吃驚的？你如果不是長期潛伏在中原，如何能辦到挖掘地道劫獄這樣的大事？你我雖然同族，但眼下你是遼人，我是宋人，我們是大敵，你可知道，我該把你拿下，押去官府。」

李群道：「那你怎麼還不動手？」高瓊「哼」了一聲，伸手去拔佩刀，刀出鞘一半，手又停下，最終仍是還刀回鞘，冷冷道：「有話快說。」

李群道：「那好，我也不拐彎抹角，我們李員外的女兒李雪梅失蹤已經很久，有人懷疑她是被晉王捉了，你可知道她下落？」高瓊反問道：「晉王確實曾向李員外提親，李雪梅人在自然是晉王的人，人跑了那也是件丟面子的事，晉王不會張揚。為何你們認為是晉王捉她？倒是你，明明是遼人，潛伏在中原有自己的任務，為何如此關心李員外的女兒，不惜暴露身分，難道李員外父女也是契丹人麼？」

李群道：「不錯，李員外本名耶律稍，是我大遼倍太子留在中原的親生子，他的母親，就是倍太子的愛妃高氏，也就是你的祖姑姑。論起來，李雪梅……應該叫耶律雪梅，是你的至親表妹。」

高瓊本想故意裝出大吃一驚的樣子，但他不善做偽，只勉強皺了一下眉頭。

倒是李群驚住了，嚷道：「啊，你早就知道了。」一拍了拍手，闖進來幾名小廝打扮的人，各執弓弩，將箭頭對準高瓊。一人伸手取走他的佩刀，將他按到地上坐下。

李群喝問道：「說，你是怎麼知道的？不然一箭射死你。」高瓊道：「你不敢殺我。有人親眼看見我上樓來了。」李群道：「那好，我這就派人將張咏和向敏中也誘到樓上來一併殺掉，還有你一直關懷不已的焌糟唐曉英，你該知道我預備如何對付她。」高瓊最怕的就是這件事，忙道：「等一下……」一時感歎萬千，不由得深深歎了口氣。

高瓊雖然不知道樊樓管帳的李群就是高強，但確實早就清楚了李稍父女的身分。當日他在囚室見到女使簫簫時已經萬分驚異，出來時又遇見一身侍衛打扮的阿圖押著赤身裸體的李雪梅進來地牢，更是駭異萬分。愣得一愣，上前扯住阿圖就打，卻被眾侍衛強行分開，紛紛勸道：「他可是大王新收的心腹，極得大王信任，打不得。」

高瓊不明所以，急忙趕來北園參見晉王，結結巴巴地問道：「大王，你怎麼會收了阿圖做侍衛？還有李雪梅……大王你……你怎麼能……」

他早知晉王想娶李雪梅為妾，她卻斷然離家出走，令晉王大失顏面。滿以為是晉王發怒，派人追捕她回京，關在地牢中，不但肆意凌辱，還將她黥面，徹底毀其容貌。

趙光義揮手命旁人退出，道：「原來你已經看見他們啦。你對本王很失望麼？」高瓊心亂如麻，不知道該怎麼回答。

趙光義一字一句地道：「那麼本王告訴你，李雪梅本姓耶律，她是契丹人，是潛伏在中原的奸細。而且本王還要告訴你，她的祖母是倍太子妃高氏，也就是你的祖姑姑。你現在該明白，為何這一段時間本王不讓你到北園了吧。」

高瓊呆若木雞，許久才喃喃問道：「這些事，大王你是如何知道的？」趙光義走到門前，大聲命道：「阿圖進來。」

阿圖早候在門外，聞聲進來，站在高瓊身邊，道：「參見大王。」趙光義道：「嗯。阿圖，你這就將你為何投靠本王以及李稍父女的來歷一一講給高瓊聽。」阿圖道：「遵命。」

原來開封第一首富李稍其實是契丹人，當年前遼國太子耶律倍帶著愛妃高美人投奔中原，高氏曾在洛陽生下一對孿生兄弟，後來耶律倍夫婦為後唐末帝李從珂所殺，兩個嬰孩則被僧人所救。契丹滅後唐後，長兄被帶回遼國，就是現在的遼國晉王耶律道隱，弟弟耶律稍則被刻意留在中原。他有遼國做後援，長到十幾歲時，便成為開封巨富李策的義子，不久李策暴死，他便順利接管了李家全部產業，數年後買下樊樓，更是成為東京首富，又用金錢美女大肆結交權貴，勢力深入大宋朝廷。阿圖自小在李稍身邊長大，因辦事伶俐，成為其心腹。博浪沙事件後，受捕獲的高瓊被指認出自漁陽高氏，他自己也招供是契丹派來的刺客。契丹人均感事情詭異，有心弄清真相，尤其需要奇計從林絳身上獲取傳國玉璽的下落，於是便決意救出高瓊。當日挖地道到浚儀縣獄一事，其實全都由阿圖暗中主持。李雪梅曾到縣獄，名為探望張咏，真正目的則是要摸清囚室的準確位置。事發當日，阿圖帶著棺材來到浚儀縣廨接遇難兄長的屍首，先在斂屍房放了幾把火，聲東擊西。他根本不知道屍首中的兩人是南唐鄭王李從善的隨從，也不清楚此舉既破壞了晉王的嫁禍之計，也無意間救了南唐一把，以致後來晉王又不得不派人假意刺殺叛逃南唐的樊知古，以求再次將調查視線引向南唐。

高瓊聽阿圖說早已掘通了地道，問道：「那你為何又要讓唐曉英用毒酒害我？」阿圖道：「那不是毒酒，只是能令你假死三天的藥酒。你跟張咏關在同一間囚室裡，我們總怕會出意外，所以又想了先令你假死的法子，等你的屍首運出大獄，事情就好辦多了。我們本來已經買通獄卒有了人選，之所以利用唐曉英不過是我臨時想到的，只是萬萬沒有料到她竟然認得你。雖然唐曉英將事情搞砸，但這一招也不錯，你只知道我要毒死你為兄長報仇，絲毫不會懷疑地道之事跟我有關。正好當日張咏獲釋出獄，我們便照舊執行計畫，順利將你劫出大獄。」

高瓊道：「可你們是如何躲過禁軍的搜捕，將我運走的？」阿圖道：「你忘了我帶了三具棺材到縣廨麼？棺材那麼大，裝一個死人外加你一個活人綽綽有餘了。可恨張咏他們幾個很快根據唐曉英留在長生庫銀兩的線索追查到我，我不得不以賣她為籌碼，逃進了鬼樊樓。不過那地方當真是個鬼地方，不是人待的，居然還稱什麼無憂洞。我因為酒後失手殺人，犯了戒條，他們要處死我，幸好我將之前的假死藥悄悄留了一份，見事情不妙，立即飲藥後裝死。昏迷時，聽到有人議論是李稍買通鬼樊樓的人要殺我滅口，這才明白究竟。那些人以為我死了，將我抬去扔進一條臭水溝裡。三天後我醒過來，沿著水溝狂奔亂逃，竟被我闖出一條路來，那出口竟是福田院的菜園子。」

福田院是朝廷所設的慈善福利機構，分東、西兩院，專門收養鰥寡孤獨之人，就設在開封東城外汴河邊上，但總共收養不過二十餘人，實在寥寥。

高瓊道：「什麼？鬼樊樓的出口在福田院？」趙光義道：「本王早已照會排岸司的田侍禁，要他帶人去福田院搜索，沒有發現地道，但發現菜園子一處地有新土填過的痕跡，大約那些人已經將地道封了。只是開封溝渠縱橫，一時沒能尋到阿圖所說的臭水溝。」

高瓊道：「要找到鬼樊樓的位置應該不難，阿圖當初是如何與頭領聯絡上的呢？」阿圖搖頭道：「不是我找他，是他來找我。據說一旦被開封府通緝，自會有人找上門來。」

高瓊雖不相信，但料來再問阿圖他也不會說實話。趙光義擺手道：「鬼樊樓一案已經移交給排岸司處理，阿圖眼下還是被開封府通緝的要犯，露不得形容，這件事不必再管，也不可聲張。」高瓊只得應道：「遵命。」

阿圖續道：「我逃出鬼樊樓後聽說大宋與遼國議和已成，不明究竟，可想到我之前為李稍出生入死多次，他竟然要殺我滅口，最終便決意投奔晉王，揭露這夥契丹人的真面目。」

阿圖當然不能說出他前來投奔晉王的真正目的，但他所揭出的李稍身分卻是足以震撼朝野的大祕密。起初趙光義聽他說李稍是耶律倍之子，渾然不能相信，還親自趕去翰林圖畫院看那幅耶律倍的自畫像〈東丹王出行圖〉[4]，只見畫中的耶律倍騎在馬上，手把韁繩，面帶憂鬱，若有所思，李稍與其形貌確實很有幾分相似，再聯想到李稍的諸多作為，這才相信阿圖之言。此時，大宋與遼國和談已成，趙光義不欲在此關頭揭穿這一祕密，便祕密將阿圖收在府中。

高瓊這才想到，女使簫簫很可能也是契丹人，忙問道：「花蕊夫人勾結党項人交換殺人之事，是李稍告訴大王的麼？」趙光義很是驚異，問道：「你如何能猜到？」

高瓊當即說了女使簫簫失蹤之事。想來李稍派簫簫到汴陽坊，就是要監視張咏等人，可以隨時瞭解案情的進展。至於宋行也確實是簫簫所殺，她聽到張咏等人議論說是宋行率人刺殺遼使韓德讓，便決意殺他報仇。只是她一直以來沉默寡言，總是低頭做事，一副怯生生的樣子，竟然瞞過了向敏中、張咏這等精明之人，令劉念被誤抓，至今還關在開封府獄中。

趙光義道：「不錯，關於以前那幾件案子的消息，都是李稍自己來告訴本王的。我也知道他在張咏那些人身邊派了人，起初以為他這麼做不過是想巴結本王，直到阿圖告知，他李稍原來是契丹人，才知道他用心極其險惡。」

一時間，趙光義既惱恨又悵惘，心情極為複雜。李稍雖說動機不良，可終究還是告訴了他許多有用的消息，不然他難以藉保護皇帝的名義正大光明地除掉花蕊夫人。他當初真的很賞識李稍，有心抬舉他，甚至表示要娶他女兒李雪梅，雖然暫時只是侍妾身分，可將來他登上大寶，那麼便可以封為貴妃。李稍也滿口答應下來，若不是那李雪梅自己不願意，偷偷跑掉，婚事就此耽誤，否則後果真是不堪設想。他既從阿圖口中知道了李雪梅是契丹公主的身分，當然也不會再公然娶她為侍妾，只不過憶起她絕世容顏，不免有所遺憾。阿圖猜出他心意，忙獻計道：「李雪梅雖是當今遼國皇帝的堂妹，是貨真價實的契丹公主，卻潛伏在中原，身分不能張揚。旁人只以為她是個普通民女，不過家裡有幾個錢罷了，大王想得到她還不容易？她若是走在大街上失蹤，人們也不過認為她跟那些平民女子一樣，被綁架賣去了鬼樊樓。」

得到趙光義的默許後，阿圖便暗中帶人去追捕李雪梅。他打聽到李雪梅離家出走後，便料到她顧慮晉王會報復她父親，不會走遠，多半還在東京附近徘徊。再加上她又經常隨父北上，他便往北面一縣一鎮地慢慢搜索，不但在小牛市集發現了李雪梅，而且還有從汴陽坊失蹤的女使籲籲。

原來李雪梅為張咏拒絕後憤然離京，一直在京師附近徘徊。李稍知道女兒私下逃走是不願意嫁給晉王，多半回了遼國，想她身懷武藝，又經常隨自己走南闖北，應該不會出事。等到女使籲籲奔來告知宋行命案即將暴露時，李稍便命她逃回遼國，一路尋訪女兒李雪梅下落。籲籲當真在小牛市集遇到李雪梅，二女便預備結伴同行，一道回去遼國。只是李雪梅心中有事，遲遲不肯動身，竟被追來的阿圖發現蹤跡。二女不知道阿圖已投靠晉王，毫無防備，被他暗下迷藥後捕獲，偷偷運回京師晉王府。

趙光義見阿圖辦事迅敏有效，神不知鬼不覺，極合己意，比安習等人強上百倍，大喜過望。阿圖知道李雪梅性情剛烈，特意用鐐銬鎖了手腳，才送來趙光義房中。不料趙光義剛將她口中木丸取出，她便破口大罵不止，竟有許多市井罵語，污穢之極。趙光義被罵得火起，拔刀要殺她。阿圖慌忙進來攔住，先重新用木丸堵住李雪梅的口，令她無法再罵，這才從容稟告道：「這女人如此驕傲，無非是仗著美貌和身分，小的有法子調教她，包教她最後匍匐在大王腳下，苦苦哀求大王饒她。」

趙光義怒氣稍平，問道：「你有什麼法子？」阿圖道：「她自恃美貌，大王便召文筆匠來，在她臉上刺上大字，如同那些赤老般破了她的相。她自恃公主身分，不肯順從大王，大王可將她賞賜給下等侍衛，讓她被千人跨萬人騎，看她再如何驕傲。」

趙光義扭頭望去，見李雪梅臉上露出了恐懼的表情，心中登時大悅，道：「很好，這件事就交給你去辦。」阿圖又將李雪梅牽到趙光義面前，強迫她跪下，討好地道：「大王，這女人一向眼高，尋常男子都不放在眼裡，至今還是個處女，這就請大王先破了她的身，小的再慢慢炮製她，包管她生不如死。」

趙光義聽說，極為欣慰，當即抱李雪梅上床，強行占有了她。李雪梅手腳被鎖，依然拚命掙扎反抗，終令趙光義覺得無趣。大凡世間物事都是得不到手才覺得稀奇，一旦到手，總發現也不過如此。當即將這冰山美人交給阿圖，命他盡情懲治。雖然李雪梅令他很不滿意，但經此一事，趙光義覺得阿圖膽識過人，便視其為心腹。阿圖便將李雪梅和簫簫帶來地牢囚禁。他深知李雪梅見過晉王的面，決計不可能再活著走出這裡，所以命人先割了二女的舌頭，再喚來文筆匠將李雪梅黥面破相，待自己玩夠後才交給侍衛們任意凌辱，只等玩厭了再殺二人滅口。

這些實情經過趙光義自然不會令高瓊知道，只肅色道：「李雪梅和簫簫均是在邊關捕獲，她二人身上帶有寫給遼國南院大王的信件，事涉傳國玉璽，你當本王是為一己之私才捕她二人到晉王府麼？」

高瓊聽說，這才無話可說，忙跪下為無禮冒犯請罪。趙光義親手扶起他，道：「李雪梅的生父，是耶律倍妃子高氏在中原所生，論起來，她還是你的表妹。你可想救她？」高瓊道：「她是敵國公主，我是大宋子民，豈敢為一己之私背叛大王？」

趙光義道：「如此便好。只是你時常去樊樓飲酒，見到李稍那些人切不可露出形跡。」高瓊道：「屬下再不去樊樓飲酒便是。」趙光義道：「那也不行，你時常去那裡，突然不去，不是讓他們起疑麼？總之，你可不要忘記今日你說的話，若敢洩露半點風聲，便有通敵叛國之嫌，休怪本王翻臉無情。」高瓊道：「是，屬下絕不敢背叛朝廷。」

當日之言猶在耳邊，眼前卻有人拿唐曉英的生死來逼問他說出李雪梅下落，高瓊不由得十分為難。

李群道：「怎麼，你不顧念自己性命，卻連朋友和所愛女人的性命也不顧麼？」高瓊道：「你主動告訴我李雪梅父女的真實身分，無非是想用血緣親情來打動我，可你們之前不擇手段地利用我，以及我眼下的處境，你可有想過我是你們的親人麼？你們如此待我，又怎能指望我顧念親屬之情，背叛大宋？」

只聽見有人鼓掌道：「不錯，己所不欲，勿施於人，我們在中原多年，該明白這個道理。」

卻見牆上不知如何開了一扇小門，李稍從隔壁閣子走過來，揮手命道：「你們退下！」幾名小廝當即收起弓弩，躬身退了出去。

李稍叫道：「高瓊，你既已知道我的身分，如何還不過來參見？」高瓊只得起身道：「高瓊參見姑父。」李稍道：「嗯，你我已是生死對頭，各為其主，也不必多言。我今日以姑父的身分，只問你一句話，雪梅她……還活著麼？」

高瓊道：「我不知道。」他是真的不知道李雪梅是否還活著，自在地牢見過她一面後，就再也沒有見過她，如今已經一年多過去，興許她早已被阿圖折磨至死。頓了頓，又道，「姑父放心，高瓊自當全力追查雪梅表妹的下落，若她還活著，一定傾心相救。」李稍道：「那好，你去吧。」高瓊大感意外，也不及思慮更多，只得蹣跚走下樓來。

張咏、向敏中二人還在原處飲酒。張咏滿臉通紅，已露醺醉之態，喃喃叫道：「雪梅……雪梅……」高瓊忙過去奪下酒杯，道：「你已經醉了，不能再喝了。」向敏中道：「不用管他，他心情不好，我一會兒自會送他回去。」

高瓊便掏出酒錢扔在桌上，道：「我眼下有點急事，稍後去興國坊尋二位。」

匆忙回來晉王府，趕來地牢，卻被侍衛挺身攔住，道：「大王頒下嚴命，不准官人再進地牢一步，如有抗命，格殺勿論。請官人不要令小的們為難。」高瓊一驚，道：「大王是何時下的命？」侍衛道：「老早了，應該是那兩名女子被關進來的時候吧。」

高瓊忙問道：「那兩名斷舌女子還被關在裡面麼？」侍衛笑道：「在呢，若是沒有她們在，就不會有這麼多侍衛愛往地牢裡來當值了。」

高瓊只得轉身出來，忽聽見阿圖在背後叫道：「高兄留步！」高瓊頓住腳步，不悅地道：「我可不敢妄稱你阿圖官人的兄長。」阿圖笑道：「你我均是晉王的親信下屬，何必見外呢。」

高瓊「哼」了一聲，道：「你叫我有事麼？」阿圖嘿嘿一笑，道：「你想救李雪梅是不是？」高瓊道：「胡說八道，我如果想救她，用得著等到今日麼？」阿圖道：「為什麼等到今日我可不知道，但我知道你想救她。你放心，我不但不會告訴晉王，而且還要幫你。」高瓊道：「我最好離你遠遠的。」

阿圖道：「別著急走。你該知道，大王早料到你有一天會顧念親情，所以下令不准你進地牢，眼下你根本沒有能力救你表妹，只有我才能救她。」高瓊道：「狗屁，你救她？明明是你害她成這樣。」阿圖道：「我做事跟你不一樣，我有我的目的，害她、救她都是如此，日後你自會知道。」

高瓊冷笑道：「你不怕我告訴大王麼？」阿圖道：「不怕，你將來不但會求我助你救李雪梅，而且我手上還握有你一個大把柄，我知道你跟那小女孩劉娥的失蹤很有干係。」高瓊吃了一驚，道：「小娥是掉進大池中淹死了，這是三公子親眼所見，你可別胡說。」

原來當晚晉王告知李雪梅的真實身分後，高瓊悻悻出來別院，在後苑正撞見晉王第三子趙德昌站在池邊哭泣，稱是跟劉娥玩捉迷藏，她卻因為天黑掉進了水裡。高瓊大驚，正待下水相救，卻意外看見劉娥拿著一塊石頭、躲在一旁竊笑，心念一動，立即招手叫過後門一帶的侍衛下水打撈劉娥，他自己則趁亂抱了劉娥溜出門去。他與龐麗華相熟，劉娥亦跟他親近，也不叫喊，只笑嘻嘻地道：「叔叔，別讓德昌找到我們。」高瓊曾答應唐曉英要救劉娥出晉王府，將她送回蜀中老家，他謀畫多日，始終沒有機會，想不到今晚意外得手，當即按照早已安排好的計畫將劉娥送去一戶人家，請那對中年夫婦明日一早即動身前往蜀中。劉娥聽說可以見到外公、外婆以及媽媽，更是欣慰異常。安排妥當，高瓊便溜回晉王府。趙光義聽說劉娥落水，早暴跳如雷，甚至還重重打了親生兒子趙德昌一耳光。大批侍衛躍進水中救人，但那水池與金水河相通，折騰了一夜，也沒有發現劉娥的屍首。次日一早趙匡胤又派人召趙光義進宮，才算作罷。高瓊自以為這件事做得神不知鬼不覺，卻不知阿圖如何看出了破綻。

阿圖笑道：「那話是對別人說的，我可是知道你跟龐麗華母女關係不淺。」高瓊道：「無憑無據，少血口噴人。」阿圖道：「晉王要殺你，只需懷疑你就夠了，還要什麼憑據！我如果現在就去告訴大王是你拐走了劉娥，你自信他不會懷疑你麼？」

高瓊自是深知晉王為人，城府極深，最容不得旁人背叛，若阿圖去輕輕提上這麼一句，不但他立即性命不保，就連唐曉英以及所有與他有關的人都要牽連進來。只得忍氣吞聲，問道：「你想要怎樣？」阿圖道：「我想要怎樣時自然會告訴你，只要你辦到，我就立即幫你救出你表妹，而且保她平安回去遼國，絕不食言。」

高瓊正待答話，忽有侍衛奔過來叫道：「大王回府了，快去前面侍奉。」

高瓊心道：「今日獻俘，大王不該在宮中參加慶宴麼？」忙捨了阿圖，趕來府廳。

幾名侍女正在為趙光義換上孝服。高瓊不由得吃了一驚，上前問道：「出了什麼事？」趙光義道：「符相公病歿了。你先趕去叫上你那位朋友潘閬，讓他到符相公府上將那隻海東青取來給本王。」

高瓊感覺晉王有落井下石、強取豪奪的嫌疑，雖不情願，卻不得不遵命來到興國坊。恰好向敏中正扶著酒醉的張咏回來，聽說符彥卿病歿，忙道：「潘閬還沒有回來，此事蹊蹺得緊。」便與高瓊一道前來符府。

皇帝趙匡胤已經先到了，正在撫慰符彥卿的次女符氏。這在旁人看來未免很是異樣——當初符氏是後周太后，兒子柴宗訓是後周皇帝，因符太后最愛的六妹是趙光義的妻子，所以對趙氏格外信任，付以禁軍兵權。然而趙匡胤卻有負重望，發動陳橋兵變，從孤兒寡母手中奪取了天下。又將符太后、柴宗訓母子流放房州，三年前更指使房州知州辛文悅，「病死」了年僅二十歲的柴宗訓。符太后二十多歲喪夫喪江山，三十多歲喪子，嘗盡天上墜入人間的悲涼，這一切全拜趙匡胤所賜。卻不知當此之際她被殺子仇人握住雙手、好言安慰時，心中又是何等感受。

向敏中一眼看見潘閬躲在人群後，忙過去招呼，低聲問道：「出了什麼事？」潘閬面色蒼白，只搖搖頭，道：「咱們走吧。」

高瓊追過來道：「你還不能走，你和寇准送給符相公的那隻海東青呢？晉王想要。」潘閬奇怪地看了他一眼，冷冷道：「海東青已經歸官家了。晉王那麼有本事，自己去找官家索要。」

出來符府，向敏中道：「你一早被人叫走後，符相公就來了興國坊，似是來找你，聽說你是被他派人叫走，臉色大變，扭頭就走。這到底是怎麼回事？」潘閬道：「沒什麼，真正叫我來符府的人是符太后，她有怪病，想讓我看看。只是她身分特殊，自兒子死在房州後她被恩赦搬回京師，居住在符府，符相公擔心朝廷猜忌，不准她和外人來往，所以她便以符相公的名義召我去看病。」

向敏中道：「可是符相公早上還好好的，怎麼會突然就……」潘閬道：「世事難測，我也料不到會如此。其實符相公人很好，他對我有大恩，只是……只是……」神色淒涼，再也說不下去。

向敏中心念一動，心道：「聽寇准說那白爪海東青天下僅有兩隻，一隻在遼國皇帝手中，這一隻是潘閬親去遼東，治好了女真頭領的病，好不容易才弄到手，卻轉手給寇准當做生日賀禮送給了符彥卿，可見他花了許多心思。符彥卿曾長期駐守大名，潘閬又是大名府人，莫非他們原本有舊？」忙問道，「你跟符相公是舊識麼？」潘閬黯然道：「算是吧。」他不願意多提，向敏中也不便再問。

自一年多前晉王妃符氏死後，符彥卿失去了與趙氏皇族的唯一紐帶，在朝中的地位已大不如前。只見他的死並未給東京人帶來多少震動，相反地，人們的眼光都集中在大街上多出來的那些綠袍官員[5]身上，甚至希冀能在那些人中見到前南唐國主李煜以及他那美麗的王后周嘉敏。

南唐平定，大宋得十九州、一百零八縣、六十五萬五千六十五戶，不僅疆域大增，且均是富庶之地，舉國歡慶。晉王趙光義率領文武群臣奏表，請皇帝趙匡胤加尊號「一統太平」。趙匡胤雖然欣喜，卻不同意，道：「燕晉[6]未復，怎敢妄稱一統太平？」於是趙光義請求改稱「立極居尊」之號，趙匡胤才勉強同意。

南唐的滅亡也帶給周邊鄰國極大的威懾，吳越王錢俶畏懼大宋軍威，主動來到汴京朝見天子。

吳越由錢鏐創立，國都在杭州[7]。錢鏐當國君以後，常回故鄉探望，但其父錢寬總是逃避不見。錢鏐驚問緣故，錢寬道：「你雖當了君主，可四周強敵環伺，與人爭利，終究會禍及我錢家，所以我不願與你見面。」錢鏐涕泣受教，之後一直小心謹慎，只求自保。他很少安睡，用小圓木做枕頭，熟睡時頭一動便落枕覺醒，稱為「警枕」；又在寢室中置粉盤，想起事情即寫在粉盤上；令侍女通夜等候，外面有人報告，立即喚醒他。錢鏐死後，依次傳位給錢元瓘、錢弘佐、錢俶。大宋攻打南唐時，命吳越出兵助攻，錢俶不敢不從。李煜特意寫信給錢俶，勸說道：「今天沒有我，明天豈能還有你？早晚你也是汴梁一布衣罷了。」錢俶畏懼宋朝，不但將李煜之信交給了宋朝，還助宋軍攻打南唐的常州。

趙匡胤見錢俶遠比李煜懂事，大喜之下，派皇長子興元尹趙德昭出城迎接，賜第禮賢宅，又命晉王趙光義、京兆尹趙廷美與錢俶結為兄弟，准許他佩劍上殿，詔書不直呼其名，賞賜極厚。錢俶在汴京滯留兩月後，趙匡胤又主動遣他回國，道：「南北風土各異，南方逐漸炎熱，應該早早回國。」臨行前，特賜一密封黃包，交代錢俶到家後再看。錢俶回到杭州打開包袱一看，裡面並非金銀珠寶，而是宋朝群臣請求扣留錢俶的奏摺。錢俶既感激又恐懼，從此對大宋唯命是從，完全屈服在宋朝的統治之下。

自與遼國通好以來，對南唐用兵一直是本朝首要大事，其餘一切均要推後。而今江南既定，吳越臣服，局勢陡然鬆弛了下來。趙匡胤也終於有時間安排皇次子趙德芳出閣，封為檢校太保，親自為他聘定河南府知府焦繼勳的女兒為正妻。

皇帝又頒下詔書，他將巡遊洛陽，群臣自晉王以下，一律隨行。趙匡胤本人出生在洛陽的夾馬營，一直很留戀洛陽風物，加上開封作為帝都無險可守，而洛陽卻固若金湯，所以他常流露出遷都之意。此時皇帝忽然要西去洛陽，既被視為遷都之議已提上日程，也被認為是立儲的強有力信號——自五代以來，京畿府尹素來是儲君的首要人選，皇弟趙光義任開封尹十六年，早被朝野視為未來的皇帝。然而一旦遷都洛陽，那麼河南府知府焦繼勳就搖身變為京畿最高長官，而這位焦繼勳正是趙德芳的岳父。

一些人事上的安排也越發證明這種猜測並非空穴來風。以往皇帝趙匡胤離京，均由開封尹趙光義擔任東京留守，而此次趙匡胤指名要趙光義同行，任命宰相沈義倫為東京留守兼大內都部署，三司使王仁贍兼知開封府。這樣一來，汴京的所有權力都將被移交到沈義倫手中。

沈義倫字順宜，開封人。他幾乎與趙普同時投入趙匡胤幕府，一直負責掌管財政，是趙匡胤最為倚重的心腹。宋朝建立，在以「佐命功」升遷的趙匡胤霸府幕僚中，他名列第四。開寶二年二月，趙匡胤御駕親征北漢，以皇弟趙光義為東京留守，沈義倫為大內都部署、判留司三司事，負責皇宮安全和處理朝廷日常財政事務，由此可見趙匡胤對他的信任程度。宰相趙普因與趙光義爭權失敗後被罷相，時任樞密副使的沈義倫同日升為宰相，成為趙匡胤霸府幕僚中繼趙普之後升任宰相的第二人。

皇帝一行浩浩蕩蕩，三月初九自東京出發，五日後到達洛陽，當場加封河南知府焦繼勳為右武衛上將軍、彰德節度使，又提出要就此留居洛陽，實際上已是明確表達遷都之意。

不料群臣爭相反對，鐵騎左右廂都指揮使李懷忠諫道：「汴京得運河漕運之利，有通往江南之便，每年從江淮運來百萬斛米供給京師數十萬軍隊。而且東京根基已固，不能動搖。」趙匡胤道：「東京城中所需物資全仗水路由外地運送，萬一汴京被圍，後果難以想像。」堅決不肯聽從。

晉王趙光義也極言遷都不便。趙匡胤堅持道：「遷都洛陽，乃權宜之計，長久之計當定都長安。我將都城西遷，為據山河之險，裁汰冗兵，依周、漢故事，統治天下。」顯然，皇帝遷都決心已下，群臣的諫阻都不能動搖。關鍵時候，趙光義上前磕頭道：「形勝固難憑，在德不在險。」

「在德不在險」一語出自《史記》，是戰國時著名軍事家吳起的重要觀點。當時魏武侯攜吳起一起乘船渡河。行至中流，魏武侯指著兩岸的險峻山峰感歎道：「如此堅固美好的山河，正是魏國得以鞏固的根本啊。」吳起立即回答道：「國家政權鞏固與否，其根本在於施德政而不在於天險屏障。古代三苗王國左有洞庭、右有彭蠡，但因國王不修德義，被夏禹所滅；夏桀都城左有河濟，右有泰華，南有伊闕，北有羊腸，可謂固若金湯，但由於他施行暴政，被商湯所取代；殷紂王所居的國都左有孟門，右有太行，北有常山，南有大河[8]，但因他為政殘暴，被周武王所殺。由此觀之，地形有利難以成為國家的保障，要鞏固政權，靠的是施行仁德，而非依仗地形、關城，險要在德不在險。如果您不施德政，船上的所有人都會成為您的敵人。」魏武侯聽了吳起的這番話，十分感慨。

趙光義這句話擲地有聲，背後蘊含極大的深意。趙匡胤聽了默然不答，只揮手命群臣退下。

洛陽那邊皇帝忙著拜謁陵墓[9]、合祭天地、討論遷都，東京的流言蜚語也逐漸多了起來。但即使是皇帝將立皇次子趙德芳為太子的傳聞，還是比不上樊樓人去樓空更吸引人眼珠。某一日，樊樓的主人李稍平地消失，同時不見的還有管帳的李群等許多重要人物，以及大批現銀等。樊樓另一半主人孫賜，也就是晉王侍妾孫敏的父親，事先完全不知情，又乏經營應變之才，登時導致樊樓陷入癱瘓。大批酒客的不滿造成轟動全城的效應，東京留守沈義倫不得不親自調查此案。事情很快明瞭，有人匿名往開封府投書，告發李稍是契丹奸細，京師士民這才恍然大悟。

樊樓事件甚至驚動了遠在洛陽的皇帝，促使趙匡胤提早踏上返回開封的路程，遷都之議由此擱置下來。最驚詫之人當屬張咏，他聽說李稍竟是當今遼國皇帝的親叔叔後，驚訝得半天合不攏嘴，這才明白為何李雪梅之前提到要去望海樓，原來她就是望海樓主人耶律倍的孫女。而她失蹤後不見李稍著急，想來這位契丹公主已經回去了遼國。張咏心知二人從此天涯萬里，再無相見之日，不免更加悵惘不已。

他長久地徜徉在汴河邊上，以排遣胸中鬱積。杏花吹盡，薄暮東風。河水微瀾，望眼淒迷。時地依然，斯人已杳。搔首興歎，壯年離拆。情懷又被這水紋輕易撩撥了起來。

這一日，趕來汴京參加符彥卿葬禮的寇准又因母喪須得趕回大名府，張咏送他離去後，便約了向敏中、潘閬一道來雞兒巷拜訪蔡奴。並非他對這位汴京第一名妓有什麼非分之想，他念念不忘的無非是那本在大相國寺失之交臂的《春秋繁露》，總想借來閱讀，可他與那翰林院供奉袁慶不過一面之交，且是因爭書而起，不好貿然登門，便想到了請蔡奴出面借書的法子。

事情當真再巧不過，袁慶正在蔡奴住處，坐在花架下，一邊飲茶，一邊聽蔡奴撫琴。舒緩的旋律，動情的音符，徜徉得使人酥軟。正逍遙之時，袁慶見到女使領人進來，隨意一瞥，立時瞪大了眼睛。

張咏笑道：「袁供奉何必如此驚訝？張某不過是……」忽然意識到袁慶望的不是自己，而是身邊的潘閬，不覺一愣，問道：「小潘認得袁供奉麼？」潘閬搖頭道：「不認得。」

袁慶站起身來，道：「你……你不是幾年前為了追求蔡家娘子，在樊樓付下在座所有酒客酒錢的沈偕？」潘閬道：「什麼？」袁慶道：「我記得你！我當日也在樊樓，對你印象極深，後來還根據記憶畫了一幅〈沈君與蔡奴〉。」

蔡奴驚道：「這件事，怎麼從未聽官人說過？」袁慶道：「不足提，不足道。沈君，你當日豪氣蓋天，可是鎮住了所有人。」潘閬笑道：「我姓潘，不姓沈，官人怕是認錯人了。」

袁慶詫異道：「你不是沈君？蔡娘，你來看他是不是當年那位江南富豪沈偕？」蔡奴笑道：「潘郎是跟當年的沈君有幾分相像。」袁慶搖頭道：「不是像，簡直就是同一個人。不信我回家取那幅畫來給你們瞧。」蔡奴勸道：「官人何必較真，不過是兩個長得像的人罷了。」

張咏卻道：「就該較真，我倒真想看看那位沈君跟小潘有多像。袁供奉，我陪你一道回去取畫如何？」無非是要利用這個機會跟對方大套近乎，能進到袁家的藏書樓瞧上一瞧。袁慶很有幾分呆子氣，聞言忙道：「好。我家就在附近。」

蔡奴忙道：「何不一起去？奴家可以冒充是張郎的女伴，府上眷屬也不會起疑。」潘閬道：「這樣最好，我也迫不及待地想看看那幅畫呢。」袁慶道：「好。」

五人便一道往袁宅而來。袁慶抱著一包自書鋪淘的舊書，走得最慢。張咏見狀忙道：「我來幫手。」不由分說，便去拉扯包袱。袁慶也是個愛書如命的人，明知道張咏是好意，但還是不放心自己的書在旁人手中，忙往回縮。那包袱本繫得鬆垮，被兩個大男人一奪，頓時散開，落出幾本書來，夾雜著一包鹽。

一旁有路人瞧見，立即飛奔趕去告知離得最近的巡鋪兵卒。宋代的鹽跟茶一樣，均是官方壟斷經營的物資，朝廷嚴禁販賣私鹽，凡捉住或告發販鹽一斤以上者都有重賞。

巡鋪兵卒聞聲而來，掂量那包鹽大約有一斤來重，登時虎下臉，問道：「這包袱是誰的？」袁慶道：「包袱是我的，不過這鹽不是我的。」

告狀的路人道：「鹽分明是從包袱中掉出來的。」袁慶道：「我是翰林院的袁供奉，怎麼會販賣私鹽？」

巡鋪兵卒不屑地道：「晉王的手下還販賣婦女呢，供奉官人販賣私鹽算什麼。走吧，有話到開封府再說，官人別令小的為難。」又問了張咏、潘閬幾人的名字、住處，這才不由分說地將袁慶連人帶鹽一併帶走。

袁慶道：「我的書……」張咏道：「放心，書我先替供奉收好。」

向敏中搖了搖頭，轉身問道：「娘子為何要這麼做？」蔡奴道：「什麼？」向敏中道：「娘子為何要用鹽嫁禍袁供奉？」蔡奴道：「奴家不明白向郎的意思。」

向敏中道：「袁供奉是愛書之人，買書後一本一本地對齊碼好，再將包袱繫上。」一邊說著，一邊示範，將張咏手中的包袱繫上。又道，「你們發現蹊蹺了麼？」張咏道：「沒有。少賣關子，快說！」

向敏中道：「你們看，我習慣用右手，所以書頁一面的結是向前的，書背一面是向後的。而剛才書掉出來的時候，我留意到包袱的書頁向後，書背一面向前，正好相反。」

蔡奴道：「奴家還是不明白。」張咏道：「我明白了。袁慶適才一直右手抱書，他也是習慣用右手之人，他繫包袱結的方向定然跟向兄一樣。之所以有所不同，是因為有個習慣用左手的人偷偷打開過。蔡家娘子，你當日在樊樓到我們閣子來敬酒時，我就發現你是左撇子。」

蔡奴強笑道：「何以見得奴家是左撇子就一定是我？說不定是那個賣書的人繫的包袱。」張咏道：「你不懂，袁供奉是愛書之人，絕對不會多讓旁人碰一下他的書。而且，袁供奉的包袱原本放在房中，是你取出來交給他的。」又問道，「老向，你既早發現了破綻，為何適才不對巡鋪卒說清楚？」向敏中道：「因為這件事跟潘閬有關。」

蔡奴忙道：「是奴家做的，你們別怪到潘郎頭上。」潘閬歎了口氣，道：「他是世間第一聰明人，瞞不過他的。蔡娘，你先回去。」目送蔡奴走遠，才道，「咱們也走吧，回興國坊再說。」

進來堂中坐下，潘閬沉默許久，才問道：「老向是怎麼懷疑到我的？」向敏中道：「袁供奉是蔡奴的恩客，袁家又極其有錢，奉承還來不及，她忽然用私鹽嫁禍給他，令他被官府捕去，必有緣由。我猜多半跟他要帶我們去看的〈沈君與蔡奴〉一畫有關。潘閬，你不願意我和張咏見到那張畫，因為你就是那畫中的沈君，對麼？」

張咏大為驚奇，道：「呀，小潘竟然曾有千金買酒的豪闊經歷！」驀然想到什麼，道，「可當初我們在樊樓，蔡奴進來敬酒，你如何又裝作不認識她？還有蔡奴，為何也裝作不認識小潘？」

當晚樊樓飲酒，蔡奴第一次進來十二號閣子時，稱呼張咏、寇准、潘閬為「三位官人」。但她離開時，潘閬有話問她，她又叫他「郎君」，可見她知道潘閬不是官吏，她不認識張咏、寇准，卻認識潘閬，而佯作不識，肯定別有玄機。

向敏中道：「小潘，你我相交已久，我早發現你其實是個極精細的人，當日全虧你發現了南唐鄭王隨從身上的破綻。你能發現一些旁人觀察不及的細微之處，樊樓命案當晚卻偏偏將見到孟玄玨站在王全斌閣子前的事『忘記』了，一直等到後來再說，這顯然是刻意為之。我一直想不明白這一點。今日袁供奉這事暴露了你和蔡奴原本認識，一些蹊蹺之事才得以迎刃而解。當晚王全斌上吊後，你就是那個去搬動他屍首的人，對麼？」潘閬道：「不錯，的確是我。」

原來潘閬幾年前曾冒充江南富豪，到汴京一擲千金，將蔡奴一手捧為第一名妓。西樓命案當晚，他與張咏、寇准一齊來到樊樓飲酒，在王全斌鬧事時已經看見站在閣門處的蔡奴，只佯作不識。蔡奴當時凝神觀望樓廊中相鬥，可也聽到了背後有動靜，她雖是女子，可歷事極多，竟然強忍著沒有回頭。但回來發現桌案上有衣袖拂拭過的痕跡，地上也有些許粉塵，當即隱約猜到有人往酒中投了毒。她也不說破，假稱肚子疼，先趕來十二號閣子，預備找機會將經過告訴潘閬。潘閬假意追出去後，二人在樓廊密密交談，潘閬聽說有人要對王全斌不利，便讓蔡奴假意到各閣子敬酒，以製造不在場的證明。他後來稱解手出來時，便是要去六號閣子看王全斌的情形，結果正好看到王全斌正往屋梁上甩繩打結，預備上吊。又聽到隔壁四號閣子有人要出來，慌忙奔到樓梯口，不久見到孟玄珏站在六號閣子前愣住，他還特意叫過酒廝丁大，指明樓廊有人。等到孟玄珏回去自己的閣子，他便重新進來六號閣子，踩上腳凳，抱住王全斌的屍首往上抬了一下，再將凳子上的腳印抹去，安然回到十二號閣子，假意告知眾人他在廁所中聽到有人悄聲議論說皇二子趙德芳在三號閣子中，其實是王全斌在樓廊鬧事時，蔡奴認出了趙德芳，又悄悄告訴了他。

向敏中道：「除了蔡奴已察覺到呆子自窗子進來下毒這一點，其餘都可以推測到。只是我不明白，你為什麼要這麼做？你搬動屍首，無非是想造成他殺假象，可有嫌疑的李繼遷、折御卿跟你都沒有恩怨。」潘閬道：「我確實跟他們二人都沒有恩怨，我本身的意圖也並非要嫁禍給他二人，不過是有意令事情複雜，讓官府頭疼罷了。」

張咏呆得一呆，問道：「你為什麼要這麼做？」潘閬搖搖頭，道：「你們不會明白的。」

向敏中道：「你花重金捧紅蔡奴，也是計畫中的一步。第一名妓身價不菲，能接觸到大批達官貴人，她便成為你在京師的重要眼線。還有那飛鷹海東青，也是你千辛萬苦找來，作為接近符彥卿相公的進階。你刻意安排這些，當然有重大圖謀。」潘閬道：「蔡奴確實是我的精心安排，可海東青卻是我誠心誠意為符相公尋的壽禮。不怕告訴你們知道，我本姓柴，論輩分，符相公可以稱得上是我的祖父。」

向敏中雖早有心理準備，還是吃了一驚。張咏嚷道：「原來你……你就是陳橋兵變當日失蹤的柴熙讓，後周世宗的第五子。」潘閬也不置是否，只默然不語。

張咏道：「你做那些事，就是為了報仇麼？」潘閬道：「幾年前我知道了自己的身世，確實有復仇之心，所以一手安排了蔡奴事件，讓她利用美色來打探朝廷動向。我兄長柴宗訓被害死在房州後，我便決意來到京師，而為尋好鷹耽誤了時日，正好趕上跟寇准一道。後來的事你們也知道，除了挪動一下王全斌的屍首，我並沒有做什麼真正的壞事。甚至在跟契丹人的幾番爭鬥中，我還站在了大宋一方，畢竟趙氏也不算什麼昏君。若我貿然害死了他，天下重新大亂，又有多少百姓要受苦。」張咏道：「你能這麼想最好。」潘閬道：「你們已經知道了我的身分，打算如何做？」張咏歎口氣道：「還能怎麼做？當然是什麼也沒有聽見。」

向敏中道：「我還有一件事想問你，符彥卿相公之死跟你到底有沒有關係？」潘閬道：「也可以說有關係。符相公知道我的身分，也曾帶我見過符太后。當時符太后剛剛經受喪子之痛，病得很重，有些瘋瘋癲癲，完全認不出人來了，符相公這樣做也只是想安慰她。但不知怎的，她見了我忽然盯著我不放，人也清醒了許多。符相公怕惹出禍事，便命我出去，從此不准我再進符府。當日符府來人召我，我還暗覺奇怪，去了才知道是符太后要見我，她人已經完全好了，居然直接叫出我的名字。不久後，符相公趕進來，斥責符太后不該這麼做，父女二人起了爭執，符太后伸手一推，符相公腳下一滑，額頭正好撞在香爐上……」

向敏中心道：「原來是符太后失手弒父。」只是有些奇怪潘閬為何稱親生母親為「符太后」，又見他眼淚流出，極見悲傷，不便再多說什麼，只問道，「那你今後有什麼打算？」潘閬道：「不知道。不過既然你們已經知道我的真實身分，我當然是要先搬離這裡，以免將來連累你們。」

忽有人在門外叫道：「潘大夫在麼？小的是晉王府的，府上眷屬得了急病，請潘郎去看看。」潘閬應了一聲，提了藥箱出去。向敏中和張咏相對無言，就此散去。

次日一早，開封府司寇參軍[10]王嗣宗率人來拍門。這王嗣宗正是前汴陽坊正王倉之姪，去年參加乙亥科科考，為當屆狀元，只是他這個狀元並非會試第一名，而是殿試狀元，且得到的很有些不雅。

按照慣例，舉子會試合格後，還要參加皇帝親自在講武殿[11]主持的殿試。殿試也非以文章優劣論高下，而是考三題，以先交卷而又無大差錯者為狀元。正好王嗣宗和趙昌言同時交卷，二人各不相讓，誰當狀元便成了難題。趙匡胤便叫來二人，道：「你們都說自己先交卷，都應該當狀元，但狀元只能有一個。看來你們的文才不相上下，但不知武藝誰優誰劣。這樣吧，你們就在此打一架，哪個贏了，哪個就當狀元。」

王嗣宗和趙昌言便當著皇帝的面大打出手。王嗣宗與趙昌言同是汾州人，知道對方是個禿子，在搏鬥時總朝他腦袋打去，最終將其襆頭打落，露出一顆光溜溜的禿子腦袋。趙昌言當眾出醜，羞憤難言，最終敗下陣來。王嗣宗由此輕鬆取得狀元之位，但也在京師傳為笑柄，尤其他參考前曾向知貢舉王祐行卷一事被揭露後，更為士大夫所不齒[12]。

王嗣宗中狀元後，本該外放為官，但機緣巧合下得以補授開封府司寇參軍，可謂十分幸運了。他倒也知恩圖報，走馬上任時正逢判官姚恕被貶，遂以證據不足為由，將王祐之子王旦傾心相戀的前刑吏劉昌之女劉念，從牢裡取保釋放了出來。傳說姚恕得罪晉王失寵與前任宰相趙普有關，他被罷判官後奉命出京治理黃河，不久因治河不力被殺，屍體拋入黃河，落了個屍骨無存的下場。

張咏來開門時，見王嗣宗背後淨是全副武裝的吏卒，還有手持弓弩的捕盜弓手，不由得一愣，問道：「參軍是來捕人麼？」王嗣宗道：「不錯。昨晚翰林院供奉袁慶家發生命案和失火案，袁供奉臨死前向家人指認是潘閬所為。」張咏道：「什麼？袁供奉不是因為私鹽一事被逮去開封府了麼？」

王嗣宗道：「昨日袁供奉確實被逮來了開封府，後來知府王仁贍相公聽說究竟後，道：『袁供奉家資富饒，僅家中藏書樓的書畫珍品便可抵百萬錢，如何會販賣一包私鹽？』下令釋放。誰料到袁供奉晚上回家後也不理睬家人，直奔藏書樓，正見到藏書樓火起，一名黑衣人從樓裡出來，見到袁供奉，上前便是一刀。等家人趕來，黑衣男子已不知去向，只見袁供奉倒在血泊中，以及癱倒一旁起不來身的老僕人。袁供奉臨死前不斷叫著『潘郎』，今日一早袁家人到開封府報案，當值的官吏記得昨日巡鋪兵卒押袁供奉來開封府領賞時，報上的證人名字中有張兄和潘閬的名字，我才由此尋來。」

張咏道：「原來如此。不過潘閬昨日自晉王府回來後就一直飲酒不停，直到喝得爛醉如泥，還是我扶他進房睡下，至今未醒，如何半夜潛出去放火殺人？」

王嗣宗道：「我自是信得過張兄的話，不過還是查驗一下為好。」帶人闖進房中，果見潘閬渾身酒氣，正躺在床上呼呼大睡，上前推了一下也不醒。

王嗣宗道：「這可奇了。既是跟潘閬無關，袁供奉為何死前不斷唸他的名字？」

張咏忙問道：「袁家的藏書樓怎樣了？」王嗣宗道：「書畫之類最懼火苗，當然是燒了個精光，可惜！幸運的是，袁氏藏書樓單獨建在一處，與房舍住處並不相連，才沒有引發更大的災難。張兄，這案子是我上任以來接手的第一件命案，務請你和向兄多幫忙。昨日巡鋪兵卒報了你、向兄和潘閬的名字列作證人，那麼袁供奉因攜帶私鹽被逮時，你三人都在現場，這到底是怎麼回事？」

張咏已經大致猜到了究竟，遲疑了一下，道：「我們三人是在名妓蔡奴那裡遇到袁供奉，後來一道出來，預備去袁家看書賞畫，半路他包袱裡掉出了私鹽，我們也很吃驚。至於潘閬，不瞞參軍，我昨夜一直未睡，只在堂中翻書，我敢以個人名義擔保潘閬昨夜並未出去放火殺人。參軍何不去雞兒巷問問那蔡奴？」

王嗣宗道：「蔡奴麼，昨晚王仁贍相公府上有宴會，特別邀請了她侍酒，我也在場，親眼所見，怕是她現在人還在王相公府上未起身。」

張咏原以為是蔡奴連夜去袁氏藏書樓放火，意在毀掉那幅〈沈君與蔡奴〉，以保護潘閬，然而她既在王仁贍府上佐宴陪酒，以她的聲名地位，當然是寸步難離，又怎能溜出去放火殺人？但這起先縱火後殺人的事件絕非偶然，一定跟潘閬有關，說不定是什麼後周遺臣為了保護他而下的手。他跟袁慶只見過兩面，並無交情，可一想到那本《春秋繁露》以及滿樓未見的珍籍善本，不免十分心痛。

王嗣宗知道張咏愛書，多少猜到他心意，歎道：「我跟張兄一樣，為那些書痛心不已。張兄，你雖能證明潘閬沒有殺人，但有死者親口指證他，他就是首要嫌疑人，我還是要帶他回去，讓當晚在場的老僕辨認。」張咏道：「是，參軍儘管秉公辦事即是。」

王嗣宗便命人扶了潘閬出來，正遇到一名黑衣帶刀武士，傲然道：「我是晉王府的侍衛，奉命來請潘大夫到府上治病。」

王嗣宗雖是狀元及第，但聲名不佳，也不如何討皇帝歡喜，全虧晉王趙光義一句話才補了開封府的參軍之位，一聽對方是晉王府的人，忙道：「是。不過潘大夫宿酒未醒，下官這就親自送他隨官人去晉王府。」

張咏瞧在眼中，不免暗暗搖頭，出門來向家尋了向敏中，告知昨晚袁慶被殺一事。

向敏中沉吟道：「你我均是知情者，此事潘閬難脫干係，只是一旦追查，他的身分就會暴露。」張咏道：「潘閬確實是我們的朋友，然而袁慶總是無辜，我們不能讓他白白死去。」

向敏中道：「張兄預備如何做？」張咏道：「我想等潘閬回來，好好與他談一次，讓他自己去開封府自首，說出真相來。」向敏中道：「果真能如此，再好不過。我與張兄同去等他回來。」

二人遂回來興國坊等待潘閬，但直到晚上，仍不見他回來。倒是唐曉英背著個包袱中途來過一次，告知要離開京師，回去亳州蒙城家鄉。

張咏知道樊樓不能開張，她無以謀生，忙道：「英娘這麼急麼？何不等高瓊回來再說。聽說官家、晉王一行已經離開洛陽，正在回開封的途中，再過兩三日就該到了。」唐曉英搖搖頭，決然道：「我還是不要再見他的好。」

張咏知道，高瓊極為愛慕唐曉英，偏偏又是她的殺父殺母仇人，後來二人關係雖有所緩解，但終究她還是難解心結，也許離開反倒是一件好事。只得說了幾句保重的話，又盡取囊中銀兩交給唐曉英作路上盤纏，送她出門去。

潘閬自宿醉中被王嗣宗扶走後，再也沒有回來，張咏倒是反客為主，成了看家護院的主人。他知道潘閬與袁慶之死有關，很可能已經畏罪潛逃，也不敢到開封府報告失蹤。

不幾日，皇帝率領群臣回到京師，市井之間又熱鬧了許多。

高瓊得知唐曉英已經回去家鄉，只留了一套親手縫製的衣衫給他，不免鬱鬱滿懷。張咏勸道：「你曾犯了大錯，無論怎麼彌補，它終究還是發生過，你不能指望英娘就此忘記過去。世事傷情，人心蕪雜，世間不如意之事十之八九，你二人終究有緣無分，還是看開些吧。」

高瓊咬了咬嘴唇，舉拳便朝面前的樹幹砸去。張咏一下子感覺到他此刻無可奈何的心情，不由自主地跟著淒涼起來，開始有些後悔剛才說了那樣的話。

好半晌，高瓊才道：「你說得對，我也該回去了。」張咏道：「正好我有件事要拜託你。」託他去打聽潘閬的下落。

高瓊道：「我聽侍衛向大王稟告，府裡有人得了重病，確實請潘閬來過，至於他後來去了哪裡，晉王府的人又怎會知道？」

張咏心念一動，暗道：「晉王府的要害人物都跟隨晉王去了洛陽，是誰得了重病，且治癒後還要特意向晉王稟告？莫非是潘閬見了什麼不該見的事，被晉王府的侍衛殺了滅口？」忙問道，「那得重病的人是誰？」高瓊果然露出警惕之色，呆了一呆，才道：「不過是府中家眷。」

張咏知道他沒有說實話，逼問也無用處，只道：「高兄若知道潘閬的下落，一定帶他來見我。」

高瓊聽到阿圖向晉王稟告林絳曾瀕臨垂死，不得已請了名醫潘閬來晉王府救治，心道：「怕是他早被滅口，從人間消失了。」不好明說，只得答應下來。

張咏又問道：「你這次跟隨晉王到洛陽，可知道遷都之議最終結果如何？」高瓊搖頭道：「我只負責晉王宿衛，政事一概不知。」頓了頓，又道，「不過官家已經命河南知府焦繼勳整治洛陽宮室。」張咏歎道：「如此便可看出官家遷都的決心了。」

皇帝雖然沒有明確宣布要遷都洛陽，但他回到開封後種種舉止極為反常，先是下旨增加晉王和皇二子趙德芳的食邑[13]，又以皇二弟趙廷美和皇長子趙德昭並加開府儀同三司。這一舉措，被認為是趙匡胤在刻意提高趙廷美、趙德昭，尤其是皇二子趙德芳的地位。

六月，趙匡胤親至晉王府，命所有侍從退出，只與晉王在室內密談。於門外侍衛的高瓊忽聽得官家高聲呼喊，搶進去一看，晉王已經昏倒在地，全無知覺。御醫趕到後，點燃艾草反覆炙烤晉王身體，趙光義才甦醒過來，見兄長猶站立床前，只默默流淚。之後官家和晉王絕口不提此事，然而世上沒有不透風的牆，當日經過情形還是慢慢傳了出去。有人背地裡議論說，晉王之所以忽然暈厥，是因為官家向他攤了牌，明確表示要遷都洛陽，且要立皇二子趙德芳為太子。

這次事件後，晉王長期臥病在床，官家則頻繁出巡——先後到新龍興寺、等覺院、東染院；又到控鶴營看騎士射箭；到開寶寺觀經；再到西教場觀看飛山軍士發機石。

八月，趙匡胤親自過問樊樓事件，詔命三司使王仁贍務必儘快解決。樊樓關門，不但群情洶洶，且大大地影響了朝廷稅收，據說趙匡胤因為此事對遼國和北漢大起恨意。正好此時北漢派一萬大軍渡過黃河，進攻党項銀州，党項首領李光睿急忙飛書向大宋求援，趙匡胤遂出師有名，命侍衛馬軍都指揮使党進為河東道行營馬步軍都部署，宣徽北院使潘美為都監、虎捷右廂都指揮使楊光美為都虞候，分別率領五路大軍北伐北漢。

九月，党進大敗北漢兵，進抵北漢都城太原城下。北漢皇帝劉繼元不得不派人向遼國求援，遼景宗耶律賢遂派南府宰相耶律沙、冀王敵烈率兵救援北漢。

宋大軍即將攻下太原的消息傳到京師，趙匡胤心情大好，再次來到晉王府，與病榻上的趙光義密密交談了許久。

轉眼到了十月，一夜狂風，天氣驟然轉冷，開封便提早進入了冬季，身子弱的人不顧臃腫，早早穿上了厚棉襖禦寒，用以取暖的石炭則成了市井間最搶手的貨品。

這一日，空中飄著淡淡的雪花，張咏正與向敏中二人在興國坊中擁爐對飲，忽有神祕客人到訪，竟是那曾在大相國寺賣賭錢不輸方給張咏的麻衣道士馬韶。

張咏大為愕然，問道：「尊師突然到訪，有何見教？」馬韶肅色道：「今日將有貴客臨府，請張郎務必不要出門。」張咏曾見過他與晉王的心腹程德玄一道飲酒，當即問道：「貴客是晉王麼？」馬韶道：「天機不可洩露，到時張郎自然會知道。」

張咏越發困惑，問道：「尊師這是預言，還是代人來傳話？」馬韶道：「天機者，上天之機密也，不可洩。張郎記住貧道的話，切記，切記。」拱了拱手，揚手而去。

張咏滿腹狐疑，道：「搞什麼鬼？」向敏中雙眉微攏，若有所思，半晌才道：「左右無事，不妨等等看。」

然而二人一直等到夜幕降臨，也不見再有客來。向敏中惦記老父，又怕裡城城門關閉後回不去外城的家，遂先起身告辭。

張咏獨自坐在堂中翻書，萬籟俱寂時，忽聽見拍門聲，陡然一驚，趕來一看，竟是潘閬站在門前，背後還跟著個披著大斗篷的人。

張咏道：「你……」潘閬也不多說，拉著斗篷人搶進門，囑咐道：「快閂好門進來。」

張咏見他行蹤詭祕，往外探身一看——夜色沉沉，街道上積著厚厚的白雪，不見一個人影，暗淡淒寂，更不明所以，忙關好門，重新進來堂中，氣急敗壞地問道：「小潘，你這幾個月都去了哪裡？我還以為你……」

潘閬將斗篷人推到他面前，道：「你看這是誰？」那人全身裹在碩大的斗篷中，帽子遮住了面孔，根本認不出來。張咏問道：「閣下是……」

那人便伸手取掉帽子，露出一張女子的臉，眼波流轉，流露出幾分熟悉的冷傲迷離來。只是她的額頭刺了「免斬」兩個大字，兩株雪地裡的紅梅嬌豔地盛開在她的臉頰上，極為詭異。

張咏「啊」了一聲，愣了愣，才道：「雪梅，你……你怎生變成了這副模樣？」

李雪梅也不回答，嘴角一撇，漾起細細的紋線，露出一抹泠泠清冷的笑容來。那倩笑那麼清、那麼淺、那麼淡，清到不可說，淺到不可想，淡到不可擬。不是什麼欣悅，不是什麼慰藉，意緒深婉，心靈潛流，只是那麼莫測高深地一笑。

她真的衰老了很多，喪盡韶華，不再清麗，露出枯槁憔悴的老態來；又變了許多，靈慧明淨的目光變得渾濁，飽含著哀傷怨恨。張咏絲毫不知道兩年來她遭受著非人的侮辱和折磨，全靠驚人的意志才能存活下來，他只從她的表面感到了一種陌生的朦朧，一種異樣的隱祕。他想說點什麼，虛張了幾下嘴唇，終究眩暈在她離合的神光之下。

二人久久對視，肅穆中的激蕩，平靜裡的憂傷，盡在不語間。

一旁潘閬不免有些著急，道：「雪梅娘子她被人割去了舌頭，再也說不了話。」張咏聞言又是驚異，又是悲憤，問道：「是誰害她成這樣？」潘閬道：「說了你也不信，是阿圖。」張咏道：「什麼？」

潘閬道：「這件事說來話長，也不是一時半會兒所能講清楚。張兄，我知道你一直對雪梅娘子念念不忘，所以特意帶她來見你一面。今晚她就要離開汴京回去遼國。你有什麼話，快些說出來，免得遺憾終身。」

張咏只呆呆地望著李雪梅，只見她又拉上了帽子，罩在頭上，大概不願意他見到那張可驚可怖的臉，一時胸口情感翻滾，只道：「我……我……」

忽然又有拍門聲，潘閬登時駭然失色，見張咏還在死瞪著李雪梅發愣，一推他道：「快去看看是誰，可別說我們在這裡。」張咏回過神來，道：「你放心，我絕不會再讓旁人傷害你。」提了長劍，趕來開門。

卻是高瓊一人站在雪地中，問道：「他們人呢？」張咏道：「你說的是誰？」高瓊也不理睬，逕自闖進堂來，叫道：「是我，出來吧。」

潘閬扶著李雪梅慢慢從堂後轉出來，問道：「你不用在晉王府侍奉晉王麼？怎麼又來了這裡？」高瓊自懷中掏出一塊金牌遞過來，道：「這是晉王金牌，能夠在中原暢行無阻，是我偷出來的。表妹，你帶在身上，這就用它逃回遼國吧。」

李雪梅揚手打掉金牌，又重重扇了高瓊一巴掌。這一耳光響亮而清脆，高瓊古銅的臉上起了幾道紅印，但卻沒有任何反應，只道：「我確實該打。我對不起你，也對不起張兄。」張咏一呆，道：「什麼？」

潘閬忙撿起金牌，道：「這可是件好東西，我替雪梅娘子收下了。娘子，咱們該走了，船還在碼頭等著呢。」張咏道：「你……你們……」潘閬道：「張兄，後會有期。」攜了李雪梅的手，跨出門去。李雪梅絕塵離開，飄忽如雪花，竟始終沒有再回頭看一眼。

張咏只覺得渾身燥熱，待到她輕靈的身軀從視線中消失時，再也忍耐不住，拔腳欲追，卻被高瓊一把抱住，厲聲道：「你不能去。她是契丹公主，你若是跟她走，就是通敵叛國，你在濮州老家的父母、親族都要受到牽連。」張咏道：「我……她……」

高瓊道：「你曾親口對我說：『世事傷情，人心蕪雜，世間不如意之事十之八九，你二人終究有緣無分。』眼下該我對你說這句話，你還是看開些吧。」

張咏頹然跌坐在椅中，只覺得渾身疲乏無力，頭腦中冒出了雜草，枝枝蔓蔓四處充溢，混沌一片。外面也是一片混沌的世界。朔風凜冽，大雪飛揚，處處銀裝素裹，將汴京籠罩得朦朧難辨。

傍晚時分，開封府押衙程德玄押著五花大綁的道士馬韶祕密來到晉王府，緊急求見晉王。令所有人退出後，程德玄才告知馬韶觀測到天象有異，稱今晚將有大變。趙光義驀然從病床上躍起，下令將馬韶囚禁在密室，急召阿圖進來，三人竊議許久。過了小半個時辰，內侍行首王繼恩奉旨來召晉王連夜進宮，趙光義深露駭色。預備動身時，卻不帶高瓊，只叫阿圖。

阿圖道：「大王身體不適，不宜騎馬，屬下這就去安排車子。外頭天冷，請大官陪同大王稍坐，待屬下準備妥當，再請大王和大官出去。」趙光義道：「嗯，你去辦事吧。」

王繼恩笑道：「久聞大王屬下個個精明強幹，果然名不虛傳。正好，趁他們去準備車馬時，老奴有些話要對大王說。」趙光義道：「甚好。」又道，「高瓊，你下去，今晚你不必當值。」高瓊道：「遵命。」出來一看，阿圖正在外頭向他招手，走過去問道：「做什麼？」阿圖道：「我這就去密室救李雪梅出來。」高瓊道：「你知道她關在哪裡？」

當日他答應李稍營救表妹李雪梅後，意圖進去地牢查看情形，卻被侍衛擋住。後來侍衛將情形稟告趙光義，趙光義不但狠狠訓斥了他，還立即將李雪梅換了地方關押。

阿圖道：「當然知道。正好李雪梅昨晚惹怒了大王，我會假稱是大王命令，要將她祕密帶出去沉河處死。外面我已有安排，自會有人立即接應她回遼國，但你要立即去替我辦一件事。」

高瓊道：「什麼事？」阿圖遞過來一柄極薄的匕首，道：「一命換一命，你這就去地牢殺了林絳。」見高瓊躊躇不答，道：「你放心，這是大王賜我的匕首，我會自承是我殺人，大王決計不會懷疑你。」

高瓊道：「你為什麼要這麼做？」阿圖道：「日後你自會知道。事情緊急，救不救李雪梅只在你一念之間，過了今晚，她再無活命機會。」高瓊便不再遲疑，道：「好，一言為定。」

阿圖立即飛奔趕來密室，稱今晚晉王要處死李雪梅消災。負責看守密室的侍衛都是晉王特意挑選，均年過三句，早娶有家室，聞言毫不起疑，笑道：「這女人還真是倔強，昨晚死活不肯飲服春藥好好服侍大王，大王發了怒，下令灌下整碗藥，再將她枷鎖在小鐵籠中。昨晚她發春乾嚎了一夜，現在還像狗一樣趴在鐵籠裡呢。大王不來，沒人敢放她出來。」

阿圖道：「正好，你們不必打開枷鎖，只將鐵籠用布包好，先抬去我房中，別讓人瞧見。等我侍奉大王從宮中回來，再親自押她去沉河不遲。」

侍衛知道阿圖向晉王獻了不少折磨玩弄李雪梅的計策，那些令她生不如死的法子都是他想出來的，登時心領神會，笑道：「圖官人到最後也要享次豔福才肯罷手。」

阿圖笑道：「這女人被帶來密室後，一直歸大王獨自享用，不准侍衛再行染指。如此一個被剝得精光的活生生玉美人，天天赤裸著身子在眼前晃悠，咱們卻只有乾看著的份兒，不心猿意馬，那還叫男人麼？大王既然玩厭了要處死她，也別白白浪費。不過今晚也不是我享豔福，是給王府新請的潘大夫。咱們自己知道就好，可別張揚。幾位大哥辛苦，這就去辦事吧，我還得去侍奉晉王進宮呢。」往幾名侍衛手中各塞了一小塊金子。

侍衛知道他是晉王心腹，本就不敢得罪，又能白得好處，立即用被子裹了鐵籠，抬了李雪梅來到阿圖房中，連人帶籠交給一直跟阿圖同住在一起的潘閬。

阿圖早已命心腹侍衛去備車馬，這才回來堂中請趙光義出門。趙光義登上馬車，發現車座上不但鋪了厚厚的褥墊，還生了一盆炭火，車中溫暖如春，不由得大悅，心中極讚阿圖會辦事，又邀請王繼恩上車同坐。阿圖則率領心腹侍衛騎馬跟隨在車後，一行人往皇宮迤邐而來。

進來大內皇宮，王繼恩領著趙光義一行進來萬歲殿。偏殿中已經置好酒席，案桌上的菜肴雖未動過，酒樽中卻有半杯殘酒，一旁火爐上還燙著兩壺酒，正滾熱冒氣，只是不見皇帝人影。

趙光義問道：「皇兄人呢？」一名內侍道：「官家本一直在這裡飲酒，等大王到來，不過適才聖人又派人請官家過去坤寧殿[14]。」趙光義道：「知道了。你們先退下，本王自己在這裡等皇兄即可。」

王繼恩忙道：「老奴這就去催官家，免得大王久候。」趙光義對這位內侍行首甚是客氣，道：「有勞。」王繼恩便領著小黃門退出殿外。

偌大的宮殿空空蕩蕩，雖生了兩盆熊熊炭火，依舊寒意極重。冷氣颼颼地從地面的青磚滲出來，不屈不撓地鑽過厚厚的靴子，朝人身上逼過來。巨燭燃燒釋放出的輕煙氤氳起一層紗幔，宛如春天的薄霧，參差被拂。外面寒風凜凜似刀，殿內也是紅燭晃動，忽暗忽明。

趙光義忽然站起身來，親自去關一扇沒有掩得嚴實的窗子。一直靜立一旁的阿圖忽然從懷中掏出一包藥粉，倒進了桌案上的酒壺中。待趙光義回過身來，他已輕巧地退回了原處。

等了兩刻工夫，趙匡胤才回來萬歲殿中，道：「勞皇弟久候。」趙光義道：「不敢。」趙匡胤道：「朕有國家大事要同晉王商議，你們都退出去。」侍從聞言便一齊躬身退了出去。趙光義揮了揮手，阿圖便也退出殿去。

趙匡胤見殿中無人，這才邀趙光義坐下。皇帝一向坐不慣椅凳，只要不是正規的宴飲場合，還是喜歡席地而坐。地毯上鋪設的錦褥很厚很軟，一如往常，今晚卻為趙光義帶來一種極不踏實的異樣感覺，他不由自主地開始警惕起來。

趙匡胤道：「皇弟，朕意已決，一定要遷都洛陽，預備在明年正月朔日宣布此事，你可有心理準備？」趙光義道：「是，臣弟遵旨。」

趙匡胤道：「朕今日叫皇弟來，還有一件事要對你坦白。不過這件事實在……實在……」他其實之前已經向晉王暗示此事，不料晉王驟然暈厥，從此臥病。一時感到難以啟齒，便取出從不離身的玉斧，有節奏地頓拄在地上，發出清脆的「嚓嚓」聲。

趙光義忙道：「皇兄不必為難，皇兄若立皇姪德芳為儲君，臣弟一定竭力輔佐他。」趙匡胤道：「皇弟此話當真？」趙光義道：「臣弟之言發自肺腑，赤誠忠心，天日可表。」當即起身下拜。

趙匡胤大喜道：「好，好，如此最好。」頓了頓，又道，「不過，朕要對你坦白的並非這件事，你可還記得母后臨終前的情形？」趙光義道：「當然記得。母后忽然說有話要對皇兄說，命我們退出殿去，只留下了皇兄和趙普。」

這是他一直大惑不解的事，因為母親杜氏一向最愛他和三弟廷美，不知道如何在最後關頭將他二人趕出去，以致連最後一面也未見到。

趙匡胤道：「不錯，當日你退出後，母后問朕何以能得天下，朕說是祖宗和太后的恩德與福蔭。母后當即反駁道：『你想錯了！你能夠得天下，只是由於周世宗把皇位傳給了一個幼小的孩子，使得國無長君，人心不歸附。假設周世宗立一個年長的皇帝，天下豈能到你手中？所以，你要吸取教訓，將來將帝位先傳光義，光義再傳廷美，廷美傳於德昭。四海之大，如能立長君，則社稷無憂了。』」

趙光義還是頭一次聽說這件事，不由得目瞪口呆，半晌才訕訕問道：「那麼皇兄如何回答？」趙匡胤道：「身為人子，當然只能銘記母后教誨。」

趙光義這才明白兄長為何一直不封立皇子，在自己與前宰相趙普的爭權中也最終支持了自己，而且封自己為晉王，班列宰相之上，原來全是因為愛自己的母親一通遺言。若非如此，怕是大宋立國之初，皇長子德昭便會被立為太子。

趙匡胤自斟自酌，連飲三杯，可見心中激動。趙光義胸中也是驚濤駭浪，澎湃難平，沉默許久，才道：「皇兄不必以母后遺命為念。自古以來，嫡長制才是萬世上法。皇兄立皇子為儲君，是為我大宋千秋基業。」

趙匡胤本待明確指出，之所以想立德芳為儲君並不完全是因為嫡長制，而且趙光義為人多疑狹隘，之前派高瓊到博浪沙行刺等事件使得他在北漢人、遼國人心目中印象極壞，而他的手下安習拐賣民女牟利令他在大宋百姓中也是聲名不佳；關於晉王廣結黨羽、培植勢力、用手段剷除異己的說法，更是盛行於朝野。忽聽得趙光義言語懇切，便不再多提這一段，只拿玉斧不斷戳地，道：「說得好！說得好！」

兄弟二人心結既解，遂舉杯暢飲。待到深夜，趙光義告辭退出，趙匡胤因為已有醉意，遂在萬歲殿中和衣就寢。

彤雲壓城，天低雲暗。雪似楊花，紛揚飄落。瀲瀲冬月，夜色未央。這真是個又冷又黑的冬夜，能將人的心冷透，將人的雙眼黑瞎。

朦朧中，趙匡胤又醒了過來，卻見寒燈如豆，一名年輕侍衛正蹲在床榻前朝他微笑，不由一愣，問道：「你不是晉王的隨身侍衛麼，如何還在這裡？」那侍衛正是阿圖，笑道：「小的有天大的好消息來稟告官家。」

趙匡胤道：「什麼消息？」阿圖道：「官家，你很快就要歸天了。」一邊笑著，一邊伸出手來扼住趙匡胤的咽喉，防他出聲叫喊。其實就算呼喊也未必有人能聽見，外面天寒地凍，寒風呼嘯不止，侍從們早凍得分不清東南西北，裹緊外衣，不知正蜷縮在哪個角落跺腳呵氣暖手。

趙匡胤本人武藝高強，剛要拿住阿圖的手腕甩開，卻發現渾身上下沒有絲毫力氣，連一根手指頭也動不了，不由得驚恐得睜大了眼睛。

阿圖低聲道：「官家不要著急，你還有時間，聽我把話說完。我本名柴熙讓，你可記得我的名字？」

原來阿圖才是陳橋兵變當日失蹤的柴熙讓，潘閬則是後周世宗的第六子柴熙謹，當初為大將潘美收養。符彥卿料到趙匡胤遲早要斬草除根，暗中用一個同樣年歲的孩子向潘美換出了柴熙謹，帶去大名府，交給普通人家撫養，因而後來為趙匡胤逼死的潘美養子其實是假的。阿圖和潘閬早在符太后的牽線下相認，雖則同父異母，終究還是血緣至親。阿圖自投靠晉王後，行事狠辣有效，深得趙光義歡心，甚至當他不得不跟隨趙匡胤出巡洛陽時，便命阿圖在府中主事。放火燒掉袁氏藏書樓、殺死袁慶，也是阿圖派人所為，目的在於保護他弟弟潘閬的身分不必提早暴露。

至於阿圖如何知道自己的後周皇族身分，則更是一段奇遇。當時他因逃避開封府追捕，躲進了鬼樊樓，那裡有不少美貌女子可供淫樂，倒也過得逍遙快活。某一日，他忽然遇到一名做苦役的婦人，那婦人看到他後頸正中的黑色胎記，一口叫出了他的小名「阿圖」，又稱他的本名叫柴熙讓。原來那婦人姜氏原是符太后身邊的親信宮女，陳橋兵變當日，她抱著柴熙讓趁亂逃出皇宮。可是當日城中亂兵洶洶，姜氏邊逃邊躲，意外與阿圖失散。她四處尋找，也沒有結果。混了幾年，她上街時忽被強人綁架，蒙住眼睛帶來了鬼樊樓，先是供男人姦淫玩樂，玩厭了又逼她做苦役，竟已有十餘年。

阿圖得知自己原來是前朝皇子身分，既咬牙又切齒，決意向奪走他身分的趙匡胤報復。姜氏早留意到鬼樊樓的一道出口，特意指給阿圖，他最終裝死逃了出來，想方設法混進符府來找符太后，符太后居然一眼就認出他是自己的親生兒子，母子抱頭痛哭。阿圖發誓要讓趙匡胤嘗到眾叛親離的滋味，便立即投靠晉王趙光義，告知他，自己以前的主人李稍其實是契丹奸細，以此為進階得到了信任。他殘酷地對待李雪梅，自然是因為她契丹公主的身分，而放她逃走，則是要讓她有朝一日有機會向大宋報復。至於他利用高瓊殺死林絳，原因更加簡單——林絳早同意交出傳國玉璽，條件是殺死大宋皇帝趙匡胤和南唐國主李煜。阿圖知道今晚晉王將害死皇兄奪位，只要再殺死已淪為階下囚的南唐國主李煜，便可以從容讓林絳說出傳國玉璽的下落，而他絕對不能讓傳國玉璽落入大宋之手。

阿圖自然不必對眼前瀕死的趙匡胤說這些，他只要講出自己的真名便足以令官家震動。趙匡胤「呵呵」兩聲，阿圖便略微鬆開一些，好讓他說出話來。

趙匡胤道：「你……你難道是想恢復大周、奪取皇位麼？」阿圖道：「哈哈哈，官家，你太小瞧我了，我並不貪慕榮華富貴，對官家屁股下的寶座也根本沒有興趣。我最大的心願，只是要你嘗嘗被至親至信的人背叛的滋味。噢，小的還沒有來得及告訴官家，是晉王命小的在酒中下毒，他自己早就服了解藥。」

趙匡胤眼睛圓睜，喉嚨咕嚕響了幾聲，卻說不出話來。阿圖知道藥力已經奏效，便鬆開手，笑道：「這是你該得的報應。自從陳橋兵變那一刻起，這就成了你的宿命。老實說，你弟弟晉王比我想像的要狠毒多了，根本不用我挑撥，他早就決定要殺你。而且就算你死了，這件事也不會就此了結，殺兄奪位的陰影會縈繞他終身，也會籠罩他的子子孫孫，籠罩你們大宋王朝。我的下一步計畫，就是要促使晉王除掉你的三弟，以及你的兩個親生兒子。」

趙匡胤臉漲得青紫，死死瞪著阿圖，他心中怒極恨極，卻說不出一個字來。他想殺死眼前這個笑容滿面的年輕人，將其碎屍萬段，但最終他明白這不過是徒勞無功。到最後一刻，絕望自四周向他逼攏過來，彷若潮水般淹沒了全身，他終於決定放棄掙扎反抗。一時間，回想起無數往事來——流著鼻涕的弟弟怯生生地跟在背後，總是跟不上腳步，自己不得不轉回去牽起他的小手……

原來世間總有比權勢更可貴的東西——親情，也總有比權勢更可怕的東西——背叛。那一刻，趙匡胤深切體會到了秦相李斯[15]臨死前的感受，兩顆大大的淚珠滾出了他的眼眶。

恍然間，他又聽見了海東青振翅騰空的聲音，他曾經不只一次想像著他的飛翔，他覺得自己就是一隻凌風的神鷹，俯視寰宇，俯視人間。

一切都靜寂了下來。

萬歲殿中的兩個人，一個得償所願，心滿意足地看著仇人在眼前死去；一個追悔莫及，終以遺恨終天。

外面雪下得更大了。白色的精靈穿越無盡的黑暗，從空中輕巧飄灑而下，投入大地母親的懷抱。皇宮也被白幕緊緊裹住，似乎連時間也被隔在了雪幕之外。皚皚白雪皆蒼茫，俯仰之間，已不知身處何所。

雪滿梁園，皚皚白矣。百里汴河，縞帶素矣。

明月誰為主，江山暗換人。

1 史載李煜豐額駢齒，一目重瞳子，即所謂的「雙瞳孔」。相術認為重瞳是異相、吉相，上古的舜、西楚霸王項羽都是重瞳。

2 向敏中的曾孫女向氏為宋神宗趙頊的皇后，她不聽重臣勸阻，堅持立性格輕佻的趙佶（宋徽宗）為帝，對北宋政局產生重大影響，直接導致了北宋的滅亡。

3 董仲舒：西漢儒學名臣，漢景帝時任博士，講授《公羊春秋》。他將儒家的倫理思想概括為「三綱五常」，漢武帝採納其建議，將儒學定為官方哲學。其教育思想和「大一統」「天人感應」理論，為後世統治者提供了理論基礎。其著作彙集於《春秋繁露》一書。

4 耶律倍為遼人中博學多才者，通陰陽，知音律，工遼、漢文章，善畫契丹人物，因長期居住中原，畫風對後世影響很大。〈東丹王出行圖〉為其人物畫精品，畫的中東丹王即耶律倍本人，此畫現收藏於美國波士頓美術館。

5 宋初因襲唐制，三品以上官員服紫，五品以上服朱，七品以上服綠，九品以上服青；南唐初定時，南唐降官不論官品高下，均穿綠色的官服。

6 燕：指遼國人控制的燕雲十六州。晉：指北漢控制的太原一帶。

7 杭州：今浙江杭州。

8 洞庭：洞庭湖；彭蠡：鄱陽湖。河濟：河指黃河，濟指濟水。伊闕：春秋時的關塞，地勢險要，在今河南洛陽南；羊腸：即羊腸坂，在山西境內。孟門：即孟門山，在太行山東；太行：即太行山；常山：即恆山，在山西境內；大河：即黃河。

9 趙匡胤的生父葬在鞏縣（今河南），名安陵。

10 司寇參軍：專治刑獄的地方官員，置於宋初，人選基本上都是新及第的進士或明經等。

11 後改名為崇政殿。用「武」字命名宮殿的作法由來已久，漢代有「正武殿」「玄武殿」，唐玄宗即位初有「講武殿」，表示崇尚武德、武功之意。而五代時武夫當道，以「武」命名宮殿更是司空見慣的常事。唯獨到了宋朝，以武將起家的趙氏大力推行「崇文抑武」，最有代表性的便是將「講武殿」改為「崇政殿」。

12 王嗣宗中狀元的經歷為真實史實。他本人逸聞趣事頗多：如任度支判官時，因妻子病急，夜撬衙門取藥，被罷官；召拜御史中丞後，經常在朝內高聲詆毀他人，又被遣出京；任樞密副使時，與樞密使寇准不和，屢屢上疏辭職，成為京師笑談；他曾譏斥宋白等老臣七十不致仕（退休）。晚年染病後，他依然貪圖厚祿，也拒不離職，為人輕視；寇准為宰相後，強命他以左屯衛上將軍、檢校太尉身分致仕。王嗣宗又上表請求面辭皇帝，得宋真宗賜錢百萬。

13 食邑：指封地。

14 坤寧殿：宋代皇后的住所。

15 李斯：秦時著名的政治家、文學家、書法家（傳國玉璽璽文即為其所書），協助秦國統一天下。後為秦朝丞相，參與制定法律，統一車軌、文字、度量衡制度。秦始皇死後，與趙高立少子胡亥為二世皇帝，為趙高所忌，誣其謀反，腰斬於市。李斯在世時經常與兒子到東門打獵，被殺之前仍念念不忘，對兒子道：「我再想和你出上蔡東門，牽黃犬，逐狡兔，還能得到麼？」原文為：「吾欲與若復牽黃犬，俱出上蔡東門逐狡兔，豈可得乎？」

尾聲

次日凌晨，內侍行首王繼恩入萬歲殿中，發現皇帝已無呼吸，駕崩多時，大驚失色，急忙派人飛報皇后。宋皇后趕來看過後，強忍悲慟，命王繼恩速去召出閣後已搬出宮外居住的皇次子趙德芳入宮。

王繼恩冒雪出宮，卻不奉皇后命去召趙德芳，而是逕直來到晉王府。開封府押衙程德玄正坐在晉王府門外，似正在等人到來一般。

王繼恩十分驚訝，問道：「程押衙怎麼會坐在這裡？」程德玄道：「前夜二鼓時分，有人在我家大門口喚我出去，說是晉王召見。但我出門一看，發現並沒有人。如此反覆了三次。我因為擔心晉王真的有病，便前來晉王府探視，正在門口休息，就看見大官來了。」

王繼恩聽了程德玄的話，更加驚異，也不知道是該相信還是該懷疑，於是二人一道叩門而入。

幾近天亮，晉王趙光義猶未歇息，正坐在燈下看書，忽聽到王繼恩稟報皇兄暴逝，滿臉訝異，卻猶豫不肯立即前往皇宮繼位，還說他應當與家人商議一下。進來內室，室中等候的並非晉王妃李氏或是其他得寵的侍妾，而是阿圖。

阿圖早聽見外面的對話，笑道：「恭喜大王，事情當真成了。」趙光義道：「嗯，全虧你當機立斷，不然……」袖中陡然甩出一把匕首，刺入阿圖心口。

阿圖跌坐在椅子中，先是愕然，隨即慘笑道：「我替大王殺兄奪位，早就知道你不會放過我。不過，大王不該殺我滅口。」趙光義陰陰笑道：「不僅僅是要殺你滅口。本王早聽說你去見過符太后好幾次，一直對你的身分有所懷疑，你的年紀跟那失蹤的柴熙讓相仿，面貌跟昔日周世宗也有幾分相似，你以為本王想不到麼？」

阿圖這才知道趙光義早已對自己的身分起疑，一直隱忍不發，反而重用自己，無非是要借自己的手殺死皇兄趙匡胤，因為君主至高無上，平常人根本沒有殺死皇帝的膽子。

果聽見趙光義道：「你做事極對本王胃口，是個難得的人才，本來本王還在猶豫要不要殺你滅口，若不是適才高瓊稟告你下手殺死了林絳，本王還真下不了決心。你果真能料到本王的每一步計畫，當真是其心可誅。」

原來阿圖去密室提李雪梅時，高瓊一直暗中尾隨，後來親眼見到潘閬帶了李雪梅出府，雖不知道其中究竟，卻也明白了阿圖沒有騙人。忙回來偷了晉王的金牌，趕去興國坊將金牌交給李雪梅，再趕回晉王府地牢。林絳被囚禁兩年有餘，遍受酷刑，好幾次無法挺下去，都謊稱要將祕密告訴高瓊一人，高瓊也由此頻繁出入地牢。侍衛見他到來，也不起疑。高瓊逕直進來囚室，轉到林絳的背後，取出阿圖交給他的匕首，一刀捅入背心。等了一會兒，這才驚叫道：「犯人早死了！你們是怎麼當的差？」侍衛聞言大驚失色，林絳手腳均被鎖住，防他自殺，卻不知道他如何死在了牢裡。那契丹女子簫簫便是有一日鬆了枷鎖後，一頭在牆上撞死，害得當日所有當值侍衛均挨了軍棍。林絳遠比簫簫重要，他若死去，怕是侍衛們個個小命難保，當即要派人飛報晉王。高瓊道：「晉王被官家召入宮中，我去堂前等候，大王回來，自會稟報。」侍衛苦苦哀求，務請高瓊多說好話。高瓊道：「犯人好好的是自己死掉麼？你們怠忽職守還敢讓我替你們求情？」侍衛呼啦啦全都跪下。高瓊這才問道：「今日還有誰來過？」侍衛道：「只有阿圖和官人。」高瓊便命侍衛去檢視屍首，侍衛發現林絳背心的匕首，如獲至寶，連聲道：「是阿圖的匕首。」高瓊道：「你們先別張揚，我自會如實稟報大王。」遂來到前府迎候。一直到後半夜，趙光義才姍姍回來，眉頭緊鎖，心事重重，身邊居然也不見阿圖。高瓊雖然詫異，也不敢多問，忙上前稟告林絳被人殺死，背心上的匕首是阿圖的。趙光義居然並不吃驚，只露出恍然大悟的樣子，揮手命高瓊退下。高瓊知道晉王務求要從林絳身上得到傳國玉璽的下落，這人忽然死去，對他是個打擊，當暴跳如雷才是，如何會這般不動聲色？當真冷靜得不可思議。又過了一個多時辰，阿圖快馬馳回晉王府，趙光義立即只召他一人進密室，得知皇帝確實已死的消息後，又派程德玄到晉王府門前迎候。

阿圖聽說趙光義怪自己殺了林絳，道：「不是我，是高瓊……」隨即明白辯解無用，便大笑起來。趙光義道：「你死到臨頭，還笑什麼？」阿圖冷笑道：「就算是我殺了林絳又如何？我早從林絳口中知道了傳國玉璽的下落。」

趙光義這才吃了一驚，道：「林絳怎麼會告訴你傳國玉璽的下落？」阿圖道：「我告訴他，我就是柴熙讓，他能不告訴我麼？我們兩個有一樣的目的，就是要搞垮你們……你們大宋……」趙光義道：「可惜你們都沒有機會了。」阿圖道：「有，我還有兩個兄弟，熙謹，熙誨，你見過他們的，他們就在你……晉王……的身邊……」頭一歪，就此死去。

趙光義不免又恨又悔，暗道：「真不該一刀殺了他，該先好好拷問清楚。」忽聽得外面王繼恩大聲喊道：「大王，時間太久了，恐怕被別人搶先了。」他違抗皇后命令，私自來找晉王，冒了掉腦袋的風險，自然不能讓趙德芳搶先入宮繼位。

趙光義聽到催促，立即出室，帶著程德玄及大批侍衛跟著王繼恩趕往宮中。

到了萬歲殿外，王繼恩請趙光義在外稍候，自己先進去通報。程德玄卻一揮袖子，不耐煩地道：「怎敢勞晉王等候？」逕直領著趙光義闖入殿內。

宋皇后聽說王繼恩回來，忙揚聲問道：「德芳來了麼？」王繼恩卻回答道：「晉王到了。」

宋皇后乍然看到趙光義，心中一涼，知道大勢已去，淚水奪眶而出，只得上前道：「我們母子性命都託付於官家了。」一聲「官家」，表示承認了趙光義就是繼任的皇帝。趙光義心滿意足，忙安慰道：「大家共保富貴，不要過於憂傷。」

西元九七六年，開寶九年十月二十一日，晉王趙光義即帝位，即為宋太宗。他一登上大寶之位，立即銷毀了兄長的「大宋受命之寶」玉璽，自製一方「皇帝承天受命之寶」，突出自己繼承大統是承天受命。又任命弟趙廷美為開封尹兼中書令，封齊王；趙德昭為永興節度使兼侍中，封武功郡王；趙德芳為山南西道節度使、同平章事。

所有晉王府心腹幕僚均得到升遷，如程德玄拜翰林使，馬韶任司天監主簿，高瓊升御龍直指揮使等。至於那些並非晉王的官員，也一樣得到提拔，如與皇長子趙德昭親近的開封府判官程羽被任為給事中，權知開封府；殿前司指揮使皇甫繼明是太祖的親信，被擢升為禁衛軍上軍捧日軍都指揮使，兼領澶州刺史；主持汴河排岸司事務的侍禁田重素來不買晉王的帳，當面拒絕過晉王派人送來的酒肉，也被升為禁衛軍龍衛指揮使。

趙光義又親自擬定兄長諡號為「英武聖文神德皇帝」，陵墓名為「永昌」，命德昭、德芳兄弟及太祖的三個女兒依舊稱皇子、皇女，不改變稱呼。

儘管新皇帝繼位後採取了許多措施來撫慰人心，但先皇離奇暴斃畢竟不同尋常，尤其當晚只有太祖皇帝和晉王在殿中飲酒，殿外侍從只看見燈燭映窗，燭影搖紅，聽到柱斧砍地，斧聲鑿鑿。至於裡面到底發生了什麼事，無人知道。

而更令人困惑的是，趙光義在其兄晏駕的第二天，便急急忙忙將只剩兩個月的開寶九年改為太平興國元年，違背了逾年才改元的慣例。於是流言紛起。

趙光義在「斧聲燭影」的重重迷霧中即位，心知有得位不正之名，人心難服，既已失去傳國玉璽的下落，便只能倚仗建立不世之功來鞏固政權。恰好趙匡胤當政時極為節儉，所置封樁庫金帛如山，趙光義親眼看到時也不免嘖嘖慨歎，道：「先帝每焦心勞慮，以經費為念，何其過也！」有這麼多錢，不用發愁軍費，遂決意興兵討伐北漢。

西元九七九年，太平興國四年，太宗皇帝趙光義親率大軍出征北漢，希望攻滅北漢來實現兄長未能完成的功業，以樹立威望。路過澶州時，有一縣吏於路中獻策言事。趙光義聽說此人姓宋名捷，極為高興，道：「宋捷，宋捷，宋朝大捷！」認定必克北漢。

宋師出軍時，遼國曾派遣使者出使宋朝，質問興兵北伐的原因。趙光義答覆道：「河東逆命，所當問罪。若北朝不援，和約如舊，不然則戰！」表示只要遼國不出兵援助北漢，那麼太宗皇帝仍然會維持之前太祖皇帝與遼國簽訂的合約，不然將兵戎相見。

宋軍兵圍太原後，遼國派出數萬騎兵趕來解圍，但中途為宋軍截擊。北漢皇帝劉繼元內外交困，不得已出城投降，北漢遂告滅亡。趙光義早就厭惡太原有龍氣的說法，派兵在太原城內縱火焚燒廬舍，徹底焚毀了這座著名的龍城[1]。大火起時，城中尚有許多百姓來不及轉移，均為大火所吞沒。

河東之戰，大宋雖大獲全勝，得十州四十縣，然北漢國力凋敝，國困民窮，並沒有多少實質好處，政治上的象徵意義遠遠勝過物質上的利益。

但倒也不是全無收穫。趙光義極其賞識北漢名將劉繼業。太祖皇帝在位時，代表北漢出使大宋的使者劉延朗即為其第六子，其妻則是宋臣折御卿的親姊姊。宋軍大軍壓境後，北漢君臣人心惶惶，唯獨劉繼業在太原城頭防守苦戰，甚至北漢皇帝劉繼元投降以後，仍在堅持戰鬥，趙光義愛其忠勇，很想招為己用，於是派折御卿去招降姊夫。折御卿曉以利害，劉繼業為保全城中百姓，北面再拜，這才釋甲開城，迎接宋軍。趙光義大喜，立即授劉繼業為右領軍衛大將軍，並加厚賜，復姓楊，名業。之後楊業成為宋朝著名將領，史稱楊令公，其本人與後代的事蹟被演繹成各種各樣的戲曲和故事，其中最有名的便是《楊家將》。趙光義又令楊業第六子楊延朗在軍前演練著名的楊家槍，歎為觀止，命人畫下招式教習宋軍。

趙光義自覺奇功蓋世，志得意滿，不顧之前與遼國的合約，欲乘勝北伐，志在奪取燕雲。之前太祖皇帝在世時，一直對遼國採取守勢，設立封樁庫，預備以重金贖回燕雲十六州。後遼國漢人重臣韓德讓代表契丹與大宋簽署協定，約定互不侵犯，也默許等趙匡胤的封樁庫積滿五百萬貫錢時，便將燕雲還給中原。趙光義擅自開戰，用的就是封樁庫的錢，此舉不僅撕毀了合約，也等於讓趙匡胤想以金錢和平解決燕雲十六州的努力，完全付諸流水。

事實正如趙匡胤在世時所預料的那樣，契丹乃大宋第一勁敵，其鐵騎軍力遠勝北漢。趙光義輕率北征，立即陷入遼國騎兵的包圍中。幾番惡戰下來，宋軍大敗不說，連趙光義本人的屁股也中了兩箭。據說射中趙光義的是一名遼國女將，騎術精湛，臉上文有兩朵鮮紅的梅花，十分醒目。若不是北漢降將楊業拚死相救，護著趙光義殺出重圍，只怕大宋皇帝就要成為遼國女將的俘虜。

此為大宋立國以來第一次採取攻勢，與遼國正面交鋒，宋軍的失利不僅是一場敗仗，也成為宋朝積弱的開始。宋軍一敗塗地，潰散途中，趙光義一度失蹤，去向不明。軍中以為皇帝已死於亂軍中，因國不可一日無君，一些人準備立跟隨大軍出征的武功郡王趙德昭為帝。正行事時，趙光義又離奇歸來，與事者均惶恐不安。回去開封後不久，趙德昭即在被趙光義厲聲呵斥後自殺身亡。

一年多後，趙匡胤最小的兒子趙德芳神祕暴病身亡，年僅廿三歲。至此，趙匡胤之子全部死去，越發加重了「斧聲燭影」的迷霧。

為了澄清流言，趙光義不得不重新啟用宿敵趙普為宰相，令其將生母杜太后的臨終遺言公諸於世，證實太祖皇帝是遵照太后遺命傳位給自己，打算以此饜服人心。趙普之前任宰相時，班次在趙光義之上，二人爭權多年，後以趙普失利被罷宰相告終。趙普為討好新皇帝，為重新回到中樞位置，又獻上「金匱誓書」之計——說是自己曾奉命將杜太后臨終遺命寫成誓書，末尾還署上「臣普記」，封存在金匱之中。趙光義大喜過望，命趙普依計行事，趙普迅即向世人公布了誓書一說，稱杜太后留有遺命：太祖皇帝將來須將帝位先傳光義，光義再傳廷美，廷美傳於德昭，此即著名的「金匱之盟」。然因事隔太祖之死已有六年之久，時人多懷疑是趙光義勾結趙普所編造出來的謊言。

齊王趙廷美這才知道自己原來也在誓書名單上，喜之不勝，頗以儲君自居。他也如當年的晉王一樣，廣結朝臣，交遊俊傑，如宰相盧多遜、都指揮使皇甫繼明、名士潘閬經常出入其門下。

很快，趙普得到趙光義授意，上書告發趙廷美、盧多遜謀反。二人立即被逮捕下獄，以謀逆罪被流放，盧多遜流放海島，趙廷美幽禁於房州，即後周廢帝柴宗訓暴斃之處，最終憂悸死於貶所。受到牽連的人極多，包括都指揮使皇甫繼明等，只有趙廷美的心腹謀士潘閬神奇逃走，不知所蹤，趙光義派人追捕多年，也未有所獲。直到後來宋真宗即位，潘閬才被地方官府意外捕獲，械送京師。但不知道什麼原因，宋真宗親自召見交談後，不僅無罪開釋，還任命潘閬為滁州參軍。後來潘閬以詩名顯達，其生平所為亦撲朔迷離，引來諸多猜測。

至於傳國玉璽，一直無人知其下落。到北宋哲宗時，有農夫段義耕田時發現一方玉璽，上交朝廷。經十三位大學士依據前朝記載多方考證，認定乃秦始皇所製傳國玉璽。而朝野有識之士多疑其偽，遂成歷史之謎。

即使有了傳國玉璽，大宋江山依然沒能鎮守住。西元一一二七年，宋欽宗靖康二年，女真鐵騎踏進開封，宋徽宗、宋欽宗父子均當了金人俘虜。宋宮中所有的法駕、鹵簿等儀仗法物、宮中用品、書籍、印板、渾天儀、銅人、刻漏、古器、各州府地圖，連同宮人、內侍、技藝、工匠、倡優、府庫蓄積，包括那方真偽難辨的傳國玉璽，全部被金人席捲北上。北宋就此滅亡，這也是歷史上第一次由外族統治中國。

最為離奇的是，傳聞金軍統帥完顏宗望[2]的相貌跟宋太祖趙匡胤一模一樣，民間紛紛猜疑完顏宗望是趙匡胤轉世，前來報宋太宗趙光義奪國之仇。

同年，宋徽宗第九子康王趙構在應天府[3]即位，重新建立宋王朝，史稱「南宋」。因其無子，遂以宋太祖七世孫趙昚為養子，立為儲君。因而北宋皇帝除了宋太祖趙匡胤和宋太宗趙光義本人，其餘都是趙光義的子孫；而南宋皇帝除了最初的宋高宗趙構，餘者均是趙匡胤的後裔。

是歷史的巧合，還是因果循環的報應？

後人有鼓詞唱道——正是那：「日上三竿眠不起，算來名利不如閒。」從古來爭名奪利的不乾淨，教俺這江湖老子白眼看。陳橋兵變道的是「禪了位」，那柴家的孩子他懂得什麼？你看他作張作致裝沒事，可不知好湊手的黃袍哪裡拿？「有大志」說出得意話，哪個撒氣的筒子吃虧他媽！讓天下依從老婆口，淨落得燭影斧聲響嗑叉！說不盡大宋無寸乾淨土，你看哪一個漢寢唐陵不是棲鴉？

1 唐高祖李淵最初從太原晉陽宮起兵，一手打下了大唐江山，因而太原是唐朝發祥之地，由此得了「龍城」的外號。

2 完顏宗望：金太祖完顏阿骨打的次子，又叫斡離不。

3 應天府：今河南商丘。

北宋初年大事紀

背景介紹

西元九六〇年（建隆元年）——正月，趙匡胤在陳橋驛發動兵變，逼使周恭帝柴宗訓禪位，奪取後周政權，建立宋朝。

西元九六一年（建隆二年）——趙匡胤生母杜太后死；南唐中主李璟卒，子李煜即位，史稱後主；趙匡胤宴請禁軍宿將，在酒宴中罷免眾人軍職，即有名的「杯酒釋兵權」；不久，趙匡胤以同樣方法罷免了各藩鎮的節度使。至此，禁軍與藩鎮的兵權都集中到趙匡胤手裡。

西元九六二年（建隆三年）——割據湖南的周氏政權和割據江陵的荊南高繼沖政權被宋軍消滅；趙匡胤祕密刻一碑，立於寢殿之夾室，稱為誓碑。誓詞內容大略為：一、柴氏（周世宗）子孫有罪不得加刑。二、不得殺士大夫及上書言事人。三、要求子孫遵守。

西元九六四年（乾德二年）——趙匡胤命大將王全斌統兵伐後蜀。

西元九六五年（乾德三年）——宋師平後蜀，蜀主孟昶出降；王全斌等將領日夜宴飲，不恤軍務，將士恃功驕恣，大肆擄掠，導致蜀兵重新揭竿作亂；王全斌無故屠殺二萬七千名投降的蜀兵將士；蜀主孟昶被押送汴京，數日後暴死，其妃花蕊夫人被收入宮中。（編按：宋滅後蜀）

西元九六七年（乾德五年）——趙匡胤賞罰討後蜀將領。御史臺召集百官，審議王全斌罪狀，百官認為應誅殺王全斌，以謝蜀民。趙匡胤因其平蜀有功，赦其罪，貶斥出京，為崇義留後。

西元九六八年（乾德六年／開寶元年）——北漢皇帝劉鈞死，年四十三歲，謚號孝和皇帝，廟號睿宗；養子劉繼恩繼位；趙匡胤發兵攻打北漢；北漢內訌，劉繼恩被殺，劉繼元嗣立，派使者向遼國求援。

西元九六九年（開寶二年）——遼穆宗耶律璟（遼太宗長子）為政荒淫，嗜酒如命，濫殺無辜，被近侍殺死；趙匡胤親征北漢，圍太原不下，宋軍死傷慘重，遂班師回京。

西元九七〇年（開寶三年）——宋將潘美平廣州南漢政權，國主劉鋹素服出降；趙匡胤授劉鋹為檢校太保右千牛衛大將軍，封恩赦侯。（編按：宋滅南漢）

西元九七一年（開寶四年）——南唐國主李煜之弟李從善來開封朝貢方物，被趙匡胤留做人質。

西元九七二年（開寶五年）——宋平南漢後，南唐主李煜慌恐異常，大更制度，改「唐國主」為「江南國主」，以此修藩臣之禮，諂媚大宋；樞密使李崇矩將女兒嫁給宰相趙普的兒子趙承宗，犯趙匡胤大忌，被罷出京師；趙匡胤禁私藏天文、圖讖、太乙、雷公、六壬遁甲等，禁僧道私習天文、地理。

西元九七三年（開寶六年）——後周恭帝柴宗訓暴斃於房州；趙匡胤親自複試舉人，殿試從此成為常式；趙普被罷宰相位，皇弟趙光義封晉王，是宋朝立國後所封的第一個真正意義的王，班列宰相之上。

西元九七四年（開寶七年）——南唐人樊若水降宋，獻長江形勢圖；趙匡胤按照樊若水計策，派人往荊湖造大艦及黃黑龍船數千艘；知制誥李穆出使江南，召李煜入朝，李煜拒絕；趙匡胤命大將曹彬攻南唐，宋軍在採石磯以預製的浮橋渡江。（編按：本小說年代約發生於此時）

西元九七五年（開寶八年）——宋軍陷江南金陵一座孤城，李煜率臣領旨軍門奉表納降，曹彬令李煜與湯悅等四十餘人同赴汴京；吳越王錢俶入朝。（編按：宋滅南唐）

西元九七六年（開寶九年／太平興國元年）——趙匡胤於宣德門受俘；趙匡胤率群臣巡西京洛陽，預備遷都，遭晉王和群臣反對；趙匡胤死於萬歲殿中，晉王趙光義即位，改開寶九年為太平興國元年；命天下搜捕所有知天文數術者押送京師，敢藏匿者斬首示眾，告發者賞錢三十萬。

西元九七七年（太平興國二年）——起居舍人辛仲甫出使遼國，遼景宗問道：「聽說貴朝的党進驍勇無比，像党進這樣的驍將有多少人？」辛仲甫答道：「我朝名將輩出，像党進這樣的將才不可勝數。」趙光義命李昉等編纂《太平御覽》《太平廣記》；趙光義親到講武殿取進士、諸科共五百人，此一年所取中進士數目超過其兄在位時取士的總數，此為典型收買人心以穩定局面之舉；選取各地捕獲的天文術士中優秀者送司天臺，其餘黥面後流放海島；詔令禁印天文卜相等書，私習者斬。

西元九七八年（太平興國三年）——趙光義召吳越王錢俶入朝，軟禁在開封，盡收吳越土地；南唐國主李煜因妻子周嘉敏為趙光義霸占，多有怨詞，趙光義得知後，令與李煜交好的趙廷美賜其牽機藥而死。（編按：宋收吳越）

西元九七九年（太平興國四年）——趙光義御駕親征北漢，北漢滅亡；宋軍焚毀太原城；宋師大敗於契丹軍，趙光義屁股中兩箭，生死未卜之際，軍中曾謀立趙德昭為帝，大軍返回開封後，趙光義逼趙德昭自刎。（編按：宋滅北漢）

西元九八〇年（太平興國五年）——向敏中、張咏、寇准、王旦、李沆、蘇易簡、宋湜等人於本年中進士，後來均成為一代名臣。

西元九八一年（太平興國六年）——趙德芳暴卒，年僅廿三歲；趙光義因許多案件越年而未判，詔立三限之制，規定大事不過四十日，中事不過三十日，小事不過十日，不須追捕而又容易判決的案件不過三日，令天下不得有滯案。詔令長吏集官屬同審案犯，不得委之胥吏。

西元九八二年（太平興國七年）——趙廷美因謀反罪名被罷免開封尹，舉家遷居西京洛陽；遼景宗耶律賢親自率將士越境南侵，被宋軍大敗於滿城；不久，耶律賢去世，其長子梁王耶律隆緒即位，即遼聖宗，其母承天皇太后蕭綽（蕭燕燕）攝政。

西元九八四年（雍熙元年）——魏王趙廷美舉家遷至房州，其不久吐血而亡。至此，金匱誓書上，除了趙光義本人，餘人全部死去，再無人能對其皇位構成威脅，他也終於可以順利傳位給自己的兒子。

張咏，機敏仗義嗜讀書

張咏（西元九四六至一〇一五年），字復之，自號乖崖，濮州鄄城人，是宋臣中極為傳奇的人物，不僅在世時已名傾朝野，更在死後為無數士大夫交口稱頌。北宋名相王安石對其評價：「忠定公（張咏謚忠定）歿久矣，而士大夫至今稱之，豈不以剛毅正直，有勞於世若公者之少歟！」名相韓琦撰〈張咏神道碑〉云：「張公以魁奇豪傑之才，逢時自奮，智略神出，勛業赫赫，震暴當世，誠一世偉人也。」南宋名詩人劉克莊作詩讚美張咏道：「軍皆歌范老，民各像乖崖。」范老指范仲淹，乖崖則是張咏的號，可見張咏在朝野影響之大。

張咏不僅政績突出，而且文武雙全，劍術高明。他年輕時漫遊全國各地十餘年，留下許多佳話。據宋人劉斧《青瑣高議》記載：張咏有一次回老家時路過湯陰，縣令和他相談投機，贈送了十貫錢和一些布帛。十貫有一萬個銅錢，數目不算小，裝起來有一大袋子，張咏將錢和布帛馱在驢背上，和小童一道趕驢回家。有人警告他：「回去的路上，夜間要宿店，那裡人煙稀少，常有歹人出沒，很不安全，還是等到有其他客商後結伴同行，較為穩便。」張咏道：「現在已經到秋天，天氣漸漸冷了，父母年紀已大，沒有寒衣禦冬，我怎麼能在這裡多停留？」只背了一柄短劍便即啟程。

走了三十餘里，天漸漸黑下來了，路邊只有一間孤零零的小客棧，張咏便去投宿。客棧主人是個老頭，有兩個兒子，見張咏的驢子上帶了大量錢財，很是歡喜，悄聲議論道：「今晚有大生意了！」張咏暗中聽見，知道店翁不懷好意，於是預先砍了一大綑柳枝放在房子裡。店翁問道：「那是用來幹什麼的？」張咏說：「明天天沒亮就要趕路，路上用來當火把照明。」

剛到半夜，店翁打發他大兒子來叫門：「雞已經打鳴了，秀才可以上路了！」張咏一聲不響。大兒子聽到無人答應，便來推門。張咏早已有備，先用木床頂住左邊的一扇門，又用手擋住右邊另一扇門。大兒子反覆用力推門，張咏突然鬆手退開，大兒子毫無防備，跌了進來。張咏回手一劍，將他殺了，隨即將門關上。

過不多時，店翁的二兒子又到了，張咏仍依樣畫葫蘆將他殺死，持劍去尋店翁，只見他正在烤火搔癢，甚是舒服，當即一劍將他腦袋割了下來。這才招呼小童趕驢出門，點燃事先準備好的柳枝，一把火燒掉了客棧。走了二十里天才大亮。第二天，後面跟上來的人紛紛說：「前面那家客店不慎失火，全家都被燒死了。」

性格任氣遊俠

又據宋人王鞏所著《聞見近錄》記載——張咏客居長安時，夜裡聽見隔壁有人號哭，不由心生好奇，叩門問原因。原來隔鄰的主人是一名奉派異鄉任官的官員，因曾私自挪用公款，被手下惡僕抓住把柄，自此一直受惡僕要脅，甚至要強娶他女兒為妻。張咏瞭解事情真相後，第二天故意來到官員家拜訪，假意要商借惡僕陪他探訪親戚。那惡僕本來不願意，幾經催促，才勉強隨張咏上路。兩人騎馬出城後，行經一處山崖邊，張咏一一數落惡僕罪狀，趁惡僕震驚分神時，抽出袖中木棍，向惡僕揮去，惡僕當場墜崖而死。張咏不動聲色，坦然回城，對那官員說：「那個僕人不會再來了，你趕緊辭官回到你的家鄉吧，以後做人行事要謹慎小心點。」極有遊俠色彩。張咏自己曾對朋友說：「張咏幸好生在太平盛世，讀書自律，若是生在亂世，那真不堪設想了。」

張咏性格剛烈暴躁，是出了名的急性子。他有一次戴著頭巾吃餛飩，偏偏那頭巾的帶子長了點，接連幾次垂到了餛飩碗裡。張咏登時火冒三丈，一把將頭巾拽下來塞進碗中，高聲嚷道：「就讓你吃吧！」自己則扔下勺子起身走了。這則有趣的故事僅僅反映了張咏性格的一個側面。在歷史上，張咏還以好讀書、喜藏書而聞名。他出身貧寒，家裡窮得買不起書，渴望讀書的他只好到有書的人家懇求借閱，借到手之後，先手抄下來，然後再詳細苦讀。他十分勤奮，因家中沒有書桌，就背靠著院子裡大樹的樹幹讀書，一篇文章讀不完，絕不進屋歇息。張咏有〈勸學〉詩：「玄門非有閉，苦學當自開。」正是他青年時代刻苦攻讀的真實寫照。

張咏進士及第後步入仕途，官俸幾乎都用來買書，時人稱他「不事產業聚典籍」，意思是說，他有錢不買房、不置產業，一心只顧著買書。久而久之，張咏的藏書竟有近萬卷之多，除了正統的經、史、子、集，還包括醫藥、種樹甚至卜筮方面的書。儘管後來官居顯要，張咏卻一有閒暇就躲進書房讀書，「力學求之，於今不倦」，可以說是一個地地道道的書癡。

任崇陽縣令有遠見

張咏初入仕途時被分發任崇陽（今湖北崇陽）縣令。剛到崇陽城門時，見到一農民自城中買菜回村，張咏勃然大怒，命人捉住老農，責罰他有地不種菜自用，又下令鄉村農戶都必須自種菜吃，不然要重罰。百餘年後，崇陽百姓猶稱蘿蔔為「張知縣菜」。

崇陽一帶百姓一向以種茶為生。張咏得知後，說：「茶得利多，以後官府一定會權衡利害改變政策，不如早點自行更改。」於是下令砍掉茶樹，拔茶栽桑，養蠶發展絲絹生產；又興修水利，灌溉農田，百姓紛紛叫苦。不久，朝廷開始在全國境內榷茶（即對茶葉實行專賣），鄂州其他各地茶園戶或破產失業或貧困不堪，獨崇陽縣桑樹成林，絲絹年產百萬匹，百姓以縑納稅，生活安定富足。

張咏任崇陽縣令時，發現管錢的小吏偷了一文銅錢藏在頭巾裡帶出庫房，於是下令杖責作為懲戒。小吏很是不滿，嚷道：「我不過是偷了一文錢，你竟因此打我，但你敢殺我麼？」張咏大怒，當即寫了四句判詞道：「一日一錢，千日一千。繩鋸木斷，水滴石穿。」隨即拔劍，親自斬殺了小吏，再行公文報省府自劾。當時朝廷駕馭地方官員鬆弛，司法粗糙，地方長官越法殺人是常有之事，省府也不予追究。然而此事震動崇陽，從此全縣公事肅然，再無敢蝕公貪污者。張咏三年任滿還朝，崇陽百姓感其政績功德，建祠敬祀至今。

張咏性格剛直，剛愎自用，治才強幹，為官理事尚嚴猛，多有政績。他從不像其他官員那樣派人做耳目，而是不厭其煩地親自到民間探訪民情。曾有人問他為什麼要這樣做，張咏答道：「旁人都有自己的好惡，會擾亂我的視聽。我只是分別瞭解各方面的人，反覆詢問，而不只聽一面之詞。向君子詢問得到的是君子之見，向小人詢問得到的是小人之見。雖然各人都可能有所隱瞞，但真實情況也就可以瞭解到十之八九了。」問者當即感慨道：「張公算得上絕頂聰明的人。」

治蜀謹嚴自律

張咏生平政績，以治蜀最為突出。宋太宗淳化年間，四川發生王小波、李順起義，朝廷派王繼恩（即《斧聲燭影》小說中的內侍行首）任招安使前去鎮壓，同時任命張咏參贊軍務，安撫地方。起義雖然平定，但太監王繼恩統軍無方，與當年的王全斌一樣縱兵擾亂民間，深以為患。王繼恩還派兵捉了許多所謂的「亂黨」交給張咏治罪，張咏二話不說，將這些人盡數放了。王繼恩大怒。張咏道：「前日李順脅民為賊，今日詠與公化賊為民，有何不可哉？」王繼恩這才無話可說。

王繼恩的部下居功驕橫，恣意妄為，常常仗勢欺人，勒取民間財物。張咏派人捕捉，也不向王繼恩交代，命人直接將這些士兵投入井中淹死，對外則聲稱是畏罪自殺。王繼恩心知肚明，可自己理虧，也不敢向張咏責問，雙方都假裝不知，安然無事。王繼恩部下見張咏手段厲害，不得不規矩起來。後來，張咏乾脆密奏，請朝廷召王繼恩回朝。

當時蜀中有謠言：「一白頭翁午後吃人，無論男女。」張咏堅決不信，派人深入調查，揪出造謠者，立斬示眾，謠言頓息。

有一日閱軍，張詠帶著侍從剛入操場，一夥兵卒蜂擁至馬前，群呼：「萬歲！萬歲！」勢欲譁變。張詠鎮定異常，從容下馬，面朝開封方向跪下，也大呼「萬歲」，眾士卒從呼。張詠再從容上馬，緩緩向閱兵臺行進，舉手即將一場即將發生的譁變消滅於斯須之間。寇准後來也遭遇過類似的「萬歲」事件，卻因為乏於應對之策，被對手彈劾去職。明人鄭暄在其《昨非庵日纂》中評論道：「大抵天下事出於熟計深思，常才可辦。惟變起急猝，飄風迅雷，自非英雄蓋代之才，應之未有不顛謬者。」張詠的應變之才，堪稱蓋世。

張詠到四川上任，未攜帶家眷。屬下官吏見他單身一人，處事嚴峻，也都不敢娶侍妾、養婢女。張詠體貼人情，就自己主動買了一名婢女服侍起居。解任回朝時，喚其父母領回嫁人，厚贈婢女妝奩、嫁資。後來娶到婢女的男子大為感激——因為婢女仍是處女。張詠為這事特意寫了一首〈孟孟詞〉：「胡中不識春時節，門外春回花未發。奴家聞道漢宮春，遙望南天拜新月。拜新月，攢雙眉，別部胡茄聲亦悲，低頭自歎胡無知。」

張詠擅長審案，曾有人將他判決的案例和判詞集錄編輯刻錄成書，名《誡民集》，流傳後世。曾有某農民告狀家中的耕牛被人割舌。張詠問農民道：「你曾與誰結怨？」答：「鄰人前借糧未予，恐已結怨。」張詠便教老農回家即宰其牛，賣肉於市。老農遵教行事。宋代宰殺耕牛是重罪，隨即有人到府署告狀，說某農民私宰耕牛。張詠質問告狀人：「你既割人家牛舌，為何又來誣告他私宰耕牛？」告狀人惶恐，吐實服罪。

又有一次，一名僧人到府署呈驗出家憑牒，被張詠撞見，立即下令以殺人罪名逮捕僧人，交給司理院審理。眾官吏均不明白張詠如何判定僧人是殺人凶手。張詠問僧人道：「出家幾年了？」答稱七年。張詠突然指其額頭道：「既然出家七年，為何額頭還有頭巾繫痕？」僧人惶恐服罪，原來他其實是俗民，因與一僧同路，殺僧搶其度牒袈裟，剃髮冒為僧人周遊撞騙。眾官吏無不驚佩張詠明察如神。

斷案聰達如有神

張咏任杭州知州時，有個年輕人和姐夫打官司爭家產。姐夫說：「岳父逝世時，我小舅子還只三歲，岳父命我管理財產，遺囑上寫明，等小舅子成人後分家產，我得七成，小舅子得三成。遺囑上寫得明明白白，又寫明小舅子將來如果不服，可呈官公斷。」說著便呈上岳父的親筆遺囑。張咏看後大為驚歎，叫人取酒澆在地下祭岳父，連讚：「聰明，聰明！」又向姐夫道，「你岳父真是明智。他死時兒子只有三歲，託你照料，如果遺囑不寫明分產辦法，又或者寫明將來你得三成，他得七成，這小孩子只怕早給你害死了，哪裡還能長成？」當下判斷家產七成歸子，三成歸婿。當時人人都服張咏明斷。

當時江南一帶農業歉收，饑荒之際，很多百姓甘犯禁令、販賣私鹽（宋代對鹽實行壟斷經營）度日，官兵捕拿了數百人，張咏隨便教訓了幾句，便都釋放了。部屬們說：「私鹽販子不加重罰，恐怕難以禁止。」張咏道：「錢塘一帶十萬戶人家，挨餓的有八九成。這些人若不販鹽求生，一旦作亂為盜，用死來換取生存，就成大患了。待秋收之後，百姓有了糧食，再以舊法禁販私鹽。」這年秋天以後，杭州再也沒有鹽販子了。

當時著名詩人潘閬曾寫詩讚美張咏的知杭政績，有句云：「貪吏誡守廉，饑民蘇念生。錢塘太守賢，好共致升平。」

張咏為文疏通平易，不為嶄絕之語。其詩名列西昆體中，為《西昆酬唱集》第十一名。有《乖崖集》傳世。現錄一首〈訪人不遇〉：「舊徑莓苔合，兒童獨閉門。踏霜歸遠店，涼月照空樽。雁響蒹葭浦，風驚橘柚村。知音在何處，凝寂欲銷魂。」這首詩寫訪友不遇返回客店，寒霜、遠店、涼月、空樽、雁鳴、風驚等景象栩栩如生，反襯出作者淒清和孤寂的心情。

向敏中，溫文淳厚富才略

向敏中（西元九四八至一〇一九年），字常之，開封人。為家中獨子，自小父親管教嚴厲，養成淳謹端厚的性格。他與張咏、寇准為同科進士，三人終身保持著極好的友誼。宋太宗趙光義曾以飛白（一種字體），書向敏中、張咏二人名字交付中書省，囑咐道：「此名臣也，朕將用之。」

向敏中在西京洛陽當官時，曾遇到一件疑案——一天，有位僧人路過某村莊，因天色已晚，便向一戶人家叩門請求投宿，但主人沒有答應。僧人投宿無門，只得暫且棲身在這家門外的車棚裡。半夜時分，僧人正睡覺之中，忽被外面動靜驚醒，發現一個強盜拉著一名婦女帶著衣物包裹翻牆而出。僧人心想：「我昨天來借宿，主人不肯收留，現在主人家裡人財俱失，明天早上發現了，必然會怪罪於我。不如三十六計，走為上策，儘早離開這個是非之地。」想到這裡，僧人決定一走了之。

只是深更半夜，四下烏黑一片，僧人又不熟悉道路，竟失足摔進了一口枯井中。事也湊巧，剛才被強盜劫持的婦女已被殺死，也拋屍在同一口枯井裡。僧人一見暗暗叫苦不迭，欲出無門，只好在井中坐等。

第二天天亮，那家主人不見了婦女與財物，沿著腳印追到枯井邊，發現了井底下的僧人和女屍，便將僧人扭送到官府。人贓俱在，僧人無法辯解，為免受皮肉之苦，只得含冤承認是他引誘那婦女一起逃跑，由於怕人追來，所以殺了她扔到井裡，而本人也不慎掉進去，偷得財物扔在井邊，後來不知讓什麼人拿去了。

供詞合情合理，於是就此結案，報到州府批覆。州府官吏都認為此案判得對，人證物證俱全，唯獨向敏中持有異議，認為所丟財物未能查獲，案件存有疑點。他特意重新提審僧人，反覆勸說，終於得知真實情況。

為尋找真凶，向敏中祕密派了一名小吏出去查訪。一天，小吏來到附近村裡的飯館吃飯，飯館的老太婆聽說他是從城裡來的，就問：「那個僧人的案子怎麼樣了？」小吏騙稱：「聽說昨天已經被處決了！」老太婆說：「要是現在再抓到真的凶手會怎麼樣呢？」小吏肯定地答道：「這個案子已經判決，儘管錯了，但如果再抓到真的凶手也不會再問罪了。」老太婆聽了便湊過來，悄悄對小吏說：「這話現在說出來也沒有關係了。那個女人實際上是村裡某個年輕人殺的。」說著就指點小吏尋到那戶人家。小吏如獲至寶，趕緊來到年輕人家裡將其擒獲。後經過審問，年輕人招認不諱，又從他家裡搜查到丟失的贓物。無辜蒙冤的僧人被無罪釋放。

深受國君信任

宋真宗景德年間，遼國舉兵犯邊，直逼澶州（今河南濮陽南），宋真宗御駕親征。那時，西夏党項人也欲反叛。宋真宗出征前，賜右僕射向敏中一封密詔，將西北邊防託付給他，允許他相機行事。向敏中得到密詔後藏了起來，毫不張揚，只像往常一樣管理政事。當時正逢盛大的驅鬼儺會，傳聞有禁軍士兵要趁儺會時作亂。向敏中命親信士兵披上甲冑，事先埋伏在廊下幕布中。第二天，將來賓、幕僚、軍官、士兵全部召來，備置酒席，觀賞儺會。等到儺人到來後，向敏中忽然舉手，埋伏的士兵一擁而上，將儺人全部擒獲，果然從他們身上搜出不少短刀匕首。向敏中下令將這些人當場在酒席前斬首，又就地挖坑深埋，然後將庭院打掃乾淨，繼續飲酒作樂。外面絲毫不知軍亂之事，可見向敏中遇事敏速，極富才略。

向敏中為人清謹，能詩善文，散文如〈留別知己序〉等志意高遠，人稱有宰相風度。著有文集十五卷，今已佚。《全宋詩》卷五四錄其詩十一首，《全宋文》卷一二九收其文十二篇。現錄〈寄寇平仲〉詩一首：「九萬鵬霄振翼時，與君同折月在枝。細思淳化持衡者，得到於今更有誰。」平仲即為寇准的字，為向敏中寫給同年寇准之作。

寇准，剛直旌忠仕途舛

景德元年（西元一〇〇四年），這是中國歷史上不能被忘記的一年。這一年，是宋朝「積弱」的開始。從這一年的正月開始，便有十分不好的兆頭，宋朝京師開封連續發生三次地震，這是非常罕見的現象。隨後，冀（今河北冀縣）、益（今四川成都）、黎（今四川漢源）、雅（今四川雅安）諸州均發生了地震。就在這一年，遼軍大舉攻宋，北方州縣頻頻告急。此時，寇准剛剛當上宰相後不久，歷史的風雲賦予了他難得的機遇。然而，他個人的命運如同國家的命運一樣，在這一年展現了戲劇般的色彩，昭示出日後的悲劇跡象；悲劇的根源，既與當時的朝政局勢有關，也與寇准其人的性情有關。這位在民間傳說中大名鼎鼎的寇老西，一生宦海沉浮，幾起幾伏，大起大落，有三件大事與其個人命運和國家都有緊密關係——一是澶淵之盟，二是轟動一時的「上天書」事件，三是誤用丁謂，直接造成他罷相、復相、再罷相的跌宕生涯。

寇准（西元九六二至一〇二三年），字平仲，華州下邽人，少年好學，通曉《左傳》等經典古籍。七歲隨父登華山時，便留下了「只有天在上，更無山與齊。舉頭紅日近，俯首白雲低」的詩句，名噪一時。太平興國五年（西元九八〇年），十九歲的寇准考中進士甲科，並取得參加皇帝親自主持的殿試資格。當時，因宋太宗趙光義多喜錄用中年人，有人便勸寇准在殿試時多報幾歲年齡，以增加錄取幾率。寇准卻嚴肅地說道：「我正思進取，怎麼能欺君瞞上呢！」還是如實申報，結果，寇准憑藉滿腹經綸，一試得中，受任為大理寺評事（虛銜），實任大名府成安縣（今河北成安）知縣。與寇准同榜中進士者還有李沆、王旦和張咏，這四人後來均成為北宋名臣。

年輕的寇准被趙光義讚為「臨事明敏」，頗受讚賞，自步入仕途開始，官運亨通，仕途順利，加上人長得英俊豪邁，很容易便贏得了一份愛情，娶到宋太祖趙匡胤宋皇后（開寶皇后）的幼妹為妻。儘管寇准春風得意，但在朝臣之中卻一直以剛直足智著名，非常之難得。端拱二年（西元九八九年），寇准在大殿奏事，極言利害，對朝廷的一些政策多有抨擊。趙光義聽不進去，生氣地站起來要回內宮。寇准卻牛脾氣發作，上前扯住趙光義的衣角，非要皇帝聽他把話講完才能走，旁邊的大臣都為寇准捏了一把冷汗。事後，趙光義想明白了，反而十分讚賞寇准的執拗，高興地說：「我得到寇准，就像唐太宗得到魏徵一樣。」寇准確實堪比魏徵，然而趙光義無論是文韜還是武略，都與李世民差得太遠。

話雖如此，但趙光義對寇准始終不能像唐太宗李世民對魏徵那樣親密無間，備加信任，其中重要原因是寇准的夫人宋氏，是宋太祖趙匡胤宋皇后的幼妹。當年大雪之夜，趙匡胤神祕駕崩，宋皇后命宦官王繼恩急召趙匡胤的幼子趙德芳進宮即位，王繼恩卻擅作主張，去召了趙光義，於是趙光義即位。然而，宋皇后召趙德芳進宮的一幕，趙光義卻始終不能忘記，這也是為什麼宋皇后死後，趙光義甘冒天下洶洶之口的議論，下令不准以皇后禮下葬宋氏的原因。趙光義的胸襟氣度也由此可見一斑，這樣一個心胸狹隘且急功近利的皇帝，幾次北伐契丹失敗就不足為奇了。

廿多歲即躋身重臣

寇准真正進入中樞的契機，也與契丹有關。有一次寇准上朝，趙光義正與群臣商議與契丹議和一事。寇准當即提出了自己的見解，認為契丹屢屢南侵，意在劫掠，只需加派精兵防守，絕對不能議和，並將戰和的利弊做了對比。這件事之後，趙光義將寇准提拔為樞密院直學士，寇准一步登天，步入了中樞機構，此時的他還不到三十歲。在各種重大問題上，趙光義也相當重視寇准的意見，為了表示恩寵，還特意將以通天犀製作的兩條珍貴玉帶其中一條賜給了寇准。

二十九歲時，寇准任同知樞密院事，已經步入了中樞重臣的行列。他少年得志，難免年輕氣盛，意氣風發，對看不順眼的便要大加嘲諷，厭惡之色溢於言表，由此得罪了不少臣僚。知院張遜與寇准不和，一直想找機會扳倒寇准。剛好有一天，寇准和另外一名大臣溫仲舒外出辦事，半路上遇到一個瘋子，瘋子拜在寇准的馬前，高喊「萬歲」。這件事明顯是有人要對付寇准，但寇准當時卻並未在意。之後，張遜抓住此事不放，唆使心腹王賓彈劾寇准有非分之想。寇准自然不服，在朝堂上與張遜激烈辯論，二人唇槍舌劍，各自雄辯不已。趙光義眼見兩名重臣不顧體面，在皇帝面前互揭隱私，各不相讓，氣得發抖，一怒之下，將寇准貶知青州（今山東益州），張遜也被降職為右領軍衛將軍。

寇准離開京師後，趙光義耳根清靜了許多，卻反倒有些不習慣，不免想起寇准的好處來，還經常詢問有關寇准在青州的情況。此時，趙光義的生命已經流逝到晚年，當年高梁河之戰中所受的箭傷逐漸惡化成膿瘡，為他的身體帶來了巨大痛苦，他自知大限將至，不禁為沒有立太子而發愁。之前，趙光義的長子趙元佐本來最有希望被立為皇太子，然他同情被趙光義迫害致死的叔叔趙廷美（趙匡胤之幼弟），故意裝作發瘋發狂來發洩對父皇迫害親人的不滿，由此被廢為庶人。之後替代趙元佐位子的是異母弟陳王趙元僖，但他卻莫名其妙地中毒死去，皇儲人選再一次空缺。家家有本難念的經，天子也不例外，趙光義煩惱不堪之下，便將寇准召回京師，任為參知政事（相當於副宰相），主動徵詢太子人選。寇准雖然性情耿直，卻深知外臣不能干預內事的祖宗家法，不便直接回答，便說：「陛下為天下選擇君主，不能與婦人、宦官和近臣商量。只願陛下選擇能符合天下所仰望的人。」趙光義猶豫了很久，提出想立襄王趙元侃（趙元佐同母弟，母李妃）。寇准委婉地回答說：「知子莫如父。」意思是說，父親最瞭解自己的兒子，選擇一定不會有錯，終於促使趙光義下定了決心。於是襄王趙元侃被立為太子，改名趙恆，就是後來的宋真宗。

趙光義冊立太子後，大赦天下。京師百姓見到太子趙恆都歡呼道：「真是個少年天子。」趙光義得知後卻很不高興，馬上召寇准說：「四海之心一下子都歸化了太子，那將我擺在什麼地位呢！」他才剛冊立太子，太子便如此深得人心，即使有父子之情，也起了猜忌隔閡。幸得寇准說：「太子眾望所歸，是陛下的英明決策，是國家百姓的洪福。」趙光義聽後才消氣，請寇准喝酒，大醉方罷。事見《宋史‧卷二百八十一‧寇準傳》。如果不是寇准應答巧妙，消除了趙光義莫名其妙的猜忌，後果實在難以想像。

至道三年（西元九九七年）三月，在位二十二年的趙光義因箭傷發作去世，最終未能實現收復燕雲十六州的願望。趙恆即位為宋真宗。即位時，寇准已經外貶為官，貶斥的來由非常可笑。趙光義晚年，寇准擔任參知政事，也是中樞重臣。他為人耿直，一些臣僚對其人品性情極為折服，但也有一些同僚對寇准恨之入骨，可以說，寇准的性格在很大程度上決定了他的仕途不可能一帆風順。寇准走馬上任後，恪盡職守，宰相呂端、參知政事李昌齡等人都由他引薦升官。有人借此機會，向趙光義揭發寇准交結私黨，擾亂法度。趙光義很是生氣，第二天上朝時，呂端先到朝堂，趙光義就其與寇准結黨一事嚴厲責問呂端，呂端曾被趙光義稱為「小事糊塗，大事不糊塗」，在此時開始「犯糊塗」，一言不發，根本不作辯解。不久後，寇准也來到朝堂，當趙光義責問寇准時，寇准卻顯出剛直的個性，毫不相讓，力爭不已，並拿出了許多文書做證據。趙光義反而更加惱怒，說：「雀鼠尚知人意，況人乎？」認為寇准「性剛自任」，在朝堂上強辯有失執政大臣體面，於是貶其為地方官，罷知鄧州。

第一次出任宰相

寇准雖然沒有直接支持趙光義立趙恆為太子，但畢竟是因為他的一席話才使太子一事定下來。加上後來趙光義猜忌太子，也是寇准從中斡旋，因此，寇准也是幫助宋真宗趙恆登上皇位的有功之臣。趙恆一即位，就開始重用寇准，先遷為尚書工部侍郎，後歷任河陽、同州、鳳翔知州，再遷刑部，權知開封府。咸平六年（一〇〇三年），趙恆將鹽鐵、度支、戶部合為一使，寇准遷兵部，為三司使。一年後，名臣畢士安任宰相，同時推薦寇准任相，稱讚寇准忠誠可嘉，資歷深厚，善斷大事，自己也比不上他。趙恆卻還是有些擔心，說：「聽說寇准剛愎自用。」畢士安說：「寇准忘身殉國，堅持正道，打擊邪惡，因此不為流俗所喜。此時北部邊防有事，遼國人不斷南下騷擾生事，正應當起用寇准這樣的大臣。」於是，趙恆詔寇准為集賢殿大學士，拜同中書門下平章事（宰相），名列畢士安之後。這是寇准第一次入相，對熱中名利的他來說，自然是無上的榮光。

寇准與同科進士張咏友情深厚。寇准出任宰相時，張咏任益州（今成都市）刺史，他對屬僚說：「寇公奇才，只可惜學術不足！」後來寇准被貶出知陝州（今河南三門峽市）時，張咏剛好從益州調回京師，路過陝州，寇准在任所設盛宴款待張咏。臨別時，寇准送張咏至益州城郊，問張咏：「張公有何見教？」張咏意味深長地說：「《漢書・霍光傳》不可不讀。」寇准當時並不明白張咏所說何意，回到任所後，特意找出《漢書》讀〈霍光傳〉，至「不學無術，暗於大理」一句時，才恍然大悟：「原來張公是說我不學無術呢！」這是歷史上極為著名的一段典故。

寇准雖然入相，但他所面臨的局面並不樂觀，正如前面所提到的，他正式拜相沒幾天，就發生了遼軍大舉侵宋事件。邊境烽火雄起，皇帝昏庸，朝中大臣只知諂媚，歷史將一副重大擔子壓在了寇准的肩頭。

自從宋太宗趙光義在高梁河一戰慘敗後，宋朝一直處於戰略防禦的狀態。雍熙三年（西元九八六年），趙光義為報一箭之仇，再次派宋軍全力進攻遼國。宋軍分東、西、中三路進軍，東路軍貪功冒進，結果大敗。遼軍在太后蕭燕燕的指揮下，趁勢猛攻，宋軍全線崩潰。西路軍老將楊業率軍掩護邊民撤退，在陳家谷被遼軍包圍，在激戰中受傷幾十處，被俘後絕食三日而死。此戰中，宋軍被殲二十餘萬，精銳盡失。之後，宋朝再無能力對遼國發動進攻，不得不全面轉入防禦。此時，遼國國主為遼聖宗耶律隆緒，但由母親蕭燕燕攝政。她膽識過人，兼通韜略，在她的治理下，遼國國力日益強盛。實力強了，野心也就大了。蕭太后氣勢洶洶，不斷率軍南侵，宋朝的北方邊境頻頻告急。對於遼軍的步步緊逼，宋軍則完全採取守勢。

景德元年（一〇〇四年）閏九月，蕭燕燕和遼聖宗再度率領大軍南下攻宋。遼軍聲勢浩大，號稱二十萬，經保、定二州，直撲澶州（今河南濮陽）城下。這樣，不光河北的大片領土陷入遼軍之手，僅隔一河的都城開封也暴露在遼軍鐵騎的威脅之下。

宋軍告急的文書一日之內五至，京師大震，朝廷上下慌亂不已。唯獨剛剛走馬上任的宰相寇准平靜如常，還將告急的文書都扣下來，不讓宋真宗趙恆知道。趙恆聽到風聲後質問寇准，寇准便將一堆急報都拿出來。趙恆一見這麼多急報，立即慌了手腳，忙問該怎麼辦。寇准不緊不慢地說：「陛下是想儘快解決此事呢，還是想慢慢來？」趙恆當然是想儘快解決。寇准趁勢說：「陛下要退遼兵，不過五天時間即可。」宋真宗自然不相信。寇准則乘機提出要趙恆率軍親征。

力勸皇帝勞軍振士氣

自古以來，皇帝御駕親征非同小可，但到宋朝卻有所不同。宋朝開國皇帝宋太祖趙匡胤出身行伍，當上皇帝後猶自南征北討，可說是以武為生。其後是宋太宗趙光義，宋太宗小兄長十二歲，早在宋朝立國前，就已經是一員猛將，一手策畫了陳橋兵變。當上皇帝後，宋太宗雄風不減，親自率軍討平了北漢，雖然在與遼國的對壘中屢次大敗，自己也挨了遼人兩箭，但畢竟也是在戰場上出生入死的帝王，有別於一般的皇帝。真正本質上的變化是從趙恆開始，一直到北宋滅亡，皇帝們無不長於深宮婦人和宦官之手，從來沒有見習過兵仗，對打仗心懷本能畏懼。

而鑒於宋太宗趙光義之前於高梁河一戰的慘敗教訓，令宋真宗趙恆一直懷著畏遼如虎的心理，現在突然聽到宰相寇准提出要御駕親征，立即面帶難色，站起身來就要回內宮。寇准連忙上前攔住，力勸趙恆不要動搖。趙恆性格軟弱，勉強同意第二天朝議親征一事。第二天，朝堂上爆發了激烈的爭吵。不少大臣不但不主張皇帝親征，甚至還力勸趙恆做遷都之議。參知政事王欽若是江南人，主張遷都金陵。另一樞密院事陳堯叟是四川人，主張遷都成都。

王欽若，字定國，新餘人（今江西新餘東門）。自小聰穎過人，讀書作文都很出色。他曾為開封某門客作有一屏聯：「龍帶晚煙歸洞府，雁拖秋色過衡陽。」一時間廣為傳誦。宋太宗率軍進兵太原時，王欽若作〈平晉賦論〉進獻，時年十八歲。宋太宗淳化三年（西元九九二年），王欽若進士及第。據說他在殿試中考了第一，也就是頭名狀元。但他因為欣喜若狂，與同中一甲的袁州窗友許載縱情狂飲，袒腹失禮，宋太宗大怒，下旨再試，王欽若就此丟了狀元。據說王欽若也是宋朝第一個江南籍的宰相，因其頸部長有一肉瘤，時人稱其為「瘿相」。王欽若文才過人，宋朝四大部書之一《冊府元龜》便是由他與楊億等主持修纂。

陳堯叟，字唐夫，閬州閬中（今四川閬中），宋太宗端拱二年（西元九八九年）狀元。陳堯叟中狀元時二十九歲，宋太宗召見時，見他體貌英偉，器宇軒昂，舉止得體，很是高興，問左右說：「這個年輕人是誰的兒子？」有人回答說：「他是樓煩縣縣令陳省華的兒子。」宋太宗於是召陳省華進京陛見，任陳省華做太子允中。次年四月，宋太宗同時任陳省華、陳堯叟父子為祕書丞，並同賜緋袍以示恩寵。祕書丞雖然官職不高，但父子同日升同樣的官，受同樣的賞賜，卻是曠代殊榮，被傳為一時佳話。陳堯叟曾任廣南西路轉運使。當時嶺南風氣未開化，人們信巫，有病不服藥，而是禱神祛災。陳堯叟移風易俗，將《集驗方》醫書刻於石上，立於驛站，使之廣泛傳播。嶺南炎熱，當地人不會打井，飲水只靠河水或是下雨時的積水，陳堯叟便教嶺南人植樹鑿井，因而深得當地人擁戴。

王欽若和陳堯叟均是有才之人，尤其是陳堯叟，也曾經造福一方，有著極好的名聲，但才氣與品德、為人與氣節往往不是一回事。這兩人的職務都是副宰相級別，屬於執政重臣，堂堂中樞大臣，竟然公然主張不戰而逃，由此可見宋朝朝野上下對遼國是何等畏懼。寇准大怒，當著王欽若、陳堯叟的面說：「誰為陛下畫此策者，罪可誅也。」聲色俱厲地要求將主張遷都的人斬首，逃跑派的氣焰才一時被遏制。

此時，寇准再次提出要趙恆領兵親征，說：「只要皇帝親征，人心振奮，文武大臣協作團結一致，遼軍自可退去。遼軍來攻，我們可出奇計騷擾，打亂其進攻計畫；也可以堅守不出，使遼軍疲憊不堪，再乘機打擊。這樣就可穩操勝券。如果退至江南或是四川，則人心動搖，遼軍趁勢深入，大宋江山還能保得住麼？」寇准的意見得到了宰相畢士安和武將高瓊等人的支持。趙恆的內心實在很不情願，但此時形勢逼人，朝堂上主張親征的一派占了上風，在迫不得已的情況下，勉強同意親征，但卻遲遲不肯動身。

臨出發前，寇准奏請參知政事王欽若出鎮河北大名。王欽若此人富有心機，多智謀，善權變，寇准生怕他留在京師會再想出什麼主意阻撓趙恆親征，因此搶先下手，搬去了一塊絆腳石。朝廷中的主遷派失去了核心人物，但卻由此與王欽若結下了深仇大恨。

與高瓊聯手促皇帝渡河

景德元年（西元一〇〇四年）十二月，趙恆以雍王趙元份（宋太宗第四子，宋真宗弟）為東京留守，率軍御駕親征。然而，滿朝文武對此戰都沒有信心，甚至表示支持寇准的宰相畢士安也藉口有病在身，不肯隨駕北征。

宋軍正式開拔後，遼軍日益迫近的消息如雪片般從前方飛來。宋軍更是聽說遼國太后蕭燕燕不顧年過半百，戎裝上陣，親自擂鼓助威，遼軍士氣極旺，以致大軍剛動，便開始軍心動搖。跟隨趙恆親征的大臣中又有人乘機提出應該遷都金陵，趙恆優柔寡斷，本來就勉強出征，現在更是猶豫，想打退堂鼓，於是召寇准商議。寇准堅決反對，說：「現在大敵壓境，四方危急，陛下只可進尺，不可退寸。進則士氣備增，退則萬眾瓦解。到時遼軍必然趁勢來攻，恐怕到不了金陵，陛下就成了遼軍的俘虜。」握有兵權的殿前都指揮使高瓊也支持寇准的意見。趙恆不得已，加上有其父宋太宗親征失蹤的前車之鑒，只好不再提撤退之事，繼續北行。

北宋時，黃河還未改道，流經澶州，河道將澶州城一分為二為南城和北城。趙恆的車駕到達澶州時，遼大軍已經抵達北城附近，趙恆遙遙望見黃河對岸煙塵滾滾，顯見戰事激烈異常，心中膽怯，不敢過河，只願意駐紮在相對安全的南城。寇准認為澶州北城將士正在浴血奮戰，皇帝親臨，定會大大鼓舞士氣，於是力請趙恆渡河，便說：「陛下不過河，則人心益危，敵氣未懾，非所以取威決勝也。」（《宋史．卷二百八十一．寇準傳》）

寇准所提出的「取威決勝」相當有道理，趙恆卻很不情願，只是公然拒絕宰相的提議無異表明自己怕死，只好默不作聲。寇准看見皇帝這副樣子，自然明白過來，於是跑出去找武將高瓊，說：「太尉深受國家厚恩，今日打算有所報答麼？」高瓊也是個血性漢子，當即慷慨地回答：「我身為軍人，願意以死殉國。」於是寇准與高瓊仔細商議了一番，再一起去見趙恆。趙恆才剛剛緩了口氣，一見寇准又來了，立即頭都大了。他已經料到寇准要繼續遊說他渡河，是以一開始在心理上就處於弱勢。果然，寇准張口就說：「陛下如果認為我剛才說必須要渡河的話不足憑信，可以問問高瓊。」趙恆還來不及回答，高瓊便說：「寇相公的話不無道理。陛下千萬不要考慮遷都江南，隨軍將士的父母妻子都在京師，他們絕不會拋棄家中老小隨陛下隻身逃往江南。」相公，是宋朝對宰相等高級官員的尊稱，一般官員不得稱相公。

接著，高瓊便上前請趙恆立即動身渡河。趙恆進退兩難，乾脆不表態。樞密院事馮拯在一旁斥責高瓊對宋真宗魯莽無禮。高瓊不認識字，少小從軍，完全憑武功起家，年過花甲的他一直瞧不起馮拯這幫不懂軍事的文人，當即憤怒地駁斥道：「你馮拯只因為會寫文章，官做到兩府大臣。眼下敵兵向我挑釁，我勸皇上出征，你卻責備我無禮。你有本事，為何不寫一首詩使敵人撤退呢？」馮拯無話可說，宋真宗則繼續一言不發。高瓊當機立斷，命令兵士將趙恆的車駕轉向北城行進。到了黃河渡河口浮橋處，趙恆又停下來。高瓊用鐵錘擊打駕駛趙恆御車的輦夫背部，迫趙恆渡過了黃河。

儘管車駕中的趙恆本人心驚膽寒，然而，當大宋皇帝的黃龍旗在澶州北城樓上一出現，城下宋軍與百姓立即齊呼萬歲，歡聲雷動，聲聞數十里，宋軍因而氣勢備增。當時遼軍圍攻澶州，遼國蕭太后親自上陣擂鼓助威，遼軍無不激動振奮，奮發向前，宋軍看見遼軍的聲勢，不戰而寒。可以說，趙恆親臨北城，從根本上扭轉了宋軍的士氣。趙恆到澶州北城象徵性地巡視後，仍堅持回到南城的行宮。但宰相寇准則就此留在北城，負責指揮作戰。趙恆回到南城後，儘管有黃河天險，還是不放心，數次派人前往北城探視寇准的舉動。而寇准竟然與知制誥楊億在北城城樓上喝酒下棋，「歌謔歡呼」，泰然自若，十分鎮定。寇准如此表現，顯然是胸有成竹，趙恆欣喜道：「寇准整暇到這樣子，我還憂慮什麼呢？」總算放了心，不再恐慌。其實這是寇准知道趙恆心中不安，為了安定皇帝和軍心，故意而為之。果然，「人以其一時鎮物，比之謝安」。

就在此時，留守東京的雍王趙元份突然暴病而亡，趙恆於是借此機會回駕京師，將前線抗遼的軍事大權全部交給寇准。宋真宗趙恆離開澶州後不久，宋威虎軍頭張瓌用威力驚人的床子弩，射殺了遼軍先鋒蕭撻凜（蕭燕燕族兄弟，擒獲名將楊業之人），大大動搖了遼軍軍心。此時遼軍孤軍深入中原腹地已久，供給線長，糧草不繼，已經無力持久。加上遼軍先鋒蕭撻凜被射死對士氣影響極大，於是蕭燕燕下令暫緩攻城。

占軍事優勢，卻要議和？

而宋軍方面，由於趙恆御駕親征，士氣高漲，集中在澶州附近的軍民，多達幾十萬人，局勢明顯對宋軍有利，宋真宗卻沒有抗敵的決心。早在他離開京師的時候，便暗中派出了使臣曹利用往遼軍大營與太后蕭燕燕議和。只因當時戰事激烈，曹利用一直未能到達遼營。而當宋遼兩軍於澶州對壘之時，曹利用一直謀求往返於兩軍之間。蕭燕燕見遼軍處境不利，擔心腹背受敵，便開始謀求議和，派宋降將王繼忠（望都之戰中，被遼軍俘虜後投降遼軍）與曹利用聯繫。

寇准堅決反對議和，主張趁勢出兵，收復失地，如此「可保百年無事」。宋軍將領寧邊軍都部署楊延昭（楊業之子，著名的楊六郎原型）也堅決主戰，上疏提出趁遼兵北撤，扼其退路而襲擊之，以奪取幽燕數州。但由於趙恆傾心於議和，致使宋臣中妥協派的氣焰極為囂張。這些人聯合起來，攻擊寇准擁兵自重，甚至說他圖謀不軌。寇准在這幫人的誹謗下，被迫放棄了主戰的主張。

在遼軍大將殞命、兵勢受挫、宋軍已經明顯占據優勢的情況下，宋遼兩國的和談就此開始。遼軍提出的議和條件是，要宋朝「歸還」後周世宗柴榮北伐奪得的「關南之地」。這顯然是獅子大張口，因為燕雲十六州本來就是中國的土地，收復失地是宋太祖、宋太宗兩朝皇帝念念不忘的大計，而遼國竟然反客為主，儼然以主人自居，可謂極大的笑話。但由此卻可以看出蕭燕燕的政治家風度，當此宋軍已經明顯占有上風的局面下，她卻能把握住趙恆軟弱無能、企盼和談的弱點，漫天要價，提出割地為盟。宋方的條件則要軟弱得多，只要遼國退兵，宋朝願意以金帛代地，每年給遼國一定數量的銀、絹作為補償，但不答應領土要求。

談判在兩軍對峙中進行。蕭燕燕十分懂得見好就收，最終按宋方的條件達成了協定。剩下的問題就是每年給遼國銀絹的數量。曹利用就此請示趙恆，趙恆說：「逼不得已，二百萬（銀、絹各一百萬）也可。」意思是說，只要不割地，能講和，遼國就是索取百萬錢財，也可以答應。

當時宋朝極其富有，宋真宗時，宋朝廷的年歲收入折算為銀絹，大概為七千萬兩／匹。因此，宋真宗認為可以承擔數百萬之「歲幣」，以此來換取和平。

曹利用承旨後，剛從趙恆的行宮出來，便被一直守候在門外的寇准攔住。寇准問明情況後，警告曹利用：「雖然有聖上的旨意，但你去交涉時，答應所給銀絹不得超過三十萬。否則，你一回來我就要砍你的頭！」曹利用後來成為風光一時的權臣，跟另一權臣丁謂聯合起來，與寇准一派大搞黨爭。不過，他當時還未見顯赫，只是個默默無聞的小吏，被寇准一嚇，立即悚然而驚，喏喏應命而去。

經過談判，曹利用果然以三十萬銀絹談成。宋遼雙方訂立了和約，這就是歷史上著名的「澶淵之盟」（澶州西有湖名澶淵，澶州也稱澶淵郡）。澶淵之盟規定──

一、遼宋為兄弟之國，遼聖宗年幼，稱宋真宗為兄，宋尊蕭太后（遼聖宗生母蕭燕燕）為叔母，後世仍以世以齒論。

二、以白溝河（今河北拒馬河）為國界，雙方撤兵。雙方各守現有疆界，不得侵軼，並互不接納和藏匿越界入境之人。

三、宋方每年向遼提供「助軍旅之費」銀十萬兩，絹二十萬匹，稱為「歲幣」，至雄州交割。

四、雙方於邊境設置榷場，開展互市貿易。

好笑的是，和議達成後，宋真宗詢問結果，曹利用伸出三個指頭。趙恆誤以為給了遼國三百萬，大吃一驚，說：「太多了！」但想了一想，又認為談判既已成功，也就算了，又說：「三百萬就三百萬吧。」後來，趙恆弄清了只給遼絹二十萬匹、銀十萬兩，合計數才三十萬，不到宋年財政收入的千分之五，大大低於早先的估計，不禁大喜過望，重重獎賞了曹利用，甚至寫詩與群臣唱和，以此來慶祝。

宋真宗剛剛即位時，為應付北方強大的遼國，以及西北與党項的戰爭，大肆擴軍，招募禁軍至五十餘萬人，加上地方上的廂兵，號稱養兵一百萬，數目相當龐大。澶淵之盟後，宋真宗立即著手裁減軍隊，遣散老弱殘兵，精簡編制，如取消富有戰鬥力的河東效順一軍；龍騎軍原有十二個指揮，減為六個指揮等等。不僅如此，宋真宗為了表示友好的誠意，還將與遼國接壤的地名作了改變：改威虜軍為廣信軍、靜戎軍為安肅軍、破虜軍為信安軍、平戎軍為保定軍、寧邊軍為永定軍、定遠軍為永靜軍、定羌軍為保德軍、平虜軍為肅寧軍。

「澶淵之盟」歷史定位奇特

澶淵之盟是中國歷史上的著名事件，對整個北宋朝具有非比尋常的意義，甚至有人認為澶淵之盟「影響了中國思想界及中國整個歷史」（蔣復璁語）。一方面，這是一個在宋軍占有優勢局面下簽訂的屈辱條約；另一方面，這個屈辱條約卻為宋遼邊境帶來了長達百年的和平，大大促進了兩國經濟、文化的發展。

澶淵之盟以後，遼宋長期保持友好往來，宋朝在雄州、霸州（今河北霸縣）、安肅軍（今徐水）、廣信軍（今徐水東），遼在新城、朔州（今山西朔縣）分別置榷場，進行雙邊貿易，加強了邊境地區的經濟、文化交流。宋遼雙方每逢有皇帝即位、生辰、喪事等，都互派使者來往。這種局面一直維持到北宋末年，時間長達百年之久。遼宋不曾兵戎相見，邊境安定，當時的人這樣評論：「（遼）與朝廷（宋）和好年深，蕃漢人戶休養生息，人人安居，不樂戰鬥。」

但在中國歷史上，澶淵之盟卻始終是個有爭議的命題。遼國在不占有任何優勢的情況下，反而從中大大獲益，《遼史》的編纂者認為「澶淵之役」是蕭燕燕軍事生涯中最光彩輝煌的一頁。對於宋朝而言，澶淵之盟是帶有屈辱的城下之盟，既從法律上承認了燕雲十六州屬於遼國，又開「歲幣」之濫觴。宋真宗趙恆也因而成為歲幣的始作俑者，開宋朝以歲幣求和的先例，直接導致此後兩宋之積弱，使宋朝的繁榮局面江河日下。

這一年，被公認是宋朝「積弱」的開始。即使是在宋真宗一朝，澶淵之盟也被認為是奇恥大辱，寇准也因此受到牽累，後來又因而搞出「天書」的歷史鬧劇。澶州之盟簽訂之初，趙恆認為南北停戰是件大好事，是宰相寇准的功勞，因此加寇准為中書侍郎兼工部尚書，待其甚厚。寇准功蓋群僚，有目共睹。後來王安石也在〈澶州〉一詩中讚揚過寇准：「歡盟從此至今日，丞相萊公功第一。」然而，早先與寇准結仇的王欽若一直想方設法地排擠寇准，一天退朝後，王欽若故意留下，在趙恆面前攻擊寇准：「寇准逼著陛下親征，將陛下當做『孤注一擲』，訂立『城下之盟』。這不是勝利，是君王的恥辱，怎麼還能說寇准對社稷有功呢？」又說，「時議有謂，城下之盟，《春秋》恥之，澶淵之舉，是城下之盟也。」（《宋史・卷二百八十一・寇準傳》）這話相當震撼，宋真宗當時沒有表態，但此後對寇准的疑忌加重。寇准逐漸失寵。

不久，宰相畢士安病逝，寇准失去有力的同盟。寇准少年富貴，性喜奢侈，又好飲美酒，趙恆借機以「過求虛榮，無大臣禮」等罪名，罷免了寇准的相位，出知陝州（今河南陝縣），改任王旦（寇准同科進士）做宰相。此時，寇准當宰相不過當了一年多。

寇准改知天雄軍後，剛好遇到遼國使者路過。遼國使者故意問道：「相公德高望重，為什麼不在中書省做官，卻來到天雄軍呢？」寇准被說中痛處，卻回答得相當巧妙：「如今朝中無事，不需要我居中任職。皇上認為天雄軍是北門鎖匙，非我寇准執掌不可。」這話回擊得無懈可擊，由此也可見寇准相當自負。

寇准也「上天書」，失威信

趙恆聽信王欽若的話以後，深以澶州之盟為恥辱，常常悶悶不樂。王欽若乘機討好趙恆：「唯封禪，可以鎮服四海，誇示外國。」但是自古封禪，一般要有「天端」，王欽若和宋真宗便想出了偽造「天書」的計謀。由於擔心宰相王旦反對，王欽若暗中向王旦傳達聖意。趙恆又假裝賜一罈好酒給王旦，王旦回家打開酒罈一看，發現罈內全是上好的珍珠。王旦自然明白這是皇帝親自賄賂，從此不敢對「天書」這等荒唐之說有異議。

一天，趙恆對群臣說，夜見神人降「天書」於承天門。於是，以宰相王旦為首，王欽若、陳堯叟、丁謂等大臣皆稱賀。趙恆率領群臣們到承天門，果然發現「天書」。王旦下跪獻進，趙恆再拜接受，交陳堯叟啟封，又命他宣讀。於是，群臣入賀。有大臣名叫孫奭，對這君臣一唱一和的虛偽場面很看不慣，當面問宋真宗道：

「以愚臣所聞，天何言哉！豈有書耶？」趙恆默然不答。不久，又在泰山得「天書」，趙恆親自到泰山封禪。之後，趙恆在王欽若、陳堯叟、丁謂等大臣的迎合下，屢次搞「天書」、封禪等自欺欺人的活動，又大肆祭祀孔子、老子，並尊崇道教，大造道觀，耗資巨大，以致歲出日增。

朝中大臣只有孫奭、張咏、李迪等敢於提出些批評。張咏（寇准同科進士）病重，臨死前奮力上書，歷數丁謂的罪行，並說：「乞斬丁謂頭置國門謝天下，然後斬我張咏頭置丁氏之門以謝丁謂。」意思是要皇帝殺丁謂謝天下，他張咏願意以死謝丁謂，相當於是以死相諫。然而，宋真宗只是讚歎張咏的忠直，並無悔改之意，依舊寵信丁謂。宰相王旦因為對趙恆的所為不聞不問，從不提出反對意見，所以安坐宰相的位子。但他死前卻留有遺命，讓後人為他削髮披緇入葬，表示悔恨自己當初不諫「天書」的過失。

趙恆大搞「上天書」，勞民傷財，百姓不服，他開始有些不安，因此有人提出，只要平素不相信這些活動的寇准出面，便能使百姓折服。於是，趙恆命宦官周懷政暗示寇准「上天書」，想用寇准的名聲來收服人心。寇准一開始不願參與這種荒誕不經的活動。寇准的女婿王曙當時在內閣當郎官，與宦官周懷政交好。王曙在一些別有用心的人授意之下，極力攛掇慫恿寇准，說只要寇准願意上天書，便可以重回宰相位子。寇准一時陷入兩難境地。

寇准有個門人，頗有遠慮，提出一個解決困境的辦法：「寇公走到半路假稱有病，堅持要外補為官，此為上策；如果入見皇帝，也可揭發天書之事皆是偽造的祥瑞，可以保全寇公平生正直的名聲，此為中策；最下策則是再入中書省為宰相，如此則平生威望盡損。」十分可惜的是，寇准少年富貴，長期擔任中樞要職，功名之心極重，難以自拔，最終還是沒有聽從門人的建議，違心地加入了「上天書」的行列。此事成為寇准一生中的重大污點，為時議所非。

上天書後，寇准果然被龍顏大悅的趙恆重新起用為宰相。然而，這位寇老西在錯誤的時機透過錯誤的手段，重新得到了宰相的職位，但威信已經大為下降，並自此捲入是是非非的漩渦中，再也無力脫身。

宋真宗趙恆晚年，皇后劉娥開始干政，引起一些大臣的警惕和不滿，這其中以宰相寇准和翰林學士李迪為首。寇准因為上天書重新得回宰相位子後，開始著力培養自己的親信朋黨，譬如推薦丁謂為參知政事（副宰相）。如果說，寇准之前的上天書只是個人的品德問題，誤用丁謂則是他一生中最大的失誤，這一錯誤嚴重干擾了當時的朝政。

劉娥與「狸貓換太子」

談到宋真宗皇后劉娥，宋朝有著名傳奇「狸貓換太子」，流傳極廣，說的便是她用狸貓換取了宮女李氏所生的龍種（即後來的宋仁宗），並將龍種說成是自己的兒子。劉娥原是個貧寒的花鼓女，靠打鞀鼓謀生，偶然機會下與當時仍是襄王的趙恆結識，二人一見鍾情，從此形影不離。宋太宗聽說兒子喜歡上一個輕浮的花鼓女後，勃然大怒，勒令趙恆立即將劉娥逐出襄王府。趙恆實在捨不得劉娥，於是表面將劉娥送回四川老家，暗中卻將其送到親信幕僚張耆（原名張旻）的家裡。劉娥離開襄王府後，趙恆奉宋太宗命娶名將潘美（即戲曲中的潘仁美）第八女為妻。但趙恆一有機會，就悄悄去張耆家與劉娥私會。一直到宋太宗晏駕，趙恆即位為宋真宗，劉娥才得以重見天日。她進宮後立即被封為美人，不久便進為德妃。趙恆與劉娥長期相愛，最終還是衝破重重阻力結合。

景德三年（西元一〇〇六年），郭皇后去世，劉娥三十七歲，年紀在後宮嬪妃中最大，但在後宮地位也最高，離皇后寶座只有一步之遙。然而，劉娥的卑微出身，成為她當上皇后的最大障礙。朝中群臣一直贊成立沈才人為新皇后，宋真宗對此也不表態，顯然是因為偏愛劉娥的緣故。為了壓過沈才人，劉娥最終想出一個移花接木、李代桃僵的計策，命令心腹侍女李氏去服侍宋真宗。果然如其所願，宋真宗對李氏產生了興趣，臨幸了她。不久後，李氏懷孕，產下一子，宋真宗喜出望外，為孩子取名趙受益，後來改名趙禎，但孩子卻被劉娥占為己有，宋真宗也默許她抱養李氏之子。趙禎不明真相，一直以為劉娥是自己的親生母親，其真正生母李氏則在宋真宗死後，被趕去守宋真宗的永定陵（趙禎即位為宋仁宗後的第十年，李氏病重，直到臨死前，才得進封宸妃）。這段故事後來被演繹成匪夷所思的「狸貓換太子」，其實不過是子虛烏有，卻由此反映出後宮以子爭寵的複雜局面。

擁有子嗣，對於劉娥能冊立為皇后，以及她於宋真宗死後能垂簾聽政，發揮了決定性作用。大中祥符五年（西元一〇一二年）十二月二十四日，劉娥被冊立為皇后，此後一生與宋朝的政治緊密相連。尤其是趙禎即位為宋仁宗後，她以皇太后的身分垂簾聽政，對北宋政局產生了重要影響。

前面提到寇准生平最大失誤，就是誤用丁謂。丁謂，字謂之，宋太宗朝進士。此人工於算計，機敏狡猾。他為了迎合宋真宗，大搞上天書活動，曾隨宋真宗趙恆巡視。大禮結束後，趙恆下詔賜給隨行大臣玉帶。當時隨行大臣共有八人，但行宮庫房中只有七條玉帶。不過，尚衣局存有皇帝備用的一條玉帶，稱為「比玉」，價值八百萬錢。趙恆見玉帶數目不足，便想用比玉補足數量。丁謂很想得到這條比玉，但其官位在其他七人之下，無論如何也輪不到他。丁謂便故意對辦事的官員說：「不必動用尚衣局的玉帶，我自己有小腰帶，暫且拴上它來行辭謝禮，等回到京城另外賞賜也不遲。」辦事官吏覺得丁謂很大度，便具實奏報，趙恆覺得有理，便按丁謂的方法去做。結果，隨行大臣都接受了賞賜的玉帶，而丁謂自己的腰帶僅僅像指頭一樣寬。趙恆看在眼中，覺得十分過意不去，立即告訴辦事官吏：「丁謂的玉帶與同列官員差別太大，你們迅速取一條來與他更換。」辦事官吏報奏說只有尚衣局的那條比玉，於是趙恆決定把比玉賞賜給了丁謂。事見沈括《夢溪筆談》，丁謂的機敏詐變由此可見一斑。

一開始，丁謂依附權臣王欽若等人，時人稱其為「五鬼」。王欽若便是在澶淵之盟後，進讒言寇准罷相的那位。奇怪的是，儘管丁謂依附王欽若，但寇准卻十分欣賞他的才氣。趙恆即位之初，寇准就大力舉薦丁謂。當時的宰相李沆（寇准同科進士）十分鄙視丁謂的人品，說：「縱觀丁謂的為人，難道可以使其位於他人之上？」寇准為人尖刻，當即回敬道：「像丁謂這樣的才氣，難道能長久使其位在他人之下？」李沆說：「日後你總會想起我這句話的。」但寇准始終不以為然。

丁謂當上副宰相後，一開始小心謹慎，對寇准十分謙恭。有一次中書省宴會，寇准在豪飲後，菜湯沾到了他的鬍鬚。丁謂看到後，馬上起身為寇准擦拭鬍鬚。寇准不但不領情，反而十分惱火，當場譏諷丁謂：「你現為參政，國之重臣，怎麼能為長官擦拭鬍鬚呢？」丁謂一時難以下臺，不由得惱羞成怒，結下深怨，發誓要報復寇准。

此事也可見寇准的性格，自視甚高，性情剛硬，言語尖刻，經常弄得人難以下臺。這些沒有必要的口舌之快導致他一生樹敵甚多。譬如當年簽訂澶淵之盟的曹利用，後來擔任樞密使，執掌軍機。但寇准看不起曹利用，認為他既無品行，又無才氣。兩人每每意見分歧時，寇准總是大聲訓斥曹利用：「你一介武夫，怎麼能識大體？」由此令曹利用恨寇准入骨，倒向丁謂一邊。二人聯合起來與寇准分庭抗禮，導致黨爭不已。

皇后劉娥干政，寇准失勢

而隨著趙恆身體狀況的惡化，劉娥的權力越來越大，成為宋帝國的實際統治者，其一舉一動，對當時的政局，尤其是對寇准與丁謂兩派之間的黨爭產生了決定性影響。劉娥為鞏固自己的地位，也開始籠絡自己的勢力，主要是以翰林學士錢惟演和副宰相丁謂為首——因劉娥的義兄劉美（實際上是前夫）娶了錢惟演之妹，而丁謂則是錢惟演的姻親。而之前，劉娥宗族橫行不法，強奪蜀地百姓鹽井，被人告發。宋真宗念及劉娥，想就此不問。但寇准鐵面無私，堅持要求依法懲治，由此得罪了劉娥。只不過劉娥隱忍未發。

天禧四年（西元一〇二〇年）六月，趙恆得了瘋癱病，政事多由皇后劉娥主持，錢惟演、丁謂一派立即權勢熏天。寇准和李迪對此深以為憂。趙恆自以為一病不起，想將皇位傳給太子趙禎。宦官周懷政將宋真宗的心思祕密告訴了寇准。有一天，寇准有請屏除外人，對宋真宗說：「皇太子是萬民所仰，願陛下考慮到後繼之事，傳位給太子，並挑選端方正直的大臣來輔佐。丁謂、錢惟演是奸邪之徒，千萬不能讓他們輔佐少主。」趙恆點頭答應。寇准立即密令翰林學士楊億草擬表章，由太子參政監理國事，並打算用楊億輔政，替代丁謂。這是相當重大的應變行動。楊億深知事關機密，非同小可，連夜親自撰寫書稿。然而，紕漏卻出在寇准本人身上。寇准「性豪侈，喜劇飲」，喝醉酒後洩露了機密，被丁謂知道。丁謂質問李迪：「官家（指宋真宗）馬上就要恢復健康，看你們怎樣處理此事？」李迪回答：「由太子參政監國，是古來就有的制度，為什麼不可以？」

丁謂立即將此事報告劉娥。劉娥立即在趙恆面前誣陷寇准要脅太子，預備奪取朝廷大權。史書記載，此時趙恆已經不記得先前與寇准的談話，於是罷免了寇准的宰相職務，這是寇准第二次被罷相，此回也僅僅只做了一年宰相。顯然，這是在為趙恆掩護，不過是要掩飾趙恆畏懼妻子的事實。實際上，到了趙恆晚期，劉娥已經牢牢掌握了朝政大權，宋真宗有心無力，如同當年唐高宗與武則天的情形。

寇准被罷相後，李迪和丁謂擔任宰相。而寇准被降為太子太傅不說，趙恆還挑選了最小的地方「萊」，封寇准為萊國公。這是趙恆惱怒寇准口風不嚴，導致事敗。這個微妙的細節多少可以說明趙恆不滿劉后坐大，只是他天生性格懦弱，已經無力改變。一個強硬的皇后與一個軟弱的皇帝結合，結果只能是皇后干政。如果皇后還比皇帝還長壽，垂簾聽政更是不可避免。

寇准一派失利，導致形勢急轉直下。宦官周懷政一向依附寇准，更是感到危機深重。當時朝廷崇尚道教，周懷政乘機託神造符，掠取國庫錢財，妄言國家休咎，評品朝廷大臣，相當招人怨恨。朝中不少大臣都告發周懷政。寇准則因周懷政一直順從自己，而他也需要在皇宮中有個親信，因此一直沒有追究。寇准被罷相後，周懷政日夜惶恐不安，決定鋌而走險，派其弟周懷素召客省使（接待外使的官員）楊崇勳、內殿承制楊懷吉等，準備發動政變，一舉殺死丁謂，用寇准為宰相，奉趙恆為太上皇，罷劉皇后預政，傳位給太子趙禎。結果，這件事被楊崇勳告訴了丁謂。丁謂知道事情緊急，立即換上便衣，乘坐婦人用的車輛，連夜找曹利用商量對策。

第二天，丁謂將此事上奏趙恆和皇后劉娥。趙恆下詔審訊周懷政，周懷政滿口招認。趙恆暴怒之下，竟然還想嚴懲太子趙禎。皇帝發了大火，群臣誰也不敢說話。只有宰相李迪從容上奏：「陛下有幾個兒子？竟然想如此處理。」趙恆這才省悟過來，便不再追究太子。幸虧李迪從中斡旋，此案才沒有株連太多，僅僅只殺了周懷政一人了事。但丁謂卻乘機對寇准大加迫害，將其一貶再貶，先是降為太常卿、知相州，後徙安州，再貶道州司馬，最後被放逐到邊遠的雷州（今廣東海康）去當司戶參軍，等於被發配到那裡去充軍。寇准離開京城那天，大臣們由於害怕丁謂，都不敢去送行，只有王曙以「朋友之義」為寇准餞行。從此，寇准遠離他所熱中的名利場，直到最後死在南方。

寇准遭貶，據說是丁謂和劉娥勾結起來，背著宋真宗幹的。據《宋史・寇準傳》記載，宋真宗一直都不知道寇准已經被貶出朝，他還曾經很奇怪地問左右說：「為什麼很長久沒見到寇准？發生了什麼事情？」一眾人這才知道，寇准被貶的諭旨並非宋真宗的意思。然而，劉娥勢傾朝野，也沒有人敢告知皇帝真相。甚至宋真宗在病逝前還對近臣說，群臣之中只有寇准與李迪是可以託付國家大事的重臣。

寇准被貶斥後，丁謂擔心李迪與寇准交好，會幫助寇准復相，於是勾結劉娥，罷免了李迪的宰相位。尤其陰險的是，丁謂還打算將寇准和李迪置於死地，挖空心思想出了一條毒計。他讓前去向寇准和李迪傳達聖旨的宦官，在馬前懸掛一內插寶劍的錦囊，使人誤以為是指降旨賜死。李迪為人耿直，立即上當，一看見宦官就誤以為是皇帝降旨賜死，主動要求自裁。幸虧被兒子抱住，才沒有枉送性命。宦官如法炮製來找寇准，眾人見到宦官殺氣騰騰的樣子，都十分惶恐。唯獨寇准鎮定自若，說：「朝廷如果是賜下臣死，下臣要親自看看聖旨。」丁謂的陰謀才沒有得逞。

最是赤誠、有才寇老西

寇准去職後，民間對他十分懷念，流唱歌謠說：「欲時之好呼寇老，欲世之寧當去丁。」丁就是指丁謂。不知是有意還是巧合，丁謂後來因事被貶，放逐之地是崖州（今海南），恰好要經過寇准被貶的雷州。聽說丁謂要來，寇准的家僕打算為寇准報仇。寇准就將這些家僕鎖在房間裡，放任他們賭博，另外派人送一隻蒸羊給丁謂。一直等到丁謂走了，寇准才將家僕們放出。

雷州氣候惡劣，生活艱難，加上憂憤不已，寇准的身體很快垮了下來。天聖元年（西元一〇二三年），寇准突患重病，他急忙命人取來當年宋太宗賜他的通天犀玉帶，沐浴後具朝服束帶，北面再拜，呼左右趣設臥具，就榻而卒，時年六十二歲。此時，宋仁宗趙禎剛剛即位不久，改寇准為衡州（今湖南衡陽）司馬。然而，聖旨到時，寇准已經死去。

寇准本人很有文采，詩詞寫得清麗宛轉，旖旎多情，如〈江南春〉云：「波渺渺，柳依依。孤村芳草遠，斜日杏花飛。江南春盡離腸斷，蘋滿汀洲人未歸。」一泓春水，煙波渺渺；岸邊楊柳，隨風飄蕩。萋萋芳草連綿不盡，一直蔓伸到遙遠的天涯。夕陽下，孤零零的村落寂寥無人，只見凋謝的杏花飄落滿地。這樣飽含傷春情愫的小詞竟是出自一代名臣寇准之手，實在令人驚詫。南宋胡仔《苕溪漁隱叢話》中評論此詞：「觀此語意，疑若優柔無斷者；至其端委廟堂，決澶淵之策，其氣銳然，奮仁者之勇，全與此詩意不相類。蓋人之難知也如此！」其實，寇准的一生幾經滄桑，也許他這正是以詩意來寄託自己流年風雨、壯志難酬的感傷。

寇准死後，因家無餘財，其妻宋氏（宋太祖開寶皇后的幼妹）入宮啟奏，請求朝廷撥款，以從雷州搬運寇准的靈樞回故土安葬。結果，朝廷給予的撥款僅夠運靈柩到宋氏住地洛陽，根本不夠運回寇准的故鄉下邽。當時朝政大權都在劉娥手中，這顯然是劉娥故意所為，表明她仍不忘當年寇准大公無私懲治劉氏宗族之仇。直到寇准去世十一年後，劉娥病死，宋仁宗得以親政，才下旨准寇准歸葬故土，並為寇准昭雪，下詔復寇准官爵，追贈中書令、萊國公。宋仁宗還詔命翰林學士孫抃為寇准撰神道碑，並親筆題「旌忠」二字為碑額，立於寇准墓前。皇帝親自題寫碑額，在當時是無與倫比的榮耀，由此也總算給予寇准幾起幾落的一生公允的肯定。

高瓊的曾孫女高滔滔，重用司馬光為相

小說中高瓊的個人背景和經歷均為真實史實，他本因強盜罪被判死刑，離奇逃脫後成為晉王趙光義的心腹，多次跟隨出入大內皇宮，為宋太祖趙匡胤矚目，特意賜其軍衣。趙光義即位後，高瓊一飛升天，逐漸位居武將高位，朝中無人能出其右，他的曾孫女高滔滔就是後來有「女中堯舜」之稱的高太后（宋英宗皇后，宋神宗生母）。

高滔滔的祖父是名將高繼勛，母親是北宋開國元勳曹彬的孫女，姨母是宋仁宗皇后曹氏。高滔滔從小就被曹皇后視為親生女兒，養在宮中，被稱為「皇后女」。當時宋英宗趙曙年幼，也被抱養在宮中（宋仁宗無子），被稱為「官家兒」。兩個小孩剛好同歲，宋仁宗對曹皇后說：「異日當以婚配。」正因如此，高滔滔和趙曙青梅竹馬，感情基礎很深厚。長大後，宋仁宗和曹皇后親自為兩人主持婚禮，當時有「天子娶媳，皇后嫁女」的說法。趙曙即位為宋英宗後，立即立高氏為皇后，二人的感情一直很好。高滔滔自小在宮中長大，經歷了許多重大政治事件，見識相當不凡，絕非普通女子可比。

宋英宗死後，宋神宗趙頊即位，尊生母高皇后為皇太后，立妃子向氏（已故宰相向敏中曾孫女）為皇后。在宋神宗之前，宋仁宗、宋真宗都是著名的守成之君，基本上完全繼承了宋初制定的政策，即宋太祖、宋太宗

制定的「祖宗之法」。到宋神宗即位之時，宋朝開國已經將近百年，積弊日深，國內危機日益嚴重，邊境還面臨遼國和西夏的嚴重威脅。而宋神宗此時剛剛二十歲，年輕而富有朝氣，對此內憂外患局面十分焦慮，想緩解危機、富國強兵。年輕的宋神宗深信要改變現狀，變法是唯一的辦法。他為此重用王安石，開始了中國歷史上重要的「熙寧變法」。然而由於種種原因，變法失敗，王安石罷相。元豐八年（西元一〇八五年）三月，宋神宗在內外交困中病死，在位十八年，年僅三十八歲。一位心有大志想有所作為的皇帝，就這樣英年早逝。

皇太子趙煦即位為宋哲宗，改元元祐，尊祖母高滔滔為太皇太后，尊宋神宗皇后向氏為向太后，尊生母德妃朱氏為皇太妃，軍國大事由太皇太后高滔滔暫時處理，一切按照宋真宗皇后劉娥聽政的先例辦理。從此，五十四歲的太皇太后高滔滔開始垂簾聽政，執掌朝政大權達八年有餘。

高滔滔一向反對王安石的新法，對兒子宋神宗大力推行新政非常不滿，她垂簾聽政後，立即起用王安石變法的反對者。她先是召回被變法派排斥在外的老臣司馬光。隨後，高滔滔廢除了宋神宗和王安石推行的新法，將那些不支持新法而受到下放貶謫的舊臣都召回京師，分別重用。

話說熙寧元豐年間，有一批重臣因為反對變法而被罷官，包括文彥博、司馬光、範純仁等人。這些人被免職後，與在洛陽的一些士大夫往來十分密切。當時洛陽有名士邵雍、程顥、程頤等人，均以道學家自居，文彥博等人待之如上賓。富弼、司馬光等人仿照白居易九老會的故事，經常聚在一起，賦詩取樂。他們只按年齡大小排列順序，不按官職高低來論資排輩。他們在經常聚會的地方專門修建了一所房子，將他們十三人的畫像全都畫在房子裡，當時人稱之為「洛陽耆英會」。這些洛陽耆英十分喜歡接納賓客，經常召集士大夫在一起談論一些趣聞軼事或國家大事，然後喝幾杯酒，吃一頓便飯，號稱「真率會」。洛陽人敬重這群人的學識和風度，也十分羡慕他們的生活方式。每次耆英聚會之時，總有不少人圍觀，竟然由此成為洛陽的一大景觀。

而這些耆英之中，最為人矚目的要數司馬光。司馬光作為保守派的領袖，聲望極高，當時民間早已流傳一句話：「君實不出，如天下蒼生何？」君實是司馬光的字。在天下人的心目中，司馬光才是「真宰相」。宋神宗去世後，司馬光到京城開封弔唁宋神宗。剛到開封，宮廷衛士及京城老百姓爭先恐後地擁在司馬光身邊，對他說：「相公不要回洛陽了，留下來當宰相，老百姓生活會更好。」圍觀者多達數千人。由此可見司馬光聲譽之隆。然而，司馬光卻消受不起這般眾星捧月般的擁戴，十分恐懼，生怕因而招來朝廷猜忌，急忙不辭而別，返回洛陽。高滔滔聽說司馬光回洛陽後，急忙派宦官梁惟簡追到洛陽，代表太皇太后加以安慰，並向司馬光問政。之後，司馬光入朝拜相。

高滔滔一臨政，便拜司馬光為相，立即贏得相當的人心。就連大宋的敵國契丹，聽說司馬光為宋朝宰相後，也大為敬畏，告誡己方的邊關守將不要輕易挑起爭端，要維持遼宋雙方友好關係。

高滔滔垂簾後，「以復祖宗法度為先務，盡行仁宗之政」，儘量與民生息。她治下的九年，史稱「元祐之治」，被認為是宋朝天下最太平、百姓最安樂的時代，這也是宋朝最後一個國勢較強的時期。《宋史》記載道：高滔滔「臨政九年，朝廷清明，結夏綏安，杜絕內降僥倖；文思院奉上之物，無問巨細，終身不取其一，人以為女中堯舜。」

高滔滔能被稱為「女中堯舜」，足見其治下朝政清明。然而，宋朝歷史上最激烈、最殘酷的黨爭也發生在這一時期，甚至從元祐時期一直延續到宋哲宗親政後，在朝的大臣無論是保守派還是變法派，都不可避免地捲入了激烈的黨爭。這其中，複雜微妙之處難以言表，既有保守派與變法派之間的政治之爭，也有宋哲宗與高太皇太后的衝突，還夾雜著許許多多說不清道不明的個人恩怨和情感。

◎金匱之盟，趙光義與趙普之計？

後周世宗柴榮病死後，太子柴宗訓即位，年僅七歲，即周恭帝。皇帝年幼，無法主持朝政，太后也是普通的婦道人家，沒有政治頭腦和主見。在這樣的情況下，一些有野心的人開始蠢蠢欲動了……

西元九六〇年，後周君臣正在慶賀元旦，開封城中一派喜氣洋洋。這時候，邊境突然傳來急報，說是遼國與北漢聯兵南侵。周恭帝嚇得六神無主，不知所措。當時後周朝中最德高望重的大臣當數趙匡胤，趙匡胤擔任殿前都點檢之職，手握重兵。眾望所歸之下，趙匡胤率領禁軍前往邊境防禦敵人。

大軍開拔到開封城北二十里的陳橋驛時，天已經黑了，於是大軍駐紮在陳橋驛一帶。殿前散指揮使苗訓夜觀天象，突然宣布天象有異，天命所歸，該當「點檢做天子」。點檢，就是趙匡胤的官職。這裡要特別提一句，當年後周世宗柴榮北征時，曾在文書囊中發現一塊長三尺多的木塊，上面寫著「點檢做天子」五個字。而當時擔任殿前都點檢一職的是柴榮的妹夫張永德，柴榮開始猜忌張永德，於是奪取了張永德的兵權，改任宰相，而任命當時資望尚淺的趙匡胤擔任殿前都點檢一職。這件事不久後，後周世宗柴榮便病死。

後周大軍聽了苗訓的話，騷動不安。趙匡胤之弟趙匡義（後來的宋太宗趙光義）、歸德軍掌書記趙普連夜策畫兵變，聯合禁軍將領高懷德、慕容延釗、張令鐸、張光翰、趙彥徽、潘美等，四處散布消息：「現在周帝幼小，不能主政，我們在外出死力，為國家抵禦外敵，誰又能知道！不如先立點檢（趙匡胤）為天子，然後再北征也不遲。」眾人都轟然答應。

而此時真正的主角趙匡胤卻佯裝不知，在屋裡呼呼大睡。黎明時分，群情激憤的軍士披甲執銳，團團圍住了趙匡胤的寢所。趙匡胤出來一看，只見將士們拿著兵器，一齊大聲喊：「諸將無主，願冊太尉（趙匡胤兼任太尉一職）為皇帝。」趙匡胤還來不及回答，就有人將象徵皇權的黃袍披在他身上。眾人立即下拜，一起高呼萬歲。這就是「黃袍加身」典故的來歷。

當時有一種廣為流傳的說法是：其實遼軍並未南下侵犯，不過是趙匡胤等人故意謊報軍情，想借機煽動將士情緒，發動兵變。

趙匡胤被眾將士簇擁著回去開封。趙匡胤好像還有些不情願，勒住馬韁繩說：「你們這些人自己貪圖富貴，立我為天子。如果能夠聽從我的命令，我才能答應當你們的皇帝。不然，我不能當皇帝。」諸將都下馬說道：「願意聽從命令。」趙匡胤於是當眾申明軍紀——不得驚犯周恭帝、太后及公卿大臣，不得侵掠朝市、府庫。當時，開封守備空虛，而守衛京師和皇宮的殿前都指揮使石守信、都虞候王審琦均為趙匡胤親信，二人在宮中做內應，所以趙匡胤輕而易舉就控制了京師。趙匡胤的部下擁著後周重臣范質、王溥來到趙匡胤公署。趙匡胤一見到二人，立即流涕說道：「我受世宗（柴榮）厚恩，被六軍所迫，一旦至此，慚負天地，將怎麼辦？」范質等未及回答，趙匡胤部將羅彥瓌已經拔劍在手，上前一步，厲聲說：「我們無主，今日一定要立天子！」范質等人面面相覷，不知所為。還是王溥反應快，先向趙匡胤下拜，范質也不得已下拜。

之後，趙匡胤到崇元殿行禪代禮，即皇帝位，是為宋太祖，奉周恭帝為鄭王，符太后（周恭帝生母，符彥卿次女）為周太后。這就是歷史上著名的「陳橋兵變」。宋太祖趙匡胤透過陳橋兵變黃袍加身後，建立了宋朝，先後滅掉南漢、後蜀、南唐等國，天下已呈一統之勢。

杜太后的遺命

建隆二年（西元九六一年）六月，宋太祖生母杜太后病危，臨終之際，急召樞密使趙普入宮記錄遺命。據說當時宋太祖也在場，杜太后先是問宋太祖何以能得天下，宋太祖說是祖宗和太后的恩德與福蔭。杜太后當即反駁說：「你想錯了！你能夠得天下，只是由於周世宗把皇位傳給了一個小孩子，使得國無長君，人心不歸附。假設周世宗立一個年長的皇帝，天下豈能到你手中？」對於母親的話，一向孝順的宋太祖當然只能稱是，何況杜太后的話確實有道理。杜太后這才語重心長地對宋太祖說出了關鍵的下文：「所以，你要吸取教訓，將來將帝位先傳光義（趙匡胤弟），光義再傳光美（趙匡胤幼弟，後改名為廷美），光美傳於德昭（趙匡胤共有四子，長子德秀與三子德林早夭，只有老二德昭和幼子德芳成年），如此，則國家有長君，才是社稷之幸。」宋太祖泣拜，說：「兒銘記教誨。」杜太后又對一旁的趙普說：「你也要記住我的話，不可違背。」趙普便將杜太后的話以遺命形式寫成誓書，並在末尾署上「臣普記」，收藏在金匱之中，稱「金匱誓書」。

後世對這段「金匱誓書」的故事多有懷疑，認為這是後來宋太宗趙光義與趙普互相勾結編造出的謊言，目的是為了掩飾宋太宗之得位不正。關於這一點，此處做兩點分析——

第一，杜太后要求宋太祖傳弟趙光義的理由是「國賴長君」，稍作推算便可知這理由相當牽強。杜太后病逝當年，宋太祖三十五歲，趙光義二十三歲，趙光美十五歲，趙德昭十二歲。除非是宋太祖活不過四十歲，才可以將「國賴長君」作為充分的理由傳位給弟弟趙光義。而實際上，宋太祖是沙場出身，精通武藝與騎射，以他的體質和健壯程度，杜太后沒有任何理由懷疑長子活不到六十歲。而到那個時候，宋太祖六十歲，趙光義四十八歲，趙光美四十歲，趙德昭三十七歲。顯然，真到了宋太祖撒手歸天的時候，長子趙德昭非但不是少君，而且正是年富力強的年齡。反倒是趙光義，已經年老體衰，幾近知天命的皚皚老人了。

第二，宋太祖為人寬厚，天性友愛，對待兄弟異常親厚。趙光義生病的時候，宋太祖親自去府中探望，還親手為趙光義燒艾草治病。趙光義覺得疼痛難忍，宋太祖便在自己身上試驗以觀藥效。手足之情深，令人感動。杜太后病逝後不久，宋太祖就下詔任命趙光義為開封尹。開封尹正三品，掌開封府（宋朝將首都、陪都及特別要害之地稱「府」）之事，是京師開封的最高行政長官。根據五代舊制，儲君一般都是先擔任開封尹的職務。宋太祖這一舉動，實際上已暗示弟弟趙光義就是未來的皇位繼承人。他還曾經對近臣稱讚趙光義：「光義龍行虎步，生時有異，他日必為太平天子，福德吾所不及云。」（《宋史‧卷三‧太祖本紀》）意思是趙光義有帝王之相，加上有福有德，將來必定能當一個太平皇帝。

從上面這兩點分析來看，姑且不論有無「金匱誓書」，杜太后的遺命——「他日傳位趙光義」，內容絕對是可信的，否則宋太祖不會在杜太后病逝後不久，便任命趙光義為開封尹。也就是說，杜太后有遺命是真，有沒有寫成金匱誓書則不一定。

杜太后偏愛趙光義，在杜太后之遺命中，關鍵之處只有一點，那就是宋太祖一定要傳位給弟弟趙光義。這是杜太后的意思，更是趙光義本人的意思。可以說，從陳橋兵變的那一天起，趙光義就有要當皇帝的念頭，因為正是他和趙普策畫了陳橋兵變。進一步說，宋太祖也很好地遵守了母親的遺命，厚待弟弟趙光義。之後，宋太祖各方面的言行舉止，都表明他將要把皇位傳給弟弟趙光義。

開寶六年（西元九七三年），宋太祖更加封趙光義為晉王，班次在宰相之上，並且繼續兼任開封尹的要職。尤其值得注意的是，趙光義封晉王一事在當年九月，而同年八月，曾經是「金匱誓書」見證人的趙普被罷去宰相之位，引起朝野側目。關於趙普，其人有頗多故事，他也是「金匱之盟」與「斧聲燭影」兩大謎案中的關鍵人物。

視趙普如親兄弟

趙普，字則平，幽州薊縣（今天津薊縣）人，後隨父遷居洛陽。他少年時也曾努力讀書，但由於性情緣故，不能潛心學問，因此學識不深。如此一來，自然不可能靠走科舉之路成功。為了有一技之長安身立命，趙普開始學習吏事，專門琢磨為官之道，因此而達智、富於權變。趙普讀書雖少，智謀卻相當多。後周時，趙匡胤為大將，趙普為其幕僚。有一次，趙匡胤的部下抓捕鄉民一百多人，稱這些人是盜匪，按律應當處斬。趙普聽說後，懷疑鄉民中有無辜者，請求審訊。結果，其中十之八九都是被誣良為盜。這件事後，趙匡胤對趙普大加讚賞，並認為他有先見之明，且處事周密持重。趙匡胤胸懷大志，此後刻意籠絡趙普，深為倚重。不久，趙匡胤之父染病不起，而趙匡胤因軍務繁忙，無暇顧及家事。趙普便主動服侍趙父，朝夕進獻藥餌，照顧飲食起居。趙父和趙母杜氏都非常感動，將趙普視為同宗。後來杜太后臨終授遺命時，一定要召趙普在側，可見對趙普之信任。趙匡胤也認為趙普忠智兩全，視其如兄弟，不離左右。

趙普先後當過趙匡胤的推官、掌書記等心腹要員，在輔佐趙匡胤統一天下的過程中功不可沒。平定天下前後，趙普有兩大突出貢獻——一是精心策畫了「陳橋兵變」，幫助趙匡胤兵不血刃地黃袍加身，順利登上皇帝位；二是建議趙匡胤「杯酒釋兵權」，用厚祿「賦買」的方式剝奪功臣宿將的兵權，鞏固了中央集權的北宋王朝。如此，趙普以其智謀贏得了宋太祖的絕對信任，從此青雲直上，「國有大事，使之謀之；朝有宏綱，使之舉之」，官也越當越大，直至一人之下、百官之上的宰相。趙普乃小吏出身，又沒什麼太大的學問，做官做到宰相這個位子，換作他人早該躊躇滿志、得意非凡了。不過趙普卻頗有自知之明，他知道自己因書讀得不多，讓人在背後譏稱為「寡學術」的土包子，這種風言風語他當然不會放在心上；不過，如果因為學識淺薄難以承擔起宰相重任，可就難服百官之心了。因此，趙普發憤圖強，「晚年手不釋卷，每歸私第，闔戶啟篋取書，讀之竟日」，學識、才智、口才因而大見長進。他前一天晚上秉燭苦讀，第二天上朝處理政事，總是十分敏快，臨政「處決如流」，令人稱奇。後來，家裡的人發現，趙普書箱裡的藏書只有一部《論語》，於是民間就開始流傳一種說法，說趙普是靠「半部《論語》治天下」。

趙普的妻子能燒一手好菜，尤其擅長烤肉。宋太祖經常事先不打招呼，微服到趙家，點名要吃趙妻做的烤肉，並親切地稱呼趙妻為「嫂子」。所以，趙普下朝後都不敢輕易換下朝服，以免宋太祖突然駕臨，來不及換衣而失儀。有一年冬天，大雪紛飛，趙普認為路上積雪太深，皇帝應該不會出門，剛把朝服換下，宋太祖就約了弟弟趙光義一同到來趙府。於是，君臣三人「設重裀地坐堂中，熾炭燒肉」（《宋史・卷二百五十六・趙普傳》），趙妻親自在一旁服侍斟酒，君臣親密無間，一派其樂融融的樣子。

宋太祖與趙普的關係非同一般，趙普也敢於在宋太祖面前堅持自己的意見。有一次，趙普向宋太祖奏薦某臣任要職，宋太祖不聽。第二天，趙普又奏薦這人，宋太祖因為前一天已經拒絕了，想不到趙普又來了，因而十分生氣，撕碎了奏摺，扔在地上。趙普面不改色，跪下來撿起破碎的奏摺就回去了。回到家後，趙普將奏摺細心補好，次日帶上它再一次面諫宋太祖。宋太祖見趙普如此執著，這才省悟，終於任用了趙普力薦的臣子。而後來的事實也證明了趙普的眼光。

還有一次，一名大臣應當擢升，宋太祖因為素來討厭其人，執意不批准。趙普再三請求，宋太祖就是不肯答應，還發起了皇帝老大的脾氣，說：「我就是不提拔他，你能把我怎麼樣？」趙普說：「以刑罰惡，以賞獎功，古今都是一樣。再說，刑賞是天下的刑賞，不是陛下一個人的刑賞，怎麼能用一個人的喜怒來決定刑賞？」宋太祖聽他說得頭頭是道，無法反駁，更加難以下臺，站起來就往內宮走。趙普竟然也緊緊跟在皇帝後面。宋太祖逕直進了內宮，趙普無法進入，乾脆就站在宮門外不走，擺出一副不達目的絕不甘休的樣子。內宮門前的守衛見宰相站在大門口死活不走，只好去向宋太祖稟告。這時候，宋太祖氣已經平了，便叫宦官通知趙普，同意了他的請求。

位極人臣引來猜忌

趙普當了十年的宰相，權力很大，不少人都想走他的門路。開寶六年，吳越王錢俶致書趙普，問候之餘，還捎帶了十瓶吳越的「海味」。趙普把這些瓶子放在堂前，還沒來得及拆信閱讀，剛好宋太祖到了。宋太祖看見廳堂前有十個瓶子，非常好奇，就問趙普瓶子裡面是什麼東西。趙普如實回答：「是吳越送來的海產。」宋太祖笑著說：「既然是吳越送來的海產，海味必佳，把它打開來看看吧！」趙普便吩咐人打開瓶子，結果在場的人全傻了眼。原來瓶子裡放的不是什麼海產，竟是一粒粒瓜子形狀的金子。宋太祖向來痛恨大臣接受賄賂，濫用權力，臉色當即沉了下來。趙普驚恐萬分，滿頭大汗地向宋太祖請罪，說：「臣還沒有看信，實在不知道瓶子裡面是什麼東西，請陛下恕罪。」宋太祖說：「你不妨直接收下吧！」但心中卻很不痛快，在他看來，趙普此舉不僅是收受賄賂，還觸及了皇權的尊嚴。

此後，宋太祖對趙普多少開始猜疑，再也沒有之前那種絕對的信任感了。不久，又有大臣告發趙普違反禁令，販運木料。當時朝廷禁止私自販運秦、隴（今陝西、甘肅一帶）大木。趙普卻違反禁令，派遣親信到秦隴採運大木，聯筏運至京師，好為自己造住宅。結果，他的親信乘機多運了一批大木，到京城販賣牟利。結果被三司使趙玭廉查出，上奏宋太祖。由於這件事牽扯到趙普，宋太祖大怒，立即命翰林學士擬旨，打算下詔驅逐趙普。太子太師王溥竭力求情，宋太祖怒氣稍平，才改變了主意。

趙普的霉運並未就此結束。翰林學士盧多遜與趙普不和，攻擊趙普與大臣聯姻（趙普之子趙承宗違反宰輔大臣間不得通婚的禁令，娶了樞密使李崇矩之女為妻），經營邸店謀利，排擠大臣，為政專斷。由於這一連串公忠其表、謀私其內的問題，趙普終於失去了皇帝的信任與恩寵，宋太祖設副相與趙普分掌權力，並監督相權。

其實早在宋太祖設副相之前，便已開始採取措施降低宰相的地位。在中國歷史上，宰相為百官領袖，處於「一人之下，萬人之上」的地位。秦漢時，宰相身分尊貴，皇帝任命宰相稱「拜相」；宰相可以佩戴寶劍上殿，見到皇帝也不必下跪，皇帝反而要在朝堂上起身致意，宰相還可以與皇帝一起接受百官的叩拜。如果皇帝和宰相在路上相遇，皇帝也要下車向宰相致意。到了隋唐，群臣朝見，宰相得有座位，皇帝還得賜宰相茶。宰相可以與皇帝坐談國家大事，即所謂的「三公坐而論道」。宋太祖即位後，宰相奏事一開始還是沿用舊制。但後來的某一天早朝，宋太祖突然對當時的宰相王溥（趙普私販大木事件中，力救趙普的那位）、范質說：「我眼睛有些昏花，把你們的奏疏送上前來。」於是王溥、范質二人從椅子上站起來，走上前去遞奏疏。就在二位宰相離座遞疏時，早已得到指示的宮廷侍衛乘機將宰相的座位搬走。自此以後，宰相便只能站在皇帝面前奏事，於是成為定制，宰相的地位由此大大下降。

宋太祖透過在宰相下設置參知政事若干人，又設置樞密使，以此分割宰相的軍政大權；再設置三司使，以分宰相的財政大權。如此，便大大削弱了趙普的權力。顯然，這不光是針對趙普本人，也是為了加強中央集權。儘管趙普的權力大大被分散，宋太祖似乎還是不能原諒這位患難之交的種種過錯，開寶六年八月，貶趙普為河陽三城節度使。然而，以宋太祖之忠厚，這不大合情理，背後一定還有更深層的原因。

趙普暗示，傳位子嗣為上

趙普被貶後很不服氣，上書自訴：「外人謂臣輕議皇弟開封尹，皇弟忠孝全德，豈有間然；矧昭憲皇太后大漸之際，臣實預聞顧命，知臣者君，願賜昭鑒！」（《續資治通鑒・卷七》）大致的意思是說，有人說我趙普與皇弟趙光義不和，經常在背後議論趙光義，趙光義忠孝全德，哪裡有什麼可以讓人說三道四的地方？

先看之前趙普與趙光義的關係。在宋朝立國前後，趙普與趙光義的私交很好，二人都是「陳橋兵變」的關鍵策畫者，配合相當有默契。杜太后最愛第二子趙光義，也經常告誡趙光義外出必須與趙普偕行。可見最初二人的關係相當親密，但這只是在沒有利益衝突的時候。重新回到趙普的上書，這份自訴相當值得玩味，很有些

「此地無銀三百兩」的味道。趙普竭力辯解與趙光義並無嫌隙，反而說明他之前與趙光義矛盾極深。就連趙光義後來也公開宣稱：「趙普先前與我關係不好，這是大家共知的。」趙光義身為皇帝親弟，地位和權勢熏天。趙普則精通權術，深諳為官之道，他這樣一個聰明人竟然敢公然與皇弟爭鋒，這只能說明他背後一定有比趙光義更大的靠山。而這靠山顯然別無他人，只能是宋太祖趙匡胤。

宋太祖有一次準備為符彥卿加官，趙普堅決不同意。宋太祖說：「我料定彥卿不會負我。」趙普針鋒相對地回答：「陛下當日如何負周世宗呢？」這話相當尖刻，估計也只有趙普才敢說出來。宋太祖這才默默無語，符彥卿加官的事情就此擱淺。趙普針對符彥卿的這句著名話語，後來又被宋仁宗的宰相文彥博照貓畫虎地拿去針對武將狄青而說，這是後話。符彥卿為後周遺臣，兩個女兒相繼為周世宗皇后，第六女則嫁趙光義為妻，既是周世宗的岳父，也是趙光義的岳父。宋太祖登基後，因心中有愧，對後周柴氏一直恩禮異常，天下所共知，他還曾經立下誓約：「保全柴氏子孫，不得因有罪加刑。」要求子孫後代都要遵守。趙普自然也知道，所以他的話並非針對周世宗的後裔而發，也不是擔心符彥卿加官之後會復辟柴家的天下，而是從另一個角度提醒宋太祖要留意符彥卿的女婿，也就是宋太祖的親弟趙光義。宋太祖不是不明白趙普的深意，只是不能明言，所以只好不了了之。

即使貴為皇帝，也有常人難以想像的煩惱，宋太祖也不例外。有種種跡象可以推測，宋太祖雖然一直想遵從母親杜太后的遺命，但他內心深處一定有過動搖。他想將皇位傳給親子德昭還在其次，最重要的是，自古以來，皇位嫡長子繼承制是「百王不易之制」。皇位嫡長子繼承制源於西周時期周公的創制，是周公「制禮作樂」的重要內容。它是要在君主多妻制的情況下，根據母親身分的貴賤尊卑將王子區分出嫡子和庶子，以確立王位繼承人的資格；並依照先嫡後庶、先長後幼的順序，將王位繼承人的資格限制、壓縮在一個人的範圍之內，以保證國家最高權力在一家一姓內部和平過渡。嫡長子繼承制的產生，在當時有深刻的歷史背景，直接的原因是基於商代的教訓。

在商代，王位繼承制度以「兄終弟及」為主，但傳弟既盡之後，下面的嗣立者應該是兄之子，還是弟之子？理論上應該傳位於兄之子，但卻往往不是如此，弟當然希望能傳給自己的兒子。由此「兄終弟及」的制度在執行上有很大的含糊性和不確定性。商朝自中丁以後，「弟子或爭相代立，比九世亂」，便與「兄終弟及」制度造成的紊亂有很大關係；相反地，「自康丁以下，四世傳子，王室比較安定」。以周公為代表的西周統治者看到了兩種繼承法的不同治亂後果，為矯正商朝「兄終弟及」繼承制度的混亂弊端，正式創立了嫡長子制的繼承制度。秦漢以後，除了秦朝因短命而亡沒有來得及立太子、清朝自雍正後採取祕密建儲制度，大多數的王朝都將嫡長子制奉為「萬世上法」。

宋太祖雖然是武將出身，但他性好讀書，身邊又有一班謀士，不會不知道這些前朝典故。可以肯定地說，「萬世上法」嫡長子制才是令宋太祖內心真正動搖的根本原因。趙普與宋太祖結識於患難之間，情如兄弟，相知極深，他不會不知道宋太祖的矛盾心思，因而一定為宋太祖出了不少主意——要徹底除去煩惱，最簡單的辦法，就是將皇位傳給皇子趙德昭，而不是皇弟趙光義。趙普明白這一點，宋太祖也明白這一點。

然而，此時趙光義羽翼已成，難以撼動，再加上宋太祖兄弟情深，不忍心對親弟下手，終於還是沒有採納趙普的建議。正如王夫之在《宋論》中所言：「宋祖受太后之命，知其弟不容其子，而趙普密譖之言，且不忍著聞，而亟滅其跡。」

當時，趙光義的親信遍布朝野，趙普之行事多半為趙光義知曉。宋太祖最終還是決定要遵從母親的遺願，為了避免更大的紛爭，不得已只好罷免了趙普的相位。否則，以宋太祖之重情重義，不會僅僅因為趙普謀私就將其逐出京城。

宋太祖之戀舊孝友，還有一件事可以說明。宋太祖先後有三位皇后，髮妻賀氏生皇子趙德昭，在宋太祖即位前便已病逝，皇后的名號是後來追封的。之後，宋太祖娶後周彰德軍節度使王饒的第三女王氏，即位後立為皇后。王皇后前後生下了三名子女，但都一一夭折。王皇后短命，於乾德元年（西元九六三年）病死，年僅二十二歲。但宋太祖對待王皇后的親屬恩寵始終不減。王皇后的弟弟王繼勳長相俊美，風度翩翩，卻性情凶悍，愛吃清燉的女人肉。由於是王皇后的親弟弟，官運亨通，歷任內殿供奉官都知溪州刺史、恩州團練使、都指揮使，防禦使、權侍衛軍司事等職，所任多為不法，並公然搶掠女子，所到之處無不一片紛擾，吏民爭相告狀。宋太祖只解除了王繼勳的兵權，殺其上百侍從，對小舅子的惡行卻不聞不問，這自然是看在死去王皇后的份上。王繼勳失去權勢，心中鬱悶，便終日以宰割奴婢、煮食女人肉為樂。洛陽長壽寺的寺僧廣惠也愛吃女人肉，兩人臭味相投，前後被他們煮食的女人數不勝數。後來還是趙光義即位後，才派人將王繼勳、廣惠殺死以平民憤。

趙光義展開奪位陰謀

前面提過，趙普於宋太祖的父親有恩，杜太后更是器重趙普，親切地稱呼他為「趙書記」（趙普曾經當過掌書記），並要兒子趙匡胤在政事方面多問趙書記的意見。甚至杜太后臨終時，也是將趙普叫到了床邊，由此可見趙普與趙家人之親密。宋太祖對死去王皇后的弟弟王繼勳都能如此容忍，又怎會容不下患難之交趙普呢？所以，一定是趙光義與趙普水火不容，而令趙光義一直耿耿於懷之事，只能是嗣立大事了。據說，當時宋太祖皇后宋氏無子（皇子趙德昭之母為賀皇后，趙德芳生母不詳，均已早死），因偏愛宋太祖第二子趙德芳，欲立趙德芳為太子，宋太祖沒有同意。然而，宋太祖雖然沒有同意，並不代表他沒有考慮過這個想法。

重新回到趙普上書自訴的話題。當時趙普已經被貶出京師，為何要突然上書為自己申辯，還特意強調杜太后臨終遺命時他也在場？以趙普之權變，他走這一招棋一定有其目的，並非自訴那麼簡單。只有一個合理的解釋，那就是——趙普也看出以宋太祖之寬厚，一定不忍心廢除杜太后遺命，趙光義繼承皇帝位是勢在必行，他上此書，無非是想將來在趙光義面前邀擁立之功，作為東山再起的憑據。

趙普上書後不久，趙光義就被封為晉王。而對於長子趙德昭，宋太祖只給了「貴州團練使同平章事」的職務，名義是相位，卻沒有宰相的權力。按照皇室慣例，皇子成年，都要封王，然而終宋太祖一世，趙德昭和趙德芳兄弟不但與皇太子名分無緣，甚至均未封王，這是宋太祖親厚弟弟趙光義的另一個有力證據。《續資治通鑑》中還記載了宋太祖如何對待趙普的上書，「手封其書，藏之金匱」。這裡的金匱，就是指「金匱誓書」的那個金匱。

由此可以得出結論，儘管宋太祖出於種種考慮內心有過動搖，想將皇位改傳給自己的兒子，但最後他還是決定遵從母親的遺命，要將皇位傳給弟弟趙光義。只不過，他一直沒有明確宣布趙光義是皇位繼承人，這自然讓趙光義感到難以名狀的壓力。由此也可推斷，金匱誓言之故事確實值得懷疑，不然趙光義該高枕無憂才對。

另有一件事更加深了趙光義的憂慮。當時有個青州人到開封來料理產業，隨身帶著一名十幾歲的小姑娘。小姑娘天真爛漫，秀美出眾。趙光義偶然看到她之後，十分喜歡，派人去向青州人買小姑娘，青州人不願意。趙光義有個叫安習的手下，自告奮勇願辦成此事。趙光義便給了安習兩錠銀子，命他速去辦理。安習為人貪婪，先用刀將銀子截取了一二兩留下，然後用手段強行買到小姑娘，偷偷送入開封府。後來宋太祖得知此事，下令追捕安習。趙光義只好將安習藏在自己府中，直到他後來做了皇帝，安習才敢拋頭露面。

這雖然只是一件小事，由此卻可看出，宋太祖對趙光義的兄弟之情已經由熱烈逐漸轉為冷靜。趙光義機巧通變，遠在其兄之上，他不能不感覺到前所未有的危機，因而，一連串針對皇位的陰謀便開始暗中進行。

◎斧聲燭影，手足竟如此歹毒狠辣？

北宋設有四京，東京開封府，西京河南府（今洛陽），北京大名府（今屬河北），南京應天府（今河南商丘），但只有東京作為國都。

宋太祖出生在洛陽的夾馬營，一直很留戀洛陽，加上開封作為帝都無險可守，而洛陽卻固若金湯，所以宋太祖常有遷都之意。開寶九年（西元九七六年）三月，宋太祖率群臣出東京開封，去巡幸西京洛陽。按照慣例，天子親征、巡幸在外時，應該由儲君監國。之前宋太祖率軍南征北討、平定天下時，也都是趙光義留守開封，鎮撫後方。但這一次，宋太祖卻要求晉王趙光義隨行。

遷都洛陽不成

一行人浩浩蕩蕩，途經鄭州，謁安陵。到西京洛陽後，宋太祖見洛陽宮室壯麗，十分高興，詔加知河南府、右武衛上將軍焦繼勳彰德軍節度使，遂欲留居洛陽，實際上已有遷都的意思。不料群臣爭相反對，於是爆發了遷都之爭。鐵騎左右廂都指揮使李懷忠諫道：「汴京（開封）得運河漕運之利，有通往江南之便，每年從江淮運來百萬斛米供給京師數十萬軍隊。而且東京根基已固，不能動搖。」宋太祖則認為開封城中所需物資全仗水路由外地運送，萬一開封被圍，後果難以想像，因此不肯聽從。晉王趙光義也極言遷都不便。宋太祖堅持道：「遷都洛陽，乃權宜之計；長久之計當定都長安，我將都城西遷。為據山河之險，裁汰冗兵，依周、漢故事，統治天下。」顯然，宋太祖遷都決心已下，群臣的諫阻都不能動搖。而這時候趙光義卻說了關鍵的一句話：「形勝固難憑，在德不在險。」宋太祖聽了默然不答。晉王趙光義出殿後，宋太祖對左右大臣說：「晉王的話不錯，然而不出百年，天下民力必盡敝。」於是，宋太祖打消了遷都的念頭，將洛陽作為陪都，悵然東歸。

後世也有人揣測，宋太祖此時提出遷都另有深意，是為了順利傳位給皇子，以遷都來動搖趙光義的根基。畢竟趙光義擔任開封尹的職務長達十六年，根深蒂固，在京師培植了大批黨羽和勢力。舉例來說，通文學、精吏術的宋琪，能言善辯的程羽，文武雙全的賈琰等胸有抱負之人均在趙光義麾下效力，這些人後來均成為朝中顯要，宋琪甚至當上了宰相。當時，天下人都知道開封府尹趙光義禮賢下士，善交朋友，以至趙光義府中幕僚如雲，人才濟濟，蔚為大觀。

平心而論，開封作為國都，雖然位置適中，但是無險可守，極容易四面受敵。毫無疑問，宋太祖是反覆考慮了開封和洛陽的利弊，才鄭重提出遷都之議。然而，無論宋太祖有沒有想過以遷都來削弱弟弟趙光義的勢力，趙光義本人一定有這樣的憂慮。因為六個月後，趙光義就在天下人驚訝的目光中，由晉王搖身變成了皇帝。因趙光義一言而罷遷都之議，可見弟弟趙光義在宋太祖心目中的地位依然無人可比。在這個時候看來，金匱誓書是否存在，反倒不是那麼重要，重要的是宋太祖要將皇位傳給弟弟的態度和決心。這之後不久，便發生了「斧聲燭影」事件。

開寶九年十月十九日夜，朔風凜冽，大雪飛揚。宋太祖突然命人召晉王趙光義入宮。趙光義趕到後，宋太祖表示要商議國家大事，摒退了左右侍從，獨自與趙光義酌酒對飲。守在殿外的宦官和宮女遠遠看見殿內燭火搖晃不定，趙光義的人影突然離席起身，擺手後退，似在躲避和謝絕什麼。不久，便聽見宋太祖手持柱斧（一種鎮紙文具，玉或水晶製成）戳地，「嚓嚓」斧聲清晰可聞，同時大聲喊道：「好為之，好為之。」兄弟二人飲酒至深夜。趙光義告辭兄長出去後，宋太祖才解衣就寢。

然而到了次日凌晨，宋朝的開創者太祖忽然離奇駕崩，年僅五十歲。宋皇后最先得知消息，立即命宦官王繼恩去召皇子趙德芳（時任貴州防禦使）入宮。據在《續資治通鑑・卷八》中記載：「皇后使王繼恩出，召貴州防禦使德芳。繼恩以太祖傳國晉王之志素定，乃不詣德芳，逕趨開封府召晉王。」意思是說，宦官王繼恩認為宋太祖想傳位的人是晉王趙光義，於是不聽宋皇后的命令去召趙德芳，而是逕直去開封府請晉王趙光義。

這段記載雖為官方記載，卻相當值得玩味，我們先來看看宋皇后的背景。宋氏為宋太祖第三任皇后，史稱「開寶皇后」，河南洛陽人。宋氏母家自五代十國開始，就是著名的世家，顯貴無比。宋氏的父親宋偓是後唐莊宗李存勗的外孫，母親是後漢永寧公主（後漢高祖劉知遠之女）。宋氏小時候，曾隨母親永寧公主入見後周太祖郭威，郭威十分喜歡宋氏，特意賞賜冠帔。宋太祖建國後，宋偓任華州節度使。宋太祖第二任皇后王氏死後，宋太祖想立後蜀花蕊夫人費氏為后，趙普以「亡國之物不祥」勸之。剛好這時宋氏隨母親永寧公主入京賀長春節。宋氏時年十七歲，正當韶華，風姿綽約，被宋太祖一眼看中，於是立為皇后。宋氏為人「柔順好禮」。每次宋太祖下朝前，宋氏身具冠帔，穿戴整齊，亭亭玉立地站在殿前，等候宋太祖歸來。宋太祖下朝後，帝后二人相攜，一齊回到後宮，由宋氏親自調膳，侍候聖駕。這溫馨的一幕讓人十分感動，雖然是老夫少妻，白髮紅顏，卻是相敬如賓，恩愛異常。

宋皇后知夫婿傳位心意

顯然，宋太祖對宋皇后是相當滿意的。以宋太祖的作風，他當然不會以後宮的意見來決定立儲大事，宋皇后偏愛德芳，花蕊夫人偏愛德昭，卻沒有對宋太祖產生任何影響便是佐證。但以宋太祖與宋皇后之伉儷情深，他多少會在愛妻面前流露出自己的真實心意。論心機之深刻，宋太祖遠不及其弟趙光義。換句話說，宋皇后對於宋太祖最終想立誰為太子心中是有數的。這裡再舉一個後世清朝的例子。

清嘉慶二十五年（西元一八二〇年）七月二十五日，嘉慶皇帝顒琰暴死於熱河避暑山莊，死因不明。清朝自雍正皇帝始，採取祕密建儲制度，寫有皇位繼承人名字的聖旨放在乾清宮「正大光明」匾後面，舊皇駕崩後，由嗣君與朝臣共同開啟。但嘉慶前往熱河之前，將傳位詔書放在一個小金盒內，隨身攜帶。隨侍的大臣一時沒有找到御筆親書的傳位詔書，慌作一團。總管內務府大臣禧恩建議由皇次子旻寧（後來的道光帝）繼位。首席大臣托津、戴均元以不符合祖制為理由表示反對。經過商議，群臣決定一面尋找傳位詔書，一面飛速派人回報京師的嘉慶皇后鈕祜祿氏。鈕祜祿氏生有皇三子綿愷和皇四子綿忻，皇次子旻寧並非鈕祜祿氏親生。鈕祜祿氏驚悉嘉慶駕崩後，立即發出一道懿旨，讓皇次子旻寧繼承皇位。就在鈕祜祿皇后懿旨到達熱河的前一天，嘉慶皇帝的遺詔被找到了，內中就是立旻寧為皇太子。所以，當旻寧接到鈕祜祿皇后的懿旨時，悚然感泣。清朝的祕密建儲制度自雍正到嘉慶，已經臻於完善，幾乎沒有任何空子可鑽。鈕祜祿皇后事先並不知道傳位詔書上寫的是誰，她之所以不立自己的親生兒子為太子，而當機立斷立非親生的旻寧，最大的可能是因為她知曉丈夫嘉慶皇帝的心思。也就是說，即便在所謂密不透風的祕密建儲制度下，鈕祜祿皇后還是知道嘉慶皇帝將要立誰為皇太子。

重新回到斧聲燭影的話題，宋皇后驚聞宋太祖英年而逝的消息後，為何立即派人去叫皇子趙德芳呢？遍查史料，找不到宋皇后弄權的任何記載，她雖是名門之後，卻沒有政治主見，不過就是個嫁給皇帝的平凡女子，在朝中也沒有任何親黨和勢力。這樣一個文弱女子，猝臨大變，自然也沒有易儲的膽量。那麼，只有一點可以解釋宋皇后獨召德芳的原因——宋太祖真正想傳位的人是皇次子趙德芳。從古至今都是疏不間親，「知夫莫若妻」，宋皇后作為宋太祖的枕邊人，比任何人都更瞭解皇帝的心思，所以，危機一旦來臨，她只是本能地想執行丈夫的遺願。

宦官王繼恩早被買通

再談宦官王繼恩。唐朝亡於宦官專權，宋太祖不是不明白這個道理，雖然建國後也設內侍省，由宦官主管，但對宦官干政卻非常警惕。終宋一朝，都沒有出現宋朝宦官嚴重干政的現象。所以，王繼恩以其宦官身分，絕對不可能比宋皇后更清楚宋太祖最後的真實心意。他不遵宋皇后懿旨，自己決定去開封府召晉王趙光義，只能說明他是個審時度勢的人，知道所謂的儲君候選人之中，以趙光義的實力最強，其他人無法望其項背。他主動示好趙光義，還可以得到擁立之功，保證將來的榮華富貴。

還有一種更大的可能性是，王繼恩早就被趙光義收買。趙光義素來與大臣內侍關係密切，其目的不言而喻。田重進在後周時便隸屬趙匡胤麾下，後一直領兵。趙光義著意結納，派人送酒肉給田重進，不料卻被田重進拒絕。派去的人稱：「此為晉王賜也。」一定要田重進收下。田重進正色回答：「為我謝晉王，我只知有天子爾。」趙光義收買田重進雖然沒有得逞，但也從另外一個方面說明，當時晉王確實已經形成了相當勢力。據統計，光晉王的幕府成員便有六十人之多。與此同時，趙光義還有意結交不少文官武將。即便是宋太祖的舊部，諸如楚昭輔和盧多遜等掌握實權的朝中要員，趙光義都著意加以結納。王繼恩官任內侍都知，趙光義肯定更加加以親近。

最令人不可思議的是，斧聲燭影後面的奇事還連連不斷。

王繼恩到達開封府的時候，發現左押衙程德玄正坐在開封府門外，似乎正在等候他到來一般。這裡特別要強調一句——程德玄是趙光義的心腹，精通醫術。王繼恩突然見到程德玄，十分驚訝，問道：「你怎麼會坐在這裡？」程德玄解釋：「前夜二鼓時分，有人在我家大門口喚我出去，說是晉王召見。但我出門一看，發現並沒有人。如此反覆了三次。我因為擔心晉王真的有病，便前來開封府探視，正在門口休息，就看見您來了。」王繼恩聽了程德玄的話，更加驚異，也不知道該相信還是該懷疑，於是與程德玄一起叩門而入。

當時已是清晨時分，天就要亮了，趙光義卻沒有休息，正坐在燈下看書。他得知兄長暴逝，滿臉訝異，卻猶豫不肯前往皇宮，還說他應當與家人商議一下。這顯然是惺惺作態了。然後趙光義便真的走進內室找家人商議去了。這商議的內容自然與宋皇后召德芳一事有關，到底是宋皇后自己要召德芳呢，還是宋皇后事先得了宋太祖的密囑甚至密詔？倘若宋皇后真有密詔，事情就麻煩得多。正因為這裡面有這樣一層利害關係，趙光義不得不慎重考慮，所以在內室中久不出來。

王繼恩卻等不及了，竟然大聲喊道：「時間久了，恐怕被別人搶先了。」這「別人」，自然是指皇子趙德芳，也就是趙光義的親姪。王繼恩這話的意思是，怕他出宮太久不回，宋皇后一著急，又另外派人去召趙德芳了。但就是王繼恩這句話洩露了實情，表明趙光義的儲君地位並非簡在帝心，與史書中那句「繼恩以太祖傳國晉王之志素定」是互相矛盾的。也由此可進一步斷定，王繼恩早就為趙光義收買，是趙光義在皇宮中的心腹和耳目。以上均為《續資治通鑒・卷八》的記載。《宋史・程德玄傳》裡面提到，王繼恩是帶著宋太祖的遺詔來找晉王趙光義，這顯然是宋史作者的漏洞。司馬光在《涑水紀聞》中也只說是王繼恩自己決定去找晉王，沒有提到遺詔一說。假如真有宋太祖遺詔，司馬光是傳統的史學家身分，最知道「為尊者飾、為賢者諱」，一定會大力強調，好為趙光義澄清疑點。

趙光義聽到王繼恩的催促之後，立即出來，與王繼恩和程德玄二人冒著風雪趕往宮中。到皇宮殿外時，王繼恩請趙光義在外稍候，自己先進去通報。程德玄卻一揮袖子，不耐煩地說：「事情已經到了這個地步，還等什麼？」說完與趙光義逕直闖入殿內。宋皇后得知王繼恩回來，便問：「德芳來了麼？」王繼恩卻回答說：「晉王到了。」

此時，趙光義已經出現在宋皇后面前。宋皇后當時年二十五歲，還相當年輕，她見到趙光義乍然出現，滿臉驚愕，但她畢竟出身名門，當了多年皇后，多少知道一些政事，知道一切都已經完了，便哭著喊道：「我們母子性命都託付於官家了。」官家一詞，取義於「三皇官天下，五帝家天下」，是五代到宋朝對皇帝的稱呼。「三皇」是指伏羲、女媧、炎帝，「五帝」指黃帝、顓頊、帝嚳、唐堯、虞舜。宋皇后拿「官家」稱呼趙光義，就是表示承認趙光義做皇帝了；顯然，不承認就只有死路一條。趙光義皇位到手，自然也就心滿意足，也流淚說：「我和你們共保富貴，不用擔心。」

事情到此為止，再作一次分析，可以說其中有三大疑點：一、宋太祖召趙光義入宮飲酒，為什麼要摒退身邊的侍從？二、宦官王繼恩到達開封府的時候，為什麼程德玄剛好在那裡等候？三、趙光義為什麼直到清晨還未就寢？

斧聲燭影逐漸清晰

對於第一點，宮廷事密，無法推測，但由此造成的結果卻是顯而易見的，正因為大殿內的當事人只有宋太祖和趙光義二人，宋太祖又很快死去，斧聲燭影中到底發生了什麼事，就任憑趙光義自己說了。對於第二點，程德玄的解釋顯然十分牽強，就連站在趙光義一邊的王繼恩都不相信他的話。程德玄的到來顯然與斧聲燭影有關。對於第三點，趙光義沒有就寢，只能說明他已料到即將有大事發生，正坐等事態發展。

宋太祖本人身體健壯，從他生病到死亡，只有短短兩三天，可知宋太祖是猝死的，歷來便有趙光義毒死兄長之說。而趙光義也似乎早知道太祖的死期，否則他不會讓親信程德玄在開封府外等候。如此反覆推斷，斧聲燭影的故事便逐漸清晰起來。

自巡幸洛陽回來之後，趙光義便擔心皇兄會突然改變主意，將皇位傳給皇子德昭或是德芳，由此暗中開始謀畫。那夜，趙光義應召入宮時，便已隨身攜帶了準備已久的毒藥。在對飲中，趙光義乘機將毒藥下到宋太祖的酒中，然後在藥力未發作前與太祖辭別。趙光義離開皇宮前，密令宦官王繼恩密切監視宮中的動靜。回到開封府後，趙光義立即召精通醫術的程德玄在府外等候，一旦宋太祖不死，還可以以醫治為名繼續下手。而宋太祖嗜酒如命，在宿醉中被親弟弟奪取了性命和皇位，倘若地下有知，一定死不瞑目。後人有詩詠道：「帝位原從篡竊來，孤雛嫠婦也罹災。可憐燭影搖紅夜，盡有雄心一夕灰。」實際上，即便宋太祖有心傳位給德昭或是德芳，最終權衡利弊，還是會讓趙光義當皇帝，畢竟趙光義的勢力和黨羽早已遍及朝廷內外。

關於宋太祖蹊蹺離奇之死，《宋史・太祖本紀》中只說了兩句簡單的記載：一句是「帝崩於萬歲殿，年五十」，一句是「受命於杜太后，傳位於太宗」。但無論如何，趙光義搶在趙德芳之前登基繼位極不合情理，於是引出一段「斧聲燭影」的千古之謎。不過，事情到了這裡還遠遠沒有結束。當年宋太祖從後周柴榮的孤兒寡母中奪取了江山，豈知他自己死後，所留下的孤兒寡母也各自遭遇了悲慘的結局，江山也落入旁系之手。他在泉下如果遇上柴榮，卻不知是什麼感想，能說出什麼話來。

◎德昭之死，起於叔叔趙光義的猜忌？

開寶九年十月二十一日，宋太祖死後一天，三十八歲的晉王趙光義即位，是為宋太宗。由於趙光義即位過程的（官方說法）充滿了神祕色彩，天下人均疑惑宋太祖何以不明不白死去，於是，趙光義強調「受命於杜太后」。這裡要強調的是，所謂的「金匱之盟」，到現在還沒有露面，直到五年後，才由趙普首先提出。此事後面再說。

趙光義遭人非議，主要是兄終弟及的皇位繼承方式與傳統的父子相傳相比，名不正言不順。不過，兄死弟及倒也不是沒有先例，再加上趙光義當了皇帝，也就掌握了篡寫歷史和引導輿論的權力，可以大做手腳。事情到了這裡，既有杜太后遺命的說法，後世為何還會有趙光義得國不正之說呢？普遍認為是「有因才有果」，而因果有時是用結果來推斷原因——趙光義之所以被天下人懷疑，逃不過悠悠之口，最主要原因在於他得了皇位後，做出的幾件大舉動讓後人很難理解，反倒進一步證明了「金匱誓書」一事純屬子虛烏有，是趙光義和趙普聯合起來編造的謊言。

趙光義先是籠絡人心

特別提一句，趙光義一即位，即詔趙普入朝，任太子太保，在京師供職。太子太保與太子太傅、太子太師並稱為「東宮三師」，從一品官，是個典型的虛銜，榮譽至高，卻沒有任何實權。實際上，歷朝歷代的皇帝都將太子太保作為封賞大臣的加官，如擔任宰相，再加封太子太保。顯然，趙普進京擔任太子太保一職，並非趙光義要重用他的先兆。趙光義如此作為，不過是考慮到趙普是開國重臣，聲名遠揚，尤其趙普與宋太祖關係非同一般，而此時流言四起，局勢動盪，也不知趙普的內心如何看待宋太祖之死，因此不如將趙普調入京師，便於控制。

當時，朝廷內外人心不安，疑雲密布，氣氛十分壓抑。趙光義即位為宋太宗後，先是大赦天下，以弟弟趙廷美（即趙光美，為避諱改名為廷美）為開封尹兼中書令，封齊王，時年三十歲；宋太祖長子趙德昭為永興節度使兼侍中，封武功郡王，時年二十七歲；宋太祖次子趙德芳為山南西道節度使、同平章事，時年十七歲。而對宋太祖和趙廷美的子女，均與趙光義的子女並稱為皇子皇女。宋太祖的舊部薛居正、沈義倫、盧多遜、曹彬和楚昭輔等人也都加官進爵。顯然，這是在剛剛登基、根基還不穩的情況下，宋太宗所作出安撫人心、消除動盪之舉。

趙廷美被宋太宗任開封尹，顯然還暗示其有皇儲第一號候選人的身分。因為此時宋太宗還不知道有所謂的金匱誓書，他之所以如此，完全是為了向天下人解釋，自己繼承皇位是受杜太后遺命──國賴長君，他的兒子年紀都比趙德昭小，因此沒有理由立為儲君。在這樣的情況下，宋太宗不得已將開封尹的位子給了弟弟趙廷美。值得強調的是，趙廷美和趙德昭都在金匱誓書（假如真的有的話）上榜上有名，均可以在皇帝死後承繼位。

最不可思議的是，宋太宗一即位，便迫不及待改年號為「太平興國」，表示要成就一番新的事業。而根據慣例，新皇帝即位，都是次年才改用新年號紀年。為什麼宋太宗要打破常規，將只剩兩個月的開寶九年改為興國元年呢？這越發說明他心懷鬼胎，要搶先為自己「正名」，以期造成不可逆轉的既成事實。無論如何，儘管「金匱之盟」和「斧聲燭影」迷霧重重，宋太宗還是順利繼承了皇位。之後，他注重培養和提拔自己的親信，幕府成員如程羽、賈琰、陳從信、張平等人都陸續進入朝廷擔任要職，慢慢替換宋太祖朝的大臣。

最為關鍵的一點是，宋太宗擴大了科舉的取士人數，此舉對改變宋太祖朝政格局發揮了重要作用。宋太宗即位後，第一次科舉取士人數為宋太祖一朝取士最多一年的兩倍之多。取士人數增多，一方面使更多有才華之人有機會入仕，另一方面士子一旦被錄取，便順利步入仕途，出任各種職務。作為「天子門生」，士子們無疑會對宋太宗心存感激，從而死心塌地為新皇帝效力。這樣，朝廷內外的大權都將逐漸為宋太宗的親信所掌握，宋太宗的皇位便能逐漸穩固。而隨著時間流逝，斧聲燭影和金匱之盟的陰影也逐漸淡去。一切看起來都還算平靜，宋太祖似乎對待弟弟和姪子們都還算不錯。變化是從太平興國四年（西元九七九年）開始的。就在這一年，許多日後的風雲人物以各種各樣的身分登上了歷史的舞臺。而宋太祖長子趙德昭也死於這一年。

攻打北漢，朝一統邁進

宋朝雖與唐朝並稱「唐宋」，可不但沒有唐朝「天可汗」的極盛武功，甚至連江山的統一都沒有完成，天下存在著多個政權並立的狀況，這就是所謂的「金甌缺」。金甌是古代一種盛酒的器皿，常用來比喻國土。南北朝時的梁武帝曾說：「我國家猶若金甌，無一傷缺。」（《南書・卷三十八・朱異傳》）宋朝時，中國南有大理，西有西夏（党項），北有遼（契丹）、金（女真）以及後來的蒙古。多政權並立的複雜局面在後面的篇幅會逐漸涉及，此處先談宋太宗即位後的事。當時，在遼與宋朝之間還有個北漢劉氏，是五代十國中唯一還沒有被宋朝統一的政權。

五代十國時，契丹滅掉了後晉，劉知遠乘機自立為帝，是為後漢。後漢政權只存在了五年，便為後周所滅。但劉知遠的弟弟劉崇卻占據太原，自立為帝，這就是北漢。之後，劉崇傳劉鈞，劉鈞傳劉繼恩，劉繼恩傳劉繼元。北漢國主劉氏長期依附於遼國，與宋朝分庭抗禮。宋太祖時，曾兩次兵臨北漢所占據的太原城下，但由於契丹以兵相助，宋師均無功而還。北漢有恃無恐，時常侵犯宋朝邊境州軍。

北漢內部對於處理和宋朝的關係也是意見不一，矛盾重重。北漢第三任國主劉繼恩在位時，部將侯霸榮殺死了劉繼恩，想拿劉繼恩的首級投降宋朝。不料，北漢宰相郭無為得知消息後，發兵包圍皇宮，派武功高強的死士翻牆入宮，一舉殺死侯霸榮。這個郭無為，原是武當山的道士，在亂世中投靠了北漢，為北漢第二任國主劉鈞所賞識。劉鈞病重時，與郭無為談及皇位繼承人選，郭無為認為劉繼恩才幹不足。劉繼恩即位後，一直想殺掉郭無為，還沒有來得及動手，便被侯霸榮所殺，在位僅六十天。所以當時有人認為，真正的內幕是郭無為唆使侯霸榮殺了劉繼恩，之後郭無為又殺侯霸榮滅口。劉繼恩死後，郭無為力主立劉繼元為帝。可劉繼元信用小人，大肆誅殺親族。郭無為見北漢大勢已去，主張投降宋朝。但劉繼元自恃背後有遼國撐腰，一直不肯對宋朝俯首稱臣。

太平興國四年正月，宋太宗決定攻伐北漢，以讓金甌不再有缺。但朝臣大多反對，理由主要是有北漢夾在宋朝與遼國之間，多少能發揮一些屏障作用。但名將曹彬堅決贊成，堅定了宋太宗的決心。於是，宋太宗派名將潘美（即戲曲中的潘仁美）等人分路出兵，圍攻太原。之後，宋太宗又打算親赴前線督師。這時候，就開始看出宋太宗對弟弟趙廷美的猜忌了。

按照慣例，皇帝親征或者巡幸在外，要由儲君監國。趙廷美當時任開封尹，是第一皇位繼承人，宋太宗不得已，只好留弟弟趙廷美留守京城。前文曾提到那位「小事糊塗、大事不糊塗」的呂端當時是開封府判官，為趙廷美的直系下屬。此人確實是個大事不糊塗的人，他看出了宋太宗其實並不放心趙廷美，於是勸趙廷美：「主上櫛風沐雨，以申吊伐，王地處親賢，當表率扈從，若掌留務，非所宜也。」（《續資治通鑒・卷九》）

趙廷美恍然大悟，便主動向宋太宗請求隨從出征。宋太宗大喜過望，當然立即同意。實際上，呂端這一番冠冕堂皇的話解決了宋太宗最大的心病。日後，宋太宗重用呂端，並誇獎他「大事不糊塗」，便由此事開始。關於呂端，後面篇幅還有「不糊塗」的精彩好戲。

北漢向遼請求軍事支援

太平興國四年三月，宋雲州觀察使郭進破北漢西龍門砦，擒獲甚眾。北漢國主劉繼元見宋軍來勢洶洶，志在必得，便派人向遼國緊急求援。遼景宗因有病在身，遼國刑賞、政務、用兵等均由皇后蕭燕燕裁決。國中只知有蕭后，不知有景宗。蕭燕燕本名蕭綽，小字燕燕，為遼國北府宰相蕭思溫之女，自小許配給漢人大臣韓知古之孫韓德讓。兩個年輕人雖然不同民族，倒也情投意合，互相傾慕。不料，後來蕭燕燕被遼景宗一眼看中，以致上演了一齣皇帝橫刀奪愛的好戲，這才使蕭燕燕有機會成為後來著名的蕭太后。

蕭燕燕雖是番邦女子，卻素有機謀，善於駕馭大臣，人皆樂於為其所用。對於之前有過婚姻之約的韓家，她也加以重用。蕭燕燕聽說北漢被宋朝軍隊圍攻，立即命宰相耶律沙為都統、冀王敵烈為監軍率軍赴援。遼軍到達白馬嶺，前面為一條大澗，宋將郭進率宋軍駐紮在對岸。耶律沙等將領認為應等待後軍，再與宋軍決戰，而敵烈認為應率先鋒一鼓作氣急擊宋軍，耶律沙力諫不聽。敵烈率軍渡澗攻宋軍，遼軍剛渡一半，郭進率騎奮擊，大敗遼軍。敵烈、蛙哥、令穩都敏、詳穩唐筈等將陣亡，耶律沙等也被宋軍包圍。剛好這時候遼將耶律斜軫率救兵趕到，擊退宋軍，才救出了耶律沙等人。

宋軍擊敗遼國援兵後，聲勢大震，連克盂縣、隆州、嵐州，太原城被圍得水洩不通，宋軍輪番進攻，矢石如雨，戰鬥十分激烈。宋太宗親臨太原城下，詔諭北漢國主劉繼元投降，劉繼元毫不理睬，於是，宋太宗命宋軍發機石攻城。五月初一，攻破太原西南羊馬城。這時候，上演了極戲劇性的一幕。北漢朝野上下人心惶惶，感到守城無望，不少人開始謀求退路。北漢宣徽使范超率先出城投降。此時，宋軍正奮力攻城，個個都殺紅了眼，突然看見范超帶著一隊北漢兵開門而出，還以為是北漢兵出城交戰，立即蜂擁而上，抓住了主將范超，並不由分說地將他立斬於大旗下。而太原城中北漢國主劉繼元得知范超出降，也下令將范氏抄家斬首。范超的一家老小均被砍下首級，且首級被拋到太原城外。宋軍這才知道范超是來投降的，結果卻莫名其妙被誤殺了。

宋太宗又移師城南，繼續攻城。北漢外絕援軍，內乏糧草，軍心開始動搖。北漢國主劉繼元欲戰無力，只好出降，北漢遂平。宋朝得其十州四十縣的土地。這裡特別要提一句，北漢國主劉繼元獻城投降後，北漢名將劉繼業據城繼續抵抗。劉繼業是太原人，本名楊重貴，因年少英武，很受當時北漢國主劉崇的看重，便以楊重貴為養孫，改名為劉繼業。劉繼業先擔任保衛指揮使，素以驍勇聞名，以功升遷到建雄軍節度使。由於劉繼業戰功卓著，所向無敵，國人號稱「楊無敵」。宋太宗愛劉繼業之忠勇，很想招為己用，於是派劉繼元招撫劉繼業。劉繼業為保全城中百姓，北面再拜，這才釋甲開城，迎接宋軍。宋太宗大喜，立即授劉繼業為右領軍衛大將軍，並加厚賜，復姓楊，名業。之後楊業成為宋朝著名將領，楊業及其後代的事蹟被演繹成各種故事，其中最有名的便是《楊家將》。北漢投降後，宋太宗為了斷絕北漢臣民的希望，下令焚毀太原城，改太原為平晉縣，以榆次縣為并州，將太原城中的僧人、道士及豪民遷往西京洛陽，普通百姓則遷居并州。大火起時，太原城中尚有許多老弱病殘者來不及轉移，均為大火所吞沒。

望向燕雲十六州，攻遼

伐北漢旗開得勝後，宋太宗志得意滿，打算幹一件更加驚天動地的大事，那就是收復被遼國占據的「燕雲十六州」。他在可疑的「斧聲燭影」事件中登上了皇帝位，朝野之中雖然不敢公然議論，但幾年下來疑雲仍久久不散。所以，宋太宗一心謀取文治武功期能超越宋太祖，以求擺脫宋太祖的陰影。就拿這次伐北漢來說，滿朝文武除了曹彬，其他人都持反對意見，宋太宗卻一意孤行。降服北漢後，宋軍已在外征戰幾近半年，人馬勞頓。因此一聽說宋太宗要趁勢伐遼，志在奪取幽薊，群臣紛紛反對，宋太宗不聽，堅持出兵。

剛開始一切都還很順利，宋軍勢如破竹，宋將傅潛、孔守正在沙河大敗遼將耶律奚底，遼東易州刺史劉禹和遼涿州判官劉原德均主動獻城出降。宋軍一路上沒費什麼勁就打到了幽州（北京）城下。當時，幽州守將為耶律學古，採取了反防死守的策略，宋軍進攻了很久，都徒勞無功。雙方呈現膠著狀態。而遼國蕭燕燕得知幽州為宋軍所圍後，立即派宰相耶律沙前去增援。耶律沙剛剛出發，遼將耶律休哥也主動請纓，率人馬前往幽州。

宋太宗聽說遼國有援兵到來，便命宋軍在高梁河（今北京西直門外）布陣防守。遼國宰相耶律沙率部先到，與宋軍在河灘上激戰。經過一番血戰，遼兵傷亡慘重，耶律沙急忙下令撤退。宋太宗下令宋軍火速追趕。就在此時，耶律休哥率軍及時趕到，耶律沙立即決定回師。遼軍兩部合一後，聲勢大震，宋軍一下被衝亂了，結果被打得大敗。宋軍兵將紛紛被殺，宋太宗那頂皇帝專用的黃羅傘蓋則成了遼軍的攻擊目標。若不是舉黃羅傘蓋的宋士兵中箭落馬，宋太宗可能早就死在遼軍刀下。宋太宗帶著殘兵敗將一路逃跑，鞋也掉了，帽子也飛了，戰馬也陷進泥裡。這時還是楊業趕到，殺退了遼兵，才救了宋太宗的命。

此時已經八月，秋風已起，塞外秋高馬肥，宋軍與遼軍的對峙立時處於不利態勢。宋太宗遭受高梁河之戰慘敗後，決定退兵。不料，遼將耶律休哥窮追不捨，追得宋太宗屁滾尿流，狼狽不堪。到了涿州，宋太宗還中了兩箭，之後乘驢車逃脫，但隨行的宮女、輜重等均為耶律休哥所獲。宋太宗晚年之死，便是由於此次戰役所中箭瘡發作之故。堂堂宋朝天子，竟然差點成了遼軍的俘虜，當時的混亂狀況可想而知。而就在巨大的混亂中，發生了一個極大的錯誤。宋軍潰敗途中，人人都只顧自己逃命，稍微安全一點時，群臣突然發現宋太宗不知去向。於是人心惶惶，奔相走告，說皇帝失蹤了，更多的人懷疑宋太宗已在亂軍中遭難。於是，有人提議：「國不可一日無君，現在皇帝下落不明，很可能已經遇難。武功郡王趙德昭是太祖子嗣，應該趕緊立他為皇帝，以安定人心，免得讓遼國有可乘之機。」

前面已經提過，齊王趙廷美本來該留守開封，卻因為呂端的一番話，不得不隨從宋太宗出征，以避嫌疑。趙德昭自也跟隨在軍中。當然，此提議也有人反對，建議先尋找到宋太宗再說。就在眾人爭吵不休之際，有人奔來告訴大家：「皇帝還活著。」於是，這件事就算平息了。

征戰遼軍大敗，趙德昭何以自刎？

回到開封後，宋太宗心情十分不好，他此次出兵，目的在於提高聲望、威服人心，不料卻遭到慘敗，全軍覆沒、狼狽逃命不說，連皇帝的屁股上都中了兩箭，簡直是奇恥大辱。就在宋太宗低沉抑鬱的時候，有人告訴他在宋軍潰敗途中，曾有人謀立趙德昭為皇帝，宋太宗的臉色頓時陰沉得可怕，十分惱怒。但事出有因，他也不好多說什麼。偏偏這個時候，毫無心計的趙德昭自己送上門來。

由於宋太宗心情非常不好，即使先前攻取太原、收服北漢也不能彌補，因而對於攻取太原有功的將士也不給予獎賞。宋軍將士對此意見很大，個個心懷不滿。趙德昭見將士們議論紛紛，生怕軍心不穩，便善意向宋太宗建議立即論功行賞，以安撫將士。宋太宗正為幽州之敗而惱怒，沒聽完便大怒道：「戰敗回來，還有什麼功勞？什麼賞賜？」趙德昭說：「這也不能一概而論。我軍征遼雖然失利，但終究蕩平了北漢，請陛下分別考核，量功行賞。」宋太宗一拍桌子，聲色俱厲地喝道：「等到你做皇帝時，再行賞不遲！」趙德昭一開始還不明白叔叔為什麼突然發火，驚在當場，後來才幡然省悟，不敢申辯，只是匆忙出宮。

回到自己的府邸，趙德昭氣憤難平，問左右隨從：「帶刀了麼？」隨從見他滿臉通紅，情緒十分激動，不敢說帶有兵器，怕出意外，便搪塞說道：「我們進宮，按規定不准攜帶利器，所以身邊沒有帶刀。」趙德昭越想越惱，越惱越悲，迅速走入自家的茶酒閣，關上閣門，取桌上的水果刀自刎而死，死時年僅二十九歲。

趙德昭氣激自殺，不能不說與之前誤傳宋太宗失蹤、宋軍欲立趙德昭為帝有關。宋太宗雖然是一時氣話，但猜忌之心一覽無遺。趙德昭身為宋太祖之子，對先前金匱誓書和斧聲燭影之種種議論不可能一無所聞、一無所想，而現在被親叔叔猜疑，無以自訴，只能以死來明志了。趙德昭之死十分令人意外。宋太宗聞訊後趕來，大為後悔，哭著說：「你這個傻孩子，叔叔只是氣頭上的話，你怎麼也當真，為什麼要自尋短見呢？」命以親王禮安葬趙德昭，贈中書令，追封魏王，後改吳王，又改越王。

如果說趙德昭之死還可說事出有因，趙德芳之死就格外令人生疑了。趙德昭死後一年多，太平興國六年（西元九八一年）三月，宋太祖最小的兒子趙德芳神祕暴病身亡，年僅二十三歲。史書上對他離奇之死沒有任何說明，成為又一樁疑案。朝野間懷疑趙德芳死在宋太宗之手的人不在少數，只不過從來無人敢公開議論。斧聲燭影當夜，宋皇后曾對趙光義說：「我們母子性命都託付於官家了。」其實就是擔心趙光義日後會對趙德芳下手，想不到宋后的擔心仍然不幸而言中。

這裡特別要再強調一句，所謂的「金匱之盟」是宋太宗為掩人耳目捏造出來的，此舉雖能有力證明他得位的合理性，最終卻限制了宋太宗傳位給自己兒子的願望。至此，宋太祖的四個兒子全部死去（其中兩個早夭），皇位繼承的順序便產生了巨大變化。金匱誓書上的人也就只剩下趙廷美，宋太宗的親弟弟。

◎涪陵之禍，趙廷美被兄長除掉？

按照原來杜太后遺命的傳位順序，由宋太祖傳宋太宗，宋太宗傳趙廷美，趙廷美傳趙德昭，趙德昭既死，那麼就由趙廷美傳趙德芳。只有這樣，皇位才能重新歸入宋太祖子孫一脈，才能不負杜太后遺命，才能對得起宋太祖將天下傳弟不傳子的盛德。可趙德昭和趙德芳先後死去，金匱誓書上的皇位繼承人只剩下趙廷美，宋太宗的親弟。倘若宋太宗將皇位傳給趙廷美，趙廷美勢必要傳給自己的兒子，這顯然是宋太宗不願意看到的。可以說，趙德昭和趙德芳的死，使趙廷美一下子處於極為危險的境地。

幼弟趙廷美妨礙傳位

此時，倘若「小事糊塗、大事不糊塗」的呂端還在趙廷美手下當差，說不定就會勸說趙廷美趕緊辭去開封尹的職位，由此作出退出儲君人選的宣告；或者乾脆上書皇帝，請求宋太宗立皇子為太子。如此，趙廷美必然能保住榮華富貴。然而，十分可惜的是，呂端已經調離開封府，而趙廷美手下的幕僚多是平庸無能之輩，竟無一人能夠深謀遠慮，勸趙廷美退保其身。而趙廷美本人雖也感覺到了危機，但他卻沒有採取措施以避免宋太宗的猜忌。相反地，他開始暗中拉攏一些親近的大臣，譬如送財物給當朝的宰相盧多遜。如此幼稚的作為，顯然只能授人以把柄。進一步分析，趙廷美不肯辭去開封尹職位的根本原因，估計還是貪圖那張皇帝的寶座。在不自安的情況下，趙廷美難免有怨言，竟然說：「太宗有負兄意。」這些言語傳到宋太宗耳中，只能加深他對趙廷美的忌恨。

太平興國六年（西元九八一年）九月，趙德芳死後半年，針對趙廷美的軒然大波終於開始了。宋太宗為晉王時的幕僚柴禹錫、趙鎔和楊守一三人揣摩出宋太宗的心意，突然發難向宋太宗揭發趙廷美驕恣放縱，圖謀作亂。這是明顯的捕風捉影，沒有任何真憑實據，卻正中宋太宗的下懷。儘管是誣告，無法追究，宋太宗還是借機罷免了趙廷美的開封尹職務，出為西京留守。而告密的三人都有升賞，柴禹錫升為樞密副使，楊守一升為樞密都承旨，趙鎔升為東上閤門使。這是個非常不好的開端，伺機鑽營者見只要揭發趙廷美便可以升官發財，自然不惜代價來構陷趙廷美。於是，前面已經被罷免的趙普也終於有機會東山再起。

趙普是開國重臣，在一連串重大事件如陳橋兵變、杯酒釋兵權、制定統一戰略等大事中，都發揮了極為重要的作用，在宋太祖時代更是以佐命元臣之身分在中樞機構執政達十年之久，名望甚崇。前文已經提過，趙普之前與仍是晉王的趙光義有過一段明爭暗鬥，尤其是他反對宋太祖傳位給趙光義。趙光義即位後，自然不會輕易忘記前仇——為了防範趙普，於是將其調入京師便於控制。趙普宦海沉浮，宛轉圓滑，深知一朝天子一朝臣的道理，儘管與宋太宗的關係極為微妙，但還是不甘心就此沉淪。只不過，當時在朝的宰相是盧多遜，是趙普的死敵，一心防範趙普東山再起，以致趙普一直被壓得抬不起頭來。

盧多遜為人機警，過去知道宋太祖喜歡讀書，經常到史館來取書，便讓小吏每次都查看宋太祖所取何書，於是也閱讀此書。等到第二天召見時，宋太祖問起大臣們書中的事情，只有盧多遜一個人應答如流，以此獲得宋太祖賞識，拜為宰相。他跟趙普一直不和，好幾次在宋太祖面前說趙普專權、貪財。趙普被罷相後，盧多遜獨掌大權，直至宋太宗即位後。趙普的兒子趙承宗娶燕國長公主（宋太祖親妹，先嫁米福德，後嫁忠武軍節度使高懷德）之女。當時趙承宗任澤州知州，回到京師成婚。按照慣例，只要與皇親結親，便可以留京任職。然而，宰相盧多遜竟然等不到趙承宗度過蜜月，就勒令他回任澤州。這自然是針對趙普。趙普憤怒得無以復加，剛好在這個時候，宋太宗召見了他。

宋太宗之所以召見趙普，主要原因是想對付弟弟趙廷美。宰相盧多遜與趙廷美的關係一向友善，宋太宗必須找到一個能與盧多遜匹敵的人來策畫廢除趙廷美的大事；趙普與盧多遜是宿敵，自然是最合適的人選。就是這次召見中，趙普說出了那句著名的陰險之語：「願備樞軸，以察姦變。」宋太宗很是滿意，趙普也因此很受鼓舞，又向宋太宗表示忠心：「我有《論語》一部，用半部幫助太祖打天下，用半部幫助陛下治理國家，使之太平。」

趙普捏造了「金匱之盟」？

召見結束後，趙普回家連夜寫了一封奏表，拋出了所謂的「金匱之盟」，說當初杜太后有金匱誓書，除了當事人杜太后和宋太祖，還有見證人，就是他趙普本人。這是金匱誓書第一次公然顯山露水，之前從來沒有人聽說過（史書為後來所修，一切記載都朝有利於宋太宗的方向發展），甚至包括宋太宗本人都是聞所未聞。關於金匱之盟，前文已經分析論證過，根本不可能存在，否則趙光義便不必迫不及待地殺死兄長奪取皇位。而宋太宗登位五年後，此時才由趙普提出有金匱誓書一事，更見其中的可疑之處。如果真有金匱之盟，為何趙普不在宋太宗即位時就指出來？當時難道不是他借機在新皇帝面前邀寵、東山再起的最好時機麼？

種種可疑之處，不必再一一指出。趙普此時抛出金匱誓書，無非是要取悅宋太宗，以固恩寵。但無論如何，金匱誓書一出，確實有力證實了宋太宗即位的合法性。宋太宗大為心悅，心中自然將趙普當作可以信賴之人，因而詢問趙普關於傳位趙廷美一事。趙普深知宋太宗心意，便說：「自古帝王傳位乃是父傳子，當年太祖已誤，陛下今日還要再錯麼？」這句話其實有更深的潛臺詞——當時宋太祖傳位給宋太宗已經是錯誤，宋太宗怎能再犯同樣的錯誤。由此也進一步證明，當年趙普確實極力反對宋太祖傳位於弟。不過，趙普的話卻堅定了宋太宗傳子的信心。之後，趙普重新任宰相，在宋太宗傳位的過程中扮演了極其重要的角色。

趙普得勢後，最著急對付的不是宋太宗的心頭之患趙廷美，而是宿敵盧多遜，而最簡單易行的辦法就是將盧多遜牽扯進趙廷美的罪案。盧多遜自己也知道趙普勢必要找自己報仇，倘若能辭去相位，自行引退，或許還可以避免這場鬥爭。但盧多遜貪戀權勢，不甘心就此放手。一場大風波自然不可避免。趙廷美被趕出京師任西京留守後不到半個月，趙普便上告說趙廷美與盧多遜暗中交往。即使是交往，又有什麼不正常？趙廷美當時是開封尹，盧多遜是宰相，他們之間互有來往根本不足為奇。但趙普卻借題發揮，說盧多遜盼宋太宗早日晏駕，好盡力侍奉趙廷美，趙廷美表示滿意，還送盧多遜弓箭等物。這種明眼人一看就不可信的話，宋太宗卻如獲至寶，立即將盧多遜逮捕下獄，嚴加審訊。獄中黑暗，盧多遜知道「好漢不吃眼前虧」，便全部招認。之後，盧多遜被剝奪官爵，連同家屬流配崖州，其同黨不少被處死。趙廷美則被軟禁在私第，其兒女不再稱皇子皇女。

趙普在盧多遜與秦王趙廷美交結一案中一箭雙鵰，既打擊了宿敵盧多遜，又因拉趙廷美下馬討好了宋太宗。儘管趙廷美已經如此下場，但他的悲慘命運還沒到頭。趙普認為處分趙廷美太輕，擔心他會死灰復燃，於是唆使開封知府李符上書，說趙廷美不思改過，反而心懷不滿，要求將其遷徙到邊遠郡縣。於是，趙廷美被降為涪陵縣公，安置到房州。宋太宗還不放心，命閻彥進為房州知州，嚴密監視趙廷美的一舉一動。之後，趙普害怕開封知府李符洩密，以李符用刑不當為名，將其流放春州。一年後，李符便不明不白地死去。

趙廷美遭貶斥，憂憤而死

趙廷美被遷到房州，地處偏僻，連行動都失去了自由。他氣憤難平，兩年後便死在房州，年僅三十八歲。史稱宋太宗貶黜趙廷美之事為「涪陵之禍」。更令人寒心的是，趙廷美死後，宋太宗公開宣稱趙廷美是乳母陳國夫人耿氏的兒子，並非杜太后親生，如此，趙廷美及其後代便被徹底排除在皇位繼承系統之外。當時，很少有人相信這種說法，只是杜太后早已去世，宋太宗是兄弟中僅存的一人，又是至高無上的皇帝，他的話無人能夠反駁。

至此，所有擋住宋太宗傳子的絆腳石都已經被搬掉。再來回顧一下，自從趙光義繼帝位後，先是宋太祖趙匡胤的長子趙德昭被迫自殺；次子德芳又無故而死；而宋太祖皇后宋氏死後，宋太宗堅持不肯按皇后禮儀下葬；之後便是趙廷美被迫害致死。如此種種，反倒更更加深了宋太宗於燭光斧影中戕兄奪位的嫌疑。就連最正統的《太宗本紀》也不得不說：「若夫太祖之崩不逾年而改元，涪陵縣公（趙廷美）之貶死，武功王（趙德昭）之自殺，宋后之不成喪，則後世不能無議焉。」《太宗本紀》中提到的四點，再加上德芳年紀輕輕莫名而死，這五點始終是宋太宗得位不正的有力佐證。

再繼續談趙普的話題。趙普被重新起用，不過是宋太宗為了對付趙廷美的需要，這項任務一旦完成，宋太宗立即重新恢復了對趙普的猜忌。君臣二人的關係始終若即若離，之間隔了一道無形的高牆。終於有一天，宋太宗對群臣說：「趙普是開國元勳，而且是我的布衣之交。現在他精力衰邁，不宜再煩勞公務。我打算挑個好地方，讓他安度晚年。」趙普知道後，不禁十分傷感地說：「我這番作為，竟是為他人忙活了。」於是主動上書請求辭職。宋太宗順水推舟，罷其宰相之位，出任為武勝軍節度使。趙普離開京師前，宋太宗親自為趙普餞行，以此感激趙普一手操持的金匱之盟，和針對趙廷美的涪陵之禍。

趙普徹底為趙光義擺道利用

之後，趙普在外過了幾年，一心想回到京師，他透過走宋太宗次子趙元僖（原名趙元佑）的門路，終於如願以償。剛好此時宋太宗要任命呂蒙正為相，因呂蒙正資歷尚淺，便重新起用名望更大的老臣趙普為相，虛領首相。這是趙普第三次為相，此時的趙普，已經是六十多歲的老人了，但他依舊熱愛權力，積極幫助宋太宗次子趙元僖打擊宋太宗長子趙元佐的勢力。然而不久後，當宋太宗認為已經不再需要表面文章時，趙普又再次被罷相。從此，他再也沒有回到他所熱愛而嚮往的權力中樞。淳化三年（西元九九二年），趙普病死，時年七十一歲。

宋太宗得知趙普病逝後，「悽愴之懷，不能自已」。這應該並非做作，而是皇帝的真實感情流露，不過並非完全是為了趙普，更多的該是對舊識皆逝的傷感——身為皇帝，也同樣無法抗拒生老病死，終有一天，他還會與趙普在黃泉相會。為此，宋太宗停止上朝五天，追封趙普為真定王。

關於趙普，最後還要多提一句。據說趙普的死是因為趙廷美向他索命。宋人筆記中記載，趙普死前，曾請道士幫他設壇醮，顯然有祈禱超度之意。這或許是捕風捉影，但卻有一件事實相當能說明問題——趙普死後，他的兩個未嫁女趙志願和趙志英上書宋太宗，請求出家為尼。宋太宗再三相勸，卻不能挽回。二女是名門千金，又正當妙齡，如此作為，值得玩味。推斷起來，最大的可能只能是，趙志願和趙志英二女也不齒父親趙普不擇手段誣陷趙廷美的作為，出家為尼，大概是想為父親贖罪吧。之後，二女出資建造庵堂，奉佛終身。

◎元佐發瘋，對父寒心遠離皇位之爭

繼續談宋太宗皇位繼承的話題。宋太宗採取一連串手段，終於掃清了傳位於子的種種障礙。然而，他傳位的過程並非一帆風順，而是一波三折，變故連連。

太平興國八年（西元九八三年），宋太宗將自己的兒子們由「德」字輩改為「元」字輩，名字也作了更改，如趙德崇改名為趙元佐，趙德明改名為趙元佑；而宋太祖的兒子和趙廷美的兒子仍舊為德字輩。這其中，自然有更深的意味。

宋太宗長子趙元佐（原名趙德崇）自幼聰明機警，長相酷似宋太宗，很得宋太宗和太宗皇后李氏的寵愛，被封為楚王。趙元佐有武藝、善騎射，曾跟隨宋太宗出征北漢、幽薊。宋太宗大肆迫害趙廷美時，趙元佐很是不滿其父所為，出盡全力營救叔叔趙廷美，請免其罪，但未能成功。後來趙廷美憂悸成疾，死在房州，趙元佐聞訊後大受刺激，竟因此而悲憤成疾，狂病大發。手下人只要有一點小小的過失，他不由分說，操刀就砍，弄得楚王府人人驚懼。宋太宗對此十分心痛，派御醫醫治長子，還特意為趙元佐而大赦天下。

趙元佐裝瘋以示反抗

雍熙二年（西元九八五年）重陽節，宋太宗召集幾個兒子在皇宮園林中宴飲射獵，因擔心趙元佐病未痊癒，就沒有派人請他。散宴後，同父異母的陳王趙元佑去看望兄長趙元佐。趙元佐得知宮中舉辦了盛大的宴會，皇子都有份出席，唯獨沒有邀請他，很不高興，說：「你們侍奉聖上歡宴，只有我沒參加，這是想拋棄我啊！」越想越生氣，便開始猛勁喝酒。到了半夜，索性放火燒了自己的宮室。一時間，殿閣亭臺煙霧滾滾，火光沖天。宋太宗得知後，猜想可能是趙元佐本人所為，便命人查問。趙元佐倒也敢做敢當，大大方方地一口承認。宋太宗頓時怒不可遏，欲斷絕父子之情。眾人營救不得，趙元佐因此被廢為庶人，安置在均州。宰相宋琪率領群臣三次上書宋太宗，請求將趙元佐留在京城。宋太宗終於還是難捨父子之情，答應了群臣的請求。這時趙元佐已在前往均州的途中，走到黃山的時候被使者召回，之後住在南宮。但宋太宗對長子明顯失望，父子關係從此趨於冷淡。

當時宋太宗認為趙元佐是患了癲狂病，請名醫多方延治。其實，根據趙元佐的性格，他得癲狂病的可能性不大，應該是在故意裝瘋，以此發洩對宋太宗的不滿及表示對皇位的拒絕。一個性情中人，不幸生在帝王家，親眼見到父親迫害至親手足，自己的叔叔，卻無力制止，除了裝瘋賣傻，還有什麼法子！當然，趙元佐的目的確實也達到了，此後他遠離權力漩渦，過著避世般的生活。而且自此以後，再也不見他癲狂的記載，更進一步說明他的「發狂」是故意而為之。不過，他畢竟是宋太宗的長子，利益集團並沒有放過他。後來宋真宗即位時，趙元佐還莫名其妙地被捲入一場政治風波。但正因為之前趙元佐對皇位和政治毫無興趣，他反而未受牽連，得以善終，這是他不幸中之大幸。這一段由來後面再詳細敘述。

下一代為奪皇位，亦手足相害？

而在這場趙元佐火燒宮室的風波中還有個關鍵人物，即陳王趙元佑。趙元佑為什麼要在宴席結束後跑到楚王府中？他到底對兄長趙元佐說了些什麼？儘管內容不得而知，但想來這談話應該是直接刺激趙元佐放火的起因。而後來宋太宗不懷疑別人放火，轉眼就懷疑到親生兒子趙元佐身上，極有可能也是因為趙元佑旁敲側擊的提醒。

這裡為什麼要懷疑陳王趙元佑別有居心呢？因為之前趙元佐最有可能被立為太子，而趙元佐倒臺後不久，趙元佑改名為趙元僖，並任開封尹兼侍中，成為了準皇儲，立時風光無限。宋太宗還同時任命戶部郎中張去華為開封府判官，殿中侍御史陳載為推官，並囑咐二人：「兩位是朝中端士，特地讓你們來好好輔佐我的兒子。」語氣已經相當明顯，趙元僖就是將來的皇帝。但反過來推論，倘若趙元佐不倒臺，這皇位怎能輪得到趙元僖？由此可見，趙元僖有要除掉趙元佐的強烈動機。

趙元僖本人頗有政治才幹，他一得勢，便著手拉攏朝中重臣。經過反覆比較權衡，趙元僖相中了已經第二次被罷相的趙普。趙普此時已經替宋太宗剷除了趙廷美，又再一次失勢。為什麼選中失勢的趙普呢？最重要的原因就是天下人都知道，趙普是構陷趙廷美的元兇，也因而是趙元佐心中的死敵。於是，趙元僖極力遊說宋太宗，剛好宋太宗要任呂蒙正為相，呂蒙正威望不足，需要一位聲名顯赫的重臣來輔助。於是，宋太宗重新起用趙普為相，這是趙普第三次入相。趙普入相後，立即心領神會，協助趙元僖打擊趙元佐的親信舊黨。如此看來，趙元佐的所謂癲狂根本就是假裝，而趙元佐火燒宮室直接導致被廢一事，顯然也是趙元僖一手策畫。

趙普不久後又被罷相，但趙元僖已經達到自己的目的，令兄長趙元佐的勢力大受打擊。此後，他又與當朝宰相呂蒙正關係極為密切，目的顯然是司馬昭之心。然而，終宋太宗一朝，似乎始終無法擺脫「斧聲燭影」的恐怖陰影，趙元佐「發狂」後，不幸的命運再一次降臨在趙元僖身上。淳化三年十一月，趙元僖早朝完後回到府中，突然覺得身體不適，渾身無力，腹痛如絞，很快就撒手歸西了。死時年僅二十七歲，死因極為蹊蹺。宋太宗白髮人送黑髮人，自然非常悲傷，因此罷朝五日，贈趙元僖皇太子的身分，並寫下〈思亡子詩〉。

關於趙元僖暴死之謎，朝野上下都議論紛紛。有一種傳說，說趙元僖暴死是侍妾張氏下毒所致。趙元僖不喜歡正妻李氏，寵愛侍妾張氏。張氏恃寵而驕，對奴婢稍不如意即予以重罰，甚至有棰死者，又逾越制度葬其父母。李夫人看不慣張氏的作為，常有呵斥。張氏因而懷恨在心，打算下毒毒殺李夫人，卻誤打誤撞毒死了趙元僖。

宋太宗聽說後勃然大怒，立即派人調查此事。張氏知道無法逃罪，自己上吊自殺，她為父母精心造的豪華墳墓也被宋太宗下令毀掉。宋太宗甚至恨及死去的兒子趙元僖，趙元僖府中左右親吏都被處罰，又下詔停止趙元僖的皇太子追贈儀式，降低其葬禮的規格。

趙元僖本來很得宋太宗喜愛，他本人也有雄心大志，與宰相交好，朝中不少大臣都建議立他為太子。本是春風得意之時，卻莫名其妙死於非命，而死後又被父親宋太宗所厭惡，實在是可悲可歎。

趙元佐被廢，趙元僖暴死，儲位頓時空缺，大臣馮拯（太平興國二年進士）等人上疏請早立皇太子。此時，宋太宗正為趙元佐和趙元僖的事情煩惱不已，馮拯等人觸痛了他最心痛之處，立即大怒，將馮拯等人貶到嶺南。自此以後，朝中再沒有人敢議論繼嗣問題。

不過，到了此時，立太子的問題已是迫在眉睫，宋太宗的箭傷不時發作，十分痛苦，連他自己也知道大限將至。由於才剛因為立太子問題貶斥了馮拯等人，不便公開朝議，宋太宗就私下詢問寇准的意見。寇准的妻子是宋太祖皇后宋氏的親妹，也算得上皇親國戚。寇准深知外臣不能干預內事的祖宗家法，不便直接回答，就說：「陛下為天下選擇君主，不能與婦人、宦官和近臣商量。只願陛下選擇能符合天下所仰望的人。」宋太宗猶豫了很久，提出立襄王趙元侃（趙元佐同母弟，母李妃）。寇准委婉地回答：「知子莫如父。」意思是說，宋太宗最瞭解自己的兒子，選擇一定不會有錯。終於促使宋太宗下定了決心。於是襄王趙元侃被立為太子，改名趙恆，就是後來的宋真宗。

話說宋太宗趙光義先後有三位皇后：尹氏、符氏和李氏。尹氏和符氏都在宋太宗即位前病死，皇后的名號是後來追封的。髮妻尹氏為滁州刺史尹廷勛之女，很年輕時便得病死去。據說趙光義當時心中難過，便外出打獵，結果偶遇當時還是後周國丈的符彥卿第六女符氏。符氏正值豆蔻年華，姿容絕美，趙光義一見鍾情，回去後託兄長趙匡胤（當時掌握後周兵權）出面，如願以償娶到了符氏。符氏在入宋後病死，趙匡胤此時已是君臨天下的皇帝，又為趙光義聘淄州刺史李處耘次女李氏為妻。正準備迎親時，宋太祖暴死，親事只得延遲。宋太宗即位後，本來想立最喜愛的李妃（趙元佐和宋真宗生母）為皇后，但李妃卻突然病死。太平興國三年（西元九七八年），宋太宗正式接李處耘次女李氏入宮，時年十九歲，最初封為貴妃，六年後被立為皇后。

冊封太子，父開始猜忌子

宋太宗冊立太子後，大赦天下。京師百姓見到太子趙恆都歡呼道：「真是個少年天子。」宋太宗得知後卻很不高興，馬上召寇准：「四海之心一下子都歸化了太子，那將我擺在什麼地位呢！」他才剛冊立太子，太子便如此深得人心，即使有父子之情，也起了猜忌隔閡。幸得寇准說：「太子眾望所歸，是陛下的英明決策，是國家百姓的洪福。」宋太宗聽後才消氣，請寇准喝酒，大醉方罷。事見《宋史・卷二百八十一・寇準傳》。

若非寇准應答巧妙，消除了宋太宗莫名其妙的猜忌，後果實在難以想像。這也從另外一方面間接證明——宋太宗得位不正。與宋太宗情況比較類似的，有後世的明成祖朱棣，明成祖對已經被立為太子的長子朱高熾也是一再防範，甚至到了神經質的地步。原因很簡單，明成祖跟宋太宗一樣，得位不正。他們都不希望看到後人仿效他們奪取權力的作法，即使是親生兒子也不行。

據說宋太宗平生最常提起的歷史人物是唐太宗。唐太宗誅殺兄弟奪得了皇位，宋太宗也是謀害兄弟取得了江山，他們的行徑有極其類似之處。這大概就是所謂的「惺惺相惜」吧。

至道三年（西元九九七年）三月，宋太宗在壯志未酬的遺憾和許多不堪回首的回憶中駕崩。至此，與「金匱之盟」和「斧聲燭影」有直接關係的人，全都離開了人世。

然而，宋太宗之死卻沒有使斧聲燭影的風波平息，反而引來多方猜測。宋太祖在斧聲燭影中暴死，五六年內兩個兒子也不明不白喪生，在天下激起了層層波浪。許許多多有關宋太祖暴死的神祕故事也透過各種管道廣泛流傳，但大多都對宋太宗不利，似幾乎都認為是宋太宗殺死兄長奪取了皇位；不但有下毒一說，還有宋太宗用斧子砍宋太祖一說。到了北宋末年，半壁河山被金人所占，徽、欽二帝被俘虜，成為宋朝立國以來的奇恥大辱。而當時廣為流傳的說法是，宋太祖借了金太宗完顏晟（女真名吳乞買，完顏阿骨打之同母弟）之手，報了當日的刀斧之仇。由此可見，宋太宗得位不正的說法在當時何等深入人心。

南宋皇權，趙光義血脈沒落？

最令人驚訝的是，宋太宗的子孫們也似乎相信他們的老祖宗殺兄篡位的說法。南宋的第一個皇帝宋高宗趙構幼子早殤，之後一直無子，太子人選因而成為極大的問題。朝野上下都為此議論紛紛，一種強有力的意見是——宋太祖是宋朝的創造者，應該從他的後代中選擇繼承皇位之人。此時，到宋高宗趙構一代，血緣已經與宋太祖的子孫相當疏遠。因此，對於這種立太祖子孫為太子的提法，宋高宗開始認為是異想天開，往往嚴加貶責。但是突然有一天，宋高宗改變了主意，據說是因為他做了一個奇怪的夢，夢見開國君主宋太祖趙匡胤帶著他，逆轉時光，回到當日的「萬歲殿」，看到當日「斧聲燭影」的真實情景。宋太祖還嚴肅地對宋高宗說：「你只有把皇位傳給我的子孫，大宋國勢才可能有一線轉機。」還有一種傳聞是，曾經出使過金國的使臣回來後說：「金主（金太宗）長得酷似太祖，傳說太祖要回來奪皇位。」於是宋高宗說：「太祖皇帝大公無私，有子卻將皇位傳給弟弟，其後人衰微，朕準備將皇位傳給太祖的後人。」最後決定從宋太祖的後人中選拔皇位繼承人。

夢境和傳聞也許是假，但宋高宗傳位給宋太祖的後代卻是真真切切的事實。宋高宗趙構費盡心力，找來宋太祖的七世孫趙昚（宋太祖幼子趙德芳的直系後人），收為養子，並在日後退位為太上皇，將皇位傳給了趙昚，即為宋孝宗。這一事實恰恰說明了宋高宗承認了祖先的罪孽，也為宋太祖趙匡胤之死給出了一個基本的答案。這時候，距離那個「斧聲燭影」恐怖之夜，已有一百八十七年。

五代——後梁年號

年號	廟號	名字	即位時間	即位年齡	在位年份	死時年齡	世系	備註
開平、乾化	太祖	朱溫	西元九〇七年	五十六	六	六十一	宋州碭山人，父朱誠，鄉儒	黃巢起義軍將領，西元八八二年叛變投唐，賜名全忠。九〇三年封爲梁王。次年，遷昭宗於洛陽，尋殺之，立其子李柷爲帝（哀帝），九〇七年廢哀帝自立，國號梁。
鳳曆	庶人	朱友	西元九一三年		二		太祖第三子	乾化二年（西元九一二年）六月，朱溫擬立次子友文爲太子，友珪即殺父自立，次年二月，爲其弟朱友貞所殺。
乾化、貞明、龍德	末帝	朱友貞	西元九一三年	廿六	十一	卅六	太祖第四子	太祖時封均王，朱友珪殺父自立，友貞以討逆之名殺兄自立，龍德三年（西元九二三年），李存勗建唐，同年攻入開封，滅後梁，梁末帝命部將殺己。

五代——後唐年號

年號	廟號	名字	即位時間	即位年齡	在位年份	死時年齡	世系	備註
同光	莊宗	李存勗	西元九二三年	卅九	四	四十二	沙陀部人，先世姓朱邪，祖朱邪赤心，被唐帝賜姓李，父李克用，被唐昭宗封爲晉王	西元九〇八年其父李克用死，李存勗繼任河東節度使，襲封晉王，攻破幽州，盡並盧龍之地，連年攻糧，盡占河北之地，九二三年稱帝，同年十月攻占開封，滅後梁，定都洛陽，九二六年被部下所殺。
天成、長興	明宗	李嗣源	西元九二六年	六十	八	六十七	太祖李克用的養子，父李霓	隨李克用、李存勗父子征戰，屢立戰功，莊宗立，拜中書令，又拜太尉兼蕃漢內外馬步軍總管，西元九二六年後唐魏州發生兵變，莊宗被亂兵所殺，嗣源遂入洛陽，稱監國，尋稱皇帝。
應順	愍帝	李從厚	西元九三四年	廿六	一	廿一	明宗第五子	即位前封宋王，明宗死，嗣位，後爲李從珂的部下所殺。
清泰	末帝	李從珂	西元九三四年	五十	三	五十二	鎮州人，本姓李，明宗的養子	即位前封潞王，兼侍中，閔帝被殺，乃即位，大將石敬瑭叛後唐，引契丹兵敗唐軍，攻洛陽，李從珂自焚身亡。

五代——後晉年號

年號	廟號	名字	即位時間	即位年齡	在位年份	死時年齡	世系	備註
天福	高祖	石敬瑭	西元九三六年	四十五	七	五十一	沙陀部人，家太原，父是臬捩雞，李克用的部將	仕後唐北京留守，後反唐，西元九三六年借契丹兵攻入洛陽，滅後唐稱帝，國號晉，割燕雲十六州與遼，對遼主自稱子。
天福、開運	出帝	石重貴	西元九四二年	廿九	五	五十一	父是石敬儒	天福六年（西元九四一年）封齊王，次年石敬瑭卒，其子幼沖，遂由齊王嗣位。九四六年，遼兵攻入汴，出帝被擄至遼建州，後晉亡。

五代——後漢年號

年號	廟號	名字	即位時間	即位年齡	在位年份	死時年齡	世系	備註
天福、乾佑	高祖	劉知遠	西元九四七年	五十三	二	五十四	沙陀部人，世居太原，父是劉碘	與石敬瑭俱事後唐，後合謀反唐，後唐滅亡後，事後晉，爲河東節度使，北京留守，封北平王，西元九四七年出帝爲遼所擄，知遠在太原稱帝，國號漢，後定都於汴。
乾祐	隱帝	劉承祐	西元九四八年	十八	三	廿	高祖第二子	乾祐元年（西元九四八年）二月，封周王，同年嗣位。九五〇年，李守貞等藩鎮叛亂，帝命郭威平之，帝忌郭威，欲殺之，郭威反，兵臨汴城，帝爲潰軍所殺，後漢亡。

五代——後周年號

年號	廟號	名字	即位時間	即位年齡	在位年份	死時年齡	世系	備註
廣順、顯德	太祖	郭威	西元九五一年	四十八	四	五十一	邢州堯山人，本姓常，因父死，母適郭氏，乃隨姓郭	後漢重臣，西元九五〇年以鄴都留守起兵入汴。次年滅後漢，即帝位，建後周。
顯德	世宗	柴榮	西元九五四年	卅四	六	卅九	刑州龍岡人，父是柴守禮，被郭威收以養子	太祖卒，柴榮以太祖的養子嗣位。
顯德	恭帝	柴宗訓	西元九五九年	七	二	廿一	世宗子	顯德六年（西元九五九年）封梁王，同年世宗病死，嗣位。九六〇年正月，遼兵南侵，殿前都點檢趙匡胤率軍出禦，在陳橋策動兵變，建宋代周，恭帝在位實爲六個月。

北宋年號

年號	廟號	名字	即位時間	即位年齡	在位年份	死時年齡	世系	備註
建隆、乾德、開寶	太祖	趙匡胤	西元九六〇年	卅四	十七	五十	父是趙弘殷	仕後周，以軍功累至殿前都點檢，掌禁軍。恭帝顯德七年（西元九六〇年）一月，領兵到陳橋驛，與部將策動兵變，被擁立爲皇帝，國號宋。
太平興國、雍熙、端拱、淳化、至道	太宗	趙光義	西元九七六年	卅八	廿二	五十九	太祖弟	即位前任開封府尹、中書令，加封晉王，位在宰相之上。太祖卒，嗣位。
咸平、景德、大中祥符、天禧、乾興	眞宗	趙恆	西元九九八年	卅	廿六	五十五	太宗第三子	以皇太子嗣位。
天聖、明道、景祐、寶元、康定、慶曆、皇祐、至和、嘉祐	仁宗	趙禎	西元一〇二三年	十三	四十二	五十四	眞宗第六子	以皇太子嗣位。
治平	英宗	趙曙	西元一〇六四年	卅二	五	卅六	趙允讓第十三子	年四歲，由仁宗養於宮中，後立爲皇太子，以皇太子嗣位。
熙寧、元豐	神宗	趙頊	西元一〇六八年	廿	十九	卅八	英宗長子	以皇太子嗣位。
元祐、紹聖、元符	哲宗	趙煦	西元一〇八六年	九	十六	廿四	神宗第六子	以皇太子嗣位。

年號	廟號	名字	即位時間	即位年齡	在位年份	死時年齡	世系	備註
建中靖國、崇寧、大觀、政和、重和、宣和	徽宗	趙佶	西元一一〇一年	十九	廿六	五十四	神宗第十一子	即位前封端王。哲宗死，嗣位。靖康二年（西元一一二七年）被金兵虜歸，後死於五國城。
靖康	欽宗	趙桓	西元一一二六年	廿七	二	六十二	徽宗長子	政和五年（西元一一一五年），立爲皇太子。宣和七年（一一二五年）十二月，受父禪即帝位。靖康元年（一一二六年）十一月，金兵攻破汴京。翌年二月，金廢欽宗及太上皇徽宗爲庶人，虜詣金國，北宋亡。欽宗在位一年又四個月。

南宋年號

年號	廟號	名字	即位時間	即位年齡	在位年份	死時年齡	世系	備註
建炎、紹興	高宗	趙構	西元一一二七年	廿一	卅六	八十一	徽宗第九子	即位前稱康王。靖康二年（西元一一二七年）四月，金兵虜徽、欽二宗。五月，康王在南京（河南商丘）即帝位。
隆興、乾道、淳熙	孝宗	趙昚	西元一一六三年	卅六	廿八	六十八	太祖趙匡胤七世孫，太祖幼子秦王德芳之後。父季王趙子偁	高宗無子，納趙昚於宮中以爲嗣子，後立爲皇太子。高宗死，遂即位。

紹熙	光宗	趙惇	西元一一九〇年	四十三	六	五十四	孝宗第三子	以皇太子嗣位。
慶元、嘉泰、開禧、嘉定	寧宗	趙擴	西元一一九五年	廿七	卅一	五十七	光宗第二子	以皇太子嗣位。
寶慶、紹定、端平、嘉熙、淳祐、寶祐、開慶、景定	理宗	趙昀	西元一二二五年	廿	四十一	六十	父趙希	嘉定十七年（西元一二二四年）寧宗病危，權相史彌遠稱詔，另立宗室子貴誠爲皇子，改名昀。同年八月寧宗死，史彌遠擁立趙昀嗣位，原皇子趙竑被廢。
咸淳	度宗	趙禥	西元一二六五年	廿五	十一	卅五	理宗之姪，父榮王與芮	理宗無子，立禥爲皇太子。理宗死，禥爲太子嗣位。
德祐	恭帝	趙㬎	西元一二七五年	四	三		度宗幼子	度宗死，權相賈似道擁立趙㬎爲帝，㬎兄趙昰遂不得立。德祐二年（西元一二七六年），蒙古軍陷臨安，趙㬎被俘北去。
祥興	帝昺	趙昺	西元一二七八年	八	二	九	度宗子	端宗病死，陸秀夫、張世傑擁立衛王趙昺爲宋主，移駐崖山。西元一二七九年正月，元軍攻崖山，二月陸秀夫負帝趙昺跳海死，南宋亡。

遼年號

年號	廟號	名字	即位時間	即位年齡	在位年份	死時年齡	世系	備註
神冊、天贊、天顯	太祖	耶律阿保機	西元九一六年	四十五	十一	五十五	德祖皇帝撒剌之子	其先世累代爲契丹迭剌部酋長和部落聯盟軍事統帥。唐天復元年（西元九〇一年），阿保機立爲本部夷離堇，專征討。九〇三年，繼任於越總知軍國事。九〇七年被選爲契丹八部首領，連任九年，伏殺七部首領，統一契丹諸部。後梁貞明二年（九一六年）稱帝，國號契丹（九四七年改稱遼）。
天顯、會同、大同	太宗	耶律德光	西元九二七年	廿六	廿一	四十六	太祖第二子	太祖死，由皇后（述律后）攝軍國大事。一年後，德光在述律后支持下奪取其兄耶律倍之皇位繼承權即位中以爲嗣子，後立爲皇太子。高宗死，遂即位。
天祿	世宗	耶律阮	西元九四七年	卅	五	卅四	太宗德光之姪，東丹王耶律倍長子	即位前隨太宗南入大梁，封永康王。大同元年（西元九四七年）四月，太宗卒於欒城，耶律阮於回軍途中受從征諸將擁戴爲帝嗣位。九五一年，帝率軍攻後周救北漢，從征將領察割等人發動兵變，帝被殺。
應曆	穆宗	耶律璟	西元九五一年	廿一	一九	卅九	太宗長子	即位前封壽安王。天祿五年（西元九五一年）世宗被察割等人所殺，時璟隨征在軍中，誅察割，即帝位。應曆十九年（九六九年）二月，爲近侍小哥等人所殺，附葬懷陵。

保寧、乾亨	景宗	耶律賢	西元九六九年	廿二	十四	卅五	世宗第二子	四歲時，被穆宗收養於宮中。穆宗被害，耶律賢與大臣蕭思溫、女里、高勳等領兵即位於穆宗柩前。
乾亨、統和、開泰、太平	聖宗	耶律隆緒	西元九八二年	十二	五十	六十一	景宗長子	即位前封梁王。景宗卒，嗣位。因年幼，由蕭太后（名綽，小字燕燕）攝政。太后臨朝二十七年。
景福、重熙	興宗	耶律宗眞	西元一〇三一年	十六	廿五	四十	聖宗長子	以皇太子嗣位。
清寧、咸雍、大康、大安、壽昌	道宗	耶律洪基	西元一〇五五年	廿四	四十七	七十	興宗長子	六歲封梁王，後進封燕國王、燕趙國王。興宗卒，嗣位。
乾統、天慶、保大	天祚帝	耶律延禧	西元一一〇一年	廿七	廿五	五十四	道宗長孫，父耶律濬	六歲封梁王，後進封燕國王。道宗卒，嗣位。在位期間，女眞族漸盛，遼上京、中京、西京皆被女眞（金）所陷，保大五年（西元一一二五年）二月，帝爲金兵所俘，遼亡。

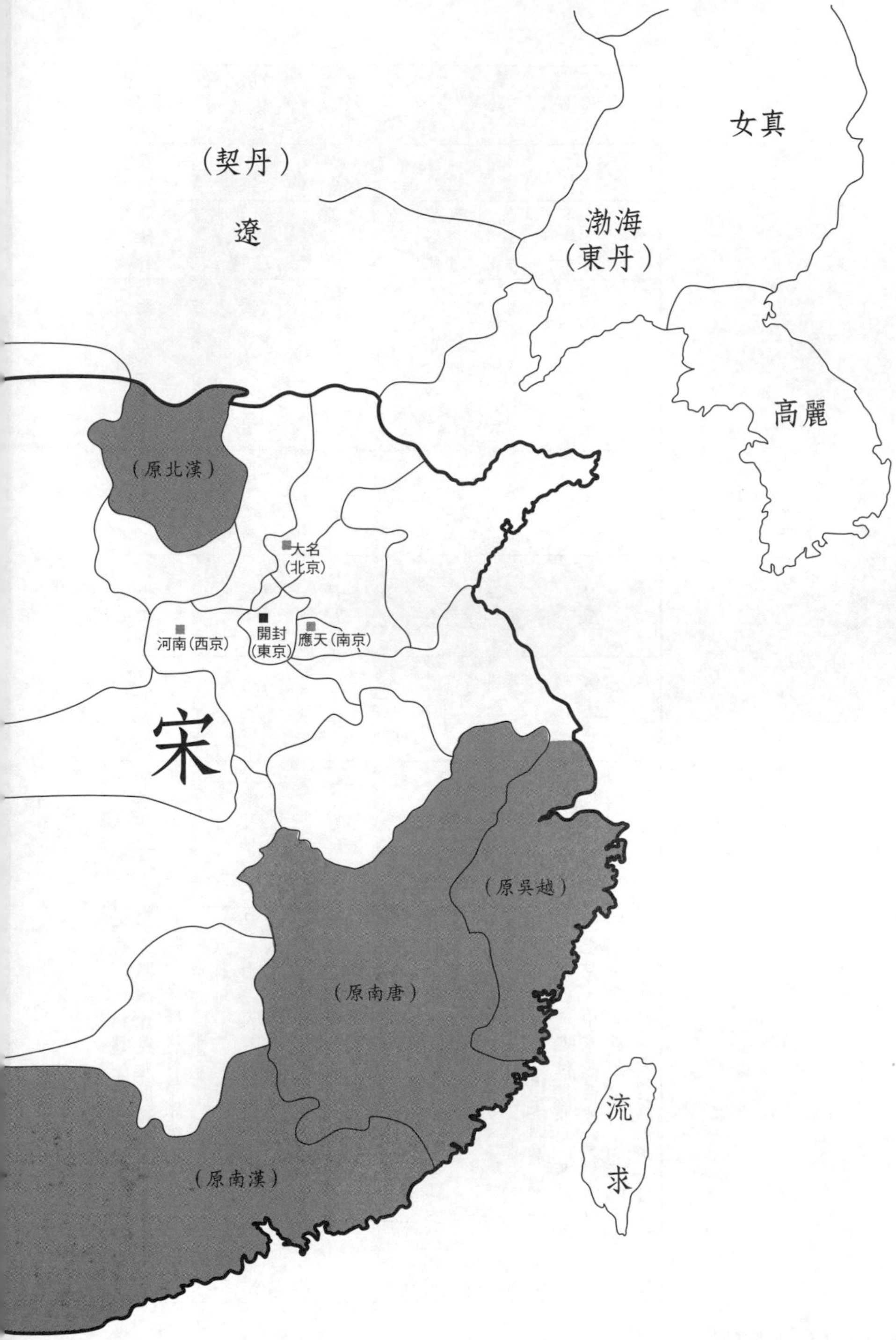
女真
（契丹）
遼
渤海
（東丹）
高麗
（原北漢）
大名
（北京）
開封
（東京）
河南（西京）
應天（南京）
宋
（原吳越）
（原南唐）
流
求
（原南漢）

北宋疆域圖

元豐六年（西元1083年）

導讀推薦

清明上河·密室殺人——看《斧聲燭影》的關鍵解謎

文／廖彥博
美國維吉尼亞大學歷史系博士班
著有《愛新覺羅·玄燁》
《三國和你想的不一樣》
《蔣氏家族生活祕史》等書

在即將開始閱讀這部小說之前，請容許我向各位賢明的讀者衷心的建議——不要錯過任何一個看來稀鬆平常的描述，即使它看來是如此無關緊要，狀似叨絮；不要放過任何一名看來無關宏旨的人物，即使她／他看來是如此面目模糊，戲分稀少。因為，你可能正掌握著作者交付給你的關鍵情節與人物，那可能是一把破解大宋開國後最離奇「密室殺人」的歷史懸案——「斧聲燭影」的關鍵鑰匙。

西方偵探手法，中國歷史架構

《斧聲燭影》是一部難得的歷史探案小說。為什麼難得？因為它既有西方偵探小說的元素，又深得中國傳統公案小說的精髓，更能還原歷史時空，掌握時代神韻。讓我們先從書中具備的「偵探小說」這個元素說起。

偵探小說通常有下面三項必備的情節設定：凶殺案（至少一樁）、偵探的推理與調查過程、以及凶嫌（加害者）的確立。近代以來，著名的偵探小說通常以一宗密室殺人作為開頭，之後偵探便憑藉著追凶途中的各項蛛絲馬跡，逐步還原案發現場，終於能揪出殺人者的猙獰面目。這就是柯南・道爾（Conan Doyle）筆下，常駐倫敦接案破案的本格派活躍名偵探夏洛克・福爾摩斯（Sherlock Holmes）緝凶流程；自然也是有「謀殺之后」之譽的阿嘉莎・克莉絲蒂（Agatha Christie）作品裡，最有名的矮子神探白羅（Hercule Poirot）所奉行的推理法則；當然，大約一九八〇年代以後，這類公式產生了新的變體，譬如勞倫斯・卜洛克（Lawrence Block）筆下，孤獨吟遊、踟躕漫步於罪惡之都紐約街頭的戒酒私探馬修・史卡德（Matthew Scudder），他更著重的不是凶案過程的還原，而是人世間的蒼涼以及與內在生命的對話追索。

然而，上述小說中的偵探，無論是古典流派的循序漸進還是後現代的內心獨白，偵破的不管是經典密室殺人還是網路時代的高科技犯罪，他們全都有一個共同點：在真實的空間裡，虛構的人物（主角與加害、被害者）偵查著虛構的案件；歷史的大敘事在這類小說裡是無關宏旨的，政府賢明或無能，氣候和暢或嚴峻，經濟的復甦還是衰退，小說裡的偵探依舊奮勇追凶，絲毫不受大環境的牽絆。

那麼，有沒有以真實歷史人物為主角進行的偵探故事呢？自然是有的，明清以來，由傳奇、說書為基礎改寫增列而成的公案小說，就是這類型的作品。例如中文世界讀者耳熟能詳的《包公案》，就是以北宋廉潔清官包拯（西元九九九至一〇六二年）為主人翁；又比如清朝康熙年間的能吏施世綸（西元一六五九至一七二二年），在江湖豪俠黃天霸的幫助下，鏟奸鋤惡，維護社會正義，施世綸也是真實人物（平定台灣鄭氏的靖海將軍施琅之子）；當然，抗戰時期派駐重慶的荷蘭外交官、漢學家高羅佩（Robert Hans van Gulik）創作的《大唐狄公案》，小說中機警睿智的職業官僚、業餘幹探狄仁傑，實際上是武則天稱制時期的著名賢相，也可以算上一筆。

這些真實出現過的歷史人物，被抽離出原有的時代背景，處理架空虛構的案件，故事的發展與他們實際上的經歷、官職沒有關聯；而在這些故事裡，時光彷彿永遠不會前進，主人翁們的破案生涯永遠也沒有盡頭——於是，包公的開封府尹任期，似乎是終身保障制；狄公把身為大唐宰相的日常公務全都放下，專注於各個案件的蛛絲馬跡；施公身邊周遭的江湖恩怨、人命案件也層出不窮，彷彿當時治安敗壞，所處並非康熙盛世。

反過來說，有沒有扣緊歷史發展、直透懸案內幕的小說呢？當然有以史料為基礎，層層抽絲剝繭進行推理的所謂歷史推理小說，可是主角大多仍是虛構的人物。這一類的作品裡，真實的歷史人物和事件並不少見，可是，他們大多是替虛構的主人翁作幫襯。雖然以虛構人物作為故事主軸的設定是可以理解的，因為如此一來，敘述者（作者）就能擺脫歷史敘事所賦予的沉重負擔，能夠以歷史為己用，在其中穿梭來去，但是如此一來，故事裡涉及的懸案，作者所「提供」（還是創作？）的答案，也就不那麼令人相信了。

這也是近年來十分熱門的「穿越小說」會碰觸到的問題之一。為什麼，主角（當中有很大比例，是當代的年輕女性）就一定能穿梭時空，而且那麼準確的到達深宮內苑，與英俊的皇子（或者美貌的公主）相戀？為什麼，那些在正史中本該忙碌得無以復加的皇子貝勒爺們，總會狀若閒適的穿梭於亭臺宮榭之間，與女主角（們）故作偶然巧遇之舉？有了這些問題的存在，益發得使穿越時空的作品對於重要疑案的解釋，失去了最要緊的歷史時空感。

這裡不禁要提出一個問題：難道在中文創作世界裡，就沒有以歷史人物為主角，以真實事件為本，依循著大敘事（正史的時間線），以合乎時空的歷史想像，所開展出的精彩推理故事嗎？

此前罕見。直到我們有了吳蔚，直到我們盼來了《斧聲燭影》。直到我們看見了開卷不久，那一宗密室殺人疑案。

武將、皇子、皇弟、皇帝齊登場

《斧聲燭影》以一件密室殺人命案始，最後也以一宗密室殺人疑雲告終。小說一開場，立刻就從東京汴梁城一處酒樓包廂中發生的密室殺人案，掀起層層懸疑：一名高級武將，疑似於室內上吊自盡。然而經由當時也在案發酒樓用餐的張咏、寇準、潘閬、向敏中等人研判，死者並非自盡，案情並不單純……。從這場命案開始，故事便高潮迭起，一環扣緊一環，奇峰突起，出人意表，令讀者深陷作者布下的迷陣當中，不能罷休。

先說命案中的死者，他不但史有其人，而且來頭還不小：王全斌（西元九〇八至九七六年），太原人，將門世家，膽識過人。十八歲時就擔任後唐將領，當時郭從謙發動兵變，叛軍攻入大內興教門，後唐莊宗李存勗的侍衛全都逃散，只有王全斌與符彥卿（也在小說中露面）等十幾人拚命抵擋。莊宗在戰鬥中遭流矢射傷，後來傷重不治，王全斌「慟哭而去」。之後他在後唐、後周等朝歷任要職，入宋之後，更是太祖趙匡胤平定蜀地的主將。

《宋史・王全斌傳》記載，王全斌等人進兵川北，當時正值隆冬，趙匡胤於汴京召集群臣辦公，看著京城嚴寒的天氣，即使身穿重裘，仍感寒風刺骨，突然對左右言道：「我被服若此，體尚覺寒，念西征將沖犯霜雪，何以堪處！」於是解下頭上戴的裘帽，派黃門（宦官）快馬馳送前線，賞給王全斌。這固然是趙匡胤籠絡前線統兵主帥的手段，但也顯示出王全斌在皇帝心目中的地位。

這麼大來頭的人物，竟然被人以偽裝成自盡的方式，殺死在京城繁華鬧區的酒樓雅座裡面，是誰下的手？目的為何？是南唐細作？是與王全斌有亡國之恨的後蜀王子，還是党項（西夏）派來的年輕使臣？或者，辣手奪命之人，是楚楚可憐的歧路人（民間走動說書人）龐麗華？還是那看似無縛雞之力的弱女煖糟（酒保）唐曉英？她與死者有何恩怨？究竟受何人指使？

再回頭來看小說中帶領讀者層層推理、步步解謎的四位主角。作者給予他們每一位清晰的刻畫和明確的性格設定：張咏文武雙全，嗜書如命，好打抱不平而又略帶點書呆子氣，隱隱為四人當中的領袖；出身書香世家的向敏中，沉穩練達，能言善道，抗壓性高，是軍師型人物；潘閬神祕多智，醫術高超，有如今天的CSI現場鑑識分析高手；而後來鼎鼎大名的寇準，此時還是總角少年，便已奮銳鷹揚，意氣風發。四人由於身在案發現場，又對真相窮追不捨，故能偶逢大宋官家趙匡胤，獲欽賜玉斧一柄，成為天子密探！吳蔚對於四人個性的描寫與分析，堪稱絕妙；而將故事發生的時空，設定在張咏、寇準、向敏中等歷史名人還未步入宦途的時候，布局之大膽，想像之合理，考證之謹嚴，都令人驚嘆。

此外，書中登場的其他人物，也多半是正史中赫赫有名之人，例如開場時使得一手好槍法的少年劉延朗，正是後來《楊家將》故事裡六郎楊延昭的原型；又如龐麗華的幼女劉娥，此時天真嬌憨，日後卻是「有呂（后）、武（則天）之才，無呂、武之惡」的攝政皇太后。

當然，由此就一步步推演引導到影響南、北宋政治格局的大懸案，宋代開國以後最懸疑難解的事件——「斧聲燭影」，死者赫然是當今天子趙匡胤！由「黃袍加身」到雪夜暴卒，中間有多少不可告人之祕？又是怎樣的龐大陰謀？就讓吳蔚將我們帶到西元十世紀全球最繁華的城市東京汴梁城，一探究竟。

最後，自然要說到這市井繁榮的開封城。套句吳蔚的說法：長安之後，又有汴梁。縱然承唐末五代戰亂動盪餘燼，縱然距離張擇端《清明上河圖》、孟元老《東京夢華錄》還有百餘年光景，此時的東京汴梁，便已經是全國政治、經濟、文化中心，便已經是熙熙攘攘，一片物華咸通的昌盛景象。所以，如果二十世紀八十年代的紐約城，八百萬市民有「八百萬種死法」（卜洛克語），我們又焉知十世紀七十年代的開封城，運河沿岸一片清明上河風光裡，不正進行著一場場陰謀詭譎的密室殺人？

這就是吳蔚呈現給讀者的《斧聲燭影》。

這是一部任何一個場景、任何一個面孔，都不容讀者輕輕放過的歷史疑案解謎小說。
讓我們從〈引子〉開始，展開這場華麗的推理之旅……

後記

可憐燭影搖紅夜，盡有雄心一夕灰

吳蔚

宋太宗趙光義奪位不正已是史學界公認的事實，之所以成為千古之謎，只因他下手殺害兄長宋太祖趙匡胤的起因和過程已完全被湮沒，《斧聲燭影》這部小說旨在完整還原這一千古之謎的前因後果及真相。

趙匡胤對兄弟手足友愛，他在世時，親生二子趙德昭、趙德芳及三弟趙廷美均未封王，僅封二弟趙光義為晉王，且令其執掌京畿要害開封府十餘年，可見趙匡胤確有將皇位傳給弟弟的意願。然趙光義不顧人倫，殘害兄長奪位，必定有突如其來的因素促使他痛下毒手，正如明人程敏政所言：「凡古之篡弒者，多出深讎急變大不得已之謀，又必假手他人然後如志，未有親自操刃為萬一僥倖之圖於大內者。」

本小說中的危機如朝臣各結黨派、民間盜賊橫行等，不僅是宋太祖本人的危機，也是大宋王朝的危機。小說選取的是第三者的角度，以全面展現宋初撲朔迷離的時局。我提筆寫作本書，不單是想解開「斧聲燭影」這樁歷史謎案，且有意重現北宋京師開封主要的風情——小說中大多數人物為真實歷史人物，大多數細節都取自相關史籍，主要參考了《東京夢華錄》和〈清明上河圖〉。但要特別說明的是，《東京夢華錄》一書和〈清明上河圖〉畫作所描繪的世界是北宋末年的情況，並非宋初的情形。然而，我依舊毫不遲疑地將之用在本小說當中，這樣做的目的無非是為了能更完整體現宋人的風貌，讓歷史故事更加鮮活。

有讀者指出，我筆下這一系列探案小說過於注重歷史細節，有將小說變成歷史論文的嫌疑。實際上，這可說是吳蔚歷史探案小說的特色之一。如果將已經出版的《魚玄機》《韓熙載夜宴》《孔雀膽》《大唐遊俠》《璇璣圖》，以及這部《斧聲燭影》這六部小說擺在一起，就會發現六部作品非但故事、人物不同，且各自有著鮮明的時代特色——晚唐的蒼涼、南唐的萎靡、大理的奇特、初唐的雄勁、宋代的詭異等等，這些正是歷史原貌的體現，要想再現這種時代風貌，只能靠細節。

在動筆寫作每一部小說之前，我都會花大量時間閱讀相關典籍資料，為的就是能將各種細微的歷史細節如實展現在讀者面前。例如《大唐遊俠》中的郎官清酒、浪劍、吉莫靴、被當作擣衣石的大玉石、蒼玉（清代時尚且存世）、玉龍子、裴度的魚兒酒等均取自唐代典籍，盡皆在歷史上真實地存在過。

關於《斧聲燭影》這部作品不會有直接的續集，但會有一本講述王小波、李順起義的小說，張咏將繼續成為主人公。無論如何，非常感謝讀者們長久以來的支持，你們是我努力前行的最大動力。

國家圖書館出版品預行編目資料

斧聲燭影／吳蔚著；——初版．——臺中市：好讀，2012.06

面：　公分，——（吳蔚作品集；06）（真小說；09）

ISBN 978-986-178-227-0（平裝）

857.7　　　　100026553

好讀出版

真小說 09

吳蔚作品集——斧聲燭影

作　　者／吳　蔚
總 編 輯／鄧茵茵
文字編輯／簡伊婕
美術編輯／張裕民
地圖繪製／尤淑瑜　鄭年亨
行銷企畫／陳昶文　陳盈瑜
發 行 所／好讀出版有限公司
台中市 407 西屯區何厝里 19 鄰大有街 13 號
TEL:04-23157795　FAX:04-23144188
http://howdo.morningstar.com.tw
（如對本書編輯或內容有意見，請來電或上網告訴我們）
法律顧問／甘龍強律師
承製／知己圖書股份有限公司　TEL:04-23581803

總經銷／知己圖書股份有限公司
http://www.morningstar.com.tw
e-mail:service@morningstar.com.tw
郵政劃撥：15060393 知己圖書股份有限公司
台北公司：台北市 106 羅斯福路二段 95 號 4 樓之 3
TEL:02-23672044　FAX:02-23635741
台中公司：台中市 407 工業區 30 路 1 號
TEL:04-23595820　FAX:04-23597123

初版／西元 2012 年 6 月 15 日
定價／399 元
如有破損或裝訂錯誤，請寄回知己圖書台中公司更換

Published by How-Do Publishing Co., Ltd.
2012 Printed in Taiwan

ISBN 978-986-178-227-0

吳蔚眞小說 · 專屬讀者回函

只要寄回本回函，就能不定時收到晨星出版集團最新電子報及相關優惠活動訊息，並有機會參加抽獎，獲得贈書。因此有電子信箱的讀者，千萬別吝於寫上你的信箱地址

書名：斧聲燭影

姓名：＿＿＿＿＿ 性別：□男 □女 生日：＿＿年＿＿月＿＿日

教育程度：＿＿＿＿＿＿＿＿＿＿

職業：□學生 □教師 □一般職員 □企業主管
□家庭主婦 □自由業 □醫護 □軍警 □其他＿＿＿＿＿＿＿＿

電子郵件信箱（e-mail）：＿＿＿＿＿＿＿＿＿＿ 電話：＿＿＿＿＿＿＿

聯絡地址：□□□＿＿＿＿＿＿＿＿＿＿＿＿＿＿＿＿＿＿＿＿

您怎麼發現這本書的？

□書店 □＿＿＿＿＿＿＿＿網路書店 □朋友推薦 □學校選書
□報章雜誌報導 □其他＿＿＿＿＿＿＿＿＿＿＿＿＿＿＿＿

買這本書的原因是：

□內容題材深得我心 □價格便宜 □封面與內頁設計很優 □其他＿＿＿＿＿

您閱讀吳蔚歷史小說的原因是：□增長知識 □娛樂消遣 □被強制要求
□其他＿＿＿＿＿＿＿＿＿＿＿＿＿＿＿＿＿＿＿＿＿＿＿＿

您喜歡歷史小說的原因

□有知識含量 □通俗易懂 □語言生動風趣 □有利建立正確史觀 □感興趣
□內容眞實 □其他＿＿＿＿＿＿＿＿＿＿＿＿＿＿＿＿＿＿＿＿

您不喜歡閱讀歷史小說的原因

□知識含量過少 □內容晦澀難懂 □語言毫無吸引力 □不利於建立正確史觀
□不感興趣 □其他＿＿＿＿＿＿＿＿＿＿＿＿＿＿＿＿＿＿＿＿

對歷史產生興趣的契機：＿＿＿＿＿＿＿＿＿＿＿＿＿＿＿＿＿＿＿

您最喜歡的國家和時代？＿＿＿＿＿＿＿您最喜歡的歷史人物？＿＿＿＿＿＿

在您看過的歷史小說中，您最喜歡哪一本歷史小說？您最喜歡的作者是？

＿＿＿＿＿＿＿＿＿＿＿＿＿＿＿＿＿＿＿＿＿＿＿＿＿＿＿＿＿＿

您覺得吳蔚歷史小說，內容最吸引您之處是＿＿＿＿＿＿＿＿＿＿＿＿＿＿

最不喜歡之處是＿＿＿＿＿＿＿＿＿＿＿＿＿＿＿＿＿＿＿＿＿＿＿＿＿

您對這本書還有其他想法嗎？請通通告訴我們：

＿＿＿＿＿＿＿＿＿＿＿＿＿＿＿＿＿＿＿＿＿＿＿＿＿＿＿＿＿＿

＿＿＿＿＿＿＿＿＿＿＿＿＿＿＿＿＿＿＿＿＿＿＿＿＿＿＿＿＿＿

每月我們會從塡寫吳蔚歷史小說的回函中，抽出幸運讀者致贈精心挑選的好禮
相關訊息請密切注意好讀「歷史同好社」臉書粉絲團 www.facebook.com/historynovel
有空時歡迎上網或來信與我們交換意見，好讀部落格 http://howdo.pixnet.net/blog

請填妥後對折黏貼，直接投郵即可，無須貼郵票。

廣告回函
台灣中區郵政管理局
登記證第 3877 號
免貼郵票

好讀出版有限公司　編輯部收

407 台中市西屯區何厝里大有街 13 號
電話：04-23157795-6　傳眞：04-23144188

沿虛線對折

購買好讀出版書籍的方法：

一、先請你上晨星網路書店http://www.morningstar.com.tw檢索書目或直接在網上購買

二、以郵政劃撥購書：帳號15060393 戶名：知己圖書股份有限公司並在通信欄中註明你想買的書名與數量

三、大量訂購者可直接以客服專線洽詢，有專人爲您服務：客服專線：04-23595819轉230 傳眞：04-23597123

四、客服信箱：service@morningstar.com.tw

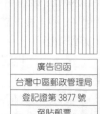